EL GUERRERO A LA SOMBRA DEL CEREZO

EL GUERRERO A LA SOMBRA DEL CEREZO

DAVID B. GIL

SUMA
de letras

Primera edición: abril de 2017
Quinta reimpresión: junio de 2019

© 2017, David B. Gil
© 2017, Penguin Random House Grupo Editorial, S. A. U.
Travessera de Gràcia, 47-49. 08021 Barcelona

Printed in Spain – Impreso en España

ISBN: 978-84-9129-130-5
Depósito legal: B-4934-2017

Compuesto en Arca Edinet, S. L.
Impreso en Liberdúplex, Sant Llorenç d´Hortons (Barcelona)

SL 9 1 3 0 5

Penguin
Random House
Grupo Editorial

*A mis padres, que me pusieron en el camino,
y a Gracia, que decidió recorrerlo conmigo*

SOBRE EL CONTEXTO HISTÓRICO

E ste relato tiene lugar a comienzos del periodo Edo en Japón, principios del siglo XVII según el calendario gregoriano. El país dejaba atrás la era Sengoku (literalmente, «estados en guerra»), colofón a los dos siglos más convulsos de la historia de Japón, durante los cuales los señores feudales (daimios) habían combatido de forma incesante por la supremacía militar sin que ninguno lograra imponerse.

La sociedad japonesa de la época estaba estrictamente dividida en castas impermeables según el sistema confuciano, encontrándose en la cúspide de dicha jerarquía la casta samurái, compuesta por guerreros que vivían asalariados por la nobleza feudal. La relación entre un samurái y su señor no se podía entender como la de un mercenario con su pagador, ya que era habitual que una familia de samuráis sirviera a un mismo clan durante generaciones. De este modo, el correcto samurái se regía por un código de conducta no escrito que, en teoría, anteponía el servicio a su señor y el *giri* («deber») a su propia vida. En la práctica, no obstante, estas relaciones de fidelidad se sustentaban principalmente en la tradición, los intereses políticos y el complejo sistema de propiedad de las tierras.

El papel de los samuráis en la sociedad iba más allá del ámbito militar: coparon todos los puestos de responsabilidad e impusieron al conjunto de la población su sistema de valores —sumisión ante el superior, discreción, consagración a las obligaciones…—, de modo que se convirtieron en el principal aglutinante social y factor de orden. Debe tenerse en cuenta que, en el Japón premoderno, no existía un ordenamiento jurídico basado en normas escritas, por lo que era la casta guerrera la que se encargaba de impartir justicia e imponer la paz en el día a día, siempre en función de su rígido código de conducta.

Esta posición preponderante en la vida política y social se consolidó durante el periodo Sengoku (1477-1573), con un país azotado por las guerras civiles y un mikado (emperador) que carecía de cualquier poder fáctico. Aunque la corte siempre había permanecido en Kioto, hacía siglos que el poder se lo disputaban los grandes daimios, que solo veían la capital imperial como una última conquista simbólica para corroborar su soberanía. Fue una etapa cruel y sangrienta de la historia de Japón, que vivió fraccionado en cientos de feudos sin un gobierno central y prácticamente aislado del resto del mundo.

Este periodo de guerras intestinas toca a su fin con la aparición de Nobunaga Oda, el primero de los tres grandes reunificadores. Nobunaga congrega bajo su mando un poderoso ejército y emprende desde el este la descomunal tarea de someter a todos los feudos bajo un solo poder; sin embargo, en 1582 es traicionado por uno de sus generales. Le sucede en sus aspiraciones Hideyoshi Toyotomi, su mano derecha, considerado por la historia el segundo gran unificador de la nación. Toyotomi era un samurái de bajo rango que escaló en la cadena de mando de Nobunaga gracias a su astucia para la estrategia militar y política. En 1590 parece completar la tarea iniciada por su señor; sin embargo, su baja extracción social le impide obtener el título de shogún, de gran peso simbólico y concedido por el mikado a aquel que conseguía erigirse como soberano militar, de tal modo que debió adoptar el título menor de *taiko* o *kanpaku*.

A la muerte de Toyotomi se desatan nuevos enfrentamientos entre los antiguos generales de Nobunaga Oda, que vuelven a disputarse el poder. El país se polariza y comienza una cruenta guerra en la que los daimios se reúnen en torno a dos grandes líderes: Mitsunari Ishida —leal a la familia Toyotomi y valido de Hideyori Toyotomi, hijo del difunto Hideyoshi—, e Ieyasu Tokugawa —líder del Ejército del Este—. La victoria se dirime en la mítica batalla de Sekigahara (21 de octubre de 1600), una extensa llanura en la actual prefectura de Gifu en la que se enfrentaron cerca de 200.000 hombres. Finalmente, Ieyasu Tokugawa, tercer gran reunificador de Japón, se hace con la victoria y, tres años después, se proclama shogún.

El shogunato Tokugawa, también conocido como período Edo al trasladarse a esta ciudad (actual Tokio) la capital del país, es el tercer y último shogunato de la historia de Japón, después del Kamakura (1185-1333) y el Ashikaga (1336-1573). Duró más de dos siglos y medio, durante los cuales Japón conoció su periodo más largo de paz. Es en los albores de esta era cuando se desarrolla la siguiente historia.

DESPEDIDAS

PARTE

1

Prólogo

Una piedra contra un estanque sereno

Los cascos batían la tierra levantando barro y gravilla a su paso. Sobre su cabeza, la tormenta iluminaba el cielo nocturno para, al instante, estremecer el suelo bajo sus pies. Viento y lluvia le mordían el rostro mientras cabalgaba contra su propia desdicha. «¡Ryaaaa, ryaaaaa!» gritó a la yegua, que compartía la mirada desquiciada del jinete.

Kenzaburō Arima se esforzaba por controlar al animal valiéndose de sus piernas y de la única mano con la que sostenía las riendas, con la otra abrazaba al niño que se aferraba a él con desespero, la mejilla aplastada contra el ensangrentado peto de la armadura. Aquella criatura de apenas nueve años era Seizō Ikeda, probablemente el último superviviente de la familia Ikeda una vez amaneciera y, por tanto, su señor. Su absoluta prioridad era ponerlo a salvo, protegerlo con su vida. Kenzaburō estrechó su abrazo en torno a Seizō, cubriéndole con la mano el rostro para resguardarlo de la tormenta, y exigió un poco más a su montura. Aún escuchaba a su espalda el choque del acero, los gritos y los llantos, el rugido del fuego hambriento… Se obligó a serenarse. «Llevas media noche cabalgando, esos gritos solo resuenan en tu cabeza». Sin embargo, volvió a espolear a la yegua por la sinuosa vereda que descendía entre los cedros.

Incluso consumido por la angustia, Kenzaburō Arima continuaba siendo un estratega. Conocía a la perfección aquellas tierras: en cada arroyo se había lavado, en cada cueva había dormido y en cada bosque había cazado. Tenía que hacer valer su ventaja, así que se alejó de los caminos que figuraban en los mapas y voló como el viento por las borrosas sendas que solo conocían los labriegos y los cazadores. Vadeó arroyos para dificultar que siguieran su rastro, cambió de dirección en varias ocasiones, incluso se internó campo a través entre raíces y resbaladiza hojarasca. Siempre sin dejar de cabalgar, siempre alejándose de la pesadilla en que, súbitamente, se había convertido su vida.

Pero llegó el momento en que su huida había dejado de ser desesperada para convertirse en temeraria, así que tiró de las riendas para detenerse en un claro barrido por la lluvia y palmeó el cuello del animal. Si continuaba a ese ritmo, solo conseguiría caer descabalgado por alguna rama o que su yegua se rompiera una pata. Aguzó el oído: nada, ningún sonido ajeno a la noche o a la tormenta.

—Señor Seizō, ¿se encuentra bien? —susurró al oído del pequeño.

Este se estremeció por un momento y, sin dejar de abrazarle, se separó un poco de su pecho para poder mirarlo a la cara. Asintió sin decir palabra. Era un niño hermoso, de unos profundos ojos negros como el mar de noche, pero que ahora aparecían desbordados por las lágrimas, lívido el rostro.

—Bien, no hable. Aún no estamos a salvo.

Kenzaburō apremió el paso de su montura y dejó atrás el claro para volver a desaparecer entre los árboles, al refugio de la espesura y la noche cerrada. Esta vez mantuvo al animal a un paso más sosegado, pues necesitaba poner en orden sus ideas. Su vida había dado un vuelco aquella noche y aún no había tenido tiempo de recapitular y buscar una explicación. ¿Cómo habían logrado entrar en el castillo Ikeda tan fácilmente? Los asaltantes parecían haber atravesado los anillos fortificados hasta alcanzar el *hon maru*[*] sin que nadie diera la alarma. Cuando se percataron del ataque, la fortaleza ya estaba perdida. Líneas y líneas de defensa atravesadas por cientos de hombres al amparo de la noche. Para Kenzaburō solo había una explicación posible: traición. Alguien que conocía bien el castillo había despejado las atalayas y había abierto los sucesivos pórticos desde dentro, pues la guardia siempre escruta el exterior, nadie espera que el peligro se encuentre a su espalda.

---

[*] *Hon maru:* una traducción aproximada es «ciudadela interior», y hace referencia al núcleo de un castillo japonés, su zona más protegida, donde residía el daimio (señor feudal) con su familia.

Mientras divagaba, comprendió que era imposible que fuera obra de una sola persona, pero se negó a continuar con sus elucubraciones. Ahora la prioridad era sacar al niño de allí, ponerlo a salvo.

El cielo ya clareaba por el este y, por primera vez en su vida, no recibía el nuevo día con el pecho henchido, sino con temor y desazón. A la luz de la mañana serían más vulnerables, por lo que debía encontrar cuanto antes un refugio para ambos. La idea le afligió en el mismo momento que atravesó su mente: eran fugitivos en la tierra de su propio señor. Muchos deberían responder por lo que había sucedido esa noche, por el daño que habían causado. Cuando una piedra golpea la superficie de un estanque sereno, provoca ondas que llegan hasta la más lejana orilla.

Capítulo 1

Rostros a la luz de una vela

La noche de verano era especialmente húmeda, aunque los allí reunidos no podían aseverar si su desazón procedía del aire espeso o de la inquietud que, desde hacía horas, mordisqueaba sus estómagos. No estaban acostumbrados a esconderse como ladrones, a la sudorosa ansiedad de lo clandestino, y aunque todos ellos habían acordado la necesidad de dicha reunión, una vez allí solo deseaban escabullirse de aquella opresiva estancia, montar sobre sus caballos y espolearlos en una larga galopada hasta sus tierras. Con suerte, si sus monturas no se infartaban por el esfuerzo, podrían deslizarse en el lecho junto a sus mujeres antes de que rayara el alba; o, al menos, dormir en alguna posada a medio camino, lejos de aquella cámara cerrada sin ventilación. Pero allí permanecían, con expresión adusta, arrodillados sobre el tatami sin separar los labios.

Todas las lámparas de la habitación permanecían apagadas, solo un cirio ardía en el centro del cónclave, musitando una débil luz que apenas alcanzaba a iluminar el rostro de los cinco daimios, señores de pequeños feudos que se circunscribían en las provincias de Wakasa y Echizen. La penumbra agitada por la llama lamía las facciones de los congregados y dotaba a sus rostros de un aspecto fantasmagórico, similar al de máscaras esculpidas.

El círculo estaba roto, un hueco libre aguardaba la llegada del último participante del cónclave: el anfitrión, Munisai Shimizu. La espera se estaba prolongando y la impaciencia comenzaba a manifestarse en sus caprichosas maneras: carraspeos, espaldas envaradas, crujidos de articulaciones… El joven Seikai Tadashima, que había acudido en delegación de su precavido padre —incapaz ya de acometer viajes largos, según palabras del hijo—, se mostraba abiertamente inquieto. Golpeaba su abanico cerrado contra el suelo, cada vez con menos disimulo, y apretaba las mandíbulas con fuerza, masticando su creciente indignación.

«Decididamente, Tadashima es un hombre de acción, como lo fue su padre. Salta a la vista que no está hecho para que le hagan esperar». En esto pensaba divertido el señor Kunisada Tezuka, un anciano enjuto, calvo como un bonzo, pero de rasgos angulosos y curtidos que hablaban más de largas jornadas a la intemperie que de una vida de fervor religioso a la fresca sombra de un templo.

De los allí reunidos, resultaba evidente que Tezuka era el que se hallaba más relajado. Al contrario que sus compañeros de círculo, no permanecía con la mirada perdida en el vacío, no sentía la necesidad de proyectar esa estoica seriedad, sino que prefería entretenerse estudiando uno por uno aquellos rostros tan graves, jugando a anticipar cuál sería la posición de cada daimio una vez comenzaran las deliberaciones. La de Seikai Tadashima ya se la podía imaginar, pues su voz sería una prolongación de la de su padre. Pero ¿y el resto de los nobles caballeros allí reunidos? ¿Serían capaces de levantarse en armas contra la amenaza que se cernía sobre ellos? ¿O preferirían esperar en silencio el transcurso de los acontecimientos, midiendo con cuidado cada uno de sus pasos?

A punto de empezar la reunión, ni él mismo tenía claro cuál debía ser la postura que debía adoptar su clan. Tezuka era viejo, pero no idiota: sabía que si los Yamada acometían una expansión, su supremacía militar era casi incontestable; sobre todo ahora que disponían de la gracia del nuevo shogún. En tales circunstancias, tendría pocas posibilidades de defender sus territorios, y estas pasaban por que los daimios allí reunidos, señores con feudos de menos de doscientos mil *kokus** que rodeaban las tierras de los Yamada, unieran sus fuerzas y se prepararan para un conflicto contra la mayor familia de la región, que gobernaba sobre un feudo de un millón cuatrocientos cincuenta mil *kokus*.

---

* *Koku:* unidad según la cual se calculaba la riqueza de un feudo y que, tradicionalmente, se definía como la cantidad de arroz que necesitaba un hombre adulto para alimentarse durante un año (150 kg aproximadamente).

Sin embargo, la amenaza era real, pero no una certeza. Nadie sabía cuáles eran los verdaderos planes de los Yamada y reunir un ejército podía ser, precisamente, el detonante del conflicto.

Estas dudas eran las que habían empujado a Tezuka a congregar una discreta comitiva y, a pesar de su edad, viajar desde sus tierras para asistir a aquel encuentro. Quería conocer la opinión de los presentes, pero, sobre todo, quería descubrir qué pensaba su desconsiderado anfitrión, Munisai Shimizu, un hombre astuto y de gran clarividencia.

Las reflexiones de Kunisada Tezuka se vieron interrumpidas cuando la única puerta de la estancia se deslizó a un lado.

—Perdón por hacerles esperar —se disculpó Shimizu con una solemne inclinación, pero sin el más mínimo rastro de aflicción en su voz.

Era un hombre bien entrado en la cincuentena, de rasgos y maneras suaves. Poseía una mirada que parecía dotar de un doble sentido a sus palabras cuando hablaba y que escrutaba a sus interlocutores cuando escuchaba. Aun así, no estaba exenta de cierta afabilidad.

El anfitrión entró en la habitación y cerró la puerta. Llevaba una bandeja en la mano con seis tazas de té, que se encargó de disponer personalmente frente a cada uno de sus invitados. Tezuka observó curioso el sobrio diseño de los cuencos de madera y se preguntó por qué el filo de cada uno de ellos estaba pintado de un color distinto. Es más, por qué Shimizu entregaba a cada uno su propia taza, en lugar de depositar la bandeja en el centro del círculo y dejar que ellos mismos se sirvieran.

Frente al anciano dispuso el cuenco con el filo rojo. Este lo contempló un momento, sopesando la posibilidad de que en alguna de las bebidas hubiera veneno, para inmediatamente reprocharse su habitual desconfianza. No tenía sentido que el té estuviera envenenado, pero tampoco creía casual el proceder de Munisai Shimizu. Parecía que sus compañeros no habían entrado en tales disquisiciones y ya disfrutaban de la tisana que les ofrecía su anfitrión, así que, encogiéndose de hombros, sorbió del pequeño cuenco. Como era habitual en aquella casa, el té estaba preparado con exquisito cuidado.

Shimizu ocupó su lugar en el círculo y se disculpó de nuevo:

—Siento haberme retrasado tanto, pero debíamos asegurarnos de que no hubiera rezagados. Como verán, nadie ronda por la casa, todos los sirvientes están dormidos y son mis propios hijos y mis hombres de máxima confianza los que les han recibido y ahora velan por nuestra privacidad.

—Si quería disculparse, mejor nos habría servido sake —rio Yoshihiro Harada, el orondo señor de un feudo de ciento veintidós mil *kokus* en la provincia de Wakasa. Tezuka sonrió a su vez, sorbiendo de su taza perfilada en rojo—. También habríamos agradecido una habitación más ventilada.

—Lo siento, pero eso no era una opción, señor Harada. Acondicioné especialmente esta estancia para que estuviera aislada: nada de lo que aquí digamos podrá ser escuchado más allá de estas paredes —explicó Shimizu, aunque sus palabras encerraban una advertencia más que una aclaración. De cualquier modo, Harada no pareció darse por aludido.

Impaciente por terminar el encuentro incluso antes de que hubiera comenzado, el joven Seikai Tadashima tomó la palabra:

—Cuanto más tiempo permanezcamos aquí, más peligro corremos de que nuestras intrigas lleguen a oídos de los Yamada, así que propongo que hablemos claro desde el principio. ¿Cuál será nuestro plan de acción en las próximas semanas? Me parece imprescindible que salgamos de esta sala con el compromiso de cuántos hombres aportará cada clan.

Los señores se miraron durante un instante a los ojos, incómodos por la falta de preámbulos. Sin duda, todos esperaban que tal asunto, si llegaba, se planteara más avanzada la conversación.

—¿Cómo que cuántos hombres? Parece que estás asumiendo demasiadas cosas por adelantado, Tadashima. —El reproche había partido de Kiyomaro Itto, daimio de un feudo de noventa y cinco mil *kokus*—. ¿De verdad crees que, si comenzamos a formar un ejército, los Yamada se quedarán de brazos cruzados? Tendremos a sus guerreros rodeando nuestros castillos antes de que hayamos armado a las levas.

Tadashima bufó con descaro:

—¿Crees que por no mover un dedo estarás a salvo? ¿Que el ejército Yamada no amanecerá un día a tus puertas si agachas la cabeza y contienes la respiración? Yo te aseguro, más bien, que ya se preparan para la guerra, que sus espías ya recorren tus caminos, Itto. —La réplica de Tadashima fue brusca, enfatizada por el golpe que dio en el suelo con su taza, vertiendo el té a su alrededor. La luz de la tímida vela palpitó en el interior de cada gota esparcida sobre el tatami.

«Las cartas han comenzado a descubrirse antes de lo esperado», se dijo el viejo Tezuka y, efectivamente, Tadashima no había defraudado sus expectativas: era tan enérgico y explosivo como lo fue su padre. El anciano sorbió su taza de té en silencio, y percibió que Shimizu lo observaba discretamente mientras bebía.

—No se enfaden, señores —intercedió conciliador Yoshihiro Harada. Su rostro orondo, sus infladas mejillas y su huidiza barbilla le daban siempre un aspecto sonriente, como un buda feliz—. No necesitamos pelear entre nosotros. Seamos prudentes e intentemos llegar a acuerdos provechosos.

—Harada tiene razón —medió el anfitrión, que habría preferido poder escuchar a todos sus invitados antes de tener que intervenir—. Si no somos capaces de adoptar una postura común, estamos perdidos. Quizás sea precipitado hablar de la formación de un ejército, todavía no sabemos si los Yamada se decidirán por una expansión militar de sus territorios.

—¡Oh, por favor! —estalló Tadashima—. Se encuentran ante una oportunidad única; alinearnos con el ejército de Toyotomi fue un error que se nos hará pagar. Los Yamada eligieron bien: apoyaron a Ieyasu Tokugawa, que no ha tardado en proclamarse shogún tras la matanza de Sekigahara, ¿quién se va a oponer a sus deseos de controlar todas las tierras de esta región?

—La guerra ha terminado, Tadashima. Ahora se impone la paz del shogún, hasta los Yamada tendrán que respetarla si quieren obtener un trato ventajoso en la nueva corte de Edo —dijo Kiyomaro Itto, resultando cada vez más evidente que no tenía la menor intención de aportar hombres a un ejército de alianza.

—¿La paz del shogún? La paz del shogún es para unos pocos, para los que lucharon en el Ejército del Este bajo el blasón Tokugawa. Eres un pobre imbécil si crees que Ieyasu Tokugawa mandará sus ejércitos a defenderte cuando tus tierras sean invadidas por los Yamada.

—No tengo por qué tolerar esto, Tadashima. Arma a tus hombres y lánzate tú solo a la batalla si tanto ansías una carnicería.

—Señores, por favor —insistió Harada, cuyo aire risueño se había desvanecido.

Munisai Shimizu extendió los brazos imponiendo silencio.

—Señores, están en mi casa. Muestren respeto. Comparto la preocupación del señor Tadashima, pero creo que pensar en una alianza militar sin tener pruebas de las intenciones del clan Yamada es precipitado.

—Señor Shimizu —dijo un nuevo interlocutor—, la guerra no ha terminado aún. Ieyasu Tokugawa continúa al frente de sus ejércitos recorriendo el oeste del país, donde no todos los clanes han asumido su nueva autoridad. No creo que lo que pase en su retaguardia sea una preocupación para el shogún, que confía en sus aliados para sofocar cualquier posible problema; y no hace falta que le recuerde que Tokugawa cuenta entre sus aliados a los Yamada, mientras que nosotros somos, como mínimo, sospechosos tras haber mostrado nuestro apoyo a Hideyori Toyotomi.

Quien así había hablado era Mitsunari Shiraoka, señor de un feudo de ciento treinta mil *kokus* en Wakasa, a quienes muchos conocían informalmente como «Ganryu» por su carácter obstinado, como una piedra clavada en la corriente. Cuando daba su palabra la mantenía inamovible, y por ello contaba con las simpatías del viejo Kunisada Tezuka, que continuaba asistiendo en silencio a la discusión, sorbo a sorbo.

—Apoyar a Hideyori Toyotomi era lo justo —prorrumpió Tadashima—, él es el legítimo heredero de su padre y de Nobunaga Oda. Él debería ser el shogún. Estamos abocados a un país gobernado por traidores.

—Concluirán conmigo en que todo eso ya da igual —dijo tajante el anfitrión—. Tokugawa derrotó a los Toyotomi y, para bien o para mal, ahora es el shogún. En estos momentos nuestra preocupación es otra.

Kunisada Tezuka observó cómo su anfitrión navegaba diestramente entre las aguas caudalosas de la discusión sin quitarle la razón a nadie, pero preparando el terreno para que su opinión fuera la relevante. «Sin duda, aquí se decidirá lo que Shimizu quiera —pensó el viejo bonzo, entre divertido y admirado por la habilidad de su anfitrión—. No necesita poseer el mayor ejército para ser el más poderoso de todos nosotros. Al menos, no mientras le den la oportunidad de hablar».

Entre tanto, Munisai Shimizu continuaba defendiendo sus argumentos:

—Todo lo que ha dicho el señor Shiraoka es cierto, pero solo tenemos conjeturas, no conocemos las verdaderas intenciones de Torakusu Yamada. Si no mantenemos el ánimo templado, nosotros mismos podemos desencadenar lo que tanto tememos.

—¿Qué propone entonces, señor Shimizu? —preguntó el que apodaban Ganryu.

—Vigilemos los caminos, conozcamos cualquier movimiento de los hombres de Yamada. Si descubrimos que sus ejércitos se arman o que intentan controlar los pasos que conducen a nuestros territorios, entonces será el momento de actuar. —Shimizu hablaba con la seguridad del que sabe que sus palabras son escuchadas y sopesadas.

—Me parece sensato —intervino Kiyomaro Itto, quien dejó entrever cierto alivio en su expresión.

—¡Bah! —replicó airado Tadashima, poniéndose ya en pie—. Esto es una pérdida de tiempo, creía que saldríamos de aquí con una alianza, que ya habíamos dejado atrás la hora de la cháchara. Sin embargo, me encuentro que lo único que desean es seguir ignorando el problema a la espera de que así desaparezca. Debo partir. Mi padre me espera para que le informe de los pobres resultados de este encuentro —dijo mientras abría la puerta corredera y dejaba atrás la calurosa penumbra de la estancia—. Pronto se darán cuenta del error que están cometiendo.

Tras su desplante, cerró bruscamente y la llama que alimentaba la exigua luz de la cámara cimbreó. Los cinco señores que quedaron atrás se sumieron en un mudo silencio, hasta que fue roto por Kunisada Tezuka.

—Bien, entonces tenemos un acuerdo. —Apuró su taza de té y la colocó bocabajo frente a sí. Recogió la *daisho*[*], que reposaba a su derecha como señal de respeto hacia el anfitrión, y se puso en pie apoyándose en la *katana* a modo de bastón—. Señor Shimizu, con permiso de los presentes, yo también parto. Cumpliré lo que hemos acordado y enviaré hombres a vigilar los caminos que comunican con territorio Yamada. Cualquier movimiento extraño les será comunicado a todos. ¿Cuándo volveremos a reunirnos?

---

[*] *Daisho:* literalmente «largo y corto»; se llamaba así al juego de dos espadas formado por el sable largo *(nihonto o katana)* y el sable corto *(wakizashi).* Juntas eran el símbolo de la casta samurái.

—Les espero a todos aquí dentro de treinta días, como ha sido habitual hasta ahora, recién entrada la hora del buey*.

Tras las despedidas de cortesía, los cinco daimios fueron abandonando la estancia uno a uno. Cuando todos estuvieron fuera, Munisai Shimizu apagó la llama con los dedos y se dirigió al pasillo, no sin antes cerrar por completo la puerta corredera, como si el papel de arroz pudiera contener las intrigas que enrarecían el aire de aquella cámara.

Dentro, la oscuridad se había adueñado de cada rincón y las discusiones habían dado paso al silencio de la noche estival. Cuando los pasos en el corredor se desvanecieron por completo, un sonido de madera deslizándose bajó desde las vigas que cruzaban los altos techos. Un haz de luna se filtró al interior, iluminando por un instante el tatami antes de que la madera volviera a encajar y la estancia quedara definitivamente en penumbras.

* * *

Kunisada Tezuka cabalgaba al frente de su expedición con una soltura que desmentía su edad; siempre había sido un gran jinete y montar surtía en él un efecto rejuvenecedor. Apenas habían recorrido medio *ri*** por uno de los caminos que se alejaban del castillo, cuando Tezuka levantó la mano para ordenar a su séquito que se detuviera. El jefe de su guardia avanzó hasta situarse junto a él.

—¿Sucede algo, mi señor?

—Debemos dar la vuelta, volvemos al castillo. —Al comprobar la expresión confusa de su vasallo, Tezuka añadió, lacónico—: Al parecer, aún quedan cosas por decir.

La comitiva tornó grupas y emprendió el camino de regreso. Para desconcierto de su guardia, al partir tras la reunión Tezuka había elegido un camino sinuoso que les haría recorrer un trayecto más largo de regreso a sus tierras. No se atrevieron a cuestionar su decisión, y ahora quedaba claro que su objetivo había sido tomar una senda poco transitada para no cruzarse con los otros señores al retornar al castillo Shimizu.

---

* Hora del buey: entre la 1:00 y las 3:00 de la madrugada.

** *Ri:* unidad de longitud utilizada en el Japón antiguo, equivalente a 3,9 km aproximadamente.

Y así, Tezuka galopó de vuelta con más viveza que a su partida, espoleado por la curiosidad. Los cascos de su montura batían la gravilla del camino y las ramas bajas le azotaban el cuerpo. No tardó en vislumbrar de nuevo las luces amarillentas de la fortaleza, filtradas entre la urdimbre de los árboles.

Cruzó el primer pórtico sin que la guardia se inquietara al verles pasar a toda velocidad. Atravesó las sucesivas arcadas y murallas al galope, mientras su abanderado se esforzaba por cabalgar cerca de él, con el blasón de la casa Tezuka ondeando a su espalda. Cuando llegaron a la inmensa mole de piedra que era la base sobre la que se erigía el castillo en sí, Tezuka templó la marcha y ordenó a su comitiva que le esperara allí. Al instante, comenzó a remontar la empinada senda que servía de acceso a la residencia. Todo aquel juego de intrigas le divertía sobremanera y azuzaba su imaginación.

Llegó hasta el mismo pórtico de entrada a lomos de su caballo. Allí le esperaba Munisai Shimizu con una lámpara en la mano.

—No estaba seguro de que hubieras leído el mensaje en el fondo de tu taza —saludó el anfitrión.

—Ya ves que sí… ¿Sabes que, por un momento, pensé que intentabas envenenarme?

Shimizu rio con una carcajada sincera que vibró en la noche.

—Tu natural desconfianza siempre me ha parecido una virtud muy práctica, digna de elogio, incluso. —Y le invitó a pasar al patio interior.

Tezuka descabalgó, tomó su caballo por las cinchas y se adentró en el amplio patio que, dominado por un sauce, servía de antesala a la ciudadela interior. Aquella entrada estaba ideada para sobrecoger al visitante con la imponente planta de la fortaleza, cuyos sucesivos muros interiores abrazaban al invitado o aplastaban al intruso. Sin embargo, una vez llegados a aquel patio el espacio se abría y, tras el sauce, solo se observaba un último pórtico que carecía de hojas, dejando franco el acceso al mismo corazón del feudo.

Y por encima de todo ello, elevándose imponente en la oscuridad de la noche, se admiraba la blanca torre del homenaje, que constituía la residencia familiar y última línea de defensa del castillo. Cuatro plantas de altura ornamentadas con dragones serpenteantes y tigres agazapados que, con su dorado resplandor, protegían a la familia Shimizu. Tezuka no pudo por menos que maravillarse, una vez más, ante semejante despliegue arquitectónico. Una década atrás, Munisai había mandado construir aquella fortificación para que se convirtiera en la nueva residencia de su clan, y fue erigida según el estilo del castillo Azuchi, levantado por Nobunaga Oda a orillas del lago Biwa. Quizás no fuera tan imponente como la mole del clan Yamada, una fortaleza costera que llevaba casi cuatro siglos en pie, pero sin duda la superaba en belleza y refinamiento.

Junto al sauce, envuelto en un kimono de tela fina y color terroso, aguardaba Shigeru Shimizu, hijo mayor de Munisai. Era un hombre de mentón recto y mirada franca, no carente de las elegantes maneras de su padre, pero que desprendía una energía más similar a la de su madre: sincera y directa. O, al menos, eso pensaba Tezuka, que tampoco había tenido tiempo de estrechar relaciones con aquel joven.

El muchacho saludó a ambos con una respetuosa inclinación.

—Shigeru, encárgate de la montura del señor Tezuka y asegúrate de que no nos molesten durante un rato. Estaremos pronto de vuelta.

El joven tomó las riendas del caballo y se despidió. Cuando se quedaron a solas, Munisai hizo una señal a su invitado para que lo siguiera.

—Ven, caminemos por mi jardín —ofreció mientras pasaban bajo el portal.

Cruzaron el puente de madera y se encaminaron hacia el jardín cultivado junto a la cara este de la torre del homenaje, al amparo de los fuertes vientos que barrían la región durante el invierno. Hacía años que el viejo bonzo no visitaba aquella zona del castillo, sin duda reservada para los momentos de retiro espiritual de Munisai. Pero le picaba demasiado la curiosidad como para deleitarse con la jardinería paisajística, necesitaba saber por qué su anfitrión se había tomado tantas molestias para hablar con él a solas.

—Aquí me tienes. Ahora dime por qué querías apartarme de los demás. ¿Qué debías decirme que el resto no pudiera escuchar?

—No me fío de todos ellos. Por distintos motivos.

—¿Por qué dices eso?

—Nos une un mismo peligro, pero creo que la visión de cómo afrontarlo es demasiado divergente. Además, nunca ha sido nuestro fuerte fiarnos los unos de los otros.

—¿Y te fías de mí?

—Eres demasiado viejo, Kunisada, tu ambición se aplacó hace años, por lo que no tienes necesidad de prestarte a traiciones.

—No sé cómo tomarme tus palabras.

—Como un cumplido —contestó sonriente Munisai, con las manos cruzadas a la espalda y sin levantar la vista del camino—. Además, eres de los pocos hombres que conozco a los que no limita una visión simple de las cosas. Sabes bien que todo tiene más de una causa y una consecuencia.

—¿Y cuál es tu opinión sobre este asunto en particular? ¿Crees, realmente, que podremos salir bien parados de esta?

El señor del castillo levantó la vista y miró de soslayo a su viejo compañero de armas.

—No lo sé. Nuestra mejor oportunidad es que los Yamada no pretendan una expansión militar. Puede que las cosas no vuelvan a ser como antes; puede que, como dicen, nos encontremos a las puertas de una nueva era, una época de paz y unidad del país. Nunca había existido en Japón un señor con la suficiente fuerza como para someter a toda la nación de este a oeste.

—Una época de paz bajo el puño de hierro de Ieyasu Tokugawa —constató Tezuka.

—Quizás, pero paz al fin y al cabo. ¿Por qué los Yamada deberían regirse por los códigos de tiempos que quedan atrás? Las nuevas batallas por el poder se librarán en las cámaras y pasillos de la corte de Edo, no en los bosques y las llanuras. Tokugawa ha completado lo que en su día comenzó Nobunaga Oda; en breve será capaz de recorrer la nación de punta a punta y todos inclinarán la cabeza al paso del blasón de las tres hojas de malva.

—Parece que no te disgusta la nueva situación, Munisai. Quizás te equivocaste de bando en la guerra.

—No te confundas, Tezuka. Siempre fui leal a Oda, y después al señor Toyotomi. Cuando hubo que defender el derecho de su hijo a suceder al padre di un paso al frente, como el que más. Pero esa batalla ya se perdió. Sepamos adaptarnos a las nuevas circunstancias.

El bonzo sonrió abiertamente.

—A veces me asusta tu pragmatismo.

Enfilaron un sendero custodiado por una larga hilera de ciruelos blancos, y Shimizu volvió a clavar la mirada en el suelo.

—Quiero que vigiles a los Tadashima. Son capaces de provocar una guerra si inician cualquier tipo de maniobra militar.

—¿Por qué yo?

—Lo sabes bien, su feudo colinda con tus tierras. No podrían marchar hasta Echizen sin cruzar tus caminos.

—¿Crees que están tan locos como para enfrentarse a los Yamada ellos solos?

—Solos no —puntualizó Shimizu—, pero quizás convenzan a otros tan locos como ellos. Entonces puede que se sientan fuertes.

—Desde luego, no será a Kiyomaro Itto a quien convenzan.

—Itto también me preocupa. Pero por razones distintas. Tiene tanto miedo de verse involucrado en una guerra que es capaz de delatarnos.

—Itto no es un traidor —sentenció, tajante, Kunisada Tezuka.

—Nunca te fíes de un hombre desesperado, amigo. De cualquier modo, no estará de más vigilar también si algún correo viaja entre su feudo y la capital de los Yamada.

Tezuka observó de reojo al señor del clan Shimizu. Aquel hombre no dejaba nada al azar y, de nuevo, sus argumentos resultaban difíciles de rebatir.

—Muy bien —concedió el viejo daimio—, espiaremos a nuestros aliados. Tú te encargarás de controlar cualquier movimiento al sur de Echizen y yo me encargaré de los caminos del oeste. Pero ¿te has planteado la posibilidad de que Seikai Tadashima tenga razón? ¿Y si los Yamada pretenden aprovechar la larga campaña militar del shogún para devorar los feudos colindantes?

Shimizu se detuvo. Los dos se hallaban sobre un promontorio, rodeados de crisantemos amarillos y de azaleas pinceladas de rosa. Las ramas de los árboles, la hierba, los pliegues de sus ropas…, todo lo que se encontraba bajo el cielo estrellado se mecía al compás de la brisa que volaba sobre la llanura.

—Si eso sucede —respondió al fin—, poco podremos hacer.

—Sí podemos, Munisai. Podemos luchar.

Shimizu apartó la vista del horizonte y le miró directamente a los ojos, como para averiguar si había determinación en sus palabras. Entonces asintió con la cabeza y, sin decir una palabra más, volvió sobre sus pasos.

Kunisada Tezuka se demoró un instante sobre el promontorio, escrutando el infinito en busca de respuestas. Quizás Munisai tuviera razón, quizás la única victoria posible en una guerra que no puedes ganar es evitar que esta dé comienzo. Aun así, tenía la certeza de que su viejo camarada se guardaba cosas para sí. Podía ser pragmático y paciente, pero no era un hombre dado a resignarse. Así que, por segunda vez aquella noche, se encogió de hombros y se aprestó a seguir los pasos de su anfitrión, que ya descendía por el jardín acariciando con los dedos las hojas de los ciruelos.

Capítulo 2

Espada de acero, espada de madera

Kenzaburō por fin divisó lo que había buscado durante toda la noche: un macizo rocoso contra el que venía a estrellarse el bosque de cedros y abetos, como un islote azotado por un mar esmeralda. Comenzaba a escampar y la tormenta había devenido en una llovizna que le ayudaba a mantenerse despierto y que permitía divisar, aun desde la distancia, los orificios y cuevas que picaban la erosionada base del macizo. Con gesto hambriento, aquellas grutas parecían invitarles a guarecerse en sus ásperas gargantas, y el jinete pretendía aceptar la invitación, así que apresuró el paso de la yegua campo a través.

A medida que se acercaban a la pared rocosa, la espesura comenzó a clarear permitiéndoles apreciar con más detalle la gran mole que actuaba como cortavientos natural. Puede que al otro lado del macizo, aprovechando el amparo que suponía del viento y de las lluvias, alguien hubiera construido algún tipo de refugio provisional, quizás de cazadores o leñadores. Puede incluso que hubiera alimentos almacenados, pero no tenía la menor intención de arriesgarse a descubrirlo: aquellas cuevas les bastarían para refugiarse y pasar el día antes de reemprender su camino al anochecer.

Más adelante, a la sombra ya del acantilado, Kenzaburō divisó un pequeño riachuelo que manaba de la roca viva y fluía ladera abajo hasta perderse en el interior del bosque. No era muy profundo, probablemente había reaparecido avivado por la lluvia torrencial y se había filtrado entre las grietas. De cualquier modo, les bastaría para beber durante el día, guardar algo de agua y abrevar el caballo.

Desmontó e, inmediatamente, notó cómo sus articulaciones se resentían tras el esfuerzo de una noche cabalgando.

—¿Puede caminar? —preguntó al joven Seizō.

—Creo que sí.

—Bien, desmonte. —Extendió los brazos para que el niño se sujetara. Kenzaburō lo levantó a pulso y lo depositó en el suelo—. Tome —le tendió las riendas del caballo—, con cuidado de que no se le escape.

Seizō sujetó con fuerza el cuero curtido y observó al animal, que resoplaba agotado. Kenzaburō tenía la esperanza de que el pequeño se centrara en la yegua y su mente no volara a los terribles acontecimientos de aquella noche.

—¿Tiene nombre? —preguntó Seizō, sin apartar los ojos del animal.

—Natsu —improvisó el samurái—. Porque es como el viento cálido que baja de las colinas en verano.

Lo cierto es que Kenzaburō desconocía el nombre de aquella yegua que había rescatado, entre el caos y la confusión, de los establos de su señor. Sin embargo, a pesar de haber sido una decisión apresurada, parecía que no se había equivocado a la hora de elegir montura para su huida, y el nombre se le antojó súbitamente apropiado.

—Natsu —repitió Seizō.

—Vamos, sígame.

Se aproximaron al riachuelo y ataron a Natsu a un árbol próximo al caudal. El animal comenzó a beber y ambos lo imitaron, llevándose el agua a la boca con las manos. Cuando estuvieron saciados, se lavaron la cara y el pelo en el torrente helado, que pronto les entumeció los dedos.

Kenzaburō se incorporó, observó durante un instante al pequeño Seizō, que seguía arrodillado sobre el agua, y pensó que ahora dependía absolutamente de él, compadeciéndose de la vida que tendría a partir de aquella noche. Debería haber crecido feliz, fuerte y orgulloso como hijo de uno de los más poderosos daimios al oeste de Hondō; sin embargo, su futuro se había truncado violentamente. Hizo un esfuerzo por apartar esos pensamientos: la compasión nunca había ayudado a nadie a salir adelante, no más de lo que una hogaza de pan sacia una hambruna, y tampoco ayudaría al chico. A lo largo de su vida siempre había creído que era mejor ser temido, o incluso odiado, que compadecido. «Aprende a vivir la vida que te ha tocado y no ambiciones otra», recordó de las viejas enseñanzas.

—Acompáñeme —indicó Kenzaburō, mientras desataba los fardos apilados a la grupa del caballo y se los echaba al hombro—. Dejaremos atada a este árbol a Natsu y prepararemos nuestro refugio para lo que queda de jornada.

El samurái comenzó a caminar ladera arriba, hacia la falda del macizo rocoso, mientras su acompañante le seguía de cerca. Se detuvo un instante y estudió las cuevas más cercanas bajo la incipiente luz del amanecer.

—Aguarde aquí —le ordenó a Seizō, al tiempo que dejaba en el suelo su carga.

Se aproximó lentamente a la entrada de la cueva que había elegido como refugio; levantó con el pulgar la guarda de su sable, de tal modo que un dedo de acero blanco se asomó a la luz del alba, pero no llegó a empuñar la espada. Caminaba con pasos lentos, y allí donde pisaba se desprendía una gravilla que rodaba, susurrante, ladera abajo. Así, lentamente, atravesó el umbral de la cueva y Seizō observó cómo era engullido por la oscuridad. Reapareció al rato y comenzó a descender por la pendiente rocosa, esta vez con pasos firmes y ágiles.

—Vamos, es seguro.

El guerrero volvió a echarse los fardos al hombro y tomó la mano del niño para ayudarle a subir hasta la entrada del que sería su refugio durante aquel día. Una vez llegaron a la boca de la cueva y sus ojos se habituaron a la oscuridad, Seizō comprobó que no tenía mucha profundidad, de modo que solo su último tramo quedaba en penumbras. El suelo y las paredes, además, eran más lisos que la piedra del exterior, probablemente por el reflujo del viento durante siglos.

Kenzaburō desplegó los fardos y extendió en el suelo dos esteras de paja de arroz trenzada; a continuación, dispuso sobre ellas mantas gruesas. Le pidió a Seizō que intentara dormir.

—Pasaremos aquí el día y por la noche reemprenderemos nuestro camino a la luz de las estrellas. Quiero llegar a Matsue antes de cinco días, allí nos darán refugio. —Seizō asintió con la cabeza—. Bien, ahora intente descansar. Yo saldré a buscar comida en cuanto amanezca por completo, quiero tener algo preparado para cuando despierte.

Dicho esto, el guerrero comenzó a rebuscar en los bultos y extrajo algunas de sus pertenencias. Seizō se distrajo observando a su protector mientras este tensaba el arco que había traído envuelto en una tela encerada. Era más alto y fornido que cualquier hombre que hubiera conocido, más incluso que su hermano mayor, a pesar de que debía ser más viejo que su padre. Y parecía no temer nunca nada. Lo conocía desde que tenía uso de razón: siempre estaba hablando con su padre de cosas serias, siempre los dos con rostros graves; pero, en cuanto lo veían llegar corriendo, ambos sonreían, lo levantaban en volandas y lo lanzaban por los aires entre risas. A él no le asustaba aquel hombre, pese a que todos los samuráis de su padre parecían tenerle miedo: todos bajaban la cabeza cuando el general pasaba junto a ellos, y todos daban un paso atrás cuando fijaba en sus rostros aquellos ojos bajo espesas cejas.

En una ocasión, sin embargo, Kenzaburō también le dio miedo a él. Fue durante un duelo con *bokken*[*]: otro guerrero vino de una provincia vecina y pidió luchar contra el gran Kenzaburō Arima. Según afirmó, deseaba medir su técnica con la mejor espada de Izumo, por lo que reclamaba combatir contra el veterano samurái al servicio del clan Ikeda. Kenzaburō accedió, pero solo si se empleaban armas de madera. El otro tachó de cobardía tales remilgos e insistió en dirimir el duelo con acero. Kenzaburō no cambió el gesto e hizo saber a tan impertinente visitante que podía usar el arma que deseara. Él, por su parte, solo lucharía usando el *bokken*, pues consideraba una necedad desperdiciar una vida en tales cuitas.

Seizō recordaba que, una vez el duelo dio comienzo, apenas tuvo tiempo de parpadear: el forastero aún estaba adoptando una guardia alta cuando Kenzaburō giró rápidamente sobre sí mismo, avanzando al tiempo que golpeaba con su arma de madera desde abajo hacia arriba. Su adversario, al ver cómo se adelantaba, había intentado alcanzarle en la cabeza, pero sus manos se abrieron y el acero se le escapó entre los dedos cuando el *bokken* de Kenzaburō le rompió las costillas.

En la mente del chiquillo aún resonaban el terrible crujido de la madera contra los huesos y el aullido de dolor del espadachín mientras se retorcía en el suelo. Pero, sobre todo, recordaba el severo rostro de Kenzaburō, aquel rostro que reía feliz mientras lo lanzaba por los aires y que ahora permanecía vacío, inalcanzable, con unos ojos que miraban desde otro mundo. A pesar de su edad, Seizō compren-

---

[*] *Bokken:* espada larga de madera utilizada en los entrenamientos por los samuráis.

dió aquel día que Kenzaburō Arima no precisaba de más acero que el de su voluntad.

* * *

Cuando Kenzaburō regresó a la cueva con las manos vacías, Seizō le esperaba sentado en la esterilla y envuelto en su manta.

—¿Ha conseguido dormir?

—No —respondió Seizō.

—Yo tampoco he tenido suerte. He regresado a por agua y volveré a internarme en el bosque. Debo cazar algo antes de que comience a atardecer o tendremos que alimentarnos de raíces y bayas.

—¿Debes irte ya? —preguntó quejumbroso el niño.

—¿Por qué? ¿Tiene miedo?

Seizō se apresuró a negar con la cabeza.

—No debe avergonzarse. El miedo no es malo, es parte de la vida.

El muchacho lo miró durante un instante, dubitativo.

—Entonces, sí. Tengo un poco de miedo.

Kenzaburō esbozó una sonrisa y se sentó junto a él, alargó el brazo para coger la manta que reposaba en la otra esterilla y se la tendió.

—Tome, abríguese más. Me quedaré aquí hasta que se duerma.

Seizō, obediente, se recostó y se arrebujó entre las dos mantas. Le costó encontrar una postura cómoda, pero finalmente dejó de moverse.

Kenzaburō permaneció junto a su joven señor, sentado con las piernas cruzadas mientras observaba a través de la entrada de la cueva el espectacular paisaje: tonos de verde se sucedían hasta donde llegaba la vista, desde los trazos grisáceos de los cedros hasta la apuntada aguamarina de los pinos. Al este se divisaba, escabulléndose entre bosques y colinas, el sinuoso hilo de plata del río Ibi, que pespuntaba el paisaje con su caprichoso cauce; y aunque su posición no era tan alta, Kenzaburō quiso ver más allá el lago Shinji, a cuya orilla se encontraba el destino de su peligroso viaje, y aún más lejos, el mar.

¡Cuánto añoraba el mar! El olor del salitre, el agua en suspensión lamiéndole la piel, las olas contra su pecho, la arena entre los dedos… La distancia lo hacía imposible, pero aun así la brisa marina llegó hasta él, le meció los cabellos e inundó sus pulmones como un bálsamo. Aquel hermoso paisaje de luz —como solo se podría haber derramado del divino pincel de Amaterasu— llenó su corazón y lo conmovió, e hizo parecer irreal el que allí abajo, a sus pies, hubiera hombres reptando y conspirando para darles caza y matarles. Estaba sumido en estos pensamientos cuando una voz triste lo arrancó de su evasión.

—¿Volveré a ver a mi padre?

Kenzaburō lanzó un profundo suspiro, desolado.

—No, Seizō.

—¿Y a mi hermano?

—Tampoco.

—¿Han muerto? —preguntó el niño con un estremecimiento.

—Así es. —Las palabras le quemaban el pecho.

—¿Por qué?

—Alguien ansiaba el poder y las tierras de su padre; la forma de obtenerlos era matándoles a él y a sus legítimos herederos.

—Entonces, también querrán matarme a mí.

—Por mi alma que eso no sucederá —juró Kenzaburō, y lo hizo con una voz ronca que sonó más como un desafío a sus enemigos que como palabras de consuelo para un niño.

Seizō comenzó a sollozar entre las mantas, cada vez con más fuerza. El viejo guerrero le puso su mano surcada de cicatrices en el costado; era grande y pesada, pero irradiaba tranquilidad.

—¿Por qué todos se mueren? ¿Por qué me dejan solo? —lloró Seizō.

Kenzaburō recordó con profunda aflicción a la madre del niño, muerta a causa de la viruela. Había perdido mucho para contar solo nueve años.

—Nadie te abandona, Seizō —susurró en tono tranquilizador. Por un momento Kenzaburō le habló como lo que era: un niño que necesitaba consuelo—. Tu padre y tu madre, al igual que tu hermano, están ahora con tus antepasados. Desde allí te observan y cuidan de ti. Tu obligación es llevar una vida que les honre para que puedan sentirse orgullosos.

—¿Tú también te irás?, ¿me dejarás solo?

—No, no te dejaré.

El chiquillo no dijo nada más. Quizás porque las palabras del guerrero, pronunciadas con voz serena, tranquilizaron su espíritu, quizás porque el agotamiento pesó más que su desconsuelo. Los sollozos se fueron espaciando hasta que cayó dormido con una respiración pausada. Su protector retiró lentamente la mano, con cuidado de no despertarle, y cruzó las piernas dispuesto a meditar. Sin embargo, cuando cerró los ojos, su mente se perdió en los acontecimientos de la noche anterior.

* * *

Kenzaburō se debatía en el sopor del sake, atormentado por el tañer de las campanas del infierno y los aullidos distantes de los condenados. El día anterior había sido el cumpleaños de su mujer y la celebración se había prolongado en privado. Los dos habían bebido demasiado y ahora, acosado por sueños agitados, sufría las consecuencias. Sin embargo, una sospecha comenzó a abrirse paso en la abotargada mente del samurái: ¿y si aquella campana, y si aquellos alaridos de angustia no procedían del más allá?

Esa desazón lo arrastró a la vigilia y, cuando abrió los ojos, descubrió que la campana repicaba, frenética, desde una atalaya del castillo Ikeda. Despertó a su mujer y la apremió a escuchar con él: voces nerviosas y pasos apresurados llegaban del pasillo al otro lado de la puerta. Kenzaburō temió que se hubiera producido un incendio, pero pronto comprendió que la amenaza era de muy distinta naturaleza. Desde la ventana de sus aposentos que se asomaba al gran patio central llegaban el restallar del acero y los primeros gritos de muerte; sonidos que en otro tiempo le resultaran tan familiares como el latir de su propio corazón.

¿Cómo era posible que nadie hubiera acudido en su busca? La batalla había comenzado y él permanecía desnudo en el lecho, como un vulgar borracho. Kenzaburō se incorporó rápidamente, con las sienes palpitándole y la boca seca.

—¡Rápido, mujer, ayúdame a prepararme!

Su esposa dejó a un lado toda sombra de desconcierto y se precipitó al armario donde su marido guardaba la armadura ligera y la *daisho*. Mientras Kenzaburō se vestía, ella disponía en el suelo las piezas de hierro negro y cuero.

Asistido por su mujer, se enfundó la armadura y la ajustó con correas sobre el kimono. Una vez preparado, se ató el *obi*[*] alrededor de la cintura y deslizó sobre su cadera izquierda las espadas.

---

[*] *Obi*: faja de tela, normalmente de algodón o seda, que se ataba sobre el kimono alrededor de la cintura.

Acababa de vestirse cuando la puerta se abrió de golpe.

—¡Padre, madre! —gritó una joven ataviada aún con ropa de dormir.

—Llévate a O-Seki a las cocinas —indicó Kenzaburō a su esposa—. Escondeos allí con el resto de las mujeres y esperad a que todo pase.

—Júrame que volverás a por nosotras —le rogó su mujer.

—No temas, Tamako —intentó tranquilizarla apresuradamente.

Antes de que pudiera apartarse, su mujer le acarició la mejilla con una ternura íntima, ajena a lo acuciante del momento.

—Esposo, tengo aquí mi *kaiken*. —Le mostró la funda del puñal que había deslizado entre los pliegues del kimono—. Si no eres tú el que viene a buscarnos, tu hija y yo nos reuniremos contigo en el otro mundo.

Kenzaburō no pudo evitar un estremecimiento.

—No digas locuras. Estaré con vosotras antes de que amanezca.

Las abrazó una última vez y desapareció por la puerta del dormitorio con las aciagas palabras de Tamako resonando en su pecho, acallando incluso el caos reinante.

Descendió a grandes zancadas por las escaleras que comunicaban los cuatro pisos de la torre central, y solo se detuvo para asomarse a uno de los ventanales que daba luz a las entreplantas. Lo que vio no podía ser más desolador: el fuego se esparcía por distintas zonas de la fortaleza, consumiendo, insaciable, cualquier estructura de madera que rozara con sus dedos. Las llamas habían subido por la colina y se aproximaban a la torre, erigida en la cima y protegida por los sucesivos muros que se derramaban ladera abajo. A la luz del fuego, el más temible de cuantos generales participaran en un asedio, un pequeño ejército ataviado con el carmesí del clan Sugawara había inundado, como el agua que se filtra por una grieta, los sucesivos anillos concéntricos. Pisaban ya la ciudadela interior, y allí mismo, a los pies de Kenzaburō, se batían con los soldados que él debería estar comandando, empleándose con la crueldad que solo pueden alimentar generaciones de odio mutuo. Resultaba evidente por qué nadie lo había avisado: el ataque había sido tan fulgurante que había penetrado en poco tiempo hasta el *hon maru*. Los soldados apenas pudieron armarse y lanzarse a una desorganizada defensa del castillo.

Kenzaburō se precipitó aún con más ímpetu escaleras abajo, abriéndose paso como pudo entre las mujeres, funcionarios y vasallos de alto rango que, como él, vivían en el *hon maru,* junto a los aposentos de la familia Ikeda. Escrutaba cada rostro que se cruzaba buscando a su señor o a alguno de los samuráis que solían escoltarle, pero no los encontró en aquella marea confundida y atemorizada, así que siguió bajando hasta llegar al nivel del suelo. Muchos corrían atropelladamente e incluso rodaban escaleras abajo, entregados al caos y el miedo, mientras un grupo de soldados armados con *naginata*[*] los empujaban para que siguieran descendiendo a los niveles inferiores de la torre, excavados bajo tierra, donde se encontraban las cocinas y las bodegas. Murmuró una breve plegaria para que su mujer y su hija llegaran allí cuanto antes y se abrió paso hasta llegar al oficial al mando, al que aferró por el hombro.

—¿Dónde se encuentra el señor Ikeda?

—Fuera, general. Dirigiendo la defensa de la muralla interior. A nosotros nos han enviado aquí a proteger a las familias de los principales vasallos.

No necesitaba escuchar más, giró sobre sus talones y corrió hacia el gran portón que daba acceso al patio exterior. Se encontraba atrancado con una inmensa viga de madera y flanqueado por una hilera de soldados que apenas habían tenido tiempo de armarse debidamente y colocarse algunas piezas de armadura.

—¡Vosotros! —vociferó Arima, señalando a cuatro de aquellos hombres—. Levantad el cierre. Y vosotros cinco seguidme fuera. Tenemos que ayudar a su señoría.

Los soldados obedecieron rápidamente y, no con poco esfuerzo, alzaron y corrieron a un lado la pesada viga, de modo que el inmenso pórtico de dos hojas se pudo entreabrir lentamente, lo justo para que los hombres salieran en fila de a dos, hombro con hombro. En cuanto pisaron el exterior, el portón se cerró a sus espaldas haciendo suspirar las llamas de las antorchas junto a la entrada. La desesperanza se dibujó inmediatamente en el rostro de Kenzaburō: sin duda, el castillo estaba perdido. Debía poner a salvo a toda costa a su señor Akiyama Ikeda.

La guardia sobre las murallas disparaba flechas tanto al exterior como hacia el propio patio que rodeaba la torre del homenaje, ya que

---

[*] *Naginata:* lanza que concluía en una hoja larga y curva.

eran innumerables los enemigos que habían accedido a la ciudadela interior. Y seguían haciéndolo. Aquí y allá, sus guerreros se enzarzaban en combate cerrado contra las fuerzas enemigas. Kenzaburō no encontraba explicación para semejante desastre. ¿Cómo había llegado hasta allí un ejército sin que nadie hubiera dado la alarma? ¿Cómo había atravesado las sucesivas defensas de una fortaleza hasta la fecha inexpugnable?

El castillo Ikeda estaba fortificado mediante anillos amurallados concéntricos y, entre una muralla y otra, había un retorcido enjambre de patios por el que cualquier intruso tendría que zigzaguear al descubierto, expuesto a los arqueros de las atalayas, al tiempo que debería vencer la resistencia de la infantería que protegía el castillo, empujando hacia el interior a las falanges defensivas y ganando terreno en cada sección amurallada, comunicada con la siguiente a través de un solo pórtico de dos hojas. En circunstancias normales, tomar aquel castillo debería haber sido una lenta sangría que se cobraría numerosas bajas entre el invasor, el cual solo lograría llegar a la ciudadela interior tras largos días de combate y con sus filas notablemente mermadas.

El ejército que lograra semejante hazaña debería estar compuesto por miles de hombres y debería haber sitiado la fortaleza durante días, tomando posiciones a su alrededor antes de acometer el asalto.

Nada de aquello había sucedido y, sin embargo, allí estaban sus enemigos, profanando el mismo corazón del castillo mientras portaban el *mon*[*] del clan Sugawara. Pero no había tiempo para buscar respuestas, debía tomar decisiones rápidas y había una evidente: se debía reforzar la falange que intentaba bloquear el pórtico que daba acceso al *hon maru,* pues las dos hojas de la gigantesca puerta se encontraban desencajadas de sus goznes, forzadas hacia el interior, y aquel punto era una hemorragia que sangraba gota a gota tropas carmesí de los Sugawara.

Kenzaburō Arima señaló hacia el portón y gritó a todo el que lo escuchó que le siguiera, mientras se lanzaba hacia delante en una desesperada carrera que sembraba muerte a su paso. El primer enemigo que le hizo frente, con la espada alzada presta a golpear, recibió una patada en el plexo solar que lo derribó de espaldas contra el suelo de piedra. Kenzaburō se inclinó al paso, clavó la *wakizashi* en el

---

[*] *Mon* (o *kamon*): emblema o escudo que identificaba a un clan en el Japón feudal.

rostro de su rival y la extrajo de un tirón seco sin detenerse. El segundo samurái que intentó plantarle cara obligó a Kenzaburō a usar el sable largo: desenvainó con la derecha y, con el mismo movimiento, le asestó un golpe que le abrió la garganta. Prosiguió sin desviarse de su camino y dos más cayeron bajo su filo, y otro, y aún otro, y algunos ya comenzaban a apartarse a su paso, buscando en el campo de batalla a otro enemigo que no los condenara a una muerte segura.

Aquel guerrero de armadura negra era a ojos de sus adversarios un mortífero demonio que, lejos de aminorar el paso agotado por los incesantes golpes, proseguía inquebrantable su marcha con las dos espadas en la mano, seguido por un creciente número de soldados que le protegían los flancos. Un oficial del ejército invasor, apoyado también por una decena de hombres, se arrojó sobre él descargando un terrible mandoble. Kenzaburō detuvo la hoja con su sable corto al tiempo que flexionaba las rodillas; antes de que su enemigo pudiera alzar de nuevo el arma, le introdujo la punta de la espada larga entre las placas dorsales de la armadura, atravesando las costillas y hundiéndola hasta los pulmones.

Empujó el cadáver con el hombro para desembarazarse de él, y reemprendió su carrera en dirección al pórtico. En ese instante creyó vislumbrar, entre la maraña de soldados, la figura de Akiyama Ikeda montado en su caballo. Arima apretó el paso para llegar cuanto antes hasta su señor, pero ya no era uno más en la batalla, se había convertido en el referente a derribar por cuantos oficiales enemigos lo habían visto y, a pocos *ken*[*] de su objetivo, un abanderado de Sugawara cargó a caballo sobre él con la lanza en ristre. Kenzaburō, al ver cómo se abalanzaba la bestia, rodó a un lado y se afianzó sobre las rodillas; desde esa posición golpeó las patas de la montura con el filo de su espada. El animal relinchó y sus manos se doblaron, clavándose de bruces en su galopada y lanzando despedido al jinete.

El general Arima reemprendió su avance hasta llegar junto al daimio del clan Ikeda, que se debatía a espadazos a lomos de su montura, intentando detener a cualquiera que superara las líneas de defensa.

—¡*O-tono*[**]! —gritó Kenzaburō—. Salid de aquí, yo me encargaré de defender la puerta.

---

[*] *Ken:* unidad de longitud que equivalía a 1,8 metros aproximadamente.

[**] *O-tono:* fórmula de cortesía que se puede traducir como «gran señor» y que era utilizada con los daimios.

—¡No! Nadie dirá que hui mientras tomaban mi castillo —le replicó, sin mirarle, Akiyama.

—*O-tono*, debéis sobrevivir. Buscad a vuestros hijos y escapad por los pasadizos. El castillo puede caer, pero no el clan.

—Mi hijo Seibei ha muerto, Kenzaburō. Le he visto caer al otro lado de la muralla sin poder ofrecerle mi ayuda. ¿Por qué debería salir yo de aquí con vida?

El general apretó los dientes, la noticia de la muerte de Seibei le infligió un daño mucho mayor que el de todos los golpes que habían caído sobre él hasta el momento. Pronto comprendió que, tras aquella pérdida, su señor buscaba sacrificarse en la batalla.

—Mi señor —le gritó—, no tenéis por qué morir aquí. Debemos sobrevivir a esta noche y devolver el golpe. La venganza nos alimentará a partir de mañana.

—¡Ya basta, Kenzaburō! —rugió Akiyama—. No huiré de mi castillo. Moriré defendiéndolo.

—Entonces, yo moriré a vuestro lado.

—¡No! —exclamó el daimio, que se desentendió de la lucha y miró directamente a los ojos del veterano samurái—. Debes buscar a Seizō y ponerlo a salvo. Con él sobrevivirá el clan Ikeda.

La expresión de Kenzaburō reflejaba con claridad que no deseaba acatar aquella orden. Quería permanecer junto a su señor hasta el final.

—Escúchame, Kenzaburō. Tu lealtad es para con tu señor y su clan, y a partir de esta noche tu señor será Seizō Ikeda. ¡Huye de aquí! Ponlo a salvo y olvida el *seppuku**. Serás responsable de mi hijo. Debes convertirlo en un guerrero digno de su nombre.

—Sí, *o-tono* —asintió el guerrero a regañadientes, inclinando la cabeza.

—¡Vamos! —le increpó el daimio—. Vete de aquí, ¡búscale!

Kenzaburō dio unos pasos hacia atrás sin apartar la vista de su señor, que volvió a incorporarse al frente de batalla, y cuando logró convencerse de que su deber ya no estaba allí, giró sobre sí mismo y se dispuso a desandar el camino hacia la torre del homenaje, pero

---

* *Seppuku*: suicidio ritual practicado por los samuráis, consistente en abrirse el vientre con un puñal o espada corta. Era considerado como un último recurso para restaurar el honor perdido, siendo también habitual que un samurái cometiera *seppuku* tras la muerte de su señor en la batalla.

cada paso era como sal en una herida abierta. El fragor de la batalla lo rodeaba, pero para él apenas era un murmullo lejano arrastrado por el viento. Un mar de sentimientos bullían en su pecho y no sabía a cuál atender, así que decidió aferrarse a la constante que había guiado sus pasos durante toda su vida: el deber. Apretando los dientes, se dispuso a acometerlo.

Cruzó el patio con el estómago frío y la mirada perdida, sumido en el trance del guerrero. Luchó y recibió heridas que le dolerían durante el resto de su vida; mató hasta que sus espadas perdieron el filo y sus golpes, romos, tan solo aplastaban los huesos de sus adversarios. Pero no recordaría nada de aquello, porque Kenzaburō ya no caminaba sobre aquella tierra sedienta de la sangre de amigos y enemigos, sino que sus pies hollaban los valles del infierno. Por fin alcanzó el otro extremo del campo de batalla y se perdió en la fortaleza en llamas, y ya nadie pudo volver a decir que había visto a Kenzaburō Arima con vida.

Capítulo 3

Verdades que no se cuentan

Ekei Inafune se arrodilló junto a su paciente, un orondo comerciante de la ciudad de Sabae, mientras la esposa observaba la escena con zozobra, manoseando un rosario cuyas cuentas rechinaban al rozar entre sí. Aquello molestaba al médico sobremanera, pero se abstuvo de protestar.

La habitación estaba cerrada a cal y canto, carente de ventilación y sin luz procedente del exterior. Solo dos pequeñas lámparas proyectaban un resplandor macilento, de aspecto tan enfermizo como el de su paciente.

—Acérqueme una de esas lámparas, señora Ikagawa —solicitó el maestro.

La mujer, con gran ceremonia, tomó la pequeña linterna y se la aproximó con mano temblorosa. Ekei la observó de reojo y reparó en su rostro compungido, al borde del llanto. Tuvo que reprimir un suspiro y levantar la vista clamando paciencia.

Aproximó la luz y se inclinó sobre el rostro de aquel hombre que le miraba con aire circunspecto, casi con miedo. Lo evaluó durante un instante: ojos hinchados e irritados, respiración trémula, piel enrojecida alrededor del cuello, sarpullidos en el pecho y los brazos. Ayudándose del índice y el pulgar, abrió el ojo derecho del enfermo para observar el interior de aquellos párpados tan inflamados; cuando los liberó, el ojo comenzó a lagrimear. A continuación, pegó su oreja al pecho y pidió a su paciente que tomara aire con fuerza, comprobando que la inspiración era superficial y dificultosa. Por último, palpó la urticaria que recorría el voluminoso torso y los rollizos brazos del mercader, evaluando el relieve de los eccemas. No había lugar a dudas.

Ekei se enjuagó las manos en un recipiente con agua casi hirviendo que habían dispuesto para su visita. Se sacudió las manos enrojecidas e, inmediatamente, su improvisada asistenta le tendió un pañuelo de lino.

—¿Es grave, maese Inafune? —inquirió la señora Ikagawa con voz afectada, temiéndose ya viuda.

—No lo parece, desde luego —respondió el médico, distraído mientras buscaba algo en su *yakuro*[*] de madera de cerezo.

La esposa del mercader lo miró con aire incrédulo, aunque Ekei no se percató, concentrado como estaba en preparar lo que parecía una especie de pasta verdosa que majaba, una y otra vez, en un cuenco de madera. El ungüento desprendía un olor similar al de las agujas de pino. Desde un principio, aquella mujer le había considerado demasiado joven como para confiar en su criterio, a pesar de que el maestro Inafune llevaba años ejerciendo la medicina y era bien conocido en la región. Dicha desconfianza se vio acentuada por un diagnóstico, a su juicio, tan imprudente.

Desde luego, Ekei Inafune se asemejaba poco a los médicos tradicionales a los que el matrimonio Ikagawa estaba acostumbrado: no era viejo ni encorvado, no mascullaba sin explicar nada, no observaba en ensimismado silencio a sus paciente con aire secretista; por el contrario, hacía muchas preguntas, tocaba aquí y allá, tomaba muestras de pus y de mocos para estudiarlas con detenimiento y, para colmo, recetaba extrañas medicinas que nadie más conocía. Pero no eran ni uno ni dos los que aseguraban que había conseguido sanar a pacientes que llevaban largo tiempo enfermos, en algunos casos de manera casi milagrosa. De ahí que se decidieran a hacerle venir desde Minami.

—Dígame, señora Ikagawa —se dirigió a la mujer, ya que el paciente se negaba a hablar por miedo a que el esfuerzo agravara su dolencia—, ¿es la primera vez que su esposo presenta estos síntomas?

—No. El año pasado padeció de igual modo, estuvo semanas así. Y el anterior también. Pero nunca se había visto tan afectado como este año.

---

[*] *Yakuro:* la caja en la que los médicos japoneses y chinos ordenaban sus instrumentos, drogas, ungüentos, etcétera.

—¿Siempre en la misma época?

—No exactamente, a veces en el tercer mes del año, a veces en el cuarto...

—Comprendo —murmuró pensativo—. Y dígame, ¿suelen ustedes ir a rezar al templo Eiheiji por estas fechas?

La mujer lo miró con expresión perpleja, el rostro demudado ante una pregunta que Ekei consideraba inofensiva. Acto seguido rompió a llorar con un llanto desconsolado, como el de aquellas personas que por fin escuchan la trágica noticia que llevan tiempo mascullando.

—Entonces, ¿cree que debo rezar por su alma? ¿No hay esperanza para mi pobre esposo? —consiguió preguntar la señora entre sollozo y sollozo.

—Me ha malinterpretado, señora Ikagawa —se apresuró a tranquilizarla—. Ya le he dicho que no creo que su esposo padezca nada grave —repitió con paciencia—. Solo me preguntaba si ustedes, como es habitual por estas fechas, tienen por costumbre ir a rezar a dicho templo.

—¿Cree que el Buda nos ha castigado? ¡Siempre le he dicho a Yasutoshi que debía ser más generoso con sus donativos al templo! —La señora Ikagawa lanzó una mirada reprobatoria a su marido yacente, que se agitó con gesto culpable.

—Debo entender, entonces, que sí han visitado Eiheiji —prosiguió el médico, ahora conteniendo una sonrisa.

—Así es. Hace unos días estuvimos en el monasterio.

—¿Y el señor Ikagawa comenzó a sentirse mal allí?

La mujer frunció el ceño mientras hacía memoria, sin comprender adónde quería llegar a parar el médico.

—En el camino de regreso comenzó a picarle el cuello y le costaba respirar, pero dimos por sentado que sería por el calor y el esfuerzo del viaje —dijo finalmente la esposa.

Ekei asintió con gesto satisfecho. Todo parecía claro.

—¿Sabe por qué es popular visitar el Eiheiji en estas fechas? —preguntó el médico, sin esperar necesariamente una respuesta. La señora Ikagawa lo miró en silencio antes de negar con la cabeza—. Los monjes descubrieron que si plantaban almendros y cerezos en las inmediaciones del templo, el número de visitantes, y por tanto de donativos, aumentaba en la época de floración. Lamentablemente, hay personas para las que el polen de estas flores es dañino y enferman si lo respiran o les toca la piel. Parece que este es el caso de su esposo.

La señora Ikagawa volvió a observar al joven médico con desconfianza. Le parecía más preocupado de su aspecto, con ese fino kimono de seda, que de emitir juicios coherentes.

—Nunca había oído de nadie que muriera por pasear junto a los almendros —señaló la mujer con displicencia.

—Ni yo he dicho que alguien pueda morir por hacer tal cosa. A menos que se le caiga un árbol encima, claro. —Sonrió, divertido por su propia ocurrencia. Al ver que la mujer no compartía su buen humor se contuvo y, aclarándose la voz, prosiguió explicándose—: Solo digo que la gente enferma por esta causa, los síntomas remiten cuando se deja atrás la época de floración.

—Entonces, ¿qué nos recomienda?

—En primer lugar, abra esta estancia y airéela por el bien de todos —le indicó el médico a modo de reproche—. Respecto al tratamiento, le dejaré aquí una pasta macerada con hojas de pino y eucalipto, mézclela con agua hirviendo y haga inspirar al señor Ikagawa el vapor. Eso le ayudará a respirar mejor. Además, deberá beber abundante agua para diluir las expectoraciones. Disuelva también en agua caliente un puñado de sal y humedezca gasas de lino en ella, deberá limpiar con estas gasas los ojos de su marido cinco veces al día. Para la urticaria no dispongo de nada en mi *yakuro,* pero mañana enviaré a mi ayudante, la señora Tsukumo. Ella le traerá un ungüento que deberá extender sobre la piel y cubrir con vendas húmedas; eso lo refrescará y le aliviará el picor.

La mujer se esforzaba por memorizar las indicaciones del médico con gesto concentrado.

—No se preocupe, Tsukumo se lo traerá mañana todo anotado junto con la factura. Pero comience hoy mismo con las inhalaciones.

—¿Cree que unos donativos más generosos podrían paliar también el sufrimiento de mi marido?

Ekei alzó una ceja, pero moderó su respuesta.

—Sí, eso también podría ayudar.

Y antes de que la fe o la superstición pudieran agriarle el ánimo, comenzó a recoger todo el material en su *yakuro,* con la eficacia que se adquiere en las tareas cotidianas repetidas cientos de veces.

En dichas cajas los médicos guardaban los instrumentos, preparados y recetas que, en algunos casos, habían tardado toda una vida en reunir; de ahí la exquisita y cuidada elaboración de aquellas pequeñas farmacias. La de Ekei llevaba muchos años viajando a su lado, estaba fabricada en madera de cerezo y era más resistente que refinada, ya que exhibía por todo adorno las oscuras vetas de la madera. Pero pensaba que así debía ser para un médico acostumbrado a viajar y recorrer caminos bajo la lluvia o sobre la nieve.

Una vez lo hubo guardado todo, cerró la doble tapa de madera y, con un cuidado casi ceremonial, giró el pequeño cierre de hierro que sellaba aquel tesoro de hierbas y destilados. Tomó del suelo su torcido cayado, poco más que una caña de bambú sellada en sus extremos, y lo introdujo por las dos argollas ancladas a la parte superior del *yakuro*. Se echó el bastón al hombro y la caja quedó colgando a su espalda.

La señora Ikagawa lo acompañó hasta la puerta de su residencia. Se estaban despidiendo cuando el médico recordó un último consejo:

—El próximo año, creo que sería recomendable para la salud de su esposo peregrinar al templo Eiheiji en otra época: febrero o quizás octubre. Eviten en cualquier caso la época de floración.

—Se lo comentaré.

Se despidieron con una última reverencia y el médico salió al exterior, a una concurrida vía del barrio mercantil de Sabae.

Al sumergirse en el bullicio de aquella larga calle llena de vida, se sintió inmediatamente animado y optimista, como no podía ser de otro modo en un radiante día de verano. Comenzaba la hora del caballo[*] y tenía casi toda la jornada por delante. La desconfianza de los Ikagawa no había hecho mella en su estado de ánimo, pues ya estaba acostumbrado a la reluctancia de muchos de sus pacientes, que no veían con buenos ojos esos aspectos de su medicina que les resultaban tan extraños. Y es que su formación con los médicos jesuitas de Funai[**] —y pocos años después, en el hospital que los cristianos habían construido en Kioto— había dotado a Ekei de una visión de la medicina un tanto distinta a la de la mayoría de sus colegas, imbuidos de la tradición médica china y absolutamente refractarios a todo lo que procediera de los bárbaros del sur.

---

[*] Hora del caballo: entre las 11:00 de la mañana y las 13:00 de la tarde.

[**] Funai: ciudad de Oita en la actualidad.

Pero él no estaba dispuesto a cerrarse a nada: años atrás, cuando supo que los extranjeros habían construido un hospital en Funai, se desplazó hasta allí por pura curiosidad. Quería comparar las prácticas del exterior con la medicina china y japonesa. Le costó hacerse entender, pero los jesuitas que regentaban el hospital lograron vislumbrar que no padecía enfermedad alguna; si acaso, una rara forma de un mal largamente diagnosticado como curiosidad, contra el que no había más cura que dejarle observar. Una vez se ganó la confianza de los forasteros, Ekei y otros médicos japoneses, interesados al igual que él en lo que podía ofrecer aquella medicina, asistieron regularmente como observadores a las instalaciones. ¡Cuál fue su sorpresa cuando descubrió que muchos de aquellos extraños tratamientos eran eficaces!

Entusiasmado por la posibilidad de expandir sus conocimientos y las técnicas con las que atender a sus pacientes, Ekei se estableció durante tres años en Funai, donde abrió una modesta consulta. Apenas obtenía el dinero necesario para subsistir en la ciudad, pero le permitía continuar yendo a diario al hospital portugués. Además, aquella pequeña consulta le brindó la posibilidad de poner en práctica algunas de las técnicas que había aprendido de los extranjeros. Los resultados no siempre eran óptimos, pero se guardó de no perjudicar a sus pacientes, y la posibilidad de ensayar por las tardes lo que aprendía por las mañanas le dio una visión práctica de la que carecía el resto de médicos japoneses que acudían a Funai a observar.

Y es que, para sorpresa de muchos, los bárbaros no intentaban esconder sus secretos; por el contrario, incluso hacían esfuerzos por que entendieran lo que veían y les invitaban a participar a la hora de aplicar un tratamiento o preparar la medicina adecuada. Lo único que pedían a cambio era que se ciñeran al cuello una cadena con su dios crucificado; un amuleto que, al parecer, creían protector y que Ekei y sus colegas, ávidos por aprender, consideraban un insignificante peaje por acceder al hospital de Funai.

Esta experiencia transformó su perspectiva de la vida y de su profesión: si era época de cambios, «¿por qué no debería cambiar también la medicina?», se preguntaba Ekei, definitivamente un médico poco ortodoxo.

Aquella cálida mañana de verano en Sabae, Ekei Inafune se sentía afortunado de vivir los albores de un nuevo tiempo que traería importantes cambios al país. Corría el sexto mes del Año Nueve de la era Keichō* y Japón encauzaba una época de paz tras décadas de guerras entre clanes. El shogunato Tokugawa parecía traer consigo una brisa de cambio, y él pretendía aprovecharla para navegar hasta donde pudiera llevarle. Durante años su camino había estado ligado a la muerte, así que ahora le parecía apropiado nivelar la balanza a través de la medicina.

* * *

Ekei empleó el resto de la mañana en hacer algunas compras en el barrio comercial, atestado de visitantes que iban y venían cargados de alimentos frescos, especias, artesanía y caprichosas golosinas. El verano era una buena estación para hacer negocios y así lo atestiguaban las calles. Y aunque no precisaba de nada en concreto —o, al menos, de nada que no pudiera conseguir en Minami, capital del feudo del clan Shimizu, al que servía desde hacía cinco años como médico de cámara—, le apetecía pasear e impregnarse del ambiente.

Aquellos servicios en ciudades vecinas le reportaban a Ekei algunas monedas extra que, ciertamente, no necesitaba, ya que el estipendio que le había asignado su señor era generoso. Pero continuaba con ellos, pues eran una excusa perfecta para salir del castillo y recorrer la provincia de Echizen, conocer sus caminos, sus ciudades y aldeas, además de darle la oportunidad de departir con los ciudadanos de a pie, que ofrecían una perspectiva de la vida muy distinta a la que se percibía en la corte de un daimio. Ekei valoraba todo aquello mucho más que el dinero que le reportaban sus visitas, y su señor nunca puso objeción alguna a tales servicios externos al clan, en gran medida porque en sus viajes recababa información que Munisai Shimizu disfrutaba escuchando por boca de su médico personal.

Se aproximó a un puesto de dulces para comprar unas bolitas de *dango*. Pagó gustosamente los doce *mon*** y echó a andar con su *yakuro* colgado al hombro.

---

* Correspondería a 1604 en el calendario gregoriano. En el Japón premoderno el calendario se dividía por eras delimitadas por acontecimientos relevantes; la era Keichō abarcó desde 1596 hasta 1615.

** *Mon*: moneda de cobre.

Saboreó la masa de harina de arroz mientras contemplaba el bullicio que lo rodeaba. Calle abajo, unos niños volaban una cometa sorteando con habilidad al gentío que se agolpaba frente a los comercios y tenderetes. En las mesas se exhibían telas de China, cuero curtido, modesta artesanía de barro, aromáticas especias, licores del puerto franco de Osaka, muñecas de cerámica y marfil… Todo ello estaba al alcance de la mano de quien pudiera pagarlo. Y de quien no pudiera. Así que, para disuadir a los posibles ladrones, los oficiales del gobierno local paseaban entre la concurrencia con expresión grave, la mano siempre cerca de la empuñadura del *jitte**. Ekei saludó cortésmente al cruzarse con dos de ellos y continuó deleitándose en sus bolitas de *dango*.

Poco más adelante la calle desembocaba en un puente de madera que cruzaba sobre un canal del río Hino. Mientras lo atravesaba, se encontró con dos doncellas elevadas sobre *guetas*** y ataviadas con coloridos kimonos que lo miraron con disimulo al tiempo que cuchicheaban risueñas. Ekei las saludó con su mejor sonrisa y una leve inclinación de cabeza, que pareció divertir aún más a las muchachas. Definitivamente, el día era inmejorable.

Ya al otro lado del puente, la calle se despoblaba y los primeros árboles comenzaban a intercalarse entre los edificios, de modo que arrojaban sobre la vía una sombra reparadora que todos los viandantes buscaban para aliviarse del calor. Poco a poco, su paseo le aproximaba a la posada donde había dejado el caballo. Era un establecimiento casi a las afueras de Sabae, junto a la salida sur de la ciudad, y no se caracterizaba por ser especialmente distinguido, de ahí que a Ekei le gustara frecuentarlo. Enfiló un transitado camino rural que le cruzó con bonzos, campesinos y visitantes de los alrededores de la villa, antes de llegar a la desvencijada puerta del local. En un mugriento tablón de madera se leían, grabadas a fuego, las palabras «Comida» y «Sake».

Ekei agachó un poco la cabeza para pasar bajo la cortinilla y se adentró en el establecimiento en penumbras. El olor a alcohol y mala comida le dio la bienvenida. Era un local viejo, con paredes combadas y unas vigas de roble que sustentaban la techumbre; en un

---

* *Jitte*: arma metálica sin filo que consta de dos dientes, diseñada para golpear y atrapar espadas. Era el arma distintiva de los oficiales de justicia.

** *Guetas*: sandalias alzadas sobre dos cuñas de madera.

primer vistazo podían parecer sólidas, pero las nubes de serrín que se desprendían de la madera, probablemente provocadas por nidos de insectos, desaconsejaban permanecer bajo aquel techo más tiempo del imprescindible.

Aun así, el local estaba concurrido y dos camareras volaban de un lado a otro con bandejas cargadas de sopa y tazas con sake. La variopinta parroquia se concentraba en las mesas instaladas junto a las paredes del salón, y toda la luz que iluminaba la estancia se filtraba a través de un ventanal cubierto con marchito papel de arroz.

Desde la entrada, Ekei buscó con la vista un sitio donde acomodarse: monjes, jugadores y labriegos compartían el comedor, más un par de *ronin** de aspecto miserable que, con expresión hosca, charlaban ajenos a todo lo que les rodeaba. Un tercer samurái bebía en una mesa apartada: apuraba su platillo de sake con largos sorbos y, cuando lo encontraba vacío, volvía a rellenarlo con aire ausente.

Decidió sentarse lejos de cualquiera que llevara espada, y optó por una mesa que dejaban libre un par de leñadores. Apenas tuvo tiempo de acomodarse cuando una de las camareras vino a retirar los cuencos vacíos y las tazas.

—No tengo mucho hambre —dijo Ekei—. Tomaré un cuenco de *soba*** y un poco de sake, que no esté muy caliente.

La camarera asintió y se dirigió al mostrador que daba a la cocina. Mientras tanto, él se distrajo contemplando el trasiego de personas que entraban y salían del local. Envidiaba a todo aquel que pudiera emprender camino sin mirar atrás, y en momentos así volvía a asaltarle el impulso de abandonar su puesto como médico del clan Shimizu. Su señoría le tenía en gran estima, y Ekei sabía que no encontraría a otro daimio tan abierto a sus peculiares prácticas, pero cinco años eran muchos para una persona habituada a viajar. La rutina comenzaba a aburrirle.

Pensaba en esto cuando los taburetes vacíos junto a su mesa arañaron el suelo. Levantó los ojos para ver cómo dos hombres de aspecto mezquino se sentaban frente a él. Portaban la *daisho*, pero sus maneras eran las de vulgares matones.

---

* *Ronin:* samuráis sin señor al que servir; a menudo recorrían el país para perfeccionar sus técnicas de lucha o, simplemente, ganarse la vida como mercenarios o maleantes.
** *Soba:* fideos de alforfón que pueden servirse fríos o en un caldo caliente (como el *ramen*).

—Vaya, ¿qué tenemos aquí? —dijo uno de ellos, arrastrando las palabras mientras sostenía entre los dientes una aguja de pino reseca—. ¿No es este el matasanos que suele correr por los caminos, dando el veneno que traen los salvajes a la buena gente de Echizen?

Ekei observó al *ronin* con mirada distraída, y se dijo que debía tener práctica para hablar sin que la aguja se le cayera de la boca.

—¿Serviría de algo si dijera que os equivocáis de persona? —preguntó con inocencia.

—¡No, no serviría! —respondió su interlocutor, golpeando la mesa con el puño. Desprendía un fuerte olor a sake barato.

—Entonces no lo diré —zanjó Ekei.

—Mira, Tetsuo, el maestro tiene sentido del humor.

—Sí —farfulló el otro—. Veamos si esto le hace gracia. —El matón esbozó una sonrisa ebria mientras ponía sobre la mesa su sable.

Ekei observó el arma sopesando la situación, al tiempo que lamentaba su nula capacidad —y voluntad— de mostrarse más comedido ante ese tipo de gentuza. El hecho de que fueran *ronin* y no respondieran ante señor alguno dificultaba todo el asunto.

Con el final de las guerras muchos samuráis se habían quedado desocupados y se dedicaban a emborracharse, vagabundear por los caminos y, en algunos casos, incluso a robar a los desprevenidos. Cada vez eran más frecuentes los altercados de ese tipo y si alguien resultaba herido o muerto, a los criminales les bastaba con esconderse una temporada en las montañas, ya que las autoridades, con pocos recursos, pronto cejaban en su búsqueda. Por todo ello, hombres como los que se sentaban ahora al otro lado de su mesa se creían libres para actuar con impunidad.

Ante la visión de la espada, la atmósfera del local se había subvertido al instante: todos permanecían en silencio, atentos con más o menos disimulo a aquella mesa convertida en improvisado escenario de un pequeño drama costumbrista.

Ekei sabía que estaba solo, nadie iba a interponerse entre él y dos *ronin* borrachos que enseñaban abiertamente sus espadas, por lo que no solo lamentó ser tan lenguaraz, también maldijo su relativa popularidad. Hacía tiempo, preguntado por sus extraños tratamientos, cometió el error de mencionar su relación con los demonios extranjeros, tal como los llamaban aquellos que odiaban a los bárbaros que habían profanado la sagrada tierra del emperador y, por extensión, a cualquiera que tratara con ellos. No tenía duda de cuál era la opinión al respecto de esos dos caballeros, así que tendría que echar mano de todos sus recursos para salir relativamente indemne.

—Señores, sé que no tienen ganas de problemas y yo tampoco. Además, estamos molestando a los clientes. ¿Por qué no continuamos comiendo y bebiendo, antes de que alguien avise innecesariamente a las autoridades?

Aquella amenaza velada, que al mismo tiempo escondía una llamada de socorro, pareció ser demasiado sutil para los presentes, pues ningún parroquiano se deslizó a la calle para alertar a la guardia. O quizás, simplemente, no querían perderse el espectáculo.

No pudo evitar pensar que si sus servicios al señor Shimizu hubieran sido igual de conocidos que sus escasas técnicas de medicina occidental, probablemente no se encontraría en tal situación. *Ronin* o no, nadie querría molestar a un servidor directo de un gran señor; una cosa era eludir a las autoridades locales y otra escabullirse de un daimio que se sintiera afrentado. Sin embargo, Ekei Inafune siempre había tenido cuidado de no revelar su relación con el clan Shimizu: evitaba usar prendas con el emblema de la familia y solo en el castillo mantenía un trato directo con el señor y sus vasallos. Esa discreción respondía en parte a su deseo de no sentirse ligado a ningún clan familiar y, en un sentido más práctico, le permitía hablar con comerciantes, campesinos y viajeros sin ningún tipo de cortapisas, de modo que podía conocer de primera mano la realidad del feudo y su entorno. Pero aquello, por supuesto, también tenía sus inconvenientes, y uno de ellos había decidido estropearle el almuerzo aquel día.

—Parece que estamos importunando al señor matasanos, camarada —dijo sardónicamente el más borracho de los dos, el que había puesto la espada sobre la mesa.

Ekei observó que la tez de aquel hombre presentaba un color ocre y que sus ojos eran amarillentos; además, el sudor empapaba la despoblada cabeza del espadachín.

—Estás enfermo, deberías beber menos sake y comer más.

—¿Pretendes asustarme? —preguntó riéndose el interpelado—. ¿Crees que soy tan estúpido?

—Haz lo que quieras, pero cualquier día caerás borracho y no te levantarás más.

—¡Maldito matasanos! —exclamó el de la aguja de pino en la boca—. Intenta arredrarnos con sus malas artes.

—Sí, pero así se ha descubierto, ahora todos sabemos que es el médico —dijo el otro, enfatizando lo que consideraba una astuta revelación—. ¿Quieres jugar conmigo, perro? ¿Quieres envenenarme con la mierda extranjera que llevas en esa caja? —Señaló con la *katana* enfundada el *yakuro* junto a Ekei.

—No hace falta conocer medicina extranjera para ver que estás enfermo por el licor —respondió Ekei—. Cualquier médico de la provincia te lo diría.

—Empiezo a aburrirme de la insolencia de este perro de los extranjeros, Tetsuo. Creo que todos quieren que le des su merecido.

—Dime, matasanos, ¿puede un médico curarse a sí mismo? ¿Puede tu medicina curar a un hombre al que le han separado la cabeza del tronco? —Sus palabras fueron acompañadas del largo gemido del acero al ser desenvainado.

Al instante, varios de los parroquianos se pusieron en pie y sus taburetes cayeron al suelo. Algunos comenzaron a avanzar lentamente hacia la puerta.

—¡No os mováis! —gritó el de la aguja de pino, levantando con el pulgar la empuñadura de su espada para que todos pudieran ver el acero bajo la vaina—. Quedaos a ver lo que ocurre cuando un perro come de la mano de los extranjeros.

Ekei Inafune no estaba nervioso, ni siquiera temía por su vida. Su mente estaba concentrada en buscar posibilidades, alternativas.

—¿Me tienes miedo? —preguntó Tetsuo con una repugnante mueca, mientras rodeaba la mesa señalando a Ekei con la punta de su espada.

Al comprobar que su torva amenaza no obtenía el efecto deseado, dio una fuerte patada al *yakuro* que Ekei protegía con la mano. Este cayó al suelo con estrépito y, aunque no llegó a abrirse, se escuchó el chasquido húmedo de los recipientes de cerámica al romperse en su interior. Aquello había ido mucho más allá de lo tolerable.

La respuesta del médico fue tan inesperada como veloz: se levantó de la silla y golpeó con los dedos bajo las costillas del espadachín. El impacto disparó un dolor lacerante con el hígado como epicentro, y el frustrado agresor cayó de inmediato al suelo entre aullidos.

La aguja seca se desprendió de la boca del otro *ronin* al ver cómo su compañero se retorcía con la vejiga aflojada. Un acre olor a orín se extendió pronto por la sala.

—¡Hijo de puta! —exclamó, al tiempo que desenvainaba.

En ese instante, una hoja enfundada se interpuso entre Ekei y el matón que permanecía en pie. El médico recorrió con la mirada la vaina de madera, grabada a todo lo largo con garzas blancas que alzaban el vuelo sobre la laca negra, hasta llegar al rostro de su inesperado protector: un samurái al que estaba seguro de no conocer de nada, pues la profunda cicatriz que marcaba su cara, recorriéndola desde el cuero cabelludo hasta el mentón, no era fácil de olvidar. El desaliñado pelo negro de aquel hombre apenas permitía ver el recogido del cabello sobre la nuca.

—¿Por qué molestáis al maestro? —inquirió con severidad.

—¿Qué te importa? No estamos tratando contigo —respondió el *ronin*, cuya seguridad medraba por momentos.

—Si queréis hacerle daño, tendréis que véroslas conmigo. —El extraño les hablaba con tanto desprecio que parecía masticar las palabras antes de escupírselas a la cara.

—¿Por qué te entrometes, samurái? Deberías estar encantado de que limpiáramos el sitio donde comes. —El *ronin* no tenía la menor intención de batirse con aquel espadachín desconocido, pero tampoco podía dar marcha atrás de manera tan evidente.

—Curó a mi esposa, así que yo respondo por él. —Y dirigiéndose al médico, añadió—: Maestro, recoja sus cosas, le acompañaré afuera.

Ekei asintió y recogió la caja volcada en el suelo; los pedazos que se removieron en el interior parecieron clavarse en sus entrañas, pero debía agradecer que aquello fuera a concluir sin mayores desgracias. Dejó sobre la mesa quince *mon* como sobrado pago de la comida que no había disfrutado y se encaminó hacia la puerta, alargando el paso para no pisar el charco en torno al desgraciado que aún gemía de dolor en el suelo. Todo el mundo le siguió con la mirada, pero apartaron la vista cuando pasó tras él su supuestamente agradecido guardaespaldas.

Una vez en el exterior, se dirigió al desaliñado guerrero:

—Soy Ekei Inafune, maestro en medicina. ¿Cómo puedo agradecerle lo que ha hecho?

—No será necesario —le tranquilizó aquel hombre—. Mi nombre es Asaemon Hikura, samurái de la guardia personal del señor Torakusu Yamada.

«Yamada», pensó Inafune, el clan más poderoso de Echizen. Sabía bien que una posible expansión militar de los Yamada había sido, durante largo tiempo, la principal preocupación del señor Munisai Shimizu.

—¿Por qué ha mentido ahí dentro? —preguntó al fin—. Yo no he curado a su esposa, nunca nos hemos visto.

—Ni siquiera tengo esposa —rio el samurái—. Pero eso les hará creer que le debo un favor personal, y puede que así se lo piensen dos veces si vuelve a cruzarse con ellos.

Ekei asintió en silencio, no dejaba de sorprenderle que un samurái tan seguro de su espada reparara en tales sutilezas. Observó brevemente a su salvador: largo pelo descuidado, áspera barba de tres días, maneras indolentes…, todo contrastaba con el elegante kimono azul que vestía, con el emblema del sol del amanecer sobre un mar en calma cosido bajo los hombros. Quizás los ropajes pudieran ser los adecuados, pero, desde luego, las maneras no correspondían a las de un samurái de rango tan elevado como para pertenecer a la guardia personal de un daimio.

Todo aquello convertía a su interlocutor en un misterio: era un hombre que no estaba especialmente comprometido con el blasón que le investía, ni se sentía pagado de sí mismo por haber alcanzado semejante rango social, pues no se preocupaba de adecuar su actitud al decoro que debía mostrar un samurái de tal valía. El mero hecho de que se encontrara bebiendo en aquel local lo demostraba. Sin embargo, este desapego no le impedía servir a un señor feudal.

—¿Qué le ha hecho a ese desgraciado? —preguntó Hikura—. Lo ha derribado con solo dos dedos, ¿acaso es como uno de esos *yamabushis** que viven en la montaña?

—Me temo que mis poderes no van más allá de la simple observación —contestó Ekei—. Ese hombre tenía la piel y los ojos amarillentos y hedía a licor. Era evidente que estaba enfermo de tanto

---

* *Yamabushi:* monjes ascetas que vivían retirados en las montañas. Practicaban el budismo esotérico y, en el caso de algunas órdenes, abrazaban las artes marciales como senda de iluminación, desarrollando sus propias técnicas de lucha. El secretismo del que se envolvían fomentó un gran número de supersticiones en torno a ellos, hasta el punto de atribuírseles poderes sobrenaturales.

beber sake, y cuando alguien presenta estos síntomas, también suele padecer de grandes dolores en el costado derecho. Sabía que, si lo golpeaba entre las costillas, probablemente le bajara los humos.

—Vaya, parece que tendré que aprender algo de medicina.

Ekei asintió con una sonrisa, e intentó aprovechar el momento para llevar la conversación al terreno que le interesaba.

—Así que sirve al clan Yamada… Sin embargo, se encuentra lejos de Fukui. ¿Qué le trae hasta este rincón de la provincia?

—Asuntos personales.

—Comprendo —dijo el médico, constatando que aquel hombre no era alguien dado a charlas indiscretas—. Me alegro, en cualquier caso, de que sus asuntos le hayan traído hasta esta posada. Ahora he de despedirme, no quiero que la noche me sorprenda en el camino… Y gracias una última vez por su ayuda.

—He hecho lo que cualquier otro. —El samurái se rascó la barba—. Además, tengo la impresión de que nos hemos conocido en otra vida.

—Sin duda, así debe haber sido —respondió Ekei Inafune con afabilidad, y se despidió con una última reverencia.

Capítulo 4

Las mentiras que debemos contar

Kenzaburō emergió de la foresta como un depredador de la montaña, con pasos leves, sigilosos. Había estado recorriendo las inmediaciones para asegurarse de que nadie les seguía el rastro, y solo cuando se convenció, emprendió el camino de regreso, no sin antes intentar conseguir algo de alimento.

Le sorprendió encontrar a su joven señor inclinado sobre el arroyo, muy cerca de donde abrevaba la yegua.

—Señor Seizō —lo llamó en voz baja.

El niño giró la cabeza bruscamente y se atragantó con el agua. Comenzó a toser con fuerza.

—No te había oído llegar —logró articular entre los golpes de tos.

—¿Qué hace aquí fuera?

—Me aburría —se disculpó Seizō—, y quería ver a Natsu. —Señaló a la yegua, que pacía junto a la orilla del riachuelo—. Además, tengo mucha hambre, por eso he bajado a beber agua. Lo siento, sé que no debí desobedecer.

Kenzaburō suspiró desolado. Miró al muchacho y a continuación al animal, que había pastado toda la hierba que había a su alrededor. Evidentemente, todos estaban hambrientos.

El guerrero extrajo de la bolsa un puñado de las bayas que había recogido. Se lo tendió a Seizō.

—Coma, y dele unas cuantas a Natsu, ella también tiene hambre. —El pequeño unió las manos para recoger las bayas—. Mientras, yo subiré e iré preparando este pescado.

A Seizō se le iluminaron los ojos al ver la carpa que Kenzaburō había capturado, no pudo evitar que su estómago rugiera con furia al imaginar la tierna y cálida carne del pescado desmenuzándose en su boca. Kenzaburō leyó perfectamente su mirada.

—Paciencia —dijo con una sonrisa, y Seizō asintió, ruborizándose.

El guerrero buscó una superficie relativamente plana al pie de la ladera y dejó allí la alforja con la madera y el pescado envuelto en hojas. Trajo yesca y pedernal, y sin quitarle un ojo de encima a Seizō, que se distraía con la yegua, dispuso la leña y preparó una pequeña hoguera. Quizás encender un fuego no era la mejor idea, pero la madera estaba lo suficientemente seca como para no desprender mucho humo. Además, el sol había comenzado a declinar; cuando el fuego prendiera no sería más que un punto de luz entre los árboles, y el humo quedaría difuminado contra el cielo oscuro. O al menos eso quería pensar. En cualquier caso, no sabía preparar la carpa de otra forma, así que se sirvió de su cuchillo para limpiar el pescado y, usando una rama a modo de espetón, lo cocinó en la hoguera.

Aquella tarde cenaron pescado de río asado, y aunque a Seizō le pareció soso por la falta de condimentos, devoró su parte de buena gana. Kenzaburō también comió su ración de carpa y sus bayas silvestres; no era ingesta suficiente para saciar a ninguno de los dos, pero se encontraba más tranquilo por haber conseguido alimentar al chiquillo.

Tras la cena, permitió a Seizō dormitar un rato junto al fuego, que había decidido mantener encendido hasta el momento de partir. Mientras tanto, el veterano guerrero planificó mentalmente cuáles serían sus próximos movimientos: se encontraban a tres o cuatro días de camino de la ciudad de Matsue, a orillas del lago Shinji y cercana a la costa. De allí era originaria toda su familia y allí tenía amigos que le ayudarían, incluso comerciantes que tenían deudas contraídas con su casa desde hacía décadas, pospuestas generación tras generación hasta que llegara el momento en que los Arima decidieran reclamarlas. Ese momento había llegado.

Pero hasta alcanzar Matsue había un largo camino. Deberían buscar alimentos, otras ropas y un lugar discreto donde ocultarse durante el día, ya que un niño de nueve años y un viejo samurái serían el vivo reflejo de la descripción que los Sugawara distribuirían

ofreciendo una recompensa. Afortunadamente, tenía algunos *ryo*[*]
que había rescatado antes de abandonar el castillo, aunque debería
gestionarlos con sumo cuidado.

Kenzaburō permanecía al amor de la lumbre, ensimismado en
tales planes, cuando de repente aquellos pensamientos tan pragmáticos le parecieron sumamente vacíos, una distracción cobarde para no
afrontar la desnuda verdad que había estado rehuyendo desde la noche
anterior: jamás volvería a ver a su mujer ni a su hija. Con una punzada de dolor, comprendió que eso era lo único que importaba, todo
lo demás eran artificios elaborados por su mente para apartarle de
esta certidumbre.

Sin poder evitarlo, revivió el instante en el que cobró conciencia de que su vida había sido arrasada: se alejaba de los establos cabalgando, sujetando contra sí a Seizō, que temblaba entre sus brazos;
miró atrás para despedirse del que había sido su hogar durante su
vida adulta, desde que su padre lo consideró listo para servir al señor
Ikeda, y vio cómo las llamas habían penetrado hasta los mismos cimientos de la torre. El fuego que devoraba la casa de su señor era
también la pira funeraria de su esposa y de su hija, aquellas que le
recordaban que era algo más que un soldado, su remanso de calma
en la tormenta de la guerra. Y supo que debería convivir toda su vida
con aquel momento, un retazo de dolor cosido a las entrañas, palpitante, imposible de ignorar ni un solo instante. Una condena que
debería penar durante largas noches de insomnio y frías tardes de
alcohol destemplado.

Tales eran los sentimientos de Kenzaburō Arima cuando, con
las lágrimas quemándole el rostro, dio la espalda a la que había sido
su vida y emprendió la huida que aún no había concluido. Esas lágrimas habían continuado ardiendo en su pecho durante las últimas
horas, sin embargo, las había contenido a pesar de que le calcinaban
el alma. Ahora, en la soledad previa al anochecer, se veía incapaz de
reprimirlas y volvían a aflorar a sus ojos. El viejo guerrero, sentado
junto a la tímida hoguera, tembló como la llama zarandeada por el
viento.

* * *

---

[*] *Ryo:* moneda de curso común hecha de aleación de oro.

Al caer la noche, recogieron sus pertenencias, barrieron las cenizas y enterraron la leña quemada entre los árboles. Después reemprendieron la marcha, de nuevo al amparo del bosque y de la oscuridad. Cabalgaron durante horas a lomos de Natsu, encogidos en sus mantas y sumidos en un triste silencio. El itinerario elegido por Kenzaburō transcurría paralelo al río Ibi, alejándose de la ciudad de Izumo mientras bordeaban el lago Shinji por su orilla occidental, hasta llegar al templo de Gakuen-ji, aún dentro del feudo de los Ikeda.

Allí, Kenzaburō esperaba encontrar al abad Kosei, un hombre santo al que conocía desde hacía años, leal al clan de su señor y viejo amigo de su padre. Pretendía reposar en aquel lugar sagrado antes de reemprender la ruta en busca del paso de montaña entre los montes Hongu y Akiha, y llegar a la jornada siguiente a Matsue, su destino final. Serían cinco días de duro viaje, cuatro si tenían suerte, durante los cuales rehuirían cualquier ayuda, no podrían dormir sin mantener un ojo abierto, y se alimentarían de lo poco que Kenzaburō consiguiera capturar o recoger de los arbustos.

Ya en la primera jornada el paisaje se les hizo monótono, pues avanzaban por caminos apartados de las principales vías comerciales, siempre al amparo de los pinos que abundaban en aquella zona. Ocasionalmente, la senda remontaba una loma y les permitía asomarse durante un instante sobre las copas de los árboles. Entonces cobraban conciencia de lo que les rodeaba: a un lado, el extenso pinar, como un mar picado de aguas esmeraldas que iba a morir junto a la sierra; al otro, más allá del bosque, se divisaba el lago Shinji, apenas un reflejo de plata en lontananza. La visión lograba arrebatarles el aliento durante un instante, pero en cuanto su montura descendía el repecho, volvían a sumergirse en la oscuridad del bosque.

Cabalgaron durante horas en compartido silencio, sin forzar a la yegua, que, al igual que ellos, se enfrentaba a un duro viaje. Pero al cabo del tiempo, Kenzaburō comenzó a preocuparse por el mutismo de Seizō. No lo consideraba normal en un niño de su edad, e intentó forzar la conversación.

—¿Duerme?

—No —musitó Seizō.

—¿En qué piensa?

—En mi hermano. Me dijo que me llevaría a pescar al lago Shinji este verano.

Kenzaburō negó con la cabeza, consternado. El muchacho estaba triste, sí, pero parecía haberlo asumido todo con una serenidad de espíritu impropia de alguien tan joven, y esto le hacía temer que en cualquier momento se viniera abajo.

—Lo siento, Seizō —respondió el samurái con gesto serio.

Sin embargo, el chiquillo prosiguió como si no necesitara palabras de consuelo:

—Me contó que en el centro del lago hay una pequeña isla con árboles, y que si pasas la noche en ella se te aparecen los *kappas** y te arrastran al agua para ahogarte.

Kenzaburō sonrió, aquello ciertamente sonaba como las historias que Seibei inventaba para asustar a su hermano pequeño. Seizō prosiguió su relato:

—Me dijo que, si no me portaba bien, me abandonaría en aquella isla por la noche. ¿Crees que lo decía en serio?, ¿si duermes allí te atrapan los *kappas?*

—No sé nada de *yokais*** —le contestó Kenzaburō—. Pero conozco otra historia referente a esa isla, una más triste pero que infunde menos miedo. Dicen que una hermosa princesa murió ahogada en el lago. Los dioses, conmovidos por su desgracia, convirtieron a la joven en esa isla de la que hablas, que flota justo donde la doncella se ahogó para que nunca se la olvide.

—Es una historia muy triste —dijo Seizō y, tras pensar un rato, añadió—: Mi padre y mi hermano nunca tendrán una isla para que se los recuerde.

—No la necesitarán —respondió Kenzaburō—. Nosotros nos encargaremos de que no caigan en el olvido.

Por alguna razón, tales palabras sonaron a Seizō extrañamente ominosas. Con precaución, se volvió un poco para mirar por encima del hombro el rostro de Kenzaburō, y descubrió que, de nuevo, tenía aquella mirada perdida que tantas veces le había visto desde que huyeran del castillo de su padre. El muchacho sabía que aquel hombre que le protegía, aunque no lo mostrara, debía estar sufriendo el mismo dolor que él; así que se había propuesto imitarlo en la medida de

---

* *Kappa:* monstruo mitológico japonés similar a una tortuga de forma humana, que solía habitar en los ríos y los lagos.

** *Yokai:* término que en la mitología japonesa engloba a los distintos tipos de monstruos, fantasmas y demás criaturas sobrenaturales.

lo posible, de esa manera incondicional en que los niños imitan a los adultos a los que se quieren parecer. Por eso evitaba llorar delante del guerrero a toda costa, y solo se permitía flaquear mientras dormían o cuando se sabía a solas.

De improviso, el general Arima se dirigió a él desde aquel mundo al que solía retirarse, con la mirada aún perdida en el vacío:

—¿Conoces cuál es nuestro deber para con tu padre, Seizō? —preguntó el samurái con una voz dura y ausente.

El niño negó con la cabeza.

—La venganza —dijo Kenzaburō, con la resolución del que pronuncia un juramento.

* * *

Despuntaba el alba cuando por fin vieron las primeras piedras del templo Gakuen-ji: una hilera de peldaños de roca semienterrados bajo la hojarasca, desgastados por siglos de lluvia y de pisadas piadosas. La escalera trepaba entre los árboles con la rectitud que debe tener el camino hacia Buda, pero en la cima solo se divisaban más robles y cedros.

Desmontaron junto a los escalones y, tomando a Natsu por las riendas, comenzaron a ascender. Una vez arriba, Kenzaburō y Seizō comprobaron que, efectivamente, allí les aguardaba otra arboleda, y que, tras atravesarla, aún había una nueva fila de peldaños cubiertos de humedad. Siguieron subiendo y pasaron bajo el solitario pórtico que delimitaba la entrada a suelo sagrado, hasta que, por fin, llegaron a la explanada elevada sobre la que se había construido el monasterio.

Frente a ellos, les cerraba el paso un amplio portal techado con tejas marrones. Las pesadas hojas de madera permanecían selladas desde dentro, y una empalizada formada por postes profundamente hundidos en la tierra las flanqueaban.

Junto a la entrada, Kenzaburō volvió a admirarse de la inteligente ubicación del templo: se había construido sobre una elevada meseta natural de unos cuarenta *tsubo** de superficie, abrazada en casi todo su perímetro por una pared rocosa que resultaba invisible desde la senda a ras de suelo. Solo la parte anterior del templo no se

---

* *Tsubo:* unidad de superficie equivalente a 3,3 m².

encontraba al amparo de la piedra, y allí es donde se había levantado el pórtico de entrada, al cual solo se podía acceder a través de una angosta y larga escalera. Al general no le cupo duda de que el monje que había elegido aquel emplazamiento sabía lo que era una guerra y cómo fortificar una plaza.

Se adelantó y golpeó con el puño el portón, que parecía llevar siglos cerrado.

—¡Abrid!, ¡buscamos refugio!

Solo respondieron el viento entre los árboles y el despreocupado canto de los gorriones. Por un momento, el samurái pensó que el lugar podría encontrarse abandonado y que habían ido hasta allí en balde. Pero, cuando se disponía a golpear nuevamente con el puño, el ruido de la madera deslizándose les dio la bienvenida. Seizō se apresuró a aproximarse a Kenzaburō, justo antes de que una de las pesadas hojas comenzara a abrirse con un largo crujido.

Un bonzo ataviado con una gruesa túnica de color índigo, tal como solían vestir los zen de la escuela *Rinzai,* los saludó desde el otro lado del umbral.

—Bien hallados, viajeros —dijo, uniendo las palmas de las manos e inclinando la cabeza tonsurada.

Kenzaburō devolvió el saludo con respeto.

—Hemos venido desde lejos para hablar con el sacerdote Kosei.

—Trataremos de que así sea, pasad por aquí. Vuestra montura también puede entrar, la dejaremos atada en el patio.

A Kenzaburō le extrañó tan amable recibimiento, pues era sabido que el Gakuen-ji, celoso de su rutina, no era un monasterio especialmente hospitalario con los viajeros. Pero desistió de interpretar el carácter de los monjes, que se regían por normas de comportamiento muy dispares a las suyas.

—Cuidaremos de esta preciosa yegua —dijo el monje mientras tomaba las riendas de las manos de Seizō—, la llevaremos al establo, la abrevaremos y le daremos alfalfa y manzanas rojas. ¿Te parece bien?

Seizō asintió sin decir palabra.

Una vez traspasaron el umbral, pudieron observar que el monasterio estaba formado por varias edificaciones de madera distribuidas alrededor de un jardín central. Desde este se accedía al pabellón que hospedaba a los monjes, a los baños, a la cocina y a los almacenes, con todas las estructuras conectadas por caminos empedrados o por galerías techadas y elevadas sobre pilastras.

Al otro lado del jardín, justo frente al pórtico que daba acceso al recinto, se encontraba el templo en sí: un edificio más grande y elaborado que el resto, rodeado de un claustro de madera roja y cubierto por un tejado a dos aguas. Para acceder a tan santo lugar había que subir por una escalinata de peldaños tan estrechos que no se podía apoyar toda la planta del pie, coronada por dos lámparas de piedra que iluminaban la entrada.

—Os acompañaré —les indicó el monje, tras dejar a Natsu atada a un poste. El animal ya se distraía mordisqueando las hierbas que crecían entre las baldosas.

Los dos visitantes cruzaron el jardín tras los pasos de su guía mientras observaban al resto de los bonzos, que se afanaban en limpiar el suelo con hojas de palma, cultivar un pequeño huerto que había tras las cocinas o arrancar las malas hierbas de los rincones. A pesar del evidente trasiego, el ambiente no era ni mucho menos bullicioso: todo discurría con una pausada serenidad que no perturbaba la tranquilidad del bosque. Seizō, sin embargo, contemplaba con el ceño fruncido el silencioso laborar de aquellos hombres, pensando que la vida allí debía ser mortalmente aburrida.

Llegaron a la escalinata que conducía a las puertas del templo. Mientras ascendían, el bonzo volvió a dirigirse a ellos:

—El maestro se encuentra junto al altar, realizando meditación *zazen*.

—No quisiéramos molestarle, podemos esperar —dijo Kenzaburō.

—Puede estar horas, señor.

Coronaron las escaleras y Seizō quedó maravillado por la enorme campana de hierro enclavada junto a la puerta del recinto: estaba protegida por un tejadillo y junto a ella pendía un pesado mazo forrado en cuero. Le habría encantado golpear aquella campana y observar cómo cientos de pájaros levantaban el vuelo desde las ramas, pero estaba seguro de que Kenzaburō le habría reprendido severamente. Además, dudaba de que fuera capaz de blandir aquel mazo, así que se conformó con soñar despierto y siguió a los adultos al interior del templo.

Dentro, el olor a incienso les dio la bienvenida. Era un perfume suave que parecía atenuar la fría atmósfera de la estancia. Frente a una estatua dorada de Buda en posición de loto, meditaba el abad Kosei.

—Maestro —susurró el monje, a una respetuosa distancia del sacerdote.

Este inclinó la cabeza y, sin abrir los ojos, inquirió:

—¿Por qué me molestas, Dokusho?

—Lo siento, maestro. Alguien desea verle.

El abad recogió el cayado que reposaba a su derecha y se ayudó de él para ponerse en pie. Era alto y enjuto, envuelto en una túnica completamente negra, la cabeza rapada según era norma entre los monjes budistas, y con unos pómulos afilados que resaltaban en su rostro barbilampiño. Sus ojos poseían una mirada limpia y afable, pero escrutaban de un modo que denotaba que aquel hombre no solo entendía de lo divino, sino también de lo humano. Se volvió hacia los visitantes y tardó un instante en reconocer al samurái.

—General Arima —dijo con una voz átona que no dejaba traslucir emoción aparente.

—Sacerdote Kosei —saludó Kenzaburō.

A pesar de que las normas de cortesía dictaban que explicara el porqué de su visita, el samurái no tenía ninguna intención de llevar la iniciativa de la conversación. Las noticias volaban, pero desconocía cuánto sabía Kosei; quizás ya estuviera al tanto de que las tierras sobre las que se levantaba su templo estaban ahora bajo dominio Sugawara, o quizás pensara que nada había sucedido en los últimos días. Por lo que él sabía, era posible, incluso, que Kosei hubiera tenido noticias del avance de los soldados Sugawara y se hubiera abstenido de comunicarlo, pues los hombres santos son dados a mantenerse al margen de los juegos políticos cuando no les afectan ni para bien ni para mal.

—¿A qué debo este placer? —inquirió el abad.

—Viajaba por la zona y decidí visitar a un viejo amigo de mi padre. Además, este lugar me trae buenos recuerdos.

—Ya veo —dijo el sacerdote, riendo mientras asentía con la cabeza—. ¿Y el joven que le acompaña? ¿Quién es? —preguntó, dedicándole una sonrisa a Seizō.

—Es hijo de un compañero de armas. Lo llevo al *dojo** Hoten, en la ciudad de Taisha, para interceder por él. Si logro que lo admitan, podrá estudiar la técnica Kashima Shinryu y saldaré una deuda con su padre —explicó Kenzaburō.

Seizō lo observó de hito en hito. Sabía que estaba mintiendo, pero había hablado con tal firmeza que el niño incluso dudó de que los planes de su protector hubieran cambiado.

—Entonces todavía os queda un largo camino por delante. Acompañadme a mis aposentos, os serviré té para que os recuperéis del viaje. Mientras, pediré a mis monjes que os preparen el baño. Podréis descansar aquí hasta mañana.

—En realidad, tenemos intención de partir antes de que anochezca.

—Lamento que tenga tanta prisa, general —dijo con cierta afectación Kosei—. Aun así, no puedo permitir que partan tal como han llegado. Les atenderemos debidamente y, quizás, decidan pasar la noche aquí. Sea como sea, volverán a su camino más descansados.

Kenzaburō dio las gracias con una reverencia, y Seizō le imitó inmediatamente.

* * *

Compartieron el té en la cámara personal de Kosei y mantuvieron una conversación ligera e intrascendente. Fue un encuentro distendido en el que, sin embargo, flotaba una extraña sensación en el aire, como si todo el mundo supiera más de lo que decía. Acordaron verse allí mismo para cenar; mientras tanto, el abad dio libertad a sus invitados para que hicieran uso del recinto a su antojo.

—Puede que os interese meditar en la pequeña capilla que hay tras el templo, se encuentra al fondo de una gruta excavada en la roca —les indicó con afabilidad.

Tras el té de cortesía, Kenzaburō y Seizō usaron los baños para asearse. Hacía días que solo se lavaban en arroyos helados, y bañarse con agua caliente fue un agradable reencuentro con la civilización. Tras el baño, se vistieron con los sobrios kimonos grises, los

---

* *Dojo:* literalmente significa «el lugar del camino». Era un espacio dedicado a la meditación y al perfeccionamiento físico, por ejemplo, a través de las artes marciales. Todo *dojo* estaba regido por un *sensei* (maestro).

gruesos *tabi*[*] de invierno y las sandalias de caña trenzada que habían dejado para ellos. El tacto del algodón limpio sobre la piel aún caliente les hizo sentir lejanas las inclemencias del camino. Almorzaron a solas en el comedor del templo. Un solícito monje les sirvió sopa de tofu, verduras hervidas y unos bollos rellenos de pasta de judías azucarada. Disfrutaron de la comida, agradecidos de aquella sencilla hospitalidad, y se trasladaron a descansar al aposento que habían habilitado para ellos.

Seizō cayó dormido antes de tocar los cojines, y Kenzaburō se tendió boca arriba con las manos tras la nuca. Su intención era reflexionar sobre las últimas jornadas y lo que les quedaba por delante, pero pronto se rindió al sueño.

Cuando despertó horas después, el chiquillo continuaba profundamente dormido. No quiso interrumpir su descanso, así que se calzó las sandalias y salió a la terraza de madera. Cerró la puerta corredera tras de sí e inspiró el frío aire exterior, que terminó de despejarle.

De pie sobre el porche a la intemperie, Kenzaburō observó el jardín central del recinto, compuesto a partir de flores y plantas obtenidas, muy probablemente, del bosque que les rodeaba. Carecía del esplendor de los primorosos jardines que acogían los templos de las grandes urbes, pero, con sus helechos y violetas silvestres, poseía una serena belleza muy en consonancia con el estilo de vida de aquellos monjes. Levantó la vista y observó que la tarde languidecía. Pronto sería de noche, pero antes de que oscureciera del todo, un bonzo recorrió el recinto para prender las lámparas de piedra y los faroles que rodeaban los edificios.

La titilante luz de las velas se extendió por el monasterio, y Kenzaburō intentó dejarse llevar por la paz del lugar. Pensó cómo sería vivir allí, entregarse a una vida de oración y armonía con la naturaleza. Mientras se planteaba tales imposibles, una comitiva de hombres santos descendió por la escalinata que conducía al templo. Sin duda, volvían de la meditación de la tarde, y pronto comenzarían con sus labores cotidianas antes de dormir.

Al verlos, el samurái recordó la invitación del sacerdote Kosei a orar en la capilla tras el monasterio. Atraído por la idea, aguardó a que los monjes se dispersaran antes de subir por los mismos peldaños de piedra. Rodeó el santuario y descubrió, en la parte posterior, la boca de una gruta iluminada por cuatro cirios que permanecían en-

---

[*] *Tabi:* calcetines con una división entre los dedos para insertar la tira de las sandalias.

cendidos. No había otra entrada posible a la capilla, así que tomó una de las lámparas y avanzó haciendo a un lado las tinieblas; cuanto más penetraba en la roca, con más claridad percibía el murmullo del agua al otro extremo. Dobló un recodo y descubrió que el pasaje desembocaba tras una pequeña cascada que caía contra el cielo nocturno. El último tramo de la gruta, que horadaba la pared rocosa de lado a lado, había sido acondicionado como una capilla, con una tarima elevada cubierta por tatamis sobre la que se había dispuesto un sencillo altar a Buda. Al aproximarse, Kenzaburō comprobó que la plataforma se asomaba más allá de la ventana natural, como una pequeña terraza solo separada del exterior por la cortina de agua que manaba desde la roca viva.

Dejó el cirio en un soporte y ascendió a la tarima. El fragor era continuo y el caño dividía en dos el frondoso paisaje nocturno que se apreciaba desde allí arriba. Si uno se acercaba al extremo del mirador y alargaba el brazo, se podía rozar el agua con los dedos.

Fascinado por la belleza de aquel rincón, se sentó sobre una de las esterillas y se dispuso a orar. Tan solo ceñía su sable corto, pues había dejado la *katana* en los aposentos como señal de respeto, así que deslizó la vaina fuera del *obi*, la dejó en el suelo junto a él y, cerrando los ojos, se dejó arrastrar por el susurro infinito del agua.

Pero la agitada mente de Kenzaburō no le permitió seguir la senda que conducía a la iluminación a través del recogimiento. Su memoria retornaba una y otra vez al castillo en llamas, a la pérdida de su familia, a la guerra y al dolor.

Dado que estaba lejos de sentir la calma de espíritu necesaria para la oración, se conformó con repetir para sí las cuatro nobles verdades del Buda: primero, hemos venido a este mundo de sufrimiento para crecer en espíritu y poder alcanzar la iluminación, por lo que vivir conlleva dolor. Segundo, el origen de este dolor lo causan el apego a la vida terrenal y la búsqueda de placeres superficiales. Tercero, controlar estos deseos y el apego a la vida propia y ajena nos liberará de sufrir al ser privados de algo. Cuarto, para eliminar estos deseos debemos adentrarnos en el Camino de las Ocho Vías: recta visión, recta resolución, recto lenguaje, recta conducta, recto estilo de vida, recto esfuerzo, recta atención y recta meditación.

Durante toda su vida, Kenzaburō Arima había recorrido el Camino de las Ocho Vías. Sin embargo, con la muerte de su mujer y su hija, el dolor había llegado de igual manera y se sentía incapaz de desprenderse de él. Sabía que la oración y la meditación no le procurarían la paz que ansiaba, pues no era un santo y estaba lejos de alcanzar la iluminación. Por tanto, debería buscar la paz de espíritu como lo hacen los guerreros.

—Imaginaba que estaría aquí, caballero Arima —reverberó una voz en la galería—. Me alegro de que decidiera aceptar mi invitación.

Kenzaburō miró atrás, sin levantarse, y descubrió el rostro del sacerdote Kosei iluminado por el cirio que sujetaba en la mano.

—Buenas noches, abad.

Kosei subió a la tarima y se aproximó hasta su invitado, se arrodilló frente a Kenzaburō y depositó la vela entre ambos. Sus sombras oscilaron contra la pared de roca; fuera ya era noche cerrada.

—¿Le complace nuestra humilde capilla?

—Se respira una gran paz —manifestó el guerrero—. Ciertamente, aquí es fácil abstraerse del mundo.

Estas palabras complacieron al bonzo, que asintió satisfecho.

—Debo confesar que en las jornadas más largas la carga se aligera al saber que tendré un momento de retiro en este lugar. Por supuesto, mi obligación como abad es orar en el altar del templo y guiar a mis monjes a través de la meditación, pero es aquí donde encuentro la paz.

Kenzaburō miró a su alrededor. Era fácil comprender las palabras de Kosei.

—He de decir —prosiguió el sacerdote con voz distendida— que había oído muchas cosas del general Arima; no obstante, nunca oí decir de usted que fuera un mentiroso.

Su interlocutor frunció el ceño, a medio camino entre el enojo y el desconcierto, pero Kosei se limitó a sonreír a modo de disculpa.

—Señor Arima, quizás crea que soy un viejo bonzo al que nadie hace caso, pero, en contra de lo que pueda parecer, no soy un ermitaño. Lo que sucede en el mundo sigue afectando a mi templo.

—Explíquese —exigió el samurái.

El religioso suspiró.

—Sé que el niño que lo acompaña es Seizō Ikeda, hijo del señor Akiyama Ikeda. —Kenzaburō no hizo ningún gesto que pudiera confirmar o desmentir tal aseveración. Necesitaba saber hasta dónde llegaban las noticias o la capacidad de deducción de Kosei—. También sé que ese niño es el único superviviente de su casa.

—¿Quién te ha dicho tal cosa, bonzo? —preguntó Kenzaburō, con la cólera a punto de quebrar su compostura. Sabía que las noticias no llegaban tan rápidamente a un monasterio fuera de las rutas comerciales.

—Sé lo que está pensando, caballero Arima. Lo cierto es que conocía el destino de los Ikeda mucho antes de que se abatiera sobre ellos.

Dijo aquello con tal naturalidad que Kenzaburō dudó de haber entendido bien sus palabras.

—¿Estás reconociendo ante mí, el protector de la casa Ikeda, que conocías la traición que se cernía sobre nuestro señor y guardaste silencio?

—No solo eso. Esta mañana, después de que tomáramos el té, envié a uno de mis monjes para informar a los Sugawara de que Seizō Ikeda y el último de sus samuráis habían llegado a mi templo.

Con una ferocidad que desmentía la anterior contención de Kenzaburō, el guerrero extrajo la *wakizashi* de su funda y apoyó la hoja contra la yugular del sacerdote.

—¿Cómo te atreves a anunciarme semejante traición? —rugió el guerrero—. Dime por qué no debería abrirte la garganta aquí y ahora, bonzo.

—Porque le he advertido, Arima. Los hombres de Sugawara no llegarán aquí hasta dentro de tres días; para entonces, usted y el niño estarán lejos de este suelo sagrado.

—Eres una rata traidora. Tu templo está en el feudo de los Ikeda y le debes lealtad a nuestro señor.

—Yo solo debo lealtad a las enseñanzas de Buda —le corrigió con gravedad el sacerdote, pero al comprobar que aquellas palabras no significaban nada para el samurái, Kosei renunció a su ataque de dignidad—. Escúcheme bien, Arima: el general Mitsurugi Takeuchi, al frente de cientos de soldados de los Sugawara, llegó a las puertas de mi templo hace quince días y nos obligó a franquearles el paso. Eran un pequeño ejército y habían penetrado en las tierras de vuestro señor desde el norte; habían realizado un largo viaje y buscaban dónde reabastecerse y esperar al resto de sus tropas.

«Desde el norte», repitió para sí Kenzaburō, evidentemente sorprendido. El feudo de los Sugawara, situado al sur de Izumo, era la más vieja amenaza para el clan Ikeda; en consecuencia, la mayor parte de las defensas y puestos de control se ubicaban en la frontera meridional del feudo. Sin embargo, el general Takeuchi había decidido rodear todo el lago Shinji, rompiendo durante días el contacto con sus puestos de abastecimiento más avanzados, para descargar su golpe desde el norte, una región en la que solo había poblados pesqueros y campos de arroz.

Aun así, ¿cómo habían recorrido tantos *ri*, atravesando feudos y fronteras, sin llamar la atención?

—¿Por qué no avisaste a tu señor? —le increpó el general—. Esa era tu obligación.

—¿Cómo habría de hacerlo, samurái? Tomaron el templo, estuvimos durante días rodeados y aislados. Cuando todas las tropas acaudilladas por Takeuchi se hubieron congregado, marcharon sobre Izumo y nos dieron orden de avisar si, al cabo de los días, alguno de los supervivientes buscaba aquí refugio.

—Y tú has obedecido con diligencia —le recriminó Kenzaburō, sin apartar la hoja de su cuello.

—Si no me equivoco, mi monasterio se encuentra ahora sobre suelo Sugawara. Debo mantener buenas relaciones con el señor de estas tierras.

—Eres un miserable cobarde, viejo bonzo. Has vendido tu lealtad a cambio de las promesas de esos perros. —La furia ardía en los ojos del general Arima, que ciñó aún más su acero a la garganta.

—No se equivoque. No soy un samurái, mi deber no es ayudar a mi señor en la guerra, sino guiar a los hombres en el camino hacia la iluminación.

—Dime, entonces, cómo has ayudado a mi familia a alcanzar la iluminación. Mi mujer y mi hija, mi señor y su hijo, y tantos otros, muertos a manos de los hombres que tú alojaste y alimentaste entre tus muros.

—General Arima, comprendo su dolor, pero mi primera obligación es con los monjes que habitan este templo. ¿Qué cree que habría sucedido si le hubiera negado el paso a Mitsurugi Takeuchi? ¿O si, a fin de alertaros, hubiera enviado a uno de mis novicios para que intentara atravesar el campamento de los Sugawara al amparo de la noche? No somos monjes guerreros de las montañas.

Las excusas no parecían saciar la sed que bullía en el corazón de Kenzaburō.

—Dices que comprendes mi dolor. Quizás ahora lo comprendas mejor.

Y al decir esto, deslizó una mano tras la nuca del bonzo para sujetarle con fuerza la cabeza, mientras que, con la otra, oprimía la hoja contra la blanca piel del cuello.

Kosei tragó saliva, y este gesto involuntario hizo que el acero le mordiera aún más profundamente, hasta el punto de que un hilo de sangre se deslizó por el filo de la *wakizashi*. Un sudor frío, de olor acre, humedecía la tonsurada cabeza del monje.

—No tengo miedo a la muerte, es el paso entre esta vida y la siguiente —murmuró para sí el hombre santo.

Durante un instante eterno, Kenzaburō no inmutó la expresión, se limitó a escrutar el alma de Kosei a través de sus ojos, buscando en ellos algo que le permitiera dictar sentencia.

—Cuando un hombre está a punto de morir, su verdadero espíritu asoma a sus ojos. —El samurái hablaba con voz pausada—. Aunque quizás no lo sepas, pues nunca has matado a nadie con tus propias manos.

Tan acusatorias palabras hicieron que el abad, muy a su pesar, volviera a tragar saliva.

—Sí, ahora puedo ver tu alma, Kosei, desnuda y sincera, y me desvela que no estás tan preparado para abrazar la muerte como crees.

El sacerdote cerró los ojos, como si le avergonzara la posibilidad de que, verdaderamente, el samurái pudiera ver la naturaleza de su alma, y las lágrimas corrieron por sus mejillas. Era evidente que aquel hombre no quería morir. Intentando controlar su miedo, recitó con voz trémula:

—Si el granizo arrecia y arrasa los cultivos de arroz, el campesino y su familia pasarán hambre ese año. Es normal, por tanto, que el campesino se sienta furioso después de trabajar los campos durante tantos meses. Pero ¿a quién culpar? ¿Al arroz, por no resistir la tormenta tras meses de atentos cuidados? ¿Al granizo, por destrozar lo que con tanto esfuerzo ha cultivado? ¿O a sí mismo, por no evitar lo inevitable?

—Tus acertijos no me interesan, bonzo.

Ignorando las palabras de Kenzaburō, Kosei prosiguió, ahora con más seguridad en su voz:

—Este *kōan**, como todos los demás, no tiene una respuesta, general Arima. Pero encierra una sencilla verdad: en la naturaleza del granizo está arrasar todo a su paso, en la del arroz ceder ante la tormenta, y en la del campesino cultivar sus campos un año tras otro. Simplemente, hay desgracias que no tienen culpables, ¿por qué busca uno? —preguntó abriendo los ojos.

—No busco un culpable, bonzo, busco a muchos. Sabré quiénes son los responsables, no para satisfacer una debilidad de mi alma, sino para que Seizō y yo podamos cobrar cumplida venganza por lo que se nos ha arrebatado. —Hablaba con una determinación escalofriante, más elocuente que cualquier razonamiento pacífico.

Kosei volvió a cerrar los ojos con resignación, consciente de que todos sus recursos estaban agotados, pero Kenzaburō aflojó su presa y enfundó la *wakizashi*. Para el monje, aquello resultó tan extraordinario como si un lobo abriera sus fauces para que un ratón escapara.

—¿Por qué me perdona si piensa que actué como un traidor?

—No soy un asesino, sacerdote. Sabré si tu acuerdo con Takeuchi fue por mera supervivencia o si, por el contrario, te has beneficiado de alguna manera. —Mientras decía esto, se puso en pie y pasó bajo el *obi* la funda de su sable corto—. Por tu bien, espero que no volvamos a vernos, Kosei.

El abad quedó aturdido por un momento, pero antes de que Kenzaburō se marchara, se apresuró a hablar.

—Hemos preparado las alforjas de su yegua —dijo en un vano intento de reconciliarse—. Tendrán alimentos y ropas que les ayudarán a pasar desapercibidos, como si fueran un vendedor de leña y su hijo.

El guerrero asintió sin decir nada, mientras tomaba el cirio que había dejado en la pared. Kosei volvió a dirigirse a él, esta vez con una voz más serena:

—General Arima, nunca le he deseado ningún mal. Siempre he sentido un profundo respeto y aprecio por su padre, no soporto que crea que he actuado contra su señor. Si me dice hacia dónde se dirigen, cuando lleguen los hombres de Sugawara los enviaré en la dirección opuesta.

---

* Un *kōan* es una especie de acertijo o parábola utilizado por los maestros zen para ayudar a sus alumnos a despejar la mente y progresar hacia la iluminación. Tradicionalmente, un *kōan* no tiene una respuesta lógica o racional, sino que requiere un esfuerzo de abstracción para comprender la enseñanza que el maestro quiere expresar.

Kenzaburō lo observó durante un instante con rostro inexpresivo, como si mirara a través de él.

—Vamos a Taisha, y de ahí a la provincia de Iwami —dijo el samurái—. Debemos buscar aliados.

Dicho esto, se volvió y se internó en la oscuridad de la gruta, guiado por la titilante llama que protegía con el hueco de la mano. A su espalda, mientras se alejaba, Kosei elevó la voz para que pudiera escucharle:

—Los enviaré en otra dirección entonces…, a Takahashi, hacia el sureste.

Kenzaburō escuchó estas últimas palabras sin alterar el paso. «Tanto da si los envías a Takahashi o a Iwami —musitó en la penumbra—. No nos encontrarán. Aún no».

* * *

El samurái regresó a los aposentos y comprobó que Seizō aún dormitaba encogido bajo las mantas.

—Despierte —le llamó Kenzaburō.

El niño abrió los ojos con gesto somnoliento.

—¿Ya es la hora de cenar? —preguntó con voz espesa—. Vuelvo a tener hambre.

—Lo siento, Seizō. No cenaremos aquí, esta noche también viajaremos.

El joven señor asintió y salió lentamente de debajo de las mantas, restregándose los ojos para desperezarse. Mientras tanto, Kenzaburō comenzó a recoger las escasas pertenencias que llevaban consigo, aunque, en un momento dado, se detuvo a observar las ramas de incienso a punto de extinguirse, como si aquello tuviera algún significado.

—¿Hacia dónde nos dirigimos? —quiso saber Seizō, ya más despierto.

—Seguiremos bordeando el lago Shinji, hacia el este. Nuestro objetivo es llegar a Matsue en dos o tres días.

Dicho esto, Kenzaburō se sintió extrañamente aliviado. Desde que habían llegado al monasterio, era la primera vez que podía decir simplemente la verdad.

Capítulo 5

La medicina adecuada para una grave enfermedad

E kei Inafune era un hombre de mundo, con una mente afilada por las piedras del camino y el viento de la ladera. En sus años de vagabundeo había aprendido varias cosas ciertas: sabía, por ejemplo, que el pueblo no vive levantando la vista hacia las estrellas, sino que se conforma con mirar al suelo; o que los poderosos siempre gobiernan para sí, y solo piensan en el débil cuando el descontento hace peligrar sus privilegios. También había aprendido que la única justicia en este mundo es la del cielo, que llueve y nieva igual para todos; y que lo inexplicable no existe, pues todo milagro se desvanece cuando alguien alarga la mano para tocarlo.

Sin embargo, durante los años que asistió al hospital portugués de Funai en la isla de Saikaidō, Ekei presenció cosas que le maravillaron casi tanto como un milagro. Merced a la metódica observación, pronto descubrió que algunas de ellas eran tan obvias que lo sorprendente era que nadie las hubiera puesto antes en práctica, como la técnica de coser heridas con hilo de tripa. Otras, por el contrario, no tenían una explicación tan evidente: escondían un secreto y Ekei debió luchar por desentrañarlo.

De entre estos secretos de la medicina extranjera, al maestro Inafune le resultó especialmente extraordinario el de una sustancia que los portugueses utilizaban como analgésico o somnífero indistintamente. Los bárbaros la llamaban «*mapula*», una palabra cuya pronunciación Ekei memorizó y transliteró fonéticamente.

La *mapula* podía prepararse de diversas maneras y su administración dependía de la dolencia: masticada para los dolores de muela o de oído, fumada en pipa para propiciar el sueño o ingerida en tisanas para calmar dolores generales, siendo este último modo el que a Ekei le resultaba más apropiado, quizás por simple familiaridad. Sin embargo, el secreto de la elaboración de esta droga frustraba sobremanera al maestro Inafune, pues los bárbaros se negaban a desvelar a los médicos japoneses el modo de obtenerla. O puede que el secreto no fuera tal, quizás, simplemente, no había manera de entablar un diálogo fructífero entre las partes, pues la barrera del lenguaje limitaba todo el aprendizaje al escrutinio y a preguntas planteadas mediante simples gestos, una técnica ciertamente insuficiente cuando se trata de disciplinas tan complejas como la medicina y la farmacología.

Por tanto, Ekei tan solo había podido averiguar que la *mapula* en bruto utilizada por los portugueses en sus preparados era una piedra cristalina de aspecto sucio y amarillento. Cortaban un pedazo con una cuchilla y lo diluían en agua caliente, luego filtraban el agua y la dejaban evaporar, quedando como sedimento un derivado polvoriento de aquella piedra. Pero la duda que surgía en todos los médicos japoneses que observaban el procedimiento era la misma: ¿de dónde se obtenía aquel extraño mineral?

Algunos conjeturaban que se trataba de una piedra nunca vista en Japón o en China, extraída de las minas de los países bárbaros; otros creían que debía ser similar a la sal marina cristalizada. Pero Ekei era reacio a aquellas teorías, en gran medida porque lo que había observado de la medicina occidental, sobre todo en lo referente a la elaboración de fármacos, no era tan diferente de la medicina tradicional china: casi todo se extraía de las plantas.

Sea como fuere, el efecto de la *mapula* era incuestionable. Dolores de gran intensidad eran aliviados al poco de su administración con un efecto inmediato y duradero, mucho más eficaz que el logrado por los habituales analgésicos del herbolario chino, tales como la quinina. Los habitantes de Funai que acudían al hospital portugués demandaban aquella medicina cada vez con más asiduidad, sobre todo para padecimientos como el dolor de muelas. Pero la incógnita persistía. Los médicos extranjeros elaboraban los medicamentos de *mapula* con ellos presentes, su preparación era sencilla, pero ¿qué era aquella sustancia?

Los extranjeros se negaban a comerciar con ella y, por lo cuidadosos que eran al sacar aquel extraño y preciado mineral de sus recipientes de cristal, resultaba evidente que las existencias eran escasas. Entonces, ¿de qué les serviría a ellos? A Ekei no le interesaba una medicina que solo pudieran aplicar los bárbaros.

El deseo por saber fue lo que empujó al maestro Inafune a robar por primera vez en su vida. Hacía ya casi ocho años de aquello, pero lo seguía recordando vívidamente. Ese día Ekei asistió, como era habitual, a observar la labor de los maestros del hospital jesuita, siempre con el amuleto en forma de cruz colgado al cuello. Los médicos japoneses tenían cierta libertad para recorrer el recinto enclavado junto al puerto de Funai, cerca del río Oita, y varios acudieron a la farmacia a estudiar cómo se preparaban los medicamentos.

Ekei recordaba que aquella jornada estaba a cargo de la elaboración un jesuita al que llamaban Doménico, otro de aquellos *kirishitan pateren* [*] de costumbres tan particulares. Se trataba de un hombre orondo y de movimientos torpes, que se ayudaba de un nudoso bastón para andar. Tenía un cuello grueso como el de un buey, espesa barba cana y unos ojos lechosos de mirada perdida. Era evidente que aquel hombre apenas podía ver y que, en gran medida, se apoyaba en su memoria a la hora de manejarse por la farmacia, donde encontraba instrumentos, vasijas y medicinas por el simple hecho de recordar dónde se ubicaban. A Ekei le entristecía aprovecharse de las debilidades del monje, pero su curiosidad le venció.

Observaron durante largo rato las tareas de Doménico, hasta que, finalmente, tomó de uno de los estantes un tarro blanco de cerámica del que extrajo lo que Ekei estaba esperando: una piedra de *mapula* de un color tan oscuro como el de la sal quemada. Cortó un trocito con una pequeña cuchilla, lo puso sobre la báscula y aproximó la nariz a la caja de los contrapesos, que fue depositando uno a uno, con suma delicadeza, hasta equilibrar los platillos.

Mientras el jesuita se afanaba en elaborar la droga, Ekei rodeó muy despacio la inmensa mesa de roble donde trabajaba, bajo la atenta y silenciosa mirada de sus colegas presentes en la sala. Llevaba en la mano un trozo de papel y un carboncillo, como los utilizados por los extranjeros para escribir. Se aproximó a los estantes que se halla-

---

[*] *Kirishitan pateren*: nombre que en japonés antiguo se les daba a los sacerdotes cristianos, derivado de la palabra portuguesa *cristão* y la latina *pater*.

ban a la espalda de Doménico y localizó la vasija de la que el monje había extraído la sustancia. Sobre la cerámica, unos trazos de pincel indicaban lo que suponía que debía ser el nombre de la *mapula*, anotado por los extranjeros con su peculiar sistema de escritura horizontal. Imitando los caracteres, Ekei transcribió aquellos alargados garabatos: *dormideira*. Le resultó extraño que hiciera falta semejante retahíla de caracteres para una palabra de tan solo tres sonidos.

Cuando terminó de copiar cuidadosamente los signos, plegó el papel y lo guardó en la pechera de su kimono. A continuación, alargó la mano y tomó la vasija de cerámica. Tras él, un ahogado murmullo de sorpresa se elevó desde el grupo de compatriotas que, hasta ese momento, había observado sus evoluciones en silencio. Ekei se percató de que Doménico cesaba en el acto lo que estaba haciendo y miraba al techo ladeando la cabeza, como si intentara escuchar el zumbido de un mosquito.

Apenas había tenido tiempo de rescatar un trozo de *mapula* y devolver el tarro a su sitio, cuando el bastón del monje se estrelló con violencia contra una balda de la estantería. La madera crujió y un sinfín de recipientes tintineó bajo el peso de aquel golpe que bien podría haberle abierto la cabeza, de no ser porque Ekei, haciendo gala de unos reflejos bien aguzados, lo había esquivado con un suave movimiento. Doménico comenzó a mascullar en su incomprensible idioma mientras Ekei se escabullía fuera de la estancia con pasos silenciosos. Entre sus ropas escondía la preciada sustancia.

Algunos de los que estaban en la farmacia lo siguieron hasta la calle para recriminarle:

—¿Qué has hecho, insensato? Si descubren que les hemos robado, nos negarán el acceso al hospital.

El que así hablaba era Yoshimitsu Furukawa, un médico de Saikaidō con la cabeza rapada como un bonzo. Era un hombre unos diez años mayor que Ekei, quien por aquel entonces contaba veintinueve años.

—Es la única manera de descubrir el secreto de la *mapula* —se defendió Ekei, avergonzado por lo que había hecho pero, al mismo tiempo, seguro de que era necesario—. Si nos conformamos con lo que nos enseñan, jamás entenderemos cómo se obtiene esta medicina.

—Hay más cosas que podemos aprender de ellos. No deberías prestar tanta atención a sus drogas, en ese aspecto el herbolario chino es insuperable —argumentó Furukawa—. Procedimientos como la sutura son los que debemos aprender, esa es la clave de su medicina.

Ekei no tenía la más mínima intención de iniciar una discusión médica en pleno puerto de Funai. Miró a su alrededor, era temprano y muchos mercaderes y marineros deambulaban por las inmediaciones. Algunos ya observaban con curiosidad la peculiar disputa.

—No hablemos de esto aquí —aconsejó Ekei—. Todos sabéis dónde está mi consulta, si queréis estudiar la *mapula* conmigo, os esperaré allí antes de medianoche.

* * *

La medianoche había llegado y nadie había aparecido por la consulta de Ekei Inafune, que aguardaba asomado a la calle, apoyado en el vano de la puerta mientras se refrescaba con un abanico de papel. Era una velada húmeda y calurosa, por lo que prefirió esperar al amparo de las estrellas la improbable venida de alguno de sus compañeros.

Mientras aguardaba, Ekei se distrajo observando la vida que aún latía a aquellas horas en el barrio portuario de Funai, donde había establecido su pequeña consulta por la mera comodidad de estar cerca del hospital portugués. Las puertas y las persianas de las casas permanecían abiertas, como si, asfixiadas por el calor, boquearan en busca del más mínimo hálito de aire fresco. En algunos de los edificios de varias plantas que recorrían la calle aún había luces encendidas, alumbrando el desvelo de los insomnes y permitiendo a los observadores nocturnos deleitarse con escenas de la intimidad de sus vecinos. Aquellas vidas al trasluz de las persianas retrataban un mosaico de costumbres que el buen médico supo disfrutar, como un espectáculo de sombras chinescas.

Un empleado público pasó frente a su puerta y Ekei lo contempló distraído: llevaba una larga vara de unos dos *ken* de longitud, de la que se servía para descolgar las lámparas apagadas que debían iluminar la calle. Bajaba los faroles que ya no brillaban, los rellenaba de aceite y los encendía con una chispa de pedernal; a continuación los volvía a levantar con la vara hasta colgarlos de las cuerdas cruzadas de un edificio a otro. El aburrido médico observó la evolución de aquel hombre que trabajaba en silencio y con destreza, devolviendo la luz a los rincones que habían quedado en penumbras.

Cada vez que una de las lámparas era restituida a su cuerda, una cálida luz se derramaba por las paredes pintadas de blanco y por las terrazas de los edificios próximos, dejando claro que la noche sería mucho más inhóspita sin el lento laborar del farolero. Ekei levantó los ojos y posó la vista en la larga calle de tierra que le quedaba por delante y, más allá, en los barrios que descansaban sobre las laderas de la ciudad, todos cubiertos por el titilante resplandor de aquellas linternas de aceite.

Cuando el farolero desapareció calle abajo, el médico miró durante un instante el cielo estrellado y, con un largo suspiro, volvió al interior de su consulta. Estaba claro que nadie vendría, y en cierto modo lo prefería así, ya que su invitación había sido obligada por las circunstancias. Se descalzó en el recibidor, subió a la desvencijada tarima y deslizó la puerta tras de sí.

Dentro hacía calor, por lo que levantó un palmo la persiana de bambú que daba a la calle. Tomó el cuenco con la piedra de *mapula* y lo depositó sobre la mesa baja donde, previamente, había dispuesto varios instrumentos. Se sentó en el tatami con las piernas cruzadas y, como para encomendarse, observó la caligrafía enmarcada que había en la pared frente a él. En ella se leía: «Salud de cuerpo y espíritu». Tenía la costumbre de colgarla en todas las consultas que había ocupado.

La de Funai, en concreto, era una pequeña estancia dividida por un biombo de papel parcheado. En la primera mitad de la estancia, que funcionaba como sala de espera, había unos cuantos cojines distribuidos sobre el tatami, además de la mesa baja junto a la ventana circular, donde Ekei se hallaba sentado. Al otro lado del biombo se encontraba la consulta en sí: allí examinaba a sus pacientes y guardaba su instrumental médico, sus archivos y sus medicinas. Al fondo, tras cruzar un angosto pasillo, podía verse una empinada escalerilla que conducía a la planta superior, donde Ekei dormía, comía y estudiaba.

Así, sentado junto a la única mesa de la casa, el médico examinó el cristal de *mapula* a la luz de una llama. Tuvo la misma impresión que la primera vez que lo vio: aquello no podía ser un mineral. Ciertamente, era compacto, pero su tacto resultaba ligeramente pegajoso, similar al de la resina reseca sobre los troncos de los cedros. Sin duda, la sustancia tenía un origen vegetal.

Tardó en decidirse, pero se dijo que solo había una manera de averiguar lo que quería, así que tomó una cuchilla y desprendió un pequeño trozo que echó en un cazo con agua, lo levantó con unas tenazas y lo puso sobre la llama de la lámpara. Tardó un buen rato, pero finalmente aquella especie de resina se diluyó en el agua; vertió el espeso líquido resultante en una taza y lo escrutó mientras lo removía con una espátula, a la espera de que se enfriara. Al cabo de un rato se lo acercó a los labios y, comprobando que ya no quemaba, se lo bebió de un trago. Mientras la tisana se derramaba por su garganta, Ekei se convenció pensando que debía ser honesto con sus pacientes: no podía administrarles un medicamento cuyos efectos no conocía en profundidad.

El tiempo transcurrió mientras esperaba a que aquella droga surtiera su efecto, sin que notara en su organismo nada fuera de lo normal. A lo lejos los perros aullaban a la luna, los borrachos que deambulaban por el puerto reían a carcajadas y los grillos insistían en su interminable coro, pero Ekei se sentía inmune a la *mapula*. ¿No habría tomado la dosis suficiente? O quizás la sustancia requería de otra preparación para surtir su efecto…, no lo sabía. Estaba sumido en estas disquisiciones cuando una agradable somnolencia comenzó a apoderarse de él; no era el pesado sopor que te aplasta por la falta de sueño, sino el cálido abrazo de una mujer que te acaricia y te susurra al oído. Al mismo tiempo, un leve hormigueo comenzó a treparle desde la punta de los dedos hasta aflojar por completo sus brazos y piernas. Por fin, Ekei debió tenderse hacia atrás sobre el suelo, con la mirada perdida en las vigas del techo.

Notaba bajo las yemas de sus dedos cada una de las hebras de caña que trenzaban el tatami, y el tacto del kimono sobre la piel le resultó áspero e intenso, casi desagradable. Le habría gustado desnudarse para que el basto tejido no continuara arañándole, de modo que solo la más leve brisa nocturna, deslizada entre las persianas como una amante clandestina, le acariciara la piel. Pero era incapaz de moverse arrebatado por la dulce somnolencia. Durante un rato permaneció flotando en aquella sensación, hasta que se percató de que lo que en un principio era una tibia evasión se había tornado, poco a poco, en un frío que le entumecía el cuerpo. Buscó a su alrededor algo con lo que abrigarse, pero enseguida comprendió que no tenía sentido tener mantas a mano en verano, así que se rindió y se dejó llevar.

Mientras se hundía más y más en el duermevela, le sorprendió que los perros aullaran su nombre y que los borrachos ya no rieran. Aquello le pareció extraño, pero no llegó a inquietarle, pues la duda que de repente le consumía era si, entre los cometidos del farolero, también se encontraba el descolgar las estrellas cuando se apagaban y devolverlas al firmamento prendidas de nuevo. Alguien dijo alguna vez que las estrellas eran los espíritus de los muertos que nos observaban desde el cielo. Muchos muertos debían estar pendientes de él entonces, iluminando su incierto camino, quizás por eso ahora los escuchaba hablándole desde más allá del tránsito, esperándole entre mundos. Él no tenía la culpa, se dijo de nuevo, ellos habían escrito su propio destino, por qué insistían en atormentarle.

Uno de ellos se adelantó de aquel coro infernal y se inclinó sobre él.

—Inafune —gritaba—. ¡Ekei Inafune! ¿Qué has hecho?

—Aléjate de mí, demonio —le instó Ekei con voz espesa, mientras intentaba apartar con torpes manos aquel rostro salido del más allá—. No tenéis derecho a reclamarme nada, volved a vuestra tumba.

Aquel diablo de tez mortecina le zarandeó por los hombros y le golpeó con el dorso de la mano, pero, aunque sentía las sacudidas, no le hacían daño. No podían lastimarle, pues estaban muertos y hollaban un mundo inalcanzable. Ekei echó la cabeza hacia atrás y rio, larga y tristemente, hasta que su carcajada se extinguió en un lamento.

* * *

Según despertó, sintió cómo las sienes le palpitaban y la náusea se agolpaba en su garganta. La luz del día inundaba la estancia y, con ojos pesados, Ekei contempló el mundo que le rodeaba, nítido e inequívoco, a diferencia de sus pesadillas. Al otro lado de la sala, sentado contra la pared, descubrió a Yoshimitsu Furukawa observándole con rostro circunspecto.

—Maestro Furukawa —musitó Ekei con voz ronca.

—Bienvenido a este mundo —ironizó el interpelado—. Has estado más de diez horas ausente.

Inafune se incorporó y miró hacia las persianas echadas, tratando de averiguar la hora por la incidencia de la luz que se filtraba hasta el interior. Pero desistió de cualquier esfuerzo y señaló la bandeja lacada sobre la que descansaba una tetera, en un ruego silencioso por que Furukawa se la alargara. Este le ayudó a reclinarse y le acercó el extremo de la tetera a la boca; Ekei puso los labios directamente en el pitón y bebió con avidez la infusión fría. Tenía la garganta áspera, como si se hubiera tragado un puñado de arena.

—La *mapula*… —comenzó a decir cuando sació su sed.

—Lo sé —le interrumpió el otro médico—, llegué por la noche a tu casa y te encontré tendido en el suelo, murmurando incongruencias. Vi que habías preparado una tisana con la piedra que robaste.

—No es una piedra —le corrigió Ekei—, es una especie de resina, como la savia seca de algún árbol.

—¿Resina? —repitió Furukawa—. Sí, eso tendría sentido. Pero ¿de qué árbol?

—Aún no lo sé, pero pretendo averiguarlo.

—¿Y cómo quieres hacerlo? ¿Acaso vas a probar la resina de cada árbol que encuentres en los bosques de Saikaidō? Te advierto de que puede ser muy perjudicial para tu salud.

Ekei logró sonreír. Lo cierto es que tenía planes más concretos, pero antes debía reponerse de aquella primera experiencia con la droga de los portugueses.

—Cuéntame, ¿cómo es el efecto que produce? Anoche te indujo un trance mucho más intenso que el de cualquier otro narcótico que conozca.

—Es peligrosa. Ahora comprendo por qué las cantidades que emplean son tan nimias. No es solo por su valor, es por su fuerte efecto —explicó Ekei—. Anoche me hizo soñar en duermevela, sin duda tuve alucinaciones; además, adormece todo el cuerpo, es por eso que en pequeñas cantidades puede ser un analgésico excepcional, y creo que en cantidades moderadas puede ser también una cura eficaz contra los problemas de sueño. Pero una dosis mal calculada tiene las consecuencias que, lamentablemente, ayer pudiste ver. Me temo que en exceso pueda ser incluso mortal.

Yoshimitsu asintió, pensativo.

—Una sustancia peligrosa.

—Como muchos otros venenos que conocemos. Pero bien suministrada puede ser medicinal.

—Es demasiado arriesgado, Inafune. No deberías usarlo con tus pacientes, puede que en los bárbaros tenga un efecto distinto que el que produce en nosotros, por eso anoche enfermaste.

—Eso es absurdo —rechazó Ekei—. Hemos visto en el hospital cómo se ha suministrado a pacientes locales con resultados beneficiosos. Lo mío ha sido fruto de una dosis mal administrada, no de una diferencia física entre los extranjeros y nosotros.

Furukawa rio entre dientes.

—Como quieras, Inafune. No tengo por qué saber más de tus temeridades, pero abstente de volver a robar en el hospital extranjero. No quiero que nos veten el paso por culpa de tus veleidades.

—Podéis estar tranquilos, no volveré a hacerlo —le aseguró Ekei con ojos sinceros—. Gracias por acudir anoche.

—Si lo hubiera sabido, no habría venido. Quería aprender algo y, en lugar de eso, me he pasado la noche cuidándote como una enfermera.

—Si lo deseas, puedes llevarte un trozo de *mapula* para estudiarla —ofreció Ekei.

—No —contestó tajante maese Furukawa—, soy lo bastante inteligente para distinguir qué parte de la medicina extranjera es aprovechable y qué es una temeridad. Esas locuras las dejo para ti.

El médico se levantó, se echó sobre los hombros un liviano *haori*[*] de seda oscura y, con un pie ya en el recibidor, se despidió de Ekei en un tono menos grave.

—Supongo que nos veremos en el hospital.

—Hoy no, desde luego —respondió Ekei, volviéndose a recostar.

—No cometas otra insensatez, Inafune.

La puerta se deslizó tras Yoshimitsu y Ekei se quedó a solas con sus pensamientos. Debía planear cómo entrar en el hospital sin ser descubierto, y debía hacerlo aquella misma noche.

* * *

---

[*] *Haori*: abrigo holgado que se usa sobre el kimono, pudiendo llegar hasta la cintura o hasta las rodillas.

La jornada se hizo especialmente larga para Ekei, que invirtió las horas en sopesar la mejor manera de infiltrarse en el hospital y llegar hasta la pequeña biblioteca ubicada en la segunda planta. Los japoneses tenían vetado aquel archivo, ya que para los extranjeros, como para ellos mismos, los libros eran demasiado valiosos; pero Inafune creía tener una idea bastante aproximada de lo que allí se guardaba, pues en más de una ocasión había observado cómo los jesuitas acudían a aquella planta para realizar sus consultas. En ocasiones, incluso llegaban a bajar alguno de sus gruesos manuales para preparar determinadas drogas o atender a algún paciente. Así que su única duda era cómo acceder a la biblioteca. Durante las horas de puertas abiertas le resultaría imposible, por lo que debería hacerlo cuando los pasillos estuvieran vacíos.

Lo que los médicos japoneses llamaban hospital no era tal cosa o, por lo menos, no era solo un hospital. Simplemente, el resto del recinto carecía de interés para ellos. Pero lo cierto es que, en el espacio que el *bugyo** local había cedido a los extranjeros —una considerable finca en el barrio portuario de Funai, con una superficie de ciento ochenta *tsubos*—, también tenían cabida un recinto para la vida cotidiana de los religiosos, con comedores y dormitorios, y un templo con planta en forma de cruz. En el tiempo que Ekei llevaba visitando el hospital había podido comprobar que aquellos monjes llevaban una vida ordenada de horarios estrictos, y sabía que, poco después del atardecer, se recluían en el templo a rezar largos cánticos. Ese era el mejor momento para entrar en el hospital, y aquella noche era tan buena como cualquier otra.

Según se acercaba el mediodía, Ekei hizo un esfuerzo por comer algo de arroz y un poco de estofado de ave, que no le sentaron tan mal como temía, a pesar de que la sensación de náuseas provocada por la *mapula* no había desaparecido del todo. El resto de la jornada se alimentó a base de infusiones de té verde.

Cuando el sol comenzó a declinar, perfilando los largos tejados de pizarra con un destello anaranjado, subió a su dormitorio y se preparó para su actividad nocturna. La pequeña habitación de techo abuhardillado tenía por toda iluminación aquella que penetraba des-

---

* *Bugyo:* autoridad o magistrado que administraba el poder gubernamental en el Japón feudal; existían distintos tipos, según ostentaran el poder judicial, militar o religioso. También se utilizaba, como en este caso, para designar a la Administración en sí.

de una ventana, la cual se asomaba a un callejón trasero que, bien lo sabía el médico, solo parecían frecuentar los más apestosos gatos de Funai. En un rincón del dormitorio, bajo un tapiz de junco que mostraba la silueta del monte Fuji dibujada de un solo trazo, había un cofre de mimbre en el que podría caber una persona encogida. Ekei retiró la tapa y revolvió un rato hasta extraer un kimono azul oscuro y unos calcetines de suela rígida, cuyas pisadas serían más silenciosas que las de una sandalia común. Aquellas ropas le facilitarían ocultarse entre las sombras sin llamar la atención al caminar por una calle concurrida.

Se vistió y salió en dirección al puerto. Caminó por la transitada vía durante un rato y se desvió en un estrecho y largo callejón deshabitado al que no daban ventanas ni puertas. Era una calle entre dos fincas, cuyos muros exteriores mostraban un basamento de piedra gris y una parte superior alisada con yeso blanco, sin terrazas ni ventanas indiscretas.

Continuó hasta llegar al puerto y se aproximó con aire distraído al recinto de los portugueses, delimitado por una tapia baja que habían construido más para marcar el perímetro que para impedir el paso de intrusos. Ekei rodeó aquella muralla testimonial, de apenas un *ken* de alto, hasta llegar a la parte posterior de la finca, colindante con una pendiente de tierra que bajaba hasta la playa. Una vez allí, miró hacia las distantes luces del puerto y a la orilla cercana: solo el rumor de las olas lo acompañaba. Con calma, utilizó una cinta de seda negra para ajustarse el kimono a los brazos y a las piernas y, sin dudarlo más, se encaramó al muro de un salto.

El interior del recinto estaba iluminado con lámparas de aceite dispuestas en cada esquina, y le habría sorprendido encontrar algún tipo de vigilancia, pues aquellos visitantes venidos del sur eran monjes y médicos, no soldados. Así que cruzó rápidamente el espacio abierto hasta pegar la espalda contra la pared del hospital, al que ya había pensado cómo acceder sin llamar la atención. Mientras caminaba al amparo de las sombras, sintió que revivía una parte de su vida que ya había dejado atrás. Distintos objetivos, era cierto, pero los mismos métodos.

Desde el edificio anexo, el templo con planta de cruz, comenzaron a escucharse los extraños cánticos de aquellos hombres santos: eran profundos, cadenciosos y de sílabas alargadas, no exentos de cierta belleza mística. Para Ekei eran una buena señal, pues esperaba que todos los monjes se encontraran allí o en el edificio residencial. Si se encontraba a alguno por los pasillos del hospital, debería esconderse o buscar inmediatamente la salida.

Finalmente, llegó a lo que buscaba: una doble puerta de madera en el suelo, junto a uno de los laterales del hospital. La había visto en otras ocasiones, y suponía que debía dar a una suerte de sótano por el que introducían los suministros procedentes de los barcos, ya que la otra puerta disponible, la principal, solía estar ocupada por los pacientes que aguardaban para ser atendidos. Se arrodilló junto a la portezuela de doble hoja, sellada con un candado herrumbroso, y extrajo del interior de su kimono una barra de hierro. Con cuidado, la introdujo bajo el cerrojo e hizo palanca hasta que este se rompió. Volvió a mirar a su alrededor para asegurarse de que el chasquido del metal no había alertado a nadie y, entreabriendo una de las hojas, se deslizó al interior.

Una vez dentro, las cosas parecieron resultar incluso más sencillas: el hospital estaba desierto, tal como sospechaba, y no le costó mucho orientarse hasta llegar a la pequeña biblioteca de la planta superior. Se trataba de un cubículo con tres de sus cuatro paredes cubiertas por estantes repletos de volúmenes. En el centro de la sala había una silla y una mesa, probablemente para aquellos que tan solo precisaran de hacer una rápida consulta, y sobre la misma había dispuestas dos velas acompañadas de un encendedor de pedernal. Ekei prendió una de ellas, la levantó en alto y observó a su alrededor: allí había cientos de libros escritos en un lenguaje ininteligible, ¿cómo encontraría lo que buscaba?

Se concentró en estudiar la estancia y, a la tenue luz, observó que sobre cada una de las estanterías había una placa metálica grabada con caracteres. Debían indicar el contenido de los volúmenes allí colocados, por tanto, los textos debían estar ordenados según los temas que abordaban. Se dirigió a la estantería ubicada a la izquierda de la entrada y tomó dos libros al azar que dejó sobre la mesa. Encendió la segunda vela con la llama que ya estaba prendida y, con cuidado de no verter cera, comenzó a hojear uno de los tomos. Era inútil: páginas y páginas escritas con retorcidas líneas que recorrían la vitela de lado a lado. Intentó sacar algo en claro de aquel código escrito, al menos dónde comenzaba y concluía cada concepto, cada palabra. Recorriendo los renglones con el dedo pudo ver que muchos de aquellos símbolos apiñados se repetían con frecuencia, pero no encontró una sucesión de caracteres que le recordara a los que identificaba con la palabra «*mapula*».

Cerró el libro y comenzó a hojear el segundo volumen que había tomado. El resultado fue el mismo: una maraña de garabatos que nada le decía. Devolvió los dos textos a las baldas y tomó otros tres, y luego otros tantos, hasta que encontró lo que buscaba: ilustraciones. Uno de los libros, en este caso impreso, poseía ricos dibujos sobre anatomía humana, con indicaciones que flotaban alrededor de las distintas partes del cuerpo. También había ilustraciones detalladas sobre los órganos internos y su ubicación, que Ekei observó con arrebatada curiosidad. Había escuchado que los extranjeros abrían los cadáveres para estudiar su interior, una práctica salvaje, sin duda, pero enormemente provechosa como demostraban aquellas notas. Deseó entender lo que allí se recogía, pues era una oportunidad como probablemente no tendría otra. Pero no podía distraerse más.

Tomó varios libros más de la misma estantería y, cuando encontró otro volumen ilustrado con más anotaciones alrededor de cuerpos desollados, supo que aquella estantería estaba destinada al conocimiento de la anatomía humana. No obstante, si su apreciación de la resina de *mapula* era cierta, lo que debía buscar era herbología.

Se dirigió al siguiente estante y sacó varios libros al mismo tiempo, todos los que podía sujetar entre sus brazos. Comenzó a hojearlos con premura en busca de ilustraciones botánicas, y las encontró en el cuarto volumen que abrió: cada par de páginas estaba dedicado a una flor o hierba, con detallados dibujos de las partes de la misma acompañados de más anotaciones horizontales. En el encabezado de cada página, escrito con trazos más gruesos, se encontraba el nombre de la planta, o al menos esa era la esperanza que tenía.

Ekei sacó de su pechera el papel en el que había transcrito el nombre de la *mapula*, lo puso bajo la luz directa de una de las velas, a poca distancia del libro, y se concentró en memorizar la forma de aquella palabra: «Dormideira». Comenzó a pasar las hojas rápidamente, reparando en que muchas de las especies vegetales allí retratadas eran perfectamente reconocibles para él; otras, vagamente familiares; y algunas, completamente exóticas. En función de las plantas que reconocía, pudo entender que el autor las había ordenado en distintos capítulos según sus efectos. Por tanto, si la *mapula* estaba allí, debía encontrarse agrupada con las hierbas narcóticas.

Pasó las hojas más rápidamente, hacía rato que los cánticos habían cesado en el templo y temía que alguien pudiera aparecer. El tomo era considerablemente grueso, por lo que no podía centrarse en comparar el encabezado de cada página con su anotación manuscrita. Comenzó a buscar dibujos de plantas sedantes que conociera, como el cáñamo, con la esperanza de que también fuera de uso común para aquellos extranjeros o, al menos, suficientemente relevante como para que lo recogieran en un herbolario. Y lo encontró: en lo que debía ser el quinto capítulo, había un dibujo de las fibras y las hojas de cáñamo; así que volvió al principio del epígrafe y comenzó a comparar el encabezado de cada página con su transcripción, una a una, con sumo cuidado de no pasar por alto lo que buscaba.

En la planta de abajo comenzaron a escucharse pasos y voces. ¿Sería posible que los médicos, antes de irse a dormir, dejaran preparado el hospital para los quehaceres del día siguiente? Había sido impulsivo: debería haber rondado una o dos noches el recinto, estudiando detenidamente los hábitos de los extranjeros. Pero ya era tarde para reproches, así que no permitió que la ansiedad controlara su mente. Se concentró aún más en extraer signos reconocibles de aquel retorcido alfabeto, una página tras otra, hasta que por fin encontró la equivalencia: «Dormideira». Debajo, una serie de ilustraciones de una flor de cabeza henchida con pétalos similares a alas de mariposa. En la página siguiente, también con dibujos descriptivos, parecía explicarse cómo extraer una sustancia líquida de la cabeza de la planta.

No estaba seguro de que aquello fuera lo que buscaba, pero los pasos que oyó escaleras arriba acabaron por decidirle: arrancó las dos hojas de cuajo, las plegó y las guardó en el interior de su kimono. Devolvió los libros a las estanterías y, justo cuando alguien enfilaba el pasillo, apagó las velas tapándolas con la palma de la mano.

Apoyó la espalda contra uno de los estantes y aguardó en la oscuridad. Un bastón empujó la reja de hierro y la encorvada figura de Doménico penetró en el pequeño archivo. La estancia estaba prácticamente a oscuras, vagamente iluminada por la luz difusa que llegaba desde el pasillo, pero aquello no parecía ser un problema para el barbado jesuita, que había percibido claramente el olor a cera recién quemada. El religioso se dirigió a la mesa y tocó la mecha aún caliente de una de las velas. Con un gruñido se dirigió a una de las estanterías y comenzó a pasar la mano por los lomos de los libros, balda a balda, en busca de algún hueco que delatara que faltaba un volumen. Poco a poco se aproximaba a Ekei, a quien le resultó evidente que permanecer inmóvil sosteniendo la respiración no era una buena táctica.

El intruso comenzó a deslizarse lentamente hacia la puerta, mientras Doménico, cada vez más impaciente, se afanaba en recorrer con los dedos cada uno de los libros allí archivados. Cuando Ekei alcanzó el pasillo, abierto al patio de luz del hospital a través de un largo ventanal, descubrió que el reverberante halo de una lámpara de aceite se aproximaba a la vuelta de la esquina. Sin tiempo para más, se impulsó con tres largos pasos, saltó contra la pared y, apoyándose en ella con su pie derecho, volvió a darse impulso para alcanzar con las manos una de las vigas descubiertas del techo. Levantó las piernas y quedó abrazado al madero, al abrigo de las sombras que reinan en todos los altillos. Como bien sabía, muy pocas veces las personas miran hacia arriba.

El jesuita que portaba la lámpara dobló la esquina y se dirigió directamente al archivo, donde intercambió unas palabras con Doménico. Este pareció expresar extrañeza, incluso cierta alarma, pero su compañero respondió con una risa desenfadada. Los dos hombres continuaron su conversación mientras caminaban hacia la planta baja, uno apoyándose en su bastón y el otro, en la luz de la lámpara.

Cuando desaparecieron, Ekei pensó en cómo salir de allí. Estaba demasiado expuesto y bajar hasta las plantas inferiores era arriesgado en exceso, así que optó por buscar una ventana que diera a la fachada posterior del hospital, hacia la playa desierta. Comenzó a abrir las puertas una a una, hasta que encontró una estancia con largas mesas cubiertas de pliegos de papel en blanco y aquellas extrañas plumas de ave que los extranjeros usaban para escribir. Era una especie de taller, quizás el lugar donde los extranjeros copiaban los libros, ya que, tal como había comprobado, muy pocos eran impresos. Al fondo de la cámara había un gran ventanal abierto al exterior, pensado probablemente para iluminar el trabajo de los copistas.

Ekei se asomó al vano, comprobando que daba a la parte trasera del recinto. Era una segunda planta. Unos pasos más allá estaba el muro que delimitaba el perímetro y, justo tras este, la pendiente que bajaba hasta la playa. No había otra alternativa: regresó a la entrada de la cámara y, una vez allí, tragó saliva, visualizó el salto, y comenzó a correr con todas sus fuerzas. Sin aminorar la carrera, dio una primera zancada para apoyarse en el quicio de la ventana y volver a impulsarse hacia delante. Vio la luz de la luna jugando sobre las olas y sintió cómo la brisa marina le revolvía el pelo. Aprovechó el impulso para caer en la pendiente sobre su hombro derecho y rodó ladera abajo hasta que la arena de la playa le detuvo. Quedó allí tendido, mirando las estrellas y con todo el cuerpo dolorido. Inmediatamente comenzó a reír. Hacía mucho tiempo que no se lo pasaba tan bien.

Más tarde, ya en su consulta, pudo estudiar detenidamente los pliegos que había robado. Cuanto más observaba los dibujos de la planta, más se convencía de haberla visto en algún sitio, muy probablemente en el jardín que los extranjeros cultivaban junto a su templo. Si era así, la conseguiría. Pero no más aventuras nocturnas, lo intentaría al día siguiente, mientras visitaba el hospital. Al fin y al cabo, coger bonitas flores de un jardín no es lo mismo que arrancar páginas de un libro.

* * *

—Nunca me ha dicho dónde encontró esta planta —comentó la señora Tsukumo, que sujetaba el cuenco de madera bajo la cabeza sin pétalos de la *mapula*.

—Es una larga historia con la que no quisiera aburrirla —respondió Ekei con tono distraído, mientras se concentraba en hacer unos cortes longitudinales en la cabeza de la flor.

Cuando retiró la afilada cuchilla, un líquido lechoso comenzó a manar gota a gota sobre el cuenco que Tsukumo había aproximado. «Leche del sueño» era como Ekei había denominado a aquella sustancia, dado su potente efecto narcótico.

Había cultivado la planta, así como el resto de sus hierbas medicinales, en una parcela de tierra fértil que el señor Munisai Shimizu le había cedido en el interior de la fortaleza, junto a los jardines por los que tanto le gustaba pasear. A comienzos de verano, cuando los pétalos rosas de la flor ya se habían desprendido, el médico procedía a extraer la leche del sueño tal como se describía en los papeles que había robado en Funai años atrás. Aquel líquido, al secarse, se convertía en la cristalina resina que manipulaban los monjes portugueses.

Con los años, maese Inafune había aprendido a utilizar el extracto de *mapula* con sabiduría: eficaz en el tratamiento de los dolores intensos y los problemas del sueño, su administración prolongada, sin embargo, era sumamente peligrosa, ya que provocaba adicción y graves trastornos una vez se interrumpía la medicación. Por ese motivo, Ekei solía ser reacio a su uso salvo en aquellas dolencias que lo hacían imprescindible, y siempre en cantidades mínimas, complementando el tratamiento del dolor con acupuntura y otros analgésicos del herbolario tradicional.

Así se lo había enseñado a la señora Tsukumo, su ayudante desde que entrara al servicio del clan Shimizu. Cuando Ekei la conoció años atrás, durante una visita a un templo sintoísta en la provincia de Omi, Tsukumo era una mujer de elegantes maneras que rebasaba largamente los cincuenta años. Sobrina del jardinero del templo, había cocinado y limpiado durante toda su vida para los monjes, pero, sobre todo, había desarrollado unos extraordinarios conocimientos en herbología transmitidos por su tío.

Sin ningún tipo de formación académica, pero con su profundo e intuitivo conocimiento de las especies vegetales, era la mejor herbolaria que maese Inafune hubiera conocido, y así se lo hizo saber al señor Shimizu, que no tuvo objeción en ponerla a su servicio y asignarle un estipendio. Desde entonces, en numerosas ocasiones, el joven maestro debió tomar nota de los comentarios casuales que hacía Tsukumo, tras comprobar que algunas hierbas recomendadas por ella eran sorprendentemente eficaces con dolencias para las que no estaban prescritas en manual alguno.

Cuando hubieron extraído toda la leche del sueño, Tsukumo dispuso los cuatro cuencos en una mesa al extremo del jardín y los tapó con un paño de lino. Aquella cantidad debería ser más que suficiente hasta que pudieran volver a extraer la sustancia pasado el año. Con el trabajo concluido, la ayudante tomó una tetera de la misma mesa y sirvió la infusión en sendos cuencos de madera lacada. Le tendió uno al médico, y este le agradeció el gesto elevando la taza con ambas manos.

Ambos se sentaron con la mirada perdida en el suntuoso jardín del señor Shimizu, cuyos ciruelos blancos ofrecían una apetecible sombra aquella tarde de verano. Ekei se percató de que la señora Tsukumo le daba vueltas a algo, pero prefirió esperar a que fuera ella la que expusiera sus elucubraciones.

—Maestro, me preocupa usted —terminó por confesar la mujer—. Últimamente está más distraído que de costumbre, si me permite decírselo. ¿Hay algo que le inquiete?

El médico sonrió con la cabeza baja.

—No me preocupa nada en especial —respondió él—, y al mismo tiempo, eso es lo que me preocupa. No estoy acostumbrado a esta tranquilidad, a esta rutina pacífica.

—Eso es porque no tiene mujer —dijo Tsukumo entre risas—, una esposa le daría los problemas que necesita para no aburrirse. —Ekei se limitó a sonreír, pero parecía que su ayudante no estaba dispuesta a dejar correr el asunto—: Maese Inafune, es usted un hombre educado y atractivo, sirve como médico a un importante clan y el señor daimio le tiene en alta estima. Debería disfrutar de sus privilegios y formar una familia. No es tan joven como para estar perdiendo el tiempo. ¿Cuántos años tiene? ¿Treinta y cinco? ¿Treinta y seis?

Ekei la miró de reojo con aire aparentemente ofendido, pero en el fondo le divertía el educado descaro de la señora Tsukumo. Habitualmente decía lo que quería, pero con suma amabilidad.

—Como usted misma dice, no creo que una mujer sea la solución a nada; y sería estúpido buscarse problemas innecesarios, ¿no cree?

—Hay problemas que le hacen a uno la vida más agradable, no sé si me entiende. En cualquier caso, si sigue hablando así, se convertirá en un soltero sin remedio —le advirtió Tsukumo—. Puedo buscarle una esposa, hay señoritas de buena familia interesadas en usted.

El maestro rio abiertamente y negó con la cabeza.

—No, por favor, señora Tsukumo. Le agradeceré eternamente sus servicios como asistenta médica, pero en lo demás me las apañaré yo solo.

Ekei apuró la taza de té y se levantó para dar por concluida una conversación que empezaba a incomodarle. Fue en ese momento cuando la puerta que comunicaba el jardín con sus estancias personales se abrió al paso del señor Tsunenaga, *kunikaro*[*] del clan Shimizu.

—Señor *karo* —saludó intentando disimular su sorpresa, pues era extraño que aquel hombre acudiera a las estancias del médico. Lo

---

[*] *Kunikaro* (o *karo*): cargo que hace referencia al consejero principal del señor feudal. Habitualmente era un anciano al servicio de la familia desde hacía años y tenía la potestad de hablar en nombre del daimio.

habitual es que, si algún miembro del clan enfermaba, se enviara a un criado a buscarle.

—Maese Inafune, su señoría reclama su presencia —anunció el anciano con aire circunspecto.

—¿Acaso se encuentra mal? —Y sin esperar respuesta, añadió—: Tsukumo, acompáñeme.

—No —lo interrumpió Tsunenaga—. Usted solo.

Ekei asintió y salió rápidamente del jardín. Se dirigió a su estudio, donde se encontraba su *yakuro,* y metió en la caja los instrumentos y medicamentos que consideró imprescindibles. La nula información le impedía saber a qué se enfrentaba, pero este tipo de discreción era habitual cuando un daimio enfermaba, ya que las repercusiones políticas podían ser inmediatas.

Cerró la caja y salió al pasillo. Desde allí se apresuró por las galerías hasta llegar a la escalera central de la torre, que ascendió saltando los peldaños de dos en dos. Algunos de los funcionarios con los que se cruzaba le miraban con el rostro alarmado, pues ver correr al médico nunca es buena señal.

Finalmente, llegó a la última planta, donde se encontraban las estancias de Munisai Shimizu, y los centinelas se hicieron a un lado para cederle el paso. Accedió a un largo pasillo flanqueado por paneles de papel que traslucían el resplandor de las lámparas ubicadas detrás. Dos samuráis guardaban la última puerta.

—Su señoría me ha hecho llamar —dijo el médico, recomponiéndose el *kataginu**.

Los guardias le permitieron entrar a la última cámara, sumida en una quietud que desmentía cualquier urgencia. Consternado, Ekei recorrió el salón con la mirada: nunca había estado en aquella sala, cubierta de un tatami verde sobre el que se disponían en hilera varios cojines. Al fondo, en penumbras, se veía una tarima con dos lámparas de pie apagadas. Allí debía ser donde el señor Shimizu reunía a sus hombres de más confianza cuando quería discutir en privado.

Aguardó un buen rato, sumido en el desconcierto. Alguien debería haber acudido a su encuentro para conducirlo hasta el daimio; lo lógico era que, si el señor se encontraba enfermo, gran parte del servicio se hallara en esa estancia. Sin embargo, no había nadie

---

* *Kataginu:* chaqueta sin manga y con hombreras que se vestía sobre el kimono, especialmente en los ambientes cortesanos.

para recibirle, por lo que Ekei se aventuró a avanzar hacia una galería lateral desde la que se filtraba una luz difusa. Al alcanzar el estrecho pasillo, comprobó que había una única estancia abierta; se dirigió hasta la entrada y vio al propio Munisai Shimizu arrodillado frente a una mesa de té. Su aspecto era tan impecable como siempre.

Ekei se arrodilló y apoyó los puños en el suelo, al tiempo que se preguntaba el motivo de aquella llamada.

—Mi señor —dijo el médico para anunciar su presencia—, lamento interrumpiros.

—¡Ah, maese Inafune! —El daimio levantó la cabeza de su labor—. Usted siempre tan silencioso. Se ha dado mucha prisa en venir.

—Señor…, creí que os hallaría enfermo.

—No, afortunadamente —lo tranquilizó con aire despreocupado—. Acompáñeme, maestro, estoy preparando té.

La invitación fue seguida de un gesto con la mano para indicarle que se acomodara al otro lado de la mesa.

Un tanto agitado aún, el médico entró en la estancia atravesada por el sol dc la tarde y se arrodilló frente a su señor, cuya figura era enmarcada por la amplia terraza a su espalda. Esta se había decorado con frondosas plantas de té y se abría al jardín personal del daimio, inundando de fragancias veraniegas aquella reunión de dos hombres en torno a una sencilla mesa en la que se habían dispuesto los utensilios necesarios para la preparación del té.

—Tome algunos dulces, maestro Inafune —lo invitó Shimizu, aproximándole un plato con pastelillos de harina de arroz.

Ekei tomó uno y lo mordió.

—Delicioso —comentó el médico con protocolaria educación, y el daimio asintió complacido.

—Me alegro de que así se lo parezcan. Los preparo yo mismo —dijo satisfecho.

Shimizu ya había mezclado con agua caliente las hojas de té verde pulverizadas, y había removido la mixtura hasta obtener una densa espuma verdosa que había dispuesto en dos cuencos. Tomó un recipiente con agua hirviendo, que descansaba sobre un pequeño brasero de carbón, y vertió el líquido humeante en una de las tazas. A continuación, usó una cuchara de bambú para remover la espesa infusión con entrenada cadencia, mientras el aroma del té se extendía por la sala.

—¿Es usted ducho en la ceremonia del té, maese Inafune?

—He de confesar que no.

El daimio asintió sin apartar la vista de su tarea.

—Estoy construyendo una casa de té junto al jardín, algún día le invitaré a una auténtica ceremonia. —Munisai Shimizu observó con ojo experto la espesa infusión y decidió añadir un poco más de agua antes de continuar hablando—. Cada vez hay más nobles que se entregan a estas sencillas artes tradicionales: practican la caligrafía, escriben poesía o se hacen expertos en la ceremonia del té. ¿Sabe por qué? —preguntó retóricamente el daimio—. Porque creen que la iluminación se halla en la práctica del arte. Da igual que sea el arte de la espada, la poesía o el arreglo floral, el camino a Buda está en todos ellos, siempre que sepamos sublimar nuestro espíritu a través de la práctica. Sin embargo, debo reconocer que mi interés por la elaboración del té tiene un origen menos espiritual.

Ekei guardaba silencio. Como siempre, las palabras de aquel hombre lograban captar poderosamente su interés, y Munisai prosiguió hablando mientras, con un paño de lino blanco, limpiaba el filo de los cuencos:

—Cuando ocupé el lugar de mi padre al frente del clan, me dio un interesante consejo: «Si quieres perdurar como señor durante muchos años —me dijo—, aprende a preparar tu propio té, nunca bebas de lo que te ofrecen los demás». Me pareció una sugerencia que debía tener en cuenta.

Munisai levantó la vista y observó a su médico personal, que se mantenía en un educado silencio, pero cuyos ojos reflejaban desconcierto por aquella imprevista convocatoria.

—Debo tranquilizarle, maese Inafune. No le he hecho venir solo para que me acompañe mientras preparo el té.

—Lo suponía, o-tono —comentó Ekei, aunque lo cierto es que era incapaz de intuir para qué se le había llamado.

Su caja de medicinas permanecía cerrada a su lado.

—Dígame, ¿está al corriente de la situación política de nuestro entorno?

—¿Os referís al clan Yamada?

—Así es —asintió Munisai, constatando que, efectivamente, su médico era un hombre que abordaba los asuntos de forma directa—. Desde hace generaciones los Yamada han sido el clan más poderoso de la provincia de Echizen y su supremacía militar ha sido una constante amenaza para los feudos circundantes. Una sombra oscura que se extiende sobre el horizonte y que fue la principal preocupación de mi abuelo, luego de mi padre, y ahora mía.

—Disculpadme, *o-tono* —intervino Ekei—. Como bien decís, ha sido así desde hace décadas, ¿es que se ha producido algún cambio reciente?

Munisai fijó la mirada en el cuenco que sujetaba entre las manos antes de responder.

—Como suele suceder en política, es un problema complejo. La amenaza de los Yamada ha permanecido latente durante mucho tiempo, pero siempre se ha mantenido un delicado equilibrio entre ellos y los feudos que los rodeamos: si los Yamada se hubieran anexionado por la fuerza alguno de los territorios circundantes, inmediatamente el resto de los clanes se habrían sentido amenazados y se habría sellado una alianza militar contra ellos. Uno a uno, los Yamada podrían barrernos como el viento a la hojarasca, pero tendrían problemas contra una alianza de los feudos menores de las provincias de Echizen y Wakasa.

—Sin embargo —anticipó Ekei—, el apoyo del clan Yamada a los Tokugawa en Sekigahara ha desequilibrado la balanza.

—Veo que comprende la situación —corroboró Shimizu—. Nuestra región era mayoritariamente leal a Toyotomi, pero el clan Yamada decidió alinearse con Ieyasu Tokugawa. Los Tokugawa y sus aliados se han impuesto finalmente en la guerra y ahora Ieyasu es el nuevo shogún. A los perdedores solo nos resta agachar la cabeza y rogar clemencia.

—Disculpadme, mi señor, pero nuestro clan, al igual que muchos de los que mencionáis, no es lo suficientemente grande como para inquietar a los Tokugawa. Estos tomarán represalias contra los principales clanes del oeste, pero no pueden castigar a la mitad del país.

El daimio rio mientras asentía.

—Es usted una persona clara y directa, Ekei Inafune. Ciertamente, mi feudo es insignificante a los ojos del shogún, pero no a los ojos de Torakusu Yamada, que podría pensar que es el momento de avanzar sobre nuestras tierras o sobre cualquier otro feudo que ambicione; pues aunque se haya declarado la paz del shogún, el nuevo gobierno no tomará represalias por el simple hecho de que un clan que le es leal se anexione los territorios de una casa que apoyó a los Toyotomi en la guerra. Es más, me atrevería a decir que el resto de los clanes amenazados se pensarían mucho una alianza militar que sí podría llamar la atención del *bakufu*[*].

—Ya veo —asintió pensativo el médico—. Todo eso es cierto, pero no dejan de ser conjeturas. A no ser que existan pruebas de que los Yamada preparan una expansión militar.

—No tenemos pruebas, pero existen novedades preocupantes.

—¿Como cuáles?, si se me permite preguntar.

—Conozco a Torakusu Yamada desde hace años: es astuto y ambicioso, pero sensato. Me atrevería a decir, incluso, que siente lejanos los días de guerrear.

—Sin embargo…

—Sin embargo, Torakusu ya no dirige sus ejércitos —dijo Munisai con voz grave—. Desde hace meses, su hijo de veinte años, Susumu Yamada, se hace cargo de la política militar del clan. Es belicoso, como todos los jóvenes, y temo que vea en esta situación una oportunidad única de ampliar su feudo antes de que amainen los vientos de guerra. El shogún continúa su campaña militar en el oeste, sometiendo a los pocos clanes que aún no han jurado lealtad a su gobierno; si alguien ambiciona una expansión por la fuerza, este es el momento, antes de que Ieyasu Tokugawa vuelva a Edo y tenga tiempo de preocuparse de los problemas del país.

—Comprendo vuestra desazón —dijo Ekei, mientras intentaba calcular las implicaciones de aquello—, pero ¿por qué me contáis todo esto? Solo soy vuestro médico, no soy un general y no sé de guerras.

—Usted es un hombre de mundo, maestro Inafune. Ha recorrido Japón desde Saikaidō hasta Mutsu, y ha estudiado con los extranjeros en los hospitales cristianos de Kyushu. Además, posee una notable inteligencia y una gran capacidad de convicción. La gente tiende a escucharle cuando habla, ¿no se había percatado de ello?

—Creo que me sobrestimáis.

—Quizás no se haya percatado, pero yo sí —aseveró Shimizu con una sonrisa que encerraba más astucia que afabilidad—. En los años que lleva sirviéndome ha demostrado acierto en su juicio, tam-

---

[*] *Bakufu:* nombre con el que se designaba al gobierno de los shogunes Tokugawa.

bién en asuntos que no afectan a su desempeño como médico, lo que ha llevado a muchas personas de mi consejo a atender sus palabras.

Ekei era incapaz de ver a dónde iba a parar todo aquello.

—Seré claro, maese Inafune: quiero que logre establecerse en Fukui como médico personal de Torakusu Yamada.

Ekei receló inmediatamente de aquellas palabras, pues solo podían significar una cosa.

—Señor Shimizu, no soy un asesino, no me pidáis que envenene a Torakusu Yamada o a su hijo.

Munisai rio, para desconcierto de su médico.

—Por favor, no exagere. Nadie le ha pedido que actúe como sicario. Si el señor Yamada apareciera asesinado en su propio castillo, sin duda provocaríamos lo que tanto tememos. La misión que le debo encomendar es más… sutil.

—¿Queréis que deje de ser vuestro médico para ser vuestro espía?

—Eso podría ser útil llegado el momento. Pero no quiero que sea un mero espía, su cometido irá más allá: quiero que se gane la simpatía y la confianza del viejo y de su hijo, y quiero que les convenza de lo absurdo que es iniciar un conflicto militar a las puertas de un nuevo periodo de paz en el país.

—¿Cómo pretendéis que logre tal cosa? Los Yamada tienen su consejo, sus generales, a los que sin duda atenderán en este tipo de asuntos.

—Le he dicho lo que pienso de usted, señor Inafune. Creo que es una persona de considerables recursos. Alguien que se atreve a aplicar la medicina de los extranjeros demuestra vocación por los desafíos. Lo que le pido es, ni más ni menos, que diga a los Yamada lo que yo mismo les diría si tuviera la oportunidad de hablarles al oído.

—Esto no puede salir bien —aseguró el médico, consternado por la extravagante petición.

—No debería sorprenderle lo que un paciente es capaz de confiarle a su médico, maestro Inafune. Cuando un hombre te devuelve la salud, a ti o a uno de los tuyos, se desarrolla un vínculo de confianza mayor que el que se puede tener con cualquier consejero o general.

—Me pedís que influya en las decisiones políticas de un señor de la guerra desde mi simple posición como médico.

—Exacto —respondió lacónico Shimizu.

—Ni siquiera sabemos si me aceptarán al servicio del clan.

—Ya le he dicho que confío plenamente en sus recursos —insistió el daimio.

—Si descubren que he servido a los Shimizu, sospecharán. Puede que no salga de allí con vida.

—Escúcheme bien: eso no sucederá. Nadie en el feudo sabrá de esta conversación, ni siquiera el *karo*. Quedará entre usted y yo.

El médico comprobó que no tenía escapatoria: la resolución que desprendía la mirada de Munisai Shimizu dejaba claro que todas las puertas estaban cerradas.

Y según asumía que aquella conversación había cambiado su vida por completo, como el súbito golpe de viento que desvía el rumbo de una embarcación, comenzó a valorar las implicaciones del plan de su señor. Desde luego, muy pocos poderosos recurrirían a tales sutilezas para evitar una guerra, pero esperaba que el daimio no hubiera fiado todas sus esperanzas a aquella improbable maniobra.

De improviso, un escalofrío recorrió la espalda de Ekei. Recordó la fama que poseía aquel hombre, forjada a golpe de ingenio y astucia, y se preguntó si había recurrido a él por motivos distintos a los expuestos. Quizás había encontrado secretos que el médico creía bien enterrados. O puede que, sencillamente, la situación fuera más grave de lo que pensaba. Quizás el plan de Munisai Shimizu era como la leche del sueño: una extraña y peligrosa medicina solo adecuada para dolencias muy graves, una medida desesperada para una situación desesperada.

Munisai lo observó durante un instante, a la espera de nuevas objeciones. Cuando comprobó que el médico se había rendido, asintió satisfecho y le tendió la taza:

—Espero que le guste el té amargo, maese Inafune.

Capítulo 6

Los hombres débiles tienen sueños; los fuertes, voluntad

Kenzaburō y Seizō cabalgaron durante toda la noche y gran parte del día, sin detenerse siquiera para comer los rábanos encurtidos y las bolas de arroz que les habían preparado en el monasterio de Gakuen-ji. Engulleron la comida a lomos de Natsu y se refrescaron la garganta con el agua que transportaban en cañas de bambú, todo con el fin de llegar, antes del anochecer, a una pequeña posada que Kenzaburō recordaba junto a un cruce de caminos cercano a Ino.

El paisaje había cambiado: dejaron atrás los bosques de cedros y sus opresivas veredas para recorrer un desahogado camino que lindaba, a un lado, con una puntiaguda arboleda de pinos, y al otro, con campos de cultivo que se extendían más allá del horizonte. Seizō agradeció aquel cielo diáfano donde la vista podía perderse, y se distrajo imaginando la campiña como una inmensa colcha tendida sobre las colinas: la formaban retazos de trigo dorado, parches del profundo verde de los remolachares y húmedos reflejos de viejos arrozales. Sobre ese campo inabarcable se deslizaban inmensas sombras que, como dedos lánguidos, acariciaban cada una de las texturas y recovecos del valle. Cautivado por semejante idea, el niño extendió la mano para jugar con la perspectiva y tocar él también las colinas con sus dedos.

Seizō nunca se había enfrentado a un viaje tan largo y, desde la noche en que Kenzaburō le sacó del castillo de su padre, lo único que habían hecho era huir sin descanso, con la mirada constantemente por encima del hombro y la única tregua del sueño liviano de aquellos que se saben acechados. Sin embargo, tras abandonar el templo Gakuen-ji, había percibido un cambio en la actitud de su protector: no podía decir que se encontrara relajado, pero sus hombros ya no parecían tan rígidos, hablaba con más frecuencia y no llevaba siempre la mano apoyada en la empuñadura de su espada. Esto hizo pensar a Seizō que lo peor había quedado atrás y, por fin, se permitió disfrutar del viaje. Se esforzó por no pensar en su padre y su hermano, en ignorar el dolor que le producían la piel descarnada y los músculos entumecidos por la larga cabalgada, y se dejó llevar por aquellos evocadores paisajes que él creía tan lejos de su hogar.

Sumido en su ensoñación, a Seizō le llamaba la atención cualquier detalle desconocido para él: un pequeño *jizō** de piedra sentado al borde del camino; un melancólico espantapájaros sobre el que descansaban cuervos de mirada indiferente; lejos, en la distancia, una bandada de pájaros que volaba sobre los campos de trigo, cambiando de dirección y formación cada poco tiempo. Todo ello formaba parte de un relato que a Seizō nunca le habían contado.

Kenzaburō, sin embargo, estaba lejos de dejarse llevar por el bucólico entorno. Su mente volvía una y otra vez a su encuentro con Kosei. El sacerdote, al que consideraba taimado y sibilino, le había desvelado sin tapujos su apoyo a las tropas del daimio Gendo Sugawara. Sin embargo, el bonzo parecía considerarse inocente de las consecuencias de sus actos, pues, según él, todo lo sucedido había sido inevitable. El veterano guerrero se preguntó si eso podía ser cierto. ¿Sus exigencias iban más allá de lo razonable? Había reflexionado sobre ello las últimas horas: Quizás la visión de la vida de un samurái y la de un monje diferían tanto que lo que para uno era una deslealtad intolerable, para el otro no era más que dejarse arrastrar por un destino inexorable.

Pero Kosei seguía antojándosele demasiado retorcido para su gusto. Le costaba creer que su confesión respondiera a la mera ingenuidad de pensar que el samurái comprendería su proceder. Quizás el bonzo había calculado que, reconociendo sus actos abiertamente ante el propio Arima, exponiéndose por un instante al filo de su ira,

---

* *Jizō:* pequeñas estatuas de piedra que representan a Jizō Bosatsu, protector de los viajeros y también de los niños muy pequeños. Cuida las almas de los niños que no llegaron a nacer o murieron en edad muy temprana.

el viejo general lo eximiría de sospechas más graves, como haber conspirado con los Sugawara para propiciar la caída de su señor. «Al fin y al cabo —se dijo Kenzaburō—, habría sido mucho peor callarlo todo y que yo lo hubiera descubierto por mis propios medios; eso lo haría aparecer como un traidor irredimible». Entonces recordó una frase que Akiyama Ikeda solía repetirle cuando, hastiado, regresaban de tratar asuntos diplomáticos en otros feudos: «Algunos creen que una pequeña dosis de verdad puede diluir el sabor de una gran mentira». Así hablaba su señor de la política entre clanes, un arte que Kenzaburō siempre había considerado ladino y traicionero, una senda torcida si se comparaba con el recto camino de la espada.

De cualquier modo, tales divagaciones eran fútiles ya que, con el tiempo, descubriría cuál había sido el papel de Kosei en los acontecimientos de los días anteriores. Y entonces la verdad arrojaría un veredicto. Mientras tanto, su principal objetivo era poner a Seizō a salvo de nuevas traiciones.

Kenzaburō abandonó sus elucubraciones y bajó la mirada hasta el chiquillo, sentado delante de él con la vista perdida en el horizonte. Viajaban vistiendo los kimonos cortos y las sandalias de caña trenzada que los monjes les habían facilitado. Aquellas ropas, junto con los hatillos de madera que habían cargado sobre la grupa de la yegua, debían hacerles parecer vendedores de leña. O al menos eso quería pensar Kenzaburō, que dudaba de que su mascarada fuera capaz de engañar a un buen observador; aun así, mantenía la esperanza de que la humillación de vestir como un vulgar labriego les permitiera llegar a Matsue sin imprevistos.

Al cabo de un buen rato divisaron lo que Kenzaburō estaba aguardando: una posada enclavada junto a un cruce de caminos, cuyos concurridos alrededores hervían de viajeros que iban y venían, bebían sake, reían a carcajadas, abrevaban sus bueyes o vaciaban sus carretas. El caserón parecía perdido entre los campos de cultivo, pero en realidad se encontraba en medio de una importante ruta comercial que bordeaba el lago Shinji y conectaba con la costa. No había poblaciones cercanas, así que, para cualquiera que viajara entre la región de Shinji y el mar, aquella posada era la única alternativa si no quería dormir al raso.

A pesar de la distancia, los ruidos de los bulliciosos parroquianos les llegaban arrastrados por el viento, y Kenzaburō le indicó a Seizō que desmontara para llevar a Natsu de las riendas. Solían hacerlo así cuando llegaban a zonas pobladas o recorrían caminos transitados, con la esperanza de que la yegua pareciera un mero animal de carga usado para transportar la leña de una población a otra mientras la vendían. El veterano samurái era muy consciente, no obstante, de que pasar allí la noche suponía un riesgo, pero no podía mantener a Seizō embarcado en una constante huida. Necesitaban descansar, también él, y si todo marchaba según lo previsto, al día siguiente atravesarían el monte Hongu y al anochecer estarían en Matsue.

Cuando ya estaban próximos a la posada, Kenzaburō se dirigió a Seizō:

—No hable ni mire a nadie a la cara, y mucho menos a un samurái.

—¿Por qué? —preguntó, curioso, el niño.

—Los *heimin*[*] no pueden dirigirse a un samurái, ni siquiera mirarlo. Podría tomárselo como una ofensa.

Seizō asintió, comprendía perfectamente que durante aquel viaje no eran más que meros vendedores ambulantes.

—¿Comeremos aquí? —preguntó al fin, desvelando su verdadera preocupación.

No se había quejado ni una vez, pero desde que abandonaran el templo solo habían comido vegetales encurtidos y arroz. Y aunque esto había supuesto una sustancial mejora respecto a su anterior dieta de setas y bayas silvestres, le habría encantado comer tofu, sopa de miso y algo de *soba*. Incluso se permitió soñar con algún pastelillo de harina.

—Sí, comeremos aquí —confirmó Kenzaburō—, pero pediremos una comida discreta, como la que tomarían unos leñadores. —No se le pasó por alto el inmediato gesto de desilusión en el rostro del niño—. Aunque me han dicho que los pasteles de almendra de la zona de Ino son deliciosos, no me gustaría irme sin probar alguno —añadió.

Alentado por tal perspectiva, Seizō enfiló la pequeña senda que se separaba del camino principal y conducía hasta la posada, en cuya

---

[*] *Heimin*: la clase mayoritaria en el Japón feudal, formada por plebeyos como los campesinos, artesanos o mercaderes. Solo se encontraba por encima de los *eta*, aquellos que trataban con cadáveres e inmundicias.

puerta podía haber no menos de veinte personas charlando al calor del sake que una camarera se encargaba de servir.

El edificio tenía dos niveles —el superior probablemente destinado al alojamiento— y su planta era considerablemente más grande de lo que Seizō había previsto cuando lo vio desde la distancia. Cuatro grandes banderolas junto a la entrada proclamaban: «Bienvenidos, viajeros», «Comida», «Sake» y «Habitaciones». Detrás del local parecía haber una pequeña cuadra, ya que un muchacho poco mayor que Seizō conducía hacía allá las monturas de los escasos clientes que tenían la fortuna de viajar a caballo.

Kenzaburō llamó al mozo con discreción y le pidió que se ocupara bien de Natsu, a continuación le dijo a Seizō que le siguiera dentro. Nadie pareció prestarles especial atención mientras pasaban entre la clientela que departía animadamente en el exterior, y cuando entraron en el salón inferior de la posada, Seizō quedó inmediatamente fascinado por el ambiente de aquel local. Sus grandes ojos se abrieron por completo, como si quisiera absorber hasta el último detalle de la bulliciosa estancia iluminada a media luz. Por primera vez en muchos días no sentía miedo ni tristeza, sino que todo sentimiento quedó engullido por la curiosidad que le despertaba aquel lugar. Nunca había estado en una posada, y moverse entre la variopinta clientela le pareció como pasear por un festival.

Siguió a Kenzaburō mientras se dirigían a una mesa vacía, pero olvidó pronto la advertencia que este le había hecho y no pudo evitar mirar con ojos absortos a cada una de las personas con las que se cruzaba: comerciantes procedentes de lejanas provincias, bonzos que charlaban lejos del comedimiento que mostraban en sus templos, samuráis que pasaban entre las mesas con ensayada indiferencia, campesinos que bebían sake antes de volver a casa o mujeres que iban en peregrinación a algún templo… En definitiva, viajeros que al cruzarse en el camino apenas se saludarían, allí interactuaban en educada y distendida armonía.

Al cabo de un rato se percató de que se había quedado clavado en medio del alborotado salón, seducido por aquella alegre atmósfera tan distinta de las angustias y pesares que había vivido en días anteriores. Cuando buscó a Kenzaburō con la mirada, lo encontró ya sentado en una mesa, observándole con gesto impaciente. Seizō corrió en su dirección y, en cuanto tomó asiento, se dispuso a pedir disculpas, pero un nudo en la garganta le enmudeció al reparar en los ocupantes de la mesa contigua: a espaldas de Kenzaburō había sentados tres samuráis con el *mon* del clan Sugawara cosido a sus *haoris*.

Intentó hacer señas a Kenzaburō, pero este le indicó que guardara silencio llevándose un dedo a los labios. Comprendió que el viejo guerrero ya se había dado cuenta y que no había elegido aquella mesa por casualidad. Tras él, los hombres comían estofado de verduras con aire distendido, manteniendo una conversación que parecía interesar sobremanera a Kenzaburō.

—… el objetivo es construir un nuevo castillo en la provincia de Izumo, más al norte, cerca de la costa.

—¿Por qué un nuevo castillo? —preguntó uno de ellos: un hombre de aspecto curtido y lleno de cicatrices, aunque de voz suave y elegante.

—El castillo de los Ikeda está demasiado al sur, aunque ahora esté bajo el dominio de nuestro señor, no podremos controlar toda la provincia desde allí —explicaba el que parecía ser de más alto rango, un guerrero vestido con kimono púrpura y con dos largos bigotes que enmarcaban unos labios finos y rectos—. Además, continúan sin encontrar a Arima. El general Takeuchi teme que huya al norte y desde allí organice un pequeño ejército de samuráis fugitivos y soldados *ashigaru*[*].

—¿Ashigarus? —El tercer hombre sentado a la mesa, de robustos brazos y mentón cuadrado, prorrumpió en carcajadas—. Si ese loco cree que todavía estamos en las guerras Ōnin, que se atreva a bajar al sur con un ejército de *ashigarus*. Le aplastaremos antes de que llegue a Izumo.

—Casi todas las tropas de Akiyama Ikeda se concentraban en el sur, cerca de su castillo —dijo el de aspecto más enjuto, mientras se rascaba una cicatriz aún reciente—. Si Arima pretende atacarnos desde el norte con un ejército de campesinos nos quitará una preocupación. Sería un auténtico suicidio, pero quizás lo considere una buena manera de inmolarse por su señor.

—No sé —masculló el oficial—, por lo que tengo entendido, Arima no es de los que se sacrifica por una causa perdida. Puede que busque apoyos en otros feudos.

---

[*] *Ashigaru*: eran los soldados de más bajo rango en el Japón feudal. Habitualmente eran trabajadores de zonas rurales que acudían a la guerra cuando eran convocados por su señor, por lo que apenas tenían formación militar.

—Todo el oeste está pendiente de lo que haga Oda Nobunaga, ningún daimio movilizará sus ejércitos para que los Ikeda recuperen sus tierras.

—¿Los Ikeda? —preguntó el de modales más toscos—. ¿Qué Ikeda? Todos han muerto, solo quedan parientes lejanos sin ningún peso político.

—No está claro —lo interrumpió el oficial acariciándose los largos bigotes, y se inclinó hacia delante para hablar en voz baja—. Tras el asalto no encontraron el cuerpo del hijo pequeño de Akiyama, y muchos dicen que vieron huir a un jinete con un niño. Algunos creen que fue el propio Arima el que lo sacó de allí.

—¡Bah! —El otro escupió al suelo—. Por qué preocuparse de un niño cuando Akiyama Ikeda y su primogénito murieron como perros. Tras la batalla encontraron los cuerpos asaetados y destrozados a lanzadas. Ojalá yo también les hubiera podido clavar la espada en el corazón antes de que quemaran los cadáveres. —Levantó el puño cerrado para enfatizar su desprecio.

Kenzaburō Arima cerró los ojos y apretó las mandíbulas. Sabía que su señor había muerto, era imposible que hubiera sobrevivido, pero conocer aspectos de aquel episodio le resultaba especialmente doloroso. Se obligó a pensar en sus prioridades, a pensar en Seizō. Abrió los ojos y observó al niño: tenía el rostro lívido y los puños tan apretados que habían perdido el color.

El samurái de aspecto más elegante apartó el cuenco y cruzó los brazos bajo el *haori,* dejando las mangas vacías, antes de volver a hablar:

—Dicen que hasta que llegaron los oficiales para reconocer los cadáveres, muchos orinaron sobre el cuerpo de Akiyama y su hijo. El propio Takeuchi les cortó la cabeza, pero antes de llevárselas al señor Sugawara tuvieron que lavarlas porque, según cuentan, el olor a meados era insoportable —añadió con una risa mezquina.

—Se lo tenían merecido. Un verdadero señor no se deja arrebatar así su castillo. No era más que un cobarde.

—¡Mi padre no era un cobarde! —exclamó Seizō, y se levantó con inusitado ímpetu, tirando la banqueta al suelo. Las lágrimas corrían por sus mejillas a causa de una impotencia inconsolable.

Los tres samuráis miraron al unísono a aquel hijo de campesinos, que hasta el momento había pasado absolutamente inadvertido para ellos. Maldiciendo su torpeza por dejarle escuchar todo aquello,

Kenzaburō se puso inmediatamente en pie y se colocó entre aquellos tres hombres y Seizō.

—Lo siento mucho, señores —se disculpó el vendedor de leña con una profunda reverencia—. Mi hijo tuvo fiebres el pasado invierno y desde entonces no dice más que tonterías.

—Deberías ponerle un bozal; de lo contrario, puede que alguien lo sacrifique como a un perro molesto —dijo uno de los samuráis en tono agrio.

El oficial de largos bigotes, sin embargo, alargó el cuello para mirar al niño que se ocultaba tras el leñador. Permanecía de pie con el rostro bañado en lágrimas y los puños cerrados, con una expresión de odio despiadado que habría infundido temor de no ser esbozada por un crío de nueve años.

—Apártate, campesino —le ordenó a Kenzaburō.

—Señor, puede que mi hijo haya perdido el tino, pero sigue valiendo para cargar leña, por eso lo llevo conmigo cuando salgo de viaje. No os enfadéis con él.

—¡He dicho que te apartes! —gritó con ira desmedida, mientras daba un empellón a aquel hombre robusto que insistía en interponerse.

El ambiente jovial de la posada fue desapareciendo a medida que los parroquianos reparaban en la escena que se desarrollaba. Sin levantarse de su banco, el oficial de los Sugawara se inclinó hacia delante clavando en Seizō sus ojos de víbora.

—Dime, pequeño hijo de puta. ¿Por qué dices que tu padre no es un cobarde? A mí me parece una rata asustadiza, como todos los de vuestra calaña. Aunque…, quién sabe, quizás no te referías a él.

Kenzaburō calculaba sus posibilidades. No tenía sus sables, ¿sería capaz de matar a tres hombres armados con las manos desnudas? Bien sabía que era imposible. Mientras, Seizō observaba aquellos ojos inquisidores en silencio, reprimiendo los sollozos que sacudían su pecho.

—Di algo, cachorro. ¿Nos estabas escuchando? ¿Es este tu padre? —insistió el samurái.

—Que sea el que se folla a su madre no quiere decir que sea su padre —rio tras él otro de los espadachines.

—Él no es mi padre —dijo Seizō. Kenzaburō se puso inmediatamente en tensión, al menos a uno podría partirle el cuello—. Mi padre murió hace tres años, cuando unos bandidos asaltaron el poblado. Murió para defendernos a mi hermano y a mí, por eso no permito que nadie le llame cobarde. Aunque fuera un campesino era valiente como un samurái.

Seizō improvisó tal historia con tanta naturalidad que Kenzaburō no pudo evitar cierto asombro.

Tras escuchar aquello, el oficial se volvió hacia atrás y miró por encima del hombro a sus dos compañeros interrogándoles con la mirada. El de aspecto enjuto se encogió de hombros y le hizo un gesto con la mano, dándole a entender que estaban perdiendo el tiempo.

—¡Largo, fuera de mi vista! No me gusta cómo oléis —exclamó el oficial, empujando a Seizō con el pie como si fuera un animal.

—Sí, señor —volvió a disculparse el leñador con una inclinación—. Lo siento mucho.

Tomó a Seizō por el brazo y lo empujó entre las mesas en dirección a las escaleras. Abandonaron el comedor y, poco a poco, el local fue recuperando su atmósfera habitual.

Cuando llegaron a la planta superior, Kenzaburō se dirigió a uno de los empleados y le pidió que les preparara una habitación, pagándole por adelantado para demostrar que no eran unos pordioseros. Cuando el hombre les indicó su dormitorio, el vendedor de leña empujó dentro a Seizō y deslizó la puerta tras él.

—¿Estás loco, Seizō? —El samurái había dejado a un lado toda fórmula de cortesía con el que ahora era su señor. Ya no tenía sentido.

—Los odio, los odio con toda mi alma. ¡Quiero matarlos! —exclamó, al tiempo que rompía en un llanto colérico—. Me dijiste que nuestra obligación con mi padre y mi hermano era vengarles.

Kenzaburō se contuvo un momento y relajó los hombros. No podía enfadarse con Seizō, comprendía perfectamente su reacción y, al fin y al cabo, él era el que lo había expuesto a tan terrible situación. Nunca debería haber escuchado semejantes palabras.

—Escúchame, Seizō. Eres demasiado joven, pero la vida que te ha tocado vivir estará llena de momentos difíciles en los que deberás desenvolverte con inteligencia. Si quieres llegar a viejo, será mejor que aprendas cuanto antes a controlar tus emociones. Nunca provoques un conflicto del que no puedas salir airoso. Eso es estúpido.

—Pero...

—Yo también los escuché. ¿Qué crees que habría sucedido si hubieran desenvainado sus espadas? ¿Quién cobraría entonces venganza por tu padre y tu hermano? Tu primera obligación con ellos es sobrevivir, crecer, hacerte fuerte.

Seizō le observó con una mirada intensa que, hasta cierto punto, comenzaba a recordar a la de Arima. Entendía lo que el samurái le quería decir, pero no era eso lo que sentía. La sangre le hervía de pura frustración, todo el miedo y el dolor que había vivido en los días anteriores se habían tornado en un odio demoledor que le golpeaba el pecho pugnando por salir.

—¡Ojalá tuviera la fuerza para matarlos a todos! Ojalá la tenga algún día.

—Comprendo tus sentimientos —asintió Kenzaburō, compasivo—, pero no te equivoques. Hay muchos hombres crueles, Seizō, pero eso no significa que todos sean igual de culpables. Esos de ahí abajo pueden ser tan abyectos como culebras, pero son meros sirvientes que siguen órdenes. Hay otras personas, sin embargo, que tomaron decisiones, que engañaron, traicionaron y cometieron actos infames por propia voluntad. Cada uno de ellos clavó un puñal en el corazón de tu padre, ellos son los que deberán pagar por lo que ha sucedido.

—¿Quiénes? —preguntó Seizō.

—Algunos son evidentes, como el propio Gendo Sugawara, pero estoy seguro de que hay otros. Los Sugawara no han podido hacer esto solos. Descubriré quién les ha ayudado, qué mano les ha indicado el camino y les ha abierto las puertas de nuestra casa.

—Entonces debemos ser pacientes, como los pájaros que aguardan la llegada del verano.

Kenzaburō observó a Seizō, extrañado por aquellas palabras. Imaginaba que se las habría inculcado el *karo* de la familia Ikeda, un viejo amante del confucionismo que se había encargado de la formación del hijo menor del clan. La mayor parte de la educación militar la había recibido el primogénito, que, en circunstancias normales, debería haber sucedido a su padre llegado el día.

—La paciencia es una gran virtud —dijo Kenzaburō—, pero un samurái no sueña como los pájaros, no se limita a esperar que las cosas sucedan. Los hombres débiles tienen sueños, Seizō, los fuertes tienen voluntad.

* * *

El largo suspiro del acero al ser afilado despertó a Seizō. Tumbado sobre el tatami y cubierto por una manta, aguardó a que la piedra volviera a lamer el filo, y cuando el siseo metálico volvió a reverberar en sus oídos, supo que estaba irremisiblemente despierto. Entonces sintió el vértigo de tener que hacer frente a otra jornada de viaje, pues aquella noche apenas había podido mantener un sueño superficial, acosado por extrañas pesadillas y un pertinaz dolor que, de pura extenuación, parecía clavarle cristales en brazos y piernas. Sin moverse, abrió los ojos poco a poco y vio a Kenzaburō sentado contra la pared, justo enfrente de la puerta que daba al pasillo, con el rostro cubierto de sombras que oscilaban alimentadas por una lámpara de aceite. Había desmontado la empuñadura de su *katana* y estaba entregado al íntimo ritual de afilar sus armas, lo que hizo temer a Seizō que hubiera previsto la necesidad de usarlas.

La luz fluía como líquido espeso sobre el acero, mientras Kenzaburō, sujetando la hoja por la espiga desnuda, deslizaba una piedra a lo largo del filo, una y otra vez, hasta que este recuperó su letal perfil. Entonces, guardó la piedra en un estuche de cuero y, con la misma mano, extrajo un pequeño frasco que abrió con los dientes. Vertió varias gotas sobre la hoja y la inclinó para que el aceite ungiera toda la superficie. Después tomó papel de arroz y limpió el acero con un movimiento largo, siempre con cuidado de mantener la mano en la parte sin filo del arma.

Seizō observaba aquella escena con ojos absortos, fascinado por la meticulosidad con la que Kenzaburō ejecutaba cada uno de los pasos, y fue consciente de que recordaría ese instante por el resto de su vida; lo rememoraría como el momento que definiría para él a aquel hombre de comportamiento recto.

Ajeno a los ojos que le observaban, el veterano guerrero continuaba entregado a su labor. Tomó un bastoncillo de seda cubierto de fina sal —Seizō sabía que se trataba de polvo de Uchiko[*]— y lo esparció por el acero con leves golpes. La limadura quedó impregnada en el aceite residual, por lo que el samurái tomó otro pañuelo

---

[*] Polvo de Uchiko: un tipo de limadura de piedras calizas utilizada para limpiar la superficie de la *katana* sin arañarla.

para pulir por completo la superficie de la hoja, hasta dejarla libre de grasas y de cualquier impureza.

Por último, apoyó la parte roma de la espada en su antebrazo izquierdo y examinó el filo contra la trémula luz de la lámpara. Pareció satisfecho del resultado, así que dejó la *katana* sobre la tela de algodón extendida en su regazo y, ayudándose de un pequeño martillo, introdujo los pasadores que fijaban la empuñadura a la espiga de la hoja.

El samurái guardó el sable en su funda, lo puso a su izquierda, junto a la *wakizashi* que ya había preparado, y miró a Seizō directamente a los ojos.

—Veo que ya no duermes. —Sintiéndose descubierto, el niño asintió desde debajo de la manta—. Levántate entonces, quiero partir antes de que despierten el resto de los clientes.

Seizō se puso en pie y se desperezó, cada músculo de su cuerpo se resintió quejumbroso por el esfuerzo. Comenzó a recoger las mantas y a guardar sus posesiones en un hatillo; mientras lo hacía no pudo evitar preguntarle a Kenzaburō por qué afilaba sus sables, si temía que fueran atacados en lo que quedaba de viaje.

El interpelado, envolviendo su *daisho* en un paño marrón, se tomó su tiempo antes de responder:

—Se suele decir que las espadas de un samurái albergan su alma, y al igual que el alma de un guerrero debe estar siempre lista para la lucha, así deben estarlo también sus espadas. —Apretó los nudos que fijaban el hatillo—. No puedes esperar nada del samurái que no cuida el filo de su acero, que no pule la superficie para evitar que se atasque en la vaina o que jamás se ha preocupado de que el temple de su hoja no se quiebre por las impurezas; porque el espíritu de ese guerrero también estará romo para cortar, oxidado para atender la llamada de su señor, y ten por seguro que será quebradizo en la batalla.

—Mi padre me dijo algo parecido en una ocasión —recordó el muchacho, su memoria avivada por aquella suerte de letanía.

—Tu padre era un auténtico samurái, Seizō. Cada vez quedan menos hombres como él caminando sobre el mundo.

—¡Yo también seré un auténtico samurái! —exclamó el chico con decisión.

Kenzaburō lo miró con una sonrisa brillándole en los ojos.

—Por ahora solo eres un charlatán que nos está retrasando. Termina de recoger tus cosas y pon en la bandeja los cuencos de la cena de anoche.

Seizō asintió y se dispuso a acometer con diligencia lo que su protector le había ordenado. Tenía la firme disposición de que aquel hombre estuviera orgulloso de él, como debería estarlo su padre.

El sol ya despuntaba cuando Kenzaburō y Seizō volvieron al camino. Se internaron en la principal vía que iba hacia el norte, en dirección a la costa, desde donde se desviarían más tarde al este para continuar bordeando el lago Shinji, lejos de las poblaciones que salpicaban su orilla septentrional. Iban a pie y Natsu les seguía conducida por las riendas, en ese empeño por mantener su apariencia de vendedores ambulantes, al menos hasta que se alejaran de zonas pobladas.

El camino se distanció paulatinamente de los campos de cultivo para adentrarse en una zona de montes boscosos, con árboles que descendían por las laderas hasta la misma orilla de la senda. El día había amanecido soleado y la tibia luz resbalaba entre las hojas de los árboles, cálida, agradable, proyectando un brillante tapiz ante sus pasos que se movía al compás de las ramas mecidas por el viento. Sentían sus corazones extrañamente aliviados por un inesperado optimismo, el que solo la perspectiva de un nuevo comienzo es capaz de insuflar en los viajeros. Así que, llevados por ese sentimiento, tuvieron la sensación de que lo peor había pasado.

Seizō comía con fruición una bola de arroz, con los granos quedándose pegados en sus mejillas, cuando sintió cómo Kenzaburō lo envolvía con su cuerpo y rodaban por el suelo. En la confusión del momento, escuchó relinchar a la yegua y observó cómo el desayuno salía despedido de su mano para caer al suelo, quedando desparramado como una bola de nieve que ha errado el tiro. Poco más allá, Natsu corcoveaba presa de la confusión, con una flecha enterrada en sus cuartos delanteros. La sangre manaba bombeada por el poderoso corazón del animal, que sufría intentando ponerse en pie una y otra vez.

Apenas había podido asimilar la situación cuando se percató de que su protector ya se había puesto en pie y escrutaba, con ojos afilados, a algo o alguien que les esperaba más adelante. Tendido boca arriba y aún sin aliento por el impacto, Seizō se incorporó sobre el codo y pudo observar a dos samuráis que salían de entre los árboles que flanqueaban la vereda. Les cortaban el paso y empuñaban sus espadas. A su espalda, más allá de donde yacía Natsu entre relinchos, otro guerrero emergió de la espesura con un arco en la mano. Él había lanzado la flecha que desangraba ahora al pobre animal, y completaba el trío de samuráis del clan Sugawara que se encontraba la noche anterior en la posada.

—¿Por qué nos atacáis? —preguntó Kenzaburō.

Seizō se dio cuenta de que no tenía su *daisho* a la cintura.

—No os atacamos, hemos disparado a vuestra montura para que no huyáis. Si os hubiéramos querido matar, vuestros cadáveres ya estarían cogiendo polvo en el camino.

El que así hablaba era el samurái vestido de púrpura, el oficial que había interrogado a Seizō la noche antes.

—Solo era un animal de carga.

El otro rio entre dientes con impaciencia.

—¿De verdad? A mí me parece más bien un animal para la guerra, como el que utilizaría un samurái. —Al ver que el supuesto vendedor de leña no respondía, volvió a reír—. ¿No tienes nada que decir? ¿Creías que era tan estúpido?

Los tres hombres se acercaban poco a poco, cerrando el cerco a su alrededor. Seizō observó que el que estaba detrás había soltado el arco y ya desenvainaba su *katana*. No tenían forma de huir, y Kenzaburō continuaba en silencio y desarmado, escuchando lo que aquel hombre le decía:

—Tu cachorro me dio ayer la pista con su exaltada reacción, luego decidimos acampar en el camino hacia el norte. Si veníais por aquí ya no habría duda: un adulto y un niño alejándose de Izumo, viajando con un caballo que un campesino jamás podría poseer. Nos cubrirán de gloria por cazar al general Arima y al cachorro de los Ikeda. —Una ambición irreflexiva alimentaba aquellas palabras.

—¿Ni siquiera dudas? —respondió Kenzaburō—. ¿Que viajemos hacia el norte con un buen caballo es razón para esto? ¿No os preocupa el que podáis matar a un niño y a un hombre inocentes?

—¿Y qué? Si eres Arima, el señor Sugawara estará en deuda con nosotros; si no lo eres, la muerte de unos leñadores no supondrá mayores problemas.

La confrontación era inevitable, aquellos hombres estaban resueltos a matarlos. Gracias al cielo —pensó Kenzaburō—, el arquero había cometido el error de desprenderse de su arco y desenvainar, lo que le daba una oportunidad. Comenzó a retroceder de espaldas hacia su montura malherida, manteniendo la distancia con los dos atacantes frente a él mientras se aproximaba, inevitablemente, al que se encontraba más atrás. Indicó a Seizō que se tendiera en el suelo, y este obedeció inmediatamente.

Las alforjas y la leña habían quedado esparcidas por el camino, y el guerrero se aproximó a ellas mientras hablaba para distraer a sus contendientes.

—Decidme, entonces, si yo soy el general Arima, qué os hace pensar que podríais derrotarme.

Los tres asaltantes intercambiaron una mirada: por primera vez aquel hombre no hablaba como un simple leñador, lo que parecía corroborar sus sospechas.

El samurái se inclinó junto a un hatillo de madera y, metiendo la mano entre los troncos, extrajo una vaina envuelta en trapos. Sus agresores se pusieron súbitamente en tensión.

Kenzaburō se incorporó sujetando la *katana* envainada con la mano izquierda.

—Ya no os enfrentáis a un vendedor de leña. Ahora debéis matar al general Arima. Veamos si sois capaces.

Esas palabras fueron como la orden de carga en una batalla: los tres hombres se lanzaron al unísono, con un grito que nacía de sus tripas y las dos manos cerradas en torno a las empuñaduras de las espadas que blandían sobre sus cabezas.

Kenzaburō miró por encima del hombro al que tenía detrás, era el que llegaría antes hasta él y, por tanto, el primero en morir. Confiaba en que los otros dos fueran lo suficientemente estúpidos como para mantener su ataque frontal.

Cuando el espadachín a su espalda estuvo a la distancia adecuada, Kenzaburō lanzó una profunda patada hacia atrás que se hundió en el estómago de su atacante, frenando en seco su carrera. Al mismo tiempo que giraba para enfrentarse a aquel primer oponente, que boqueaba doblado por el golpe, le lanzó un tajo de abajo arriba al desenvainar la espada. La punta destrozó el cuello y la clavícula del desgraciado.

Mientras su rival se derrumbaba, Kenzaburō dio un paso adelante para alejarse de los que se hallaban a su espalda, pero como se temía, la distancia no era suficiente y un dolor desgarrador le cruzó la espalda desde el hombro hasta la cintura, describiendo nítidamente el recorrido del tajo que le había alcanzado. Sin embargo, ese rápido paso adelante le había salvado la vida al impedir que el golpe le diera de lleno.

Apretando los dientes para no lanzar un grito de dolor, giró para quedar frente a sus oponentes. Apenas tuvo tiempo de protegerse la cabeza con una defensa alta, pues el tercer espadachín —el oficial que comandaba aquella emboscada más propia de bandidos que de samuráis— pretendía darle el golpe de gracia hendiéndole el cráneo. El ataque se estrelló contra la guardia de Kenzaburō y su enemigo quedó desestabilizado. Antes de que pudiera reaccionar, el veterano samurái trazó un amplio semicírculo que cercenó la rodilla de su rival. Mientras el asaltante caía sobre la articulación quebrada, Kenzaburō lanzó un segundo tajo que le abrió el pecho.

Entonces, como si por la espalda le corriera aceite hirviendo, el general de los Ikeda se incorporó y se enfrentó al último atacante que quedaba en pie: el que había conseguido infligirle tan dolorosa herida. El esbirro de los Sugawara no había mostrado la pericia suficiente para que su ataque fuera letal, y ahora debía enfrentarse a un rival cuyos embates sí eran definitivos; una máxima que el experimentado guerrero llevaba hasta las últimas consecuencias, ya que solo así lograba la eficacia de movimientos que le permitía enfrentarse a varios rivales a la vez. Cada golpe de Kenzaburō era el presagio de algo inevitable, y con dicha convicción sometía a sus rivales incluso antes de que comenzara el auténtico combate; los empequeñecía hasta el punto de convertirlos en meras comparsas de su breve y brutal danza.

En ese punto, sus ojos eran una promesa de muerte que hizo retroceder con lentitud a su acobardado oponente. Lo recordaba del día anterior: era el más refinado de los tres, el que mostraba unas maneras más elegantes que su oficial. Aquel hombre, del que desconocía incluso su nombre, mantenía una guardia baja, sin convicción, y el veterano general supo que estaba muerto antes incluso de lanzar su ataque.

Su rival debió pensar lo mismo, ya que no tuvo reparos en darle la espalda para huir hacia los árboles. Kenzaburō lo persiguió con la determinación de un depredador hasta alcanzarlo con un tajo que le quebró la espalda. Su presa cayó de rodillas y, en cuanto la cabeza golpeó el suelo, el veterano guerrero le clavó la punta de la espada en la nuca, poniendo fin a su vida.

Tras recuperar el aliento por un instante, el samurái se volvió hacia Seizō y le preguntó cómo se encontraba. Este asintió mudo, con ojos desbordados por las lágrimas, y Kenzaburō debió lamentar que el niño hubiera presenciado una escena tan cruenta. Aunque su vida estaría llena de violencia, había acumulado en pocos días demasiados pesares y tribulaciones.

El guerrero recogió del suelo la funda de su espada y limpió la hoja con un golpe seco de muñeca. El acero escupió la sangre y roció el camino, dejando un reguero de tierra apelmazada.

—¿Por..., por qué lo has matado? —preguntó Seizō, observando las gotas ocres que se diluían en la tierra.

Kenzaburō se volvió hacia él y, tras enfundar el arma, respondió con sencillez:

—Para sobrevivir. Ellos también querían matarnos.

—Pero el último no. Intentó huir y tú le mataste.

—Anoche creí entender que querías matarlos a todos. —La mirada del samurái era tan fría como sus palabras.

—Yo... —Seizō era incapaz de articular sonido alguno, y Kenzaburō se sintió culpable por su dureza.

—Seizō, si no hubiera alcanzado a ese hombre, él nos habría encontrado dentro de uno o dos días, y vendría con muchos otros. Entonces no habríamos tenido ninguna posibilidad de sobrevivir.

Al ver que su joven señor no le respondía, Kenzaburō prefirió no insistir. Caminó hacia uno de sus atacantes y se agachó junto al cadáver, tomó la espada caída de su enemigo y se dirigió junto a Natsu, que yacía tumbada de lado, respirando entre estertores por el esfuerzo de intentar apoyarse sobre su pierna atravesada. Seizō lo seguía con la mirada, observando con el corazón encogido los pasos de su protector, pues sabía perfectamente lo que iba a hacer. Tras acariciar a la yegua y susurrarle palabras tranquilizadoras al oído, Kenzaburō se incorporó, separó las piernas para asentar su peso y, levantando la espada por encima de la cabeza, descargó un poderoso mandoble sobre el cuello del animal. Natsu quedó inerte al instante.

De rodillas sobre el polvo del camino, Seizō comenzó a llorar sin consuelo. Sentía que no había nada bueno para él en este mundo, y ya no le preocupaba lo que aquel hombre pudiera pensar.

Capítulo 7

Una fortaleza inexpugnable

A Ekei siempre le había gustado creer que el hábito de viajar le había convertido en un hombre pragmático, desprendido de las posesiones materiales; pero cuando se dispuso a organizar su partida a Fukui, con la misión de ser aceptado como médico del clan Yamada, se percató de que su vida ya no cabía en un hatillo. Quiso pensar que era la consecuencia inevitable de permanecer varios años asentado en un mismo lugar, así que no se obstinó en aligerar su equipaje y pidió una carreta y un caballo que pudiera tirar de la misma. En ella dispuso ordenadamente las pertenencias que consideró necesarias para la labor que se le había encomendado: sus escasos y valiosos libros de medicina, las plantas y hierbas que había podido trasplantar a macetas, ropas adecuadas para cada temporada, frascos con ungüentos y drogas ya preparadas… Un resumen de lo que había sido su vida al servicio del señor Munisai Shimizu.

Había pasado varios días ultimando los preparativos y explicando a la señora Tsukumo cómo atender las más habituales dolencias de los habitantes del castillo. Las profusas notas que preparó para su ayudante acabaron convirtiéndose en un pequeño compendio de medicina que, en cierto modo, describía bastante bien las dispares y heterodoxas prácticas que el maestro Inafune empleaba. Aunque entonces no lo sabía, aquel vademécum se convirtió en el último servicio que prestó al clan Shimizu como médico y, durante décadas, permaneció como una de las posesiones más valiosas del clan, pasando de un médico a otro.

Cuando se aproximaba la fecha de su partida, Ekei explicó a la propia Tsukumo, y a cualquier otro que se interesara por su marcha, que debía hacerse cargo de la consulta de su padre en Ine. Una mentira que pareció satisfacer a todos, dado que el médico siempre había sido una persona extraordinariamente discreta.

Una vez estuvo todo listo, cubrió la carreta con una lona, montó en el pescante y, con el *yakuro* y el cayado de bambú a su lado, se dispuso a abandonar el feudo de Minami. Partió de madrugada, con la luna llena y las piedras del camino como única compañía. Su intención era llegar a Sabae poco después del amanecer, desayunar allí y reemprender la ruta para alcanzar el feudo de Fukui, hogar de los Yamada, antes del atardecer.

Durante el primer tramo de su viaje, arrullado por el traqueteo de la carreta y la tibia noche de verano, Ekei se esforzó por no dormirse y distrajo su mente intentando imaginar cómo podría forzar su entrada al servicio de tan notable señor. El daimio tendría su propio gabinete médico, con uno o más maestros que, sin duda, cerrarían el paso a cualquier advenedizo que tuviera la pretensión de entrar al servicio de la casa. ¿Qué podía ofrecer él que no tuvieran aquellos médicos? La respuesta era evidente: sus precarios conocimientos de medicina extranjera; superficiales y poco fundados, sin duda, pero suficientemente peculiares para que un noble se encaprichara de tener a un médico tan singular a su servicio. Eso sucedería siempre y cuando el señor pudiera comprobar sus talentos, algo que los maestros en medicina del clan Yamada se encargarían de evitar a toda costa.

Quizás estaba enfocando mal el problema, quizás la clave no fuera convencer al daimio, sino a los médicos que le servían. Aunque fueran refractarios a la medicina extranjera, como la inmensa mayoría de sus colegas, cabía la posibilidad de que lograra hacerles ver las ventajas que supondría incorporar a su gabinete las técnicas y conocimientos que había adquirido durante su estancia en Funai. Quién sabe, quizás aquellos maestros estuvieran más preocupados por salvaguardar la salud de su señor que por mantener sus privilegiados puestos en el seno del clan. Tras este último pensamiento, Ekei sonrió para sí y sacudió la cabeza.

Clareaba el cielo cuando llegó a Sabae, donde haría su primera parada durante el viaje. La última vez que visitó la ciudad fue para atender la llamada del mercader Ikagawa, y tras aquella consulta pudo disfrutar de la hospitalidad de los matones locales. Pese al incidente, creía recordar que el olor de la comida en aquella posada fue de su gusto, así que se dedicó a buscarla con mirada anodina, hastiado del interminable cimbreo de la carreta.

En cuanto reconoció el local, desvió al caballo de la senda y detuvo la carreta frente a una ventana próxima al establo, pues tenía la intención de vigilarla mientras desayunaba. Se encaminó hacia la entrada y pasó bajo la raída cortinilla: era el único cliente, así que en esa ocasión no habría ningún *ronin* borracho dispuesto a amenizarle el desayuno. Se limitó a sentarse en la misma mesa que la vez anterior, a pedir la comida y a comer en silencio el rábano encurtido y la sopa que le sirvieron.

Mientras se llevaba los palillos a la boca, recordó a Asaemon Hikura, el desaliñado samurái al servicio directo de Torakusu Yamada que había acudido aquel día en su auxilio. Mientras le daba vueltas a dicho encuentro, se le ocurrió que Hikura podía ser la esquiva clave que buscaba, la llave que le abriera las puertas de la legendaria fortaleza costera de los Yamada.

Concluyó más animado el desayuno, apuró de un largo trago el té verde, y se dispuso a reemprender su viaje con renovados ánimos. Siempre le había gustado enfrentarse a los grandes retos que le planteaba la vida.

* * *

Fukui se apiñaba a orillas del mar como el grano que se derrama de un puño cerrado, o así se lo pareció a Ekei, al contemplarla desde la cima de un repecho que había escalado antes de caer la noche. Las primeras luces salpicaban ya los barrios que se extendían hasta la costa y, observando la capital desde la que el clan Yamada ejercía su poder, el médico comprendió por qué el resto de daimios de Echizen y de las provincias circundantes vivían a expensas de lo que allí se decidiera. Sin duda, la imponente ciudad era un buen termómetro de la riqueza y el poderío de aquella casa.

Desde su posición podía divisar el flujo de personas que transitaba la urbe inundándola de vida, un devenir que delataba al ojo atento los nudos que canalizaban la energía de aquel sistema: desde los barrios comerciales al puerto franco, desde las zonas residenciales hasta los templos o el barrio del placer. Y en medio de aquel caos ordenado, el poderoso castillo de los Yamada, erigido cuatro siglos atrás sobre una colina asomada al acantilado costero. De muros negros y macizos, sobrecogedor en su verticalidad, sus sucesivos moradores habían realizado solo las reformas pertinentes para hacerlo más habitable, por lo que su apariencia seguía siendo la de una mole tosca que se elevaba, desafiante, contra los vientos del norte. A su amparo había crecido la ciudad de Fukui; sin embargo, la fortaleza permanecía rodeada de una oscura arboleda, como si a su sombra no creciera la vida.

Ekei escrutó los muros, preguntándose cómo serían sus moradores, qué alentaba sus corazones y qué perturbaba sus sueños. Quiso ver en la fortaleza una metáfora del clan que la gobernaba: imponente y temible, insondable para aquellos que la atisbaban desde el exterior, siempre con miedo a que desde sus atalayas se alzara algún día el redoble de los tambores de guerra.

Cualquier hombre sensato se habría mantenido lejos de aquel castillo, pues los que se inmiscuyen en los juegos de los poderosos suelen acabar aplastados por un puño enguantado en hierro. Pero Ekei Inafune nunca se tuvo por un hombre sensato, ni nunca temió a los poderosos, así que inspiró profundamente, dejando que sus pulmones se inundaran de la cálida atmósfera estival, y comenzó a descender el repecho con pasos largos. Montó en la carreta y jaleó al animal para que reemprendiera la marcha.

La senda no era especialmente ancha a pesar de ser bastante transitada, y parecía estar hundida en lo que debía ser un cauce desecado que serpenteaba entre montes arbolados. El camino se encontraba, por tanto, bastante por debajo del nivel normal del suelo, flanqueado por dos paredes de tierra pedregosa apenas suavizadas por la hierba que crecía entre los guijarros. Al menos, observó el maestro Inafune a su paso por la vereda, esta se encontraba cubierta por una fresca sombra proyectada por los árboles a la orilla del cauce, la cual debía aliviar al viajero durante las tórridas jornadas del estío.

Poco más adelante, se cruzó con dos sacerdotes sintoístas que parecían abandonar Fukui. Se cubrían con amplios sombreros de paja y, al caminar, golpeaban el suelo con sus cayados, haciendo repiquetear los anillos engarzados. Lo saludaron con una inclinación de sus sombreros, y Ekei les devolvió el gesto sin dejar de seguirlos con la mirada, ensimismado en el rítmico tintineo de los anillos.

Súbitamente, su carreta se estremeció de lado a lado; al devolver la vista a la senda, descubrió a su caballo corcoveando, asustado por un zorro que había cruzado como una exhalación y ahora intentaba trepar, desesperado, por la orilla opuesta. La pobre bestia solo conseguía desprender tierra seca en su esfuerzo por alcanzar la cima.

No muy lejos, los atronadores ladridos de lo que parecía ser una jauría se hacían cada vez más presentes, hasta que cinco enormes perros de Odate, de orejas tiesas, cola erizada y fauces desencajadas, irrumpieron en el camino perdiendo pie y abalanzándose unos sobre otros. El caballo de Ekei se encabritó y comenzó a cocear, lo que hizo que los perros se frenaran para evitar los peligrosos cascos y se revolvieran ladrando al aterrorizado animal. Este luchó por liberarse de las cinchas haciendo saltar la carreta y tirando al camino muchas de las pertenencias del médico, entre ellas un baúl de mimbre que se abrió esparciendo sus ropas sobre la polvorienta tierra. Aquella distracción dio al zorro el tiempo que necesitaba para escapar de sus perseguidores, que ahora rodeaban con ladridos a la bestia de tiro.

Mientras trataba de sujetar las riendas con una mano y la caja de medicinas con la otra, Ekei reparó en los cuatro jinetes que observaban la escena desde la orilla de la vereda. Uno de ellos silbó y los perros se tranquilizaron al instante, como si ese sonido los hubiera privado súbitamente de su instinto depredador. Solo entonces el médico pudo ver que las bestias eran demasiado grandes para ser perros de caza.

Ekei levantó la vista hacia los recién llegados, usando la mano para protegerse los ojos del sol del atardecer, y distinguió sus ropajes samuráis. El que había silbado, el más menudo del grupo, comenzó a descender con su montura por la ladera pedregosa, seguido del resto. En cuanto llegó abajo, los perros lo rodearon entre juguetos.

Era apenas un adolescente, con un largo y fino cabello negro que le asomaba por debajo del yelmo. Sin embargo, poseía un distinguido porte marcial en la forma de manejarse sobre el caballo, y la armadura de cuero le hacía parecer un auténtico guerrero pese a sus rasgos imberbes. Observaba a Ekei, que había caído de la carreta abrazado a su *yakuro*, con una traviesa mirada en los ojos. Aquel jovenzuelo, sin duda, se había divertido bien a su costa.

Antes de hablar, el médico se percató de que llevaba cosido en su guardapolvo tres emblemas del clan Yamada, pero la indignación que lo embargaba le hizo dejar a un lado toda prudencia:

—¿Quién caza zorros con perros de guerra? —espetó Ekei, y sus palabras sonaron más bruscas de lo recomendable.

—¡Maldito insolente! —Uno de los samuráis adelantó su caballo hasta casi pisarle—. Discúlpate ante la dama Endo.

—¿Dama? —musitó el médico, confundido. «No puede ser».

La insospechada «dama», que hacía esfuerzos evidentes por controlar la sonrisa, parecía cada vez más divertida por el curso de los acontecimientos. El samurái que había increpado a Ekei, sin embargo, hizo ademán de bajarse del caballo, sin duda para castigarle como se merecía, pero ella le detuvo poniéndole el dorso de la mano en el pecho.

—Estás en territorio de los Yamada; cuando se pasa por aquí, hay que apartarse si ves a un zorro correr —le indicó la joven ataviada como un samurái, mientras se revolvía para controlar a su montura.

—Veo que en Fukui no os preocupa encolerizar a Inari[*].

—Oh, rara vez los matamos —aclaró ella—. No los cazamos, en realidad; son astutos como humanos, así que los utilizamos para entrenarnos en la captura de forajidos.

—¿Capturar forajidos con perros tan grandes y lentos?

—En el frente, cuando un general gana la batalla, persigue a los enemigos en retirada con perros de guerra —contestó la mujer con tono altivo—, de ahí que adiestremos a estos animales en el rastreo. No lo hago por diversión, viajero.

Aquel tono más duro, súbitamente carente de frivolidad, hizo que el médico la descubriera mucho más adulta de lo que había apreciado en un principio.

—Señora, no tiene que darle explicaciones a este desconocido —intervino el samurái que la escoltaba—, no es más que un vulgar mercader. Volvamos al castillo.

Pero el tono impertinente de Ekei había despertado su curiosidad, no sucedía todos los días que un viajero enojado se encarara con cuatro samuráis.

El médico, por su parte, se incorporó con toda la dignidad que le fue posible y se sacudió la tierra que cubría su kimono. Cuando

---

[*] Inari: es la divinidad *(kami)* de la agricultura y el arroz, que tiene a los zorros como sus sirvientes. En la mitología japonesa los zorros *(kitsune)* son astutos enviados de esta divinidad, y se les atribuye poderes mágicos como la capacidad de adoptar forma humana.

consideró que se había adecentado lo suficiente, hizo una profunda reverencia a su interlocutora.

—Soy Ekei Inafune, maestro en medicina, y he venido a Fukui para ofrecer mis servicios al señor Yamada.

Ella se quitó el casco y se apartó los cabellos sudados que caían sobre sus ojos. Lo que bajo el yelmo le había parecido un adolescente de facciones inmaduras, se reveló como una mujer de expresión decidida, casi insolente. Por su actitud y la de los tres samuráis que la escoltaban, Ekei supuso que debía ser la hija de un importante vasallo del clan Yamada, con un carácter lo suficientemente rebelde como para que su padre le permitiera salir a jugar ataviada como un samurái.

La dama Endo se inclinó sobre su montura, como si quisiera observar mejor el rostro de aquel extraño.

—Así que eres médico —musitó para sí—. Desde luego, no te pareces en nada a maese Itoo.

Ekei se ajustó a las normas de protocolo y se dejó escrutar sin mirarla directamente al rostro. No quería provocar más a los guerreros que la acompañaban.

—Yo soy Yukie Endo, forastero, la hija de Yoritomo Endo, primer general del clan Yamada. Lamento tener que ser yo quien te diga que no te dejarán poner un pie más allá de la sala de recepciones del castillo —dijo con voz risueña—. Pero espero que disfrutes de tu estancia en Fukui.

Dicho esto, hizo un gesto a los tres samuráis para que la siguieran y, sin ningún tipo de despedida, iniciaron la marcha en dirección a la capital.

Ekei permaneció en pie, siguiéndoles con la vista mientras desaparecían tras un recodo del camino, y pensó que había sido afortunado: sin haber pisado Fukui ya había averiguado el nombre del médico de los Yamada y de uno de sus generales…, además de conocer a una hermosa mujer. Si hubiera sido supersticioso habría dicho que, sin duda, aquello era un buen augurio. Los dioses no hacían sino poner alicientes en su camino.

Pensaba en ello con una sonrisa en los labios cuando volvió la mirada hacia su ropa desperdigada por la vereda. Suspiró con resignación y comenzó a recogerla antes de que anocheciera.

Tras reemprender la marcha, no pasó mucho hasta que las primeras casas y locales del sur de Fukui le dieron la bienvenida. Eran las habituales posadas para viajeros que se encontraban en los límites de las ciudades, pero él buscaba un alojamiento lo más cercano posible al castillo, pues su intención era visitarlo bien temprano al día siguiente. Así que continuó adentrándose en la urbe, con su tiro al paso sosegado que inspiraba la atmósfera nocturna, hasta transitar por una amplia avenida salpicada de faroles de papel. El resplandor rojizo de aquellas lámparas se diluía entre las luces filtradas por los resquicios de las persianas. Aquí y allá los almendros flanqueaban la vía y, entre estos, vendedores callejeros de *udon** daban por finalizada la jornada y recogían sus puestos ambulantes. El bullicio iba trasladándose de las calles al interior de las posadas, donde aún se servía sake y comida caliente capaz de tentar el apetito de un viajero cansado como Ekei. Aquella atmósfera era, sin duda alguna, más animada que la de Minami.

Manteniendo el castillo como referente, se abrió paso entre los rezagados hasta que, sabedor de que no le permitirían avanzar mucho más, decidió parar junto a una posada con un cobertizo donde resguardar al animal y la carreta. Acordó con el dueño un suplemento de dos piezas de cobre diarias por dejar bajo techo sus pertenencias y, tras un cortés saludo y previo pago de la primera jornada, introdujo en la finca aquel carro en el que había empaquetado toda su vida. Recogió en un hatillo sus posesiones más indispensables, se echó el *yakuro* al hombro y subió a su habitación, con el auxilio de un joven empleado del local, el baúl de mimbre en el que trasladaba sus ropas.

Ya a solas en su alojamiento, comprobó que había hecho bien en elegir aquel local: limpio y discreto, se encontraba a menos de diez *cho*** de la arboleda que rodeaba el castillo, y su clientela parecía ser, en una gran mayoría, comerciantes y gente acomodada. Muy probablemente visitantes que acudían al castillo por cuestiones administrativas o de justicia, y que también habían decidido alojarse allí.

Ekei abrió el arcón y extendió sobre el tatami su ropa más elegante: *haoris* y kimonos de noble corte estaban manchados de polvo y pisoteados por los perros. Comprendió que no le quedaba más remedio que posponer su visita al castillo hasta que encontrara una lavandera o se procurara ropa adecuada, así que trató de ser optimis-

---

* *Udon:* fideos gruesos de pasta de trigo que se sirven calientes.

** *Cho:* unidad de longitud equivalente a 109 metros aproximadamente.

ta y se dijo que los próximos días serían una excelente ocasión para conocer la ciudad.

* * *

A la mañana siguiente el médico habló con la mujer del posadero: una señora con una servicial sonrisa cosida al rostro, pero con una mirada ladina especialmente entrenada en sopesar las bolsas de dinero de sus clientes. Mientras departía con ella, Ekei tuvo la certeza de que la medida de su sonrisa y sus atenciones dependía directamente de cuánto complaciera el tintineo de su bolsa a aquella mujer. Le explicó el problema con su ropa y la señora se ofreció a lavársela por un precio conveniente, aunque le adelantó que tardaría no menos de tres días en tenerla lista, dadas sus numerosas ocupaciones.

No tuvo más remedio que aceptar la oferta pero, al mismo tiempo, quiso informarse de cuál era la mejor sastrería de Fukui: no podía esperar tanto y debía acudir a la recepción del castillo con ropas que dejaran claro que no era un matasanos pordioseando trabajo, sino un acaudalado médico en busca de una importante casa a la que servir para ganar prestigio. Sabía por experiencia que, en las cortes de los daimios, las apariencias eran fundamentales, así que tras un rápido desayuno, aquella mañana salió a pasear por las calles comerciales y mercaderías de Fukui.

Como en casi todas las grandes ciudades, los gremios se habían organizado por barrios formando un enmarañado entramado de callejones, mercados y tenderetes. Solo los advenedizos y los recién llegados a la ciudad abrían un negocio fuera de la zona que correspondiera por tradición a su actividad y, si lo hacían, era ante la imposibilidad de conseguir un local en aquellas atestadas calles. Por tanto, una pescadería lejos del barrio portuario no era de fiar, como tampoco lo era la cerámica fabricada fuera del barrio de los alfareros, o la ropa que no procedía del barrio de los tejedores y tintoreros.

Aquel día Ekei solo quería lo mejor, algo que podía permitirse gracias a la generosa cantidad que el señor Munisai Shimizu le había confiado, y siguiendo las desinteresadas indicaciones que la posadera le había ofrecido a un precio razonable, llegó al barrio donde los ciudadanos de Fukui más acomodados acudían para vestirse. Buscaba la sastrería de Fukube, un artesano cuya fina confección y delicado corte con la seda tenían fama de ser los mejores de la ciudad. Indagando un poco por la zona no tardó en dar con el establecimiento, ya que se ubicaba en una calle a la que se llegaba casi sin querer, dada su privilegiada ubicación. Ekei se detuvo entre el gentío y observó la entrada del negocio: un enorme cartel de madera acoplado a la fachada rezaba «Fukube, maestro en sastrería», mientras que la puerta del local, que daba a un austero recibidor, permanecía abierta de par en par.

El maestro Inafune entró en la pequeña antesala y se descalzó, no sin antes observar que no había más sandalias aguardando a otros clientes. Le extrañó que a esas horas el establecimiento estuviera vacío, y se temió que la única explicación posible fueran las tarifas del maestro Fukube, probablemente tan elevadas que al negocio le bastaba con clientes tan ocasionales como pudientes.

Deslizó la puerta *shoji** y se adentró en la quietud del establecimiento, dejando atrás los ruidos de la populosa calle comercial. Las persianas de bambú filtraban la luz exterior en finas láminas que atravesaban la estancia de lado a lado, iluminando la danza del polvillo en suspensión. El negocio del señor Fukube no era exactamente como había esperado: aquello, más que un local de cara al público, era un espacioso taller de trabajo con grandes mesas cubiertas de prendas por concluir, varas de medir, maniquíes de madera para la confección, cuchillas para cortar, libros con patrones y paredes cubiertas por estantes donde se amontonaban largos pliegos de tela de ricos colores y estampados. En un rincón había incluso un viejo telar que parecía haber caído en desuso. Sin duda, aquel era el hogar de un sastre.

Abstraído, el médico admiró la paz casi religiosa del venerable taller, hasta que se percató de que no se encontraba solo. Al fondo de la habitación, con varias de aquellas enormes mesas de confección de por medio, una anciana de pequeña estatura lo observaba paciente, a la espera de que reparara en su presencia.

—¡Oh! Lo siento —se disculpó sintiéndose un intruso—. Soy Ekei Inafune, buscaba al maestro Fukube.

—No lo va a encontrar aquí, pero puede hablar conmigo, soy su viuda.

El médico titubeó un instante. Sin duda aquella mujer gastaba un peculiar sentido del humor.

---

* *Shoji:* las puertas, contraventanas o divisores de espacio *shoji* eran estructuras de papel traslúcido montado sobre marcos de madera o bambú.

—Lo siento, señora.

—No se disculpe, no es culpa suya —repuso la viuda—. Además, está mejor muerto. ¿Puedo asumir que ha venido porque precisa de nuestros servicios?

—Así es —respondió el cliente, un tanto desconcertado ante semejante ímpetu—, necesito un kimono y un *kataginu* para una recepción en la casa del señor Yamada.

—De acuerdo, pero por la mañana solo me ocupo de recoger los encargos y tomar medidas a los clientes. El taller trabaja por la tarde. ¿Cuándo tendrá esa recepción?

—Lo cierto es que no quería prendas a medida, me conformaré con un kimono de talla común que ya tengan listo.

—Ya veo, un hombre con prisas —replicó fastidiada la anciana, exhalando aire por la nariz—. Dese la vuelta, joven.

Ekei obedeció sin rechistar y la mujer, tan diminuta como enérgica, se acercó con una cuerda y una banqueta baja. Le tomó medidas de su altura y de los hombros sin necesidad de apuntarlas, por lo que el médico dedujo que aún conservaba intacta la memoria. Mientras lo hacía, la anciana farfullaba que «ya nadie valora un trabajo hecho con pausa y esmero», y se lamentaba de que «pronto vestirían fardos de arroz con agujeros para los brazos». Cuando hubo concluido, la señora Fukube le indicó que esperara allí mientras le buscaba algo apropiado para él, y desapareció por la puerta que había al fondo del taller.

Ekei se distrajo paseando por la sala y curioseando entre aquellas herramientas cuya utilidad desconocía, hasta que llegó a la altura de una estantería que llamó su atención, pues en ella se apilaban unos pliegos de seda tan fina que hasta un lego en tales artes percibía su calidad extraordinaria. Se trataba, sin duda, del mejor género que había visto en su vida y, aunque le hubiera gustado acariciarlo para descubrir su tacto, se abstuvo por temor a manchar el tejido con los dedos. Sí notó, no obstante, que estaba perfumado con aroma de jazmín.

Se encontraba admirando aquellas telas cuando la anciana regresó al taller. Le llamó con la mano y, mientras se aproximaba, extendió sobre la mesa un conjunto compuesto por un kimono negro con *hakama** y un rico *kataginu* azul oscuro. Tanto las mangas de la

---

* *Hakama:* pantalón holgado de siete pliegues utilizado principalmente por la casta samurái y los sacerdotes sintoístas. Cada pliegue representaba una de las siete virtudes del buen guerrero.

chaqueta como las costuras del kimono estaban decoradas con un fino bordado blanco que simulaba la espuma sobre las olas del mar. Era discreto y elegante, pero sin duda confería a su portador un cierto aire marcial que no convencía a Ekei.

El médico tocó la tela y observó que era ligera y resistente, de una gran manufactura.

—Creo que le quedará perfecto aunque no se haya hecho a su medida —indicó la señora Fukube.

—Son unas prendas de gran calidad —confirmó Ekei, cruzando los brazos sobre el pecho—, pero no sé si serán apropiadas para mí; pareceré un samurái.

—Veo que no tiene gusto por la ropa, señor Inafune —repuso la mujer, con un fastidio que su cliente ya intuía habitual—. Las prendas azules de corte sobrio son muy del gusto de la corte del señor Yamada. Y no se preocupe por su porte, será difícil que alguien lo confunda con un samurái.

Ekei no supo cómo interpretar exactamente la aseveración de la anciana y tampoco quiso insistir en el asunto, así que prefirió cambiar de tema.

—He estado observando las telas guardadas en aquel estante. Quisiera saber cuánto tardarían en hacer un kimono con ese género.

—Imposible —contestó lacónica la viuda.

—Creo que puedo pagarlo.

—Esas telas llegan una vez al año desde la capital de China y, como comprenderá, no son para clientes como usted —aclaró la anciana con desdén—. Están reservadas para las prendas que el señor daimio y su esposa vestirán en la nueva estación. En cuestión de unas semanas debe serle entregado a la casa Yamada el nuevo vestuario.

Ekei observó a la señora preguntándose cómo aquella mujer podría coser en cuestión de semanas la infinidad de ropas que debían componer el vestuario de un señor feudal y su esposa, pero se abstuvo de comentar nada por temor a la mordaz lengua de la dueña del negocio. Sin embargo, la viuda no solo debía coser rápido, sino que también podía leerle la mente.

—No sea impertinente, le sorprendería lo bien que me desenvuelvo con la aguja a pesar de mi edad.

—No lo dudo, señora —se disculpó el médico sin saber muy bien por qué.

—De todos modos, es ridículo por su parte pensar que trabajo sola. Por la tarde, mis siete hijas me ayudan en el taller.

«¿Ocho mujeres de tal palo bajo un mismo techo?», Ekei comprendió por qué el señor Fukube estaba mejor difunto.

—No se hable más, confiaré en su buen criterio y me llevaré el kimono que ha elegido para mí —concluyó por fin, pues no le apetecía contradecir más a la enérgica anciana.

Tras pagar la nada desdeñable cantidad de dos *ryo* y tres *shu*, el maestro Inafune se llevó empaquetadas las prendas que la dueña del establecimiento le había recomendado, más un *obi* blanco con sencillos bordados azules y amarillos a juego con el kimono.

Durante todo el camino de regreso se lamentó por el excesivo precio, y no dejó de reprocharse el no haber sido más modesto en sus compras. Pero una vez se probó en su habitación el kimono y el *kataginu*, debió reconocer que la manufactura era extraordinaria y que el conjunto le confería un porte distinguido. Puede que nadie le tomara por un samurái preparado para la guerra, pero con aquel atuendo se sentía capaz de evitar una.

Sonrió satisfecho, se quitó la ropa con cuidado, a fin de no mancharla ni arrugarla, y la dobló sobre una bandeja. Aquella tarde buscaría unos baños públicos para relajarse, cenaría bien y se retiraría pronto a dormir. Al día siguiente el castillo Yamada le esperaba.

* * *

Las recepciones en el castillo Yamada comenzaban a la hora de la serpiente*, así que Ekei madrugó y desayunó temprano. No fue una comida frugal, como tenía acostumbrado, pues sabía que la espera en la sala de recepciones podía ser desesperantemente larga.

Para hacer tiempo y bajar el desayuno, salió a pasear por las inmediaciones del castillo. Vestía las ropas que había adquirido en el taller del difunto maestro Fukube y, a medida que se cruzaba con los primeros transeúntes del día, comprobó que le saludaban con una respetuosa inclinación de cabeza, como si, por el mero hecho de llevar aquel kimono, ya fuera alguien en la ciudad. Ekei recordó el atuendo de Asaemon Hikura, el samurái de la guardia personal de Torakusu Yamada que había conocido en Sabae: sus ropajes también

---

* Hora de la serpiente: entre las 9:00 y las 11:00 de la mañana.

eran de un profundo azul oscuro y con pocos ornamentos, por lo que se inclinaba a pensar que muchos de los que aquella mañana le mostraban cortesía debían creer que era un vasallo del castillo.

Continuó dejándose llevar por sus pasos, que le condujeron a rodear la colina sobre la que se elevaba la fortaleza. Desde la cara norte pudo contemplar claramente su arquitectura: era una vieja fortificación de estilo *hirayamashiro* erigida varios siglos atrás, durante el shogunato Kamakura, y que había ido creciendo con el paso del tiempo según las necesidades de sus dueños, hasta tener cuatro amplios patios en cascada que ascendían sucesivamente por la ladera como una escalera de inmensos peldaños. El último de ellos constituía el *hon maru*, donde se levantaba la torre del homenaje que presidía la ciudad, mientras que las plantas anteriores acogían a los funcionarios y la milicia del castillo, además de servir de cortafuegos defensivos en caso de asalto. Tras el último peldaño fortificado solo existía un abismo de casi tres *cho* de altura que caía a pique sobre el mar, cerca de la desembocadura de uno de los canales del río Hino, que atravesaba la ciudad partiéndola en dos. Divisado desde el mar, el castillo de los Yamada aparecía como una torre de negros muros encumbrada sobre la interminable pared rocosa que nacía desde las mismas aguas. Realmente era una estructura imponente, construida, según supuso Ekei, con el objetivo de disuadir a los invasores mongoles que, siglos atrás, llegaban por mar desde el continente.

Aquella fortaleza fue engendrada en una época dominada por las batallas, de ahí que al médico no le resultara extraño pensar que los que la moraban, imbuidos por el espíritu de esas piedras, también añoraran los vientos de guerra.

Por un momento temió que se le hiciera tarde, así que se obligó a dar por concluido el paseo y encaminar sus pasos hacia la entrada de la arboleda. Al llegar a ella, observó el desfile que cada día debía ascender al hogar de los Yamada: comerciantes, delegados de otros feudos transportados en palanquín, samuráis a caballo, sacerdotes… Una variopinta concurrencia que venía a cruzarse con los habitantes del castillo que bajaban temprano a la ciudad, o con las patrullas que se disponían a hacer guardia por las calles. Un lento y constante reflujo de personas al que Ekei vino a sumarse.

Sin prisas, ascendió por el empinado camino que escalaba entre abetos, almendros y cerezos. La vereda desembocaba en el inmenso pórtico que señalaba la entrada a la ciudadela. Doce guardias armados con *naginata* lo custodiaban, observando con aire ausente a todo el que entraba en el primer patio de la fortaleza. El médico optó por seguir al resto de visitantes que, muy probablemente, se dirigían al mismo lugar que él.

Tras aquel primer umbral se extendía una enorme explanada cubierta por placas de piedra pulida; contra las murallas que delimitaban el perímetro se apiñaban los barracones que debían servir de residencia a la milicia permanente. Ekei continuó avanzando sin separarse del gentío, atento a cuanto lo rodeaba: cientos de militares recorrían el patio entregados a sus obligaciones cotidianas, quizás sumaban más de mil, pero desperdigados por semejante espacio diáfano era difícil calcular su número. Sin embargo, solo observó la habitual rutina de una fortaleza. Nada hacía indicar que allí se preparara una guerra.

La procesión alcanzó el extremo de la explanada y, tras cruzar el foso que recorría la base del segundo muro, remontaron una larga escalinata que vino a desembocar en un nuevo patio. Aquella planta en nada se parecía a la que habían dejado atrás: era una pequeña ciudad dentro del castillo, con sus viviendas, jardines, estanques e incluso locales de suministros. Las edificaciones eran de piedra enyesada y pintada de blanco con tejados de pizarra gris, y numerosas personas transitaban por las calles adoquinadas de aquella suerte de barrio intramuros. Sin duda, era la zona donde residían los funcionarios y el personal que trabajaba al servicio del clan, y Ekei reparó en que estaban más que habituados al desfile de visitantes, ya que nadie les dedicó siquiera una mirada distraída.

Atravesaron una gran avenida central flanqueada por guardias armados, y llegaron hasta el tercer anillo de piedra. De nuevo un puente que salvaba un foso inundado y, de nuevo, el pórtico *koraimon* seguido de la amplia escalinata que ascendía hasta el siguiente nivel. Aquella tercera explanada también estaba urbanizada con edificios bajos que formaban calles en cuadrícula. Sin embargo, estas casas estaban construidas en materiales más nobles, con abundancia de madera de roble barnizada y fino papel de arroz en las terrazas. Aquel nivel debía estar reservado a los edificios administrativos desde los que se controlaba la economía y la justicia del feudo, y probablemente también acogiera las residencias de los funcionarios de más

alto rango. Al otro extremo del patio, considerablemente más pequeño que los anteriores, había un último pórtico sellado a cal y canto
que daba acceso al cuarto peldaño y corazón mismo de la fortaleza:
el círculo interior donde se elevaba la torre y residencia de Torakusu
Yamada, visible desde cualquier ángulo de la ciudad y, algunos dirían,
incluso del feudo. Allí habitaba el daimio con su familia, los sirvientes personales de estos y los generales del clan, su élite militar.

El castillo era una metáfora esculpida en piedra del gobierno
de los Yamada: una estructura jerárquica dividida en niveles, cada
uno de ellos más inaccesible que el anterior, hasta llegar a la cúspide
inexpugnable, desde la que el señor domina y decide por encima de
todos, sin mezclarse jamás con aquellos que cada día viven bajo su
mirada.

Embargado por ese pensamiento, perdido en una fortaleza que
era un gran recordatorio de cómo se organizaba el mundo, comprèn-
dió lo inconmensurable de su empresa. ¿Cómo pretendía acceder al
corazón de aquel castillo en el que habitaba el gran señor con todo
su poder? ¿Cómo osaba soñar con formar parte de aquella inmensa
estructura, ser uno más de ellos y escalar hasta el ámbito privado del
temible Torakusu? Le pareció más imposible que nunca, pero prefirió apartar tan nefastos pensamientos de su mente y afrontar la situación de la mejor forma que le habían enseñado: concentrándose
en el siguiente paso. «No puedes ganar una guerra sin haber librado
la primera batalla», se dijo a sí mismo. Pero precisamente eso era
lo que el señor Shimizu le había pedido: el imposible de que un solo
hombre ganara una guerra que aún no se había proclamado.

Tales elucubraciones no lo llevaban a nada, así que se obligó a
retornar a ese último patio, a la fila que de repente se había detenido,
paciente, frente a un pabellón de techos bajos, vigas de madera pintadas en rojo y tejado negro. Junto a la amplia puerta de dos hojas
que permanecía cerrada, había clavado un poste en el que se leía:
«Sala de audiencias y rogativos».

Ekei observó que muchos de los que lo habían acompañado
hasta ese punto abandonaban el grupo y se encaminaban a distintos
edificios. Se diferenciaban por sus ropas y sus maneras educadas;
hombres de negocios, sin duda, prestamistas y proveedores en su
mayoría, que habían sido convocados al castillo porque el clan precisaba algo de ellos. En la fila quedaban todos los demás: acreedores,

solicitantes, los que venían a exigir justicia por alguna afrenta, los mercaderes más humildes que pedían más protección en las rutas comerciales... Y los que venían a ofrecer sus servicios sin haber sido reclamados. En definitiva, aquellos que precisaban algo del clan, pero cuya presencia nadie deseaba. Por tanto, el trato que se les depararía no sería tan ágil ni amable.

Esperaron bajo el cada vez más sofocante sol de la mañana durante una eternidad, hasta que las puertas por fin se abrieron. Dos guardias se situaron bajo el umbral e indicaron que ya podían acceder al interior. Antes de comenzar a andar, Ekei miró atrás y descubrió que la cola había crecido a sus espaldas hasta desaparecer por la escalinata que descendía al patio anterior. Ni mucho menos se podrían estudiar las peticiones de toda aquella gente en una sola mañana, y comprendió que muchos debían acudir allí un día tras otro, hasta que eran atendidos o finalmente desistían.

Una vez dentro, se les indicó que explicaran su requerimiento en una hojilla que se les repartió. La debían fechar y entregar a un funcionario que, a su vez, se la entregaría al secretario del *karo*. Este haría una criba de las peticiones y, a última hora de la mañana, tendría a bien atender a aquellos cuyos rogativos fueran razonables. Solo en casos excepcionales se podía llegar a obtener audiencia con el propio *kunikaro*. En general era un proceso complejo, largo y frustrante, como pronto comprobaría el maestro Inafune.

Ese día fue el primero de muchos en los que atravesó la arboleda, cruzó el castillo hasta la sala de audiencias y entregó la carta con su requerimiento al funcionario correspondiente. En ella siempre planteaba lo mismo: su petición de mantener una entrevista con el jefe médico del clan, a fin de poder ofrecerle a su señoría sus servicios como experto en herbología, diagnóstico y medicinas extranjeras. Y cada mañana dilapidaba el tiempo en aquella sala que poco a poco se iba despoblando, según la mayoría de los solicitantes se aburría y unos pocos eran llamados a audiencia. Ekei siempre permanecía hasta el final, cuando los guardias le pedían que abandonara el castillo al haber concluido el horario pertinente.

Durante tan largas jornadas el médico tuvo la oportunidad de ponerse al día sobre la vida en Fukui, la política del feudo y las principales quejas y problemas de sus habitantes. Los que esperaban charlaban abiertamente de todo aquello como única manera de matar el tiempo, y él escuchaba en silencio las conversaciones que se desarrollaban a su alrededor. Aprendió cosas interesantes, algunas incluso útiles, pero la sensación de estar perdiendo un tiempo precioso se hacía cada vez más poderosa en él.

Los días se sucedían en un bucle absurdo y la rutina le permitió memorizar los detalles que acompañaban su recorrido diario por el castillo: cada una de las casas construidas en piedra con cobertizos de madera, los adoquines del camino, el número de peldaños que tenían las escalinatas tras cada pórtico, los rostros de las mujeres, niños y soldados con los que se solía cruzar. Todo había adquirido un aire de peculiar familiaridad. Pero sin duda alguna, lo que mejor recordaría por el resto de su vida era aquella sala de audiencias horadada en su memoria por el lento goteo del aburrimiento: había repasado infinidad de veces el número de vigas que sustentaban aquel opresivo pabellón, así como los dibujos que formaban las vetas de la madera que cubría las paredes. Al cabo de unos días era capaz de identificar a cada uno de los funcionarios que deambulaban por la estancia recogiendo las cartas con los requerimientos, llamando a los escasos afortunados que eran atendidos o, simplemente, charlando entre ellos de trivialidades. Con el tiempo aquellos hombres empezaron a desagradarle sobremanera: en todos encontraba algo que le enervaba, y el joven maestro se dedicó a buscar en los indolentes funcionarios trazas de enfermedades mortales que los fulminarían en pocos años, si no en pocos meses, o incluso en días. Sin duda se lo merecían por someterle a semejante tortura.

Pero al margen de las venganzas imaginarias que distraían su mente, nada cambió durante varias semanas en las que debió revivir, una y otra vez, la misma aburrida jornada; cada una igual a la anterior y, presumiblemente, idéntica a la siguiente.

Llegó el momento en el que debió reconocer que así jamás lograría nada: el castillo era inexpugnable en todos sus frentes, más incluso en el burocrático que en el militar, por lo que se imponía una nueva estrategia para asaltar la fortaleza de los Yamada. En lugar de esperar entre aquellos pobres indeseados que precisaban algo del clan, lograría que fuera el clan el que necesitara algo de él.

Capítulo 8

No anheles mi regreso

Enterraron a Natsu por deseo expreso de Seizō, que durante aquella larga huida había encontrado en la yegua a su única compañera de juegos. No disponían de palas ni de herramientas, ni tenían fuerzas para arrastrar al pesado animal, así que debieron dejarlo en medio de la senda, apenas cubierto por un poco de tierra seca, piedras y hojarasca. Aquello no servía para nada, se dijo Kenzaburō, solo para consolar al pobre muchacho, que no cesaba de llorar. Continuó sollozando mientras colocaban a los tres guerreros Sugawara a un margen del camino, con los ojos cerrados y las manos cruzadas sobre sus *daisho*. El samurái esperaba que, estando a la vista, el viajero que los encontrara diera parte a la autoridad del próximo pueblo; pero sabía que lo más probable es que alguien robara sus espadas, cualquier otra pertenencia de valor, y dejara allí los cadáveres para los cuervos.

Cuando terminaron, reordenaron los fardos que hasta ahora cargaba Natsu y guardaron solo lo imprescindible, principalmente agua, alimentos y útiles de caza, abandonando allí gran parte de sus pertenencias. Solo cuando reemprendieron el camino, Seizō se percató de que la espalda de Kenzaburō estaba cruzada por una larga mancha de sangre que había teñido la tela del *haori* desde los hombros hasta la cintura.

Lo que en un principio parecía un corte largo pero superficial, cuando los músculos se enfriaron, se desveló como una lacerante herida que desgarraba a cada paso la espalda de Kenzaburō. Este no se quejó, a pesar de que cada vez resultaba más evidente el dolor que le infligía aquel tajo sangrante. Seizō rogó que le permitiera cargar con otro fardo más, pero su ayuda fue rehusada; el guerrero también se negó a regresar a la posada, alegando que semejante retraso podía suponer que les dieran alcance, máxime ahora que habían dejado tres cadáveres atrás. Así que Kenzaburō lo tranquilizó asegurándole que no tardarían en llegar al próximo poblado, donde podrían comprar licor de batatas, telas limpias y demás avíos necesarios para tratar una herida como aquella.

El niño no insistió, sabedor de que sería en balde, pero aquel día fue uno de los más largos de su vida. Enfilaban el camino hacia el este con paso más lento del habitual, y Seizō se percató de que su protector arrastraba cada vez más los pies, encorvaba cada vez más la espalda y un creciente rictus de dolor contraía su rostro. Pasó la mañana y avanzó la tarde sin que divisaran poblado alguno, tan solo bosques, montes escarpados y llanuras cubiertas de hierba silvestre. A medida que transcurría la jornada, el estado de Kenzaburō empeoraba a ojos vista y, pese a ello, no consentía parar a descansar ni ser aliviado de la carga. Seizō comenzó a desesperarse y a tener miedo, no era el pánico desgarrador que sintió durante los primeros días de huida, sino un miedo gélido que le atenazaba la garganta, provocado por la frustración de saberse inútil y el temor a quedarse absolutamente solo en el mundo. Odiaba aquel sentimiento egoísta, pero no podía evitar que lo embargara.

Suplicó a Kenzaburō que se detuvieran a descansar, pero este le ignoró y continuó con su obstinado avance, con la mirada perdida, los pasos cortos y la espalda vencida bajo el peso del dolor. Anduvieron así durante el resto del día, hasta que, finalmente, Kenzaburō cayó de rodillas y quedó tendido en el polvo del camino. Seizō temió lo peor, pero, al agitarlo, el hombre gimió de dolor. Su piel ardía y estaba empapado en sudor.

Sin saber muy bien qué hacer, decidió sacarlo de la vereda y arrastrarlo junto a un árbol. Era increíblemente pesado, y solo la desesperación le dio fuerzas para moverlo. Lo dejó tendido de lado, para que la herida no estuviera en contacto con el suelo, y amontonó los fardos a su alrededor. Parecía que estaba definitivamente inconsciente.

«¿Qué debo hacer ahora?», se preguntó. Miró a su alrededor: se encontraba entre escarpados montes de roca blanca y malas hierbas. A su alrededor solo divisaba piedra, el sendero de grava seca y algunos almendros que crecían entre las laderas… y el sonido de un riachuelo. Lo buscó hasta encontrarlo detrás de una despoblada arboleda, apenas un hilo de agua, poco caudaloso pero vivaz, que descendía de las montañas y proseguía paralelo a la vereda. Decidió rellenar las cantimploras para sentirse útil mientras se le ocurría alguna idea y, cuando volvía hacia Kenzaburō con los tubos de bambú empapados, recordó algo que le dijo su hermano: «Si alguna vez te pierdes en el bosque, busca un río y síguelo. La gente siempre vive cerca del agua». No le pareció un gran consejo en su momento, pero ahora era un asidero al que aferrarse para no perder la esperanza.

Vertió un poco de agua sobre los labios del guerrero caído y este se quejó entre sueños para, a continuación, buscar el chorro con la boca. Seizō le hizo beber un poco, dejó la cantimplora a su alcance y se dirigió a los fardos. Había visto dónde guardaba el dinero Kenzaburō, así que registró la bolsa hasta encontrar un pequeño saco tintineante. Nunca había comprado nada, todo lo que necesitaba se le había procurado a lo largo de su vida sin que él se planteara de dónde venía, así que tomó cinco monedas cuyo valor ignoraba y cerró la bolsa rezando por que fuera suficiente. Pareció pensárselo un poco mejor, y volvió a abrirla para coger dos monedas más; por último, la cerró, la ató bien y la volvió a esconder. Creyó imprudente llevarse todo el dinero del que disponían, ya que, si se encontraba con indeseables, lo perdería irremisiblemente; esperaba que aquellas siete monedas fueran suficientes para obtener la ayuda que requería. Descosió con los dedos una pequeña abertura en la manga de su kimono y deslizó dentro las monedas una a una. A continuación, tomó la otra caña de bambú rellena de agua, una manta, el cuchillo de Kenzaburō y se dispuso a seguir el riachuelo.

Avanzó junto al curso del agua, con la manta sobre los hombros, protegiéndole del frío que arreciaba más y más según el sol se retiraba. El miedo a una soledad definitiva lo espoleaba y le ayudaba a superar otros temores, como el de recorrer aquel solitario paraje que tan hostil se le antojaba. Al cabo de un rato, perdió la noción de cuánto había caminado o del tiempo transcurrido, pero trató de no preocuparse en exceso diciéndose que no tenía más remedio que buscar ayuda y que, para volver, solo debería desandar el camino junto al arroyo. En algunos puntos este se apartaba de la senda, y Seizō se veía obligado a trepar escarpadas colinas y atravesar enmarañadas arboledas para no perderlo de vista; en otras ocasiones, el hilo de agua desaparecía bajo la tierra, y debía aguzar el oído y la intuición para descubrir dónde reaparecía.

Caminó largo tiempo, perdido en tan abrumador silencio, y aunque había logrado reunir cierto valor y determinación para acometer aquella travesía, cuando la noche comenzó a cerrarse sobre su cabeza, la inquietud anidó en su pecho. Para ahuyentar los temores, se animó pensando que hacía rato el riachuelo había cobrado fuerza: era más rápido y caudaloso, y eso le hacía albergar la esperanza de encontrar pronto un poblado. Así que adoptó un gesto decidido y continuó adelante, pues mucho se temía que, si volvía atrás, solo sería para ver morir a Kenzaburō Arima.

No fue un poblado lo que divisó, sino una pequeña cabaña al pie de una ladera. Se había construido en un valle que permanecía oculto por los altos montes y el incipiente bosque de cedros que la rodeaba. Seizō oteó desde su posición elevada la solitaria casucha bajo el sol del ocaso: era humilde pero estaba bien conservada, el río bajaba por la ladera y pasaba caudaloso a su lado, y le llamó la atención que estuviera rodeada de montículos de leña. Además, la chimenea humeaba, lo que hizo que el corazón se le volcara de alivio.

Abandonando toda prudencia, se lanzó colina abajo y cruzó la depresión cubierta de hierba hasta llegar a la entrada de la cabaña. Dentro se escuchaban voces, así que recuperó el resuello, tragó saliva, y golpeó tres veces la puerta con el puño cerrado. Las voces callaron y, al cabo de un instante, un anciano abrió la puerta con expresión desconcertada. Resultaba evidente que las visitas no eran algo habitual.

Cuando el viejo leñador bajó la vista hasta Seizō, su confusión no hizo sino acentuarse.

—¿Qué haces aquí, pequeño? —preguntó, con acento del norte de Izumo.

—Necesito ayuda, por favor.

A espaldas del leñador apareció el rostro de una mujer, atraída por la voz del niño.

—¿Ayuda? —dijo el viejo—. ¿Cómo es que estás solo? No eres de por aquí.

—¡No estoy solo! Viajo con…, con mi padre —replicó Seizō, sin saber muy bien cómo referirse a Kenzaburō.

—¿Y qué os ha sucedido? —preguntó el leñador con voz serena—. ¿Ha caído tu padre por un acantilado?

—No, nada de eso. Nos atacaron tres samuráis al amanecer. Está herido.

—¿Samuráis? —repitió la mujer con desazón, aunque Seizō, en su agitación, no lo percibió.

—Sí, él los mató, pero ¡solo para defendernos! Ahora está malherido… y Natsu está muerta. —Los recientes acontecimientos desbordaban la mente de Seizō y se agolpaban en su boca.

—¡No queremos mezclarnos en asuntos de samuráis! —exclamó el viejo, intentando cerrar, pero el niño adelantó medio cuerpo y lo interpuso en el vano de la puerta.

—¡Por favor! Ayúdenme. Por lo menos denme algo de licor de batata y vendas… y comida —añadió, recordando que sus provisiones eran escasas.

—Somos pobres —repuso la mujer—, no podemos ayudar a todo el que llama a nuestra puerta.

Con manos desesperadas, Seizō extrajo las monedas que había escondido en su manga.

—Puedo pagarles, ¿será suficiente con esto?

A los dos ancianos se les iluminó el rostro al ver las cinco monedas que el niño les mostró, se miraron de reojo y abrieron la puerta.

—Pasa, te daremos lo que podamos.

No tenían licor de batatas, pero sí tres botellas de sake que esperaba pudieran servir igualmente para curar las heridas de sable; tampoco tenían vendas, pero le dieron paños de lino limpio que cortaron en tiras alargadas; y en un cazo metieron bolas de arroz, estofado y ñame asado.

Seizō guardó todo en una alforja que se cruzó al hombro e inició el camino de regreso. Ya había anochecido y remontar el curso del agua se le hizo mucho más difícil, pues era complicado no desorientarse y los ecos de las colinas le intranquilizaban: piedras rodando desde lo alto de los riscos, aleteos entre las ramas de los árboles, el viento ululando sobre lejanas llanuras… Aquellos sonidos sugestionaban su imaginación y trataban de convencerle de que monstruos crueles le acechaban en la oscuridad, pero apretó los dientes y no sucumbió al miedo. El hecho de haber conseguido ayuda era un logro que reforzó su confianza y quería pensar que, allá donde estuvieran, su padre y su hermano le observaban y estaban orgullosos de él.

Cuando el arroyo volvió a reunirse con la senda, Seizō comenzó a correr con todas sus fuerzas. Faltaba poco y, antes de que le fallara el aliento, pudo reconocer el tramo de camino donde Kenzaburō había caído. Encontró al samurái tendido junto al árbol, tal como lo había dejado horas antes; apenas se había movido.

Seizō se arrodilló a su lado y comprobó que seguía dormido, pero el dolor y la fiebre agitaban sus sueños. Le tocó el brazo y el guerrero abrió poco a poco los ojos hasta reconocer el rostro de su protegido. Parecía desorientado e intentó mirar a su alrededor.

—No te muevas —dijo Seizō—, aún estamos en el camino. Te he arrastrado hasta aquí para resguardarnos bajo un árbol.

—Ya es de noche —constató Kenzaburō con la boca seca y voz confusa—. ¿Cuánto llevo inconsciente?

—No lo sé. Cuando te caíste, seguí el curso de un arroyo hasta encontrar una cabaña. Allí me han vendido comida, paños limpios y sake para curarte. He regresado ahora mismo.

Mientras le explicaba esto, el niño abrió la alforja y extrajo las tres botellas de sake, el recipiente de bambú atado con cuerda y las telas plegadas. Se lo mostró todo a Kenzaburō, que se incorporaba sobre un codo.

—¿Servirá? —quiso saber Seizō.

El samurái asintió y se sentó con las piernas cruzadas mientras torcía el gesto por el doloroso esfuerzo.

—Ayúdame a quitarme el *haori*.

Seizō se colocó tras él y le ayudó a desprenderse de la gruesa prenda con la que se había cubierto la herida. Al contraer la espalda para sacar los brazos de las mangas, Kenzaburō emitió un leve gruñido. Debajo, el kimono estaba desgarrado por el largo tajo y la herida aparecía cubierta por una costra de sangre sucia y ennegrecida.

El viejo general pidió a Seizō que encendiera la lámpara de aceite que había en una de las alforjas y que cortara los jirones del kimono con un cuchillo, a fin de dejar la espalda completamente descubierta. Mientras el niño obedecía, él se dedicó a abrir dos de las tres botellas de sake. Dio un largo trago a una y, a continuación, empapó varias de las gasas con el licor. Le tendió la otra botella a Seizō y le dijo:

—Vacía la mitad sobre la herida, procura mojar todo el corte.

Ayudándose de la lámpara, que brillaba entre las colinas como un faro solitario en un mar escarpado, el niño puso todo su empeño en curar al guerrero. Primero, vació parte de la botella sobre el tajo: el licor se derramó a lo largo del desgarro, arrastrando parte de la suciedad y haciendo hervir la carne. Kenzaburō apretó los dientes y cerró los puños contra las rodillas.

—¿Te duele? —preguntó Seizō, dubitativo.

—No te preocupes, eso es bueno. Significa que la piel no está podrida y el alcohol está limpiando la herida.

Cuando hubo concluido, el samurái le alcanzó el paño empapado en sake y le indicó que limpiara en profundidad, arrastrando para arrancar la sangre seca y la suciedad. El niño obedeció, y cada vez que pasaba la gasa húmeda sobre la carne abierta, contraía la cara al imaginar el dolor que aquello debía provocar. Limpió la herida a conciencia, hasta que la costra sanguinolenta se desprendió y debajo apareció la carne retorcida y los puntos de sangre húmeda que, como puntas de rubí, jalonaban la piel desgarrada. Tomó una segunda gasa y volvió a limpiar, esta vez con más cuidado ya que, según le indicó Kenzaburō, no debía arrancar la piel que empezaba a sanar. A continuación, siempre atento a las instrucciones, vertió más sake sobre la herida limpia y la tapó con gasas, que fijó mediante cuerdas atadas alrededor del torso del guerrero. Una vez concluida la cura, Seizō ayudó a Kenzaburō a ponerse de nuevo el *haori,* y este pudo beber agua mientras relajaba los hombros.

—Puedes beber toda la que quieras —le indicó Seizō—, el riachuelo está cerca.

—Esperemos que baje limpia y el dios de la colina no la haya envenenado, no quiero salvarme de un golpe de *katana* para morir de diarreas —dijo el viejo guerrero con una sonrisa, y aquel incipiente gesto de buen humor alentó a Seizō.

—¿Te encuentras mejor?

—Tengo fiebre... y tendré que dormir muchas horas, pero sobreviviré. Me he visto en otras peores. —Y para animar al muchacho añadió—: Tienes muy buenas manos, Seizō. Los Ashikaga te habrían llevado con ellos al campo de batalla*.

El muchacho sonrió y asintió mientras le acercaba una bola de arroz. El escuchar de nuevo la profunda voz de Kenzaburō le hacía sentir un alivio que aligeraba su corazón.

Aquella noche durmieron largas horas envueltos entre sus mantas. Seizō se despertaba cada cierto tiempo para dar agua a Kenzaburō, que la bebía en sueños mientras seguía sudando por la fiebre. Al amanecer, esta había remitido, pero el samurái seguía inmerso en un profundo sopor, así que el niño lo dejó dormir hasta que despertara por sí mismo, cosa que no sucedió hasta que cayó la tarde, cuando Kenzaburō abrió los ojos y se incorporó pidiendo algo que llevarse a la boca. Aún seguía débil y mareado, no obstante, así que comió poco e intercambió algunas palabras con Seizō antes de ser arrastrado de nuevo al reino de los *baku***.

Durmió durante toda la tarde y toda la noche, y volvió a despertar bien entrada la mañana siguiente. Esta vez se encontraba más fuerte y, después de curar de nuevo las heridas y desayunar con fruición, le propuso a Seizō retomar el camino. No era prudente permanecer quietos durante tanto tiempo, así que aquel día viajaron algunos *ri* entre largas y frecuentes paradas.

En los días siguientes los descansos se hicieron más espaciados y breves, y Kenzaburō comenzó a caminar cada vez menos encorvado, por lo que pudieron recorrer más distancia en cada jornada; aunque siempre sin salir de los caminos principales, pues el estado de Kenzaburō no le permitía viajar campo a través. De cualquier modo, la presencia de otros viajeros en aquellos parajes al norte de Izumo era esporádica durante el invierno, y los que recorrían los caminos lo hacían con prisa, temerosos de que la noche les sorprendiera a la intemperie. Ellos, sin embargo, se habían habituado a pernoctar a orillas de la vereda. Era incómodo y pasaban frío a pesar de que alimentaban el fuego durante toda la noche, pero no les quedaba otro remedio. Debían renunciar a la prudencia en favor de la supervivencia.

---

* El shogunato Ashikaga (1336-1573) fue el primero en llevar un cuerpo de médicos a cada una de sus campañas militares. Esta costumbre no se recuperó hasta el declive del shogunato Tokugawa, durante el *bakumatsu* (los acontecimientos que marcaron el fin del período Edo, entre 1853 y 1867).

** *Baku*: criaturas del folclore japonés que habitaban el mundo de los sueños y devoraban las pesadillas.

Tres días después, la senda se internó en un bosque de bambú enclavado junto a una laguna alimentada por el lago Shinji. A pesar de haber visto el bambú en infinidad de utensilios cotidianos, hasta ahora Seizō nunca lo había visto crecer salvaje. Aquel bosque, tan distinto a todos los demás que había conocido, se le antojó como algo mágico y maravilloso, y no dejaba de mirar entre las cañas esperando ver un zorro de forma humana, un *kappa* o cualquiera de los *obakemonos* con que su hermano salpicaba sus cuentos nocturnos. Contemplaba todo a su alrededor fascinado, como si hubiera cruzado a otro mundo, y en su ensimismamiento le llamó la atención el hecho de que los gruesos tallos, que a la altura de sus ojos parecían rígidos e inamovibles, oscilaran flexibles en sus tramos más altos, mecidos por la liviana brisa que llegaba desde la costa.

Avanzaron durante un buen rato por la senda que los cortadores de bambú habían mantenido despejada: los helechos crecían por doquier entre las altas y gruesas cañas, y las finas ramas de un verde brillante tamizaban la luz del sol creando una atmósfera húmeda y en penumbras. El bosque estaba envuelto en un viejo silencio que Seizō no se atrevió a romper, así que se limitó a caminar junto a Kenzaburō, que se apoyaba en un improvisado cayado, apenas una larga rama seca.

Cruzaron el cañaveral sin dirigirse la palabra, imbuidos de aquella calma atemporal, y cuando por fin emergieron al otro lado, vieron frente a ellos el paso de montaña entre los montes Hongu y Akiha, y más allá, recortada contra el horizonte, la montaña Asahi, la cual se podía ver desde cualquier barrio de Matsue.

—Estamos cerca —indicó Kenzaburō—, mañana al anochecer llegaremos a nuestro destino.

Seizō no sabía si alegrarse de la noticia, pues no tenía claro cuáles eran los planes del samurái una vez llegaran allí. Aun así, no se atrevió a preguntar.

Descansaron para almorzar y limpiar de nuevo la herida, y sin demorarse mucho más, reemprendieron la marcha. El paisaje se hizo más escarpado según se aproximaban a las montañas, obligando a Kenzaburō a apoyarse cada vez más en su bastón, lo que no impidió que avanzaran a buen paso durante toda la jornada, con las siluetas del Hongu y el Akiha llenando paulatinamente el horizonte frente a ellos.

Según le había explicado Kenzaburō, apenas eran dos montes que palidecían ante la majestuosidad del sagrado Fuji, y no tenían mayor interés que el paso que atravesaba entre ambos, el cual, llegado el momento, podía tener algún valor estratégico a la hora de defender la región. Sin embargo, a Seizō se le antojaron dos cumbres imponentes desde cuyas cimas, encanecidas por la nieve, podría dominar el mundo.

Atardecía cuando penetraron en el desfiladero que discurría entre las faldas de ambos macizos, y no habían avanzado ni medio *ri* cuando el samurái le detuvo apoyándole la mano en el hombro. El niño se volvió y observó que Kenzaburō tenía la cabeza ligeramente elevada, concentrado en escuchar algo arrastrado por el viento.

—¿Qué ocurre?

—Alguien más se adentra en el paso, pero desde el otro lado. Vamos, subamos por esa vereda.

Se apresuraron hacia un precario camino que escalaba la ladera del monte Hongu. Subieron por él con cuidado de no perder pie y se apostaron a buena altura, en un punto desde el que podían dominar la senda que discurría por debajo. Kenzaburō le indicó a su protegido que se tumbara boca abajo y dispersó los fardos por el suelo antes de tumbarse él también. Se taparon con las mantas y observaron.

—¿Cómo sabes que hay una persona al otro lado? —preguntó el niño, inquieto.

—Una persona, no. Muchas. Puede que cientos. Lo he notado por los pájaros, muchos han levantado el vuelo al mismo tiempo. Después, el viento me lo ha confirmado arrastrando los sonidos.

—Yo no he escuchado nada.

—Si sabes atender, la naturaleza puede ser una gran aliada. En una batalla puede servirte mejor que el más bravo de los generales.

Seizō guardó silencio a la espera de que el único sentido en el que confiaba, la vista, le corroborara las palabras de Kenzaburō. Y la confirmación no tardó mucho en llegar, pues, al poco, una columna de no menos de cien soldados investidos con el *mon* Sugawara recorría ya el desfiladero. Pisaban firme el suelo y levantaban una nube de polvo a su paso. Al frente cabalgaban el general y un abanderado, cuyas armaduras lanzaban destellos rojos bajo el sol del atardecer.

—¿Qué vamos a hacer? —susurró Seizō.

—Nada, esperar que pasen y seguir nuestro camino.

—Son hombres de Sugawara, ¿verdad?

—Así es, están destacando batallones en distintos puntos de la provincia para asegurar el control sobre el feudo —le explicó Kenzaburō, antes de añadir para sí, con voz sombría—: Los perros invaden la morada de mi señor.

Seizō no dijo nada ante tan amargas palabras, y algo le hizo pensar que, si no fuera por la carga que él suponía, el último general de su padre se habría lanzado sobre aquellos hombres y habría matado hasta morir.

Cuando la columna desapareció en la distancia, ambos descendieron del saliente donde se habían apostado y reemprendieron su camino. El ver a las fuerzas del clan Sugawara recorrer abiertamente el feudo de Izumo había provocado en Kenzaburō un profundo pesar que se reflejaba en su rostro. Aun así, no dijo nada; su deber no era ya proteger las tierras de su señor, sino velar por la supervivencia de su hijo. Esa fue la última encomienda de su amigo y señor, y él pensaba cumplirla a toda costa. No solo mantendría vivo a Seizō, sino que lo convertiría en un auténtico samurái: lo adoctrinaría en el arte de la guerra y forjaría su cuerpo y su espíritu hasta hacer de él un hombre digno de ser temido por sus enemigos. Y cuando Seizō fuera ese hombre, llegado el momento de reclamar su venganza, nadie osaría dudar de que era el auténtico hijo de Akiyama Ikeda.

* * *

Anochecía cuando pusieron el pie en la ciudad de Matsue, asentada junto a la orilla nordeste del lago Shinji. Era una gran urbe, próspera y concurrida, un punto clave en todas las rutas comerciales del país y, por ende, lugar de residencia preferente para muchos ricos mercaderes.

Kenzaburō y Seizō, acostumbrados a la soledad y el silencio de su largo viaje, se sintieron extraños en las concurridas calles, pero agradecieron el anonimato que les procuraba el gentío y el ambiente distendido que flotaba entre los paseantes, pues hacía parecer lejanas las penurias de su huida.

El muchacho seguía a su protector, que se desenvolvía entre la muchedumbre con su habitual paso firme y sus ademanes enérgicos, más propios de un líder guerrero que del vendedor de leña que pretendía aparentar. Resultaba evidente que el samurái sabía exactamente hacia dónde se dirigían, por lo que Seizō no pudo evitar preguntarle en esta ocasión. Kenzaburō respondió que su intención era visitar a un comerciante cuya familia debía algo a su difunto padre y, por tanto, a él también. Fue una aclaración escueta, pero Seizō prefirió no insistir.

Pronto llegaron a un barrio donde debían vivir los más acomodados mercaderes de la ciudad, pues las casas eran amplias y, en la mayoría de los casos, poseían un jardín en su parte delantera. Las calles estaban iluminadas por un gran número de lámparas que parecían ahuyentar la noche casi por completo, y los muros exteriores de las viviendas se veían firmes, sin grietas, debidamente blanqueados. Las tapias estaban coronadas con un tejadillo de pizarra a dos aguas y las puertas de madera que daban acceso a las fincas eran pesadas y ostentosas, emulando los pórticos de castillos y palacios.

Callejearon por el barrio hasta detenerse frente a una de aquellas viviendas. Kenzaburō echó los fardos al suelo, extrajo de ellos su *daisho* y se ciñó las espadas a la cintura. Seizō observó cómo el samurái descansó su mano izquierda sobre las empuñaduras, saludando el regreso de sus dos sables al sitio que jamás deberían haber abandonado.

Empujó la puerta y ambos se adentraron en el jardín de la vivienda; era un espacio pequeño, iluminado por dos lámparas de piedra que parecían caldear la fría noche, cuya humedad delataba con volutas de vaho la respiración intranquila de Seizō. En silencio, avanzaron por el sendero hasta llegar a la entrada de la vivienda.

—Aguarda aquí —le indicó el guerrero, y se volvió para llamar con tres golpes sobre el marco de madera.

No debieron esperar mucho hasta que la puerta se abrió y en el vano apareció un hombre sujetando una lámpara de papel. Vestía un abrigado kimono de noche y tenía un rostro vulgar, pero con esos ojos taimados tan habituales entre su casta; al menos, entre aquellos que prosperaban.

—Ichigoya. —El samurái lo saludó sin concederle más distinción que su nombre—. Soy Kenzaburō Arima, hijo de Kenzō Arima, y he venido a cobrar la deuda que tu padre mantenía con el mío. —La autoritaria voz no dejaba lugar a dudas, allí nadie había venido a pedir un favor.

El hombre asintió y le invitó a pasar con un gesto que se debatía entre la preocupación y la sorpresa. Kenzaburō miró a Seizō dándole a entender que no debía moverse, y desapareció en el interior de la casa.

Volvía a quedarse solo, así que se sentó en los escalones que daban acceso a la tarima de madera y se distrajo observando los mosquitos que revoloteaban alrededor de la luz. De pronto, escuchó movimientos detrás de sí, giró la cabeza y descubrió cuatro ojos que lo observaban tras unas persianas. Quienquiera que le espiara se vio sorprendido, y las persianas se agitaron mientras alguien se escabullía entre el repiqueteo de risillas.

Seizō se encogió de hombros y volvió a fijar la vista en el jardín. Se sentía triste y añoraba profundamente a su padre y a su hermano. No solo a ellos: desde hacía días también pensaba constantemente en su madre, de la que se había despedido años atrás. No sabía cuándo terminaría aquel viaje ni dónde dormiría al día siguiente, pero pensar en su familia perdida le concedía un amargo consuelo, melancólico y reconfortante a un tiempo.

Al cabo de un rato, la puerta se abrió y Kenzaburō salió al jardín deslizándola tras de sí. Se sentó junto a Seizō con rostro circunspecto.

—¿Qué ocurre? —preguntó el niño, temiéndose otra mala noticia.

—Te quedarás aquí los próximos años.

El rostro de Seizō demudó ante aquella noticia.

—¿Por qué? —exclamó, con un nudo ahogándole la voz—. ¿Qué he hecho mal?

—No has hecho nada mal, Seizō. Debe ser así.

—Pero ¿por qué? —volvió a gemir—. ¿Tú también me quieres abandonar? Me dijiste que estarías conmigo, ¿por qué me mentiste? —preguntó entre sollozos.

—No te mentí, volveré. Puedes estar seguro de que cumpliré con la última encomienda de tu padre. Pero ahora debo partir solo, hay tareas que debo atender, tareas peligrosas, y tú no puedes acompañarme.

—¡No! Te matarán y no volverás nunca.

—Atiéndeme, Seizō. —Lo sostuvo por los hombros—. No me matarán. Pero algunas cosas deben hacerse ahora que el hedor de la traición está fresco en la provincia de Izumo y todavía hay gente que guarda lealtad a tu padre, gente que nos ayudará a descubrir quiénes fueron los traidores que sellaron nuestra desdicha. Es ahora cuando debo investigar lo sucedido, pues con el tiempo los Sugawara comprarán silencios y voluntades, y esa lealtad se desvanecerá.

—Iré contigo… —insistió el niño, a punto de romper en un llanto desesperado.

—No lo harás —le contradijo Kenzaburō con rotundidad. Su voz había pasado del consuelo a la severidad—. No pondré tu vida en peligro innecesariamente. Ahora escúchame bien, ten por seguro que volveré, pero aprovecha tus últimos años de paz, no los desperdicies esperando mi regreso porque, cuando llegue, ya no seremos señor y vasallo. Yo seré tu maestro y tú mi discípulo, y te mostraré cuán terrible es la vida de aquellos que viven para la venganza.

Poco a poco, Seizō dejó de sollozar; el lamento dio paso a una mirada de resignación impropia de su edad. Hasta que por fin bajó la cabeza, arrepentido de haberse mostrado de nuevo débil ante ese hombre. Sabía que Kenzaburō y su padre eran iguales, almas forjadas sobre el mismo yunque y moldeadas por el mismo martillo, por lo que decepcionar al general Arima era como decepcionar a su mismo padre.

Su protector, no obstante, le apoyó una mano en la cabeza.

—Tus sentimientos son naturales, Seizō. Has vivido muchas cosas en poco tiempo, experiencias que afligirían a un hombre adulto. Pero cada uno tenemos nuestro camino y debemos recorrerlo hasta el final, no sirve de nada lamentarse.

El muchacho asintió y levantó la mirada para despedirse. Kenzaburō le sonrió una última vez antes.

—Entra, Seizō. Te están esperando.

Capítulo 9

Buscando un atajo

Era la vigesimocuarta visita de Ekei al castillo y, tras varias semanas acudiendo en balde a la sala de audiencias y rogativos, resultaba evidente que sus requerimientos de verse con el jefe médico del clan no resultaban de interés para el funcionario que discernía qué peticiones serían atendidas y cuáles no. Pero no iba a permitir que un burócrata frustrara su misión, así que trazó un nuevo plan para asaltar la fortaleza, y aquel era el día elegido para ponerlo en marcha.

Después del largo ascenso hasta el tercer patio, donde se encontraban los edificios administrativos, esa mañana no se colocó junto al grupo de personas que aguardaba para solicitar audiencia, sino que se dirigió abiertamente a uno de los guardias que custodiaban la puerta de acceso al pabellón.

—Disculpe mi atrevimiento —dijo abordando al samurái, que no esperaba semejante ruptura de la rutina diaria—, mi nombre es Ekei Inafune. Necesito saber si conoce al señor Asaemon Hikura, de la guardia personal de su señoría.

El guardia lo observó en silencio, sin saber muy bien si debía contestar. Hasta ahora nunca nadie se había dirigido a él y desconocía cómo actuar. Aprovechando aquel momento de flaqueza, Ekei insistió:

—Es importante que hable con él, dígale que soy el médico que salvó la vida a su mujer. Le esperaré esta tarde al pie de la arboleda, a comienzos de la hora del gallo[*].

---

[*] Hora del gallo: entre las 17:00 y las 19:00 de la tarde.

El hombre asintió en silencio y le indicó que volviera a su posición en la cola, y así lo hizo, sin saber muy bien si su ruego habría hecho mella en aquel soldado.

* * *

Por la tarde, antes de que el sol comenzara a declinar, el maestro Inafune ya esperaba al pie del camino que se internaba en la arboleda. Aguardó largo tiempo sin desesperar. Sus largas mañanas en el castillo habían fortalecido su paciencia, e incluso agradeció la oportunidad de observar tranquilamente la vida de las calles más próximas a la fortaleza que, según llegaba la noche, iban mudando de aspecto y acogían a transeúntes más pintorescos. Los samuráis caminaban menos envarados que durante el día, seguramente relajados por el sake, y muchos hombres cruzaban la ciudad acompañados por señoritas de rostro empolvado que se apoyaban en sus brazos y reían tapándose la boca con el dorso de la mano. Era un ambiente más distendido y malicioso, menos formal y más grosero, y probablemente más peligroso en según qué zonas.

Casi nadie transitaba el camino de la arboleda a aquellas horas, solo algún rezagado que volvía tarde al castillo o algún palanquín que, esporádicamente, descendía a la ciudad ocultando tras una cortina la identidad de quien viajaba en el interior.

Las primeras estrellas comenzaban a iluminar el firmamento cuando Ekei escuchó a alguien silbar despreocupadamente a su espalda. Se giró para descubrir a un samurái de aspecto desaliñado que descendía por la senda arrastrando los pies. Llevaba un brazo fuera de la manga, oculto bajo el kimono, y con la otra mano sujetaba la cinta anudada a la funda de su *katana*, que colgaba suelta por detrás del hombro. Parecía más un *ronin* que un guerrero al servicio de un gran señor.

Cuando llegó a su altura, se detuvo frente a él sin dejar de silbar.

—El señor Asaemon Hikura —constató el médico con un saludo.

—El maestro Ekei Inafune —respondió el samurái, sonriente—, qué grata sorpresa.

—No estaba seguro de que el guardia le hiciera llegar mi mensaje.

—Son bastante diligentes con los asuntos que conciernen a la guardia de su señoría, prefieren curarse en salud. Y, por favor, dejemos el protocolo. Me aburre.

—Muy bien —sonrió Ekei—, supongo que querrá saber por qué estoy aquí.

—No es lo que más me preocupa ahora mismo. Acompáñeme al puerto, he tenido un día muy largo y me merezco una botella de sake. Beberá conmigo.

—Lo cierto… —El médico intentó protestar, pero Asaemon ya se alejaba calle abajo, así que se resignó a seguirle. Al fin y al cabo, no tenía nada mejor que hacer.

A medida que se aproximaban al barrio portuario de Fukui, la humedad se hacía más densa, impregnándoles la piel y dejando una fina pátina de rocío sobre la madera de las casas. Todo parecía más sucio, más decadente; no solo por el aspecto de las calles y los edificios, sino por la atmósfera que se respiraba en aquella zona de la ciudad.

Los primeros borrachos deambulaban entre las casas próximas al puerto, mientras que, al amparo de la oscuridad, algunas mujeres levantaban las persianas o entreabrían las puertas al paso de los dos hombres. Los invitaban con miradas incitantes y les dejaban ver, entre los pliegues de sus *yukata**, un pecho o un hombro desnudo, apenas intuidos a través de aquellos pequeños resquicios que se asomaban a la intimidad a media luz de sus dormitorios. Algunas incluso llamaban a Asaemon Hikura por su nombre, y él les contestaba con una sonrisa posponiendo su cita «para otra noche».

—El puerto de Fukui: un buen sitio para comprar pescado durante el día y carne por la noche —dijo el samurái riéndose de su propio chiste.

—Veo que conoce bien esta zona.

—Créame, es lo único que merece la pena en esta ciudad de los demonios.

—No parece muy contento aquí, señor Hikura.

El guerrero lo observó de reojo y esbozó una sonrisa cínica partida por la larga cicatriz que le cruzaba la cara.

---

* *Yukata:* un kimono ligero tejido en algodón y usado habitualmente durante el verano. Existe una versión más formal, usada en festivales o para pasear, y otra llamada *nemaki*, empleada para dormir.

—En época de lluvias, maestro Inafune, es mejor tener una buen paraguas bajo el que guarecerse. Cuando escampe, asomaré la cabeza, y si el viento que sopla me agrada, pondré un pie delante de otro en el camino y veré hasta dónde me lleva.

—Es usted una persona bastante sabia —apuntó Ekei, casi divertido.

—No intente halagarme —dijo el otro, sin dejar de sonreír—. Lo que usted llama sabiduría otros lo consideran simple indolencia. Solo soy un acomodado carente de ambiciones.

—Se involucró en un altercado en el que había espadas desenvainadas… y para defender a un completo desconocido. No me parece una actitud precisamente cómoda.

—¡Bah! Nunca me ha gustado que se amenace con el acero a alguien desarmado. Si ese *ronin* no hubiera mostrado su *katana,* habría dejado que se las arreglara usted solo.

—Su despreocupación le debe ser muy útil —observó el médico en tono cómplice—, muchos no sabrán ver más allá de esa máscara. Eso le debe facilitar muchas cosas por aquí.

—Intentar ver en la gente más de lo que hay es una malsana costumbre, maese Inafune. Una que incluso podría llevarle a la tumba.

Ekei rio ante semejante consejo. Por alguna razón, aquel hombre le caía bien.

Su charla prosiguió mientras se aproximaban a las tabernas que había en primera línea del puerto, justo frente a los embarcaderos, para que los marineros no se despistaran.

Caminaron un buen rato junto al mar, con las barcazas de pesca y los buques mercantes atracados a un lado, mecidos por el reflujo de las olas, y las ruidosas tabernas al otro. El aire olía a salitre, a pescado y a los aceites que los calafates usaban para tratar la madera. Ekei aguzó el oído y, por encima de las risotadas y los cánticos que prorrumpían desde los locales, pudo escuchar el suave rumor de las olas, el chapoteo del agua contra los espigones y el golpeteo de los cabos contra los mástiles. Aquel rincón le evocaba a personas que ya no estaban con él, a fantasmas de su memoria que le hacían revivir una vieja melancolía, pero la voz de Asaemon Hikura le sacó de su introspección:

—Entremos aquí —decidió, y apartó la cortinilla que daba acceso a un antro de apariencia poco recomendable, aunque ciertamente animado.

El médico dio un paso atrás para observar con perspectiva la fachada del local y, a continuación, la larga hilera de tabernas y prostíbulos que se extendían a ambos lados. ¿Por qué su compañero de velada había elegido el que peor aspecto tenía? Sacudió la cabeza y siguió los pasos de Hikura, que ya se había perdido en el interior de aquel cubil portuario para marineros borrachos y samuráis trasnochados.

Según entró, la etílica atmósfera del lugar le abofeteó la cara, y se convenció de que, aun sin probar gota de sake, el olor a alcohol sería suficiente para emborracharle en pocos minutos. Levantó la vista para localizar a su compañero y descubrió que este ya le esperaba sentado junto a una mesa próxima a la puerta. Había desalojado a los cuatro pescadores ebrios que la ocupaban y ahora prestaba atención a una de las camareras: una rolliza joven que reía mientras Asaemon le palmeaba el culo. «Tráenos cuatro botellas de sake —acertó a oír entre el bullicio, mientras se acercaba para tomar asiento—, y que esté bien caliente o no habrá manera de pasarlo».

—¿Cuatro botellas de sake? No voy a emborracharme en este antro.

—No me ofenda, maese Inafune. Este es un lugar distinguido que cuenta con toda mi confianza. —Y se reclinó perezosamente contra la pared.

Al cabo de un rato, la muchacha depositó en la mesa cuatro botellas de licor caliente y dos tazas de filos desportillados. Ekei observó la suya y pensó que, por lo menos, estaba limpia. No tuvo tiempo de pedir moderación, pues Asaemon se apresuró a llenar los platillos hasta rebosarlos. El único consuelo que le quedaba era que aquel hombre se emborrachara pronto, para poder conducir así la conversación hacia donde le interesaba.

—Cuénteme su historia, señor Hikura —propuso el médico, tras dar un ligero sorbo al licor de arroz—. ¿Su familia ha servido siempre a los Yamada?

—No —contestó su interlocutor, que apuró la taza de un solo trago. La rellenó antes de contestar—. Llevo al servicio de su señoría unos pocos años, cinco o seis.

—Es extraño que un daimio acepte en su guardia personal a un desconocido. Algo en usted debió gustarle.

—Es por mi natural encanto —rio Asaemon, mientras bebía y el licor se le derramaba por la comisura de los labios.

El maestro Inafune también sonrió y esperó a que el samurái saciara su sed de sake. Sospechaba que no obtendría nada de él hasta que el alcohol comenzara a soltarle la lengua. Así que dio un nuevo sorbo a su taza mientras Asaemon colmaba por segunda vez la suya.

—¿Qué le trae a Fukui? —preguntó el guerrero, señalándolo con el platillo de cerámica—. Cuando le conocí en Sabae, dijo que me había alejado mucho de mi tierra. Sin embargo, usted se halla ahora tanto o más lejos de su hogar.

—Viajo por motivos profesionales. Digamos que me gustaría extender mi ámbito de negocio hasta la capital del norte de la provincia.

Trataba de ser lo más esquivo posible, pues no quería hablar de sí mismo hasta que el alcohol hubiera obrado su magia en aquel hombre. Intentó zanjar el tema con una sonrisa y otro breve trago de licor.

—¿Sabe lo que me gustaría a mí? —inquirió Asaemon, golpeando la mesa con la taza—. Que bebiera como un hombre de verdad y no estuviera esperando a que yo me emborrachara para sonsacarme.

Asaemon comenzaba a alargar las vocales por el efecto del sake, pero su tino era total, demostrándole a Ekei que no se encontraba ante un idiota. Borracho, quizás; idiota, desde luego que no.

—Vacíe su taza, maestro Inafune —le ordenó.

El médico no tuvo más remedio que obedecer, ya que sus intenciones habían quedado en evidencia. Una vez hubo apurado todo el sake, Hikura rellenó de nuevo la taza.

—Otra vez —dijo con tono firme.

Ekei cerró los ojos y suspiró, pero no se resistió. Dio otro largo trago y el licor tibio volvió a arañarle la garganta. No solía beber alcohol: detestaba tener el juicio nublado.

—Ahora usted ha bebido dos tazas y yo tres. Estamos en igualdad de condiciones —apuntó el samurái con una carcajada.

Rellenó las dos tazas y le indicó con la mano que ya podían seguir hablando. Ekei sentía cómo el sopor etílico empezaba a invadirle. Para colmo, aquel sake era más fuerte que el que se preparaba en las zonas de interior; sin duda los marineros tenían el estómago más curtido por el vaivén de las olas.

—Ahora respóndame en serio: ¿cómo logró entrar al servicio del señor Yamada?

—No fue difícil. —Hikura sonrió con labios húmedos—. A los nobles se les llena la boca hablando de honor y lealtad, pero en cuanto alguien le abre la cabeza a unos cuantos de sus samuráis, te ofrecen un puesto a su servicio. Al final lo que importa no es el honor, sino la habilidad con la espada. En cuanto un *ronin* se hace un nombre a golpe de *katana,* los señores quieren tener tu acero trabajando para ellos.

—Tendrá que explicármelo mejor —dijo Ekei, perplejo—: ¿qué es eso de que le abrió la cabeza a algunos de sus guerreros?

—Era el decimoquinto cumpleaños del señor Susumu Yamada, el único hijo vivo del señor daimio. Se organizó un torneo con *bokken* y cualquiera que tuviera nivel podía inscribirse, de modo que acudieron samuráis de todos los feudos, incluso de otras provincias: llegué a ver guerreros de Wakasa y Mino, en su mayoría *ronin* atraídos por la posibilidad de poner a prueba sus habilidades ante una concurrencia más distinguida de lo habitual y, de paso, ganarse un nombre ante algún señor o mercader que pudiera contratar sus servicios. Además, estos torneos con espadas de madera rara vez resultan mortales, así que mejor jugártela en ellos que en un duelo improvisado a orillas de un río… Pero tampoco conviene confiarse; los señores hacen estas cosas para divertirse, y si la carroña se mata en el intento de conseguir un jirón de gloria, mejor. Por supuesto, los *ronin* y los miembros de escuelas de poco prestigio debíamos pasar una criba; mientras tanto, los samuráis de alta cuna y luchadores consagrados participaban directamente en los últimos combates, en el propio castillo de los Yamada.

—¿Por qué asistió, entonces?

—En esos días me ganaba la vida en duelos. No había mucha dignidad en aquello: ponía mi acero al servicio de los apostadores, yo me jugaba la vida y ellos se llevaban la mayor parte del dinero. Además, mi espada comenzaba a ser conocida, por lo que cada vez era más difícil encontrar ilusos dispuestos a apostar contra mí y los corredores perdieron el interés en contratarme. Así que el torneo era una buena oportunidad para cambiar de negocio.

—¿Y venció delante del señor Yamada? —preguntó el médico, sorprendido.

—No. Pero quizás podría haberlo hecho.

—¿Podría ser más claro?

Ekei quería escuchar aquella historia hasta el final, pero Asaemon parecía hablar a regañadientes.

—Lo verdaderamente duro fueron los primeros combates, había gente decidida a jugarse la vida en un duelo. *Ronin* vagabundos, mercenarios y expertos en escuelas de esgrima sin fama pero con mucho peligro. Créame cuando le digo que no fue una experiencia agradable pese a luchar con sables de madera. Buscaban romperte las rodillas o clavarte el *bokken* en la garganta. Además, los jueces no se lo tomaban muy en serio; daba igual si la chusma como nosotros se mataba a golpes…, más de una vez estuve a punto de no contarlo.

—Pero llegó hasta el final —aventuró el médico, esperando una confirmación.

—Los duelos celebrados en el castillo fueron mucho más fáciles. Allí no había peligro, los jueces interrumpían el combate en cuanto alguien se arañaba, y aquellos señoritos practicaban una esgrima muy ortodoxa pero poco eficaz a la hora de batirse en serio.

—¿Por qué no venció, entonces?

—Mi último combate fue contra Manjiro Ozaki, el jefe de la guardia personal del señor Yamada —señaló el samurái, como si aquello fuera explicación suficiente.

—Pero ha mencionado que quizás podría haberle vencido. —A Ekei le exasperaba tener que tirarle de la lengua constantemente. Debía ser el primer borracho al que no le gustaba vanagloriarse.

—Es un espadachín consumado, realmente bueno. Y un samurái estricto, un tradicionalista —añadió Hikura—. No me gustaría encontrármelo en un duelo a muerte. De cualquier modo, se lo puse difícil pero no fui a por todas.

—¿Por qué?

—¿De qué me habría servido? Si le hubiera derrotado ante su señor, habría sido una humillación para él… Y ya sabe cómo se toman esas cosas los seguidores de la Vía —concluyó el espadachín con cierta sorna.

—¿Esas cosas? ¿Acaso no es usted también un samurái? —preguntó Ekei con extrañeza—. Ahora tiene un señor al que servir, quizás debería tomarse «esas cosas» más en serio.

—No sé qué historias le habrán contado, maese Inafune —contestó Hikura con una mueca desabrida—, pero el camino del guerrero es para los espadachines que se retiran a las montañas y los ascetas que recorren el país en *musha shugyo**. Para los demás, son palabras vacías, un cuento con el que pretenden dignificarse. En el mejor de los casos, solo luchan si no les queda más remedio, y en el peor, matan por poder y conveniencia. Yo, al menos, soy honesto: solo confío en mi acero, es el único que me ha sacado de dificultades, pues el honor no te alimenta cuando el hambre aprieta. —Y cargándose de razón, añadió—: ¿Sabe? He conocido samuráis que han muerto de enfermedad, rodeados por la miseria, comidos por las pulgas... Sus espadas, sin embargo, estaban afiladas y pulidas, brillaban más que la mañana; pero no las quisieron vender ni siquiera para alimentar a sus familias. Algunos consideran esto digno de elogio, yo lo considero una estupidez. Esta vida es lo único que tenemos, por eso he decidido darle a mi espada un mejor uso.

—Comprendo —asintió Ekei, rehuyendo una discusión infructuosa—. Entonces, fue después de aquel combate cuando le ofrecieron entrar al servicio del señor Yamada.

—Así es. Supongo que, después de verme luchar, el señor pensaría que podría serle útil si alguien le enfilaba con una lanza durante la batalla o si la muerte decidía asaltarle en un camino de montañas.

—Debió dejarle muy impresionado. Su técnica ha de ser soberbia.

Asaemon Hikura no respondió y volvió a beber de su taza de sake con un gesto que daba a entender que le aburría el asunto. Por su parte, Ekei no quedó satisfecho con el relato. La historia encajaba perfectamente con lo que había deducido de aquel hombre, era coherente, pero algo le llevaba a pensar que no le contaba toda la verdad.

—¿Por qué quiere saber todo esto, maestro Inafune?

—Yo también deseo entrar al servicio del señor Yamada —respondió simplemente.

El samurái dejó de beber y le miró por encima del filo de la taza. Luego volvió a sonreír con un gesto que contrajo su larga cicatriz, y dio otro trago antes de volver a hablar.

—Creo que no hay ningún torneo en próximas fechas.

—La verdad es que esperaba no tener que batirme con nadie para conseguir un puesto como médico del clan Yamada —dijo Ekei.

---

* *Musha shugyo:* el «peregrinaje del guerrero», realizado por algunos samuráis que se entregaban a una vida errante para perfeccionar sus técnicas y fortalecer su espíritu.

—Cuando le vi en Sabae, me dio la impresión de que no le iba mal. ¿Por qué someterse a las complicaciones de la corte de un daimio?

—Es cierto, pero ser médico ambulante no es un oficio precisamente estable. Llevo años recorriendo el país, abriendo consultas aquí y allá que cierro al cabo de una temporada, y creo que ha llegado el momento de sentar cabeza. Quizás, incluso, de buscar una buena mujer —improvisó, echando mano del consejo de su ayudante, la señora Tsukumo.

—Me temo que no podré ayudarle —contestó Asaemon—, mi trato con los médicos del clan es mínimo. Debería solicitar audiencia con Itoo o con el señor *karo*.

—Llevo semanas acudiendo a la sala de audiencias para conseguir entrevistarme con maese Itoo, pero me resulta imposible que me permitan verle. Necesito que alguien de dentro me abra algunas puertas.

—Ya veo, ¿y yo le he parecido su mejor opción? —preguntó el samurái con burla mientras se despachaba más sake.

—Más bien, mi única opción. No conozco a otra persona dentro del castillo.

—Ajá, esto es lo que pasa cuando ayudas a la gente. —Tras la última taza, a Asaemon le costaba articular las palabras—. Un día le salvas el cuello a un médico local y, al siguiente, te pide que le ayudes a entrar al servicio del mismísimo Torakusu Yamada.

—Lamento que mi petición le haya importunado.

El guardaespaldas rio con una carcajada ahogada.

—No se preocupe. Hoy no quería beber solo y usted me ha acompañado, le devolveré el favor.

El médico observó que, de las cuatro botellas, tres ya estaban vacías. Quería llevar la conversación a algún punto útil antes de que su interlocutor perdiera el conocimiento o él su capacidad de juicio; aunque debía reconocer que Asaemon Hikura estaba demostrando una tolerancia casi sobrenatural al alcohol.

—Entonces… —intentó intervenir Ekei.

El samurái le interrumpió con la mano, indicándole que no le molestara mientras pensaba. Al cabo de un rato sus elucubraciones parecieron dar fruto en aquella mente entumecida por el licor, y le pidió al médico que se acercara para poder hablar en voz baja.

—Escúcheme —le dijo con un tono que bailaba entre el secretismo y lo travieso. Su aliento desprendía ya un penetrante hedor etílico—. El señor *karo* tiene por costumbre visitar una vez a la semana cierta casa de citas. Suele ser muy discreto, pero siempre se hace acompañar de algún samurái de la guardia que le sirva de guardaespaldas mientras está fuera. Intentaré mover los hilos para ser yo el que le acompañe en su próxima visita, muy probablemente mañana.

—¿Qué he de hacer yo?

—Ahora saldremos de aquí y le mostraré dónde está la casa en cuestión —continuó cuchicheando con acento ebrio—, y mañana, antes de que anochezca, se apostará en un lugar discreto junto a la salida. Cuando abandonemos el local, podrá intentar hablar con el primer consejero. Pero preste atención a que sea yo el que le acompaña; alguno de los otros, en un exceso de celo, podría abrirle la garganta por la insolencia de abordar al caballero Yamaguchi sin permiso, y más en plena noche.

—Precisamente eso me preocupa, ¿de verdad cree que un momento tan delicado es el más idóneo para hablar con alguien de su posición?

—Eso bien podría jugar a su favor —dijo el samurái, meditabundo—. Al verse sorprendido en un momento comprometido, puede que el señor Yamaguchi se muestre más receptivo a sus demandas.

—¿Puede? —repitió Ekei, al que aquel plan no convencía en absoluto.

—Está decidido —zanjó Asaemon con un golpe en la mesa—. Lo haremos como le digo. Venga, vayamos a la casa de té. Le enseñaré dónde se encuentra y luego, si lo desea, podrá irse. Por mi parte, intentaré pasar la noche allí…, si es que no me vuelven a echar.

Hikura dijo esto último con una sonrisa maliciosa, al tiempo que se esforzaba por levantarse sin perder el equilibrio. En algún momento debió reparar en la expresión descreída del médico, ya que añadió para tranquilizarle:

—No se preocupe, mañana estaré sobrio. Tengo la mala costumbre de beber solo un día a la semana.

Ekei asintió poco convencido, mientras se preguntaba si de verdad estaba tan desesperado como para confiar en un hombre así. No sabía si Asaemon Hikura hablaba en serio, si se burlaba de él para comprobar cuán necesitado estaba o si, simplemente, desvariaba por el efecto del sake. Pero borracho o no, era el único que podía ayudarle. Así que exhaló un profundo suspiro y, mientras le ayudaba a ponerse en pie, se consoló pensando que aún cabía la posibilidad de que el samurái no recordara nada de aquello al día siguiente.

* * *

Cuando Ekei despertó en su habitación arrendada, lo primero que notó fue un lacerante dolor que le atravesaba la cabeza de lado a lado, seguido de un desagradable sabor agrio en la boca pastosa. Probablemente no fuera una gran resaca, pero su cuerpo, poco habituado al abuso del alcohol, había decidido cobrarse justa venganza.

Bajó al cobertizo en penumbras donde se encontraba su carreta, levantó la lona con la que protegía sus posesiones y, tras rebuscar un rato, extrajo un sobre con hierbas picadas. Aliviado ante la perspectiva de una buena tisana depurativa, regresó a su habitación y cometió el error de levantar las persianas; el sol inundó la estancia y le apuñaló los ojos, empeorando aún más el dolor que le martilleaba el cráneo. Solo acertó a cubrirse el rostro con el antebrazo y gemir, quejumbroso, mientras se decía que todo aquello era por una buena causa. En tan deplorable estado abrió la ventana, avivó el brasero y preparó la infusión que debía limpiarle el estómago y el hígado. Cuando la tisana estuvo caliente, le añadió una pizca de cristal de sodio molido y se la bebió con lentos sorbos. Junto con algunas verduras hervidas, fue todo su desayuno.

Era evidente que aquel día no podría acudir al castillo a su habitual e infructuosa rutina, así que optó por descansar en la posada hasta el atardecer. Se entretuvo como pudo: primero, leyendo un libro que versaba sobre las hierbas que solo podían encontrarse en las laderas volcánicas; después del almuerzo, haciendo planes mentales sobre lo que debía hacer aquella noche, hasta que por fin el sol comenzó a dar indicios de declive. Entonces, Ekei se vistió con su kimono nuevo, se puso el *kataginu* de largas hombreras y se dispuso a esperar junto a la ventana a que el cielo oscureciera del todo. Cuando se convenció de que era la hora, se echó sobre los hombros un guardapolvo raído —cuyo aspecto desmentía la calidad de las vestimentas que llevaba debajo— y salió a la calle.

La ciudad comenzaba a transformarse igual que las serpientes mudan de piel, y los ciudadanos honorables daban paso a los gatos nocturnos y a las sombras esquivas. A menudo eran las mismas almas con otro atuendo, pero la clave estaba en las apariencias: si se era discreto, las miradas de tus vecinos resbalaban sobre ti y se te otorgaba el beneficio de un silencio cómplice. De esta guisa, el médico cruzó la ciudad alternando callejones solitarios, en los que solo contaba con la compañía de la luna, con otras calles más concurridas a las que se asomaba la clientela de las casas de placer y los locales nocturnos próximos al puerto.

Su elusiva incursión concluyó en la calle que Asaemon Hikura le había mostrado la noche antes. No se trataba de un vulgar barrio de prostíbulos, sino de una zona elegante donde se congregaban las principales casas de té de Fukui, locales refinados donde señoritas de exquisita educación acompañaban durante las aburridas noches a los hombres que gobernaban la ciudad: nobles, mercaderes, funcionarios relevantes y ocasionales visitas de excepción.

Ekei había escuchado hablar largamente sobre las maravillas de las suntuosas casas de té de Kioto, un eufemismo que, sin embargo, a nadie llevaba a equívocos. Las damas que en ellas trabajaban eran de una hermosura singular y estaban instruidas en las más bellas artes, desde la danza y el *koto** hasta la caligrafía. Muchos habrían dado diez años de su vida por asomarse al secreto de tales jardines, por poder vislumbrar, aunque fuera durante un fugaz instante, aquel mundo de turbadora belleza. Pero el paraíso en la tierra estaba vedado al común de los mortales: solo los más poderosos y los más ricos tenían acceso a él, o, al menos, así era en Kioto. El médico sospechaba que las casas de té de Fukui eran un pálido remedo de aquellas, pero debían ser más que suficientes para los que habían medrado a la sombra del clan Yamada.

Enfiló la calle y se aproximó al pórtico de la finca que andaba buscando. La constituía un edificio de dos plantas al que rodeaba un extenso jardín amurallado, el cual servía para preservar la intimidad de aquella caja de secretos. Cuando pasó frente al arco, observó que el pórtico estaba abierto y custodiado por dos hombres armados. Tras ellos, durante el breve lapso que le permitió su lento caminar, pudo entrever un hermoso jardín con cerezos y ciruelos a orillas de un pequeño lago. La atmósfera a media luz, apenas alimentada por

---

* *Koto:* instrumento de cuerda de origen chino similar a un arpa que se apoyaba horizontalmente en el suelo.

llamas cautivas en lámparas de piedra, dotaba al lugar de un cariz onírico, como un claro de luna o un manantial en el bosque helado.

Sin distraer mucho más la mirada, continuó avanzando y rodeó la finca hasta llegar a una puerta disimulada en la muralla posterior. Se trataba de una pesada hoja de madera de roble encajada sobre firmes goznes, pero había sido pintada de blanco y no tenía tirador en el exterior, mimetizándose hasta cierto punto con el alto muro de bloques enyesados, de modo que a un paseante ocasional bien podía pasarle desapercibida. Según le había indicado Asaemon Hikura, si el *karo* del clan Yamada acudía allí esa noche, abandonaría la casa de té por aquella puerta.

Ekei buscó una bocacalle en la que refugiarse mientras vigilaba la salida y, una vez hubo encontrado el lugar apropiado, se ajustó el abrigo alrededor del cuerpo y se guareció entre las sombras, preparado para esperar hasta el amanecer. Muy probablemente, en balde.

Desde su puesto podía contemplar las terrazas de la segunda planta y el tejado a dos aguas, y pronto descubrió que, al trasluz de las puertas *shoji*, se intuían siluetas desdibujadas que parecían danzar, conversar y aplaudir. Las horas pasaron y Ekei se entretuvo observando aquellas sombras y escuchando los sonidos que escapaban del interior: la hermosa melodía del *koto* al ser rasgado por manos expertas, voces de mujer acompañadas por palmas y un *shamisen**, una carcajada cristalina disimulada tras el dorso de una mano… Sonidos furtivos que eran como tinta fresca para su imaginación, y que aquella noche le permitieron dar vida a un lienzo en el que plasmó todas sus fantasías sobre los secretos que escondían las casas de té. Hasta que, finalmente, cayó dormido.

* * *

No rayaba aún el alba cuando el gruñido metálico de unos goznes poco usados y el roce ronco de la madera hinchada despertaron a Ekei Inafune. Se había quedado dormido contra la pared del callejón y, poco a poco, se había deslizado hasta el suelo, quedando sentado con la cabeza volcada sobre el pecho. Si alguien lo había visto, sin duda lo habría tomado por un borracho. Afortunadamente, solo se había sumido en un sueño superficial y su mente se había mantenido

---

* *Shamisen:* instrumento de cuerda de sonido similar a la cítara.

alerta, de tal modo que, antes de que la puerta estuviera abierta de par en par, su cabeza ya se encontraba despejada.

Aguardó a descubrir quién abandonaba la casa a tan altas horas de la madrugada, y no pudo evitar un asentimiento quedo cuando vio a Asaemon Hikura atravesar el umbral, pues había dudado hasta el final de la ebria promesa que le hiciera la velada anterior. El samurái escrutó ambos lados de la calle y, finalmente, le miró directamente a los ojos. Ninguna expresión se materializó en su rostro cuando su mirada se encontró con la de Ekei. Con total naturalidad, Hikura se volvió hacia el otro lado del umbral y el médico creyó escucharle decir a alguien que podía salir.

Allí estaba: Kigei Yamaguchi, el *kunikaro* de la familia Yamada. Un hombre delgado que, pese a rondar los sesenta, mantenía los hombros firmes y las manos fuertes. Tenía el cabello cano pero poblado, y un pulcro bigote igualmente cano le daba una expresión severa a su rostro. Abandonaba el lugar con paso firme, y Ekei observó que, al final de la calle, le esperaba un palanquín que debía haber llegado a la hora convenida. «Es ahora o nunca», se dijo, mientras abandonaba su resguardo en el callejón y se desprendía del abrigo con el que se había protegido durante la fría noche.

Apretó el paso y se situó entre aquel hombre y el palanquín que debía devolverle al castillo. Se arrodilló sobre la tierra de la calle y pegó su frente contra el suelo.

—¡Señor Yamaguchi, por favor, concédame un instante!

El primer consejero se detuvo, sorprendido, y miró de reojo a su guardaespaldas, que se encogió de hombros dando a entender que no entendía lo que sucedía. Contrariado, Kigei Yamaguchi intentó bordear al impertinente que le cortaba el paso, pero Ekei se desplazó sobre las rodillas impidiéndole avanzar, siempre sin levantar la cabeza. No lo haría hasta que el *karo* le dirigiera la palabra.

—¡Maldito estúpido! —le increpó el consejero—. Déjame pasar o lo pagarás.

Ekei levantó la frente con mirada suplicante.

—Señor Yamaguchi, me llamo Ekei Inafune, soy médico. Mi único deseo es entrar al servicio de su excelencia como maestro en medicina.

—¡No seas absurdo! El señor Yamada tiene a los mejores médicos de la provincia —zanjó Yamaguchi, tratando de rebasar a aquel hombre hincado en el suelo que, con inusitada destreza, continuaba cerrándole las escasas vías de escape que permitía la angosta calle. Sin duda, era todo un experto en la súplica de rodillas.

—Su señoría, he estudiado con los occidentales en los hospitales de Kioto y de Funai —insistió Ekei, mientras se desplazaba de un lado a otro, entorpeciendo el paso de su interlocutor—, soy capaz de curar enfermedades que otros médicos no saben ni diagnosticar y, además, soy experto en herbología y en venenos.

Hastiado, y ante el escaso apoyo que le brindaba su guardaespaldas, que parecía más divertido que preocupado por la situación, el *karo* se convenció de que la única manera de quitarse de encima a una persona tan insistente era atendiéndola durante un momento.

—Escúcheme, existen cauces para esto. Acuda a la sala de audiencias y rogativos para que le atiendan las instancias médicas del clan.

—Su señoría, llevo varias semanas yendo a la sala pero nunca se me concede audiencia.

—¿Y eso no le da a entender que su requerimiento no resulta de interés para el feudo? —explotó el señor Yamaguchi, que intentaba, sin mucho éxito, controlar la indignación que aquella situación le provocaba.

—Continuaré acudiendo a diario a la sala de audiencias pero, por favor, hable usted con maese Itoo para que me atienda. Creo que mi conocimiento de la medicina extranjera y del herbolario pueden resultar útiles para el clan.

—¿Por qué lo cree? —le increpó el consejero—. La medicina occidental es inferior y tenemos a los mejores expertos en drogas. Durante generaciones nunca nadie ha conseguido envenenar a un miembro del clan Yamada, ¿por qué cree que ha sido así? Porque nunca se ha permitido que un desconocido atienda al daimio o a su familia. El puesto de médico pasa de padres a hijos en el seno del clan, ¡así que no insista con peticiones estúpidas!

—Lo siento, señor Yamaguchi —se disculpó Ekei, volviendo a inclinar la cabeza.

Cuando el *karo* pasó a su lado, tuvo tiempo de levantar la vista e intercambiar una breve mirada con Asaemon Hikura. Este pareció disculparse con los ojos, dándole a entender que había hecho todo lo que estaba en su mano.

El médico permaneció de rodillas en medio de la calle, con la espalda recta y la mirada perdida. Parecía abatido, y solo cuando escuchó cómo el consejero subía a su transporte y se marchaba, se permitió sonreír para sí mismo. Todo había salido justo como había previsto. Para completar su plan, solo quedaba una cosa por hacer: envenenar al daimio Torakusu Yamada. Y, para su sorpresa, sabía exactamente cómo hacerlo.

Capítulo 10

Seizō Ichigoya

Seizō despertó después de una larga noche en la que el llanto, el dolor de sentirse traicionado y el miedo a la soledad apenas le habían permitido dormir. Estaba sobre un lecho extraño y bajo un techo igualmente extraño, y temía abrir los ojos, pues no quería enfrentarse a la nueva vida a la que había sido condenado por Kenzaburō Arima. Pero aunque se negara a ver, sus oídos permanecían atentos, y al otro lado de la puerta escuchaba voces y sonidos que le resultaban ajenos; de igual modo, su estómago también había despertado, y le recordaba entre gruñidos y punzadas que ya era tarde.

Finalmente, el miedo y su obstinado rechazo a aquella vida que le tocaba vivir sucumbieron al hambre, un terrible enemigo contra el que no valían lanzas ni arcos, y que era capaz de destruir al más poderoso de los ejércitos, según le había dicho su padre. Por tanto, qué no haría con él, un simple huérfano. Sintiéndose derrotado, se incorporó y observó la extraña habitación a su alrededor: una tela mosquitera caía sobre una ventana redonda que, cegada por cañas de bambú, filtraba el sol matinal. Por lo demás, la estancia se encontraba prácticamente vacía, salvo por la fina colcha sobre la que había dormido y una extinta lámpara de aceite colgada de la pared.

Reunió valor y se aproximó a la puerta, puso la mano sobre el tirador, respiró hondo unas cuantas veces y deslizó el panel a un lado. Las voces dejaron de estar amortiguadas por el papel de arroz y permaneció quieto, escuchando las conversaciones cotidianas de los habitantes de la casa. Luego recordó que no estaba bien espiar a otras personas, así que asomó la cabeza y miró a ambos lados, antes de animarse a poner un pie fuera. Se encontraba en un pasillo interrumpido abruptamente por una empinada escalera que descendía a la planta inferior. Otras puertas, abiertas de par en par, se asomaban al corredor, iluminándolo con la luz de la mañana que llegaba desde las habitaciones.

Con pasos cortos y silenciosos, Seizō llegó hasta la escalera y, tras dudar un instante, descendió los escalones de uno en uno. Al final de los mismos le aguardaba una sala vacía, desde la que se veía el jardín donde se despidió de Kenzaburō la noche anterior. Las paredes estaban bien pintadas, la madera de sauce que cubría el suelo lucía limpia y barnizada, y las amplias puertas que daban paso al jardín conservaban en perfecto estado el marco y las varillas que sujetaban el papel de arroz. Era una vivienda pequeña para lo que estaba habituado, pero no dejaba de ser agradable, al contrario que muchas de las casas de artesanos o campesinos que había podido ver en sus contadas incursiones fuera del hogar familiar. Allí no había miseria, aunque aquello no fue un consuelo para Seizō, que aún desconocía lo dura que podía ser la vida fuera de un castillo.

En el centro de la sala, cuatro pequeñas mesas presentaban los restos de un desayuno ya consumido, y su estómago volvió a protestar exigiendo su parte. Por fin, claudicó y descendió el último de los escalones. Justo cuando lo hacía, alguien entró en la sala sin reparar en él: era una mujer relativamente joven, de una edad similar a aquella con la que solía recordar a su madre, y vestía un fino kimono de cuadros marrones. Seizō la observó en silencio mientras recogía los cuencos vacíos y las tazas, apilándolas cuidadosamente sobre una bandeja que sujetaba en su mano izquierda. Cuando se dio la vuelta, descubrió al niño contemplándola con ojos tímidos, y se sobresaltó de tal modo que a punto estuvo de tirar la bandeja con los restos del desayuno.

La mujer se llevó la mano al pecho, sobrecogida por el inesperado encuentro, y sin apartar la vista del muchacho, llamó a alguien en voz alta: «¡Tohsui! Ven aquí».

Tohsui Ichigoya no tardó en hacer acto de presencia, refunfuñando por las continuas molestias de su mujer. Seizō lo conocía de la noche anterior: fue el hombre con el que Kenzaburō habló largo y tendido mientras él esperaba, y el que más tarde se encargó de acompañarlo a la habitación en la que había pasado la noche. Como era de esperar, su aspecto continuaba pareciéndole tan desagradable como el día antes, con un cabello apenas insinuado que le rodeaba la nuca de una oreja a otra, ojillos pequeños y brillantes, grandes dientes que le procuraban una sonrisa exagerada y un bigotillo canoso que a Seizō se le antojaba ridículo. No le caía bien. Estaba decidido a que ya nadie le cayera bien.

Cuando el comerciante vio a Seizō, adoptó un rostro más formal.

—Ah, veo que ya está despierto. Venga, tenemos que hablar, siéntese aquí. —Le señaló a Seizō un cojín situado frente a una de las bandejas vacías—. Mujer, ¿por qué no traes algo de desayuno al joven señor?

La mujer asintió con una inclinación, aunque a Seizō no se le escapó el gesto de indisimulado fastidio que le cruzó el rostro. Se arrodilló sobre el cojín que le habían indicado y su anfitrión le imitó, acomodándose frente a él antes de aclararse la voz.

—Señor Ikeda, lo primero que debe saber es que comprendemos su desgraciada situación. Mi familia siempre ha sido fiel para con los Ikeda y tendrá todo nuestro apoyo.

El comerciante parecía esperar algún tipo de asentimiento, pero Seizō se limitó a observarle en silencio, así que volvió a aclararse la voz.

—Cuando el general Arima llamó anoche a mi puerta y me explicó sus circunstancias, no pude por menos que ofrecerle mi colaboración. Como ya le he dicho, siempre hemos sido leales a su clan. Además, el padre del señor Arima siempre tuvo en alta estima al mío. Así que ideamos juntos la manera de esconderle aquí.

Seizō sabía que mentía: Kenzaburō le dijo que los Ichigoya tenían una importante deuda con la familia Arima, deuda que daría por saldada si cuidaban de él hasta el regreso del samurái. Por otra parte, dudaba mucho que Kenzaburō hubiera «ideado» con aquel hombre ningún plan, más bien le habría dado claras instrucciones sobre lo que debía hacer. Pero Seizō no dijo nada de aquello, y continuó escuchando en educado silencio la peculiar interpretación de los acontecimientos que estaba haciendo Tohsui Ichigoya.

—Hemos pensado que permanecerá en mi casa hasta que el general Arima pueda volver a recogerle, sin importar cuánto tiempo sea necesario. Mientras tanto, diremos a la gente de Matsue que es hijo de la hermana de mi mujer, que por haber caído enferma no puede continuar haciéndose cargo de usted. Así que, con todo el respeto, tendremos que darle un trato más familiar. Le continuaremos llamando Seizō, pero se esconderá bajo mi apellido, será como si le hubiera adoptado.

El comerciante se detuvo, esperando que el niño diera indicios de entender lo que le estaba diciendo. Seizō asintió, para tranquilidad del hombre.

—Aaah, muy bien entonces. Vivirá aquí con nosotros, cada día acudirá junto a mis dos hijos y los hijos de otros comerciantes del barrio a casa del instructor Bashō. Allí recibirá educación y, cuando aprenda a contar, nos ayudará en la tienda. No se preocupe, no será una vida dura.

A Seizō le habría gustado decirle que sabía números y hacer cuentas desde hacía tiempo; también caligrafía, poesía, historia y algo de chino. Su padre se había preocupado de que el *karo* del clan, Ittetsu Watanabe, instruyera a su hijo desde temprana edad. Tampoco la esgrima le era ajena, pese a los reparos de su madre, pues si bien todos pensaban que era un niño tranquilo y de mirada inteligente, más llamado a ser un hábil consejero que un temible guerrero, su padre y señor había insistido en que un samurái, al menos, debía saber sujetar una espada.

Pero Seizō tampoco dijo nada de todo aquello. Se limitó a asentir de nuevo, esperando que el desayuno entrara pronto por la puerta.

—Bien, bien —sonrió su anfitrión—. Entonces, está todo hablado. A partir de ahora será Seizō Ichigoya, mi sobrino recién adoptado.

* * *

Seizō esperó la hora del almuerzo sentado en el jardín. No vio a los hijos de Ichigoya en toda la mañana, pero recordaba los ojos traviesos que le observaban la noche antes a través de una de las persianas de la planta baja; ojos que se escabulleron cuando él se percató de su presencia. Se volvió para mirar por encima del hombro hacia la misma ventana, y aunque la persiana continuaba echada, nadie le espiaba entre las lamas. Aburrido, volvió a clavar la mirada en el suelo y balanceó sus piernas, que colgaban por el filo de la tarima sobre la que se levantaba la vivienda. Desde su conversación con el señor Ichigoya, nadie le había dirigido la palabra en toda la mañana. Y así fue hasta la hora de comer, cuando la puerta del jardín se abrió a su espalda y la mujer de Ichigoya, que según había podido escuchar se llamaba Kuwa, lo invitó a pasar dentro.

El resto de la familia estaba sentada a la mesa. Cuando Seizō entró, el padre indicó a los dos niños que le acompañaban que se pusieran en pie para saludarle.

—Estos son nuestros hijos: Joboji, de diez años, y la pequeña Kasane, de siete.

—Hola —saludó Seizō con una breve inclinación que los niños respondieron con aire divertido, en especial Kasane, que se tomaba aquel protocolo como un gracioso juego de mayores en el que la dejaban participar.

Una vez sentados a la mesa, la señora Ichigoya, ayudada por una criada mayor a la que Seizō no había visto hasta ahora, trajo la comida. La tetera, las jarras con agua y los platos para compartir se pusieron en la mesa central, mientras que en las bandejas lacadas situadas frente a sus cojines se dispusieron los platos individuales. Según fueron llegando, Seizō observó que cada cuenco de arroz venía acompañado con tres *umeboshi**, un manjar que le encantaba. Pero cuando la señora Kuwa depositó en la bandeja de Seizō el arroz que le correspondía, el delicioso *umeboshi* no hizo acto de presencia. El muchacho miró el cuenco de los demás comensales, miró el suyo, y constató que él era el único privado del acompañamiento.

No quiso darle más importancia y comenzó a comer. Cuando todos hubieron terminado, dio las gracias al señor Ichigoya por invitarlo a su mesa, tal como le habían enseñado que debía hacer, y volvió a su lugar en el jardín. Desde allí escuchó durante toda la tarde cómo los niños corrían y jugaban en la calle.

Y así transcurrieron para Seizō los primeros días en el hogar de los Ichigoya, inhóspitos y desoladores, cada hora como un clavo que sellaba un poco más su soledad. Pronto comenzó a temer que su vida allí sería una larga condena de monotonía e indiferencia. Solo le dirigían la palabra durante las comidas, aquellas comidas sin *umeboshi,* un feo detalle que se convirtió en la sutil manera que la señora Ichigoya tenía de decirle que no le quería allí.

---

* *Umeboshi:* ciruela seca aderezada con sal.

Por las noches, en la soledad de su habitación, Seizō recordaba a su hermano y a su padre, a Kenzaburō y al señor Watanabe; los echaba de menos a todos, pero a quien más añoraba era a su madre. A pesar de los años, a pesar de la reciente pérdida del resto de su familia, era su ausencia la que más le dolía. De este modo, consumido por la nostalgia de una infancia perdida, Seizō lloraba hasta quedarse dormido.

Pero cuando la tormenta más arreciaba y más desamparado se sentía, las clases del señor Bashō acudieron a su rescate. A la semana de estancia en el hogar de los Ichigoya, Joboji y su hermana Kasane retomaron las lecciones en casa de su tutor, interrumpidas durante una temporada por una larga enfermedad del maestro. Y Seizō acudió con ellos a esa primera clase, con un rescoldo de ilusión alimentado por la perspectiva de romper su cruel monotonía.

Recorrió las calles del barrio comercial de Matsue siguiendo a los hermanos Ichigoya, que caminaban dos pasos por delante de él. Seizō agradeció estar en compañía de otros niños y, aunque no se atrevía a iniciar una conversación, disfrutó observando cómo Joboji le tomaba el pelo a Kasane. La pequeña, en cuanto descubría que había caído en alguna de las tretas de su hermano mayor, comenzaba a perseguirle para darle patadas en la espinilla.

Así callejearon durante un buen rato, cruzándose con vecinos que saludaban a los dos pequeños y les instaban a portarse bien, para, acto seguido, mirar con extrañeza a Seizō. Continuaron caminando y desembocaron en un paseo a orillas de uno de los canales de Matsue, que atravesaba la ciudad uniendo el lago Shinji con el Nakaumi. En las márgenes del canal había cerezos que aún no habían florecido y a cuya sombra se entretenían otros muchachos, lanzando el anzuelo mientras conversaban entre risas. Seizō los observaba con envidia, cuando se percató de que la pequeña Kasane, harta de ser el objeto de las burlas de su hermano, había aminorado el paso hasta ponerse a su altura.

—¿Es verdad que eres malo? —dijo la niña con descortés inocencia.

—¿Cómo? —atinó a responder Seizō, cogido por sorpresa por tan extraña pregunta.

—Mamá dice que viniste con un samurái, y los samuráis son malos, porque solo saben matar y aprovecharse del trabajo de los demás.

—¡Kasane, silencio! —la conminó su hermano, que se había detenido en seco al escuchar las palabras de la niña y ahora la zarandeaba por una mano.

—¡Es cierto! —se defendió ella, fingiendo que estaba a punto de llorar—. Papá siempre dice que no nos acerquemos a los samuráis, que son malvados y peligrosos porque llevan espadas.

—Eso no es verdad… —quiso decir Seizō.

—¡Tú, cállate! —lo increpó Joboji, apuntándole con el dedo—. Puedes ser hijo de un samurái, pero no te tengo miedo. No sé por qué tienes que vivir con nosotros, ni por qué te tienen que dar mi ropa. —Seizō se miró, comprendiendo de dónde habían salido los kimonos que habían dejado en su habitación—. Pero ni se te ocurra pensar que eres mejor que nosotros, no somos tus sirvientes.

Seizō se sintió desbordado ante semejante caudal de acusaciones injustas. ¡Él nunca había dicho que fuera mejor que nadie!

—Sé que intentarás aprovecharte, pero no te lo permitiré, no creas que somos tontos —continuaba Joboji, cada vez más crecido ante la perplejidad de Seizō, hasta que, de repente, una piedra golpeó la cabeza del hijo mayor de Ichigoya.

Kasane y Seizō, estupefactos ante la inesperada agresión, solo atinaron a observar cómo Joboji caía de rodillas al suelo, frotándose con la mano la sangrante herida que le habían abierto a un lado de la cabeza. Su rostro denotaba que no entendía muy bien lo que acababa de suceder. Seizō, por el contrario, supo reaccionar a tiempo de esquivar una segunda piedra, que habría impactado contra su hombro de no ser porque tuvo los reflejos de echarse a un lado. Se volvió hacia la dirección de la que habían llegado las dos pedradas y vio cómo un grupo de cinco niños lanzaban más proyectiles desde la orilla opuesta.

Sin dudarlo un momento, agarró a Joboji por el brazo y le obligó a levantarse, lo que el otro hizo lentamente, aún conmocionado por el golpe.

—Vamos —apremió a Kasane—, alejémonos de la orilla.

Desde el otro lado del canal, el grupo de muchachos, la mayoría de más edad que Seizō y Joboji, seguía tirando piedras entre chanzas y aspavientos: «No corras, rata, te encontraremos cuando no esté el río de por medio». Las pedradas habían dado paso a las amenazas, una vez comprobaron que sus víctimas ya no estaban a tiro.

—¿Quiénes son? —preguntó Seizō, mientras se alejaban.

—Niños de otro barrio —aclaró Kasane, alcanzándole un pañuelo a su hermano para que se tapara la brecha—. Nos odian porque son crueles, y la tienen tomada con el pobre Joboji. —Dicho esto, se volvió hacia ellos y les sacó la lengua con un gesto que a Seizō le resultó más entrañable que cualquier otra cosa.

—Son ratas de río —escupió Joboji con desprecio, mientras sujetaba el pañuelo que poco a poco se iba tiñendo de rojo—: una de las pandillas que se mueven por el puerto, vienen al barrio comercial a robarnos comida o dinero, y cuando no lo consiguen, intentan apalizarnos. Los «niños ricos» somos sus víctimas preferidas.

Seizō estaba sorprendido por la situación, nunca había visto nada así. Nadie apedrea al hijo de un daimio, ni siquiera al hijo de un samurái, y comprendió cuán distinta era la vida de aquellos niños comparada con la suya. O, mejor dicho, con la que había tenido hasta entonces. Continuaron su recorrido con la mirada ausente y en silencio, intentando tranquilizarse después del desagradable incidente, y llegaron a la casa del maestro Bashō poco después, sumidos los tres en un estado de ánimo lúgubre. Al menos, la brecha de Joboji ya había dejado de sangrar.

La casa del tutor era una humilde vivienda incrustada en una larga hilera de residencias similares que flanqueaban la cuesta de Shiraoka, una de las principales avenidas del centro de Matsue. Carecía de jardín ni de artificios ornamentales, pero desde fuera parecía limpia y bien mantenida. Junto a la puerta de entrada pendía un desagüe compuesto por pequeños cuencos de bronce colgados uno debajo de otro, hasta formar una cadena que casi rozaba el suelo con su lánguido balanceo.

Cuando los tres muchachos entraron en el recibidor, un grupo de alumnos esperaban ya su llegada antes de tocar a la puerta del maestro; sin embargo, cuando vieron la brecha de Joboji y la sangre aún fresca en sus dedos, se armó un gran revuelo y todos quisieron saber qué había sucedido. El muchacho comenzó a relatar a sus compañeros el ataque que habían sufrido de camino allí, pero no tuvo tiempo de profundizar en su explicación, pues el maestro Bashō abrió la puerta, alarmado por el inusual ruido. Dio dos fuertes palmadas para que los alumnos repararan en su presencia y guardaran silencio.

Todos se alinearon y gritaron «¡buenos días!» al maestro con una profunda reverencia, y este asintió complacido.

—Bien, podéis pasar. Hoy estáis especialmente revoltosos —dijo el tutor, haciéndose a un lado para que sus discípulos pudieran entrar en el salón de su vivienda.

Seizō fue el último en encaminarse hacia la puerta abierta, pero dudaba de que Bashō se hubiera percatado de su presencia. Era un hombre anciano y encorvado, y su manera de mover los ojos mientras escrutaban la nada delataba que estaba casi ciego, era improbable que identificara el rostro de un nuevo alumno. Aunque en una ocasión Seizō escuchó decir al *karo* de su padre, el señor Watanabe, que los ciegos no tenían la mirada perdida, sino que contemplaban el vacío, la verdadera esencia de las cosas, de ahí que no se distrajeran con detalles fútiles y superficiales. «Ven, pero de otra manera». Seizō no lo entendió entonces y seguía sin entenderlo en aquel momento, pero aun así saludó al señor Bashō al pasar a su lado, por si podía verle de aquella otra manera.

—Humm —masculló el anciano mientras le ponía la mano sobre la cabeza—. Tú debes ser Seizō. El señor Ichigoya me avisó de que vendrías.

—Así es, maestro —confirmó el muchacho, sin atreverse a retirar la cabeza—. Espero que no suponga una molestia para usted.

—¿Una molestia? —preguntó Bashō con media sonrisa—. Un maestro al que le estorben nuevos discípulos sería un maestro sin futuro, ¿no crees?

Seizō asintió con la cabeza y sonrió, aquel hombre era el primero en darle algo parecido a una bienvenida; y le gustó la manera afable que tenía de hablar.

—Pasa dentro, Seizō, no me molestarás a no ser que hables sin que yo te lo haya pedido.

Tras un nuevo asentimiento, Seizō se descalzó y dejó sus *zori*[*] junto a la larga fila de sandalias que formaban frente a la puerta. Puso el pie en el peldaño que daba acceso al salón que hacía las veces de aula, pero antes de entrar, echó un vistazo al interior en busca de un sitio para él. Todos los alumnos estaban ya de rodillas sobre los cojines alineados en la estancia, e interrogaban en voz baja a Joboji sobre su incidente, apurando el tiempo antes de que el maestro deci-

---

[*] *Zori:* sandalias con una tira central que se introducía entre los dedos.

diera comenzar su lección. Seizō dudó un instante antes de decidirse por un hueco libre y apartado en una de las esquinas y, mientras pasaba, los demás le miraban de reojo y cuchicheaban cosas al oído.

Una vez en su sitio, pudo observar la amplia sala a su antojo: la madera del suelo estaba desgastada, con las vetas desdibujadas por los cientos de pasos que la recorrían casi a diario; de las paredes colgaban tablillas alargadas con los *kanjis** del uno al diez, y al fondo había una pequeña tarima con un cojín donde se acomodó el maestro Bashō. Tras él, una amplia ventana cubierta de papel de arroz difuminaba los rayos de sol, envolviendo al *sensei* en el cálido contraluz.

Los niños se fueron percatando poco a poco de la presencia del anciano y el murmullo de la sala cesó paulatinamente. Cuando el silencio fue total, el maestro tomó la palabra.

—Hoy damos la bienvenida a un nuevo alumno: Seizō Ichigoya. Ponte en pie, Seizō.

Seizō obedeció inmediatamente y, cuando escuchó de dónde procedía el sonido, Bashō volvió la cabeza hacia él para indicarle que saludara a sus compañeros. Seizō hizo una reverencia a la clase antes de que el maestro le invitara a sentarse de nuevo.

—Bien, como tenemos un nuevo estudiante, me parece apropiado que hablemos de algo que todos deberíamos saber: el principio de todas las cosas según se recoge en el Kojiki**. Pero antes… ¿quién nos recuerda qué es el Kojiki? —Un silencio sepulcral cayó sobre sus alumnos, así que Bashō escogió a uno de ellos—. Por ejemplo, Kasane.

La niña se puso de pie de un salto y, con no poco entusiasmo, recitó lo que había aprendido de memoria:

—El Kojiki es el Registro de las Cosas Antiguas, fue compilado por el maestro O no Yasumaro por orden de la Divinidad Imperial, de modo que no se olvidara el origen de nuestra gloriosa tierra, y está

---

* *Kanji:* ideograma compuesto de un solo símbolo utilizado en la escritura japonesa para expresar conceptos y nombres propios.

** Kojiki: también conocido como *Furujotofumi*, es el «Registro de las Cosas Antiguas». Se trata del primer manuscrito en recoger la historia de Japón, escrito por el historiador O no Yasumaro en el siglo VIII por orden de la Corte Imperial, y en él recopiló una serie de relatos y canciones de la tradición oral japonesa sobre el origen del mundo, que también son base fundamental de la religión sintoísta. El libro está escrito en una variante del chino y en el dialecto *Jodai Nihongo* («Japonés de la Edad Alta»), originario de la antigua región de Yamato.

dividido en tres partes: Kamitsumaki, Nakatsumaki y Shimotsumaki. La primera parte, el Kamitsumaki, explica…

—Bien, ya basta —le indicó el maestro con una sonrisa y un gesto de la mano.

La niña logró que las palabras no siguieran escapándose a borbotones, pero se quedó un instante con la boca abierta antes de conseguir cerrarla. Frunció los labios en un gesto de fastidio y se sentó con los brazos cruzados. Seizō sospechó que al anciano le gustaba preguntar a Kasane para divertirse con sus animosas respuestas.

—Como bien nos iba a explicar Kasane, el Kamitsumaki nos instruye en la creación de las primeras cosas. Un día, los dioses del cielo decidieron crear la tierra sobre la que caminarían los hombres. Para ello dieron vida a Izanagi no Mikoto, la divinidad masculina, y a Izanami no Mikoto, la divinidad femenina; les encomendaron su santa misión y, para poder acometerla, les regalaron la enjoyada Lanza de los Cielos.

»Armados con ella, Izanagi e Izanami fueron al Amenoukihashi, el puente flotante de los Cielos, y hundieron la lanza en el eterno océano. Al extraerla, las gotas de agua salada que se desprendieron de la punta formaron la isla de Onogoro, el santuario donde las dos divinidades deberían habitar. Durante su estancia en Onogoro, Izanagi e Izanami se unieron y engendraron las ocho perfectas islas de Japón. ¿Cuáles son estas? Tú mismo, Tokuhei. —Miró directamente a dicho alumno, y Seizō comprendió que los discípulos de Bashō debían sentarse siempre en el mismo sitio, de modo que el maestro pudiera dirigirse a ellos.

Tokuhei se puso en pie dubitativo y comenzó a mascullar algo para sí, mirando al techo en un intento por recordar. Era evidente que no tenía la lección tan bien aprendida como Kasane, a pesar de que podía tener cuatro años más que la hija pequeña de los Ichigoya. Por su parte, la alumna aventajada del maestro Bashō, sentada una fila delante de Seizō, se mordía el labio inferior y se balanceaba de adelante hacia atrás en un terrible esfuerzo por no dejar escapar la respuesta.

—Las ocho grandes islas eran Yamato, Tsukusi, Sado…, Awazi…, ¿Ogi?… Humm…, Yamato… No, esa ya la he dicho…

—¿Alguien puede ayudar a Tokuhei?

Kasane se levantó como una exhalación y, sin dar cuartel a quien quisiera robarle su oportunidad, dijo de carrerilla:

—Yamato, Tsukusi, Awazi, Iyo, Ogi, Iki, Tsusima y Sado. —Recuperó el aliento y volvió a sentarse con una amplia sonrisa.

—Muy bien —constató el maestro satisfecho—. De este modo, Izanagi no Mikoto e Izanami no Mikoto crearon las islas que, en un principio, formaban el Imperio de Japón; y posteriormente crearon seis islas más y engendraron a los primeros *kamis** que las habitaron. Pero el Kojiki nos cuenta que Izanami murió al dar a luz a la encarnación del fuego, Kagutsuchi.

»Sumido en un hondo pesar, Izanagi enterró a su esposa en el monte Hiba. Pero no pasó mucho tiempo hasta que se rebeló contra su destino y decidió descender al Yomi** para sacar de allí a su amante. Al encontrarla envuelta en las tinieblas de aquel mundo que los vivos no pueden pisar, Izanagi le rogó que lo acompañara de regreso, pero ella se opuso vehementemente, alegando que ya había comido en la tierra de los muertos, por lo que no podría abandonarla jamás. Contrariado por las reticencias de su esposa, Izanagi decidió prender su peine para iluminar con el fuego aquella tierra y así poder ver por qué Izanami se negaba a abandonarla.

»Fue entonces cuando Izanagi vio el cuerpo antes hermoso de Izanami, ahora putrefacto y comido por los gusanos. Montando en cólera, la diosa envió contra su esposo a todas las criaturas del Yomi, obligándole a huir y a sellar con una inmensa roca la cueva que era la entrada a la tierra de los muertos. Allí dejó encerrada a Izanami para siempre, y esta juró que cada día miles de almas alimentarían su nuevo reino en venganza, siendo así como las criaturas vivas tuvieron que morir a partir de aquel día.

»Izanagi, una vez se sintió libre, se dirigió a un lago para limpiarse de las impurezas del Yomi. Y fue al lavarse el rostro cuando nacieron los *kamis* más importantes de nuestra tierra: Amaterasu, la divinidad del sol, Tsukuyomi, la divinidad de la luna, y Susano-o, la divinidad del viento y la tormenta.

---

* *Kami:* son las divinidades y espíritus que, según el sintoísmo, habitan Japón desde sus orígenes. El panteón sintoísta al completo es llamado *yaoyorozu no kami* (literalmente, «ocho millones de *kamis*») y está compuesto por divinidades de diferentes rangos e influencias. El término *kami* no tiene traducción coincidente, siendo espíritus sagrados a los que se otorga personalidad propia (malvada, bondadosa, etc…) y que habitan en todas las cosas de la creación. Generalmente, son encarnaciones simbólicas de aspectos fundamentales de la naturaleza y de la civilización japonesa.

** Yomi: la tierra de los muertos.

El maestro Bashō guardó silencio y paladeó la expectación que flotaba en el ambiente; la mayoría de los alumnos ya conocían los primeros relatos del Kojiki, pero el viejo maestro siempre conseguía atraparlos con su voz grave y la teatralidad que imprimía a su narración. Estaban absortos, así que había llegado el momento de romper su encantamiento.

—¿Quién me puede decir qué nos enseña la historia de Izanagi e Izanami?

Para sorpresa de Seizō, esta vez Kasane guardó silencio con rostro pensativo. No tenía memorizada aquella respuesta.

—¿Alguien lo sabe? —insistió el maestro—. Por ejemplo, tú, Ushe.

Ushe se levantó despacio, era una niña feúcha de la edad de Seizō, pero vestía un rico kimono azul cielo con alegres estampados de lirios.

—¿Que todo, incluso la vida y la muerte, parte de Izanagi e Izanami? —aventuró la niña, más preguntando que respondiendo.

—Lo que dices es cierto, pero esa es la lectura evidente. Esta historia encierra una verdad… más sutil —explicó el anciano—. ¿Qué dices tú, Seizō?

Hasta ese momento Seizō había creído que, al ser su primer día, estaría a salvo de las preguntas del maestro. Titubeante, se puso en pie y meditó su respuesta. Esta no podía hallarse en anteriores lecciones, de lo contrario no le habría preguntado, e intuyó que quizás no había una respuesta correcta, sino una respuesta con la que él podía estar en paz, algo que Seizō aprendería con los años, pero que el maestro Bashō le hizo vislumbrar por primera vez aquel día.

Tras dudar durante un largo rato, con los expectantes ojos de sus compañeros clavados en él, se decidió a hablar:

—Creo… que la historia de Izanagi nos dice que hay cosas que ya no tienen remedio y debemos aprender a aceptarlas. Tenemos que vivir la vida que nos ha tocado, luchar contra lo inevitable solo nos hace daño. —Y Seizō supo que era Kenzaburō el que hablaba por su boca.

El maestro Bashō guardó silencio durante un instante, contemplando el vacío con sus ojos ausentes, antes de asentir.

—Así es, no aceptar los reveses de la vida es señal de debilidad. Un hombre sabio debe elegir sus batallas, debe discernir entre las causas por las que merece la pena luchar, incluso morir, y las que son causas perdidas.

Sin poder contenerse, un niño preguntó:

—Entonces, ¿Izanagi no era sabio?

Bashō rio ante la pregunta.

—Hasta los dioses aprenden de la vida —dijo a sus alumnos.

Y con aquellas palabras dio por concluida la primera lección del día.

* * *

Seizō, Joboji y Kasane abandonaron cuatro horas después la residencia del maestro Bashō. Había sido una mañana especialmente intensa para Seizō, ya que al inesperado incidente de camino a las clases, había seguido una provechosa jornada de aprendizaje académico, durante la cual se había sentido, por primera vez en mucho tiempo, un niño más.

Aquella mañana el maestro Bashō los instruyó en historia antigua, números, un poco de caligrafía y, para concluir, les recitó un fragmento del *Cantar de Heike**. Un relato que Seizō solo había tenido oportunidad de escuchar una vez en su vida, cuando un monje errante lo cantó en el salón de su padre acompañándose de un *koto* de trece cuerdas. Un raro privilegio del que pudieron disfrutar la familia del daimio y sus vasallos, y solo a cambio de alojar al bonzo en el castillo durante las jornadas que tardó en recitar el poema al completo. A la hora del perro** se reunían todos en la sala de recepciones para escuchar al monje, y este se apoderaba de la atención de los allí congregados hasta que concluía la hora del jabalí***, momento en el que recogía su *koto* y se retiraba a los aposentos que le habían preparado. Así fue durante nueve días, hasta que el bonzo dio por concluido el relato y reanudó su viaje.

Mientras retornaban a la residencia de los Ichigoya, Joboji y Kasane comentaban su interés por seguir escuchando la epopeya de

---

* *Cantar de Heike:* epopeya clásica de la literatura japonesa que narra el enfrentamiento entre dos clanes samuráis por controlar el país, los Minamoto y los Taira, a finales del siglo XII. El cantar fue recogido por escrito en doce libros durante el siglo XIII.

** Hora del perro: entre las 19:00 y las 21:00 de la tarde.

*** Hora del jabalí: entre las 21:00 y las 23:00 de la noche.

guerra, gloria y tragedia de los Taira y los Minamoto. Y es que el *sensei* Bashō desgranaba cada día, antes de dar por concluida las lecciones, un nuevo fragmento de la historia, con tal maestría y misterio que embelesaba a sus estudiantes con la narración, asegurándose de que al día siguiente retornaran a sus clases y no se distrajeran jugando por las calles. Era un truco que parecía ser bastante eficaz, a la vista del entusiasmo que mostraban Kasane y su hermano por conocer cómo proseguía el relato.

Seizō, sin embargo, aún recordaba la trágica conclusión del *Heike,* y si bien la narración del maestro Bashō había sido menos ominosa e inquietante que la interpretada por el bonzo errante y su *koto,* la historia seguía siendo, en esencia, la misma. Apenas sin percatarse, las lágrimas comenzaron a acudir a sus ojos según recordaba aquellos días en el castillo de su padre, pero la voz de Kasane le salvó, justo a tiempo, de la melancolía.

—El maestro Bashō ha quedado muy sorprendido con tu respuesta —comentó risueña—. ¿Cómo supiste qué contestar?

Seizō levantó la cabeza y se obligó a regresar al presente.

—No sé —respondió dubitativo—, alguien me dijo una vez esas mismas palabras, y cuando escuché la historia del maestro supe que se refería a lo mismo.

—Aunque seas callado, creo que eres muy listo, Seizō —dijo la niña.

—Sí, desde luego más que tú —sentenció Joboji con una sonrisa para fastidiar a su hermana.

Kasane le sacó la lengua e intentó propinarle un nuevo puntapié en la rodilla, pero el muchacho logró esquivarlo con los reflejos que le proporcionaba el haber eludido tales ataques durante años. Observando la escena, Seizō no pudo evitar sonreír; además, quería pensar que aquella broma de Joboji era una buena señal, una muestra de que quizás podría acabar aceptando su presencia.

Distraídos en su juego, no se percataron de la situación hasta que fue demasiado tarde: regresaban por el mismo paseo de cerezos que había a orillas del canal y, al pie de uno de los puentes que lo cruzaban, les aguardaba un grupo de cinco muchachos que no apartaba la mirada de ellos. Iban vestidos con kimonos que no les cubrían las rodillas, sucios y llenos de remiendos; uno comenzó a juguetear lanzando al aire una piedra que sostenía en la mano, y Seizō no tuvo duda de quiénes eran ni de por qué estaban allí apostados. Alargó el brazo y detuvo a Joboji por el hombro, que continuaba distraído haciendo rabiar a su hermana.

«¿Qué ocurre?», le increpó el muchacho, y Seizō se limitó a señalar con el dedo. Cuando el hijo mayor de los Ichigoya reparó en la amenazante comitiva, tiró de la mano de su hermana para obligarla a dar la vuelta.

—¡Vamos, corramos a casa!

Giraron en redondo y corrieron hacia la primera calle transversal, pero apenas se habían alejado unos pasos cuando las primeras piedras golpearon la tierra a su alrededor. Afortunadamente, salieron indemnes de la primera andanada y pudieron ganar cierta distancia respecto a sus atacantes, que ya se habían lanzado en su persecución gritando improperios y amenazas.

Giraron en una esquina, y luego en otra; varias veces estuvieron a punto de resbalar sobre la tierra y estrellarse contra el murete de alguna finca. En su carrera, derribaron un barril de agua de lluvia contra la puerta de un local, lo que les valió las maldiciones del tendero. Joboji llevaba a rastras a su hermana, incapaz de seguir el ritmo de los dos muchachos, pues vestía un alegre kimono de mangas cortas muy apropiado para un despreocupado paseo a orillas del canal, pero que le ajustaba las piernas y le obligaba a dar pasos cortos. Para colmo, calzaba *guetas* y no podía apoyar bien los pies. Por más quiebros que dieran en su huida y por más recovecos que buscaran, sus perseguidores parecían darles alcance irremediablemente. Seizō sabía que solo era cuestión de tiempo, así que se obligó a pensar en la mejor manera de actuar una vez se produjera la inevitable confrontación.

Lamentablemente, esta llegó antes de lo que se temía: Kasane perdió una de sus *guetas*, trastabilló y cayó al suelo. Cuando los dos muchachos pudieron frenar en su desbocada carrera, ya habían dejado a Kasane bastante atrás, a punto de ser alcanzada por sus perseguidores. Joboji reaccionó a ciegas: volvió sobre sus pasos tan rápido como pudo y, justo cuando comenzaban a rodear a Kasane, se lanzó sobre dos de sus atacantes derribándolos contra el suelo polvoriento.

Todo se volvió confuso: los gamberros golpeaban con puños y pies a Joboji, mientras Kasane lloraba intentando salir de la trifulca. Seizō corrió hacia ella y, gracias a que los otros por fin tenían a su principal objetivo, pudo sacarla de allí arrastrándola por uno de los brazos. Cuando consiguió alejarla lo suficiente, se arrodilló junto a ella.

—¿Estás bien? ¿Puedes correr?

—¡Por favor, ayuda a Joboji! —rogó ella con la voz quebrada por el llanto.

—No te preocupes, pero ahora corre. Tienes que avisar a tus padres.

Kasane asintió con el rostro arrasado por las lágrimas, miró una vez a su hermano y comenzó a ponerse en pie. Seizō la ayudó a levantarse y la empujó gentilmente.

—¡Corre! —exclamó—. No mires atrás.

Cuando comprobó que la niña ya le hacía caso, pudo centrarse en Joboji. Estaba recibiendo una paliza tremenda y sus agresores no tenían intención de detenerse. Miró a su alrededor intentando decidir un curso de acción. Para su sorpresa, no estaba nervioso ni tenía miedo. En las últimas semanas había conseguido familiarizarse con el miedo, con el miedo de verdad, el miedo a la soledad y a la muerte. Había visto lo que sucedía cuando el acero toma la palabra, así que ahora era incapaz de sentirse atemorizado por una panda de gamberros.

Seizō observó cómo los vecinos de la calle se asomaban a sus puertas y contemplaban la escena horrorizados, pero el número de los agresores les disuadía de entrometerse. Entre ellos había una mujer que había interrumpido su labor y, sobrecogida, solo acertaba a sujetar una escoba de hoja de palma entre las manos.

—Por favor, no se queden ahí, avisen a la guardia de la ciudad —gritó Seizō, al tiempo que se acercaba a la señora y, antes de que esta pudiera reaccionar, le arrebataba la escoba ante su expresión atónita.

La apoyó contra una pared y, de una patada, quebró el extremo librándose de las hojas de palma. Así armado, con un palo de escoba roto, se dirigió hacia el tumulto a la carrera.

Intentó pensar en Kenzaburō, el mejor guerrero que jamás había visto, e imaginó que empuñaba la afilada katana de un samurái. Ninguno de los agresores reparó en su presencia, pues toda su atención estaba centrada en el pobre Joboji, que se cubría con los brazos la cabeza y los costados. Había sangre en el suelo y en el kimono del muchacho, desgarrado por las costuras, pero Seizō intentó mantener la mente fría y no dejarse impresionar por los detalles. Alzó por encima de la cabeza su arma y descargó el primer ataque: un golpe desde guardia alta que había repetido cientos de veces en sus clases de esgrima. La madera se estrelló contra la cabeza de uno de los desprevenidos atacantes, y este rodó por el suelo echándose las manos a la nuca entre gemidos de dolor.

Sus compañeros se detuvieron súbitamente y miraron por encima del hombro a su nuevo contrincante. Sin esperar reacción, Seizō descargó un segundo golpe de arriba abajo, haciendo crujir la madera contra otra cabeza y logrando similares resultados. Eran ya dos adversarios caídos, y los otros tres comenzaban a ponerse en pie para encararse con él; pero antes de que pudieran ganar distancia con aquel loco que les fustigaba con una escoba, Seizō lanzó un envite horizontal, sujetando el palo con las dos manos y girando toda la cadera para imprimir potencia al movimiento. La punta de su improvisada arma se estrelló contra la boca de uno de aquellos gamberros, reventándole el labio y haciéndole saltar dos dientes. Sin duda aquel había sido el ataque con resultados más crueles, y Seizō no pudo evitar un escalofrío ante el daño que le había causado a aquel chico.

Sin embargo, allí acabó su odisea como justiciero. Antes de que pudiera volver a alzar su letal escoba, uno de los dos muchachos que quedaban en pie le sujetó la muñeca impidiéndole mover el brazo. El otro le propinó un puñetazo que hizo que su mandíbula se estremeciera, y la vista se le oscureció durante un momento. Dolor. Era la primera vez que sentía semejante dolor por violencia física. No tardó en recibir un segundo golpe, esta vez en la cabeza. La visión se le oscureció aún más y pudo notar que alguien tiraba de su palo hasta arrancárselo de las manos. Lanzó un puñetazo a ciegas que impactó no supo muy bien dónde, pero fue un golpe flácido e inocuo. Cuando encajó el tercer puñetazo, esta vez en el estómago, no le quedó más remedio que caer al suelo junto a Joboji y encogerse al recibir la lluvia de patadas que se le vino encima.

No habría podido decir cuánto tiempo estuvieron así, pero en medio de la roja y lacerante oscuridad de la paliza pensó que, al menos, había librado a Joboji de la mitad de los golpes. Al cabo de un rato, Seizō ya no sentía nada: los insultos y las patadas llegaban a él tamizados por una membrana de palpitante dolor, era como si fuera otro el que los recibiera por él, y sintió que paulatinamente se deslizaba hacia una confortable inconsciencia. Pero de repente las pa tadas y los puñetazos cesaron, no como una llovizna que amaina poco a poco, sino como las tormentas de verano, que concluyen tan abruptamente como se desencadenan. Antes de perder el conocimiento pudo escuchar, en lontananzas, cómo sus agresores huían a la carrera. Luego, alguien se arrodilló a su lado y le preguntó si aún estaba consciente. Nada más.

* * *

Seizō despertó junto a Joboji en la consulta de un médico local amigo de los Ichigoya. Tenía los brazos y las piernas llenos de moratones, el torso vendado y algo se le clavaba en el costado cada vez que respiraba, produciéndole un dolor punzante. Al parecer, tenía alguna costilla rota y Joboji no había escapado mucho mejor; pero ambos estaban conscientes y sin huesos importantes fracturados, así que, después de todo, podían sentirse afortunados.

El regreso a casa, acompañados por el señor Tohsui, su esposa y la sirvienta de la familia, fue un suplicio para Seizō. No solo por el dolor de sus múltiples contusiones y cortes, que hacían que cualquier movimiento fuera una tortura, sino porque, de un modo frío y silencioso, parecían culparlo a él de lo sucedido. Las palabras de consuelo y los brazos para apoyarse solo eran para Joboji, mientras que Seizō apenas recibió una mirada de la señora Kuwa, y fue de tal desdén que parecía que él fuera el causante de todos los males sobre el mundo.

Sin embargo, Seizō sorprendió un par de veces al hijo mayor de los Ichigoya observándole con mirada esquiva, con una expresión que se debatía entre el agradecimiento y la confusión. Resultaba evidente que no sabía muy bien cómo interpretar las acciones del que, hasta ese día, había considerado un intruso en su casa.

Aquella noche, cuando se volvió a servir la comida en el salón de los Ichigoya, el cuenco de arroz llegó nuevamente a Seizō sin el *umeboshi* que acompañaba la cena del resto de los comensales. Agradeció la comida, como era costumbre en él, y tomó su cuenco, pero antes de que pudiera llevarse algo a la boca, Kasane deslizó en el interior del mismo una de sus ciruelas. El muchacho se quedó perplejo por aquel inesperado gesto, y cuando miró a Kasane a los ojos, esta le dio las gracias con una silenciosa sonrisa.

Capítulo 11

Caen los muros negros

E kei despertó temprano, aunque no lo tenía previsto. La conversación que logró forzar el día anterior con el *karo* del clan Yamada, Kigei Yamaguchi, había puesto las bases de un plan que al propio médico le resultaba impredecible, pero que abría un pequeño resquicio por el que eludir la enmarañada burocracia del feudo. Por fin había tomado la iniciativa, ya no se limitaría a esperar un día tras otro en la sala de audiencias del castillo, y eso provocaba en él un asomo de ansiedad que le impedía dormir profundamente. Había cosas por hacer, debía seguir hilvanando el plan que había tramado.

Así que, cuando abrió los ojos a la luz de la mañana, ya llevaba un rato despierto. Al incorporarse, reparó en que durante su ausencia habían dejado las ropas limpias en el interior de la habitación. Parecía que la suerte le volvía a sonreír, así que se vistió con un ligero kimono de verano color marrón, uno viejo que solía utilizar para trabajar en el jardín, y se encaminó al comedor de la posada.

Algunos de los clientes habituales habían madrugado y ya desayunaban antes de salir a atender sus negocios; Ekei les saludó amablemente y también pidió el desayuno. Se encontraba de buen humor y había recuperado la vitalidad, sentía que, de nuevo, era él el que trazaba el rumbo, que no se dejaba arrastrar por el simple devenir de los acontecimientos, y eso le hacía afrontar la jornada con optimismo. Comió pinchos de anguila y sopa de miso, degustando especialmente el tofu frito, e incluso se permitió un dulce de pasta de judías. Ya en el cobertizo, buscó bajo la lona de su carreta algunos utensilios que solía utilizar para recolectar hierbas: unos guantes con afilados espolones en las palmas, una banda de cuero para ayudarse a trepar árboles, una cuchilla para cortar y desbrozar y un amplio saco de caña trenzada. Guardó las herramientas, recogió su caballo en el modesto establo de la posada y le pidió al chico que le prestara una manta acolchada y unas cinchas para montar. Este lo hizo de buen grado, e incluso le ayudó a preparar el animal sin pedir nada a cambio, lo que no dejó de sorprender a Ekei, visto el carácter más bien tacaño de la patrona. El médico le gratificó con unas cuantas monedas de cobre y se dirigió hacia las afueras de Fukui.

Mientras avanzaba al trote por las calles que ya cobraban vida, hacía un esfuerzo por recordar la ubicación exacta de lo que buscaba: un viejo ginkyo que sobresalía de una arboleda junto al camino, a un par de *ri* al sur de Fukui. Conocía perfectamente las propiedades de la hoja en forma de abanico del ginkyo, pues era un habitual en la medicina *kanpo*[*] para mejorar la circulación y tratar dolencias como los sabañones. Pero el ginkyo encerraba un secreto que los amanuenses no solían registrar en los libros de herbología, una cualidad que, por perniciosa, era obviada y, por tanto, desconocida para la mayoría de los médicos. Y era esa facultad la que interesaba a Ekei aquel día. La pudo aprender de un leñador de Kansai años atrás, que se la mostró como una curiosidad que debía evitar, pero el maestro Inafune la fijó en su memoria como tantas otras cosas inútiles que era dado a recordar, hasta que algún día, en las circunstancias más inusuales, se revelaban prácticas.

No podía negar que encontraba un cierto placer infantil en la maniobra que pensaba ejecutar. Era un artificio un tanto enrevesado que en un principio había desechado por imprudente, pero se dijo que la prudencia nunca llevó a nadie a cruzar ríos y escalar montañas, y él debía escalar una muy alta. Así que, ignorando sus propias cautelas, se dispuso a burlar a los poderosos amparándose en su ingenio y sus extraños conocimientos. Cómo no iba a disfrutar del momento.

Ekei pensaba en ello con media sonrisa en los labios cuando divisó el bosquecillo junto a la vereda: por encima de los castaños y los almendros, elevándose entre las copas que pugnaban por beber del sol, el ginkyo abría al cielo sus ramas preñadas de un verde tan profundo como el más viejo de los bosques. Su sonrisa se ensanchó

---

[*] *Kanpo:* medicina tradicional japonesa, que bebe en gran medida de la antigua medicina china.

mientras admiraba el árbol, casi conmovido, como si los dioses lo hubieran puesto allí para ayudarle.

Satisfecho por haberlo encontrado, Ekei desmontó y buscó un punto donde la ladera que flanqueaba la senda fuera menos pronunciada. Ascendió por ella a pie, conduciendo a su montura por las riendas, hasta alcanzar la espesura en torno al ginkyo. Ató al animal al tronco de un almendro y, echándose al hombro la bolsa con las herramientas, se aproximó a aquel magnífico ejemplar del árbol que los chinos llamaban «albaricoque de plata». Puso la mano sobre la vieja corteza, agradeciendo su contribución a una causa que solo Ekei compartía, y comenzó a prepararse para escalarlo: se enfundó los guantes con espolones, rodeó con la amplia banda de cuero el grueso tronco y se la ató tras la cintura. Por último, se cruzó la cesta como una bandolera.

Así preparado, comenzó a escalar: puso un pie sobre la corteza del árbol y se dejó caer hacia atrás hasta que el cuero lo sujetó; a continuación, tomó la banda con las dos manos y la lanzó hacia arriba, y el peso de su propio cuerpo volvió a tensarla contra el tronco. Subió un par de pasos y volvió a repetir la maniobra. Al cabo de un rato ya tenía a su alcance las ramas más bajas. Fijó los pies contra el tronco y se apoyó en la correa de cuero para descansar. Era temprano, pero los primeros rayos de sol le fustigaban la espalda y Ekei comenzaba a sudar por el esfuerzo.

Desde aquella altura contempló la ciudad de Fukui, dominada por el castillo elevado sobre los acantilados costeros, y más allá, entre la blanca iridiscencia de las aguas, pudo vislumbrar las barcazas de los pescadores que faenaban desde temprano. Cerró los ojos y percibió la brisa marina: un anhelo, más que una sensación, que le acarició el rostro.

Pero el repiqueteo de cascos que se alzaba desde el camino le trajo de vuelta. Abrió los ojos a tiempo de ver cómo una caravana de jinetes se detenía en la senda, la cabeza de la expedición a la altura de la arboleda donde él se hallaba. Los abanderados que abrían la comitiva, de no menos de cuarenta hombres, portaban el orgulloso blasón de los Yamada: el sol dorado del amanecer sobre un mar calmo; y en el centro del séquito, rodeado por cuatro jinetes con armadura negra, había un palanquín que debía transportar a algún importante miembro del clan. Dudaba de si lo habrían visto allí encaramado, pero pudo distinguir que los dos hombres que abrían la comitiva hablaban entre sí mientras señalaban en su dirección. El destino tenía curiosas maneras de estropear un día perfecto.

No podía hacer nada, escabullirse era inútil, así que optó por esperar y ver cómo se desarrollaban los acontecimientos. Después de departir un rato, uno de los jinetes azuzó a su caballo y se separó de la columna. Ascendió con envidiable desenvoltura por la ladera y cruzó la arboleda hasta detenerse a los pies del ginkyo centenario. Lucía una armadura de placas lacadas en negro y rojo, y cubría su cabeza con un casco tocado con dos astas pintadas en oro; la indumentaria no estaba exenta de belleza y refinamiento, probablemente más ornamental que práctica.

—¡Baje! —le ordenó el samurái con voz habituada al mando, aunque cierta inflexión hacía que sonara extraña.

—¿Es indispensable? —quiso saber Ekei, mostrando su habitual impertinencia hacia la autoridad—. He tardado un buen rato en llegar hasta aquí.

El médico escuchó cómo el samurái reía entre dientes sacudiendo la cabeza.

—Veo que su estancia en Fukui no ha aplacado su insolencia, maese Inafune. Baje aquí, no pienso forzar el cuello hablando con alguien encaramado a un árbol.

Esta vez Ekei pudo discernir mejor la joven voz que le hablaba, y reconoció a Yukie, la hija del general Yoritomo Endo, con la que coincidió justo antes de llegar a Fukui. Comenzó a descender, y mientras lo hacía, maldecía su infortunio: parecía que aquella chiquilla estuviera dispuesta a echar por tierra sus asuntos, aunque fuera por mera casualidad. Cuando llegó abajo, Ekei saludó con una reverencia.

—Es la segunda vez que nos cruzamos en este mismo camino, debe ser cosa del destino —apuntó la joven desde su montura, apoyando la mano en las empuñaduras de su *daisho*. Aquel gesto, tan habitual en los samuráis, a Ekei le resultaba desconcertante en una mujer.

—¿De verdad nos hemos cruzado? Yo diría que ha detenido toda una comitiva para hablar conmigo.

Ella se desprendió del casco y lo apoyó sobre sus piernas. Se apartó de la frente el cabello húmedo por el sudor.

—Parece que le moleste conversar conmigo, maestro Inafune —dijo ella, exagerando la decepción en su tono.

—Lo siento, señora. Estas cosas deben hacerse temprano, no es agradable trabajar entre las ramas de los árboles cuando el sol más aprieta. Ni recomendable, un golpe de calor puede dejarte inconsciente y hacerte caer contra el suelo.

—Ajá —asintió, distraída, como si todo aquello la aburriera—. De cualquier modo, no he sido yo la que ha detenido la comitiva, sino el señor Yamada. Ha despertado su curiosidad la forma que tiene de escalar.

—¿El señor daimio viaja en el palanquín?

Ella lo observó de hito en hito, atenta a su súbito interés, y Ekei no pudo sino reprenderse mentalmente por hacer semejante pregunta de forma directa. No podía permitir que la impaciencia volviera a delatarlo.

—No es el señor daimio, sino su hijo, Susumu Yamada, quien cabalga a mi lado.

—Entonces, ¿quién va en el palanquín?

—Nadie. Está vacío.

Ekei debió asentir ante aquella treta. Muchos la considerarían intolerable por la ruptura del protocolo, pero no carecía de astucia.

—¿Y le han pedido que acompañe a la comitiva? —preguntó el médico para desviar la conversación.

—¿Acompañarla? Yo la comando, señor Inafune. Me han encomendado la seguridad del señor Yamada.

Insistía en ver a aquella mujer como una niña consentida, cuando lo cierto es que en las dos ocasiones que se había cruzado con ella parecía ser quien daba las órdenes. Si Torakusu Yamada ponía en sus manos la seguridad de su primogénito, sin duda debía ser una líder eficaz. Por qué dudar de ello, pensó Ekei, ¿acaso no lo fue Tomoe Gozen durante las guerras Genpei? Y aunque Yukie Endo no era la primera *onna-bugeisha*[*] que conocía, hasta la fecha solo había sabido de mujeres samuráis a las que se permitía entrenar con armas, pero jamás escuchó de alguna que tomara parte de la vida militar, y mucho menos que liderara a hombres armados.

Aquello no solo le hizo reflexionar sobre las virtudes que debían acompañar a la hija de Yoritomo Endo, sino también sobre las pecu-

---

[*] *Onna-bugeisha:* literalmente, «mujer guerrera». Eran mujeres de casta samurái entrenadas en el manejo de armas y en técnicas militares. Su presencia en los ejércitos fue excepcional en el Japón feudal, pero varias de ellas pasaron a la historia.

liaridades de un daimio dispuesto a que una mujer capitaneara parte de sus fuerzas. Sintió aún mayor interés por conocer a Torakusu Yamada.

—Lo lamento. Parece que insisto en equivocarme en todo lo que la concierne.

Ella hizo un gesto con la mano para atajar sus disculpas y le indicó que Susumu Yamada quería saber dónde había aprendido a trepar de aquel modo.

—Supongo que así encaramado le habré parecido un mono —sonrió Ekei, que enseguida constató, por la expresión de su interlocutora, que todo lo relativo al hijo del daimio se tornaba en un asunto serio—. Lo cierto es que lo aprendí al sur de Saikaidō, los recolectores de fruta de Satsuma y Osumi usan esta técnica para alcanzar las ramas de los árboles. Es la más eficaz de cuantas he conocido, y a mí me resulta útil para recolectar las hierbas que uso en mis medicinas.

—¿Ha estado en Saikaidō? —preguntó Yukie con indisimulada envidia—. Ha debido viajar mucho.

—Tanto como me ha sido posible. Un buen médico debe recorrer el país, hay enfermedades y remedios que solo se conocen viajando. De hecho, considero que el camino es la mejor escuela que uno puede encontrar en esta vida.

—Una opinión interesante. Sus palabras son más propias de un *shugyosha*[*] que de un médico. ¿También usted ha peregrinado en busca de la Iluminación, como los ascetas?

Ekei rio de buena gana antes de contestar.

—Sí, se podría decir así.

—Comprendo —sonrió ella a su vez, suavizando la expresión—. No le molesto más, por favor, vuelva a subir, así el señor podrá observarle mientras partimos.

El médico se despidió con una profunda inclinación de cabeza y se giró hacia el ginkyo, dispuesto a retomar su trabajo. No le agradaba que, mientras lo hacía, decenas de personas le contemplaran como si fuera un mono amaestrado, pero decidió que no podía quejarse; al fin y al cabo, el encuentro se había saldado bastante mejor de lo que esperaba.

Mientras reemprendía la escalada, escuchó cómo la dama Endo se alejaba a lomos de su caballo de guerra en dirección a su señor. Ekei asumió el riesgo de mirar durante un instante por encima del hombro

---

[*] *Shugyosha*: samurái consagrado al *musha shugyo,* el peregrinaje del guerrero.

hacia Susumu Yamada, y descubrió a un joven de apenas veinte años, de expresión adusta y con el moño samurái firmemente anudado sobre su cabeza, que le observaba con aire curioso mientras ascendía por el tronco del árbol. Volvió la vista al frente y siguió escrutando mentalmente dicho rostro. Así que aquel era el temido primogénito de la familia Yamada, el joven guerrero que podía desencadenar una guerra como el norte de Hondō no había conocido en siglos.

* * *

El maestro Inafune volvió a la posada empapado en sudor y con una cesta llena a sus espaldas. El ojo atento habría reparado en que no solo acarreaba las verdes hojas en forma de abanico del ginkyo, tan útiles como características, sino que en la bolsa abultaba gran cantidad de ramas verdes y corteza. Desperdicios sin otra utilidad que la de hacer mala leña, pues cualquier principiante sabe que las propiedades del «albaricoque de plata» se extraen de sus hojas. Ekei, sin embargo, no pretendía preparar un remedio contra el entumecimiento de las extremidades. Sus fines eran más torcidos.

Una vez en su dormitorio, encendió el brasero de carbón y, mientras se calentaba, bebió té verde en abundancia para reponerse. Aún no era mediodía y la humedad del ambiente ya se hacía insoportable, algo que solo se vería agravado con el calor del brasero, así que vació varias veces la taza antes de saciarse. Cuando se sintió recuperado, comenzó a trabajar con lo que había recolectado: limpió las ramas de hojas, que guardó para un futuro uso, y valiéndose de un cuenco y un majador, fue extrayendo de la madera verde un líquido aceitoso mezclado con clorofila. Una vez exprimidas todo lo posible, puso las ramas al fuego del brasero en un enorme cazo, para que exudaran lentamente el aceite residual que aún conservaban en su interior.

Repitió el largo procedimiento con las cortezas y, al cabo de unas horas, había obtenido una considerable cantidad de aceite. A continuación, con sumo cuidado, vertió el espeso líquido en dos cañas de bambú que solía usar como cantimploras. Se esmeró en no derramar ni una gota de aquella sustancia, ya que el aceite extraído del ginkyo tardaba en perder su enorme capacidad de irritación y, si se impregnaba con él, podía provocarle una severa reacción con eccemas que tardarían días en curar. Cuando hubo concluido todo el proceso, se sintió agotado y hambriento. Debía haber pasado casi media jornada y, a buen seguro, ya había quedado atrás la hora de comer. Pero la farmacología era un arte complejo capaz de abstraer a sus más devotos practicantes.

Metió todos los utensilios en una bolsa de tela que sumergiría más tarde en agua caliente, se tendió boca arriba y se tapó la cara con el antebrazo, temeroso de tocarse con los dedos pese a todas las precauciones. Suspiró hondo y se dejó llevar por el sueño. Tenía hambre, pero antes dormiría. Quería estar descansado para aquella noche, en la que acometería el penúltimo paso de su plan.

* * *

Ekei esperaba apoyado en el vano de la puerta corredera que comunicaba su dormitorio con el patio interior de la posada. Llevaba allí un buen rato, observando aquel jardín que no era rico en plantas o flores, pero que poseía un inesperado encanto. En el centro del mismo, un pozo bostezaba dejando escapar un aliento fresco y húmedo que aliviaba la templada atmósfera de la tarde. Las libélulas danzaban en el aire con su vuelo intermitente y el coro de chicharras perdía terreno frente el pujante chirriar de los grillos, que comenzaban a despertar ante el inminente anochecer.

El médico levantó una vez más la vista hacia el cielo y observó que la noche teñía ya buena parte del lienzo celeste, así que se incorporó y se retiró al interior de su estancia. Cerró la puerta tras de sí y se desvistió por completo. Había pasado buena parte de la tarde lavándose en unos baños públicos próximos a la posada, pero la canícula no daba cuartel en Fukui, y volvía a sentirse incómodo por el sudor. Empapó un paño limpio en un barreño con agua y se refrescó el cuello, los brazos y las piernas antes de vestirse con un kimono oscuro y calzarse unas *odori tabi* con suela rígida y flexible.

Eran las mismas ropas que años atrás utilizara en Funai, cuando decidió robar la *mapula* del hospital portugués. Desde entonces no había vuelto a vestirlas y, cuando las extrajo del cofre, fue como reencontrarse con una parte de sí que había soslayado durante demasiado tiempo. Ekei, no obstante, ya había asumido que la encomienda del señor Shimizu podía implicar echar mano de viejas prácticas y habilidades; recursos de una vida pasada que en los últimos años habían sido como el cuchillo que clavas junto a ti cuando duermes a la intemperie: esperas no tener que utilizarlo, pero cuando extiendes la mano en medio de la noche, su frío tacto te ayuda a conciliar el sueño.

Maese Inafune se adentró en las calles de Fukui envuelto en su kimono sobrio y anodino, difícil de ver en la oscuridad y sin marcas reseñables que pudieran facilitar su identificación. Aquella noche no llevaba un cuchillo a mano, solo una fina y larga lámina de metal que guardaba desde hacía años pero que no se molestaba en ocultar, ya que, al verla entre sus pertenencias, todo el mundo asumía que era alguna suerte de instrumento médico.

Avanzó entre avenidas y callejuelas con paso firme, sin mirar a los lados. Le empujaba una cierta impaciencia, una ansiedad por concluir pronto, pero sabía que ese estado de ánimo era poco recomendable: aquellas cosas debían hacerse con cuidado, así que se esforzó por despejar la mente y concentrarse. Llegó a los barrios comerciales y recorrió las sendas vacías hasta llegar al taller de costura de los Fukube.

No se detuvo frente a la puerta ni miró hacia la casa, sino que se sentó en el suelo contra una pared, lejos de la luz de los faroles, y allí permaneció durante un tiempo. Desde su posición observó el entorno: contó las ventanas abiertas o con luces encendidas, escuchó el sonido de lejanos transeúntes, esperó a que los gatos se habituaran a su presencia y volvieran a salir de sus escondites…, aguardó hasta que la noche recobró su pulso; y solo cuando estuvo seguro de que ya no era un intruso en aquella calle, que nadie había reparado ni repararía en su presencia, se aproximó hacia la puerta del taller.

Empujó ligeramente las dos pesadas hojas de madera y estas cedieron hasta que algo hizo resistencia y las devolvió a su posición original. Tal como sospechaba, la puerta estaba cerrada desde dentro con una viga cruzada: el más viejo y sencillo de los cerrojos. Extrajo de su kimono la larga lámina de metal y la insertó en el resquicio que quedaba entre ambas hojas. Empujó de abajo hacia arriba hasta que la pesada viga de madera cayó al otro lado. Miró una última vez sobre el hombro y, entornando la puerta, se deslizó al interior.

En el taller reinaba la quietud de las cosas que se saben solas. El intruso, inmóvil junto a la entrada, esperó hasta que sus ojos se habituaron a la escasa luz de luna antes de aventurarse entre las mesas y bastidores. Avanzó con sigilo, sin emitir más sonidos que los inevitables, y mientras lo hacía, escudriñaba la estancia en penumbras. Buscó minuciosamente sobre las largas mesas de trabajo y en los estantes, pero aquello que buscaba insistía en escabullirse a su mirada, así que terminó por impacientarse, sabiéndose torpe y oxidado.

De improviso, algo se movió en la oscuridad y emitió una especie de gruñido. Ekei quedó petrificado en el acto, sus músculos y sus sentidos en tensión: había alguien más con él y no se había percatado hasta entonces, así que se agazapó y aguardó entre las sombras, pues en ese momento cualquier huida resultaría torpe. Solo al cabo de un instante distinguió la respiración pesada, a punto del ronquido, y se dijo que, en otra época, aquella presencia no le habría pasado desapercibida. Siguió adelante, y según se acercaba al fondo del taller, su suposición quedó confirmada, ya que pudo discernir a la viuda de Fukube dormitando plácidamente sobre una mesa de trabajo. Tenía una cuchilla de cortar tela en la mano y, junto a ella, una vela humeaba exigua de combustible. Había trabajado hasta caer rendida sobre lo que Ekei buscaba aquella noche: las prendas que se estaban elaborando para el señor daimio.

El calor se había adelantado ese año y, sin duda, desde el castillo estarían ya reclamando las nuevas ropas de verano para su señoría, por lo que la mujer se debía haber visto obligada a aquel sobresfuerzo. Inafune la observó mientras su cuerpo latía al son de la pausada respiración, sin decidirse a actuar. Parecía profundamente dormida, pero prefirió no asumir más riesgos de los necesarios: extrajo de la bolsa oculta bajo el *haori* un pequeño incensario esférico de metal, y lo encendió usando un yesquero. Cuando comenzó a humear, lo depositó junto a la vela consumida que había alumbrado a la viuda durante sus labores. La resina de *mapula* inundó la mesa con un olor penetrante y dulzón, y el maestro Inafune aguardó a que la droga de los extranjeros hiciera su efecto. Quizás no fuera un uso ortodoxo de la medicina, pero Ekei había fantaseado con la utilidad que podría darle en una situación así, y aquella noche parecía una excelente oportunidad para probarlo. En un principio, la anciana se removió en sueños, pero pronto pareció acurrucarse en los brazos de aquella fragancia y deslizarse suavemente hacia un sopor más profundo.

Mientras tanto, Ekei se ajustó un pañuelo sobre la boca, encendió la linterna que llevaba colgada a la cintura y, apoyándose en su tenue luz, buscó las ropas elaboradas con la seda china destinada a su señoría. Las encontró en una estantería junto a la mesa de la anciana, dobladas y listas para ser enviadas al castillo, así que comenzó a trabajar con premura: desplegó los kimonos, los *yukatas* y los *hakamas* sobre las amplias mesas, se puso unos guantes forrados con tripa de ternera, extrajo con sumo cuidado el aceite de ginkyo y comenzó a esparcir el líquido por el reverso interior de las prendas que vestiría el daimio a partir de las próximas semanas. Debía ser cuidadoso en impregnar solo las zonas más inaccesibles, de modo que aquellos que manipularan ocasionalmente los ropajes no tuvieran una reacción a la sustancia tóxica.

Como había comprobado en el pasado, los efectos no eran inmediatos, sino que podían surgir horas después de entrar en contacto con el aceite de ginkyo; de hecho, en muchos casos solo el contacto continuado con la sustancia causaba una reacción potente, cualidades que no hacían sino dificultar un diagnóstico. Quizás el clan Yamada poseyera legiones de catadores de alimentos y sus médicos fueran expertos en toda clase de venenos, pero Ekei dudaba de que se hubieran enfrentado jamás a una sustancia tan sutil. Cualquier entendido concluiría sin remedio que se trataba de una enfermedad de la piel, una enfermedad que no sabrían cómo tratar.

Se tomó su tiempo y trabajó con cuidado, especialmente en las ropas de noche y de descanso, aquellas que el daimio vestiría con más frecuencia cuando cayera enfermo. Sabía que, una vez el aceite calara en el tejido, su efecto duraría semanas y no se reduciría ni al lavar las prendas con agua. Cuando hubo terminado, volvió a doblar las ropas con sumo cuidado y las devolvió a los estantes de donde las había tomado.

Recogió el incensario y lo guardó junto con el resto de sus utensilios, herramientas todas ellas destinadas a un uso mucho más inofensivo que el que Ekei les había dado ese día. Mientras tanto, la señora Fukube continuaba profundamente dormida y no tendría más constancia de aquella visita que algún extraño sueño inducido por la narcosis de la *mapula*, acaso alguna visita del fantasma de su atribulado esposo.

Salió al exterior y la brisa nocturna le enfrió el sudor sobre la frente. Se desprendió del pañuelo con el que se había embozado y respiró profundamente, aliviado. Todo había ido bien; ya solo quedaba esperar a que los acontecimientos se sucedieran y, cuando lo llamaran a escena, salir e interpretar su papel con decisión.

* * *

Al día siguiente, el maestro Inafune se enfundó el kimono azul noche con bordados de espuma de mar que le comprara a los Fukube, y se encaminó bien temprano al castillo Yamada. Se unió a la cotidiana procesión que cada mañana ascendía por la arboleda, atravesaba la ciudad castillo y se estrellaba contra el consabido pabellón de audiencias y rogativos, como la marea que, insistente, se retira y vuelve para golpear una y otra vez contra un espigón inamovible. Y allí esperó. Esperó pacientemente un día tras otro, atrapado en aquella enmarañada telaraña de protocolo y frustración.

Había hecho todo lo que estaba en su mano, pero su confianza mermaba con el paso de las jornadas. ¿Y si se equivocó y aquellas ropas no estaban destinadas a Torakusu Yamada? ¿Y si alguien había descubierto algo extraño y se había deshecho de ellas? ¿Y si los médicos del clan eran más hábiles de lo que él suponía? Cada hora que pasaba entre los muros de aquel pabellón se le ocurrían nuevos reparos, nuevas grietas por las que su ardid hacía aguas. Era muy posible que su labor concluyera allí, que debiera regresar al feudo del señor Shimizu y reconocer ante él su ineptitud para desempeñar un papel que sabía complicado, pero vital para la paz de la región. Y es que no hay enemigo más esquivo ni difícil de batir que aquel que no tiene rostro.

Un día cualquiera, con la cabeza sumida en sus quejumbrosas cavilaciones, Ekei no se percató de que el silencio se había apoderado del pabellón de audiencias y rogativos. Las amplias puertas de madera que había al fondo de la estancia, protegidas por trincheras de funcionarios que trabajaban socavando un día tras otro la paciencia de los solicitantes, esas puertas que jamás cedían, se abrieron de par en par y por ellas apareció Kigei Yamaguchi, el primer consejero de los Yamada.

Su rostro era grave y se hacía acompañar de dos funcionarios que le seguían a duras penas, poco habituados a tales urgencias. El *karo* se dirigió a uno de los administradores habituales del pabe-

DAVID B. GIL

llón y le comentó algo al oído. Inmediatamente, el hombre se levantó y buscó entre la expectante multitud que se extendía a los pies de la elevada tarima, hasta que señaló hacia el lugar donde aguardaba Ekei Inafune.

Una vez localizó su objetivo, Yamaguchi se recogió los pliegues del *hakama* y descendió por una pequeña escalinata de madera. Dos guardias le esperaban al pie de la misma para abrirle paso entre el gentío, que observaba la inusual escena con expectante interés, agradecido por aquella ruptura de la aplastante rutina. Todos se apartaron entre murmullos hasta que el señor Yamaguchi alcanzó la posición del maestro Inafune, sentado contra la pared de madera. Le indicó que se levantara y le acompañara.

Ekei observó al *karo* con ojos de profundo desconcierto.

—¿Qué ocurre? —quiso saber el médico, presa de la confusión.

—Aquí no —le silenció Kigei Yamaguchi—. Sígame.

Ekei se incorporó y siguió al caballero Yamaguchi y a los dos guardias entre la multitud que volvía a abrirles paso. Mientras atravesaba la sala, notó cómo las miradas se clavaban en él con más envidia que curiosidad. Ascendieron a la tarima y cruzaron la puerta que, durante tantas semanas, había soñado con atravesar. Después de todo, no había sido tan difícil, se permitió pensar Ekei a título de broma personal, pero se cuidó mucho de no sonreír.

Una vez salieron al exterior, otros dos samuráis se sumaron a la comitiva. Así escoltado, Ekei llegó hasta la puerta del último de los muros interiores del castillo Yamada. Era un inmenso pórtico de dos hojas pintadas en rojo y, cada una de ellas, recorridas por el serpenteante cuerpo de sendos dragones dorados, que juntaban sus fauces en el centro, envolviendo con sus colmillos el *kamon* del clan.

Esperaron al pie de la gigantesca puerta hasta que uno de los soldados que guardaban las murallas dio señal a los de dentro de franquear el paso. Las hojas batieron con un perezoso estremecimiento y Ekei, por fin, penetró en el corazón del castillo. Tal como había dispuesto, fueron los Yamada los que acudieron a él, los que le hicieron llamar, pues había aprendido que era la única manera de asaltar la fortaleza.

Mientras avanzaba por la ciudadela interior acompañado de Kigei Yamaguchi, el maestro Inafune observó que el hogar del daimio era un lugar sobrio, casi inhóspito. Roca en el suelo y las paredes, acero sobre las almenas y madera corriendo entre las piedras; nada más. Allí no había lugar para jardines y árboles, como en el castillo del señor Shimizu, ni para agradables paseos al amparo de las estrellas. Ekei no supo si atribuir aquello al carácter del hombre que allí gobernaba o a la vieja arquitectura de la fortaleza, tosca y fea como la guerra para la que fue concebida, tan ajena a la espiritualidad y la belleza que se tienden a cultivar en épocas de paz. La voz de su acompañante interrumpió su contemplación.

—Señor Inafune, comprenderá que este asunto requiere de la máxima discreción. No podrá hablar con nadie de lo que vea tras estos muros, incurriría en delito grave. —El *karo* no se molestó en velar su amenaza.

—Lo entiendo. Pero ¿por qué acuden a mí?

Yamaguchi mantuvo el paso mientras estudiaba de soslayo al hombre que caminaba junto a él: era demasiado joven para ser considerado un maestro, y sus maneras eran contenidas y elegantes, tanto que, ni siquiera en tan imprevista situación, se mostraba inquieto o desconcertado. Resultaba evidente que era una de esas personas que insistían en mostrarse seguras de sí mismas, actuando como si la vida siempre marchara según sus planes. No respondía a la descripción que uno haría de un sanador, se escapaba de las acogedoras convenciones, y aquello no gustaba al viejo consejero. Claro que tal cosa nunca había sido un problema para el señor Yamada.

—Cuando nos… conocimos en las calles cercanas al puerto, insistió en que era un médico hábil en curar enfermedades extrañas.

—He viajado y he conocido dolencias propias de diferentes regiones. Incluso las que los extranjeros del sur han traído en sus barcos. Unas puedo tratarlas, pero otras, simplemente, no tienen cura.

—Por su propio bien, espero que no esté mintiendo. Rece al Buda y a los dioses del cielo por que esta enfermedad sea una de esas que puede tratar.

Ekei se dijo que si en las situaciones complicadas se pusiera en manos de los dioses, habría perdido sin remedio a un buen puñado de pacientes. Pero evitó cualquier objeción a las palabras del anciano, pues estaba seguro de que, en condiciones más halagüeñas, el señor Yamaguchi debía ser un hombre mucho más correcto.

—¿Quién está enfermo? —se limitó a preguntar.

—El señor daimio —musitó el consejero, como si reconocerlo fuera una afrenta contra su señor.

—Comprendo su preocupación.

Yamaguchi se detuvo ante la puerta que daba acceso a la torre del homenaje, la mismísima residencia de Torakusu Yamada. El portón estaba abierto de par en par y, en el interior, un nutrido grupo de sirvientes esperaba de rodillas con la cabeza gacha, formando dos largas hileras a ambos lados de la puerta. El consejero se detuvo y le dedicó una última mirada cargada de desdén.

—¿Comprende mi preocupación? —repitió el *karo* con cinismo—. Usted no entiende nada, señor Inafune.

Dicho esto, se adentró en la torre con un rictus desagradable, seguido por un Ekei que trataba de imaginar el alcance de sus propios actos. Quizás el efecto del aceite de ginkyo había sido más acusado de lo que había previsto, o quizás la temperamental reacción del *karo* se debía, simplemente, a que los poderosos no están habituados a que algo se les escape de las manos. Al fin y al cabo, la enfermedad es un gran igualador que no distingue entre pueblos ni castas: el más miserable de los campesinos, con salud, podía ser más rico que un emperador enfermo.

Cuando el *karo* puso el pie en el gran recibidor de la torre central del castillo, los sirvientes pusieron las palmas de las manos y la frente contra el suelo. Al avanzar entre ellos, Ekei no pudo evitar quedar sobrecogido por el silencio y la solemnidad reinantes. Ese tipo de recibimientos eran habituales cuando el daimio volvía a su castillo después de una larga estancia fuera, pero no tenía sentido en aquella situación. Quizás el *karo* había ordenado que todo el servicio estuviera listo para cualquier contingencia, como si se encontraran en estado de guerra. Sea como fuere, Ekei estaba seguro de que todo aquello no respondía a una simple enfermedad del líder del clan. Comenzaba a sentir curiosidad y preocupación, a partes iguales, por lo que allí sucedía.

Sin cruzar palabra, iniciaron un largo ascenso por la amplia escalinata que recorría el interior de la torre y, subidos siete pisos, Ekei comprendió que aquella estructura era mucho más grande de lo que aparentaba desde el exterior. En cada piso, las escaleras de madera desembocaban en una superficie rectangular que servía como distribuidor hacia los distintos pasillos y estancias; justo en el extremo opuesto de dicha plataforma, otra escalera brindaba el acceso al nivel superior.

Sin embargo, lo único que Ekei veía en cada una de las plantas que dejaban atrás era un hermético cuadrado de puertas *shoji* cerrado a su alrededor, que solo dejaba a la vista el acceso al siguiente piso. Era como si el castillo le invitara a seguir subiendo sin detenerse, ocultando sus secretos tras aquellos paneles, y cuantos más niveles ascendían, más se sorprendía de que no hubiera nadie a la vista.

Al cabo de un rato ya había perdido la cuenta de cuántos pisos habían atravesado, y entendió que no era casual el hecho de que las puertas y paneles de cada nivel estuvieran decorados de una manera peculiar: en un piso le rodeaban imponentes perspectivas del volcán Fuji entre las nubes; en otro, ramas de cerezo y sauce entre las que revoloteaban ruiseñores; en el siguiente le salpicaban olas de un mar picado sobre el que cabalgaban barcos de guerra; y uno más arriba, estilizadas garzas levantaban el vuelo a su alrededor... Cada patrón de pinturas servía para identificar el nivel del castillo en el que uno se encontraba.

Y fue al llegar a una planta dominada por dragones que serpenteaban saltando de un panel a otro, cuando dejaron de subir. El *karo* se aproximó a una de las puertas y la deslizó a un lado; detrás había dos samuráis, guardando un largo pasillo, que le dieron la bienvenida. A Ekei le llamó la atención el que aquellos hombres no fueran visibles desde el exterior, pues parecía que estuvieran escondidos, más que montando guardia.

Lo cierto es que la torre era un auténtico laberinto y, a simple vista, no había señal alguna, ni guardias ni criados, que permitiera averiguar cuáles eran las estancias personales del daimio. Era un mecanismo de defensa que a Ekei le resultó sumamente astuto: la uniformidad, la nula ostentación, la monotonía de un entorno que desorientaba al extraño era el primer escollo que debía superar cualquiera que se infiltrara allí con nefastas intenciones.

Ekei siguió al consejero a través del largo pasillo, siempre un paso por detrás, lo que le permitía observar fascinado la sobria decoración. Le llamó poderosamente la atención el sutil efecto producido por los paneles que flanqueaban la galería: los más exteriores eran de un papel de arroz casi trasparente, y en ellos se habían silueteado árboles que dejaban vislumbrar entre sus ramas un río en el que saltaban truchas y carpas. Dicho río estaba pintado en azul sobre una segunda hilera de paneles translúcidos, ubicada detrás de los árboles en primer plano, mientras que en una tercera fila de paneles se insinuaban campos de cultivo, una cordillera montañosa y esponjosas nubes. Por detrás de las tres filas se habían instalado lámparas que atravesaban con su luz el fino papel de arroz, dotando a la estancia de una iluminación difusa.

Pero lo más refinado de aquel diseño era el hecho de que el observador, al avanzar a lo largo del pasillo, veía cómo los tres planos del paisaje se deslizaban uno sobre otro gracias a la perspectiva en movimiento, creando una magnífica sensación de profundidad. Era un artificio delicioso que maravilló al maestro Inafune y que le pareció más propio de los palacios de Kioto que de aquella fortaleza costera. Una vez más, tuvo que dudar de las ideas preconcebidas que tenía sobre el señor del castillo.

Dejaron atrás aquella mágica galería para adentrarse en una maraña de estrechos pasillos iluminados con lámparas de aceite colgadas del techo. En cuanto pisó el suelo, el médico se percató de que la tarima de madera chirriaba bajo sus pies: *uguisubari*, descubrió; había escuchado hablar del «suelo de ruiseñor», pero nunca había caminado sobre él. Hacía tiempo le explicaron con admiración cómo los artesanos preparaban los tablones de tal forma que, al pisar sobre ellos, se hacía chirriar unas láminas de metal insertadas entre los mismos. Nadie podía cruzar aquellos corredores sin hacer cantar a los pájaros *uguisu*, otro de los muchos ingenios que los señores feudales, obsesionados por el temor de ser asesinados en sus propias residencias, mandaban instalar a su alrededor.

Ekei siempre había dudado de la eficacia de estos complicados juguetes. ¿Acaso no estaba él, un intruso en el seno del clan Yamada, caminando sobre el trino de los ruiseñores sin que nadie le detuviera? Y es que la vida le había enseñado, mucho tiempo atrás, que ni el más astuto artificio elaborado por el más hábil de los artesanos puede proteger contra el peor enemigo que existe: aquel que goza de tu confianza.

Finalmente, llegaron a un recibidor que servía de antesala a una estancia con la puerta cerrada. Allí aguardaba una mujer escoltada por dos sirvientas de rostro atribulado. Llevaba el pelo recogido y parcamente adornado, los labios pintados en rojo, los dientes teñidos de negro[*], y vestía un pesado *junihitoe*[**] que lucía con la gracia que solo podían mostrar las señoras que lo habían vestido durante años. Cuando vio llegar al *karo,* se recompuso y se dirigió a él.

—¡Yamaguchi, has tardado mucho! —le recriminó.

El *karo* se detuvo frente a la dama e hizo una profunda reverencia.

—Lo siento, señora. Este es el hombre del que os hablé. —El maestro Inafune imitó al consejero y se inclinó con gran solemnidad.

Ella lo observó de arriba abajo con rostro inexpresivo y, con la mirada fija en los ojos de Ekei, como si le hablara a él, se dirigió de nuevo al *karo* con tono escéptico:

—Por el bien de todos, espero que no estés cometiendo un grave error.

El médico comprendió que llevarle allí era una decisión personal de Kigei Yamaguchi, una apuesta desesperada en la que el consejero se estaba jugando mucho. Por un instante, tuvo vértigo y su plan le pareció una burda artimaña: el encuentro con un médico que decía curar enfermedades extrañas, seguido de una rara dolencia que afligía al señor daimio, más el hecho de que dicho médico, oportunamente, acudiera un día tras otro al castillo… Resultaba todo tan evidente que Ekei se estremeció, inquieto ante la posibilidad de ser descubierto. Intentó tranquilizarse pensando que los buenos trucos solo resultan obvios una vez conoces sus secretos; mientras tanto, te parecen, sencillamente, magia.

Y allí estaba Ekei Inafune, a punto de obrar su truco. El *karo* abrió la puerta al fondo de la antesala y ambos entraron en un dormitorio con pocos muebles. La estancia estaba ventilada a través de un amplio ventanal y, frente al mismo, se había instalado un biombo que tamizaba la luz del mediodía. Tendido sobre un grueso edredón, reposaba el poderoso Torakusu Yamada: los ojos cerrados, el rostro apacible, blanca su melena de león peinada cuidadosamente, estirando sus cabellos cuan largos eran alrededor de su rostro. Una tupida

---

[*] La tradición del *ohaguro* consistía en que las mujeres casadas, especialmente las de más alta extracción social, se pintaban los dientes de negro. Era considerado signo de belleza y refinamiento.

[**] *Junihitoe:* «Traje de doce capas». Era un kimono de gran complejidad que solo podían vestir las mujeres de la nobleza.

barba le cubría las facciones y reposaba sobre su pecho, movido por una respiración pausada.

Aun dormido, la presencia de aquel hombre resultaba en verdad imponente. El León de Fukui, como le llamaban sus enemigos, era un viejo que se negaba a asumir el papel que la vida depara a los ancianos. El que nunca hubiera demostrado flaquezas contribuía a mantener su autoridad, de ahí que aquellos que dependían de él se encontraran horrorizados al verlo manifiestamente enfermo. Era algo que no podían permitir que trascendiera.

Junto al viejo daimio había una mujer arrodillada, probablemente una de sus sirvientas principales, pensó el maestro Inafune. Llevaba el otoño prendido en el pelo, pero aún conservaba una serena belleza capaz de atrapar la mirada de los hombres.

Mientras se arrodillaban junto al lecho de Torakusu Yamada, Ekei continuaba fascinado por la presencia de aquella mujer. Le llamaba poderosamente la atención el que no usara ningún tipo de maquillaje, algo inusual en una corte, y que su largo cabello negro cayera suelto sobre su espalda, como si aún fuera una niña.

—El señor Yamada lleva así dos semanas —comentó el *karo* con voz grave, sacándole de su ensimismamiento.

Ekei centró por fin toda su atención en el enfermo y asintió.

—No sabemos cómo pudo enfermar —continuó el primer consejero—, pero lo cierto es que los primeros días insistía en seguir con su actividad normal. Posteriormente, las molestias le impidieron dormir y tuvo algo de fiebre, debilitándole poco a poco.

—¿De qué molestias estamos hablando? —inquirió Ekei con sincera curiosidad, ya que el aceite de ginkyo no solía producir fiebre, solo irritación y eccemas bastante molestos.

—Descúbralo, por favor —indicó el *karo* a la mujer que permanecía frente a ellos.

Esta estiró los brazos para echar a un lado la colcha y, al hacerlo, las holgadas mangas de su kimono dejaron al descubierto unos sarpullidos que le recorrían el dorso de las manos y las muñecas, «sin duda, por el contacto con el aceite de ginkyo», pensó el maestro Inafune. A continuación, abrió el kimono azul que cubría al viejo señor.

La piel estaba arrasada por ampollas y eccemas que recorrían el torso desde el cuello hasta las manos y que, muy probablemente, se extenderían de igual modo por las piernas. Ekei nunca había tenido noticias de semejante reacción al aceite de ginkyo; hasta ahora solo había sabido de molestias y persistentes urticarias en leñadores, jardineros y recolectores, pero nada como aquello. Pensó que aquel hombre debía ser especialmente sensible a dicha sustancia, igual que sucedía con las personas que enfermaban con solo oler el polen de determinadas flores. O puede que el contacto prolongado fuera más venenoso de lo que el médico había calculado en un principio.

Ekei examinó el pecho y el vientre con mirada circunspecta, pero guardándose muy bien de tocar la piel o las ropas del enfermo con sus dedos, y decidió que había llegado el momento de desenmarañar la trama que tan cuidadosamente había urdido. Se dirigió a la mujer sin apartar la vista del paciente e, indicando hacia la puerta con la mano, le dijo:

—Por favor, tráigame paños limpios y un cazo con agua hirviendo, viertan en él tres puñados de raíz de regaliz picada.

—No es necesario —respondió la mujer con sencillez—. Las ampollas y la piel enrojecida ya se han limpiado.

El maestro Inafune quedó desconcertado ante la negativa, sumamente descortés e impropia de una sirvienta, cualquiera que fuera su rango. Miró a la mujer a los ojos y ella le sostuvo la mirada.

—¿Disculpe? —musitó al fin Ekei, sin saber muy bien cómo afrontar la situación.

Con didáctica paciencia, la mujer extendió su explicación:

—La piel ya ha sido aliviada. Se ha limpiado con infusión de regaliz, como usted pretende hacer, y se le ha aplicado un ungüento a base de aloe vera y corteza de sauce, para evitar que las ampollas se infecten y bajar la inflamación.

El médico examinó la piel enferma y comprobó que, efectivamente, no había infección. Levantó de nuevo la vista hacia aquella mujer, que lo observaba con actitud valorativa. De repente, comprendió lo que sucedía.

—Debo entender que usted es la ayudante de maese Itoo —afirmó el médico con un titubeo, temiendo cometer un nuevo error.

El *karo* carraspeó, incómodo, y ella le devolvió a Ekei una sonrisa indescifrable. Resultaba evidente que estaba equivocándose de nuevo. ¿Sería aquella la hija del daimio? ¿Tenía Yamada una hija y él había cometido la osadía de darle una orden como a una vulgar criada? Ekei prácticamente imploraba con los ojos una explicación que lo sacara del atolladero, pero la mujer se limitaba a sostenerle la mirada, torturándolo con su silencio. Finalmente, Yamaguchi intervino:

—La señora es O-Ine Itoo —dijo tras un nuevo carraspeo, pero viendo que el desconcierto aún oscurecía la expresión del médico, se vio obligado a aclarar—: Ella es maese Itoo, señor Inafune.

—¿Usted es la jefa médica del castillo? —preguntó Ekei con indisimulada sorpresa.

Ella asintió, sin mostrarse ofendida pese a la descortés incredulidad de aquel extraño.

—Dado su interés por entrar al servicio del señor Yamada, pensé que alguien le habría explicado ya que el puesto de médico es hereditario en el seno del clan.

—Así es —confirmó Ekei—, pero esperaba…

—Esperaba a un hombre —concluyó ella—. Soy la única hija de Inushiro Itoo, jefe médico del clan Yamada durante cincuenta años. Hace seis, mi padre se retiró y yo ocupé su lugar.

—Lo siento, señora. —Y acompañó sus palabras con una profunda inclinación—. He sido sumamente descortés y me he comportado como un necio.

Pese a su solemne disculpa, O-Ine siguió observándolo en silencio, sin retirar la mirada ni devolverle el saludo. Resultaba evidente que no pensaba concederle el alivio de aceptar sus excusas, así que, un tanto cohibido, Ekei volvió la vista hacia el paciente.

—¿Hace mucho que duerme?

—Le hemos dado una infusión narcótica hace un par de horas —le informó maese Itoo—. El picor y la irritación le han impedido dormir bien durante muchas noches, pero finalmente, entre los sedantes, el cansancio y el relativo alivio que le han procurado los ungüentos, ha caído en un profundo sueño.

—Comprendo —asintió Ekei.

—Señor Inafune —intervino Kigei Yamaguchi—, le hemos traído aquí porque afirmó poder identificar enfermedades extrañas. ¿Conoce esta?

—Así es. He visto una dolencia similar entre los habitantes de los pueblos costeros del norte de Saikaidō —improvisó Inafune—. Hay maneras de tratarla.

—Parece usted muy seguro —respondió la jefa médica del clan—. Sus conocimientos deben ser incomparables, señor Inafune.

Yo, sin embargo, creí identificar en los síntomas una irritación similar a la que producen determinados arbustos y plantas urticantes, solo que los tratamientos habituales no han sido eficaces y la dolencia no ha remitido, más bien al contrario.

Ekei tragó saliva. Había un tinte de desconfianza en las palabras de la dama Itoo, y su juicio había sido sumamente acertado. Debía reafirmarse pronto en su diagnóstico, pero sin resultar hostil ni herir el orgullo médico de aquella mujer.

—Esa también habría sido mi primera opción, señora. Pero, visto que ya se le ha aplicado el tratamiento habitual para estas dolencias de la piel, debo decantarme por una intoxicación por ingesta, similar a la que vi entre los pescadores de Saikaidō. Puede que algún pescado en mal estado o con veneno.

—Nunca había sucedido algo así, nuestros catadores son muy diligentes —comentó Yamaguchi.

—Siempre hay una primera vez, señor *karo*. Además, hay venenos que en algunas personas se manifiestan más virulentos que en otras. Puede que me equivoque, pero probemos mi tratamiento —solicitó, rebajando su aparente seguridad, pues no quería levantar más sospechas.

—¿Qué recomienda? —quiso saber la médica.

—En primer lugar, debemos quemar toda la ropa que el señor daimio haya utilizado en las últimas semanas. Puede estar exudando el veneno y, en ese caso, sus prendas estarían impregnadas del mismo. A partir de ahora, que utilice solo ropa antigua hasta que le hagan otras nuevas. De igual modo, se deben quemar las sábanas y mantas con las que se le ha cubierto durante su enfermedad.

El rostro de O-Ine delataba que aquellas recomendaciones le resultaban peregrinas, ¿un veneno ingerido que se destilaba a través del sudor? Pero a continuación se miró la irritación y los sarpullidos que habían aparecido en sus manos, y contuvo sus dudas respecto al criterio del maestro Inafune.

—¿Sugiere algo más?

—Sí —afirmó Ekei—. Se lavará dos veces al día a su señoría en un barreño de agua caliente en el que, previamente, se debe haber hervido sal y raíz de regaliz picada. Por mi parte, prepararé una tisana que le ayudará a conciliar el sueño pese a las molestias de la piel, y una medicina que depurará su organismo del veneno.

Ekei sabía bien que, a la hora de dar indicaciones a los pacientes, un médico debía ser contundente y resolutivo. Lo peor que le podía pasar a un sanador es que el enfermo y los que le atendían no se tomaran en serio sus prescripciones.

—Muy bien —respondió O-Ine—, confiaremos en su juicio. Vuelva esta tarde con sus preparados y muéstremelos. Si me parecen adecuados, se los suministraremos al señor Yamada.

Ekei asintió con una reverencia y se despidió de la dama Itoo, que permaneció en la estancia mientras ellos se retiraban. Tras salir, se cruzaron con la impaciente esposa. Esta clavó una mirada interrogativa en el consejero Yamaguchi, que se apresuró a explicar la situación:

—Esta tarde comenzaremos con el tratamiento sugerido por el maestro Inafune.

—Bien —dijo con sequedad la mujer—. Esperemos que tus gestiones aquí sean más eficaces que en el consejo.

El *karo* se limitó a mostrar cortesía a la dama con una reverencia, inmediatamente imitada por el médico. Una vez la mujer entró en la estancia donde reposaba su marido, ambos prosiguieron su camino.

Salieron de la torre en silencio, y hasta que no se encontraron en el exterior, cruzando el patio de la ciudadela, Kigei Yamaguchi no volvió a dirigirle la palabra.

—Será escoltado hasta su residencia en la ciudad por dos samuráis de la guardia personal de su señoría. Le esperarán mientras prepara sus medicinas y le traerán de vuelta inmediatamente.

Resultaba evidente que aquel hombre no había acudido a él por confianza, sino por pura desesperación.

—No debe preocuparse —quiso tranquilizarle Ekei—, la dolencia del señor Yamada no es grave.

—Quizás la dolencia no lo sea, pero sus consecuencias pueden llegar a serlo. Su señoría debe recuperarse cuanto antes, el clan no puede permitirse carecer de su liderazgo ni un día más.

El médico se abstuvo de seguir hablando, pero no pudo evitar preguntarse por qué era tan acuciante que el viejo Torakusu volviera a estar en pie. La posición de los Yamada estaba consolidada de cara al exterior, pero quizás los problemas que temía el *karo* Yamaguchi no vinieran de fuera. ¿Acaso alguien le debatía el poder al mismísimo señor Yamada en el seno de su propio clan? Era algo que se le escapaba, pero precisamente para eso estaba allí, para conocer a fondo las interioridades del Castillo Negro.

* * *

En los días siguientes se aplicó a Torakusu Yamada el tratamiento recomendado por maese Inafune, y el daimio mejoró con insospechada rapidez bajo las atenciones de aquel hombre cuya extraña medicina se mostró sumamente eficaz allí donde los cuidados tradicionales habían fracasado.

El artificio urdido por Ekei fue hábil y certero, hasta el punto de que sus talentos llamaron la atención del círculo privado del gran señor. Pocos días después de que este se recuperara, fue la propia jefa del gabinete médico, la dama O-Ine Itoo, quien debió recomendar el ingreso de Ekei Inafune como médico de cámara del clan Yamada.

SIETE AÑOS DE FRÍO INVIERNO

PARTE

2

Capítulo 12

¿Por qué correr con una pierna cuando tienes dos?

Seizō se inclinaba sobre el mostrador de la tienda con aire abatido. En un principio había apoyado la barbilla sobre la palma de la mano, atento a la entrada por si algún cliente decidía aparecer para distraerle del calor y el aburrimiento. Sin embargo, según avanzaba la tarde, su barbilla había comenzado a resbalar poco a poco, hasta quedar con la cabeza recostada sobre los brazos flexionados. La puerta del local permanecía entornada con la esperanza de que la corriente refrescara la estancia, pero el aire que penetraba desde la calle era denso y húmedo, como si la ciudad tuviera su propio aliento. Llevaba un rato sopesando la posibilidad de volver a cerrarla, pero aún no estaba seguro de qué opción era mejor, y el calor lo aplastaba contra el mostrador. Además, con la puerta entreabierta podía distraerse observando lo que sucedía en la calle; o mejor dicho, distraerse con la expectativa de que sucediera algo, porque durante todo su turno, que había comenzado después de comer, solo había asistido a dos fugaces escenas: una joven calzada con *guetas* y protegida por una sombrilla que apresuraba el paso para ponerse a resguardo, y dos palanquineros que, infatigables, cargaban sobre sus hombros la viga de madera de la que pendía el palanquín. Al verlos pasar, Seizō se sintió aliviado de que sus obligaciones se limitaran a esperar tras el mostrador, protegido y a la sombra, la llegada de algún cliente tan desesperado por comprar una cesta de caña como para adentrarse en la tórrida tarde.

Aun así, los palanquineros debían aburrirse menos que él. El comercio de los Ichigoya tenía que permanecer abierto como mínimo hasta que comenzara la hora del perro, pero era una pérdida absoluta de tiempo, ya que los eventuales compradores no se aventuraban a salir de sus hogares antes de que el sol comenzara a declinar, con lo que apenas la última hora de atención al público era provechosa. La mayoría de las ventas se realizaban por la mañana temprano, cuando el señor Ichigoya atendía el negocio.

Por tanto, Seizō estaba convencido de que aquel turno era una suerte de castigo, una manera de mantenerlo encerrado por buena que fuera su conducta, impidiéndole hacer lo que hacía a aquellas horas el resto de los muchachos de su edad: bañarse en el río y observar las piernas de las muchachas cuando acudían a refrescarse a la orilla. Para colmo, la señora Kuwa podía permitirse el lujo de recriminarle que, cuando él se encargaba de atender el negocio, no vendían nada.

Llevaba cinco años viviendo bajo el techo de los Ichigoya como su sobrino adoptado, pero dudaba de que a su verdadero sobrino le hubieran dispensado un trato tan injusto. A pesar de ello, meses atrás, recién cumplidos los catorce años, cometió la estupidez de hacer ganar más dinero a su nueva familia. Incurrió en tal error tras observar que, cuando el vendedor ambulante de *warajis** llegaba al barrio, las amas de casa se arremolinaban alrededor de su carro y compraban varios pares de sandalias de distintos tamaños. La escena se repetía cada cuatro o cinco meses, el tiempo, dedujo Seizō, que el mercader estimaba que durarían las sandalias que había vendido.

Fue entonces cuando pensó que un cesto para la fruta o un canasto para la ropa como los que vendía Ichigoya, hechos de la misma caña de arroz que se empleaba para las *warajis*, eran utilizados por las familias durante años. Las sandalias, sin embargo, pateaban el suelo un día tras otro, y al cabo de unos meses debían ser reparadas o repuestas por unas nuevas. Así se lo planteó a su padre adoptivo, más como una pregunta inocente que como una propuesta: «Si las *warajis* se hacen con la misma caña que las bolsas y canastos, ¿por qué no vendemos también sandalias? La gente las destroza constantemente». Seizō esperaba una respuesta comprensible, una razón que él desconociera, pero Tohsui se limitó a reírse y a recriminarle su estupidez: «Mi abuelo era un artesano cestero, mi padre fue más allá y se convirtió en un mercader. Ahora otros trabajan en nuestro taller

---

* *Waraji*: sandalia hecha de caña trenzada muy utilizada por las clases populares.

haciendo las cestas que nosotros vendemos. ¿Crees que si quisiéramos vender *warajis* no se me habría ocurrido a mí antes? ¿O a alguno de mis antepasados?».

No encontró lógica alguna a aquella respuesta pero, como tantas otras veces, se limitó a guardar silencio. No obstante, cuando el vendedor ambulante volvió al barrio, Tohsui Ichigoya salió al jardín de su vivienda y se apoyó en el vano de la puerta, observando con ojos astutos cómo sus vecinas compraban las sandalias por docenas. Aquella noche, mientras cenaban, le comentó a su esposa que había pensado en ampliar el negocio vendiendo también sandalias de caña trenzada, y todos acordaron que era una excelente idea.

Una semana después, el comerciante trajo al taller a un artesano capaz de trenzar catorce pares de *warajis* por jornada. De aquello hacía ya ocho meses, y ahora seis de cada diez artículos vendidos en la tienda eran sandalias, con lo que el nuevo artesano debió traer también a sus dos hijos para que lo ayudaran en el taller. Como consecuencia, el vendedor ambulante no había vuelto a detenerse en el barrio.

Seizō se fustigaba por haberle dado, aunque fuera de manera ingenua, semejante idea a Ichigoya, cuyo negocio rendía ahora más beneficios que nunca. A pesar de ello, cada vez que un cliente acudía al local a comprar un par de sandalias, lo veía como una victoria personal, una prueba de que, pese a su edad, su habilidad comercial era superior a la de su padrastro. Estaba decidido a abrir su propio negocio cuando fuera mayor y arruinar a Tohsui Ichigoya, hasta que el viejo mercader se viera obligado a rogarle emprender una empresa conjunta, algo a lo que solo accedería merced a sus dos hermanastros, Kasane y Joboji, por los que sentía un profundo afecto.

Por supuesto, la férrea disposición que mostraba en sus cavilaciones se diluía en cuanto salía a la calle de correrías con sus hermanos. Pero, mientras tanto, podía distraerse con aquellas fantasías en las largas tardes de verano.

Seizō dio un largo suspiro que agitó el cabello sobre su frente y se incorporó con desgana. No quería dar una mala imagen a la improbable clientela, o peor aún, que la señora Kuwa entrara en el local y tuviera una buena razón para reñirle.

Por enésima vez, repasó con la vista que todo estuviera en su sitio: las estanterías atiborradas de cestas y canastos; las sandalias que se exhibían sobre largos bancos; las cuerdas de caña de distinto grosor, aprovechables para las más diversas tareas domésticas... La mercancía estaba también expuesta en la calle, flanqueando la entrada en un vano intento de seducir a posibles compradores. De una de las vigas del techo colgaba un *fûrin* de cerámica; venía a caer justo frente a la puerta y, normalmente, oscilaba con un gracioso tintineo cuando un cliente entraba arrastrando consigo la brisa de la calle. Ahora, sin embargo, la delicada campanilla parecía tan pesada como una rueda de molino. A ratos, Seizō la observaba intensamente, esperando detectar el más leve balanceo, un fugaz movimiento que delatara alguna breve corriente de aire. En vano.

El muchacho se desperezó y giró el cuello a un lado y al otro; cuando sintió dos crujidos sobre sus clavículas se dio por satisfecho. Tras él, procedentes del taller, escuchó las carcajadas de los empleados. Y aunque sabía que debía permanecer en el local, no pudo evitar volverse hacia la cortina que separaba la zona de atención al público de los talleres.

Asomó la cabeza a la trastienda donde los artesanos desempeñaban su oficio y observó a los cinco hombres que trabajaban con denuedo, aunque sin privarse de una animada charla. Dos de ellos cosían cestas que iban apilando en columnas según las concluían, mientras que los otros tres, el hacedor de sandalias y sus dos hijos, de poca más edad que Seizō, se afanaban en el arte de trenzar las *warajis*.

Los hombres charlaban sobre sus mujeres y sus manías, y todos reían a coro las ocurrencias de los demás. Cuando el que cosía las sandalias reparó en Seizō, le saludó con una inclinación de cabeza sin perder la sonrisa.

—Buenas tardes, señor Seizō.

—Buenas tardes, Tokuhei.

—¿Vuelve a aburrirse tras el mostrador? —inquirió otro de los hombres.

El joven dependiente exageró su expresión de aburrimiento.

—Todo el mundo sabe que no hay clientes a estas horas —se quejó—. Mantener la tienda abierta por si vendemos algo es como dejar la mano abierta para cazar gorriones.

Los hombres rieron de buena gana la ocurrencia del muchacho.

—Hay gente que pesca así, señor Seizō —intercedió uno de los cesteros—. Simplemente lanzan el anzuelo y esperan.

—Así es como pescas tú, idiota —bromeó su compañero—, que ni siquiera sabes que hay que poner un cebo en el extremo.

Las carcajadas volvieron a inundar el taller, incluso aquel que había sido objeto de la burla reía de buena gana, y Seizō se sumó a la fiesta. Cada vez que visitaba la trastienda, volvía al trabajo de mejor humor.

—Lo que le pasa al joven —prosiguió el cestero—, es que se aburre porque a estas horas no pasan muchachas bonitas por la calle. Sus madres las tienen encerradas en casa para que el sol no las estropee.

—Sí, algunas son como los melocotones, al sol se ponen tiernas y jugosas —rio su compañero.

El comentario implícitamente obsceno tuvo bastante éxito, y todos prorrumpieron en más carcajadas. Seizō los imitó, sin saber muy bien de qué se reían, pero se dejó arrastrar por la jovialidad del ambiente.

—Dejad en paz al muchacho —les reprendió Tokuhei—, el joven señor no ha venido a escuchar vuestras impertinencias. ¿Verdad?

Seizō asintió sin dejar de sonreír.

—Es más inteligente que vosotros, quiere aprender cómo se trenza una *waraji*.

—Si no es molestia —confirmó Seizō.

—Venga, siéntese aquí —dijo, haciéndose a un lado y dejando un espacio para que Seizō se sentara en el círculo, como uno más—. Jiro, deja esa sandalia y empieza una nueva para que te vea desde el principio.

El hijo mayor de Tokuhei asintió y dejó a un lado la sandalia que estaba trenzando. A continuación tomó una cuerda de caña y, valiéndose de la longitud de sus brazos para calcular, cortó un largo trozo de diez *shakus*[*] aproximadamente. Le mostró a Seizō cómo doblaba la cuerda por la mitad, e hizo un nudo con los dos cabos sueltos que pendían juntos. Tiró bien para cerrar el nudo y lo apoyó contra las plantas de sus pies, mientras sujetaba el otro extremo de la cuerda con una mano. Acto seguido, separó las piernas de modo que formó un triángulo con el cordel, alargó su mano libre para agarrar el extremo anudado y tiró. Sus extremidades funcionaron como pasadores y la cuerda formó dos elipses concéntricas.

---

[*] *Shaku*: medida de longitud equivalente a 30 cm.

Utilizó la elipsis interior para rodear una plantilla de madera con la forma de la pisada de un adulto y, apoyándola contra su pecho, anudó un segundo hilo de caña. Ahora comenzaba la parte realmente difícil, y Seizō lo sabía, así que aguzó la mirada en un esfuerzo por memorizar cada uno de los siguientes pasos.

El joven artesano tomó el nuevo cabo que había atado y lo hizo danzar alrededor de la primera cuerda: serpenteaba pasando una y otra vez por debajo y por encima de la soga que tensaba con los pies, de tal forma que, poco a poco, se iba formando lo que comenzaba a identificarse como la suela de una *waraji*.

Sin levantar la vista de su labor, el muchacho habló por primera vez:

—Para hacer la planta, debes trenzar la cuerda ciento sesenta veces si es una *waraji* para un niño, ciento ochenta y cinco si es para una mujer, y doscientas diez para un hombre adulto.

—Ya veo —confirmó Seizō.

El chico continuó trabajando. Cada vez trenzaba a más velocidad y sus dedos se movían con vertiginosa pericia. Cuando llevaba un tercio de suela, rompió la rutina para añadir un nudo a cada lado de la planta. Lo repitió más adelante, cuando solo quedaba un tercio de suela por trenzar, de tal modo que la planta de la sandalia contaba con dos anillos en cada lateral que servirían para pasar la cuerda y atarla al pie cuando las *warajis* estuvieran concluidas.

El proceso, pese a su complejidad, no llevó al muchacho más de lo que se tarda en cocer un cuenco de arroz. El calzado resultante era sólido y flexible, tenía una gruesa suela con pasadores a ambos lados del pie por los que deslizar los cordeles que salían de la punta, hasta atarlos y ajustarlos debidamente al tobillo de su futuro propietario.

Lo que maravillaba a Seizō era el hecho de que, con solo dos finas sogas de caña de arroz, se pudiera crear algo tan complejo y útil como unas *warajis*. Le parecía casi un milagro, un misterio que quería desentrañar.

Tokuhei felicitó a su hijo con evidente satisfacción.

—¿Cree que usted podrá repetirlo?

Seizō asintió, concentrado. Ni siquiera quería hablar, para que los pasos memorizados no se escabulleran en los recovecos de su mente.

Había afrontado muchas veces aquel reto, pero no estaba dispuesto a rendirse. Cada vez que lo intentaba llegaba un poco más lejos, y la última vez solo falló al equivocarse con los nudos que cerraban la suela.

Tomó el rollo de cuerda de caña trenzada e imitó a Jiro, calculando una longitud de diez *shakus*. Cortó con la cuchilla que le ofreció Tokuhei, dobló la soga por la mitad y anudó los cabos del extremo. A continuación, formó las dos elipses concéntricas valiéndose de sus pies y sus manos para mantener la cuerda estirada, y tomó la plantilla de madera para calcular el perímetro. Hizo el nudo pertinente para marcar el punto donde debía atar el segundo cordel, y estiró las piernas para que las dos elipses se tensaran formando cuatro cuerdas paralelas en torno a las cuales trenzaría la suela. Aquella primera parte del proceso, que a simple vista parecía la más sencilla, era sumamente complicada. Si no se sabía equilibrar las distancias y no se calculaba bien el perímetro, todo el trabajo posterior no serviría de nada. Seizō lo sabía bien porque lo había practicado varias veces por su cuenta.

Tomó la segunda cuerda y comenzó a deslizarla entre los cuatro segmentos estirados. Su trabajo fue mucho más torpe que el de Jiro y le tomó cinco veces más tiempo, pero finalmente la suela fue cobrando forma. Añadió los cuatro nudos laterales que servirían de pasadores y, cuando se estaba aproximando al final, comenzó a dudar sobre cómo debía concluir la punta del calzado. Titubeó un largo rato, durante el que todos contuvieron la respiración en el taller, como si asistieran a una hazaña épica similar a las narradas en el *Heike*. Finalmente, paso a paso, fue recordando el nudo con el que Jiro había rematado su trabajo y pudo imitarlo.

Cuando hubo concluido, se quedó observando la sandalia que reposaba en su regazo. Carecía de la perfección de la trenzada por su silencioso mentor, la cuerda no estaba tan junta ni los nudos parecían tan firmes, pero era una *waraji*, y la había hecho él.

Los espontáneos aplausos le hicieron salir súbitamente de su ensimismamiento. Levantó la cabeza y sonrió satisfecho.

—Bravo, aprendiz Seizō —lo alabó Tokuhei—. Ha conseguido lo más difícil, terminar su primera sandalia. Procure no olvidar lo que ha aprendido, ya que si sabe trenzar *warajis*, nunca tendrá por qué pasar hambre.

Seizō se ruborizó e inclinó la cabeza varias veces agradeciendo a todos el interés que habían puesto en enseñarle, y aunque a muchas personas aquel logro les habría podido parecer algo insignificante, incluso indigno del hijo de un samurái, él se sentía exultante. Su curiosidad había derrotado a las dificultades y había conseguido algo que, pocas semanas antes, le parecía imposible.

Pero apenas tuvo tiempo de disfrutar de su humilde victoria, ya que la campanilla de la entrada comenzó a tintinear con furioso estruendo. Temiendo lo peor, el muchacho se abalanzó hacia la salida del taller y a punto estuvo de derribar una pila de cestas que solo se mantuvo en pie gracias a la providencial mano de uno de los artesanos. Sin tiempo para disculparse, continuó trastabillando hasta llegar a la puerta, retiró la cortina y se encontró cara a cara con la señora Kuwa, que se erguía a la entrada del comercio. Lo atravesó al instante con aquella mirada severa que reservaba para él, mientras que con su mano derecha continuaba zarandeando la tira de papel atada al *fûrin*. Las piezas de cerámica repiqueteaban con violencia, y Seizō se preguntó si la mujer no temía que se rompieran y las esquirlas se enterraran en su mano.

Junto a su madre, con expresión incómoda, se encontraba Kasane. Abrazaba contra su pecho un recipiente de bambú sellado, y tenía los ojos entrecerrados y los hombros encogidos, como si compartiera el mismo temor que Seizō y esperara que una afilada lluvia cayera de un momento a otro sobre su cabeza.

—¿Dónde estabas, Seizō? —bramó la esposa de Ichigoya. Su lengua restalló como un látigo de dos colas.

—En el taller —se limitó a responder, y el tono de disculpa que tildó su voz consiguió desagradarle.

—Eso ya lo veo. ¿Por qué estabas en el taller?

Durante un instante, Seizō contempló la posibilidad de mentir a la señora Kuwa, pero estaba decidido a que aquella mujer no le obligara a ser peor persona.

—Nadie ha entrado en el local en toda la tarde, así que me asomé…

—¡No quiero excusas! El trabajo es sagrado.

Kasane se removió con los pies clavados en el suelo; no le gustaban los gritos. Por su parte, Seizō decidió que cualquier palabra que dijera solo serviría para empeorar la situación, así que clavó los ojos en el suelo y decidió esperar a que amainara la tormenta.

Durante un buen rato, la mujer de Ichigoya descargó contra él toda su mezquindad y su mal contenida bajeza. Seizō aguantó con resignación, como el viajero al que el aguacero sorprende en mitad de la llanura, y no hizo nada por soliviantar aún más a la mujer, pero tampoco le ofreció la sumisión que buscaba. Veía claramente que, para ella, lo peor era saberlo fuera de su alcance, la impotencia de no poder ponerle una mano encima. Se abstrajo escudándose en esa certeza, hasta que la mujer de Ichigoya hizo mención a las circunstancias que lo habían llevado a vivir en su hogar: «¿... Sabes qué sería de ti si nosotros no te hubiéramos acogido...?», le inquirió entre un mar de reproches. A menudo, Seizō también se lo preguntaba.

—Cuando cierres el local irás directamente a casa. La próxima semana no acudirás a las clases del maestro Bashō. —Ese golpe sí dolió a Seizō, pero esperaba que su rostro no hubiera dado a Kuwa la satisfacción de vislumbrarlo—. Y los hombres del taller cobrarán cincuenta *mon* menos esta semana. Así aprenderán a no distraerse durante la jornada.

Seizō levantó la mirada con gesto de sorpresa, aquello era cruel incluso para la señora Ichigoya. Ella sonrió y añadió:

—Espero que esto te dé que pensar.

Inmediatamente se recriminó su torpe reacción, pues solo había conseguido que ese castigo se repitiera en futuras ocasiones. A partir de ese momento debería andar con más cuidado aún si no quería que el volátil carácter de aquella mujer también perjudicara a los empleados.

Una vez la tormenta hubo descargado, y sin que fuera necesario mediar despedida alguna, la señora Kuwa salió del local con paso airado. Kasane miró de reojo a su madre esperando a que abandonara la estancia y, cuando ya no la podía escuchar, depositó sobre el mostrador el recipiente de bambú.

—Te he traído té azucarado con remolacha, hermano. —Una receta inventada por Kasane que Joboji y él la animaban a preparar, más por lo contenta que se mostraba cuando se lo pedían que por lo apetecible de la bebida.

—Gracias, Kasane —sonrió el muchacho.

Ella lo miró durante un instante con lástima, como si le compadeciera, pero eludió hacer ninguna referencia al incidente que acababan de sufrir, cada uno a su manera.

—Lo he tenido sumergido durante todo el día en el agua del pozo, así estará fresco. En la tienda de padre hace mucho calor.

—No te preocupes, estoy bien. Y ahora, con tu té, estaré mejor.

Kasane mudó su rostro de preocupación por esa sonrisa tan suya. Desde la calle, su madre comenzó a llamarla a voces.

—Me voy, nos veremos en casa —se despidió antes de apresurarse hacia la salida, seguida por el repiqueteo de sus *guetas* contra el suelo.

Seizō observó cómo su hermanastra salía del local casi a la carrera, y cuando volvió a quedarse solo, destapó con aire distraído el tubo de bambú. Dio un breve sorbo y saboreó el té: era tan dulce que resultaba empalagoso, pero estaba fresco y suavizaba la garganta. Cerró los ojos y volvió a beber, mientras calculaba cuánto quedaba para que cayera el sol y pudiera dar la jornada por concluida, ¿dos horas, quizás? Pensaba en ello y percibía cómo el azúcar le iba espesando la saliva.

—¡¡Seizō!!

El grito le cogió por sorpresa y comenzó a toser. Su hermano Joboji había aparecido en la entrada del establecimiento. Tenía los brazos abiertos, las manos contra el quicio de la puerta, y respiraba con agitación, empapado en sudor.

—¡Seizō, rápido! ¡Tienes que venir conmigo!

—¿Ha pasado algo? —preguntó, mientras tapaba la caña de bambú y comenzaba a bordear el mostrador.

—Aún no, pero va a pasar —respondió Joboji sin resuello.

Para desconcierto de Seizō, en su tono había más excitación que alarma.

—¿Qué es lo que va a pasar?

Joboji levantó la mano pidiendo un momento de tregua para recuperar el aliento. Se inclinó y apoyó las manos sobre las rodillas. Seizō lo observaba preocupado, pues no atinaba a imaginar qué clase de noticia había impulsado a su hermanastro a castigarse con semejante carrera bajo el sol.

—Están anunciando un duelo... —consiguió explicarse Joboji—. Cerca del puente de Nakajima..., en la orilla sur del canal..., mediada la hora del gallo.

—Eso está junto al lago, no podrás llegar.

—Si corremos, sí. ¡Vamos!

—¿Vamos? Tengo que atender el negocio —replicó Seizō apartando de sí la propuesta con una mano.

—¿El negocio? —preguntó Joboji, como si no comprendiera semejante excusa—. ¡Un duelo, Seizō! ¿Sabes cuántos años hace que no se ve un duelo en Matsue? Yo te lo diré —continuó el joven con evidente entusiasmo—: ¡Hace dieciocho años! Entonces, el samurái Manjiro Chiba mató en combate singular al caballero Sukemasa Akechi, en un duelo a espadas a orillas del Shinji. Hace dieciocho años, Seizō, ¡y todavía se habla de ello! Yo ni siquiera había nacido y conozco todos los detalles y pormenores de aquel combate.

Joboji comenzó a hacer gestos con una *katana* imaginaria, fintaba, se retiraba y descargaba golpes al aire.

—Hermano, no puedo ir, tu madre me matará si desatiendo el negocio.

Joboji miró a Seizō con ojos desencajados. Se aproximó a él y le cogió por la pechera del kimono verde que vestía aquella tarde.

—Yo te mataré si no vas a ver ese duelo, idiota. ¡No puedes perderte el acontecimiento del que se hablará en Matsue los próximos dieciocho años!

Viendo que su hermano no era tan receptivo a sus amenazas como le habría gustado, Joboji bordeó el mostrador y asomó la cabeza por la cortina. Avisó a Tokuhei de que iban a cerrar el establecimiento y le pidió a los artesanos que hicieran lo mismo con el taller una vez concluyeran su labor. Acto seguido, agarró a su hermanastro por la manga y lo arrastró hacia la salida. Seizō solo tuvo tiempo de recuperar la cantimplora de té antes de verse en la calle, con Joboji atrancando la puerta tras ellos. Comenzaron a avanzar a paso rápido en dirección al río, el sol ya declinaba y el calor no era tan asfixiante como a media tarde.

—Creí que los samuráis no te gustaban, Joboji.

—Solo me gustan cuando se matan entre ellos —respondió el muchacho con una sonrisa.

Pronto el paso rápido se convirtió en una carrera en zigzag, yendo de una pared a otra para buscar la sombra bajo los aleros. Joboji no quería hablar, para no desperdiciar el aliento, pero Seizō insistía cn ello. Era evidente que no estaba tan entusiasmado como su hermanastro ante la perspectiva de un duelo.

—¿Has visto alguna vez a alguien matar o morir a espada? —preguntó Seizō con la voz entrecortada por la carrera.

Joboji lo miró de soslayo.

—No. ¿Acaso tú sí?

—Tampoco —mintió Seizō, y permaneció un rato meditabundo, mientras se esforzaba por mantener el ritmo de su hermanastro. Decidió apartar de sí los recuerdos y cambiar de tema:

—¿Quieres té? Lo ha preparado Kasane.

Su hermanastro volvió a mirarle de reojo mientras apretaba aún más el paso, como si quisiera huir de la invitación.

—¿Estás loco?

Los dos jóvenes continuaron corriendo entre risas hacia la orilla este del Shinji.

* * *

Las sandalias de Seizō y Joboji tableteaban sobre el puente de Nakajima, desprendiendo fragmentos de madera vieja que venían a caer al canal. La corriente, tan cristalina que se podían contar las piedras del lecho, se mostraba vivaz aun en pleno verano, refrescando la ciudad de Matsue al atravesarla para unir los lagos Shinji y Nakaumi.

Pero los dos jóvenes no estaban allí para disfrutar del canal, por más apetecible que les resultara. Habían corrido desde el negocio de su padre, entregados a una competición frenética por ver cuál de los dos era capaz de cruzar antes el puente; sin embargo, cuando coronaban el punto más alto del mismo, Joboji se detuvo en seco y abrió los brazos para frenar a su perseguidor. Seizō a punto estuvo de arrollarlo y hacer que los dos rodaran puente abajo.

Iba a abrir la boca para protestar, pero el espectáculo que Joboji le señalaba con el dedo le hizo enmudecer: desde la elevación que suponía el puente se podía contemplar una muchedumbre de no menos de cien personas, en su inmensa mayoría hombres de todas las edades. Los apostadores se movían ágilmente entre el gentío, susurrando al oído el estado de las apuestas, intercambiando monedas con los asistentes y anotando con disimulo las cuentas.

Al otro lado de la barrera humana, enmarcados por el impresionante paisaje del lago, Seizō divisó la figura de dos samuráis arrodillados frente a frente. Estaba demasiado lejos para distinguir los

226

detalles, solo pudo apreciar que uno iba ataviado con un elegante kimono azul, mientras que el otro se cubría con ropa de viaje mal remendada, parcheada con retazos de colores y patrones incongruentes.

Su hermano le aprestó a seguir adelante. Cuando llegaron hasta la multitud, comprobaron que el acceso al combate estaba fortificado: los dos muchachos eran altos para su edad, sobre todo Joboji, pero el muro de espaldas y hombros apretados, defendido por afilados codos prestos a clavarse en brazos y costillas, hacía imposible atravesar aquella muchedumbre sin provocar un altercado.

Decidido a no perderse el acontecimiento, Joboji comenzó a mirar a su alrededor buscando alternativas.

—Podríamos meternos en el lago y nadar hasta la altura del combate. Desde allí podríamos verlo.

—¿Estás de broma? —le increpó Seizō—. No pienso llamar la atención de esa manera. Además, acabaríamos agotados de intentar mantenernos a flote.

—Vamos, seguro que podemos arrastrar hasta el agua algún tronco sobre el que descansar mientras vemos el duelo.

Sin esperar una nueva protesta de su hermanastro, Joboji echó a andar, pero Seizō le detuvo por el hombro. Resignado, le señaló un cedro en el que ya había reparado cuando llegaron, aunque no lo había mencionado con la esperanza de que su hermano se conformara con ver el duelo entre el gentío. El árbol era grueso, fácil de escalar y con ramas bajas que constituían un mirador privilegiado desde el que asistir al desarrollo del combate. Y aunque a Joboji le pareció una solución menos ingeniosa que la suya, debió reconocer que era más discreta y, probablemente, más eficaz. Con la agilidad y el desprecio por el peligro que solo se muestran en la adolescencia, alcanzaron las ramas bajas y se instalaron cómodamente en ellas. Eran gruesas y resistentes; además, el espeso follaje y la brisa que corría allí arriba les aliviaban en gran medida del castigo que el sol, ya en declive, aún suponía.

Joboji arrancó una ramita y se la metió distraído en la boca. Iba a comentarle algo a Seizō cuando reparó en el rostro serio y grave que este había adoptado; tenía una expresión que no invitaba a una conversación desenfadada, así que prefirió mantenerse en silencio y recostarse hacia atrás. Se daba por satisfecho con haber logrado que le acompañara, no pretendía tentar a la suerte comentando con él los pormenores del espectáculo.

Seizō, por su parte, escudriñaba atentamente a los dos guerreros. El que vestía el kimono azul exhibía el moño samurái anudado sobre la nuca y la parte delantera del cuero cabelludo tonsurada, según era costumbre entre los *bushi**. Permanecía arrodillado, la *daisho* reposando a su izquierda, la respiración pausada y los ojos cerrados. Seizō sabía lo que aquel guerrero estaba haciendo: visualizaba cómo se alzaría con la victoria.

Frente a él, a pocos pasos de distancia, se encontraba su adversario. Era un reflejo aberrante del otro samurái: también permanecía arrodillado con las espadas a un lado, pero presentaba un aspecto tosco, polvoriento, y exudaba impaciencia. Parecía joven, frente a la madurez que exhibía su adversario, más próximo a la cuarentena que a la treintena. Su cabello no respetaba la tradición samurái, se mostraba largo y desaliñado, sin el moño que caracterizaba a su casta, toda una declaración de intenciones que cobraba continuidad en su desafiante actitud ante el combate: respiraba expansivamente, como si quisiera inhalar la vida entera, extraerle todo lo que pudiera ofrecerle y exhalarla, exigua. Y sus ojos…, sus ojos cautivaron a Seizō: hambrientos, clavados en su adversario, odiándolo con ferocidad.

La atmósfera estaba impregnada de una tensión vibrante y los que se atrevían a hablar, lo hacían en susurros. Aquellos dos hombres iban a batirse en duelo según un código que había contemplado el paso de los siglos y de las guerras, y al final, solo uno de los contendientes sería testigo del inminente atardecer. A Seizō la idea de la muerte le parecía sobrecogedora: ¿por qué dos hombres ponían su vida en juego por motivos tan abstractos como la gloria y el honor? Pero no podía apartar la vista de la orilla.

Solo al cabo de un instante se percató de que frente a la muchedumbre, a pocos pasos de los duelistas, había un grupo de ocho samuráis. Cinco permanecían en pie, y el gentío se guardaba muy bien de colocarse tras ellos sin rozarles. Delante de estos, arrodillados en el suelo, había otros tres samuráis: un anciano de pelo ralo y recortada barba blanca, flanqueado por otros dos maestros unos veinte años más jóvenes. Todos vestían kimono azul, similar al que usaba el samurái que estaba a punto de batirse.

---

* *Bushi:* guerrero de cualquier condición, no necesariamente de casta samurái.

Seizō se viró hacia Joboji para preguntarle quiénes eran. Este sonrió, dispuesto a hacerse el interesante, pero la expresión de su hermano lo hizo desistir del juego. Además, sabía que él tenía más ganas de contarlo que Seizō de escucharlo.

—Son de la escuela Karuihan Shinto Ryu —explicó—, la mejor academia de esgrima de Matsue y una de las mejores de Izumo. Ese de ahí, el viejo, es Tsukahara Gensai, hijo del fundador de la escuela y creador del estilo de esgrima de la Hoja Liviana.

—Entonces, el duelista que viste de azul...

—Sí, es uno de sus discípulos. Según dicen, el mejor espadachín de la escuela. Al parecer, hace tres días ese *ronin* llegó a las puertas de la academia para demostrar que su estilo de lucha era superior al Karuihan Shinto Ryu. —Joboji señaló al samurái de aspecto desaliñado—. Parece un mendigo, y en un principio la intención de los de la escuela era ignorarlo. Sin embargo, llamó tanto la atención y armó tal revuelo que, para no parecer que querían eludirle, el maestro Gensai se vio obligado a atenderle. Exigía batirse con el maestro, pero, dada su edad, se acordó que fuera Enomoto el que se enfrentara a él.

Seizō sabía que aquellos combates no eran infrecuentes: muchos guerreros, *ronin* o no, recorrían el país exigiendo batirse con las mejores academias de esgrima para forjarse, a golpe de sable, un nombre que les permitiera fundar su propia escuela. Los maestros ya consolidados intentaban evitar ese tipo de confrontaciones habitualmente a muerte, pues tenían mucho que perder y nada que ganar con ellas, pudiendo incluso quedar en entredicho el prestigio de su casa y de la técnica de combate que divulgaban. Pero en muchas ocasiones, como parecía ser esta, el conflicto era inevitable.

Sin embargo, aquel samurái de aspecto harapiento no encajaba en el concepto que Seizō tenía de un guerrero ávido de fama y notoriedad.

—¿Se sabe algo del *ronin*? —se interesó.

—Nada, salvo que ha llegado andando desde la provincia de Hoki. Dicen que su última parada fue la ciudad de Kurayoshi, y que allí también desafió a una escuela de esgrima. Algunos dicen que mató a su rival, pero otros, como Tenma, el de la frutería, dicen que de allí salió escaldado y que ahora ha venido a probar suerte aquí.

Seizō asintió pero no dijo nada. Su hermano lo miró, dubitativo. Finalmente se decidió a añadir:

—Tú…, tú entiendes algo de estas cosas —comentó con voz queda, como si rompiera un tabú respetado durante años—. ¿Qué crees que pasará?

Seizō clavó en él sus grandes ojos oscuros y, por toda respuesta, se llevó un dedo a los labios. Con la otra mano señaló hacia abajo, donde se encontraban los dos contendientes. El combate estaba a punto de empezar.

El samurái ataviado de azul recogió sus espadas, se puso en pie y las deslizó bajo el *obi*. A continuación, sacó de la faja un largo cordón de seda que pasó sobre sus hombros y bajo las axilas hasta atárselo a la espalda, de modo que las mangas del kimono quedaron recogidas para no entorpecer sus movimientos. Se ciñó una cinta blanca sobre la frente y la fijó con un fuerte nudo por encima de la nuca. Desenfundó la *katana* y extendió el brazo a un lado, sujetando el acero en dirección al suelo.

—Mi nombre es Taisuke Enomoto, maestro en el estilo Karuihan Shinto Ryu. Di tu nombre y el motivo de tu desafío.

—Mi nombre y mis motivos no importan a nadie —dijo el *ronin*, despreciando el protocolo.

Taisuke Enomoto alzó las cejas con expresión de desconcierto y sus compañeros de escuela murmuraron entre sí.

—Si no nos dices tu nombre —insistió el samurái—, ¿de qué servirá este duelo? En el improbable caso de que me derrotes, nadie sabrá quién eres y no podrás obtener fama y honor por tu victoria.

El otro frunció los labios con desdén.

—¿Fama y honor? A mí solo me interesa probar mi espada contra los que dicen ser los mejores —dijo con impaciencia—. Llegará un día en el que el acero no esconda secretos para mí, entonces sabré que soy el mejor y el Buda también lo sabrá, habré alcanzado la Iluminación a través del camino de la espada y podré dejar de luchar. ¿Qué debe importarme, entonces, lo que la gente sepa o crea saber?

Aquello levantó una ola de murmullos entre los congregados. Nadie esperaba una respuesta semejante de aquel guerrero que parecía más bien un pordiosero. Pero Enomoto no aparentó turbarse ante tales palabras: fanático religioso, guerrero asceta o, simplemente, vagabundo demente, pretendía acabar pronto y regresar a sus quehaceres. Dudaba, incluso, de que el filo que aquel mendigo ocultaba en la vaina fuera capaz de cortar; no sería el primero al que la *katana* se le atascaba obstinadamente al intentar desenvainar, o al que el acero se le quebraba tras un primer lance. En cualquiera de los casos, Enomoto no pensaba darle la más mínima oportunidad a ese insolente. Levantó su espada y adoptó una guardia a media altura, con la punta señalando al corazón de su rival. El combate había comenzado.

Pero si las palabras de aquel extravagante samurái no inquietaron al discípulo aventajado de Gensai, sí lo hizo la técnica de lucha que mostró. Mientras Enomoto exhibía una guardia ortodoxa y tradicional, su oponente desenfundó las dos espadas, *katana* y *wakizashi,* y adoptó una guardia absolutamente inusual: sujetaba la espada corta con la mano izquierda por encima de su cabeza, en posición horizontal, mientras que con la derecha equilibraba la *katana* frente a él, utilizando la punta para mantener la distancia con su adversario.

Los murmullos se hicieron entonces más evidentes, y los samuráis de la academia Karuihan intercambiaron miradas que se movían entre la curiosidad y la inquietud. El viejo maestro permaneció imperturbable cuando uno de sus alumnos le susurró algo al oído. Estaba por ver si aquella guardia respondía a la extravagancia de un loco o era una técnica de esgrima que nunca habían visto. ¿Empuñar las dos armas al mismo tiempo? Aquello, sin duda, entorpecía al espadachín y desequilibraba sus movimientos.

Ambos guerreros avanzaron con pasos cortos hasta que las hojas se encontraron en el vacío; el primer roce del acero, aunque fuera una leve caricia de tanteo, hizo que todos los presentes contuvieran la respiración. Los dos hombres giraron en círculos, escrutándose, esperando un mínimo estremecimiento que delatara que el adversario estaba a punto de lanzar un ataque.

Enomoto mantenía la punta de su espada sobre la de su adversario, como recomendaban los antiguos maestros, pero el *ronin* no hizo nada por neutralizar esta supuesta ventaja. Continuaba girando en silencio, manteniendo su guardia. Finalmente, fue Enomoto el que perdió la paciencia y decidió tomar la iniciativa: aprovechando la posición dominante de su arma, empujó hacia abajo la hoja de su rival para abrirle la guardia; acto seguido, descargó una estocada profunda que buscaba el vientre. El *ronin* dio un salto atrás y bloqueó la embestida con la espada larga. A pesar de que Enomoto había cargado con pasos rápidos, su acometida fue desviada con un sencillo giro de su muñeca, lo que demostraba que su adversario estaba dotado de una fuerza fuera de lo común. Quedó claro que no se trataba de ningún fantoche.

El fallido ataque de Enomoto le dejó durante un instante en una posición de desventaja y, aunque fue extraordinariamente rápido a la hora de retroceder y volver a armar su guardia, Seizō observó que su rival no hizo nada por intentar aprovechar la fugaz ventaja. ¿Sería un luchador lento? ¿O simplemente buscaba probarse hasta el extremo, derrotando a su enemigo cuando este estuviera en guardia y frente a frente?

Sea como fuere, el muchacho no tuvo tiempo para perderse en elucubraciones, ya que el peculiar guerrero pasó a la acción: avanzó como un relámpago enarbolando su *katana* para descargar un golpe desde arriba. Por pura intuición, el espadachín de la escuela Karuihan levantó la guardia empuñando su arma con las dos manos, presto para desviar el sablazo. La espada de su oponente cayó sobre él con fiereza, y Enomoto flexionó las rodillas para contener tan tremendo impacto. Al mismo tiempo, el *ronin* completó su ataque con la *wakizashi,* lanzando un certero tajo horizontal de dentro hacia fuera que abrió el pecho a su adversario.

Fue un corte limpio y profundo, que desgarró el kimono de Enomoto dejando al descubierto en su torso una fina línea carmesí.

Seizō se asombró ante la eficacia de aquel ataque, tan sencillo y evidente como inevitable: si el samurái no hubiera bloqueado la violenta descarga de la *katana,* el impacto le habría partido en dos; pero si defendía aquel primer ataque, quedaba expuesto ante la hoja corta. El resultado le disgustó profundamente. Era como si aquel *ronin* hubiera hecho trampas. Ninguna escuela de esgrima adiestraba sobre el uso conjunto de *katana* y *wakizashi,* por ende, tampoco enseñaba cómo defenderse de un adversario que empuñara los dos sables. Simplemente, ningún estilo de lucha contemplaba esa posibilidad, entre otras cosas porque requería de una pericia inusitada con la mano izquierda… Pero aquel *ronin* lo había hecho.

Abatido por el tajo, Enomoto cayó de rodillas. Se echó la mano al pecho y comenzó a jadear mientras la vida se le escapaba entre los dedos y se encharcaba sobre la tierra cuarteada. Con suma tranquilidad, como si el mundo estuviera allí para observarle, el vencedor sacudió su *wakizashi* con un golpe de muñeca y limpió la sangre residual haciendo pasar la hoja por la corva del brazo flexionado. Enfundó con un gesto sencillo y se colocó junto a Enomoto, que se desangraba lentamente. El *ronin* empuñó la *katana* con ambas manos.

Seizō ya había visto aquello antes, así que apartó la mirada y clavó sus ojos en el rostro de su hermano. Cuando el golpe sacudió a todos los presentes y Joboji contrajo el rictus, supo que todo había pasado. Volvió a mirar hacia abajo y vio que la cabeza de Enomoto aún rodaba por el suelo, esparciendo sangre con una macabra inercia.

Extrajo de la pechera del kimono un pañuelo de papel de seda y limpió la espada que había utilizado para la decapitación. Abrió los dedos y dejó que el viento arrastrara el pañuelo, que vino a posarse durante un instante en las aguas del lago, como una libélula de alas rojas, antes de ser engullido hacia las profundidades.

Después, todo cobró vida: el gentío comenzó a dispersarse entre murmullos y, cuando ya no quedaron curiosos, el maestro Gensai, ayudado por los dos discípulos que lo flanqueaban, se puso en pie dificultosamente y, sin mediar palabra, abandonó el escenario del duelo.

Mientras el maestro se alejaba, los alumnos más jóvenes asistieron el cadáver de Taisuke Enomoto. Uno levantó la cabeza decapitada valiéndose de un largo alfiler que ensartó en el moño, la depositó sobre un paño que había extendido previamente en el suelo y la envolvió con sumo cuidado. Otros dos cargaron el cuerpo y todos abandonaron en silencio el lugar.

A orillas del Shinji solo quedaron el *ronin*, que, de espaldas a la escena, contemplaba las aguas mientras los asistentes se retiraban, y los dos hermanos encaramados a la copa del cedro. Resultaba evidente que Joboji no se atrevería a descender mientras el forastero permaneciera allí; pero cuando el guerrero se desvistió y se introdujo en las aguas para lavarse, vio la oportunidad de salir de allí sin tener que cruzarse con el terrible samurái.

Le hizo un gesto en silencio a Seizō y comenzó a descender lentamente, apretando los dientes mientras rezaba por no hacer ningún ruido. Cuando ambos estuvieron a los pies del árbol, Joboji volvió a dirigirse a su hermanastro en silencio y le señaló el puente, su ruta de huida. Comenzó a correr hacia allí pero, al cabo de un instante, se percató de que Seizō no le seguía; miró hacia atrás y contempló, horrorizado, cómo su hermano avanzaba en dirección al *ronin*. Lo llamó desesperado, alzando la voz todo lo que se atrevía, pero el temerario muchacho se limitó a volverse e indicarle que se fuera.

Y eso es lo que deseaba hacer Joboji con todas sus fuerzas, pues sabía que acercarse a un samurái, poner tu cuello al alcance de su espada, era un riesgo estúpido e innecesario. Pero también recordaba cómo Seizō le defendió años atrás cuando los gamberros del puerto le estaban apalizando, así que, sacudiendo la cabeza, siguió a su hermano y se escondió tras el tronco del cedro, se dijo que dispuesto a saltar en su ayuda si fuera necesario.

Seizō llegó hasta la orilla y se detuvo a la altura del guerrero, que continuaba bañándose de espaldas a tierra firme, con el agua por la cintura.

—Si intentas robarme, te mataré. No podrás dar ni cinco pasos —dijo el samurái sin ni siquiera volverse, mientras se echaba agua sobre los hombros.

Seizō ignoró la amenaza y dijo lo que había ido a decir:

—No puedes usar dos espadas en un duelo. Eso no está bien.

Escondido tras el árbol, Joboji se golpeó la cara con la mano abierta.

El *ronin* se volvió un poco y le miró por encima del hombro. Cuando vio al joven de apenas catorce años, sonrió para sí, cogió agua con las manos y se enjuagó la boca ruidosamente. Escupió antes de volver a hablar.

—Así que no te ha gustado mi forma de combatir.

—No es propia de un samurái —replicó Seizō.

El guerrero se volvió y comenzó a salir del agua. Ahora que lo veía frente a él, Seizō comprobó que era más joven de lo que le había parecido en un principio. Era alto y fornido, con unas gruesas y largas cejas que oscurecían sus ojos, y tenía los brazos y el pecho llenos de cicatrices y magulladuras que hablaban de una vida violenta.

—¿Cuántos años tienes, niño? —preguntó, provocador, el *ronin*.

—No soy ningún niño.

El guerrero prosiguió con una sonrisa:

—¿Tu padre no te ha advertido de los peligros de acercarte a un samurái errante? Los vagabundos estamos locos, desesperados. —Decía esto mientras avanzaba hacia Seizō, pero este no retrocedió, pues sabía que intentaba asustarlo. Cuando estuvo solo a unos pasos, se detuvo y le dijo:

—Acércame ese paño para secarme, no quiero tocar las ropas mientras estoy mojado.

Seizō miró la tela raída que servía como toalla a aquel hombre y se la acercó. El samurái la tomó y se acomodó en una roca próxima para secarse la cara y el torso.

—Nunca conocí a un experto en esgrima tan joven. Explícame exactamente cuáles son tus reproches.

—Ningún estilo de espada permite usar los dos sables al mismo tiempo. Ese samurái no sabía que lucharías así, no tuvo oportunidad.

—¿Conoces todos los estilos de esgrima como para poder decir algo así?

Seizō titubeó, no era un experto en el arte de la espada, ni mucho menos. Y aunque nunca hubiera tenido noticias de un guerrero que luchara a dos armas, lo cierto es que Japón era un país muy extenso.

Viendo las súbitas dudas del muchacho, el *ronin* rio entre dientes.

—Tienes razón, ninguna escuela tradicional contempla el arte de luchar empuñando *katana* y *wakizashi* a un tiempo. Pero existe un nuevo estilo de lucha que aprovecha esta posibilidad. El mío.

—Pero… no puedes cambiar los estilos a tu antojo —replicó Seizō, cada vez menos convencido.

—¿Por qué no? ¿Por qué ceñirse a las artes antiguas? ¿Acaso no libra sus batallas Nobunaga Oda usando arcabuces de mecha? Si ves al general, ¿también le recriminarás el no ir a la guerra solo con arcos y con lanzas?

Seizō se mantuvo en silencio, pensativo.

—La guerra es una cosa, los duelos son otra. Existe honor y un código que respetar en un duelo, no debe haber argucias ni trucos.

—¡Bah! Enséñame en qué código se prohíbe luchar con los dos sables al mismo tiempo —le espetó aquel hombre—. Que nadie lo haya hecho hasta ahora no significa que sea deshonroso. —De repente, cobrando conciencia de que estaba discutiendo de esgrima con un simple muchacho, el samurái sonrió y añadió—: ¿Por qué correr con una pierna cuando tienes dos?

Con aquello quiso dar por zanjada la conversación, y comenzó a vestirse.

—Si dices que hay honor en tu estilo de lucha, ¿qué necesidad tenías de matarle? Ya estaba derrotado. —Al formular aquella pregunta, Seizō la escuchó resonar a través de los años, como si sus palabras fueran el eco del mismo reproche pronunciado en otro lugar y en otra vida, por otro Seizō más pequeño y asustado, tendido en el barro de un camino a la sombra de los almendros.

El samurái terminó de ceñirse el remendado kimono de viaje, se calzó las *warajis* y recogió los fardos. Antes de echar a andar, comprobó que el muchacho le seguía mirando, aguardando una respuesta.

—Eres valiente, niño. Pero también ignorante. Aquel hombre estaba ya prácticamente muerto, y aunque hubiera logrado sobrevivir al tajo que le di, solo habría tenido una lenta recuperación para, al poco, abrirse la barriga humillado por la deshonra de haber dejado en evidencia a su maestro.

Seizō supo que todo aquello era cierto. Muy probablemente, lo que a él le pareció un acto de crueldad había sido un gesto de misericordia. Quiso disculparse, pero el guerrero ya había reemprendido su camino.

Durante largo rato lo observó mientras se alejaba por la orilla del lago. El sol había comenzado a ponerse y las aguas del Shinji se teñían de rojo. Se preguntó a cuántos duelos más sobreviviría aquel samurái que luchaba con dos espadas, en qué orilla, vado o arboleda encontraría la muerte. No quiso sumirse en pensamientos tan agoreros y se encaminó de regreso a casa.

—Ya puedes salir —le indicó a Joboji.

El muchacho se apartó del cedro y comenzó a caminar junto a él.

—Estaba allí escondido para sorprenderle, por si necesitabas ayuda.

Seizō no pudo evitar que se le escapara una sonrisa, pero quiso tranquilizar a su hermano:

—No creo que fuera necesario. No parecía de la clase de hombres que matan solo porque pueden.

Joboji no estuvo en absoluto de acuerdo con esa opinión, pero no quiso remover el asunto. Después de todo, parecía que su dignidad iba a quedar intacta.

Mientras regresaban al hogar de los Ichigoya, los recuerdos apabullaron a Seizō. Imágenes de una vida que creía enterrada, que quería olvidar a toda costa; sin embargo, los acontecimientos de aquella tarde no le ayudarían a tal propósito.

Capítulo 13

Cuatro años de paciencia

De pie junto a la orilla, rodeado por paredes de roca, Ekei observaba el majestuoso amanecer desde la cala. La luz avanzaba sobre el cielo de la mañana con ritmo solemne, anunciando el regreso de Amaterasu para reclamar su trono. El azul se filtraba a través de la línea del horizonte hasta diluirse en el mar, y la escena era realzada por el suave rumor de las olas, que rompían contra las rocas y dispersaban un sinfín de aerosoles que le impregnaban los labios con un regusto a yodo.

Las últimas heladas de la primavera enfriaban aún las mañanas y la arena húmeda le calaba las sandalias. No pudo evitar un estremecimiento bajo la gruesa capa de caña, pues llevaba demasiado tiempo inmóvil, pero ni la helada ni el grosero retraso del hombre al que aguardaba le impedirían disfrutar del espectáculo privado que el cielo le brindaba. Así que bajó un poco más el ala de su sombrero y se dispuso a continuar esperando.

—Solo el alma de Buda brilla con el esplendor del amanecer —observó una voz a su espalda.

—Ilumina la senda para que no erremos nuestros pasos —respondió Ekei sin volver el rostro, según lo acordado.

—Me he retrasado más de lo previsto, espero que no se haya preocupado.

—Comprendo que su labor es difícil y requiere de una discreción extraordinaria. A veces la puntualidad no es lo prioritario —le disculpó el médico.

El misterioso enviado asintió en silencio, algo que Ekei solo pudo intuir.

—Hace mucho que sopló el primer viento de la primavera, los cerezos ya florecen y pronto sus ramas volverán a estar desnudas. Las estaciones vuelan y usted lleva nueve meses dentro del castillo. El señor Shimizu no puede seguir esperando, necesita saber si debe prepararse para una guerra.

Ekei sacudió la cabeza y, ya que su interlocutor no podía ver su semblante, se permitió un gesto de hartazgo. Era evidente que la paciencia y la sutileza no se encontraban entre las bondades de aquel hombre, pero ¿transmitía el sentir de su señor, o se arrogaba él mismo la potestad de presionarle?

—Todo sigue igual —señaló el médico—, ni siquiera he podido averiguar si el clan contempla la posibilidad de una expansión militar. Desde luego, si planean una guerra, se está haciendo con extrema cautela, hasta el punto de que ni siquiera hay comentarios entre la guarnición.

—Si los Yamada preparasen sus guerras a la vista de todos, no necesitaríamos que usted estuviera infiltrado en el castillo —indicó la voz a su espalda—. La labor del espía es descubrir lo que no se dice abiertamente; de lo contrario, nos bastaría con sentarnos en una posada a beber y escuchar.

Un espía. Al parecer, de la noche a la mañana había dejado de ser un médico para convertirse en un *shinobi* *, y aquel hombre no perdía la ocasión de recordarle que ahora su obligación era obedecer como un soldado, sin pensar, sin dudar. Por supuesto, Ekei Inafune tenía una opinión muy distinta sobre cuál era su papel. Sus largos años de vagabundeo habían maleado su espíritu con una cierta arrogancia, con el placer de no rendirle cuentas a nadie.

Y sin embargo, allí estaba, departiendo con aquel hombre que le exasperaba hasta el punto de obligarse a recordar una y otra vez que se sentía en deuda con el señor Shimizu. Aunque eso no significaba que tuviera que aguantar los excesos de su confidente.

—Si cree que alguien puede hacer mejor esta labor, puede proponérselo al señor Shimizu. Yo me retiraré con sumo gusto. Mientras

---

* *Shinobi*: simplificación de *shinobi-no-mono*, literalmente «hombre del sigilo», aunque se puede traducir como «hombre de incógnito». Era como se denominaba a los agentes especializados en la infiltración y el espionaje.

no sea así, las cosas en el castillo se harán a mi manera. —Hablaba con un tono sereno pero firme—. Todavía soy un extraño entre las paredes de la fortaleza negra, no me encuentro en disposición de acceder a cierta información.

—En ocasiones, para saber basta con preguntar.

—Soy de los que creen, más bien, que no llega a sabio el que más pregunta, sino quien mejor escucha —le contradijo Ekei—. ¿No conoce el proverbio?

—Comprendo que crea ser el que más está arriesgando en todo esto —concedió en un tono pacificador su interlocutor—, ya que si nuestra pequeña conspiración fuera descubierta, usted sería el primero en morir a manos de los Yamada. Pero no se equivoque, hay quien se está jugando mucho más. La guerra se avecina. Los tambores hacen vibrar la tierra, puede que usted aún no los oiga, pero yo los percibo claramente, retumban en mi estómago, y la victoria o la aniquilación dependen, en gran medida, de la información que usted nos proporcione.

Para Ekei se hizo evidente que aquel hombre, quienquiera que fuese, no estaba al tanto de la verdadera idiosincrasia de su cometido. El señor Munisai Shimizu no le había pedido que entrara en el castillo para sustraer información como un vulgar ladrón; aquello podía ser una ventaja secundaria de su presencia allí, pero su auténtica misión era mucho más sutil. Aun así, decidió compartir una vaga intuición que le rondaba desde el primer día que visitó a Torakusu Yamada. Habría preferido guardárselo hasta tener algo más tangible pero, por el momento, le serviría para aplacar la curiosidad del clan Shimizu:

—Hay algo a lo que vengo dando vueltas desde hace meses, no es nada concreto, una vaga impresión, más bien…

—Hable —le requirió inmediatamente su confidente.

Ekei sonrió ante el asomo de impaciencia.

—No sé si es conveniente trasladar al señor Shimizu algo que solo se basa en intuiciones, puede que no sea relevante…

—Seré yo quien lo valore.

—Pero al no ser un dato constatable, podemos conducir al clan hacia una estrategia equivocada. —El maestro Inafune sabía que no debía jugar con la paciencia de aquel hombre, pero era una tentación que no podía resistir.

—¡Basta ya! —exclamó con violencia su interlocutor—. No me gusta su actitud, y así se lo haré saber al señor Shimizu. Hable ya o despidámonos ahora.

Ekei se dio por satisfecho con haber provocado tal acceso de ira.

—Cuando me llamaron para visitar al señor Torakusu Yamada, este llevaba ya varias jornadas postrado en sus aposentos, retirado de su actividad cotidiana. Ese día, cuando por fin pude entrar en la residencia del daimio, me llamó la atención el ambiente tenso que se respiraba en el castillo, de extrema preocupación...

—Es lógico, pese a su poder, es un hombre viejo. Apura sus últimos años de vida.

—La inquietud que percibí iba más allá, no era solo por la salud de su señoría.

—Hable claro —le incitó la voz a su espalda.

La mirada de Ekei se perdió en la arena, como si buscara entre los granos las palabras adecuadas.

—Creo que temían un vacío de poder. Como si una prolongada enfermedad de su señor pudiera alentar a alguien a hacerse con las riendas del clan.

—¿Temen una traición? El León de Fukui nunca ha sido débil con los traidores, no le ha temblado el pulso a la hora de cercenar posibles deslealtades.

—Quizás no una traición, no algo tan explícito —señaló el médico con aire meditabundo—. Es solo una conjetura, pero puede que en el feudo haya un delicado equilibrio de poderes, un equilibrio que solo la autoridad del daimio mantiene. Sería lógico pensar que, si este se ausentara de las decisiones políticas, la balanza podría decantarse hacia uno u otro lado.

—Eso nos pondría ante un escenario más complejo —afirmó para sí el extraño confidente—. Parece un buen hilo del que tirar, ¿no cree?

Ekei asintió, pero al mismo tiempo se preguntaba qué podía hacer para corroborar o descartar aquella teoría que, hasta ese momento, no se había atrevido a verbalizar.

—Volveremos a vernos dentro de un mes —dijo el confidente—, a no ser que surja algún imprevisto. En ese caso, prenda una lámpara en la consulta que mantiene fuera del castillo y nos veremos aquí a la mañana siguiente.

Al ver que el médico no respondía, el emisario se limitó a despedirse deseándole suerte.

—Gracias —musitó Ekei por toda respuesta, perdido en sus cavilaciones.

De repente, y a pesar de sus diferencias con aquel hombre, había comprendido que en algo tenía razón: debía adoptar una estrategia más activa. Pero ¿cómo podría navegar por las corrientes subterráneas de la política del clan Yamada? ¿De qué recursos disponía? Llevaba un rato intentando poner en orden sus ideas, cuando se percató de que la marea comenzaba a lamerle los pies.

* * *

El médico llegó a la puerta este de la ciudad poco después del amanecer y atravesó el pórtico mezclado con el gentío. En su mayoría eran pescadores que se dirigían a vender las capturas logradas a primera hora de la mañana, pero también se podían encontrar mercaderes que emprendían ruta y peregrinos que se encaminaban al templo Eihei-ji.

Los guardias a ambos lados del portal clavaban al suelo sus *naginata* y observaban a los transeúntes con el ceño fruncido. Aún no habían perdido los hábitos adquiridos durante años de guerra, y para ellos cualquiera podía ser un enemigo. Eran pocos aún, sobre todo entre la casta samurái, los que creían que la paz impuesta por los Tokugawa estaba llamada a perdurar, así que las guarniciones insistían en mantener sus costumbres propias de la guerra. Simple y llanamente, nunca habían conocido tiempos de paz.

Ekei trató de atravesar la gran puerta mimetizado con la muchedumbre, no porque temiera algún tipo de impedimento, algo que quedaría solventado con mostrar el emblema de los Yamada cosido a su kimono, sino porque prefería no ser visto fuera de la ciudad a horas tan tempranas. Al pasar entre los guardias, observó la muralla de troncos clavados en la tierra que protegía aquel acceso, precedida de un profundo foso como el que se podía encontrar en los castillos fortificados. Eran las cicatrices de siglos de guerra, contra los invasores mongoles y contra los clanes vecinos; cicatrices que no solo se encontraban en el paisaje y en las poblaciones, erizadas de altas empalizadas y torres vigía, sino también en el alma y el ánimo de las personas.

Una vez entró en la ciudad, comenzó a preocuparse de cuestiones más prácticas, como llegar al castillo por la ruta más discreta. El gentío comenzaba a dispersarse entre los distintos barrios y Ekei optó por encaminarse hacia la zona portuaria, una de las más concurridas a cualquier hora. Paseó paralelo al muelle y disfrutó observando cómo los pescadores, entre gritos y chanzas, descargaban el pescado que los transportistas iban apilando para llevar a la lonja. Las populares tabernas portuarias permanecían invariablemente abiertas, y algunos parroquianos sesteaban junto a la puerta de sus locales favoritos. No sin cierta malicia, Ekei escrutó los rostros esperando encontrar al descarriado Asaemon Hikura.

En los últimos meses había entablado una peculiar relación con aquel samurái: ambos, cada uno a su manera, eran unos extraños en la corte de Torakusu Yamada, y eso hizo que cierta camaradería surgiera entre los dos, pese a su muy distinto temperamento. Sus encuentros consistían, básicamente, en largas veladas durante las que Asaemon trasegaba botellas de sake mientras Ekei intentaba mantener una conversación coherente. Quizás no fuera una relación muy edificante, pero era todo lo que tenía. Así que continuó observando con aire casual a los marineros borrachos que salían tambaleándose de las tabernas, incapaz de renunciar a la posibilidad de cruzarse con el samurái y empeorar su resaca con algún comentario mordaz.

Tuvo que dejar definitivamente atrás sus traviesas intenciones cuando llegó a los pontones que delimitaban los lindes del puerto. Con una sonrisa aún en los labios, enfiló la amplia avenida que ascendía hacia la zona alta de la ciudad, donde se levantaba el castillo Yamada, y se ajustó aún más la capa; no porque tuviera frío, sino por la apariencia anónima que esta le otorgaba. Sin embargo, tras avanzar durante un buen rato entre el gentío, escuchó cómo alguien lo llamaba por su nombre.

Ignoró la llamada y continuó caminando con la esperanza de que el que le hubiera reconocido decidiera no insistir. No fue así. Los cascos de un caballo batieron la tierra hasta ponerse a la par.

—¿Maese Inafune? —volvió a preguntar el jinete.

Ekei no tuvo más remedio que alzar la cabeza, de modo que el ala de su sombrero de paja dejó de cubrirle el rostro.

—Buenos días, señora Endo.

—Ya le dije que con Yukie era suficiente —dijo la joven con fastidio, mientras descendía del caballo y se quitaba los guantes de montar.

—Discúlpeme, pero me cuesta tomarme confianzas con los comandantes de su señoría, la milicia siempre me ha impuesto respeto.

—Esperaba más de usted, maestro Inafune —señaló ella con exagerada decepción, mientras conducía el caballo por las riendas, caminando junto al médico—. Creí que un hombre viajado tendría mayor amplitud de miras; sin embargo, usa su sarcasmo para ocultar la incomodidad que le provoca una mujer armada con la *daisho*.

Ekei insinuó media sonrisa y continuó andando. No quería entrar en aquel juego, por lo que desvió la conversación hacia terrenos menos pantanosos:

—¿Qué hace fuera del castillo tan temprano?

—Entre mis responsabilidades está controlar la puerta sur de la ciudad; en aquel camino fue donde nos encontramos cuando usted llegaba a Fukui, ¿recuerda?

—¿Cómo no? Fue usted muy amable.

Yukie se limitó a sonreír antes de continuar con su explicación.

—Me gusta madrugar y realizar la primera guardia con los vigías de la puerta, eso les hace comprender que su comandante considera importante su labor.

El médico la observó, gratamente sorprendido.

—Seguro que muy pocos oficiales se toman semejantes molestias. Pero no entiendo por qué las puertas siguen estando custodiadas por guarniciones tan numerosas.

—¿Tan numerosas?

—Bueno, solo al oeste de Hondō quedan conflictos aislados, ¿no es así? Unos pocos clanes leales a Toyotomi que se resisten a acatar el nuevo shogunato, pero parece improbable que esos enfrentamientos lleguen a salpicarnos aquí, tan al norte de la provincia de Echizen.

—Está usted al tanto de la situación, pero la gente de a pie tiende a tener una visión demasiado simplista de la realidad —indicó la joven comandante con cierta condescendencia.

—Creo que ahora soy yo el que debe pedir una explicación.

Yukie volvió a sonreír. Resultaba evidente que a maese Inafune no le gustaba ser aleccionado, y menos por una mujer casi quince años más joven que él.

—Fortificar los accesos a las ciudades tenía una función militar antaño —explicó—, cuando los clanes ocupaban pequeñas extensiones de terreno y las ciudades apenas eran unas cuantas casas alrededor de la residencia de un señor militar. En aquel entonces un ejército enemigo podía llegar a tus puertas en poco tiempo y sin ser avistado, así que los accesos debían estar bien fortificados para cerrar rápidamente la ciudad. Pero hoy día, con feudos que albergan varios castillos en su territorio y con puestos de vigilancia diseminados por los caminos, puentes y puertos de montaña, resulta imposible que una fuerza invasora llegue hasta la capital si no es tras una ardua campaña.

—¿Entonces? —quiso saber Ekei.

—Entonces, el mantener guardados los accesos a la capital responde a otro motivo: los grupos de bandidos y los *ronin*.

—¿Tan osados se han vuelto como para enfrentarse a las fuerzas de un señor feudal?

—No de forma directa, pero debemos mantener las entradas bien guarnecidas; de lo contrario, una banda de salteadores podría penetrar a la fuerza y realizar incursiones rápidas antes de que los localicemos. Muchos incluso podrían esconderse en los barrios bajos y, una vez dentro, sería mucho más difícil expulsarlos. Ya tenemos bastantes problemas para mantenerlos a raya en algunas regiones, donde se convierten en una auténtica autoridad paralela.

—No sabía que el problema se hubiera vuelto tan grave —reconoció Ekei.

—Tenga en cuenta que tras Sekigahara el shogún desposeyó de sus tierras a muchos clanes, que desde entonces no pudieron mantener sus ejércitos. Con la nueva paz, incluso los que conservan sus feudos ya no precisan de tantos samuráis. Esto ha provocado que haya un creciente número de *ronin* vagando por el país sin más ocupación que la supervivencia.

—Ya veo. Así que los guardias son, ante todo, un factor disuasorio —indicó el maestro Inafune.

—Podría decirse así.

—De modo que si quisiera entrar con mi ejército de cien *ronin* en Fukui, solo tendría que hacerles pasar de dos en dos para que no llamaran la atención —bromeó Ekei—. Al fin y al cabo, los guardias de los pórticos solo se fijarían en un grupo numeroso, ebrio y violento.

Yukie no pudo reprimir una carcajada limpia y desinhibida ante semejante idea.

—Afortunadamente, no lidera usted un grupo de cien *ronin*, maestro Inafune. ¿O pretende engañarnos? ¿No será usted la avanzadilla de un ejército enemigo?

—Sería una avanzadilla bastante inofensiva —dijo el médico, mostrando sus manos vacías.

Yukie volvió a reír. Durante la conversación habían llegado hasta la arboleda que rodeaba el Castillo Negro. En aquella época mostraba un aspecto radiante, iluminada por la efímera belleza de los cerezos en flor. Caminaron bajo la fresca sombra pincelada de blanco y rosa, entre la ordenada multitud que acudía al castillo cada mañana, sin que Yukie hiciera ademán de montar para adelantarse. Ekei comenzó a plantearse qué comentarios podría suscitar el hecho de que llegara acompañado de la hija del general Yoritomo Endo, pues aunque la diferencia de castas impedía cualquier relación legítima, sabía bien que la guarnición, especialmente imaginativa en sus largas horas de guardia, era dada a todo tipo de rumores infundados.

A la joven, sin embargo, las posibles indiscreciones no parecían preocuparle lo más mínimo, así que continuó conversando con su acompañante sin siquiera fijarse en las personas con las que se cruzaban.

—Yo le he explicado la razón de mi paseo matutino, maese Inafune. ¿Cuál es la suya? —inquirió Yukie.

Aquella era la pregunta que había estado intentando evitar, entre otras cosas porque resultaba evidente que venía del barrio portuario, una zona donde no tenía ningún motivo lógico para estar. Sin embargo, ante la reacción dubitativa del médico, la mujer infirió una respuesta por sí sola.

—No hace falta que disimule, maestro, no es el primer hombre de aspecto respetable que sucumbe a los placeres de la noche de Fukui.

Ekei abrió la boca para protestar, pero pensó que era mejor callar y dejar que su acompañante pensara lo que quisiera; al fin y al cabo, no hay mejor coartada que la que otros dan por sentado.

—¿Cuánto tiempo lleva al servicio de su señoría como comandante? —preguntó el médico con un carraspeo, en parte para desviar la conversación, en parte porque aquella mujer le intrigaba.

—Tres años. Previamente serví como samurái al servicio de su hijo.

—Disculpe si me llama la atención, no es común encontrar a una mujer con sus responsabilidades.

—Entiendo su curiosidad —lo disculpó Yukie—. Dicen que en algunas islas es habitual que las mujeres acudan a las armas cuando los tambores llaman a la batalla.

—Puede que en otros tiempos fuera así, no lo sé. Pero debe tener un talento especial si su señoría depositó tal confianza en usted.

—No fue algo que yo buscara conscientemente. Por su estrecha relación con mi padre, el señor Yamada me conoce desde pequeña, ha participado en mi educación, supongo que eso influyó en su decisión.

—Aun así —insistió Inafune—, debe haber mostrado facultades para el mando superiores a las de muchos hombres. Seguro que su designación fue polémica.

—No me corresponde a mí hablar de mis méritos, y lo que otros piensen no me importa, solo debo responder ante mi señor y sus generales. Dedico todas mis horas a mostrarme digna de la responsabilidad que se ha depositado en mí. Si fallara, la deshonra para mi familia y para mi padre sería aún mayor que si fallara un hijo varón.

—Comprendo —asintió el médico.

—No soy una necia, me doy cuenta de que soy una privilegiada. La mayoría de las mujeres de clase samurái deben entrenar en la privacidad de sus hogares y sus maridos no les permiten portar un arma en público.

—Se me hace difícil verla en esa situación. ¿Qué hará cuando tome marido, si me permite la indiscreción?

—Mi lealtad es, ante todo, hacia mi señor —sentenció Yukie, como quien pronuncia un juramento—. Solo dejaré mi puesto cuando él así me lo ordene; siempre seré samurái antes que esposa.

Ekei pensó que esas palabras bien podrían estar cinceladas en la tumba de aquella mujer. Pese a su juventud, parecía estar segura de su papel en el mundo. A él, que constantemente cuestionaba sus razones y sus propios motivos, le habría gustado poder decir lo mismo.

Cuando llegaron al pórtico que daba acceso al primer patio del castillo, Yukie llamó a uno de los soldados que hacían guardia y le ordenó que llevara su montura a las cuadras. El soldado la saludó y se dirigió a cumplir la orden.

—Maestro Inafune, ha sido un paseo agradable. Aquí nos despedimos.

—Por favor, llámeme Ekei. De lo contrario me obligará a mantener el protocolo.

Ella sonrió y se apartó un mechón de pelo suelto, un gesto sumamente femenino que hizo pensar al médico que aquella mujer estaba llamada a sembrar el desconcierto entre los hombres.

—Como desee, maestro Ekei.

En ese instante, alguien comenzó a llamar a la comandante a voz en grito.

Ambos se volvieron para ver a un joven samurái avanzar por el patio a grandes zancadas. Se dirigía hacia ellos con la impaciencia del que ha estado buscando a alguien durante largo rato.

—Tu padre te busca, Yukie. No has debido abandonar el castillo sin notificarlo —señaló el joven con tono imperativo para, acto seguido, lanzar una mirada de desdén a Ekei.

El médico se sorprendió de la zafiedad del oficial, pues resultaba evidente que aquella manera de dirigirse a Yukie comprometía la imagen que ella pretendía proyectar entre la tropa.

—Caballero Ozaki, ¿cómo se atreve a cuestionar mis funciones?

El hombre se detuvo en seco, contrariado por una respuesta que lo ponía en evidencia. Y con todo merecimiento, pensó el maestro Inafune, al tiempo que un nombre venía a su mente. «Este es Tadakatsu Ozaki», dedujo el médico. Según le había explicado Asaemon con voz enturbiada por el licor, el joven y petulante Tadakatsu, hijo del jefe de la guardia personal del daimio, se las daba de ser el prometido de Yukie Endo. Pero las malas lenguas decían que, pese a que su familia había presentado una propuesta formal de matrimonio, Yoritomo Endo había sido esquivo a la hora de dar una respuesta.

—Solo digo… —balbuceó con torpeza el samurái.

—En un futuro, absténgase de dirigirse a mí sin guardar el protocolo o será sancionado.

Ekei estaba disfrutando de aquello, y sin duda debió reflejarse en su rostro, ya que el joven, antes de agachar la cabeza para disculparse, le dedicó una mirada asesina.

—Lo siento…, comandante.

—Retírese, dígale a mi padre que me reuniré con él enseguida.

—Por supuesto.

El caballero Ozaki se retiró tras un nuevo saludo y desanduvo el camino con pasos lentos, como si matara una culebra con cada una de sus pisadas.

Yukie se volvió hacia Ekei suavizando su expresión.

—Disculpe la situación, pero a algunos conviene recordarles cuál es su sitio.

—Ya veo —rio el médico en tono jocoso, pero al instante recordó la afilada frialdad que había mostrado su interlocutora hacía un instante y, tras aclararse la voz, adoptó una pose más seria—. Espero que nos volvamos a ver pronto.

—Dos veces a la semana, los comandantes más jóvenes y la guardia personal del daimio entrenamos en el *dojo* de esgrima. Las contusiones son habituales; si la jefa Itoo le diera permiso, no nos vendría mal la presencia de un médico, y así usted podría ver lo que una mujer es capaz de hacer cuando le dejan esgrimir el *bokken*. Quizás así abandone su sarcasmo y decida guardar la compostura al tratar conmigo.

—Creo que hoy he aprendido la lección —dijo Ekei mirando de soslayo a Tadakatsu Ozaki, que aún cruzaba el patio con aspecto airado—. Pero si mis responsabilidades me lo permiten, acudiré. Siempre me ha interesado el arte de la espada.

* * *

Ekei dedicó el resto de la mañana a sus tareas cotidianas, consistentes en visitar a funcionarios y vasallos de bajo rango del clan, escuchar sus quejas y aplicarles un tratamiento con el que el paciente se sintiera cómodo, generalmente infusiones o masajes que complementaba, de cuando en cuando, con sesiones de acupuntura.

Las enfermedades más frecuentes iban desde dolores articulares, habituales en las poblaciones costeras, hasta resfriados y fiebres provocados por las frías estancias del castillo. Habitar entre muros de piedra siempre había sido menos saludable que hacerlo en una casa de madera, y aunque una fortaleza se revistiera de cálidas tarimas, puertas *shoji* y vigas de roble, la frialdad de la roca seguía estando en el corazón mismo de la estructura y, con el tiempo, en el de las personas. El maestro Inafune estaba convencido de ello, creía que la humedad y el frío se hacían fuertes a lo largo de los años y ninguna tisana o cauterio podía expulsarlos. Al fin y al cabo, los daimios construían sus castillos pensando en su seguridad personal, pero no en su salud. Como si a la larga hubiera alguna diferencia.

Afortunadamente, pronto llegaría el verano y la inmensa mayoría de aquellos males desaparecerían o quedarían paliados durante algunos meses, lo que sin duda aliviaría la agenda de pacientes que cada noche le pasaba la señora Itoo. O, al menos, la aligeraría de aquellos que realmente tenían alguna dolencia, ya que las mujeres de muchos viejos funcionarios, auténticas viudas con el marido en vida, continuarían reclamando sus atenciones; en el mejor de los casos para que las escuchara y compadeciera durante un rato; en el peor y más vergonzoso, para coquetear con el nuevo médico, algo que azoraba y enojaba a Ekei casi en igual medida.

Cuando Ekei cerró su *yakuro* después de la última visita del día, realizada a un anciano que llevaba toda su vida trabajando como archivero del clan, se despidió de la familia y salió al exterior. Se encontraba en el penúltimo patio de la ciudad castillo, en el anillo ocupado por las viviendas de los funcionarios de más alto rango, que constituía un área apacible y prácticamente desmilitarizada dentro de la fortaleza.

Le alegró comprobar que aquella tarde soplaba una brisa casi estival. Levantó la cabeza y cerró los ojos para escuchar mejor el viento, que ya hablaba de noches cálidas y cantos de cigarra. Cuando volvió a abrirlos, se encontró con una magnífica luna que asomaba entre jirones de nube pese a que aún no había anochecido.

Avanzó entre casas y jardines hasta llegar al pórtico de la ciudadela interior. Los lanceros que guardaban el inmenso portón, con los que se cruzaba a diario, le saludaron cortésmente antes de hacer señas para que movieran las pesadas hojas y franquearan el paso al maestro médico. Ekei penetró en el corazón del castillo con paso distraído, perdido en cábalas sobre sus posibilidades de convencer a la dama Itoo de cambiar sus criterios a la hora de adjudicarle pacientes. Hasta la fecha, la jefa médica del clan, junto a sus ayudantes habituales, siempre se había encargado de atender a los más altos cargos de la corte, ignorando el hecho de que al maestro Inafune se le había otorgado el rango de médico de cámara.

De este modo, su estrategia para entrar al servicio del señor Yamada, que en un principio había considerado un logro aplastante de su ingenio, pronto se desveló como una vana ilusión de victoria, ya que la natural desconfianza de O-Ine lo había relegado a tratar con lo más intrascendente de la élite del clan. Solo había coincidido con el señor del castillo en una ocasión: el día que le recibió para agradecerle su mejoría y anunciarle que entraría a su servicio. Desde entonces apenas lo había vuelto a ver, y siempre en la distancia, rodeado de su habitual nube de escoltas y altos consejeros.

Ekei entró en la torre del homenaje y se dirigió hacia la amplia escalinata que la recorría de abajo arriba, comunicando un piso con otro. Aquella imponente estructura, que en su primera visita le pareció un lugar inhóspito y enrevesado, se había convertido en los últimos meses en un entorno conocido, pero jamás en algo semejante a un hogar. Poco a poco fue poniendo nombre a todos los rostros que discurrían por sus pasillos, gente de suma confianza para la familia Yamada entre las que él se sentía justo como lo que era: un intruso.

Se detuvo en la primera planta para dirigirse a sus aposentos, una agradable vivienda dividida mediante paneles en cuatro estancias: dormitorio, aseo, estudio y sala de visitas. Desde esta última, además, se accedía a una amplia terraza que, pese a hallarse en el primer nivel, tenía unas maravillosas vistas del castillo, cuyas luces se derramaban por la ladera hasta morir en la arboleda. Más allá de la fronda se extendían los barrios y las casas de Fukui, y en lo profundo de la noche llegaba a escuchar el batir de las olas contra el acantilado rocoso, aunque desde su posición no alcanzara a ver el mar.

Entró en el recibidor y deslizó la puerta hasta cerrarla por completo. Se encaminó hacia el estudio y abrió su *yakuro* sobre la mesa colocada contra la ventana. Se entretuvo en extraer varios frascos de cerámica y sobres con hierbas, dejando en el cofre solo las medicinas esenciales que debía llevar consigo todo médico. Guardó el resto en una vitrina y dejó el *yakuro* abierto sobre la mesa, a la espera de recoger aquellos remedios que considerara adecuados en función de la lista de pacientes del día siguiente.

Entró en el baño para asearse y vestirse con ropas más livianas. Mientras se preparaba, se mentalizó haciendo acopio de cuanta paciencia y humildad le fueron posibles, pues sabía bien que le harían falta. Una vez listo, se dirigió a la consulta personal de O-Ine con objeto de discutir un nuevo método de trabajo, uno que permitiera un reparto distinto de los pacientes. Anticipaba una batalla ardua, pero debía librarla.

Las dependencias de la médica se hallaban en la tercera planta. Al llegar a la puerta, respiró hondo y anunció su presencia antes de deslizar la hoja a un lado. La consulta la formaban una primera habitación, donde la maestra atendía a sus pacientes en primera instancia, seguida de una sala más amplia y despejada, con apenas ornamentación o mobiliario, donde ella misma aplicaba los tratamientos que, por su complejidad o relevancia del paciente, no delegaba en sus ayudantes.

Ekei se extrañó al comprobar que no había nadie en la consulta, ya que O-Ine solía dedicar las últimas horas del día a organizar el trabajo de la jornada siguiente. Abandonó todo reparo y se dirigió a la estancia del fondo, apartó la cortina y, con precaución, se asomó a la sala de tratamientos. En su interior, a la tibia luz de unas lámparas de papel, encontró a la médica concentrada en su arte. Se disponía a aplicar *mogusa** sobre la espalda de una mujer tendida bocabajo; arrodillada junto a ella, su joven ayudante, una muchacha que rondaría los quince años, le sujetaba un cuenco con la medicina. Ekei decidió observar en silencio.

O-Ine tomó una hoja de papel y la dobló a modo de pala. La joven le aproximó un cuenco de fina sal y la maestra cogió un poco ayudándose del papel de arroz. La extendió con cuidado sobre distintas zonas de la espalda de su paciente: entre los hombros, sobre los codos, a lo largo de la columna... Una vez la hubo repartido sobre los puntos terapéuticos precisos, la médica colocó sobre ellos virutas de *mogusa* y las prendió con la llama que ardía en la punta de una varilla. La sal serviría para que las virutas no quemaran la piel, y el calor que la *mogusa* irradiaba al arder estimularía las corrientes internas del cuerpo, aliviando los dolores de espalda que aquella mujer padecía.

O-Ine agitó suavemente la varilla hasta apagarla. A continuación, recogió una mecha de *mogusa* que su ayudante le ofrecía y la

---

* *Mogusa:* a veces traducido al español como «moxa», es una sustancia de aspecto similar a lana deshilachada que se obtiene tras el desecado y molido de la planta artemisa. En la medicina china y japonesa se empleaba como cauterio, quemándola sobre la piel del paciente, para tratar todo tipo de dolores y afecciones. Esta técnica es denominada moxibustión.

encendió a la lumbre de una vela. Cuando comenzó a arder, se recogió la manga del kimono y se inclinó sobre su paciente, aproximando la mecha a distintos puntos periféricos. Aplicaba el calor a una distancia prudencial y, antes de que la piel se enrojeciera, pasaba a otra zona.

El maestro Inafune había combinado alguna vez la aplicación de la *mogusa* sobre sal u hojas de jengibre con la acupuntura, pero nunca había visto a nadie que aplicara al mismo tiempo la moxibustión de forma directa y mediante aproximación de mecha. El procedimiento le llamó la atención, pero en su fuero interno sabía que no era el interés médico lo que le animaba a observar en silencio. Lo cierto es que se sentía fascinado por O-Ine: la práctica reiterada había dotado a sus movimientos de una soltura que los hacía hermosos, con una cadencia que complacía y atrapaba al buen observador. Ekei se sumió en el mismo trance que le provocaba contemplar a un *shokunin** que hubiera consagrado su vida a dar forma a la arcilla, o a un viejo pescador manejando sus redes. Era la belleza de las cosas cotidianas y sencillas, sublimada por la discreta elegancia de aquella mujer que él ya intuía de alma melancólica, pues así eran sus ojos cuando creía que nadie la veía.

O-Ine apagó la mecha sobre un plato de arcilla y esperó a que las virutas de *mogusa* se consumieran. En un momento dado, levantó la vista y descubrió a Ekei contemplándola desde la puerta.

—Maestro Inafune —dijo no sin cierta sorpresa, para, acto seguido, adoptar un tono recriminatorio—. ¿Qué está haciendo aquí?

—Lo siento mucho —se disculpó Ekei con una profunda inclinación—, no me atreví a interrumpirla en su trabajo.

La mujer que recibía el tratamiento levantó la cabeza con curiosidad.

—¡Ah, maestro! Pase, no se avergüence. —No sonó como una simple invitación, era la voz de alguien acostumbrado a que sus peticiones fueran atendidas—. Seguro que debido a su oficio ha visto a muchas mujeres desnudas.

La paciente era Kosode Yamada, esposa del señor del castillo. Se trataba de una mujer madura pero aún lejos de la vejez, pues contaba casi veinte años menos que su marido. Ekei se arrodilló y tocó el suelo con la frente, sin poder olvidar las historias que corrían por la corte sobre el irascible carácter de aquella dama. Sin embargo, la

---

* *Shokunin*: artesano que se ha consagrado a un oficio hasta sublimarlo.

señora no parecía particularmente ofendida; se incorporó y ordenó a la joven asistenta que la ayudara a cubrirse con el *yukata*.

—Sé que no son las circunstancias habituales, maese Inafune —indicó Kosode—, pero hasta ahora no he tenido oportunidad de agradecerle su excelente labor cuando atendió a mi marido.

—No debéis agradecerme nada, señora. Obré lo mejor que pude.

—Sin embargo, otros no tuvieron su tino a la hora de aplicar la medicina.

O-Ine ni se inmutó ante la clara alusión. Continuó arrodillada, inmóvil tras la dama Kosode, con la vista fija en el suelo y su inusual cabello suelto cubriéndole los ojos.

—Señora, mis primeras opciones para tratar a su señoría habrían sido las mismas que contemplaron los médicos del clan. Simplemente, al quedar descartadas tras su ineficaz aplicación, tuve que elegir entre otras posibilidades y, afortunadamente, acerté. Pero sin la labor previa de la maestra Itoo, me habría resultado imposible diagnosticar correctamente a su marido.

—Ya veo. —La dama Kosode sonrió con malicia—. Es usted un hombre humilde, señor Inafune, una cualidad estimable. Pero no abuse de ella —dijo mientras se ponía en pie—, los lobos tienden a atacar a las presas que creen más débiles.

—Lo tendré en cuenta, señora —agradeció Ekei con una nueva inclinación.

—Repetiremos el tratamiento mañana a la misma hora, O-Ine.

—Como guste, señora.

Cuando la dama hubo abandonado la estancia, precedida de la joven ayudante que se adelantó para ir abriéndole las puertas, Ekei se sintió en la obligación de disculparse.

—No era mi intención provocar semejante comentario de la señora. Acepte mis disculpas.

—No se preocupe —dijo la médica mientras recogía los utensilios—. Estoy de sobra habituada a las insinuaciones de la señora Kosode. Esto puede considerarse incluso un momento distendido —se permitió frivolizar O-Ine.

—Aun así, espero no haber provocado ningún malestar entre…

—No insista —lo interrumpió la mujer—. No es nada personal hacia mí, tarde o temprano tendrá la oportunidad de comprobarlo.

—Comprendo. He escuchado que la señora está a la altura del señor daimio en lo que a ardor guerrero se refiere.

Ekei se aventuró con aquel comentario a la espera de arrancar un atisbo de sonrisa del rostro de O-Ine y, quizás, preparar así el terreno para su propuesta. Pero esta se limitó a mirarlo en silencio, haciéndole sentir torpe, hasta que añadió:

—No es fácil ser la mujer de un daimio. La señora ha moldeado su carácter según los rigores del puesto que ostenta. Tenga en cuenta que los hombres libran sus batallas fuera del castillo, las mujeres las debemos librar entre estos muros.

El médico asintió.

—Y en lo sucesivo, procure ser más discreto.

Ekei no pudo evitar inclinarse como disculpa. Aún no sabía cómo hablar con aquella mujer, pero eso no le desalentó de seguir adelante con su propósito.

Siguió a O-Ine a la estancia contigua y la ayudó a guardar las hierbas y ungüentos en las vitrinas. En ese momento regresó Ume, la joven asistenta de O-Ine, una muchacha de presencia silenciosa pero mirada vivaz:

—Por favor, no se moleste, maestro Inafune, yo me encargaré de ordenarlo todo.

Ekei se apartó y, no por casualidad, reparó en el libro en el que O-Ine planificaba la agenda de cada día, que descansaba abierto sobre el escritorio. Se aproximó a él y repasó las citas del día siguiente, apuntadas con aquella caligrafía que comenzaba a conocer tan bien. La fecha figuraba en el encabezado de la página, y debajo, distribuidas según el habitual criterio, las visitas que correspondían a los dos médicos de cámara: casi todas las de O-Ine en la torre del homenaje, las del maestro Inafune en los anillos exteriores al *hon maru*.

—Señora Itoo —la llamó Ekei sin apartar la vista del libro, cuya página señalaba con el dedo—, si me lo permite, querría comentarle algo.

—¿Y bien? —lo incitó la mujer, sin dejar de ordenar el instrumental y las medicinas para cerrar la consulta.

—He observado su manera de repartir el trabajo…

—¿Tiene alguna objeción?

—Me parece lógico que usted se encargue de atender a las personas de más rango dentro del castillo, al fin y al cabo, el conocimiento de los pacientes es fundamental. También lo es que estos tengan confianza en su médico, pero…

—No es una cuestión de confianza de los pacientes hacia su médico, maestro Inafune —dijo ella, mientras se ponía de puntillas para colocar unos frascos en un estante alto—. Es una cuestión de confianza mía hacia usted.

—¿Disculpe?

—No se haga el sorprendido. Ha entrado al servicio del clan a raíz de su buena resolución de un único caso, que por lo que a mí respecta pudo ser un mero golpe de suerte. O puede que no, puede que sea un excelente diagnosticador e identificara una enfermedad que ni mi padre ni yo supimos ver. Pero eso no deja de convertirle en un absoluto desconocido —dijo la mujer sin ningún rodeo—. No sabemos nada de su formación, de su pasado o de cómo llegó aquí.

—Puedo explicarle todo eso, ya le dije que estudié…

—Sí, en Funai, con los médicos extranjeros —volvió a interrumpirle O-Ine, que ahora le dedicaba toda su atención—. Pero ¿qué significa eso? El daimio y sus cercanos se mostraron gratamente sorprendidos por su historia, y no dudaron en ofrecerle un puesto que nadie ajeno a mi familia había ocupado hasta ahora. Les resultaba curioso y llamativo tener a su disposición un médico tan… poco ortodoxo. Pero la medicina no es un juego, maese Inafune, no experimentamos tratamientos extraños con pacientes.

—Le aseguro que para mí la medicina tampoco es un juego —protestó Ekei con un rastro de indignación en su voz.

—¿Sabe? Todavía me sorprende lo acertado de su análisis, sin tomar el pulso, sin estudiar la lengua o los esputos, sin interrogar al paciente…

—¿Qué insinúa? Aplico métodos de diagnóstico distintos, no me encierro en la medicina tradicional.

—La medicina *kanpo* es la medicina que ha sanado a nuestro pueblo durante siglos, alejada de supercherías y prácticas extrañas.

—Lo sé muy bien. —Ekei había tenido esa discusión muchas veces con otros colegas, y sabía cómo evadirla—. Pero no por ello podemos dar la espalda a aquello que nos sea útil de la medicina extranjera. No hay nada de superchería en ella.

—Esa es su opinión, la mía es que no tratará a los miembros relevantes del clan con técnicas y venenos que desconozco. No tengo nada contra usted, maestro Inafune, simplemente, no le conocemos. Ni a usted ni a su medicina.

—He tratado a docenas de pacientes desde que estoy aquí, no sé si ha hecho un seguimiento de ellos, pero todos han mejorado. Como le he dicho, combino la medicina habitual con algo de lo que aprendí en Funai, no para experimentar, sino para buscar mejores alternativas para mis pacientes.

La médica ladeó la cabeza con aire cansado, pero Ekei no se podía dar por vencido, pues estaba ante la raíz del problema. Antes de que ella pudiera marcharse, volvió a tomar la palabra.

—Escuche un momento mi propuesta: por qué no permitir que aquellas personas de cuya salud dependa la estabilidad del clan sean examinadas por los dos. Sé que realiza reconocimientos rutinarios al señor Yamada cada semana, ¿no sería más provechoso que ambos participáramos en esos reconocimientos? Quizás, en determinadas circunstancias, uno podría ver lo que no ha visto el otro. No le pido que me deje aplicar un tratamiento a mi discreción, solo que me permita asistirla durante su trabajo.

—¿Por qué tanta insistencia?

—Porque creo disponer de conocimientos y habilidades que podrían ser mejor aprovechados por el bien de todos. Créame, mi único objetivo es servir lo mejor posible a mi señor.

—Habla como un samurái, no como un médico. ¿Acaso no cree que sus habilidades estén suficientemente aprovechadas atendiendo a los vasallos de su señoría? Para nosotros, la salud de un campesino debe ser tan digna de preservar como la de un daimio.

Aquella era una verdad que muchos médicos, en su vanidad, tendían a olvidar; y aunque Ekei estaba completamente de acuerdo con las palabras de O-Ine, sus circunstancias le impedían darle la razón sin más:

—Si algún día un campesino necesita de mis cuidados mientras recorro un camino, no dude que lo atenderé sin esperar nada a cambio. Pero mientras sirva a esta casa, mi máxima obligación es para con su señor.

Ella suspiró, agotada de aquella discusión.

—Maese Inafune, ahora me retiraré a mis aposentos. Si lo desea, puede seguir discutiendo con Ume. —Señaló a la joven ayudante que había asistido a la escena en silencio, sin siquiera moverse del sitio por no llamar la atención.

No había estado especialmente sutil, Ekei se percataba de ello. Quizás su encuentro furtivo de aquella mañana le había presionado más de lo que creía. Así que se limitó a musitar un buenas noches mientras la jefa médica abandonaba la estancia.

Cuando el médico y Ume se quedaron solos en la consulta, la joven le dirigió la palabra de manera imprevista:

—Así no conseguirá nada —dijo Ume sin levantar los ojos, pero con un desparpajo insospechado.

—¿Qué quieres decir?

Ella lo miró antes de responder.

—Debe ganarse su confianza. No la convencerá de otro modo, maestro.

—¿Y cómo crees que puedo hacerlo? —El hecho de pedirle consejo a aquella muchacha le hizo sonreír.

—Con paciencia.

—Con paciencia —repitió el médico—. ¿Cuánta paciencia dirías que debo tener?

—Hace cuatro años aceptó tomarme como aprendiz para enseñarme la aplicación de la *mogusa*. Hasta ahora, solo me ha permitido sujetarle el cuenco.

Capítulo 14

Té dulce para una sonrisa amarga

El país entero se va a pique —se lamentó el visitante con voz grave, mientras Tohsui Ichigoya, como buen anfitrión, corroboraba la opinión de su invitado con un afectado asentimiento.

Tras los protocolarios saludos, aquellas ominosas palabras fueron las primeras pronunciadas por Toji Yoshikawa, un veterano mercader que se tenía por amigo y socio esporádico de la familia Ichigoya. Acompañó su afirmación con un quejumbroso gruñido mientras se arrodillaba frente a la mesa que presidía el hogar. Al escucharle hablar así, Tohsui no supo concluir si su invitado se refería a algo en concreto o era una vana protesta contra el devenir del destino, así que, antes de preguntar, esperó a que su esposa sirviera el sake que se estaba calentando en la cocina.

Pese a su edad, Toji Yoshikawa era un mercader bastante inquieto que solía hacer con frecuencia la ruta comercial entre Matsue y Fukuyama, atravesando varias veces al año las provincias de Izumo y Bingo de costa a costa, lo que le permitía conocer bien aquellas tierras, a su gente, sus caminos y sus casas de postas. Ocasionalmente sus negocios lo llevaban más allá y le hacían embarcarse hasta la región de Shikoku. Tanto trasiego le convertía en una fiable fuente de información para sus socios, que no dudaban en alojarle en sus hogares y servirle su mejor sake cada vez que pasaba por sus ciudades.

Cuando Kuwa apareció desde la cocina, acompañando sus pasos cortos con una leve sonrisa, Yoshikawa celebró su llegada con una palmada y suspiró, complacido, mientras escuchaba cómo el sake era vertido en su taza.

El anfitrión tuvo la prudencia de esperar a que su invitado diera un par de sorbos antes de interrogarle.

—Pareces disgustado, viejo amigo. ¿Qué novedades traes de tus viajes?

—¿Novedades? —se sorprendió el otro—. Lo dices como si aún se pudiera hablar de frivolidades y cotilleos. ¿Tan hondo te escondes en esa madriguera que tienes por tienda, que ni siquiera escuchas lo que pasa a tu alrededor?

—¿Qué quieres decir?

—Ser comerciante no consiste solo en vender productos detrás de un mostrador —le reprochó Toji—, debes estar informado de lo que ocurre en el mundo. Es vital para el negocio.

—¡Está bien, está bien! Deja tus lecciones para otro y ten la bondad de informarme de estos asuntos que, según tú, son tan graves.

Toji Yoshikawa apoyó la taza de sake sobre la mesa y se inclinó hacia delante, para darle más énfasis a sus palabras.

—Hace tres semanas, Nobunaga Oda murió en el templo Honnō de Kioto.

Ichigoya se atragantó y el licor se le derramó por las comisuras de los labios. Debió limpiarse la barbilla con el dorso de la mano.

—¿Dos sorbos y ya estás borracho? —le recriminó, incrédulo, a su invitado.

Este rio ante la necedad de Ichigoya, pero inmediatamente asumió una expresión sombría.

—¿Crees que bromearía con una cosa así? El Rey Demonio ha sido traicionado. Dicen que se encontraba de paso en Kioto, reposando en el Honnō-ji sin sus generales, a los que había enviado a diferentes frentes, cuando el cobarde Mitsuhide Akechi sitió el templo con su ejército. Nobunaga sabía que no podría salir de allí con vida, así que mientras el templo se consumía en llamas, se abrió la barriga.

Ichigoya se mostró consternado ante la terrible noticia, aunque luego reflexionó haciendo uso de la pobre perspectiva que le daba ser un mercader de provincias.

—Bueno, quizás sea mejor para todos. Nobunaga estaba inmiscuido en todas las batallas que asolan el país. Además, se estaba haciendo demasiado poderoso, el emperador era un títere en sus manos —añadió, como quien emite un juicio bien reflexionado.

—¡Idiota! Las guerras han existido siempre, pero por primera vez un daimio estaba a punto de controlar todo el país. ¿Sabes lo que eso habría significado?

—No —reconoció Ichigoya, acobardado por la explosiva reprimenda de Toji.

—Habría supuesto el fin de las guerras. Si Oda hubiera llegado a gobernar de este a oeste, se habría proclamado shogún y puesto fin a las disputas entre los grandes señores. Por fin podríamos haber recorrido las rutas comerciales con total tranquilidad —suspiró el viejo mercader—. Hemos estado tan cerca.

—No sabía que fueras un seguidor tan ferviente de la casa Oda.

—No es por lealtad, necio, ¡es por el negocio!

—Ya veo… —dijo pensativo Tohsui, sin atreverse a añadir nada más por si de nuevo era reprendido en su propia casa.

En la habitación contigua, separada de la estancia principal por una puerta *shoji* entreabierta, Seizō, Joboji y Kasane escuchaban la conversación muy a su pesar. Se encontraban allí recluidos, tumbados sobre el tatami mientras practicaban caligrafía sobre pliegos de papel salpicados de gotas negras. Al día siguiente debían escribir una serie de *kanjis* en la clase del tutor Bashō, y el anciano maestro, pese a estar casi ciego, de algún modo era capaz de distinguir una caligrafía correcta y fluida de una torpe y torcida. Así que los muchachos se esforzaban con sus pinceles, mientras la aburrida conversación de los adultos les desconcentraba a través del papel de arroz.

Corría el séptimo mes del noveno año de la era Tenshō*, y el país se estremecía ante la noticia de la muerte de Nobunaga Oda, el ambicioso daimio que había acabado con el último shogún hasta la fecha, Yoshiaki Ashikaga, y había puesto de rodillas a los clanes del centro de Hondō y a la propia corte imperial. En aquellos días, el ambicioso Nobunaga parecía estar cerca de convertirse en el unificador del país, tal era su supremacía militar; sin embargo, la noticia de su muerte parecía abocar a la nación a una nueva era de guerras intestinas.

Por supuesto, todo aquello no preocupaba a los tres niños de la casa Ichigoya, cuya principal inquietud en aquel momento era que su maestro no los reprendiera al día siguiente por su mala caligrafía.

---

* Año Nueve de la era Tenshō: 1582

—¿Qué va a pasar ahora? —preguntó Tohsui Ichigoya a su invitado.

—No se sabe qué consecuencias puede traer esto. Algunos dicen que Akechi actuó llevado por el rencor y la envidia hacia su superior, otros afirman que sus motivos eran más elevados, ya que estaba harto de ver cómo Oda ninguneaba al emperador, por lo que decidió ponerle solución por sus propios medios. Sea como sea, lo cierto es que ahora hay un vacío de poder en el país que solo se llenará con más guerra y muerte. Todo volverá a ser como antes.

—Bueno, dejemos que los daimios vuelvan a matarse entre ellos. Kioto está demasiado lejos como para que las guerras lleguen hasta aquí.

—¿Eso crees? —preguntó con cinismo Toji—. Se nota que eres joven y no has vivido lo que tu padre y yo. Veremos qué piensas cuando las rutas comerciales hacia Omi y Osaka se colmen de ejércitos marchando hacia la guerra, entonces la excelente cuerda de caña que te traen de Mimasaka te costará el triple.

—¿Crees que eso es posible? ¿Interrumpirán el tráfico comercial? —preguntó Ichigoya con cierta angustia al vislumbrar cómo la situación podía afectarle.

—Por supuesto. De hecho, ya está pasando, y tú ni siquiera te has enterado: Nagahide Niwa había concentrado sus ejércitos al este del país, preparándose para una incursión por mar sobre la región de Shikoku, tal como le había ordenado Oda antes de morir. Pero, al conocer la luctuosa noticia, ha ordenado a sus ejércitos reagruparse en Fukuyama y esperar a Hideyoshi Toyotomi. Se dice que ambos quieren avanzar sobre Kioto y acabar con el traidor.

En la habitación contigua, Joboji había soltado el pincel y había pegado la oreja a la puerta. Aquello comenzaba a cobrar interés.

—¡Fukuyama! —exclamó Ichigoya—. Eso está demasiado cerca. ¿No pensarás que el ejército de Niwa pasará cerca de Matsue?

—Puedes apostar a que sí. Precisamente vengo de Fukuyama, allí pude saber que esperaban una columna procedente del norte. Cuando llegué a Matsue esta mañana, un comerciante de Hoki me dijo que la columna partió ayer mismo y que él apenas les llevaba una jornada de ventaja. Así que, antes de que anochezca, guerreros del clan Niwa estarán cruzando el feudo cerca del sur de la capital, algo que habría sido impensable años atrás. Y verás cómo el señor de

Matsue ni siquiera les hará parar en los peajes con los que nos exprimen a todos, cualquier cosa con tal de que abandonen sus tierras cuanto antes. Nadie quiere inmiscuirse en los asuntos de clanes tan poderosos.

Esas palabras surtieron un efecto inmediato en Joboji, que despegó la oreja de la puerta y miró con ojos muy abiertos a Seizō.

—¡Tenemos que ir a verlo!

—¿Qué estás diciendo? —inquirió Seizō con expresión aburrida, aunque él también había escuchado la conversación entre el señor Ichigoya y su invitado.

—Tenemos que ir a ver al ejército de Niwa. ¿No has oído? Pasarán cerca de la ciudad esta misma tarde. ¡Puede que no tengamos otra oportunidad como esta de ver un ejército!

—¿Qué más da? Solo son samuráis. Hay muchos en la ciudad, la única diferencia es que en lugar de ir de uno en uno, a la guerra van muchos juntos —dijo el muchacho en un intento de restarle interés al asunto.

—Sabes que no, Seizō. ¡Es un ejército! Irán con armaduras, montados en enormes caballos de guerra, entonando las baladas que cantan cuando marchan hacia la muerte… ¡Oh! Y los arcabuceros, puede que haya arcabuceros y los veamos disparar.

—Joboji, tus padres no nos lo permitirán. Y con motivo, esto puede ser peligroso. Son samuráis que se dirigen a la guerra, no están para juegos.

—¡Ni siquiera nos verán! ¿Y quién ha hablado de decírselo a mis padres?

—¿Dónde queréis ir? —se interesó Kasane, que había levantado la cabeza de sus prácticas de caligrafía.

—A ningún sitio, así que cállate —le ordenó su hermano mayor sin ni siquiera mirarla—, este no es asunto para niñas.

—Por última vez, Joboji, no es asunto para nadie —protestó Seizō, harto de verse inmiscuido en las temerarias ocurrencias de su hermanastro—. No nos acercaremos a un ejército.

—¿Vais a ver un ejército? —preguntó la muchacha, emocionada—. Yo también quiero verlo.

—No, no vamos a verlo, y no se hable más. —Seizō cruzó los brazos sobre el pecho para enfatizar sus palabras, pero tuvo escaso éxito.

Desatendiendo su consejo, el mayor de los hijos Ichigoya se puso en pie y se dirigió hacia la salida que llevaba al jardín.

—¡Voy a avisar a los demás! Saldremos después de comer —dijo entusiasmado, mientras Seizō continuaba negando con la cabeza, incrédulo ante la facilidad de su hermanastro para meterse en problemas.

Joboji ignoró la silenciosa negativa, salió al exterior y cerró la puerta corredera. Poco después volvió a asomarse y señaló a su hermana con un dedo.

—Como digas algo, te mato.

La muchacha negó con los ojos llenos de entusiasmo, pues daba por sentado que, al hacerla su hermano partícipe del secreto, le permitiría acompañarles. Cuando el primogénito por fin se hubo marchado, Kasane se volvió hacia Seizō y le dijo:

—¡Qué emoción, un ejército! ¿No tienes curiosidad?

—No, no la tengo. Parecéis niños pequeños. Yo no iré.

—Eres muy aburrido, Seizō. No pasará nada, nadie lo sabrá.

—Eso mismo dijo Joboji cuando me insistió para que le acompañara a ver aquel duelo junto al lago, y cuando tu madre lo descubrió, me acusó de poner a su hijo en peligro. Me llamó pendenciero y desagradecido, y estuve sin comer arroz una semana.

Kasane torció el gesto al recordar el episodio, pero quiso quitarle importancia con una sonrisa.

—Esta vez nadie se enterará, ya verás. —Al ver que su hermanastro seguía con los brazos cruzados, le suplicó con voz melosa—. Por favor, Seizō, acompáñanos. Así me sentiré más segura.

—Continúa con tus deberes, Kasane —le ordenó, señalándole el pincel húmedo de tinta—. No querrás que el maestro Bashō nos recrimine mañana nuestra falta de interés.

La chica asintió y retomó sus prácticas con una sonrisa en los ojos, pues sabía que cuando Seizō no empleaba una negativa directa, ella ya había ganado la batalla.

* * *

Después del almuerzo, Seizō subió a su dormitorio sin cruzar palabra con Joboji o Kasane. Su intención era que sus hermanastros, al observar su firme decisión de no moverse de la casa, se desalentaran y decidieran dejar correr el asunto. No obstante, su actitud no debió resultar tan disuasoria como esperaba. Se encontraba tumbado boca arriba sobre el tatami, con las manos cruzadas tras la nuca y con la mirada perdida en el infinito cuando, desde el otro lado de la puerta, escuchó la voz de su hermana llamándole en voz baja.

—¡Seizō! ¡Seizō! ¿Estás ahí?

El muchacho cerró los ojos y se volvió dando la espalda a la entrada.

—¡Vete! No quiero saber nada de vuestras historias.

Kasane deslizó la puerta lo justo para asomar la nariz.

—Seizō, vámonos. Joboji y los demás nos están esperando a la vuelta de la esquina. No quieren ir sin ti —murmuró la muchacha.

—Si tienen miedo, es su problema. No les voy a proteger siempre. Yo no voy.

Kasane sabía muy bien cómo convencerle.

—Les acompañes o no, van a ir. Es tarde para que ninguno se eche atrás, ya sabes cómo sois los chicos, ninguno querrá que le llamen cobarde. Además…, yo voy a ir con ellos.

Seizō se giró hacia su hermanastra con expresión suplicante.

—Kasane, por favor, dile a tu hermano que no vaya. Os vais a meter en líos.

Ella apartó la mirada, indiferente a sus ruegos. La experta en súplicas afligidas era ella, nadie iba a ganarle en su propio juego.

—Tú haz lo que quieras. Yo me voy antes de que se cansen de esperarnos.

La muchacha se alejó por el pasillo con pasos sigilosos. Seizō escuchó el crujir de los escalones mientras Kasane descendía, e intentó convencerse de que no iba a caer en su trampa. Probablemente se arrepintieran cuando estuvieran a medio camino y volverían sobre sus pasos… O por lo menos Kasane se echaría atrás, no era más que una niña… Aunque tampoco podía estar seguro de ello, y si le pasaba algo no se lo perdonaría. Cansado de la insensatez de sus hermanos, dio un largo suspiro y se incorporó.

Al cabo de un rato, se reunió con el resto de los chicos en una bocacalle próxima al hogar de los Ichigoya. Su expresión contrastaba con la de los demás: más que entusiasmado, se le veía abatido. Normalmente ese tipo de aventuras excitaba la mente de los jóvenes, pero Seizō no se sentía en absoluto atraído por ellas. Su experiencia del pasado le decía que las verdaderas aventuras no tenían nada de emocionantes ni divertidas.

Cuando Joboji le vio aparecer, esbozó una amplia sonrisa. «¿Veis? Os dije que vendría», comentó triunfal a los demás, y le saludó con una palmada en la espalda.

—Ya estamos todos, los que no han llegado todavía es que no han tenido el valor. ¡Luego podremos llamarles cobardes! ¡Vamos! —jaleó a la concurrencia mientras encabezaba la marcha—. Kasane —susurró por lo bajo a su hermana—, no te despegues de mí.

Para colmo, su hermanastro parecía haberse erigido como el líder del grupo. En total sumaban unos quince muchachos que iban desde los doce hasta los dieciséis años, calculó Seizō. Kasane era la única chica que les acompañaba, pero mostraba el mismo entusiasmo que los demás.

Enfilaban un camino polvoriento rodeado de pinos que se alejaba de Matsue por el sur de la ciudad. Según le explicó Joboji no con poco entusiasmo, el plan que había trazado establecía que siguieran aquella senda hasta poco antes de desembocar en el gran camino principal que recorría la provincia de Izumo de norte a sur. Dicho camino procedía de Hoki y atravesaba el monte Karasugasen a través del paso de Jizo. A partir de ahí, penetraba en Izumo por el este, bordeaba el lago Nakaumi y descendía hacia el sur justo antes de llegar a Matsue. En ese punto es donde desembocaba la senda que los muchachos seguían.

Aquella era la principal ruta comercial que unía las provincias de Hoki, Izumo y Bingo, y sin duda sería la elegida por las tropas de Niwa para llegar cuanto antes a Fukuyama. La intención de Joboji, que conocía bien los alrededores de Matsue gracias a su espíritu aventurero, era llegar hasta dicho camino y apostarse en un pequeño desfiladero que lo flanqueaba en uno de sus puntos. Desde aquella posición contemplarían tranquilamente el paso del ejército.

Seizō observó que su hermanastro se veía como un estratega que conducía a sus hombres hacia la gloria, así que no planteó ninguna objeción. Ya que se había embarcado en aquel asunto, intentaría no aguar la fiesta a los demás.

Durante todo el trayecto los jóvenes charlaron, rieron, cantaron y jugaron. Resultaba evidente que la noticia de la muerte de Nobunaga Oda se había diseminado como el fuego en un verano seco, porque los chicos no cesaban de comentarla. Uno de los mayores cogió una rama seca y la quebró, enarbolándola a modo de espada:

—¡Soy Mitsuhide Akechi! —gritaba desafiante—. He acabado con el Rey Demonio y seré el próximo shogún.

—¡No si yo, Hideyoshi Toyotomi, gran general de los ejércitos de Oda, te lo impido! —respondió otro, aceptando el reto.

Y así, entre escaramuzas a golpe de ramas, saltos, gritos y carcajadas, se aproximaron al punto que Joboji había señalado como el idóneo para avistar el paso de las tropas de Niwa. Llegado un determinado momento, y por indicación del líder de la expedición, abandonaron el camino secundario y se internaron en un sendero que discurría por una arboleda. Avanzaron al amparo de viejos y majestuosos cedros, hasta que estos se separaron y la vereda fue a morir al borde del desfiladero que andaban buscando.

Seizō se aproximó al filo con precaución y observó que, efectivamente, el camino principal, una amplia carretera de no menos de cuatro *ken* de ancho, se hallaba al fondo del acantilado. La pared de piedra era alta, pero no caía a pique, sino que tenía una cierta pendiente por la que reptaban angostas y empinadas sendas que partían desde los flancos de la carretera y llegaban hasta el mismo emplazamiento donde ellos se encontraban.

A Seizō le tranquilizó comprobar que si alguno caía desde allí, cosa que no descartaba viendo el nerviosismo reinante en el grupo, no sería una caída a plomo para reventar contra el suelo como una sandía madura. Más bien sería una larga bajada rodando pendiente abajo. Quizás el resultado fuera el mismo, pero al menos el desafortunado tendría alguna posibilidad de sobrevivir.

El recorrido les había llevado poco más de dos horas, y aún no había concluido la hora del mono[*] cuando ya se encontraban apostados en lo alto del desfiladero oteando el camino. Cada vez que un jinete a caballo aparecía en la distancia, todos contenían la respiración por si se trataba de una avanzadilla de la columna militar, pero cuando comprobaban que se trataba de un viajero solitario o de una expedición comercial, murmuraban desilusionados.

Con el transcurso de las horas, el nerviosismo inicial dio paso al aburrimiento y más tarde a la desesperación. El sol apuntaba su declive cuando algunos comenzaron a mascullar mirando de reojo a Jo-

---

[*] Hora del mono: entre las 15:00 y las 17:00 de la tarde.

boji, que ya temía que quizás se hubiera precipitado en su entusiasmo. Seizō estaba a punto de ir hacia su hermano para decirle que había llegado el momento de volver, cuando Kasane señaló el camino agitando la mano.

—¡Allí, son samuráis a caballo!

En la distancia, tras un recodo, aparecieron las primeras filas de una columna militar; sus oscuras armaduras brillaban con el sol del atardecer y sus pies aplastaban la tierra seca. A medida que los hombres se aproximaban a su posición, los chicos pudieron observar, en admirado silencio, que la columna la componían más de trescientos soldados. Nunca habían visto nada igual.

Abriendo la marcha, un abanderado portaba el emblema del clan Niwa, y tras este cabalgaban el comandante y los dos capitanes de la fuerza militar. A continuación, también a lomos de caballos, una división de samuráis que debía estar compuesta por treinta hombres, según contó Seizō. Siguiéndoles a pie en filas estrictamente ordenadas, había un cuerpo de cuarenta lanceros, unos treinta arqueros y alrededor de veinte arcabuceros *ashigaru*. La columna la cerraban no menos de cien *ashigarus* de infantería ataviados de azul y blanco, los milicianos que componían el grueso de los ejércitos de los daimios. Por último, un nutrido grupo de sirvientes que tiraba de carretas cargadas de aperos seguía a los soldados para atender sus necesidades.

Al muchacho le llamó la atención el acusado contraste entre las ricas y ornamentadas armaduras de los que encabezaban la marcha y la pobre protección que vestían los *ashigaru,* y más que nunca le resultó evidente que en la guerra todas las vidas no valían lo mismo.

La columna tardó un rato en llegar a su altura, y cuando los primeros samuráis pasaron bajo su punto de vigilancia, pudieron admirar el pulcro lustre de sus armaduras y su entrenada actitud marcial. Se mantuvieron tumbados y en silencio mientras el pequeño ejército avanzaba, inmóviles para no llamar la atención. Pero de repente, sin que nadie se lo esperara, tres de los niños se pusieron en pie y comenzaron a gritar:

—¡Fuera! ¡Fuera de las tierras del señor de Matsue! —vociferaban con el pecho henchido, ya que se sentían intocables allí arriba—. ¡Largaos de aquí, perros de Oda!

Se arrodillaron para recoger piedras y comenzaron a lanzárselas a los samuráis. El sonido seco de los improvisados proyectiles golpeando contra los cascos y las armaduras reverberó en las paredes del desfiladero.

—¡No! —gritó Seizō—. ¿Qué hacéis, os habéis vuelto locos?

Los muchachos le ignoraban mientras seguían lanzando piedras y provocando a los soldados, que habían detenido el avance de sus monturas. La situación se volvió más grave cuando el resto de los chicos, animados por el descaro de los primeros y por la aparente falta de reacción de los soldados, se animaron también a lanzar piedras.

Pero Seizō sabía que los samuráis no tolerarían semejante afrenta, simplemente esperaban órdenes. Buscó con la mirada a Kasane y a Joboji, que ya se aproximaban a él con rostro de preocupación.

—¡Vámonos de aquí! —dijo a sus hermanos, poniéndose en pie.

Mientras lo hacía, Seizō no dejaba de mirar la cabeza de la columna, donde se dictaba sentencia contra ellos. Observó cómo uno de los capitanes señalaba a un samurái con su abanico ordenándole que se acercara, y le comentó algo mientras el otro inclinaba la cabeza para escuchar mejor. Tras lo que debieron ser unas órdenes concisas, el guerrero llamó a otros dos y, para horror de los muchachos, espolearon sus monturas y comenzaron a subir por las sinuosas sendas que escalaban la pared del desfiladero.

Lo que antes era valentía temeraria se convirtió en histeria, codazos y golpes, mientras todos trastabillaban para alejarse de la pendiente. Seizō agarró con determinación a Kasane por la muñeca y empujó a Joboji por la espalda, alejándolos de allí.

—¡Vamos! ¡Corred! —gritó.

Mientras sus hermanos huían hacia la arboleda, echó un último vistazo atrás y vio cómo uno de los tres samuráis había desenfundado ya su espada. Lo más probable es que aquel hombre, si no carecía de la más mínima sensatez y sentido del honor, solo pretendiera asustarles, pero desde luego no iba a asumir el riesgo de averiguarlo.

Echó a correr hacia los árboles rodeado de muchachos que gritaban aterrorizados, caían, rodaban y se volvían a poner en pie, doloridos y llenos de golpes. Cuando Seizō alcanzaba los límites de la espesura, escuchó alaridos a su espalda y llegó a ver cómo algunos chicos eran empujados a un lado por los caballos al galope. Uno de los samuráis golpeaba con su sable envainado la espalda y la cabeza de aquellos infelices que estaban a su alcance.

Apresuró la marcha y se abrió paso a empellones hasta sus hermanos, que corrían a un ritmo más lento debido al incómodo kimono de Kasane. Con los tres samuráis a sus espaldas reparando su honor a golpes y coces, todos habían emprendido la huida por la ruta de escape más evidente: la misma vereda que les había llevado hasta allí. Pero no era la primera vez que Seizō se encontraba en una situación similar, y aún recordaba de su amarga experiencia con Kenzaburō que los caminos debían evitarse.

Comenzó a gritar a los que le rodeaban que se dispersaran y se escabulleran entre la arboleda, pero el pánico los hacía sordos a sus advertencias, así que agarró a Joboji y Kasane por las mangas y los sacó del camino antes de que los samuráis les dieran alcance. Los empujó entre los arbustos y los guio en una alocada carrera campo a través, saltando raíces y esquivando ramas. Tras ellos, amortiguados por la distancia y la foresta, escucharon los gritos de sus compañeros, que ya debían haber caído presa de la justicia de los samuráis.

Los tres hermanos continuaron corriendo sin pensar. La maraña de hojas les azotaba la cara y los brazos, las nudosas ramas se enredaban entre sus ropas intentando frenar su carrera, pero ellos se zafaban con rabia y seguían adelante, siempre hacia delante, hasta que Kasane tropezó con una raíz y cayó de bruces. Sus hermanos se detuvieron para ayudarla, y los tres se asustaron al ver sus rostros contraídos por el esfuerzo y la tensión, la ropa desgarrada y la piel cubierta de magulladuras. El moño de Kasane se había deshecho y su largo cabello, enredado y revuelto, le caía casi hasta la cintura.

Se sentaron contra el tronco de un árbol, con los brazos sobre las rodillas y sin decir una palabra, pues luchaban por recuperar el aliento. Solo cuando pudieron tranquilizarse y la sangre dejó de palpitarles en las sienes, se dieron cuenta de que estaban perdidos en medio del bosque, separados de los demás y completamente desorientados. Para colmo, estaba a punto de anochecer.

—¿Crees que nos hemos librado de ellos? —preguntó Joboji.

—Sí —afirmó Seizō con rotundidad, más para tranquilizar a sus hermanastros que por estar seguro de ello—. No somos criminales, solo querían darnos un escarmiento. No creo que vayan a organizar una batida para recorrer el bosque en busca de unos niños insolentes.

—¿Solo un escarmiento? —preguntó Joboji sarcásticamente, con la voz aún entrecortada—. ¿Has escuchado cómo gritaban? Apuesto a que más de uno no vuelve a casa de una pieza —concluyó el muchacho con cierta congoja, pues era consciente de que todo aquello había sido idea suya.

—No tienes la culpa, Joboji —dijo Kasane—. Tú solo querías ver a los samuráis, si no se hubieran puesto a tirarles piedras, todo esto no habría pasado.

—Aun así… Debí imaginarme que no todos los que venían eran de fiar.

—Eso ya da igual —zanjó Seizō poniéndose en pie—. Lamentarse es inútil. Ahora debemos preocuparnos por llegar a casa antes de que sea noche cerrada. Mañana sabremos cómo están los demás.

—Seizō tiene razón, hermano. Papá y mamá se preocuparán, más cuando escuchen lo que ha sucedido.

Dicho esto, los tres reemprendieron la marcha, Joboji con la cabeza baja y el corazón sumido en la culpabilidad. Vagaron por el bosque sin rumbo fijo, cada vez más desalentados y agotados, pues cuando se liberaron de la tensión de la huida, sus piernas cobraron conciencia del esfuerzo.

La noche llegó calurosa y ni siquiera la humedad de la foresta aliviaba sus gargantas resecas. Continuaron a la deriva, sin encontrar senda alguna que les pudiera guiar hasta un camino principal. Tampoco vieron roca, cueva o riachuelo que les indicara que estaban ante un paisaje familiar. No podían hacer otra cosa más que deambular con el corazón encogido. Cuando anocheció del todo, el bosque se sumió en una atmósfera espectral que lo convertía en el escenario propicio para la más traicionera imaginación. Los aleteos de las lechuzas, el viento entre los árboles, el crujido de las hojas secas…, todo evocaba fantasmas en sus jóvenes mentes, y los tres hermanos comenzaron a caminar cada vez más cerca el uno de los otros, hasta que prácticamente avanzaban hombro con hombro.

—Dicen que en los bosques de Nara, los *onis** salen en las noches de luna nublada en busca de niños perdidos. Los arrastran hasta sus cuevas y allí los devoran. —Kasane hablaba en susurros, aferrada a sus dos hermanos y con la mirada saltando de un lado a otro, oteando la oscuridad entre los árboles.

---

* *Oni:* criatura del folclore japonés similar a un ogro.

271

—Eso son tonterías para asustar a niños pequeños —aseveró Joboji en su papel de hermano mayor, pero con una voz que denotaba mucha menos seguridad que sus palabras.

—También dicen que los zorros confunden a los viajeros extraviados —insistió la niña—, guiándolos por sendas traicioneras hasta que se despeñan.

—¿Estás segura? —preguntó Joboji con cierta inquietud—. Porque creo que antes he visto un zorro.

—Y que los fantasmas de los que se han suicidado en los bosques, bien por traición o deshonor, vagan entre los árboles buscando vengarse de los vivos.

—Seizō, ¿le quieres decir que se calle? —le rogó Joboji, que también comenzaba a mirar frenéticamente las sombras agazapadas tras los árboles.

—Kasane, será mejor que no pienses en cuentos de abuelas. Nada de eso es cierto —dijo el interpelado en tono sereno y, para respaldar sus palabras, les habló de su vida antes de ser Seizō Ichigoya, algo que no había hecho nunca—: Hace años, antes de llegar a vuestra casa, pasé muchos días viajando por los caminos; a menudo pernoctaba en los bosques, en las cuevas y en los montes, y nunca vi un *oni,* ni zorros embusteros, ni fantasmas…, ni ninguna criatura escapada del Yomi. A los que querían hacernos daño esta noche ya los hemos dejado atrás, ahora solo debemos preocuparnos de volver.

Vagaron durante tanto rato que perdieron toda noción del tiempo o el espacio. Terminaron por desembocar en un claro desde el que se podía ver un firmamento inflamado de estrellas; lo cruzaron sin detenerse, caminando sobre la fina hierba silvestre que se colaba entre las trenzas de sus *warajis.* Estaban a punto de volver a zambullirse en la espesura cuando se percataron de que Kasane no caminaba junto a ellos, sino que se había detenido y miraba el cielo estrellado.

—¿Qué haces, Kasane? No estamos de paseo —le reprendió su hermano.

—¿Recordáis las clases de astronomía del *sensei* Bashō?

Seizō y Joboji se miraron y se encogieron de hombros.

—Puede que ese día nos quedáramos dormidos —respondió Joboji.

—A veces el maestro trae a clase unos cartones que él mismo ha preparado; los tiene agujereados con un punzón formando las constelaciones y, cuando echa las persianas y los pone frente a una lámpara, la luz brilla a través de los agujeros como pequeñas estrellas. Entonces las constelaciones se ven claras, como si miraras un cielo estrellado en una noche limpia, y él va diciéndonos los nombres de cada una.

—¿Por qué lo dices? —quiso saber Seizō, que sospechaba que la muchacha no divagaba.

—Esas de ahí son Hokuto Shichisei y esas, Tsuzumi Boshi y Mitsu Boshi —señaló la alumna aventajada del maestro Bashō—, y aquellas otras son Neko no Me[*].

Joboji, menos perceptivo, comenzaba a impacientarse.

—¿Y qué más da eso ahora?

—El maestro nos dijo que la última estrella de Hokuto Shichisei, Hokusei, la más brillante, siempre marca el norte. —Kasane señalaba con su dedo la estrella a la que se refería.

—¿Estás segura? No quiero terminar en Osaka.

—Siempre será mejor que seguir andando a nuestra suerte —repuso Seizō—. Salimos por el camino sur, así que ahora Matsue se debe encontrar hacia noroeste. Si caminamos con la estrella siempre al frente, tarde o temprano encontraremos uno de los caminos que van hacia la ciudad o hacia el lago Nakaumi.

—Entonces solo habrá que seguir la orilla y llegaremos a casa —asintió Joboji más animado.

Los tres reemprendieron la marcha según la ruta que habían trazado. Ya no se limitaban a deambular, sino que tenían una meta, y eso les insufló un ánimo renovado. Caminaron con la estrella de Kasane como faro, sin detenerse, charlando y cantando para mantener alejados el cansancio y los malos espíritus. Pero según avanzaba la noche y se agotaban las canciones, el temor de haber errado el camino sobrevoló sus corazones como el ala de un cuervo. Comenzaban a sumirse en un nuevo silencio que Joboji intentaba espantar con sus chanzas y tonterías. Hasta que ya no fue necesario: subieron un repecho y desde lo alto del mismo, más allá de las copas de los árboles, pudieron divisar las oscuras aguas del Nakaumi. La luna se reflejaba sobre la superficie del inmenso lago, erizada por el viento septentrional, y en la orilla oeste del mismo se divisaban las lejanas luces de Matsue.

---

[*] Neko no Me: «Los Ojos del Gato», se refiere a Castor y Pólux, estrellas de la constelación de Géminis.

Los tres saltaron y se abrazaron, lanzaron vítores y, al fin, suspiraron de alivio, pues aunque se encontraban a varios *ri* de su casa, por fin se sentían a salvo.

* * *

Rayaba el alba cuando los tres hermanos Ichigoya enfilaban la calle del hogar familiar. En la puerta, como ellos ya se temían, aguardaban sus padres, vecinos y amigos de la casa, que seguramente habían organizado una partida de búsqueda durante la noche.

Los tres se aproximaron con las orejas gachas y arrastrando los pies. Sucios y desaliñados tras su travesía por el bosque, no se sentían con fuerzas para afrontar la última prueba de la desafortunada velada: la ira de sus padres. Sobre todo, la de Kuwa Ichigoya.

Sin embargo, para sorpresa de los muchachos, a medida que se acercaban el gesto hosco de la mujer fue deshaciéndose en lágrimas, hasta que no pudo mantener más la pose y corrió hacia sus hijos, Joboji y Kasane, a los que abrazó por el cuello entre sollozos. Tras ella, el padre se disculpaba con reiteradas reverencias y despedía a los amigos, que se alejaban con un «por lo menos todo ha acabado bien» en los labios.

Seizō permaneció solo en medio de la calle, que había quedado en silencio mientras Tohsui y Kuwa abrazaban a sus hijos. Observaba el amor paternal como un raro privilegio del que nunca podría disfrutar, y aunque se sentía ajeno a la escena, de algún modo su corazón también se sintió reconfortado por aquel abrazo del que no era partícipe. Hasta que Kuwa levantó la cabeza del hombro de Joboji y le atravesó con una mirada cargada de odio. Apartando a sus hijos, se puso en pie y avanzó hacia él con paso decidido. Seizō tragó saliva y permaneció inmóvil, sabía que nada podría aplacar aquel desprecio irracional que la mujer le profesaba. Los dedos de Kuwa se cerraron en torno a su brazo, las uñas clavadas como garras a través de la tela del kimono. Zarandeándole, le gritó:

—¡Maldito demonio! Sabía que algún día nos traerías la desgracia, que harías daño a nuestros hijos.

La mujer estaba fuera de sí, escupía odio a través de la boca y los ojos. Tras ella, Kasane y Joboji la miraban horrorizados, incapaces de comprender la reacción de su madre, mientras que su marido la contemplaba en silencio, como si aquel arrebato de cólera no le sorprendiera, como si por fin explotara una olla que llevaba demasiado tiempo bullendo.

—¿Cómo puedes ser tan insensato, pequeña bestia? —seguía gritando la mujer sin aflojar su presa—. Arrastrar a nuestros hijos a un altercado con samuráis... ¿Qué te hemos hecho para que nos trates así?

Seizō la observaba como solo sabía hacerlo: con un rostro distante, sus grandes ojos inexpresivos, dejando claro de forma inconsciente que él estaba muy por encima de su ira. Una vez más, Kuwa constató que aquella mirada era lo único que obtendría del muchacho, y sin poder soportarlo, le azotó el rostro con la mano. Fueron dos latigazos rápidos y lacerantes, que le cruzaron la cara a un lado y a otro. Las mejillas de Seizō ardieron de dolor y un pequeño hilo de sangre brotó de su labio cortado.

Nunca un adulto le había golpeado, ni su padre, ni su hermano, ni ninguno de sus instructores. Y por aquel pequeño corte escapó toda su rabia y su frustración, todo el dolor que le provocaba el saberse abandonado por Kenzaburō y odiado por sus padres adoptivos, el dolor con el que había aprendido a convivir, pero que seguía enterrado en su corazón, contenido por un dique tan débil que dos bofetadas podían quebrarlo.

Sabiéndose a punto de llorar, golpeó la mano con la que Kuwa le sujetaba el brazo y se zafó de su presa, se dio la vuelta y echó a correr. Escuchó cómo sus hermanos le llamaban y cómo su madre los mandaba callar, pero no estaba dispuesto a detenerse por nada ni nadie.

Corrió y corrió por las calles de Matsue sin escoger sus pasos, dejándose arrastrar por aquella mezcla de ira y tristeza que le manchaba los labios con un sabor agrio. Finalmente, se sorprendió cruzando el puente de Nakajima para detenerse a orillas del Shinji, junto al cedro desde el que había presenciado, apenas un mes antes, el duelo entre el *shugyosha* y el samurái local. Alguna fuerza que no comprendía lo atrajo a ese lugar.

Azorado por su impulsiva reacción, eligió la roca junto a la que había hablado con el *ronin*, se sentó en ella y, escondiendo su rostro entre las manos, comenzó a llorar. Fue un llanto desconsolado, en parte el de un niño abandonado, en parte el de un adulto impotente, atrapado en una situación de la que no puede escapar. ¿Por qué seguía con los Ichigoya? Los años habían transcurrido y resultaba evidente que ya nadie volvería a buscarle. Si seguía allí, crecería con una familia que no era la suya, que no le quería en su hogar. ¿Cuál sería su futuro? ¿Buscarse la vida en los arrabales de Matsue? ¿Viajar hacia el sur para ver qué podía ofrecerle la otra costa, quizás como aprendiz de algún mercader? Pero sin un padre que le apoyara, sería imposible prosperar en el gremio.

Algo más calmado, se secó las lágrimas y observó las aguas del Shinji con expresión ausente. Recordó la conversación que mantuvo con el *ronin* en esa misma orilla. Ya entonces le había impresionado lo seguro que se encontraba aquel hombre de su papel en la vida, todo su espíritu enfocado hacia un mismo punto, y pensó que tal determinación solo es posible si uno es honesto con la verdadera naturaleza de su alma. Y por más que durante los últimos años hubiera vivido entre ellos, Seizō no tenía alma de comerciante.

Decidió así que renunciar a su legado era condenarse a una vida de decepciones, era deshonrar la memoria de su padre y, a la larga, deshonrarse a sí mismo. ¿Qué podía hacer, entonces? ¿Vengar a su familia como una vez le dijo Kenzaburō Arima? Sabía que su alma no albergaba el odio necesario para emprender el largo descenso a los infiernos; pero, del mismo modo, sabía que aquella era su obligación, y que debía cumplirla si aspiraba a ser libre de elegir su propio camino algún día.

Se puso en pie y trató de decidir cuál sería su próximo paso. Se dijo que lo primero que necesitaba era hacerse diestro en el manejo de las armas, convertirse en un verdadero samurái, como lo fueron su padre y su hermano. Pero ¿qué escuela aceptaría a un joven sin referencias? Ni siquiera podía demostrar que era el hijo de Akiyama Ikeda…, aunque lo fuera. El que llevara años en el exilio no significaba que su nombre se hubiera borrado de la faz de la tierra. Quizás lo más lógico era regresar allí donde se conocía y se apreciaba a su familia, al feudo de Izumo, el que había sido durante siglos el hogar de su clan. Quizás los Sugawara hubieran usurpado aquellas tierras, pero aún debían quedar vasallos leales a su padre. Puede que incluso alguien supiera qué había sido de Kenzaburō Arima y, si estaba vivo, le pusiera sobre su rastro.

Sí, debía retornar a Izumo, y una vez lo hubo decidido, su pecho se liberó de una carga que le había oprimido sin saberlo. Pero por peligroso que fuera el viaje, lo que más le mortificaba era su primera parada: la casa de los Ichigoya, ya que debía regresar para recoger sus cosas. Además, sentía la necesidad de despedirse de Kasane y Joboji, eran lo único bueno que había tenido durante sus años allí. Reunió valor, exhaló un largo suspiro y echó a andar en dirección a la ciudad.

Cruzaba ya de regreso el puente de Nakaumi cuando descubrió que había alguien más con él: poco más adelante, un bonzo observaba el discurrir del agua apoyado sobre el pasamano. No pudo evitar cierto sobresalto, ya que la presencia de aquel hombre le había pasado por completo inadvertida. El monje, por el contrario, parecía tan en paz consigo mismo que a Seizō no le habría extrañado que los pájaros vinieran a posarse sobre su sombrero de peregrino. Esa calma de espíritu debía ser el estado de absoluto recogimiento al que se referían los monjes zen, aunque el aspecto de aquel bonzo no era el de un meditador *rinzai*.

Aun a riesgo de resultar descortés, Seizō decidió seguir adelante sin saludarle, pues no quería interrumpir su contemplación. Pasaba a su espalda cuando el monje dijo, sin apartar la vista del canal:

—La vida se asemeja al cauce de un río.

Seizō se detuvo en seco, preguntándose si se dirigía a él o reflexionaba en voz alta. El extraño volvió a hablar:

—Ambos son transitorios y cambiantes, ambos desembocan en el mismo vasto océano, y en ambos casos no se puede cambiar su curso. Los ríos bajan de las montañas hacia el mar, al igual que la vida de cada cual fluye en una sola dirección; intentar cambiar el curso de la propia naturaleza es inútil.

El bonzo se volvió y lo miró a los ojos.

—Aunque algo me dice que esa es una verdad que has descubierto por ti mismo, ¿no es así, muchacho? —Seizō asintió en silencio, sorprendido por las providenciales palabras—. Entonces mi consejo ha llegado tarde —añadió el hombre santo.

—No tiene por qué, siempre es bueno que alguien te confirme que has tomado el camino correcto.

El bonzo sonrió, complacido ante la inteligente respuesta del joven.

—Me dirigía al lago, pero te vi sumido en tus reflexiones y no quise interrumpirte. Me pareció que te enfrentabas a una decisión trascendente.

—Así es, pero creo que la decisión ya está tomada.

—¿Te encuentras en paz contigo mismo? —quiso saber el monje.

—Ahora sí.

—Entonces, la decisión ha sido la adecuada.

—Gracias, bonzo —dijo Seizō con una inclinación de cabeza—. ¿Hacia dónde se dirige? Quizás pueda indicarle.

—A ningún sitio en concreto —respondió el sacerdote—, pero si no te importa, podríamos caminar juntos durante un rato. No siempre tengo la posibilidad de mantener una conversación interesante durante mis viajes.

—Como desee —asintió Seizō—. Me dirigía a mi casa…, a la casa de unos familiares —se corrigió—, debo recoger unas cosas antes de emprender un viaje.

—Un viaje largo, por lo que veo —comentó el bonzo mientras echaban a andar—. E importante.

—¿Por qué lo dice?

—Resulta evidente.

Seizō no comprendía muy bien a qué se refería, pero había escuchado que los monjes dedicados a la contemplación eran capaces de ver cosas que permanecen veladas para los demás. «Ver el vacío», como el maestro Bashō.

Caminaron durante un buen rato con paso tranquilo, charlando sobre nada en concreto, aunque a Seizō le dio la impresión de que su acompañante disfrutaba sinceramente de la conversación. Aquel monje conversó con él como si fueran viejos amigos, con naturalidad y con cariño. Daba consejos sin resultar condescendiente; hablaba con autoridad, pero sin ser impositivo; parecía sabio, pero dispuesto a escuchar. El joven supo apreciar la facilidad con que el bonzo se había ganado su confianza sin proponérselo, hasta el punto de que, tras aquel paseo, le resultaba profundamente familiar.

Por fin llegaron a la puerta del hogar de los Ichigoya, y Seizō lamentó tener que despedirse allí de aquel desconocido que ya no lo era tanto.

—Es aquí —indicó mientras se detenía frente al pórtico que daba acceso al jardín—. Ha sido una conversación muy agradable. Muchas gracias.

—Creo que debería entrar contigo —dijo el monje con total naturalidad.

Seizō se sorprendió ante el comentario. No era una propuesta, sino una decisión que parecía haber adoptado como inevitable.

—¿Por qué? —quiso saber el muchacho.

—Es necesario. De lo contrario, puede que no seas capaz de hacer esto solo. —El extraño le invitó con la mano a que avanzara, dando a entender que él le seguiría.

Desconcertado pero, en cierto modo, agradecido por no tener que enfrentarse solo a los Ichigoya, Seizō entró en el jardín seguido del monje. Cruzaron el sendero de piedras enterradas que llegaba hasta la entrada principal.

Una vez en la terraza, el muchacho se dispuso a abrir la puerta, pero su acompañante le detuvo. Dentro se escuchaban voces alteradas que llegaban hasta el exterior.

—¡Todo esto es culpa tuya! —gritaba Kuwa—. Debiste oponerte a aquel samurái, pero eres débil, como tu padre.

—Eso ya da igual —le respondía su marido—, debemos encontrar a Seizō. No podemos perder al hijo de los Ikeda.

—¿Los Ikeda? —preguntaba la mujer con cinismo—. Los Ikeda ya no existen —y bajando la voz, adoptando un tono sibilino, la escucharon decir—: Aún podemos vender a ese niño. Te lo dije en su momento y te lo vuelvo a repetir. Los Sugawara todavía deben pagar algo por él.

—¿Estás loca? ¿Y si vuelven a buscarle? ¿Y si Kenzaburō Arima se presenta algún día en nuestra puerta?

Ella rio de forma hiriente, con la evidente intención de provocar a su marido.

—Han pasado más de cinco años… ¡Ni siquiera tú puedes ser tan cobarde! Te digo que todos están muertos, y si no nos desembarazamos de ese niño, cargaremos con él toda la vida.

—¿Cómo puedes estar tan segura de que ya nadie se acuerda de él? —le replicaba Tohsui, alzando aún más la voz para ponerse al nivel de su esposa.

El sacerdote observó cómo Seizō apretaba los puños, la barbilla contra el pecho, y comprendió por lo que ese chico debía haber pasado. Sin pensárselo dos veces, echó la puerta a un lado y entró en el hogar de los Ichigoya. Aquella inesperada reacción cogió a Seizō desprevenido, y se vio obligado a entrar en la estancia con pasos vacilantes tras el impetuoso monje, aunque solo fuera para que supieran que aquel hombre había venido con él. Pero el bonzo no tenía intención de aguardar las presentaciones:

—Harías bien en escuchar a tu marido, mujer —dijo el sacerdote con una voz cargada de desprecio.

Tohsui y Kuwa, sorprendidos por la irrupción, miraron la imponente figura del monje con la boca abierta. Los dos se encontraban solos en el salón del hogar y, en un primer momento, dieron un paso atrás, atemorizados. Pero cuando se percataron de que el intruso era un humilde peregrino y, lo más importante, que no iba armado, se encararon con él.

—¿Cómo te atreves, bonzo? —dijo Tohsui Ichigoya entre dientes—. Entras en nuestra casa sin permiso, pisando nuestro suelo con tus sucias *warajis*.

—No suelo descalzarme cuando entro en una madriguera, las ratas no se merecen tales deferencias.

—¡Miserable vagabundo! —explotó Kuwa, y cuando reparó en la presencia de Seizō, se volvió a su marido, señalándole—: ¿Ves? Esta sabandija ya cree que puede hacer lo que le dé la gana en esta casa.

Entonces Kuwa avanzó hacia Seizō, probablemente con la intención de volver a zarandearlo, pero no pudo dar ni dos pasos. El monje interpuso su brazo entre ella y el muchacho, y la hizo caer al suelo.

Kuwa retrocedió sobre el tatami, con el rostro encendido por la ira. Tras ella, Tohsui se dispuso a ayudarla mientras maldecía al intruso. El monje solo dijo con voz queda:

—No oséis tocarle.

—¿Quién te crees que eres? —inquirió Kuwa con desprecio—. Yo soy la tutora de ese niño, lo trataré como crea conveniente.

—Lo tratarás como quien es: tu señor —dijo Kenzaburō Arima, y se desprendió del sombrero de paja.

El silencio cayó en la sala como una pesada losa. Seizō solo atinaba a contemplar el rostro de aquel extraño, en el que las facciones del guerrero comenzaban a aflorar. ¿Cómo no se había percatado antes? Kenzaburō se había afeitado la gruesa perilla que enmarcaba sus labios, el tiempo había cincelado más profundamente las arrugas de su rostro y su pelo estaba salpicado de nieve, pero ahora que el sombrero de paja había caído, las facciones del general Arima resultaban evidentes. Un torrente de sentimientos se agolpó en el pecho del muchacho.

—Seizō —musitó Kenzaburō, y escuchar su nombre en labios de un fantasma no hizo sino ahondar su conmoción.

—Sí —acertó a responder.

—Sube y recoge tus cosas. Nos marchamos de aquí.

Aliviado ante aquellas palabras, dichoso de que Kenzaburō hubiera vuelto para cumplir lo que le había prometido, el chico se apresuró escaleras arriba. Entró en su habitación y extendió una manta en el suelo, en ella arrojó todo lo que consideraba imprescindible y la ató echándosela al hombro como un fardo.

Al regresar al pasillo, se asomó a las habitaciones de sus hermanos con la esperanza de que se encontraran allí, pero estaban vacías. Apesadumbrado por no poder despedirse, descendió por las escaleras en busca de Kenzaburō. Este lo aguardaba con los brazos cruzados sobre el pecho, aplastando con la mirada a los Ichigoya. Cuando Seizō por fin se reunió con él, el guerrero se dirigió al cabeza de familia:

—Puedes dar tu deuda por saldada.

Dicho esto, salió de la casa seguido de su joven protegido, y los Ichigoya se deslizaron hasta el suelo, profundamente aliviados de que el samurái no hubiera decidido añadir sus vidas a la deuda.

Ya en la calle, Seizō siguió al viejo guerrero en silencio, mientras se debatía en un mar de sensaciones: alivio al sentir que tenía un asidero en este mundo, incertidumbre ante lo que estaba por venir, un sinfín de dudas sobre lo que había hecho Kenzaburō en los últimos años, tristeza al no haberse podido despedir de sus hermanos… Aquellos vientos empujaban su alma en distintas direcciones, como la barca de un pescador sorprendida por la tormenta, pero se dijo que lo mejor sería esperar, pues las respuestas llegarían por sí solas.

Y la primera de sus inquietudes no tardó mucho en resolverse. A su espalda, la cálida voz de Kasane lo llamó. Seizō se volvió para ver a su hermanastra plantada en medio del camino, con el rostro compungido.

—Quería despedirme de vosotros —se disculpó el muchacho—, pero no os vi por ninguna parte.

Kasane se acercó hasta él y no pudo reprimir un sollozo cuando le miró a los ojos.

—Sabía que algún día tendrías que irte. Tú parecías haberlo olvidado, pero yo siempre lo tuve muy presente.

Aquellas palabras le parecieron de una sensatez infinita, sobre todo al proceder de una muchacha de doce años, pero Kasane nunca había sido una niña normal. Seizō no pudo evitar que las lágrimas también desbordaran sus ojos.

—Toma, tenía esto preparado para llevártelo mañana a la tienda.

Ella le tendió un tubo de bambú lleno con su empalagoso té, y Seizō lo recogió con una sonrisa que, en contraste, resultaba muy amarga.

—Gracias. Lo tomaré muy poco a poco, para no olvidarme de su sabor.

—¿Volverás? —quiso saber la niña.

—No lo sé, no quiero engañarte.

Ella asintió con un nudo en la garganta.

—Por favor, despídeme de Joboji.

Kasane volvió a asentir en silencio y, antes de que el llanto la venciera, echó a correr de regreso hacia su casa. Seizō la observó con el alma quebrada y abrazó con fuerza el recipiente de té. De nuevo, las pocas personas a las que quería quedaban atrás. Pero, al menos, esta vez había podido despedirse.

Capítulo 15

Arrastrado por la marea

C omo cada mañana, la jefa médica del clan Yamada, O-Ine Itoo, se despertó temprano y bajó a las cocinas del castillo, ubicadas en el primer sótano de la torre del homenaje. Según era costumbre desde hacía tres años, el jefe de cocina aguardaba su llegada para abrirle las puertas, ya que era la primera en hacer uso de los fogones, y la dejaba a solas en la estancia en penumbras, preparando el desayuno para su padre. Ver a una persona de tan alto rango en las cocinas era una situación sumamente extraña, si bien es cierto que la forma de ser de la hija de Inushiro Itoo, después de tanto tiempo, ya no sorprendía a nadie en el castillo. «Tan bella y tan sola», murmuraban a su paso, «¿cómo ha permitido su padre que se marchite sin un marido?», comentaban las favoritas del señor cuando la médica acudía a atender al daimio.

Pero aquellos comentarios estaban lejos de turbar a O-Ine, quien, como única heredera de una larga tradición médica, siempre se había consagrado al estudio y la práctica del arte de sanar. Ansiosa por preservar el legado de su familia y convertirse en una médica digna de su nombre, se había esforzado hasta llegar a ser la primera jefa médica de un clan en todo el país. Y no al servicio de un señor cualquiera, sino del poderoso Torakusu Yamada. Aquello compensaba en grado sumo el que debiera pasar su vida en soledad, un sacrificio por otra parte inevitable, ya que si alguien la hubiera tomado como esposa, lo más probable es que su señoría la hubiese apartado del servicio para que atendiera debidamente sus compromisos familiares. Entonces la jefatura médica del clan habría recaído, por primera vez, en alguien ajeno a su familia, quizás en algún maestro venido de Osaka o Edo, con carta de recomendación del nuevo shogunato.

Aunque tales circunstancias eran algo que ya no le preocupaba, pues hacía años que su padre no debía rechazar proposiciones, que otrora llegaran incluso de feudos vecinos. O-Ine se había convertido en una especie de sacerdotisa consagrada a la medicina y al servicio del clan, toda posibilidad de matrimonio había quedado descartada, en parte porque ningún pretendiente en Fukui o sus inmediaciones había sido del agrado de su padre ni del de la propia O-Ine, y en parte porque difícilmente un hombre con buena posición se comprometería ya con una mujer de su edad, muy entrada en la treintena.

De este modo, la situación de su familia dentro del clan estaba asegurada, por lo menos, hasta la muerte de O-Ine, con la que acabaría la tradición médica de los Itoo. Pero por entonces su padre ya no tendría que ver cómo el cargo de médico de cámara pasaba a manos extrañas.

O-Ine tomó una bandeja lacada en negro y dispuso en ella la verdura, el huevo, el arroz y el pescado que serviría como desayuno a su padre. Se dirigió a una pequeña estancia con el suelo de tierra y separada del resto por paneles de madera; en el centro de la misma, excavado en el suelo y apuntalado con gruesos tablones, se encontraba el hogar que servía para cocinar los alimentos. Se arrodilló junto al mismo, llenó el hueco con madera seca y carbón, y encendió un fuego para hervir agua mientras cortaba las verduras y limpiaba el pescado.

A solas, rodeada de estantes cargados de cazos que palpitaban a la luz de la llama, la médica se aplicó en preparar un desayuno adecuado para su padre. Disfrutaba de ese momento, para ella la soledad olía a leña y a guiso, y sabía que cocinar era un arte tan delicado como preparar medicinas y ungüentos. No había tanta diferencia entre un buen médico y un buen cocinero, pues los dos eran capaces de sanar el cuerpo y el espíritu con lo que preparaban.

Mientras trabajaba junto a la lumbre, el amanecer comenzó a filtrarse por los estrechos tragaluces del techo. El sol avanzó sobre los listones de madera hasta resquebrajar la penumbra de la pequeña sala donde O-Ine trabajaba, y supo que debía terminar. Pronto llegaría el servicio de cocina y no deseaba estorbar sus quehaceres.

Apagó el fuego y dispuso en una nueva bandeja los cuencos con los distintos alimentos que había cocinado. Todo tenía un aspecto estupendo, y el olor que desprendían el arroz con sésamo y el guiso de pescado y verduras abría verdaderamente el apetito. Se aproximó al borde de la pequeña cámara, se sacudió la tierra de los pies desnudos y se calzó las sandalias que había dejado en los escalones que daban paso a la tarima. Ya se retiraba cuando los cocineros y sirvientas entraron en la estancia, la saludaron cortésmente como cada mañana, y le cedieron el paso.

Como si fuera una sirvienta más de las que recorrían la torre a esas horas, O-Ine atravesó escaleras y largos pasillos hasta llegar a las estancias superiores, donde se encontraban los aposentos del viejo médico. Se arrodilló junto a la puerta y dejó la bandeja frente a ella. Deslizó la puerta hasta abrir una rendija, lo justo para que su voz se escuchara al otro lado.

—Padre, ¿está ya despierto?

—Pasa, O-Ine. Te esperaba.

Se puso en pie y entró en la cámara. Su padre debía llevar tiempo levantado, pues ya había sustituido la fina ropa de noche por un kimono demasiado abrigado para la estación. Aquel día también se había despertado con frío, observó O-Ine. A pesar de ello, el maestro Inushiro se encontraba en el umbral de la terraza con las puertas abiertas de par en par, de modo que el aire de la mañana inundaba la estancia con una fragancia salada. El venerable maestro, con la cabeza completamente afeitada según era costumbre entre los médicos más tradicionales, se perdía en la contemplación del cielo del amanecer, tintado de un azul profundo en lenta retirada.

—No debería salir a la terraza tan temprano.

—Tonterías, este es el momento del día en el que mejor me encuentro —protestó el viejo—. ¿Qué me traes hoy para desayunar?

—Guiso de pescado y verduras —respondió O-Ine, mientras entraba en la estancia y disponía la bandeja sobre una mesita baja.

—¡Magnífico! —El anciano se frotó las manos mientras se acomodaba en un cojín—. Nunca se lo dije a tu madre, pero siempre has cocinado mejor que ella.

—No intente halagarme, padre —le reprendió O-Ine, que colocó otro cojín junto a la mesa del desayuno y se arrodilló frente a él—. Usted siempre ha tenido buen estómago y mal paladar, podría deslizar una piedra en su desayuno y se la comería sin darse cuenta.

El viejo rompió a reír, pero debió echarse la mano al pecho para toser.

—Mi estómago ya no es el que era, hija —dijo al tiempo que tomaba los palillos y comenzaba con el arroz cocido, muy poco a poco—. ¿Por qué insistes en hacerme el desayuno? Te he dicho mil veces que no es necesario.

—Solo quiero preparar personalmente lo que come.

—Me incomoda que me dediques tales atenciones cuando tienes ocupaciones más importantes. Más valdría que te preocuparas de la comida del viejo Torakusu. Tal como están las cosas —añadió Inushiro con una sonrisa maliciosa—, no me extrañaría que muriera antes que yo.

O-Ine sonrió, se alegraba de que su padre conservara su peculiar sentido del humor.

—Su señoría tiene catadores a su servicio. Es imposible que lo envenenen.

—Su señoría es un viejo que se cree inmortal. La muerte podría llamar a su puerta y él, en lugar de pedir que lo amortajaran, la invitaría a beber sake. Hablando de lo cual, ¿has traído sake?

—Solo té, padre —señaló O-Ine, mientras tomaba la tetera y vertía el espeso líquido en una taza.

—Ya veo, cuando eres viejo hasta tu hija te dice cuándo puedes y no puedes beber —refunfuñó casi por obligación.

—Solo cuando su hija es también su médico, padre. Y me enseñó que un buen médico debe obligar a sus pacientes a acatar siempre sus prescripciones.

Inushiro agitó una mano indicando que no quería discutir, al tiempo que le daba un largo sorbo al té amargo. Después sostuvo un rato la taza entre las manos, para calentárselas, y cambió de tema.

—¿Cómo está Torakusu? ¿Has vigilado que su afección de la piel no volviera a aparecer?

—Sí, padre. La enfermedad remitió por completo.

—Me alegro —asintió satisfecho, y tras meditar un rato añadió—: ¿Sabes? Ese viejo hace semanas que no pasa a visitarme. Le convendría no olvidar dónde están sus amigos.

—No hable así de su señoría —le reprendió O-Ine, mientras se servía ella también una taza de té—. Sabe que tiene su consejo en muy alta estima, simplemente ha estado ocupado en las últimas fechas.

El maestro Inushiro guardó silencio y continuó desayunando; mientras, la hija observaba los esfuerzos del padre por comerse todo lo que ella había preparado. Le pareció que el aire que entraba era demasiado frío, así que se levantó para cerrar la terraza; al hacerlo, su padre le preguntó:

—¿Y el nuevo médico? ¿Qué tal trabajas con maese Inafune? —Inushiro sabía que era un tema delicado, así que eligió un momento distendido para sacarlo a colación.

—Es un hombre competente, desempeña sus funciones sin molestar —respondió ella, como si el asunto no tuviera importancia.

—Así que competente. Demostró unos notables conocimientos al curar al viejo daimio. Pisó firme sobre un terreno en el que nosotros nos hundíamos por momentos.

—¿También usted, padre, está impresionado por su aparente maestría?

—No repudies lo que no conoces, hija.

—Creo que en el maestro Inafune hay menos de lo que parece, sí, y creo que ese hombre se esfuerza demasiado por demostrar sus habilidades.

—¿Por qué dices tal cosa? —quiso saber el viejo.

—Hace poco me pidió atender a gente de más alto rango en el clan. ¿Por qué habría de preferir un médico a unos pacientes en lugar de a otros?

Su padre rio de buena gana hasta que un acceso de tos le interrumpió.

—Ya me imaginaba yo —dijo Inushiro— que no le pondrías las cosas fáciles a ese hombre. Seguramente lo tendrás corriendo de aquí para allá, atendiendo a las viejas aburridas que pueblan este castillo como cuervos.

—¿Y por qué no? El servicio médico debe atender a todos los residentes del castillo.

—Sí, pero ese tipo de consultas bien podrías dejárselas a Ogura o Yoghi; son buenos ayudantes y están más que capacitados para atender esas nimiedades.

—No creo que Ekei Inafune haya hecho nada para ganarse nuestra confianza, aunque parece que soy la única en el castillo que piensa así —afirmó O-Ine con severidad—. Todos están encantados con sus peculiares conocimientos médicos, no pocos insisten en ser atendidos por «el médico que ha estudiado con los bárbaros». Como si la medicina fuera un divertimento, una curiosidad de festival.

—Tienes razón, la potestad de asignar las consultas es tuya, hija —concedió el viejo en tono conciliador—. Pero debes conocer bien a las personas con las que trabajas, solo así podrás confiar en ellas. Dime, O-Ine, ¿qué has hecho para conocer mejor al nuevo médico de cámara?

—¿Acaso debería ser yo la que hiciera algo?

—¿Has consultado algún caso con ese hombre? ¿Le has preguntado por su instrucción médica? ¿Habéis comparado vuestros distintos métodos?

—Sus conocimientos no me interesan, padre —sentenció O-Ine—. Nuestra familia tiene sus propias técnicas médicas, antiguas, contrastadas y eficaces, y con ellas hemos atendido durante generaciones a la gente de este castillo. No creo que un médico venido de quién sabe dónde pueda aportar algo a nuestra larga tradición.

Inushiro sonrió ante tan afectada respuesta. Parecía que maese Inafune había entrado con mal pie en el castillo, al menos en lo que a su hija se refería.

—Quizás tengas razón —asintió el viejo—, desconfiar de aquellos que no conocemos bien es nuestra obligación. No podemos dejar que un extraño trate la salud de su señoría o de los miembros importantes del clan.

—Y menos cuando ese extraño es un oportuno salvador que aparece de la nada con remedios de última hora.

—No obstante, si Ekei Inafune no fuera finalmente el charlatán que sospechas, sería una pena desperdiciar su talento con los viejos cuervos del castillo. Deberíamos hacer algo por vislumbrar qué hay en el interior de ese hombre, conocerlo mejor, como tú misma dices.

—¿Dónde quiere ir a parar, padre? —O-Ine sospechaba ya una de las habituales jugadas del anciano.

—Me gustaría entrevistarme con él. Dado que solo pudimos intercambiar un breve saludo protocolario el día que ingresó al servicio del clan, me parece descortés el no haberle invitado a mis aposentos para conocernos mejor.

—No es necesario que se moleste en este tipo de cosas.

—Sabes que no es molestia, O-Ine. Desde que tu madre no está, me aburro mucho, ¿qué sería de mí sin estas distracciones? —dijo el viejo con voz lastimera—. Además, como médica puedes decirme qué debo beber, pero no con quién debo hablar.

O-Ine asintió con expresión de fastidio. Podía comprender el interés profesional de su padre en conocer mejor a Ekei Inafune, pero sospechaba que sus motivos no eran tan inocentes, pues desde que se retirara de la práctica médica, Inushiro se entretenía observando a los que le rodeaban e inmiscuyéndose en sus asuntos, una malsana distracción que cultivaban muchos ancianos ociosos. En cualquier caso, algo tenía claro: ella estaría presente durante esa conversación.

* * *

La tarde había caído sobre Fukui como un asfixiante sudario. Las piedras y los tejados resplandecían bajo una pátina de rocío, y la ropa se empapaba sobre la piel pegajosa. Era una humedad tibia que anunciaba tormenta, y a Ekei le desagradaba sobremanera tener que salir a la calle en una noche así.

Se había citado con Asaemon Hikura en una recóndita casa de té próxima a la cuesta de Shichiken, y hacia allí se encaminaba, maldiciendo entre dientes el tino del samurái a la hora de elegir noches y lugares. Casi todas las veladas se resumían en largas conversaciones alrededor de una mesa mientras las jarras de licor se iban acumulando una tras otra; aun así, Ekei debía reconocer que disfrutaba de la conversación con aquel hombre cínico y pendenciero.

Pero esa noche Asaemon se había excedido en sus extravagancias: había elegido una casa de té escondida en la parte menos recomendable de los arrabales; además, le había pedido que vistiera ropas discretas sin el blasón de los Yamada, ya que «no es recomendable que el *kamon* de su señoría sea visto en según qué sitios». Ekei recordó esas palabras y sacudió la cabeza mientras imaginaba a qué clase de antro se encaminaba. Lo cierto es que si no fuera porque aquella noche tenía especial interés en hablar con Asaemon, habría declinado la oferta.

El médico siguió las indicaciones, dejando atrás el enjambre de callejuelas que rodeaba el puerto comercial para adentrarse en el extrarradio. Pronto las calles formadas por fincas amuralladas y casas de piedra, de dudosa reputación pero aspecto próspero, dieron paso a callejas fangosas carentes de cualquier tipo de iluminación. Allí la calzada no había sido aplanada ni prensada, y los surcos de los carros y las miles de pisadas habían removido la tierra formando un auténtico barrizal, empeorado por la humedad que aquella noche lo ensuciaba todo. Ekei se recogió el *hakama* y avanzó por la calle mientras las sandalias se le hundían una y otra vez en un lodo pegajoso. Caminaba paralelo a la playa, sin perder de vista el mar, y a ambos lados del camino comenzaron a florecer como hongos venenosos todo tipo de casuchas y tenderetes, desde cuyo interior se alzaban risas escandalosas.

Algunas eran edificaciones extremadamente simples, apenas unos palos clavados en el suelo con persianas de bambú a modo de pared y el cielo por tejado. Otras eran estructuras más complejas, de dos y tres plantas incluso, pero de cimientos dudosos. A medida que se adentraba en ese submundo que había crecido a la sombra de la urbe, Ekei comenzó a empaparse de su miseria: mujeres con el rostro excesivamente empolvado, probablemente para disimular las marcas de enfermedades, le sonreían con fingida lascivia al cruzarse con él; marineros que apuraban sus últimas horas emborrachándose antes de volver a embarcar; samuráis en la miseria que no podían permitirse un entretenimiento más digno… Un nutrido desfile de toda la escoria de esta vida que hizo al médico preguntarse qué necesidad tenía Asaemon Hikura, miembro de la guardia personal de un daimio, de mezclarse en tales ambientes.

El maestro Inafune salió finalmente a la playa y agradeció la fresca brisa marina y el cielo abierto. En la orilla, observando cómo las olas morían a sus pies, esperaba Asaemon Hikura. Ekei se aproximó a él y le saludó, molesto.

—¿Por qué me has citado aquí? —le reprochó—. Parece que solo seas capaz de disfrutar en los lugares más miserables.

—Este es el verdadero rostro de Fukui, amigo mío. Si quieres saber cómo es una capital, visita sus arrabales: aquí es donde la ciudad te mira de verdad a los ojos.

—Esta noche no estoy de humor para tu filosofía de burdel. ¿Dónde quieres ir?

Asaemon sonrió y señaló un caserón desvencijado que había en la playa, fuera de las malolientes calles. Sin más palabras, echó a andar en aquella dirección. Ekei siguió sus pasos con desgana, contemplando una vez más la posibilidad de marcharse, aunque se recordó que estaba allí por algo. Al poner el pie sobre la tarima que rodeaba la casa, elevada directamente sobre la arena, el médico se alarmó ante el crujido de la madera podrida. Contempló el voladizo del techo, que parecía desmantelado por una tormenta, y los tablones desencajados de la pared, hinchados por la humedad del mar como un cadáver abotargado.

—¿Estás seguro de que es aquí? Esta casa parece abandonada —señaló el médico, aunque había reparado en que las grietas de la pared filtraban una luz sucia.

—Estoy seguro, ¿no escuchas las voces?

Asaemon se aproximó a la puerta con decisión e intentó deslizarla a un lado. Al comprobar que estaba firmemente encajada, apoyó el hombro y empujó. La hoja rascó el marco hasta que cedió, y el samurái indicó con una sonrisa que ya podían pasar.

—Si no fuera porque tengo lo justo para dos botellas de sake, diría que me has traído hasta aquí para desvalijarme.

Ignorando las protestas del médico, Asaemon entró en la decrépita taberna seguido de Ekei. La estancia era amplia y estaba a media luz, un hombre atravesaba la sala con una bandeja vacía bajo el brazo y, al fondo, sentado en una gran mesa alargada, había un grupo de unas diez personas que guardó silencio para escrutar a los recién llegados.

La hostilidad hacia ellos era patente, pero Asaemon parecía ignorarla y se dirigió con pasos decididos hacia una pequeña mesa en un rincón. Ekei lo siguió intimidado, preguntándose qué pretendía su compañero. En cuanto se sentaron, la clientela retomó su cháchara, pero esta vez no había risas que distendieran el ambiente, y todos les dedicaban miradas furtivas cada cierto tiempo. Fue entonces cuando el maestro Inafune se percató de lo que allí sucedía.

Un hombre delgado y nudoso como una rama seca presidía la larga mesa, tenía un pie apoyado sobre un banco y con las manos agitaba un cuenco en cuyo hueco resonaban dos dados. Vestía de manera peculiar: había sacado los brazos de las mangas de su kimono y la chaqueta caía como un faldón sobre sus piernas, dejando al descubierto su torso y sus brazos envueltos con ajustadas vendas de lino. Se trataba de un corredor de apuestas, gremio ilegalizado por el shogún Tokugawa al poco de llegar al poder, pues el nuevo gobierno quería impedir que campesinos y *ronin* dilapidaran sus escasas ganancias en el juego. Según la experiencia, los *ronin* sin blanca eran salteadores de camino en potencia; al igual que los campesinos ahogados por las deudas de juego suponían un campo de cultivo ideal para las revueltas.

Cuando Ekei tomó asiento, buscó los ojos de Hikura y le dijo entre dientes:

—Me has traído a una casa de juegos ilegal.

—¿En serio? La última vez que vine era una taberna muy animada.

—No juegues conmigo, Asaemon. Esto es peligroso.

—¿Por qué debería serlo? Solo vamos a charlar y a beber, no molestamos a nadie. —Levantó la mano para indicar al camarero que se acercara.

Ekei miró por encima del hombro a la mesa donde se seguían haciendo las apuestas, y comprobó que los jugadores no les quitaban ojo de encima. Debió suponer que un sitio retirado y abandonado como ese, pero repleto de gente al anochecer, solo podía albergar actividades prohibidas a la luz del día.

A su espalda, los cariados tablones de madera crujieron según se aproximaba el viejo que atendía la peculiar posada.

—Dos botellas de sake —indicó Asaemon con los dedos. El posadero refunfuñó algo antes de alejarse con la misma cansina cadencia.

Ekei se distrajo observando la sala a su alrededor. Cinco lámparas se esforzaban por hacer retroceder la oscuridad, que lo engullía todo con un penetrante olor a moho viejo y salitre. Un cirio sin plato iluminaba la mesa donde estaban sentados, y cuatro lámparas de pie se habían colocado alrededor de la mesa de juego, al otro lado de la estancia. Entre ambos círculos de luz se extendía una penumbra de extraños contraluces que permitía vislumbrar, sobre sus cabezas, unas vigas de madera y lo que, en tiempos, debió ser un distribuidor que conectaba con distintas habitaciones. En algún momento también hubo de existir una escalera que bajara desde la galería, pero lo más probable es que se hubiera desmoronado bajo el peso de la humedad. Era, en definitiva, un sitio deplorable y prescindible, al menos a juicio del maestro Inafune.

—Escúchame —susurró Ekei, sin apartar la vista del entorno—. No tenemos por qué beber aquí. Vayamos a esa posada del puerto con aquella camarera que tanto te gusta…, ¿cómo se llamaba? ¿Oko?

—Te ruego que no estropees mi noche libre —se limitó a responder Asaemon, que ya celebraba la llegada del sake.

El posadero clavó frente a ellos dos botellas de licor y sendas tazas mugrientas. El sake estaba frío.

—Gracias —dijo Asaemon con la mejor de sus sonrisas, y sirvió una ronda.

A continuación se reclinó contra la pared, acercó con el pie una banqueta vacía y cruzó las piernas sobre ella. Se dedicó a sorber su taza mientras observaba a los jugadores con la expresión del que está encantado de la vida, como si le atendieran en el mejor local de Kioto.

—¿Estás loco? —le reprendió Ekei—. No los mires, ¿o acaso quieres provocarles? Si han venido aquí a jugar es para que nadie los moleste.

—Deja de preocuparte y bebe —le aconsejó Asaemon mientras apuraba su taza y se servía otra—. Y cuéntame de una vez lo que te inquieta. Sé que quieres preguntarme algo, lo noto por esa cara avinagrada que se te pone.

El médico se rebulló inquieto en su asiento, molesto por resultar tan transparente, y aunque pensaba sacar el asunto de una manera más sutil y paulatina, decidió que con aquel hombre era mejor no desaprovechar la ocasión.

—Hace tiempo que algo me ronda la cabeza —explicó Ekei—. El día que entré por primera vez en la residencia de su señoría, tuve la sensación de que una inquietud malsana flotaba en el ambiente. Ciertamente, el señor Yamada llevaba días postrado por una enfermedad, pero su estado no era tan grave como para justificar tanta aflicción. Era como si temieran un mal inminente.

Asaemon cerró los ojos y sonrió sin despegar la taza de los labios. Bebió un nuevo trago de licor antes de preguntar:

—¿De verdad quieres hablar de estos asuntos?

—¿Qué quieres decir?

—Son cuestiones políticas. Lo mejor para nosotros es ignorarlas y limitarnos a nuestras obligaciones. No levantes la cabeza para observar el paisaje, mantén los ojos en el suelo y preocúpate solo de tu siguiente paso, así evitarás tropezar.

—Tú, sin embargo, pareces tener una buena perspectiva.

El samurái se encogió de hombros y volvió a beber, pero tras dos tragos en silencio, acabó claudicando ante la mirada inquisitiva de Ekei.

—¡Está bien! —gruñó—. Acabemos con esto rápido para que me dejes beber en paz. —Golpeó la mesa con su taza y derramó el sake sobre la madera sucia—. Es cierto que sé cosas inoportunas, cuando debes escoltar a un gran señor a sol y a sombra, terminas por escuchar confidencias que preferirías ignorar, pero ninguno hablamos de ello. —Rellenó la taza que había vaciado con su brusca reacción—. Casi todos en el *hon maru* saben cosas que no deberían, pero tienen el buen tino de guardar silencio. Es lo sensato si quieres conservar la salud. Tú, sin embargo, pese a ser médico, pareces preocuparte bien poco de mi salud.

—Creí que ibas a hablar claro para acabar rápido con esto. —Ekei remedó el tono de su compañero con las últimas palabras, y este lo observó con disgusto.

—La impresión que tuviste aquel día no era desacertada —confirmó Asaemon tras dar un largo sorbo—. Podría decirse que el viejo actúa como un dique de contención, evita que las aguas se salgan de su cauce e inunden toda la región.

—Las metáforas no son lo tuyo. Habla claro.

El guerrero miró a su alrededor, para asegurarse de que no hubiera oídos indiscretos al acecho, y bajando el tono de voz dijo:

—El clan permanece dividido en su mismo seno. Nadie lo reconoce abiertamente, pero en el consejo existen dos bandos evidentes: por una parte, aquellos que consideran que entramos en una época sin guerras en la que la política y el buen entendimiento con los Tokugawa será lo que reporte beneficios al clan. Por otro lado, hay un frente encabezado por el único hijo del viejo, Susumu, apoyado por algunos generales, entre ellos el propio Yoritomo Endo, que son partidarios de expandir los territorios del clan ahora que todavía es posible.

—¿Todavía?

—Antes de que el shogún acabe su campaña en el oeste y vuelva a Edo. Una vez que Ieyasu Tokugawa se instale en la nueva capital, no tolerará ninguna guerra entre clanes, y nadie osará romper la paz del shogún. Pero mientras continúe en el oeste aplastando a sus últimos opositores, algunos señores feudales creen que no tomará partido en un conflicto provincial.

—Ya veo. ¿Y Torakusu no es partidario de aprovechar las circunstancias?

—Torakusu es un viejo perro de guerra y nunca le ha hecho ascos a una buena campaña, pero no comparte el entusiasmo de su hijo. Sabe que un conflicto a gran escala contra los feudos del norte podría llamar en exceso la atención, y si contraría al recién proclamado shogún, la posición de los Yamada en la nueva corte quedaría en entredicho.

»Podría decirse que el daimio se ha vuelto pragmático con los años, empujado en gran medida por los consejos del *karo* Yamaguchi. Su hijo, sin embargo, no tiene cicatrices de guerra. Ansía la gloria que solo da el campo de batalla, pero ve que los acontecimientos le arrastran a una larga época de paz. Para él, esta es su última oportunidad de forjarse un nombre destripando enemigos, como los antiguos señores de la guerra.

—Así que Susumu Yamada tiene la cabeza llena de historias sobre las Guerras Onin*, quiere convertirse en un jefe militar como los de antaño y no le importa arrastrar al clan con ello.

—En realidad, el hijo no es la verdadera causa del problema. Susumu se deleita con la guerra como solo lo hacen los idiotas que nunca la han vivido, pero son Endo y los demás jefes militares los que le utilizan para legitimar sus aspiraciones expansionistas.

«El general Endo —meditó Ekei—, el padre de Yukie». La joven comandante le parecía una mujer bastante sensata, no obstante.

—¿Y por qué tolera el daimio este tipo de presiones en el seno de su propio clan?

—Torakusu aún tiene en alta estima al viejo general, compañero en cien batallas. Además, no se puede decir que incurra en ninguna deslealtad al querer reforzar la posición territorial del clan al que ha servido durante toda su vida. Como ves, es una cuestión de diferencias políticas. Nada de lo que debamos preocuparnos.

—¿Diferencias políticas? —preguntó Ekei—. Estamos hablando de guerra contra los feudos de Wakasa y Echizen, no de política.

---

* Las Guerras Onin fueron un gran conflicto armado que tuvo lugar entre 1467 y 1477, como consecuencia de las disputas sucesorias tras la muerte de uno de los shogún Ashikaga. Desencadenó una guerra civil que implicó a los grandes clanes del centro de Japón.

—Guerra, política... ¿no es lo mismo al fin y al cabo? Da igual cómo lo llames.

Ahora fue Ekei el que dio un largo trago a su taza de sake. Por fin entendía la inquietud reinante en el castillo aquella jornada. Si el daimio hubiera permanecido alejado de sus responsabilidades más tiempo, Susumu bien podría haberse hecho cargo del control del clan e, incitado por los generales, haber comenzado una guerra durante la ausencia de su padre.

Iba a abrir la boca para seguir interrogando a Asaemon, que había demostrado estar muy al corriente de la situación pese a su supuesta indiferencia por tales asuntos, pero se percató de que su interlocutor estaba repentinamente serio y miraba fijamente a algo o alguien que se encontraba a espaldas de Ekei.

—Ya habéis bebido y os habéis divertido, ha llegado la hora de que os marchéis —atronó una voz detrás del médico.

El maestro Inafune miró por encima del hombro a la persona que les había invitado a abandonar el local de manera tan amable. Se trataba de un hombre de aspecto hosco y corpulento, probablemente un matón del gremio de promotores de juego.

—Creo que no te he entendido —respondió el samurái—. ¿Nos estás echando?

—Podemos hacerlo por las malas o por las buenas. —El individuo se crujió los dedos en un gesto claramente amenazador.

—Creo que estás muy tenso, amigo —sonrió Asaemon—. Toma, siéntate y bebe con nosotros.

Tras aquellas palabras, dio una fuerte patada a la banqueta donde apoyaba sus piernas estiradas. Esta se deslizó con violencia por el suelo hasta estrellarse contra las espinillas del matón, que lanzó un aullido de dolor y se dobló para echarse mano a la herida. Dos pequeñas manchas de sangre afloraron donde había golpeado la silla.

Asaemon no estaba dispuesto a darle la más mínima oportunidad a aquel hombre. Antes de que volviera a levantar la cabeza para encararse con ellos, el samurái se puso en pie y descargó tal puñetazo contra la nuca del frustrado agresor, que le hizo caer de rodillas. Remató el trabajo al aferrar su *katana* y, sin desenfundarla, golpear con su empuñadura la boca del pobre desgraciado. El impacto fue tan brutal que Ekei apreció claramente cómo varios trozos de diente salían despedidos. Era probable que también tuviera la nariz rota, pues la sangre manó en abundancia.

Fue entonces cuando el médico escuchó movimientos agitados a su espalda. La piel de la nuca se le erizó y algo se movió fuera de su campo visual, en el espacio donde solo llegan a ver los instintos. Ladeó la cabeza y una jarra de sake pasó junto a él, rozándole la oreja, para estrellarse contra la pared de enfrente.

Se giró para descubrir a dos hombres que avanzaban hacia ellos en línea recta. Estaba a punto de meterse en una refriega de taberna con gente peligrosa, algo que había intentado evitar durante toda su vida. Mientras se lamentaba por elegir como compañero de bebida a semejante provocador, analizó la situación con el escaso detenimiento que se podía permitir: la mayoría de los que se sentaban en la mesa de juego permanecían quietos contra la pared del fondo, probablemente eran jugadores que no deseaban ningún tipo de problema. Solo el lanzador de dados y los dos matones que se les aproximaban mantenían una actitud amenazadora.

Los sicarios encorvaban la espalda, el rictus torvo, y avanzaban empuñando sendos cuchillos largos, oxidados y peligrosamente afilados. «Un buen corte en el gaznate y te ahogarás en tu propia sangre», pensó Ekei. Sin embargo, mantuvo la calma que solía apoderarse de él en ese tipo de circunstancias, siempre acompañada de un peso frío que se alojaba en su estómago.

Uno de los matones le enfiló directamente mientras el otro se dirigía hacia Asaemon. ¿Tendría tiempo el guerrero de librarse de su pareja para encargarse del hombre que le encaraba a él? Ya que lo había metido en aquella situación, podría tener la deferencia de sacarle de ella. Sin embargo, los sicarios parecían profesionales, quizás de baja estofa, pero al contrario que muchos *ronin* petulantes estaban acostumbrados a usar los filos que empuñaban. Pretendían acabar con ellos de manera rápida y sin contemplaciones.

El primer tajo voló con un feroz destello buscando la yugular de Ekei, pero este detuvo la trayectoria del cuchillo al bloquear la muñeca. Dio un paso adelante mientras giraba sobre sí mismo, de modo que eliminó la distancia que su atacante necesitaba para intentar acuchillarlo de nuevo. El sicario quiso separarse, pero el médico le envolvió el brazo con las manos e hizo palanca sobre su hombro hasta que el codo crujió y su adversario soltó la hoja con un grito que le vació los pulmones. El alarido quedó interrumpido cuando Ekei le golpeó en la garganta. No fue un impacto tan brutal como para aplastarle la laringe, pero sí le obligaría a boquear durante un rato.

Cuando pudo desentenderse de su agresor, se percató de que Asaemon ya le observaba con rostro curioso. Le dedicó una intrigante sonrisa antes de señalar con su sable envainado al lanzador de dados:

—Tú, ¿a qué esperas? Sigue tirando tus dados —ordenó—. Vosotros, seguid apostando.

Tras un instante de desconcierto y de miradas dubitativas, el corredor de apuestas volvió a agitar los dados en el cuenco y las monedas de cobre repiquetearon sobre la mesa. «¡Par!», «¡impar!», «¡impar!», «¡par!»…, fueron cantando los jugadores sus apuestas.

Satisfecho por que todo volviera a una relativa normalidad, Asaemon deslizó la funda de su espada bajo el *obi* y recogió las dos botellas de sake.

—Vamos. El ambiente aquí está enrarecido.

Ekei asintió y caminó hacia la puerta, no sin antes dedicarles un último vistazo a los tres matones que se retorcían en el suelo intentando recoger los pedazos de su dignidad.

Una vez fuera, el maestro Inafune acogió con entusiasmo el fresco abrazo de la noche. Tenía la sensación de que había escapado de una trampa peligrosa, y sus hombros se distendieron dejándole como factura de la tensión vivida un agudo dolor de cuello. Pero cuando miró al samurái que le acompañaba con aire ausente, empinando alternativamente las dos botellas de sake, la severidad retornó al rostro del médico.

—Querías provocar una pelea —le acusó.

—Es cierto.

—¿Cómo? ¿Lo reconoces sin más?

—Sí, por eso hemos venido aquí. En los locales habituales saben que somos gente del castillo, nadie habría osado enfrentarse a nosotros.

—Por eso me dijiste que no usara el blasón del clan esta noche, para que nadie se cohibiera a la hora de apuñalarme.

—Eres un hombre perspicaz, maese Inafune.

Indignado, Ekei se plantó frente al samurái, obligándolo a detenerse.

—¿Es esta tu nueva idea para divertirte en las veladas nocturnas? ¿Buscar bronca con los criminales de los arrabales?

—Oh, no dramatices. Eran unos vulgares matones de barrio.

—Quizás para ti, pero esos matones de barrio bien podrían haberme degollado mientras tú disfrutabas.

Asaemon rio satisfecho, como si hubiera destapado un divertido secreto, o como si hubiera demostrado tener razón en una apuesta.

—No podrían haberlo hecho.

—¿Acaso creías que esos cuchillos eran hojarasca? No quiero saber más de tus ocurrencias. Colmarías la paciencia de los santos.

Asaemon, sin embargo, no perdía su sonrisa.

—Cuando nos conocimos hace un año en aquella posada de Sabae, me llamó la atención la facilidad con la que te desembarazaste de aquel *ronin* borracho. —El samurái imitó el golpe con los dedos que en aquel momento el médico le propinó a su adversario—. Simplemente, quería comprobar cuáles eran tus auténticas habilidades.

—¿Has planeado esta noche con la idea de ponerme a prueba? —dijo Ekei, incrédulo—. Habría sido más sencillo preguntarme.

—Quizás los demás no lo hayan notado, maestro, pero eres un hombre esquivo a la hora de hablar de ti mismo. Sin embargo, te encanta preguntar a los demás.

—No hay secretos, Asaemon. Un hombre humilde no hace alarde de sus habilidades.

El guerrero asintió como si aquello no le interesara. Dio un nuevo trago a la botella, pero quedó decepcionado al comprobar cómo solo una tímida gota caía en sus labios. Con evidente fastidio, lanzó la botella vacía al mar y reanudó la marcha por la orilla.

—No me engañas —exclamó, levantando la voz mientras se alejaba para que se le oyera por encima del rumor de las olas—. Eso era *bujutsu**. ¿Para qué querría un simple médico saber cómo romperle el codo a alguien? Se supone que lo vuestro es curar.

—¿Para qué? ¿Crees que lo que viste en la posada de Sabae era una situación extraña para mí? No te imaginas en cuántos altercados me he visto envuelto durante mis viajes como médico. Cualquiera que recorra los caminos con asiduidad, o bien tiene dinero para pagarse protección, o bien aprende a protegerse por sí mismo.

—¿Cómo aprendiste tú?

---

* *Bujutsu:* técnicas de lucha.

—Durante dos años me instalé en un templo del monte Hiei. Allí atendí a los monjes como médico, intercambié conocimientos de herbología y aprendí técnicas de defensa.

—Puedo creerme lo de las hierbas —dijo Asaemon, con la voz ronca por el alcohol—. Pero esos malnacidos de Hiei jamás desvelarían sus técnicas de lucha.

—Piensa lo que quieras —le espetó el médico.

—Eso suelo hacer. —Y tras meditarlo un rato, añadió—: No me culpes por lo de esta noche. Si fueras una persona más abierta, no me habría visto obligado a esta estúpida charada.

El samurái prorrumpió en una ebria carcajada que espantó a las gaviotas y las hizo volar sobre las negras olas.

* * *

Al día siguiente Ekei se despertó sin el dolor de cabeza que solía acompañarle tras una noche con Asaemon Hikura. Aunque intentaba beber en cantidades moderadas, el pendenciero samurái siempre le obligaba a excederse, y el sake terminaba por producirle un desagradable y característico dolor de cabeza, como alfileres clavados dentro del cráneo. Pero los acontecimientos de la noche anterior habían precipitado un temprano retorno al castillo.

Se había vestido con un kimono marrón, quizás demasiado liviano para fechas tan tempranas, y bebía té verde apoyado en la mesa central de sus aposentos. Su intención era desayunar frugalmente antes de incorporarse a sus ocupaciones matutinas, pero alguien llamó a la puerta.

Extrañado porque le reclamaran a tales horas, acudió a abrir y se encontró con O-Ine Itoo. En contraste con el somnoliento rostro de Ekei, la jefa médica parecía llevar ya muchas horas despierta.

—Señora Itoo, ¿ocurre algo?

—No. Quizás me he precipitado al venir tan temprano —dijo O-Ine, dando un paso atrás con intención de retirarse—. Suelo madrugar en exceso y pierdo la noción de cuáles son las horas apropiadas.

—No se ha precipitado, pase, por favor —la retuvo Ekei—. ¿Puedo servirle un poco de té?

—No es necesario. Solo quería pedirle un favor.

—Usted dirá —respondió él con evidente disposición.

—Mi padre me ha solicitado que concierte una entrevista con usted. Desea conocerle mejor, y querría saber si estaría dispuesto a visitarle en sus aposentos.

—Por supuesto, no he tenido oportunidad de departir con el maestro Itoo. Me siento honrado de que desee hablar conmigo.

Ekei se mostraba tan complaciente como le era posible, consciente de que una buena relación con la familia Itoo podía abrirle las puertas que necesitaba atravesar. Aunque también anidaba en él un sincero deseo de conocer mejor a aquel hombre y a su hija.

—Bien, eso es todo. Me retiraré para que desayune tranquilo —dijo O-Ine con una leve reverencia, y su fino pelo negro se deslizó sobre sus hombros.

Pero antes de que pudieran despedirse adecuadamente, un oficial del recién establecido *bugyo* y dos hombres de la guardia aparecieron al fondo del pasillo. Parecía que algo urgente les apremiaba.

—Disculpen que irrumpa así, me dijeron que aquí podría encontrarles. Mi nombre es Genboku Irobe, oficial a cargo de la seguridad portuaria.

Era joven, pero se desenvolvía con las maneras de quien ya tiene experiencia en lo que hace. Un pulcro bigote intentaba compensar la poca autoridad que le proporcionaban sus rasgos juveniles. Por un momento, Ekei temió que aquel hombre estuviera allí por los incidentes de la noche anterior, pero sus temores pronto se desvanecieron.

—He venido por petición del gremio de médicos —se explicó el joven oficial—. En los últimos días, cinco hombres han enfermado en los barrios próximos al puerto. Presentan los mismos síntomas y se teme que pueda ser un brote contagioso, pero los maestros no han sido capaces de identificar el mal y han pedido la intervención de la autoridad médica del castillo. Temen que la enfermedad pueda propagarse por la ciudad.

—Una epidemia —musitó O-Ine—. Ha hecho bien en venir, espere abajo, enseguida le acompaño.

—En realidad, han sugerido que también venga el maestro Inafune. —Irobe sintió la inmediata necesidad de explicarse—. Ante los extraños síntomas, y teniendo en cuenta que todos los enfermos son comerciantes, se teme que puedan haber hecho negocios con gente de Nagasaki y que hayan contraído alguna enfermedad extranjera.

O-Ine miró de soslayo a Ekei. Comprendía que a quien realmente habían reclamado los médicos de la ciudad era al maestro Inafune. Su presencia era requerida por mera cortesía.

—Está bien —asintió O-Ine—. Acudiremos cuanto antes.

Capítulo 16

La tutela de Kenzaburō Arima

Seizō recordaría durante el resto de su vida el viaje que ese día emprendió junto a Kenzaburō Arima. El verano arreciaba y el calor castigaba cruelmente a los viajeros, las piedras que salpicaban la senda estaban tan calientes que parecían a punto de resquebrajarse, y solo la sombra de los árboles ofrecía cierto alivio al caminante. Mientras abandonaban Matsue por el camino principal que partía hacia el sur, un cúmulo de sensaciones y pensamientos encontrados hostigaban a Seizō. Hacía apenas unas horas estaba dispuesto a partir en solitario en búsqueda del hombre que ahora le guiaba, convencido de que jamás estaría en paz consigo mismo si permanecía con los Ichigoya. Sin embargo, ahora que caminaba a la zaga de Kenzaburō, no podía quitarse de la cabeza que cada paso le alejaba un poco más del único hogar que le quedaba en el mundo, al tiempo que se adentraba en un futuro incierto que vislumbraba oscuro y cruel. Se limpió el rostro sudoroso con las manos y buscó consuelo en la idea de que hacía lo correcto. «Preocuparse no tiene sentido, debo asumir lo que la vida me trae». Sabía que esos pensamientos habrían complacido a su nuevo tutor.

Apenas habían recorrido unos *ri* por el concurrido camino a Fukuyama, cuando Kenzaburō le indicó que se desviarían por una senda lateral, menos transitada y que discurría entre ciruelos. Desde que se habían alejado de la casa de los Ichigoya, el samurái y Seizō no habían cruzado palabra, en parte porque el ánimo del joven se había tornado sombrío tras despedirse de su hermanastra, y en parte porque no sabía qué decirle a su protector, último superviviente, junto a él, del clan Ikeda.

Ahora se daba cuenta de que el tiempo le había enseñado a dar por sentado que ya nadie regresaría en su busca. Kenzaburō, su padre, su hermano, la noche en que su hogar fue arrasado…, todo se había sumido en la bruma de un pasado inaprehensible, fragmentos de un tiempo extraño en el que él había sido el hijo de un samurái, y no el ahijado de un comerciante local de Matsue. Quizás los años habrían terminado por desterrar aquellos recuerdos por completo, hasta el punto de que algún día despertaría y dudaría de si no habían sido más que un sueño vívido. Pero aquel hombre había regresado tal como le prometió, había emergido de entre las brumas para llevarle de la mano y recordarle que su vida no le pertenecía, pues debía consagrarla a una causa que no podía eludir. Seizō, pese a su juventud, sabía como hijo de auténtico samurái que solo podría elegir sus pasos cuando su deber estuviera satisfecho; hasta ese día, recorrería un camino sin retorno del que Kenzaburō era el salvaguarda.

El muchacho levantó la cabeza y observó a aquel que caminaba frente a él: su aspecto era aún el de un monje errante, pero en su actitud ya no se vislumbraba el aire sereno y contemplativo que tocaba a los hombres santos. Kenzaburō caminaba ahora con una decisión que parecía allanar la vereda.

—¿Por qué nos hemos desviado? —preguntó al fin Seizō, empujado por su natural curiosidad—. ¿No íbamos hacia el sur? Creí que nos dirigíamos hacia el feudo de Izumo, que alguien nos acogería en el antiguo hogar de mi familia.

—¿Hogar? —Kenzaburō le miró por encima del hombro—. No hay lugar para nosotros en Izumo, Seizō. Somos vagabundos, sin hogar ni señor. Estamos solos en este mundo.

El muchacho bajó la mirada hasta el polvoriento camino de tierra; no es que aquello fuera ninguna sorpresa para él, pero albergaba la esperanza de volver a ver los paisajes de su infancia.

—¿Hacia dónde nos dirigimos, entonces?

—A la ciudad de Yonago, allí compraremos pasajes para las islas Oki.

«¿Las islas Oki? ¿Acaso nos exiliamos como criminales?», pensó Seizō, que no entendía cómo podrían vengarse de los Sugawara desde aquel pequeño archipiélago al norte de Hondō. Aún recordaba, no obstante, lo que el viejo general de su padre le dijo en el momento de su despedida: una vez regresara, ya no serían señor y vasallo, sino discípulo y maestro, y jamás se había visto un discípulo que cuestionara a su *sensei*... Pero en la naturaleza de Seizō estaba preguntar por aquello que no comprendía:

—Pero si vamos a Yonago, ¿no habría sido más corto bordear el Nakaumi por el norte, paralelos a la costa?

—No siempre el camino más corto es el mejor —dijo el samurái.

Ante tanta ambigüedad, Seizō decidió guardar silencio y esperar a que los acontecimientos transcurrieran.

Así, uno al frente con sus ojos atentos al camino, y el otro detrás con la mirada perdida en sus incertidumbres, recorrieron las tierras que se extendían más allá de la orilla sur del Nakaumi. Tomaron caminos secundarios que atravesaban humedales, remontaban colinas y serpenteaban entre cultivos de árboles frutales; buscaban la sombra siempre que les era posible, y procuraban rellenar los tubos de bambú con agua fresca cada vez que encontraban algún riachuelo salubre.

Poco a poco, el muchacho se habituó a la presencia del guerrero. Según iba reconociendo en él los gestos, expresiones y maneras que le eran familiares desde su infancia, la sensación de reencontrarse con su pasado creció en el pecho de Seizō. Kenzaburō había sido una constante a lo largo de su niñez, un referente poderosamente vinculado a la figura de su padre, y a pesar de que continuaba sumido en un mutismo hosco, su mera presencia terminó por ser reconfortante para Seizō.

En una de las ocasiones en que se detuvieron a recoger agua, comenzó a buscar las palabras apropiadas para dirigirse a Kenzaburō, pues necesitaba saber qué había hecho este durante su larga ausencia.

—Adelante, pregunta —le invitó el viejo general, que, sin siquiera mirarle, había percibido las dudas que lo atribulaban.

Tomado por sorpresa, Seizō titubeó antes de decir lo primero que se le pasó por la cabeza:

—Yo... Creí que ya no vendrías a buscarme.

—Eso no es una pregunta.

—Quiero decir... que has tardado muchos años en volver.

—El tiempo siempre transcurre más lento para el que espera —dijo Kenzaburō, sin apartar la vista de su tubo de bambú, que burbujeaba sumergido en el arroyo.

—Pero han sido cinco años, ya ni siquiera te esperaba.

—Mejor entonces, así el tiempo te habrá resultado más breve.

—Pero ¿por qué? ¿Qué has hecho durante todos estos años?

El samurái extrajo la cantimplora del arroyo, sacudió las gotas que resbalaban por la superficie de bambú y se la colgó a la cintura. Después, miró a Seizō a los ojos por primera vez desde que abandonaran Matsue:

—Perder viejos amigos, cerrar nuevas alianzas, cobrar antiguas deudas, requerir de lealtades que permanecían olvidadas y descubrir traiciones que creía imposibles… Preparar el camino que recorrerás llegado el momento, Seizō.

El muchacho tragó saliva y comprendió que no era necesario indagar más sobre aquellos cinco años, así que, algo intimidado, decidió cambiar de tema.

—Y… ¿por qué a las islas Oki? ¿Es necesario ir tan lejos?

—Deben creer que hemos huido, que estamos tan lejos que resultamos inofensivos. Quizás así, y solo quizás, los que mataron a tu familia decidan que no merece la pena darnos caza.

—Pero ¿por qué deberían buscarnos? Solo somos dos, no podemos hacer nada contra todo el ejército de los Sugawara.

—Precisamente por eso, porque solo somos dos. Si fuéramos cincuenta, cien o doscientos, solo cabría esperar de nosotros un ataque frontal, una carga desesperada para reunirnos con nuestro señor tras una muerte honorable. Pero dos no atacan de frente al amanecer, dos no se inmolan por honor ante un ejército enemigo… La venganza puede convertir a un hombre en un auténtico demonio, no lo olvides nunca, y eso es lo que temen los poderosos: a los demonios que se esconden en la noche, que acechan sus sueños e inquietan su vigilia.

La determinación en la voz de su maestro hizo que Seizō sintiera un escalofrío, pues comprendía que Kenzaburō ya recorría ese camino al infierno. Probablemente, lo había recorrido durante los últimos cinco años, hasta convertirse en uno de esos demonios de los que hablaba.

Reemprendieron el viaje sin volver a mediar palabras, pero esta vez caminaban uno junto al otro. Finalmente llegaron al mar, a tiempo de ver cómo el sol poniente se sumergía en la bahía de Miho. En la estrecha franja de costa que se extendía entre el lago de agua salada y el mar abierto, yacía la ciudad de Yonago, único puerto desde el que se podía embarcar hacia el archipiélago de Oki.

Cuando entraron en la ciudad, agitada por el habitual bullicio de las urbes costeras, Kenzaburō distendió el rostro y, por momentos, incluso pareció disfrutar del ambiente. Seizō también se contagió de la vibrante atmósfera, y más de una vez se quedó rezagado mientras observaba los carros que arrastraban enormes cajas de pescado o a los niños que corrían, semidesnudos y llenos de arena, entre el gentío.

—¡Vamos! —le apremió Kenzaburō—. Primero debemos conseguir pasajes, luego podremos descansar.

El samurái recorrió las concurridas avenidas en dirección al puerto, el corazón desde el que se bombeaba la vida de aquella ciudad. Seizō le seguía con los ojos muy abiertos, deleitándose con el agradable desorden reinante en las calles. Pese a que Matsue era la auténtica capital de la provincia de Izumo, resultaba mucho más fría y anodina, probablemente a consecuencia del influjo que ejercía la residencia del daimio. En Yonago, sin embargo, lejos de la sombra del señor feudal, la gente parecía más libre.

Llegaron al puerto y Seizō se admiró de la cantidad de barcazas de pesca y buques de carga que se apiñaban en torno a las escolleras; tejían una urdimbre que se contraía y se expandía con el ir y venir de la marea. Kenzaburō se dirigió a la oficina que dispensaba pasajes para las distintas rutas. Era una casucha desvencijada pero limpia, y el encargado mataba el tiempo tallando con un cuchillo una pequeña figurilla de madera, a la espera de que llegara la hora de echar el cierre y hacer el arqueo de la recaudación. Probablemente ellos fueran los últimos clientes del día.

—Necesito dos pasajes para la isla de Dogo. En cubierta. No precisamos camarotes.

Sin mediar palabra, el hombre rebuscó al otro lado del mostrador hasta que sacó dos pliegos de papel amarillento sellados por la autoridad portuaria.

—Ochenta *mon* de cobre por los dos. El barco es el Yaoka, parte al amanecer. Su capitán es especialmente puntual.

Kenzaburō extrajo de una pequeña bolsa en su pechera el dinero convenido, recogió los dos pasajes y se despidió con una educada inclinación que Seizō se apresuró a imitar.

Una vez fuera, indicó al chico que buscarían alojamiento cerca del puerto para pasar la noche. Cenarían y se retirarían temprano, pues la jornada siguiente sería «larga y agotadora». A Seizō le habría encantado pasear hasta el anochecer y contemplar la vida nocturna de Yonago, que imaginaba fascinante y misteriosa, pero tenía la impresión de que el turismo no entraba en los planes de su maestro. Con pasos resignados, siguió a Kenzaburō hasta una posada portuaria de aspecto burdo. Comieron en la zona común de la planta baja y no en su dormitorio, lo que habría resultado más discreto, y el falso bonzo, tan lacónico hasta el momento, departió con otros viajeros, a los que interrogó sin reparos sobre la situación en Dogo y el resto de las islas Oki.

A Seizō, aquella actitud le resultaba un tanto imprudente para alguien que pretendía cubrir su rastro. Por supuesto, se abstuvo de decir nada, pero sí olisqueó con disimulo la taza del viejo guerrero. Solo desprendía el amargo frescor del té verde. Desconcertado, sorbió su sopa sin apartar los ojos de Kenzaburō, que, afable y sonriente, no dejaba de hablar con los parroquianos.

* * *

—Despierta, Seizō. Debemos partir.

Seizō abrió los ojos y tardó un momento en ubicarse; durante un instante, creyó encontrarse en su habitación en casa de los Ichigoya y que era Joboji quien le despertaba para proponerle alguna ocurrencia. El incómodo jergón, el olor a humedad y el rostro de Kenzaburō le hicieron regresar pronto al mundo real. Se incorporó y se desperezó con dificultad.

—¿Cuánto falta para que parta nuestro barco?

—Zarpó hace rato.

—¿Cómo es posible? —exclamó el muchacho, que no comprendía el tono apático de su protector—. ¿Qué vamos a hacer ahora?

—Recoger y abandonar temprano la ciudad, antes de que las calles se llenen de gente.

A medida que se despejaba, Seizō comprendió que tomar aquel barco nunca había estado entre los planes de Kenzaburō.

—Entonces, ¿cuál es nuestro verdadero destino?

—El monte Daisen, en la provincia de Hoki.

No tardaron en prepararse y abandonar la posada. Kenzaburō envolvió sus atavíos de monje errante en un hatillo, se vistió con un kimono de viaje color gris y se cubrió las piernas con un *hakama* negro, una prenda reservada a la casta samurái. No llevaba cosido ningún emblema, así que su aspecto era similar al de cualquiera de los *ronin* que por aquellos días recorrían el país de punta a punta.

Al salir a la calle, comprobaron que la ciudad aún dormía. Solo eventualmente se cruzaban con algún vecino madrugador, pero ni siquiera aquellos que saludaban a Kenzaburō con deferencia se molestaban en levantar la vista para mirarles. Un *ronin* acompañado de su joven aprendiz era algo tan cotidiano que no merecía la pena un segundo vistazo.

Abandonaron Yonago rumbo al este, hacia la vecina provincia de Hoki. Anduvieron sin denuedo y las primeras ampollas aparecieron en los pies de Seizō. Pronto se le hizo evidente que la comodidad del hogar de los Ichigoya nada tenía que ver con la vida en el camino; aun así, se abstuvo de quejarse, intentó no cojear y se distrajo del dolor observando a los mercaderes, peregrinos y labriegos que también recorrían la polvorienta carretera. De cuando en cuando se cruzaban con alguna joven bonita y Seizō las contemplaba sin recato, hasta que ellas se ruborizaban y él se daba cuenta de lo que estaba haciendo, momento en el que también apartaba la mirada con las mejillas encendidas.

Según avanzaba la jornada, los paisajes costeros de la bahía de Miho fueron quedando atrás y se adentraron en Hoki. El horizonte se abrió y avanzaron por campos de arroz que se extendían hasta donde alcanzaba la vista. A su paso, los campesinos, con las piernas hundidas en los arrozales, se incorporaban con una mano en la espalda y otra protegiéndose los ojos, los saludaban y les seguían con la vista durante un rato para descansar de su labor.

La travesía se hizo monótona y Seizō se dedicó a contar los pequeños budas de piedra que, esporádicamente, flanqueaban el camino. Los viajeros habían amontonado frente a ellos pequeñas piedras redondas y, sin saber muy bien por qué, él también buscó una y la depositó sobre un montón. Luego apretó el paso hasta volver a ponerse a la altura de Kenzaburō.

Aún no había caído la tarde cuando el monte Daisen, techo de una pequeña cordillera que se elevaba en el centro de la región, se alzó en la distancia. Algunos lo llamaban el monte Fuji de Hoki, y Seizō, que nunca había contemplado el monte sagrado más que en dibujos y pinturas, se dijo que el Daisen no podía desmerecer en exceso tal sobrenombre, pues su presencia era ciertamente majestuosa.

Se detuvieron en una pequeña hospedería junto a un cruce de carreteras, a pocos *ri* del bosque que precedía a la falda de la montaña. Ni siquiera entraron en la casa, se sentaron en un banco junto a la puerta, bajo el voladizo del techo, y allí almorzaron el estofado de col y las bolas de arroz que les sirvió el posadero, mientras contemplaban el macizo del Daisen.

Ya en ese momento Seizō se debatía entre dos posibilidades: dado que todas las poblaciones de las inmediaciones habían quedado atrás, o bien Kenzaburō pensaba alojarse en algún templo ubicado entre las montañas y compartir la vida ascética de los bonzos, o bien pretendía subsistir como un ermitaño en plena naturaleza, durmiendo en cuevas y entrenando bajo las cascadas, como los guerreros de las leyendas, que buscaban la iluminación a través de una vida de penurias y el camino de la espada.

Ninguna de las dos posibilidades le seducía, pero se decantaba claramente por la primera, ya que vivir en una cueva, con la piedra por techo y las ardillas como compañeras, se le antojaba poco apetecible, sobre todo una vez llegara el invierno. De cualquier modo, se abstuvo de preguntar nada, pues intuía otra de las ambiguas respuestas del samurái. Al fin y al cabo, antes de que concluyera el día tendría su respuesta.

Reanudaron la marcha y, al cabo de un par de horas, cuando el Daisen era ya una imponente presencia que llenaba casi todo el paisaje, el camino se adentró en un hayal gris que tapizaba la falda de la montaña. Por encima de las copas de los árboles, enclavado en una ladera encrespada como una gran ola rocosa, se divisaba un templo sintoísta de aspecto decrépito. No era grande ni imponente, pero Seizō tuvo la esperanza de que en aquel santuario concluyera su viaje.

Se sumergieron en la espesura guiados por una senda cada vez más angosta, y durante unos instantes el templo desapareció entre la maraña boscosa. Seizō temió que el camino les alejara de allí para siempre, pero no transcurrió mucho antes de que la vereda se ensanchara, los árboles se separaran y, a una orilla del camino, apareciera la escalinata que ascendía hasta el santuario. A los pies de la misma, una pareja de *komainus*[*] tallada en piedra se devolvían la mirada, de modo que ningún visitante que pretendiera subir los peldaños podía eludir el juicio de aquellas bestias atemporales. «Entre nosotros habita el dios de la montaña», rezaba una tablilla fijada a uno de los pedestales de roca.

Seizō nunca había sentido tal devoción por los antiguos dioses, pues deseó con todo fervor que Kenzaburō se desviara hacia el templo. Pero el samurái continuó adelante sin ni siquiera mirar a un lado, y cada paso que daba los alejaba más y más de una vida mínimamente civilizada. Finalmente, dejaron atrás los escalones cubiertos de hojarasca y continuaron por la desdibujada vereda. El ánimo de Seizō se tornó sombrío como una tarde de tormenta.

* * *

El camino que escalaba la montaña discurría entre cornisas, ascendía por repechos que terminaban en acantilados cortados a plomo, y constantemente desaparecía bajo sus pies, lo que les obligaba a improvisar la ruta durante un rato hasta que se reencontraban con la senda. Aun así, resultaba difícil perderse, simplemente había que encontrar el modo de ir siempre hacia arriba.

A medida que subían, la pendiente se hacía más inclinada y los bosques eran más esporádicos. En cierta ocasión, Seizō creyó ver en la distancia una cabaña, quizás un refugio de cazadores o leñadores, pero parecía abandonada. No tardaron en tener que valerse de los bastones que Kenzaburō llevaba a la espalda, y mientras la punta afilada de su palo chascaba la grava del suelo, Seizō concluyó que quizás las montañas pudieran resultar hermosas desde la distancia pero, una vez te introducías en sus fauces, perdían gran parte de su encanto.

Tras marchar durante un buen rato por una cornisa demasiado estrecha, el camino se apartó de la caída y se introdujo en un oscuro bosque en pendiente. Los pinos tejían una sombra espesa y el aire resultaba fresco y liviano a su amparo. Cruzaron la arboleda en si-

---

[*] *Komainu:* pareja de perros o leones, esculpidos generalmente en piedra, que se ubica a la entrada de los santuarios sintoístas, uno frente al otro. Una de las criaturas, *A*, toma el aire con la boca abierta, mientras que la otra, *Un*, exhala con la boca cerrada. Representan el equilibrio de la existencia.

lencio, las hojas muertas crujiendo bajo sus pasos y los cuervos graznando sobre sus cabezas. Cuando por fin llegaron al otro lado del pinar, un precipicio se abrió ante ellos. Un frágil puente de madera, que se balanceaba de manera inquietante sobre el abismo, era el único medio para seguir adelante.

Kenzaburō ni siquiera se detuvo, pero Seizō debió pensárselo dos veces. Se paró un instante antes de poner el pie sobre la vieja madera y cometió el error de mirar hacia las profundidades; fue entonces cuando cobró conciencia de cuán alto habían subido. Abajo, entre las brumas de la montaña, discurría un camino que desde aquella altura parecía un delgado hilo que rodaba entre las rocas.

Habría preferido volver sobre sus pasos, dar la espalda a aquel puente colgante que se extendía ante él como una oscilante metáfora de lo que estaba por llegar... Pero no tenía alternativa, Kenzaburō ya había decidido en su lugar. Tragó saliva y se aventuró sobre la madera, que resultó ser más firme de lo que esperaba en un principio. Cuando por fin cruzó al otro lado, se percató de que su corazón latía con violencia. Levantó la vista y vio al samurái observándole con expresión paciente.

—Vamos, estamos cerca.

Desde ese punto, Seizō se habría atrevido a decir que el camino resultaba casi agradable. Bordearon un pequeño lago montañoso alimentado por una caudalosa cascada, cuyas aguas parecían frías aun en pleno verano. Por encima del lago había un bosquecillo de almendros y tejos atravesado por los arroyos que trenzaban la cascada, y hacia él se dirigieron. La pendiente a la que se aferraban los árboles era pronunciada, pero pudieron subirla sin problemas caminando junto al curso de los riachuelos.

Arriba, donde el bosque cedía por fin ante la estéril roca, les aguardaba un valle de montaña atravesado por el cauce del río que habían remontado. Se encontraban en un extremo de la depresión, con la arboleda a sus espaldas y la planicie cubierta de hierba a sus pies. En el centro del valle, flanqueadas por la corriente de agua, había tres estructuras de madera que habrían sorprendido a un viajero extraviado, pues nadie esperaría encontrar en un lugar tan apartado la obra de la mano del hombre.

Kenzaburō señaló hacia las tres edificaciones con su bastón.

—Ese es nuestro hogar.

Seizō lo observó casi con alivio. Quizás no resultara tan acogedor como un templo, pero desde luego era mucho mejor que una cueva.

—Por tu expresión, se diría que esperabas otra cosa.

—Será un buen hogar, *sensei*.

—Me alegro de que pienses así —asintió, satisfecho, el guerrero—. Me ha llevado mucho tiempo ponerlo en pie, pero siempre me gustó trabajar la madera.

—¿Lo has construido tú mismo? —se sorprendió Seizō, pues no era habitual que un samurái del rango y el prestigio de Kenzaburō Arima se prestara a tales labores.

—No sé por qué has de extrañarte. ¿Qué clase de refugio sería este si otros conocieran su existencia? Además, aquí no tendremos ayuda, Seizō. Debemos valernos por nosotros mismos. —Comenzó a descender por la pendiente que bajaba hasta el valle y, alzando la voz, añadió—: Espero que los Ichigoya te enseñaran, al menos, a cocer arroz.

—Sé trenzar *warajis* —musitó para sí el muchacho que, tras contemplar el entorno, se apresuró a seguir a su maestro.

Cuando llegó abajo, comprobó que la fina hierba que cubría la tierra se mantenía fresca, por lo que las lluvias debían ser abundantes aun en la estación cálida. Encaminó sus pasos hacia su nuevo hogar y pronto se percató de que el valle no tenía forma de hondonada; según se acercaba al centro del mismo, el terreno se elevaba formando una suave colina, de modo que la residencia que había construido Kenzaburō se levantaba sobre la cima de la misma. El lugar era perfecto, pues podían dominar todo el entorno, tenían cerca agua, madera y caza, y al estar en una posición elevada, evitaban el riesgo de inundaciones pese a encontrarse en el centro de un valle de montaña.

Seizō coronó la loma, soltó los bártulos y miró a su alrededor. Frente a él, detrás del que era su nuevo hogar, el Daisen continuaba elevándose en pos del cielo. Desde su nueva posición pudo observar que la colina se elevaba incluso por encima de la arboleda que acababan de cruzar, de modo que no solo dominaba el valle, sino también la extensión boscosa que descendía ladera abajo hasta desembocar en la cascada.

El muchacho inspiró y retuvo el aire. El viento erizaba la hierba a sus pies, el halcón volaba en la distancia y el rumor del agua reverberaba entre las rocas. Era un lugar pacífico que no entendía de venganzas, y una vez allí arriba olvidó pronto las penalidades de la subida.

Se volvió para buscar a Kenzaburō, que había desaparecido en el interior de una de las tres casas. Se acercó a la entrada con curiosidad. Era de madera de pino, y aunque no entendía nada de carpintería, la estructura le pareció sólida y muy estable. Los tablones estaban bien apuntalados y muy unidos, sin que se viera resquicio entre ellos, y habían sido barnizados para que la humedad no calara. Las tres estructuras se elevaban sobre unas tarimas de madera bien asentadas en el terreno, y tenían un tejado a dos aguas cubierto con cañas que en sus extremos sobresalían de la pared, dando lugar a un techo voladizo que cubría la tarima y formaba una suerte de terraza.

Decidió investigar un poco. Rodeó la cabaña y dedujo que debía ser la vivienda, pues parecía la más grande. Tenía unos siete tatamis* de superficie y comprobó que en su parte posterior Kenzaburō había construido un baño, como delataban los desagües y el depósito para la leña. La segunda casa, a unos pasos de aquella en la que se encontraba, era la mitad de grande e igual de sobria. Solo disponía de un tragaluz y carecía de terraza, así que debía tratarse de alguna especie de almacén.

Por tanto, solo quedaba por averiguar qué era la tercera estructura, la más apartada de las tres. Se encontraba en el punto más alto de la colina, junto a un cerezo que, por alguna extraña razón, había crecido allí arriba en soledad, lejos del amparo del resto de los árboles.

La madera de aquella suerte de cobertizo era más oscura y, pese a tener unas dimensiones similares a las de la vivienda, carecía de ventanas, pues todas sus paredes estaban formadas por paneles de madera deslizantes. Seizō no supo decir por qué, pero tuvo la impresión de que aquella era la construcción en la que Kenzaburō había puesto más esmero.

—¿Te gusta? —preguntó el samurái a su espalda, como si el chico lo hubiera invocado con su pensamiento. El tono de Kenzaburō delataba un deje de orgullo.

—Sí —asintió Seizō.

---

* La alfombra de tatami tradicional tenía unas dimensiones fijas de unos 90x180 cm, de ahí que también se utilizara popularmente como medida de superficie.

—El *dojo* será nuestro verdadero hogar, por eso fue lo primero que construí cuando regresé aquí.

—¿Regresaste? —El muchacho no acababa de entender.

Por primera vez desde que se reencontraron, el guerrero sintió que le debía al chico una explicación sobre sus decisiones.

—Debes saber que no he elegido este lugar al azar, Seizō —afirmó Kenzaburō con la mirada perdida—. Cuando encontré este valle entre montañas, tu madre aún vivía. Llegué aquí huyendo de mí mismo; aconsejado por tu padre, buscaba enterrar unos pensamientos que me hacían indigno. Conmigo llevaba un pequeño cerezo que tu madre me había entregado, apenas un brote, y yo recorría la región buscando el lugar donde plantarlo y dejarlo a su suerte, si moría o arraigaba, no sería de mi incumbencia. Aquel acto debía ser un ritual de renuncia, la despedida de un viejo tormento, así que cuando encontré este lugar, decidí plantar el cerezo en lo más alto de la colina, desamparado ante los elementos, con la esperanza, quizás, de que se marchitara para siempre.

»No regresé nunca más…, pero cuando te dejé en Matsue, los viejos recuerdos me arrastraron de nuevo hasta aquí. De repente tuve la necesidad de saber si aquel cerezo que dejé atrás seguía vivo. Y aquí estaba, ya no era un brote, sino un árbol que había crecido a la sombra del olvido, fuerte y orgulloso en su soledad. —Seizō comprendió que su maestro ya no le hablaba a él—. Hay cosas que crees enterradas y olvidadas, pero cuando la voluntad flaquea y vuelves la vista atrás, descubres que han crecido con el tiempo, se han hecho profundas como las raíces de un árbol y ya son imposibles de arrancar.

Los ojos de Kenzaburō, vueltos hacia el pasado, parecieron humedecerse. Pero tan solo fue un instante de melancolía.

—Cuando vi el cerezo, comprendí que este era el lugar idóneo para traerte —dijo el viejo guerrero con una inflexión distinta, libre ya de nostalgia—. Crecerás al amparo del árbol que me dio tu madre, así ella te verá convertirte en un hombre.

Seizō no supo qué decir. Decidió guardar silencio ante el temor de que su voz delatara las emociones que Kenzaburō le había contagiado.

—Vamos dentro, debes instalarte —le indicó su maestro—. Después bajaremos al templo y rogaremos al dios de la montaña para que te acoja como su nuevo huésped.

—¿Al templo? —preguntó el muchacho—. Nunca te vi rezar a los dioses; siempre creí que, al igual que mi padre, eras seguidor del budismo zen.

—Nos vendrá bien toda la ayuda que podamos conseguir —aseguró Kenzaburō—. Hoy rezarás a O-Yama-Tsu-Mi[*], mañana comenzará tu entrenamiento.

* * *

«¡Seizō, despierta!», le ordenaba una voz imperiosa en la distancia. Seizō se agitaba atrapado entre los fantasmas del pasado y del presente, que reclamaban su atención por igual. Buceaba en un sueño profundo, arrastrado por la extenuación de dos jornadas de viaje sin tregua, pero el tumulto que bullía en su alma le atormentaba incluso en tales simas. «¡Despierta!», exclamaba la voz, cada vez más apremiante, y el muchacho se obligó a arrastrarse fuera del duermevela para comprobar si aquel que le llamaba lo hacía desde el mundo del sueño o de la vigilia.

Al abrir los ojos, vio a Kenzaburō acuclillado ante él. Estaba vestido y portaba una espada de madera a la cintura; cuando el muchacho miró hacia la ventana, comprobó que aún era noche cerrada.

—En pie, Seizō, y no mires hacia fuera, no es el sol el que te indica cuándo debes levantarte, sino tu maestro. Veamos cuánto de Ikeda hay en ti.

El muchacho se restregó los ojos, luchando con el sopor que parecía aplastarlo contra el futón. Junto a él, sobre el tatami, Kenzaburō había dispuesto sus ropas dobladas.

—Vístete, te espero fuera.

Seizō obedeció a duras penas, mientras trataba de recordar cuándo fue la última vez que estuvo despierto a tales horas. Se vistió con el kimono gris que su maestro le había preparado y se abofeteó la cara en un intento por despejarse. Cuando salió al exterior, le recibió el aire frío de la madrugada. Kenzaburō le aguardaba con los brazos cruzados.

—Te explicaré cuál será nuestra rutina diaria, llueva, nieve o el sol raje las piedras. Durante los próximos años, cada día nos despertaremos a esta hora, antes de que el sol despunte sobre las montañas. Tu primera obligación será correr río arriba hasta el nacimiento del arroyo, allí llenarás dos pellejos con agua fresca.

---

[*] O-Yama-Tsu-Mi: el dios de todas las montañas de Japón.

—Pero… si el río está ahí mismo —protestó Seizō con un hilo de voz, mientras señalaba hacia el agua que bajaba vivaz desde la montaña.

—¡Silencio! —ordenó Kenzaburō—. Quiero el agua pura, tal como mana de la roca viva.

El joven miró de reojo la cristalina superficie del arroyo, siempre en movimiento.

—Sí, *sensei*.

—Deberás volver con los pellejos antes de que yo haya cortado la leña para hervir el agua. Si no lo has hecho, los vaciaré y volverás a subir hasta el manantial.

Seizō comprendió que lo decía muy en serio.

—Mientras preparo el desayuno, subirás hasta el cerezo y harás ejercicio físico. De una rama gruesa he colgado dos sogas. Te aferrarás a ellas con las manos y te elevarás con la fuerza de tus brazos ocho veces. Repetirás esto en diez ocasiones. A continuación, colgado por los pies, deberás elevarte el mismo número de veces flexionando las rodillas hasta que puedas tocarte los talones por detrás. Por último, mientras continúas colgado cabeza abajo, deberás levantarte treinta veces hasta tocar la punta de tus pies, repetirás este ejercicio diez veces. Y recuerda que siempre te estaré observando, aunque no me veas, aunque creas que me encuentro al otro lado de la montaña o que dormito entre los árboles, recuerda que siempre, siempre, te estaré observando. Si intentas engañarme, Seizō, desearás haber sido el hijo de Ichigoya durante el resto de tu vida. Cuando este ejercicio ya no te suponga esfuerzo, aumentaré su intensidad a mi discreción.

»Tras el desayuno —prosiguió— estudiarás historia, poesía, los textos sagrados y estrategia militar bajo mi tutela. También te enseñaré nociones de chino. Cuando hayamos concluido, dedicaremos el resto de la mañana a practicar técnicas de lucha sin armas, principalmente *daitō ryû* y *koryû jujutsu*. Antes de comer, volverás a subir corriendo a por agua y, mientras yo me hago cargo del almuerzo, repetirás los ejercicios colgado del cerezo. Por la tarde practicarás caligrafía y leerás para mí fragmentos de *Estrategia Militar*[*] tal como

---

[*] *Estrategia Militar*: título original del libro que en Occidente se conoce como *El arte de la guerra*, escrito aproximadamente en el siglo IV a. C. y cuya autoría se atribuye al general chino Sun Tzu.

lo dictó el venerable Sun Tzu, es decir, en chino antiguo. Cuando me dé por satisfecho, realizarás entrenamiento físico bajo mis órdenes directas y, a continuación, te instruiré en las técnicas de tiro con arco y defensa con palo. Mientras no hiele, tres días a la semana bajaremos al lago para que aprendas a nadar y bucear con soltura. Antes de cenar, repetirás por tercera vez tus ejercicios colgado del cerezo, te lavarás el cuerpo y el cabello sumergiéndote en el remanso del arroyo, después lavarás allí la ropa que hayamos usado durante el día y la pondrás a secar. Cuando concluyas todo esto, acudirás al *dojo,* donde te estaré esperando. Allí meditarás según los preceptos *rinzai* zen, como una parte fundamental de tu aprendizaje para convertirte en un auténtico samurái. Por último, cenaremos antes de retirarnos. ¿Tienes alguna duda?

Seizō se encontraba abrumado. Apenas pudo articular un «no» audible.

—Muy bien —constató Kenzaburō, que no habría tolerado otra respuesta—. Toma los dos pellejos y corre río arriba. Si te demoras, ya sabes que deberás repetir el trayecto.

El muchacho se echó a la espalda las pieles de cabra cosidas y comenzó a correr con la cabeza gacha. Solo podía pensar en que, hacía un momento, dormía plácidamente arropado.

* * *

Cuando concluyó la jornada, Seizō cayó sobre su jergón dolorido de la cabeza a los pies. Las manos le temblaban, las piernas apenas le sostenían y la cabeza le palpitaba al ritmo de los tambores del infierno. La voz de Kenzaburō, instándole a no claudicar ante el dolor, aún resonaba en su cabeza. Era evidente que no aguantaría aquel ritmo, antes de una semana sucumbiría a la fatiga o a la desesperación y caería para no levantarse más. Lo habría hecho aquel mismo día si no fuera porque la feroz mirada de su maestro habría conseguido que los muertos se levantaran de sus tumbas. «Mientras tengas fuerzas para respirar, deberás obedecer mis instrucciones. ¡Solo cuando vea que en tu pecho no entra aire podrás descansar!», le gritó aquella tarde, mientras lo obligaba a correr pendiente arriba entre los árboles.

Capítulo 17

Distintos caminos para llegar a Buda

En una ciudad portuaria como Fukui, los hombres más ricos no resultaban ser los grandes maestros artesanos cuyo prestigio atraía a compradores de otras provincias, ni los armadores que poseían flotas pesqueras, ni siquiera los altos funcionarios del castillo, cuya discreta influencia les permitía moldear las políticas del clan según sus intereses y los de sus sobornadores. Ninguno de ellos podía rivalizar con el dinero y el poder acumulado por los mercaderes dedicados al comercio de ultramar. Y de entre estos, los más astutos y visionarios, aquellos que sabían descubrir las rutas para obtener los productos más demandados a un menor coste, eran los auténticos pilares sobre los que se asentaba el gobierno del feudo.

A través de las *fudasashi** y otros negocios, las grandes familias del comercio en Fukui sustentaban al clan en las épocas de guerra y de mayor austeridad, durante las cuales su dinero valía tanto para armar levas como para acometer obras públicas o alimentar campesinos, evitando así las revueltas que podían provocar las hambrunas. A cambio, eran los principales beneficiados una vez llegaban vientos prósperos. Se trataba de una relación cuyo balance, a la larga, siempre resultaba positivo para estas casas.

---

* *Fudasashi:* casas de préstamos, habitualmente propiedad de una cooperativa de comerciantes, cuyo principal negocio consistía en prestar oro a los gobiernos feudales a cambio de unos pagarés que los daimios satisfacían con las futuras cosechas de arroz.

En lo que llevaban de mañana, la jefa médica del clan y el segundo médico de cámara habían visitado ya a cuatro de estas familias, y ahora recorrían apresuradamente las calles residenciales adyacentes a la zona alta del puerto, pues su trabajo aún no había concluido. Aquel barrio, llamado Natsume y erigido por las más adineradas casas de Fukui, se encontraba muy próximo a los mejores puntos de atraque, de modo que los comerciantes pudieran controlar cómodamente, a menudo desde sus propias terrazas, el trasiego naval que inundaba la costa. Los mástiles, erizados de banderas de colores que indicaban la procedencia y el cargamento de cada navío, eran la señal para que los contratistas de cada familia se apresuraran a las escolleras a aguardar el desembarco. Buscaban que su oferta llegara antes que la de las casas rivales y, si era posible, hacerse con toda la mercancía, lo que les aseguraría el monopolio en la provincia sobre determinados productos.

En Natsume, las fincas estaban rodeadas de delicados jardines que competían por llamar la atención del paseante, y las calles se hallaban empedradas para que los vecinos pudieran mantener la cabeza alta mientras pisaban, sin temor a hundir el pie en el barro.

Pero las enfermedades no hacían distingo entre ricos y pobres, así que sobre aquel mismo empedrado repiqueteaban las *guetas* de O-Ine Itoo, espoleada por el temor a que un extraño brote se pudiera convertir en plaga. De cerca la seguía Ekei, su *yakuro* al hombro, y por delante de ambos, el joven oficial Genboku Irobe, que se esforzaba en hacer a un lado el gentío. Pese a que Irobe les había ofrecido desplazarse en palanquines del *bugyo*, O-Ine había rechazado la invitación, pues a pie se moverían más rápidamente por las atestadas calles.

Finalmente, alcanzaron la casa del mercader Ryoan Niida, el quinto enfermo que debían visitar aquella mañana. En la puerta ya les esperaban tres sirvientes y la esposa del comerciante, tocada con ese halo de contenida preocupación que tantas veces habían visto los médicos. Les hicieron pasar y cerraron las puertas a cal y canto, antes de conducirlos a través de un hermoso jardín iluminado con lirios y crisantemos. Ekei tuvo tiempo de reparar en un discreto sendero que conducía hasta una casita de té a la sombra de árboles frutales. Había sido construida según los gustos del maestro Sen no Rikyu, e incluso la elección de las flores y la disposición de la fuente *tsukubai* respondían a los consejos de aquel afamado maestro. El médico se dijo que aquello era significativo de la clase de hombre con la que deberían tratar, una impresión que quedó confirmada cuando entraron en la vivienda y les guiaron escaleras arriba. Pese a que las dimensiones de la finca y el número de sirvientes delataban los recursos económicos de la familia Niida, el hogar carecía de los excesos que habían visto en el resto de viviendas que habían visitado esa mañana. Una espontánea simpatía por Ryoan Niida, aun sin haberlo conocido, afloró en el ánimo de Ekei Inafune.

—Tal como nos indicaron, lo hemos dejado en una habitación retirada. Solo otra sirvienta y yo entramos a atenderlo —indicaba la señora Niida, según avanzaban por un pasillo de la última planta.

Al fondo del mismo, junto a una puerta cerrada, aguardaba arrodillada la criada a la que se debía referir la esposa, dispuesta por si su señor reclamaba sus servicios.

—Muy bien —dijo O-Ine—, entraremos el maestro Inafune y yo. Aguarden en el pasillo, les llamaremos si necesitamos algo.

La mujer asintió con una reverencia y se quedó en el umbral, mientras ambos médicos accedían a la estancia y cerraban la puerta.

Para sorpresa de ambos, Ryoan Niida no yacía arropado entre mantas, como el resto de sus pacientes de esa mañana, sino que permanecía sentado junto a una pequeña mesilla auxiliar. En ella tenía apoyado un viejo cuaderno de papel cosido, probablemente un inventario, en el que había estado haciendo anotaciones a la luz diurna que penetraba, difusa, a través de un biombo de papel. La sala, llena de rollos, libros y mapas de rutas náuticas que asomaban en largos estantes, parecía más el despacho de un general en guerra que la habitación de un enfermo.

Sin embargo, a simple vista se detectaban en el rostro de Niida las trazas de la misma enfermedad que afligía a sus colegas: la frente húmeda por el sudor frío de las náuseas, dificultad al respirar y pulso tembloroso al sostener el pincel. Sí, definitivamente, aquel hombre estaba enfermo, aunque se esforzara por evidenciar lo contrario.

—Señor Niida —lo saludó O-Ine con su voz serena—, soy la jefa médica de su señoría, O-Ine Itoo, y este es el segundo médico de cámara, maese Ekei Inafune. Estamos aquí por petición expresa de los médicos que le han atendido.

—Sí, llevo esperándoles toda la mañana. ¿Cómo puedo ayudarles? —preguntó, como si la presencia de los médicos fuera casual.

—En primer lugar, explíquenos qué hace en pie en lugar de estar tendido y guardar reposo, como sin duda le habrán prescrito sus médicos —dijo O-Ine.

—¡Bah! Lo que tenga que llegar, llegará. Prefiero que me sobrevenga trabajando, como he hecho cada día de mi vida, que tendido entre colchas como un débil pusilánime.

—Lo que tenga que llegar, llegará antes si no guarda el debido reposo —intervino Ekei.

—¿Por qué? El trabajo nunca hizo daño a nadie.

Los dos médicos intercambiaron una mirada y suspiraron casi al unísono.

O-Ine se acercó a la ventana, apartó el biombo y levantó la persiana de bambú. La luz irrumpió al galope en la estancia y el paciente cerró los ojos.

—Desvístase, vamos a explorarle —ordenó la médica con autoridad.

El viejo Niida obedeció mientras refunfuñaba algo entre dientes, pero se abstuvo de llevar la contraria a aquella mujer de expresión grave. Ekei, por su parte, prefirió mantenerse en un segundo plano y observar.

Mientras lo estudiaba, la médica preguntó a su paciente por sus hábitos alimenticios y de trabajo, si tenía sed y si esta se saciaba al beber; quiso saber si, con el cambio de estación, había alterado sus horas de sueño o sus costumbres sexuales; también se interesó por las horas en que se encontraba más débil y en cuáles la enfermedad parecía remitir. Escrutó su lengua y olió el aliento, le palpó la zona del hígado y los riñones y, por último, le pidió que le entregara su mano izquierda. O-Ine presionó en distintos puntos de la muñeca interna con su dedo pulgar.

Ekei sabía que buscaba la arteria radial para averiguar qué entraña podía estar afectada. Al haberse centrado en la muñeca izquierda, dedujo que ella achacaba los problemas del paciente al corazón, al hígado o al riñón, lo que aproximaba su diagnóstico a la opinión que él se había ido formando con el resto de enfermos. Pero aún debía determinarse si el desequilibrio del *qi*[*] venía provocado por un mal ex-

---

[*] El *qi* en la medicina tradicional china es la energía que fluye por toda la existencia, y que puede encontrarse en diferentes estados o densidades. El ser humano también está constituido por el *qi:* desde el cuerpo, que es la manifestación de esta energía en

terno o por una deficiencia interna, y si la enfermedad afectaba a la zona superficial del cuerpo o había calado hasta los órganos profundos.

Cuando O-Ine dio por concluida su exploración, le indicó al enfermo que se vistiera y se enjuagó las manos en un barreño con agua limpia. Reflexionó mientras se secaba y, finalmente, se dirigió a Ekei, que hasta ahora se había mantenido en un pulcro silencio.

—¿Quiere examinarle usted?

—No lo veo necesario, su examen ha sido muy meticuloso. Además, creo que hemos llegado a la misma conclusión.

La maestra Itoo no pudo evitar un gesto de descreída sorpresa. ¿Cómo podía aquel médico formular diagnóstico alguno sin aproximarse a un paciente?

—¿Dónde cree usted que está el problema? —quiso saber O-Ine, y su pregunta contenía cierta dosis de condescendencia.

—En el hígado.

La expresión de O-Ine perdió su cariz desconfiado para tornarse en sincero interés. Ekei pasó a explicarse:

—La respiración del señor Niida es superficial, su pecho apenas se expande y su voz es débil. Y, aunque durante su exploración ha clavado los puños sobre las rodillas, cuando ha examinado su muñeca la mano le temblaba, del mismo modo que al sujetar el pincel con el que escribía. —El viejo Niida no pudo evitar echar un vistazo a su mano trémula—. Eso delata que su corazón no palpita a buen ritmo. Por otro lado, el sudor que le cubre la frente denota náuseas y mareos, al igual que su dificultad para mantenerse erguido de rodillas, y desde aquí percibo su aliento acre, por lo que, sin duda, ha vomitado. La mayoría de estos síntomas se dan en los pacientes que tienen problemas de hígado —zanjó Ekei con naturalidad.

—La observación no basta, ¿cómo puede estar tan seguro sin examinar al enfermo?

—Solo he planteado la opinión por la que me inclino tras observar a los cinco enfermos que hemos visitado esta mañana. Si el diagnóstico dependiera exclusivamente de mí, habría realizado un examen como el suyo. —Comenzaba a exasperarle que aquella mujer le pusiera a prueba.

---

su estado más denso, hasta la mente, en su estado más etéreo. Habitualmente, las enfermedades se debían a desequilibrios en el *qi* del individuo o a un choque entre la energía interna con el *qi* de la naturaleza, del entorno.

—De cualquier modo, su observación coincide con mi juicio —reconoció O-Ine—. El hígado tiene que ser la entraña enferma. Algo ha provocado un desequilibrio interno.

Ekei asintió, mientras el señor Niida observaba a los dos médicos de hito en hito, con los ojos apretados en finas rendijas, intentando seguir la conversación que aquellos eruditos mantenían sobre él como si no estuviera allí.

—En un principio, me habría inclinado a pensar que estos hombres están enfermos por beber en exceso —dijo Ekei—. Pero el licor no explica todos los síntomas que presentan; además, no exudan alcohol, como sucede con los que están permanentemente ebrios. Por no decir que emborracharse por costumbre sería impropio de un maestro en la ceremonia del té.

—No lo descartemos tan pronto —repuso O-Ine—. Los cinco enfermos se conocen, y entra dentro de lo posible que se emborrachen juntos con frecuencia. El sake y las bajas pasiones pueden desequilibrar el organismo y provocar una carencia hepática. Sin embargo…

—Sin embargo, carece de lógica que todos enfermen al mismo tiempo. —Ekei completó la reflexión acariciándose el mentón—. El deterioro del hígado suele ser lento y progresivo, y cada hombre tiene una tolerancia distinta al veneno. Si todos han enfermado más o menos al unísono, debe responder a otra sustancia tóxica, una capaz de hacerles enfermar al instante y que produzca los síntomas que el alcohol no explica. —Dirigiéndose al paciente, preguntó—: ¿Ha comido recientemente con alguno de los otros enfermos, señor Niida?

—Nunca compartiría mesa con esa chusma, ¡ni tampoco me emborracharía con ellos! —Las energías parecieron retornar durante un instante, aunque solo fuera para alimentar el desprecio que sentía aquel hombre—. Son indignos, unos perros avariciosos.

Ekei y O-Ine volvieron a mirarse de soslayo. Aquello descartaba casi por completo la intoxicación colectiva.

—Puede que el mal lo haya producido la misma sustancia, aunque consumida en distintos lugares o en distintos momentos —aventuró la jefa médica.

—No parece probable. —Ekei inclinó la cabeza, buscaba la lógica de todo aquello—. Si hubieran comido, por ejemplo, un alimento en mal estado en algún comedor o posada, lo lógico es que otros parroquianos también hubieran enfermado. Y si se tratara de algún producto del mercado que les hubieran servido en su casa, ¿por qué nadie más de la familia o del servicio ha enfermado?

—Quizás algún alimento de un precio tan elevado que solo esté al alcance de unos pocos privilegiados —señaló O-Ine, que prefería creer en la posibilidad de una intoxicación.

—Todo lo que yo como, lo come también mi mujer —aclaró Ryoan Niida, que hacía grandes esfuerzos por no perderse en la conversación—. Siempre hemos comido juntos, tres veces al día.

—Entonces, si la energía perniciosa no ha penetrado en su cuerpo a través de un alimento, debe haberlo hecho a través del aire o del contacto, lo que nos coloca en una situación más peligrosa —dijo O-Ine.

—Podría ser —corroboró Ekei—. Aunque la mayoría de los síntomas correspondan a algún tipo de intoxicación, puede que se trate de un mal contagioso, tal como temían los médicos del barrio. Pero ¿solo ellos cinco?

—Quizás otros hayan enfermado pero no dispongan de recursos para acudir a un médico.

—Aun así, en este barrio debería haber más de cinco enfermos, y con relaciones de parentesco o de amistad entre ellos. No tiene sentido que solo se haya informado de cinco casos aislados. Enfermedades de este tipo suelen saltar de una persona a otra con relativa facilidad, piense en la viruela.

—Puede que no sean casos tan aislados —apuntó O-Ine—, al fin y al cabo, todos son mercaderes que comercian con el exterior. Quizás los otros médicos tuvieran razón al sospechar de una enfermedad venida con los extranjeros, eso explicaría por qué los síntomas resultan tan extraños. —Y, dirigiéndose a Niida, le preguntó—: ¿Ha viajado en las últimas fechas a algún puerto mercante? ¿O a algún otro destino que también pudieran haber visitado el resto de los enfermos?

—Hace tiempo que no viajo para comerciar —respondió Niida—, eso se lo dejo a mis hijos. Son buenos marineros.

—Quizás todos ustedes hayan entrado en contacto con la tripulación del mismo barco —insistió la jefa médica—, ¿alguno de los barcos que han llegado a Fukui procedía del puerto franco de Nagasaki, de comerciar con los bárbaros?

—Veo que no comprenden mi trabajo —indicó el mercader—. Ya no me encargo de esas cosas. No viajo, ni voy al puerto a tratar con capitanes zafios de navíos de carga. De eso se encargan mis contratistas. Mi trabajo consiste en planificar las rutas, decidir qué productos compramos para vender en la provincia, establecer precios… Soy un estratega, no un soldado.

Ekei se cruzó de brazos y dejó escapar el aire lentamente entre los labios.

—Es inútil continuar. Propongo que le recetemos el mismo tratamiento que a los otros y comprobemos si la medicina es efectiva.

O-Ine asintió al tiempo que se ponía en pie y alisaba con las manos su kimono azul noche.

—Señor Niida, le prescribiremos un tratamiento a base de tisanas depurativas para su hígado y jarabe de eucalipto para que pueda respirar mejor. Se lo dejaremos todo anotado a su mujer. En dos días volveremos a visitarle; hasta la fecha, permanezca en esta habitación y entre en contacto solo con la persona encargada de cuidarle, pues corremos el riesgo de que su mal pase a otras personas de su casa.

El viejo mercader asintió con gesto grave, aunque la médica dudaba de la capacidad de aquel hombre para seguir sus instrucciones.

—Y, por favor, intente comportarse como un enfermo. Por lo menos tiéndase y trate de dormir.

Una vez fuera, y tras haberse despedido del solícito oficial Genboku Irobe, los dos médicos emprendieron el camino de retorno sumidos en contradictorias cavilaciones.

—¿Qué opina usted, maestro Inafune? —Debía ser la primera ocasión en que aquella mujer le preguntaba su opinión con sincero interés, pensó Ekei.

—Si debemos creer las explicaciones que nos han dado, resulta imposible determinar la causa de su enfermedad. Es como buscar una nuez flotando en una tormenta. Un mal transmitido a través del aire tendría sentido si más personas de cada casa estuvieran enfermas; pero solo los cabezas de familia parecen haber enfermado. En tal caso, y atendiendo a los síntomas, lo lógico sería pensar que todos han comido algún alimento corrupto, pero eso nos lleva a la misma pregunta: ¿por qué nadie más ha enfermado? Los casos de intoxicación por comida suelen ser de muchas decenas de personas a un tiempo.

—Me cuesta creer que estos hombres no mantengan contacto alguno —reflexionó O-Ine—. De hecho, el único que ha mostrado antipatía hacia los demás ha sido Ryoan Niida. El resto no ha tenido malas palabras para con los otros.

—Pero también niegan cualquier tipo de encuentro reciente, ni siquiera casual.

—Tiene razón, no merece la pena seguir con esto —dijo la médica—. La dolencia no parece especialmente grave y, que sepamos, solo hay cinco personas afectadas. Veremos cómo responden al tratamiento; si todo marcha bien y nadie más presenta los mismos síntomas, podremos dar el asunto por zanjado.

Ekei no se mostraba tan optimista: aquella extraña dolencia le daba mala espina, pero prefirió no verbalizarlo. Se dijo que, al menos, la enfermedad de aquellos hombres le había servido para conocer mejor a la inaccesible médica, y debía reconocer que, pese a su suficiencia y su carácter pretencioso, O-Ine Itoo era sumamente competente.

* * *

—Solo el alma de Buda brilla con el esplendor del amanecer —saludó la voz.

Ekei guardó silencio. Llevaba allí tanto tiempo, inmóvil en la orilla de la playa, protegido del cortante frío por su capa y su sombrero de paja, que había llegado a saborear la soledad, a sentirse parte del entorno. Quizás no hasta el punto de ser como la gaviota que habita el acantilado o el cangrejo enterrado en la arena, pero sí pertenecía a aquella cala tanto como la vieja barca varada entre las rocas, que permanecería allí hasta que el reflujo de la marea la arrastrara a la deriva.

Ese sentimiento de comunión había hecho que la espera no le resultara una larga pérdida de tiempo. Por el contrario, había percibido la llegada del confidente como una grosera intromisión. Así que Ekei se permitió el lujo de permanecer en silencio un rato más, ajeno a la impaciencia que pudiera suscitar, hasta que sintió cómo la brisa volvía a rozarle las mejillas con dedos impregnados de espuma. Entonces abrió los ojos.

—Ilumina la senda para que no erremos nuestros pasos —musitó y, a su espalda, el hombre de confianza de Munisai Shimizu relajó los hombros.

—Es la primera vez que me cita para un encuentro fuera de nuestro calendario —dijo la voz, obviando cualquier tipo de saludo.

—He descubierto algo que al señor Shimizu le interesará saber cuanto antes.

—Habla.

—Al parecer, Torakusu Yamada es lo más parecido que tenemos a un aliado en todo esto —señaló Ekei con parquedad, siempre lacónico, dejando escapar la información con cuentagotas para alimentar la impaciencia de aquel hombre.

—Explícate —le ordenó su confidente con forzada contención.

—La otra noche fui a beber con uno de los hombres de la guardia personal de su señoría, un samurái peculiar, si se me permite apuntar. El encuentro fue interesante en muchos sentidos.

—¿Y? —La pregunta llegaba entre dientes.

—Bebimos y le hablé de la extraña sensación que ya le comenté en su momento, la impresión que tuve al entrar por primera vez en la residencia del daimio, después de ser reclamado por el propio *karo*. —Ekei hablaba sabedor de que, cuanto más se extendía en detalles que su confidente conocía, más mermaba la exigua paciencia de este—. No sé si lo recuerda, la última vez le expliqué cómo sané a su señoría del mal que padecía, y la impresión que me causó entonces el ambiente del castillo…

—Me acuerdo perfectamente —le interrumpió bruscamente la voz—, ¿acaso cree que nuestras conversaciones son casuales? Las registro detalladamente tras cada encuentro.

Ekei sonrió. Solo un poco más.

—Bien, comienzo a comprender por qué el señor Shimizu le ha elegido para esta tarea. Le confieso que hasta ahora no lo tenía claro.

El cinismo de aquel comentario acabó de desmantelar la prudencia de su interlocutor.

—¡No nos haga perder el tiempo, insensato! ¿Cree que esto es un juego? ¿Cree que estoy aquí para entretenerle?

—El consejo está dividido —comentó Ekei con calma, atajando el acceso de ira con información relevante—. Es el hijo, Susumu Yamada, el que quiere comenzar una guerra contra los clanes del norte; los generales le respaldan aunque no de manera abierta, pues consideran que es la última oportunidad que tiene el clan de expandirse militarmente antes de que el shogún retorne a Edo. Torakusu, por el contrario, desoye la llamada a las armas de su hijo. Al parecer, aconsejado por el *karo,* ve arriesgada una maniobra militar que pudiera disgustar al shogún Tokugawa.

—De modo que es cierto, los Yamada contemplan la posibilidad de ir a la guerra.

—No mientras Torakusu continúe teniendo la última palabra —recalcó Ekei, preocupado por la interpretación que de sus palabras pudiera hacer aquel hombre, que tan ansioso parecía por ser emisario de cantos de guerra.

—Torakusu es un león, aunque se le intente apaciguar, sus instintos lo llevarán a cazar la presa que tiene ante sí. No puede luchar contra su propia naturaleza.

—Eso es una manera simple de pensar —dijo con contundencia Ekei—. Considerar a tu enemigo como una simple bestia es un error que solo puede conducir al fracaso; Torakusu Yamada ha demostrado a lo largo de su vida ser un estratega astuto, hábil también en la política, no es un perro de presa que se lance sobre su enemigo cuando se le quita la cadena.

El confidente guardó silencio, sorprendido por la severa lección que había osado impartirle aquel hombre, pero, sobre todo, desconcertado por que un médico fuera capaz de hablar con semejante templanza de asuntos tan alejados de su autoridad. Era un hombre extraño aquel en el que había decidido confiar Munisai Shimizu.

—Parece que conoce bien al León de Fukui.

—En absoluto —negó el maestro Inafune—. Me guío por la simple lógica, incluso el más ambicioso de los daimios sabe que no puede arriesgar en el ocaso de su vida lo que tan duramente ha construido. Al final, cuando la muerte es una certidumbre, los poderosos solo aspiran a una cosa: dejar un legado por el que ser recordados. Torakusu no va a iniciar una guerra que ponga el suyo en peligro.

Su interlocutor pareció encontrar cierta verdad en esas palabras, pues no se apresuró a rebatirle.

—Puede que usted sea un hombre más sabio que yo —concedió la voz a su espalda—, pero sepa disculparme si no me basta con su buen juicio. Necesito que entable un contacto estrecho con alguien de la máxima confianza del señor Yamada. Una fuente privilegiada que sepa de antemano si se prepara una guerra.

—Comprendo. A ese respecto, puede que comience a hacer algunos avances esta misma tarde —dijo Ekei.

* * *

O-Ine levantó la vista al cielo y se protegió del sol con los dedos. Se encontraba en el jardín de su padre, agachada junto a una pequeña parcela de tierra que había estado removiendo para plantar rosas silvestres. De ellas obtendría escaramujo, bueno para el dolor de cabeza y la menstruación. El sol languidecía y la hora del gallo tocaba a su fin, así que debía prepararse para su encuentro con maese Inafune, al que ella misma debía conducir hasta los aposentos de su padre.

La médica se incorporó y se limpió las manos manchadas de tierra en el delantal, dejó la azada en un cesto y se encaminó hacia la casa junto al jardín. Era una estructura construida solo con madera de pino y bambú, levantada en el interior del *hon maru,* junto a la fachada norte de la torre del homenaje. De su privilegiada ubicación, junto al acantilado que daba a la costa, se podía deducir la excelente relación y las consideraciones que el daimio siempre había tenido con su médico personal. Pero lo cierto es que el viejo Inushiro Itoo no había seleccionado aquel emplazamiento por sus excelentes vistas, sino que se había ceñido a unos estrictos criterios de jardinería, en función de los vientos y las horas de sol, para elegir un emplazamiento donde las plantas se dieran lo mejor posible.

En el interior de la casa, su padre había mandado construir un semillero en el que había ido archivando, como un paciente bibliotecario, las simientes de todo tipo de plantas útiles para la práctica médica. También había instalado una librería a la que había trasladado muchos de sus tomos sobre herbología, una farmacia para la elaboración de medicinas y un pequeño estudio personal donde al viejo le gustaba trabajar durante los meses más cálidos. Pero lo cierto es que, en los dos últimos años, solo su hija atendía el jardín y acudía a trabajar a la pequeña residencia de verano.

O-Ine llegó hasta los escalones que subían a la tarima y se desprendió de las *warajis* manchadas de barro. Pasó al interior y cerró la puerta con cuidado para evitar que la brisa vespertina enfriara la estancia. Dentro el aire era tibio gracias al brasero que Ume había prendido. Dos varillas de incienso se quemaban bajo un altar budista, perfumando la sala.

—Ume, ¿dónde andas?

Desde la sala contigua resonaron unos pasos apresurados; la puerta se hizo a un lado y la joven, con las mangas del kimono recogidas y el pelo sujeto con un palillo, la saludó con una inclinación.

—Maestra, le estaba preparando el baño. Ya puede pasar.

—Bien, no tengo mucho tiempo —dijo O-Ine, que ya se quitaba el pañuelo con el que se había cubierto la cabeza—. ¿Has preparado también el kimono que te indiqué?

—Sí, maestra.

La médica asintió, satisfecha, mientras se dirigía a la sala de baño.

—Si se me permite saber, ¿con quién ha quedado hoy, señora? No es habitual que vista un kimono tan alegre ni que ciña un *maru obi*.

O-Ine sonrió ante el descaro de la joven, pues la pretendida inocencia de su ayudante delataba que estaba perfectamente al tanto.

—Siempre me pregunto, Ume, por qué muestras más curiosidad por asuntos triviales que por la medicina. A este paso, transcurrirán muchos años antes de que estés preparada para aplicar tratamientos por ti misma.

—No se ofenda. Simplemente, me había llamado la atención —se disculpó la muchacha, con una sonrisa que no disimulaba su malicia.

O-Ine se fue desnudando, entregándole la ropa a Ume, que seguía a su maestra amontonando las prendas sobre sus brazos. Antes de entrar en la sala de baño, recogió una toalla doblada sobre un taburete y le pidió a la muchacha que le trajera barro fresco para el pelo. Ume asintió y, mientras se marchaba, añadió:

—No se preocupe, estará impecable, como siempre.

La médica no supo decir si aquella despedida encerraba algún doble sentido, así que optó por un simple «gracias», mientras cerraba la puerta y se adentraba en la tibia atmósfera del baño.

No mucho después, O-Ine recorría los pasillos de una de las plantas superiores de la torre del homenaje. Vestía un kimono tan luminoso como un cielo de verano, y a pocos pasos la seguía maese Inafune, con el que no había intercambiado palabra tras recogerlo en sus aposentos. Ambos se dirigían a la reunión concertada por su padre, a la que Ekei había accedido de buen grado, casi con entusiasmo, lo que no pasó desapercibido para O-Ine. Aunque tras las visitas médicas del día anterior, debía reconocer que, al menos, ya no era tan suspicaz en cuanto a sus conocimientos.

Itoo los recibió en la sala central de sus habitaciones, arrodillado sobre un cojín en el tatami. Su pose era formal, pero la sencilla sonrisa con que los saludó llenó aquel espacio vacío y excesivo. En una esquina, un brasero se esforzaba por caldear la estancia, decorada tan solo con cuatro tapices de papel colgados de la pared del fondo; en ellos, el maestro pintor había representado las cuatro estaciones a través de escenas cotidianas ejecutadas con trazo simple: el majestuoso perfil del monte Fuji, una joven disfrutando del *hanami*[*] del cerezo, la libélula cuyo peso inclina una rama de sauce hasta tocar el agua y la ofrenda a los dioses de la primera cosecha de arroz. La impresión de Ekei fue la de contemplar la obra de alguien que había comprendido que su talento no podía rivalizar con el de la propia naturaleza, por lo que no había encontrado mayor arte que recrear con modestia y sencillez la hermosa verdad que le rodeaba. Inconscientemente, el médico también atribuyó la humilde actitud que expresaban aquellas pinturas al hombre que las había elegido para saludar a sus invitados.

Ekei entró con la cabeza gacha y avanzó hasta el filo del tatami, que solo cubría la mitad de la estancia. Sin llegar a pisarlo, se arrodilló sobre la desnuda tarima de madera y pegó la frente al suelo, dispensándole al viejo médico el mismo tratamiento que a un gran señor.

—Por favor, señor Inafune, no es necesario —solicitó, afable, Inushiro—. Tráteme de igual a igual. Al fin y al cabo, somos colegas en la práctica médica.

Ekei levantó la cabeza y, con excesiva modestia a ojos de O-Ine, respondió:

—Me presento ante usted como su humilde discípulo, maestro Itoo.

—Por favor —insistió el anciano—, no es esto para lo que le he hecho venir. Venga, acérquese, estoy viejo y me cuesta mantener una conversación a distancia.

---

[*] *Hanami*: literalmente significa «observar las flores». Hoy día se vincula a los festivales celebrados en primavera con motivo del florecimiento del cerezo *(sakura)*, pero antiguamente hacía referencia al placer obtenido de contemplar la naturaleza y las flores.

Ekei le tomó la palabra y se acomodó frente a él en el tatami, mientras que O-Ine, discretamente, se arrodillaba junto al brasero para asistir a la conversación sin intervenir en ella.

—Así está mejor —dijo Inushiro con una sonrisa—. En primer lugar, permítame que le agradezca todo lo que ha hecho por nosotros. Supo lo que se debía hacer allí donde mi hija y yo fracasamos; ahorró sufrimiento a su señoría y el honor médico de nuestra familia no quedó definitivamente en entredicho. Permítame que se lo agradezca de todo corazón.

Ahora era el viejo médico el que se inclinaba, incomodando sobremanera a su invitado. Cuando se incorporó, Ekei observó que aquel gesto le había supuesto un serio esfuerzo físico.

—Hice lo que nuestra profesión dicta —dijo maese Inafune, que sabía que tales halagos eran doblemente inmerecidos—, lo que habría hecho cualquier hombre decente: ayudar al enfermo.

Antes de volver a hablar, el viejo médico respiró hondo y deslizó la mano bajo su chaqueta *kataginu*. La mantuvo apoyada entre el estómago y el pecho.

—Maestro Inafune, pronto hará un año que se encuentra en el castillo —recapituló Inushiro recuperando su sonrisa, aunque su voz estaba impregnada de algo distinto—. ¿Se encuentra cómodo con sus nuevas responsabilidades? Tengo entendido que nunca había servido a las órdenes de un gran señor.

—Así es, siempre he sido un médico ambulante; viajar me permitía conocer el país y, al mismo tiempo, otras prácticas médicas. Pero creo que tarde o temprano un hombre necesita establecerse, y se me ha presentado la posibilidad de hacerlo al servicio de su señoría. Me siento honrado por la oportunidad que me brindan.

—Así que un médico que viaja para aprender y perfeccionar su arte…, como los hombres santos o los samuráis errantes. Veo que es usted peculiar en más de un aspecto. ¿Cuál ha sido su formación médica, entonces?

—Estudié medicina en Osaka durante cinco años. Cuando concluí mi formación en la academia, decidí emprender mi viaje. Aunque el cuerpo del hombre y la mujer es igual en todas partes, las enfermedades que lo aquejan difieren de una región a otra. Y las formas de tratarlas, también.

—Eso es cierto. Las zonas de costa, por ejemplo, son propensas a determinados males, y las de interior a tantos otros. El cuerpo se habitúa a las enfermedades de su región y padece más severamente las que son propias de otros lugares —asintió Inushiro, inclinándose hacia delante con las manos apoyadas sobre las rodillas, en una actitud distendida—. Pero, dígame: ¿hace cuánto que estudió en la academia de Osaka?

—Hace más de quince años, maestro.

—Entonces, conocería a Ogata-*sensei*.

—Lo siento, no tuve el placer de conocerle.

—Pero le hablarían de él —insistió el viejo, afilando la mirada.

—No, maestro. Nunca me lo refirieron —aseveró Ekei sin asomo de duda.

—Puede que tenga razón... Ahora que lo pienso, maese Ogata instruía en Kioto. Perdone la memoria de este viejo.

—No se disculpe, maese Itoo —respondió Inafune con una sonrisa franca.

—Y dígame, ¿qué son esas historias de que practica la medicina de los bárbaros? —Inushiro Itoo continuaba formulando sus preguntas en tono afable, pero Ekei sabía que las reglas del juego habían cambiado sin previo aviso. Se enfrentaba a un viejo zorro, hábil en descubrir enfermedades y a los mentirosos que las fingían, y del mismo modo intentaba atraparle en un renuncio. Pero Ekei Inafune distaba mucho de ser un advenedizo; al fin y al cabo, nunca había estudiado en Osaka.

—Es cierto, durante varios años estudié en el hospital portugués de Funai. Los conocimientos que allí adquirí son valiosos, pero no son la base de mi medicina —explicó sin rehuir la cuestión—. Sin embargo, un detalle curioso, por inusual, a menudo llama tanto la atención que se convierte en lo definitorio de un hombre. En este caso, de un médico.

—¿Quiere decir que solo estudió estas técnicas como curiosidad? ¿No las aplica a sus pacientes?

—Lo hago cuando es necesario. He comprobado que, en ocasiones, las artes extranjeras son más eficaces que la medicina tradicional; pero en ningún caso he pensado que sean superiores, o que en el ejercicio de mi medicina una sustituya a la otra. —Ekei medía cuidadosamente sus palabras, pues sabía que aquel era un asunto especialmente delicado cuando se hablaba con un médico tradiciona-lista.

—Veo que es un hombre honesto —sonrió Inushiro—, habla con claridad y no intenta agradarme como si fuera un viejo idiota. Apelo a su sinceridad y a su paciencia para importunarle con otra cuestión. Explíqueme: ¿cómo es trabajar con mi hija?

Ekei titubeó por un instante, pues aquella pregunta no entraba dentro de sus cálculos.

—Es una excelente médica, señor, su inteligencia está a la altu-ra de su gracia… Claro que no podría decir otra cosa estando ella presente.

El viejo rio de buena gana ante tanta osadía, y el atizador con el que O-Ine removía el brasero cayó al suelo y rodó antes de que pudiera recogerlo. La caña trenzada del tatami humeó chamuscada por el hierro candente. Ante la reacción de la médica, que evidente-mente permanecía atenta a la conversación, Ekei se aventuró con un ejercicio de sinceridad:

—Lo cierto es que tengo la impresión de que aún desconfía de mí y de mis conocimientos, lo que solo habla bien de ella como jefa del servicio médico. Su responsabilidad es velar por sus pacientes por encima de todo, y aún no ha pasado el tiempo suficiente como para que me confíe su salud.

—Pero si no le confía casos médicos de entidad, nunca podrá demostrar su valía.

Otra pregunta capciosa, pensó Ekei.

—Procuro ser paciente, maestro. Sé que mi situación es privi-legiada.

O-Ine, recuperada la compostura, volvía a actuar como si no se hablara de ella. Destapó el brasero y removió las ascuas; estas, al avivarse, iluminaron la sala con un fulgor incandescente que parecía emanar de la propia médica.

—Con el tiempo confiará en usted, maestro Inafune, todos lo haremos. Mientras tanto, sepa perdonarle su suspicacia.

Aquellas palabras por fin estaban libres de dobles intenciones y Ekei, como si hubiera superado una prueba no anunciada, relajó involuntariamente los hombros.

—O-Ine siempre sintió devoción por el arte de sanar —se sin-ceró Inushiro—, hasta el punto de que me asistía en todas mis visitas a pacientes. A los doce años conocía la mayoría de los males descritos en el *Canon de la Medicina Interna,* y habría sido capaz de atender a muchos enfermos por sí sola. Lo cierto es que siempre ha tenido un talento especial... Pero ojalá hubiera sabido dar la misma importancia a otros aspectos de la vida. Ninguna persona está completa si no alcanza un equilibrio. —El viejo dijo esto último con la mirada perdida, añorando quizás que sus aposentos no estuvieran tan vacíos, y Ekei, incómodo, comprendió que no era consciente de que divagaba en voz alta; de lo contrario, no habría expresado aquel reproche ante la presencia de un extraño.

El anciano se aclaró la voz y dejó a un lado sus anhelos incumplidos para tornar la vista hacia este mundo.

—Me temo que nuestro encuentro debe terminar aquí. Me siento fatigado, y usted mejor que nadie comprenderá la importancia de seguir las prescripciones de mi médico. —Al decir esto último, sonrió mirando de soslayo a su hija—. Espero que este encuentro se repita pronto, maese Inafune.

—Será un placer —asintió Ekei con una profunda inclinación mientras apoyaba sus manos sobre las piernas.

El viejo médico del clan Yamada comenzó a incorporarse y O-Ine se aproximó para sujetarle, pero este rechazó la ayuda con una mano. No sin dificultad, se puso en pie y abandonó la sala por una salida lateral. La puerta se cerró y la estancia volvió a convertirse en un perímetro de paneles idénticos.

En cuanto quedaron a solas, O-Ine se volvió hacia él:

—Comprenderá que no he concertado esta reunión solo para satisfacer la curiosidad de mi padre.

—Lo sé.

—Ayer demostró cierta habilidad a la hora de emitir juicios mediante la simple observación, sin necesidad de examinar al paciente. ¿Y bien?

—Las entrañas de su estómago se mueren —respondió lacónico el maestro Inafune, como siempre que emitía un diagnóstico grave.

—¡Eso ya lo sé! —respondió O-Ine, súbitamente alterada—. Y él también lo sabe. Lo que necesito es que me diga si conoce alguna medicina extranjera que pueda curarlo, o alguna técnica para tratar este mal. Cualquier cosa que pueda mantenerlo a mi lado...

De repente, O-Ine apartó el rostro y hundió la mirada en el suelo. Sus cabellos se deslizaron hasta cubrirle los ojos. Ekei comprendió que estaba a punto de llorar, y aunque su deseo era aproximarse para consolarla, aquello habría estado fuera de lugar.

—No conozco ninguna manera de tratar esta enfermedad. Sin embargo, sí puedo tratar el dolor. Cuando un enfermo no tiene cura, lo mejor que puede hacer un médico es ahorrarle el sufrimiento de sus últimos días. —Sus palabras pretendían ser un bálsamo, un consuelo, por escaso que fuera; pero resultaba evidente que no eran lo que O-Ine esperaba escuchar. Simplemente, estaba destruyendo sus últimas esperanzas.

De rodillas, con los puños crispados sobre su regazo, O-Ine lloró abiertamente con el rostro vuelto a un lado. Ekei la observó angustiado, sin saber cómo actuar, pero antes de que su torpeza lo pudiera conducir a un error, ella recuperó la compostura. Levantó la cabeza, inspiró hondo y se recogió el cabello. Con las mejillas aún húmedas y el labio tembloroso, se dirigió de nuevo a él:

—Gracias de cualquier modo. Solo me queda rezar con la esperanza de que Buda se apiade.

—Nunca he visto a ningún enfermo curado por la gracia de Buda —comentó Ekei en un intento de evitarle vanas ilusiones.

Ella, sin embargo, le miró con compasión a través de las lágrimas.

—Debe ser triste creer solo en lo que uno puede ver.

Capítulo 18

La empuñadura vacía

Seizō corría ladera arriba. El rocío y el sudor le impregnaban el rostro y la nieve lastraba sus pies, embutidos en gruesas botas de paja. Serpenteaba entre los árboles buscando las zonas más oscuras, allí donde la urdimbre había resguardado la nieve del sol y la había mantenido compacta. Pero en algunos tramos estaba suelta y, al pisar, las piernas se le enterraban hasta las rodillas. En esas ocasiones luchaba con furia por liberarse del abrazo blanco y continuar su ascenso. Si alguien hubiera podido verlo, quizás habría pensado que huía de lobos hambrientos; pero nada más se movía entre la arboleda y, aun así, Seizō proseguía con su desbocado esfuerzo por alcanzar la cima de la ladera. «Solo un poco más», gemía, mientras el aliento formaba fumarolas que se disipaban contra su rostro.

Era su segundo invierno en el monte Daisen, un lugar en el que cada día era idéntico al anterior y un fiel reflejo de cómo sería el siguiente, así hasta que el tiempo se tornaba una ilusión desdibujada, apenas sustentada por la sucesión de la noche y el día y por el ciclo de las estaciones. Aquella monotonía estaba gobernada por la disciplina de Kenzaburō Arima que, como el redoble de un tambor, llenaba sus días y sus horas, sin tregua ni compasión. Solo una vez se atrevió el muchacho a preguntar por una improbable jornada de sosiego, a lo que el *sensei* respondió que podría descansar de sus obligaciones cuando el sol descansara de las suyas. No dejaba de ser una falacia, pensó Seizō entonces, pues sus días comenzaban mucho antes de que el sol despuntara y terminaban mucho después de que se retirara.

Pero la inamovible rutina comenzaba a dejar su impronta en el muchacho. El guerrero que Kenzaburō quería tallar comenzaba a intuirse bajo la corteza quebradiza, y el viejo samurái continuaba dándole forma día a día con golpes firmes y precisos, desprendiendo la chasca inútil y dejando al descubierto el resistente y flexible corazón de la madera. Y así, sin que Seizō se percatara, el maestro asentía complacido cuando lo observaba.

Coronó la ladera y la arboleda se abrió a una explanada barrida por el viento. Frenó su carrera con pasos largos hasta detenerse y se apoyó sobre las rodillas, luchando por recuperar el aliento. Las mejillas le ardían pese al frío y el corazón le batía el pecho.

—Has tardado mucho —dijo Kenzaburō con voz calma y anodina. El guerrero le había esperado de pie sobre la llanura cubierta de nieve.

Seizō no pudo llevarle la contraria, no por respeto a la opinión de su maestro, que tendía a cuestionar más de lo recomendable, sino por la falta de aire en sus pulmones. Así que se debió conformar con levantar la vista mientras continuaba doblado sobre sí mismo. Kenzaburō lo observaba desde arriba, con su mano izquierda apoyada sobre la empuñadura de la *katana* y la derecha a la espalda.

—Vuelve abajo y realiza el ascenso de nuevo. Pero ya no esperaré por ti, estoy harto de tu lentitud. Cualquier aprendiz del monte Hiei realizaría el trayecto en la mitad de tiempo con las piernas atadas —dijo con desdén—. Cuando concluyas, ve a bañarte y dirígete al *dojo*. Hoy no meditarás, practicarás caligrafía.

Seizō dejó caer los brazos y se incorporó. Incapaz de discutir, tomó la sabia decisión de obedecer sin más.

—Sí, *sensei* —respondió con voz entrecortada, antes de descender la colina pisando sobre sus propias huellas.

* * *

Con la llegada de las primeras nieves, habían dejado de utilizar el remanso del riachuelo para lavarse y habían comenzado a utilizar el baño. Una rudimentaria caldera de leña, situada entre las pilastras que elevaban la sala, calentaba el agua y caldeaba la estancia, de modo que el ritual de lavarse se convertía en un pequeño lujo que Seizō intentaba dilatar lo máximo posible. Cuando concluyó el baño, se vistió con las ropas que usaba para dormir y procedió a terminar su aseo. Se peinó hacia atrás el cabello, que le llegaba hasta los hombros, y se recogió el pelo en el moño samurái que Kenzaburō le había enseñado a anudar. Se limpió los dientes con sal, extendiéndola por toda la boca con el dedo índice, y se la enjuagó con agua caliente antes de salir al exterior.

Al deslizar la puerta, el vapor de agua escapó hacia la noche y se elevó hasta disiparse en el frío. Había comenzado a caer un agua-nieve que, según avanzaran las horas, se convertiría en una nevada copiosa, tal como venía ocurriendo desde hacía semanas. Permaneció un instante en el vano de la puerta, observando cómo la cordillera nevada se diluía en la oscuridad, disfrutando del contraste entre la atmósfera del baño a su espalda y el viento gélido en su rostro. Finalmente, se obligó a correr bajo la nevada hasta llegar al *dojo*.

Lo primero fue encender el brasero. Cuando este ya ardía, aproximó a las ascuas tres varillas de incienso que colocó bajo el altar zen y esperó a que el profundo y familiar aroma se mezclara con el de la madera. Entonces entreabrió la puerta central del *dojo*, lo justo para ver el exterior sin que el frío penetrara en la estancia. Había descubierto que practicar mientras observaba la danza de la nieve le producía un sereno bienestar.

Cuando hubo dispuesto todo según su gusto, se arrodilló junto al brasero y desplegó los utensilios necesarios para el *shodo*[*]: una sábana de papel de arroz, los pinceles de distinto grosor y la caja de madera que contenía la tinta y el recipiente para diluirla. Extrajo del pequeño cofre la barra de tinta negra y vertió unas gotas de agua en el recipiente; a continuación, humedeció el extremo de la barra en el agua y la frotó sobre una paleta alargada y cóncava hasta que la tinta comenzó a licuarse.

Tomó uno de los pinceles y lo humedeció cuidadosamente hasta que su extremo se tornó negro. Procurando mantener la muñeca en el ángulo adecuado y no mancharse los dedos, comenzó a trazar *kanjis* sobre el papel. Aunque estaba lejos de la técnica de un maestro, Seizō tenía una habilidad innata para la caligrafía que ya el maestro Bashō supo reconocer, animándole a practicar en sus ratos libres con

---

[*] *Shodo:* el camino de la escritura japonesa, practicado por las élites sociales como un arte de obligado dominio para las personas instruidas. El *shodo* era mucho más que una técnica caligráfica, era una expresión de la sensibilidad y el interior del individuo.

estilos de trazo mucho más complejos que los que enseñaba en sus clases. Quizás por esa especial facilidad, y porque le conectaba con una época de su vida que ahora le reconfortaba, el ritual de escribir complacía al chico en gran medida.

Kenzaburō, no obstante, insistía en que debía practicar la escritura como parte de su instrucción social: «El hijo de un daimio no puede usar el pincel como un burdo mercader»; sin desdeñar el hecho de que los seguidores de la vía marcial opinaban que la sutileza del trazo entrenaba la muñeca tanto para la caligrafía como para la esgrima.

Aquella noche, cuando Seizō concluyó los símbolos chinos que formaban parte de su aprendizaje cotidiano, comenzó a pintar otros que hacía tiempo que no escribía. Lo hizo con gran sentimiento, imbuido por una nostalgia que dotó a su caligrafía de una elegancia y una fluidez que desmentían la anodina escritura de las hojas anteriores. Mientras acariciaba el papel con el pincel húmedo, se le formó un nudo en la garganta y, al concluir, se percató de que algunas lágrimas habían caído sobre los *kanjis* desdibujando la tinta.

—¿Qué escribes, Seizō? —preguntó la voz de Kenzaburō junto a él.

Se sintió sorprendido, debía haberse abstraído tanto que no percibió la llegada de su maestro.

—Es… algo que nos enseñó *sensei* Bashō —respondió intentando ocultar la añoranza que sentía—. El maestro que me instruía cuando vivía con los Ichigoya.

—¿Tiene algún significado más allá del evidente?

—Sí —afirmó el joven en tono titubeante—: 人 *hito*[*] debe escribirse en primer lugar y con un trazo amplio, significa que las personas que nos rodean son importantes, por lo que debemos aprender a respetarlas; 己 *onore*[**] va a continuación y más pequeño, su significado es que debemos ser humildes, no pensar que somos más relevantes que el resto; 心 *kokoro*[***] se escribe con trazos fluidos y redondeados, representa la bondad como valor esencial del ser humano; 腹 *hara*[****] debe inclinarse, pues tenemos que evitar alzarnos irracional-

---

[*] *Hito:* hombre, persona.

[**] *Onore:* yo, sí mismo.

[***] *Kokoro:* corazón.

[****] *Hara:* vientre; en la filosofía tradicional japonesa, el *hara* era el centro del universo personal.

mente con furia; 気 *qi*[*] se traza con forma alargada, para recordar que nuestro espíritu y nuestro ánimo deben ser infinitos; □ *kuchi*[**] debe hacerse más pequeño y significa pensar antes de hablar, ser modesto en nuestras expresiones. Por último, hay que escribir 命 *inochi*[***] con el trazo final muy largo, más de lo normal, pues todo junto significa que, si somos capaces de cumplir lo expresado en los *kanjis* anteriores, disfrutaremos de una vida larga. Según nos explicó el maestro, es una vieja enseñanza tallada en piedra en un templo al sur de la provincia de Musashi, y quería que repitiéramos estos *kanjis* hasta interiorizarlos. Nos decía que, si éramos capaces de seguir estos preceptos, nos convertiríamos en personas dignas de respeto.

Cuando concluyó su explicación, Seizō levantó la vista del pliego de papel que había ido señalando y se encontró con los ojos de Kenzaburō, que guardaba silencio con los brazos cruzados sobre el pecho. Por un instante temió que fuera a desdeñar las lecciones de Bashō.

—Al menos tuviste un buen maestro en mi ausencia —dijo por fin el samurái.

—Así es, *sensei*.

Kenzaburō esbozó una sonrisa cálida, avivada quizás por el alivio de saber que en Matsue también hubo personas que se preocuparon por Seizō.

—Cuando hayas terminado, ven a cenar. Te estaré esperando.

El muchacho asintió y, mientras el guerrero abandonaba el *dojo,* se preguntó si había sabido interpretar realmente el carácter de aquel hombre, que parecía capaz de apreciar otras enseñanzas que no sirvieran para la guerra.

La breve conversación consiguió aliviar la nostalgia que se había instalado en su alma. Decidió que no practicaría más aquella noche, no era correcto hacer esperar a su maestro, así que recogió metódicamente los instrumentos de escritura y apagó el brasero. Cuando se dirigía hacia la puerta entreabierta, su mirada se desvió hacia los cuatro *bokken* de madera que descansaban horizontalmente sobre sus soportes en la pared. Se detuvo junto a ellos y los observó con expresión seria. Recorrió con dos dedos el contorno interior de una de aquellas espadas de entrenamiento que constituían todo un

---

[*] *Qi:* término complejo que aquí se podría traducir como espíritu o carácter.
[**] *Kuchi:* boca.
[***] *Inochi:* vida.

misterio para él. Año y medio después de llegar al monte Daisen, su tutor continuaba obviando todo lo relativo al arte de la esgrima. ¿Acaso no era digno de empuñar siquiera aquellas armas de madera? Era una pregunta que no se atrevía a plantear, aun cuando le dolía en el pecho y le ardía en los labios. Prefirió no ahondar en aquellos pensamientos y abandonó la sala.

Al salir al exterior, las manos se le entumecieron rápidamente y las orejas empezaron a dolerle, mordidas por el frío. Pero no avanzó hacia el hogar, sino que caminó sobre la nieve hasta llegar al pie del cerezo, que ahora aparecía quebradizo y nudoso, desnudado por el invierno. Seizō se arrodilló junto al árbol y acarició la corteza intentando recordar a su madre, quien muchos años atrás, antes de que él naciera, había tocado aquel mismo tronco cuando apenas era un brote. Saber que sus dedos se apoyaban sobre el mismo árbol que su madre cultivara en vida era un poderoso vínculo para él, el último que le quedaba con una mujer cuyo rostro comenzaba a olvidar.

—¿Habrías querido esta vida para mí? —preguntó, casi como si esperara una respuesta.

* * *

A la mañana siguiente, Seizō despertó con el mismo ánimo apesadumbrado que se había apoderado de él la noche anterior. Se forzó a salir de la cama y acometer, como cada jornada, su larga lista de tareas, pero aquel día había decidido no dejarse arrastrar, sin más, por la rutina. Lo primero que haría sería despejar aquella duda que tanto le molestaba.

La mañana avanzó mientras Seizō acechaba el momento oportuno para abordar a su maestro. Sin embargo, el carácter severo de Kenzaburō no facilitaba aquella empresa, y su semblante, siempre serio, hacía inescrutable su estado de ánimo. ¿Tendría un buen día o se encontraba de mal humor? Seizō decidió que lo más prudente era asumir que su maestro ya no tenía días buenos, pero también sabía que su severidad nunca había llegado al enfado, ni siquiera en los momentos en que el muchacho había cuestionado sus órdenes con un amago de rebeldía impropio del hijo de un samurái.

Al final de la mañana, tras concluir en el *dojo* las prácticas de *koryû jujutsu,* consistente en repetir hasta el dolor las técnicas que

Kenzaburō consideraba básicas para defenderse con las manos desnudas, decidió que había llegado el momento.

Ambos se encontraban agotados. A Seizō las piernas apenas le sostenían, así que se había sentado sobre el suelo de madera y apoyaba la espalda contra la pared. Se hallaba empapado en sudor y vestía su kimono de entrenamiento, raído desde hacía tiempo por el roce y los golpes. Kenzaburō, sin embargo, mantenía la compostura, arrodillado con la espalda recta y los ojos cerrados, respirando profundamente para acompasar los latidos de su corazón. Ya no reía con las torpes tentativas de Seizō de derribarle, este se había convertido en un rival competente que también sabía exigirle durante los ejercicios.

—*Sensei* —dijo de repente el muchacho—, ¿cuándo comenzará mi entrenamiento con la espada?

Seizō se sorprendió a sí mismo por plantear la cuestión de forma tan directa, pues su intención era ser menos brusco. Kenzaburō, sin embargo, sonrió como si llevara tiempo esperando escucharla.

—¿Acaso tienes prisa?

—Pronto hará dos años que llegamos a la montaña, y ni siquiera sabría cómo empuñar el *bokken* si no fuera por el entrenamiento que recibí cuando era un niño.

—Y en realidad no sabes cómo empuñarlo, créeme —le desengañó Kenzaburō—. Además, tampoco estás tan lejos de ser un niño.

El samurái parecía divertido por la impaciencia de su discípulo, y aquello encendió aún más el malestar de Seizō:

—¿Y cómo he de aprender si mi maestro no me enseña? —le reprochó con el mentón alzado.

El samurái se acercó a un cubo con agua que había junto a la puerta, tomó un cucharón de madera y llenó una taza que entregó a Seizō. A continuación, se llenó otra para él y se sentó con las piernas cruzadas frente al muchacho.

—¿Por qué es tan importante para ti aprender el manejo de la espada?

—¿Por qué? —preguntó Seizō, incrédulo—. Cuando llegamos aquí, me hablaste del deber y el derecho a la venganza, y sin embargo, te niegas a enseñarme esgrima. ¿Acaso la *katana* no es el arma de un samurái? ¿Cómo, si no, podré afrontar a los asesinos de mi padre?

—¿De verdad crees, Seizō, que la espada es el arma de un samurái?

El muchacho guardó silencio, confundido por aquella pregunta de respuesta evidente.

—Tu arma no es el acero, sino tu espíritu —le dijo Kenzaburō golpeándole con un dedo en el estómago—. Un samurái doblega con su voluntad al enemigo, ha vencido el combate antes de que las espadas se crucen. El acero solo es la prolongación en tu mano de esa voluntad, la extensión del alma del guerrero.

Seizō lo observaba a medio camino entre el desconcierto y la desconfianza. ¿Qué clase de explicación era aquella? ¿Cómo era posible que alguien venciera un combate antes de desenvainar?

—¿No me crees? —preguntó Kenzaburō, consciente de la expresión en el rostro de su alumno—. Llegará el día en que tú también lo veas, podrás observar a dos enemigos a punto de batirse y sabrás cuál de los dos vencerá. Lo sabrás tan claramente como la noche se distingue del día. Buda nos enseñó que el alma reina sobre lo material; de igual modo, es el espíritu el que reina sobre el acero. Por eso, una espada en manos de un guerrero justo, movido por una causa noble, siempre será más peligrosa que la espada empuñada por codicia o ambición. Ya muchos lo han olvidado, pero el espíritu inquebrantable que arde en el pecho de un samurái es su verdadera espada, la voluntad de servir a su señor y cumplir con su deber, aun por encima de la propia vida.

—Puede ser cierto hasta un punto —reconoció Seizō—, pero técnica y fuerza continúan marcando la diferencia.

—Te contaré una historia que en su momento me contó mi padre, quizás así aprendas a reflexionar antes de cuestionar con impertinencia a tu *sensei*. Hace siglos, en la provincia de Omi, vivía un guerrero sin parangón en la antigüedad. Nadie consiguió jamás herirle en combate y el señor que conseguía granjearse sus servicios asestaba un duro golpe moral a sus enemigos. Tal era la fama de este samurái, que se decía que podía ganar batallas por sí solo.

»Según cuentan, en el ocaso de sus días, harto de segar vidas y de guerrear en beneficio de otros, decidió retirarse a una montaña para vivir en paz, lejos de las intrigas y las mezquindades de la guerra, con el único deseo de entregarse a la contemplación de la naturaleza y al arte de la talla. De este modo, seguro de que ya nunca más necesitaría su espada y habiéndose jurado no volver a derramar sangre con ella, desmontó la hoja de su empuñadura y la mandó fundir, de modo que otros no pudieran utilizar su letal filo como instrumento de muerte. De su fabulosa *nihonto* solo conservó la empuñadura con incrustaciones de ónice.

»El tiempo pasó, pero la fama de aquel guerrero no decayó. Se le seguía considerando el mejor espadachín que había pisado las islas, así que muchos le buscaron para retarle, ansiosos por medir su acero con el de aquel guerrero legendario, ignorantes de que el tigre se había arrancado a sí mismo los colmillos. Al cabo de muchos años, un joven samurái consiguió dar con el paradero de aquel hombre. Subió hasta la montaña dispuesto a enfrentarse a él, con la arrogante seguridad en sí mismo que solo exhiben los jóvenes que aún no han sufrido los reveses de la vida. Estaba convencido de que el viejo maestro, pese a su gran técnica, no podría competir contra la fuerza y la rapidez de su juventud. Pero cuando se encontró frente a frente con él, ni siquiera fue necesario que sus habilidades se pusieran en juego: le bastó con observar el fuego que ardía en los ojos de aquel viejo para comprender que no tenía ninguna oportunidad. Sin atreverse siquiera a aproximar la mano a la empuñadura de su sable, el joven guerrero, que había llegado hasta allí ansioso de gloria, saludó con respeto al maestro y abandonó las montañas.

»Después de aquello, otros llegaron y a todos recibió igual el viejo eremita: de rodillas al fondo de una cueva, con la empuñadura de su espada envainada en una funda que yacía vacía a su lado. Cien combates venció aquel samurái después de destruir su espada, todos sin necesidad de tocar su empuñadura inerme. ¿Qué te dice esto, Seizō?

—El guerrero que ha alcanzado la excelencia no es el que jamás cae derrotado, sino el que es capaz de rendir a su enemigo sin combatir —dijo el chico, citando a Sun Tzu.

—No sabemos si serás buen espadachín, pero al menos tienes buena memoria —sonrió Kenzaburō.

* * *

Los meses fueron cayendo como las cuentas de un rosario durante una interminable letanía. Seizō dejó de contar el paso del tiempo y los años previos a su estancia en las montañas comenzaron a parecer un sueño lejano, como si su vida anterior no tuviera sentido o, simplemente, nunca hubiera existido. Sin duda, aquel era el deseo de Kenzaburō, pero Seizō se esforzaba en atesorar los recuerdos que aún le resultaban vívidos, acariciándolos mientras caía dormido cada noche. Sabía que, una vez despertara, ya no quedaría tiempo para la nostalgia; la tutela del samurái volvería a reclamar cada bocanada de aire y cada pensamiento, y el muchacho había aprendido a asumirlo con serena indiferencia, libre del anhelo de una vida mejor.

Esa tarde, maestro y discípulo entrenaban la lucha con palo. El verano languidecía y el otoño se anunciaba en las hojas de los árboles, pero aún era posible practicar al aire libre hasta el anochecer. Así, a la luz del ocaso, Seizō y Kenzaburō intercambiaban golpes en la cima de la colina. Era un peligroso juego de reflejos y equilibrio, cuya cadencia venía marcada por el constante repicar de los palos al chocar. Clac, clac, clac…, reverberaban en la pared de la montaña, cada golpe de Kenzaburō bloqueado por el bastón de su discípulo, cada finta respondida con una esquiva y un contraataque.

El veterano samurái hizo un gesto con la mano y el ejercicio se interrumpió. Estaba satisfecho, la defensa de Seizō era cada vez más férrea y aquel día no había conseguido golpear a su alumno ni una sola vez; pero se abstuvo de sonreír complacido, o de felicitarle, pues el halago era el peor enemigo de alguien que debe aspirar a un perfeccionamiento sin fin.

Ambos guerreros retiraron sus palos y se saludaron con una profunda reverencia. A continuación, Seizō se encaminó hacia la casa, pero antes de que pudiera dar dos pasos un golpe seco restalló sobre su cabeza.

El muchacho dejó caer el palo y se acuclilló dolorido, frotándose la zona golpeada. El cráneo le ardía y las lágrimas habían aflorado a sus ojos.

—¡Maestro! —exclamó casi sollozando.

—Nunca dejes de vigilar a tu rival —dijo Kenzaburō mientras pasaba junto a él—; si no puedes hacerlo con los ojos, hazlo con el resto de tus sentidos.

Aquel episodio desconcertó a Seizō sobremanera, pues su maestro nunca le había agredido a traición. Desde aquel día, cada vez que sus lecciones concluían, dejaba que Kenzaburō se retirara primero y él le seguía desde una distancia prudencial, preguntándose si su maestro sonreía divertido por su estupidez. Riera o no, aquellas precauciones evitaron que el viejo samurái volviera a sorprenderlo durante un entrenamiento.

Días después, el fin del verano se hizo patente con un fuerte aguacero. El otoño había llegado para acompañarles durante meses, y los dos habitantes de aquel valle en las faldas del Daisen deberían consagrarse en las próximas jornadas a las labores propias del cambio de estación: cortar y acumular leña, almacenar cuanto pescado seco les fuera posible antes de que los ríos se helaran, y recoger las hierbas y hongos que usarían para aderezar las comidas y preparar tisanas.

Pero esa noche se limitaban a cenar en el interior del refugio, al resguardo del temporal, junto al fuego que ardía en el centro de la estancia. Comían un guiso que Kenzaburō solía preparar con un pescado que capturaban río abajo; insulso, pero no del todo desagradable, y lo acompañaban de arroz y verduras hervidas.

Cenaban en silencio, como siempre, y Seizō se deleitaba escuchando el crepitar de la lluvia contra la madera.

—Alimenta el fuego —le indicó su maestro, y el muchacho se dispuso a hacerlo inclinándose hacia el pequeño montón de leña que había junto a las llamas.

Kenzaburō acercó los palillos despreocupadamente hacia su cuenco de verduras casi vacío, pero en lugar de tomar una rodaja de rábano, sujetó el filo del bol y, con un rápido giro de muñeca, lo lanzó contra el rostro de su discípulo.

La cerámica se estrelló contra su boca rompiéndose en pedazos y abriéndole un aparatoso corte en el labio. Seizō, sorprendido por completo, se llevó la mano a la herida que comenzaba a sangrar profusamente.

—¿Acaso he hecho algo mal? —acertó a preguntar, con el labio cada vez más inflamado.

Pero la expresión de su mentor no delataba enojo, más bien al contrario: Kenzaburō había retomado su cena con total tranquilidad.

—Sigue comiendo, Seizō. Y límpiate la sangre.

Los acontecimientos de aquella noche provocaron un profundo malestar en el joven, que se sintió humillado sin motivo alguno. En los días posteriores miró a su maestro con resquemor, y cada vez que este hacía algún movimiento, por suave que fuera, su impulso era taparse el rostro, lo que a la postre le hacía sentirse más ridículo y frustrado.

Cierta mañana, mientras regresaba corriendo de su viaje diario a por agua, se preguntaba por los motivos de aquellos castigos fortuitos. «Nunca ha sido un hombre cruel —se decía—. ¿La montaña le estará haciendo perder la cabeza?». Cargaba los odres con ayuda de un palo cruzado sobre los hombros y, sumido como se hallaba en tales reflexiones, tropezó sin remedio con algo que le hizo caer de bruces. Los pellejos, colmados de agua, se soltaron de la pértiga y derramaron todo su contenido sobre la tierra reseca.

Cuando miró atrás, maldiciéndose por su torpeza, vio a Kenzaburō sentado junto a una roca a orillas de la senda. Tenía su bastón extendido frente a él, cruzado en el lugar de paso.

—Recorres este camino a diario, ¿y aún eres incapaz de percatarte cuando hay algo extraño en él? —le preguntó el samurái con desdén, mientras se ponía en pie.

El muchacho lo observó marchar con expresión incrédula. De nuevo, otro asalto ilógico e injusto. ¿Le habría ofendido de algún modo, es que acaso no era suficiente con hacer todo lo que le ordenaba?

—Vuelve a subir por más agua —dijo Kenzaburō, mientras se alejaba senda abajo—. Y procura no golpearte con una rama o tropezar con alguna piedra. Necesito el agua para el desayuno.

Aquellos ataques imprevistos se sucedieron en los meses siguientes, en ocasiones con semanas de diferencia, a veces, varios en un mismo día. Pero, independientemente de su discontinuidad, generaron en Seizō un estado de desazón permanente: escrutaba cada sombra entre los árboles, giraba la cabeza rápidamente sin encontrar nada a su espalda, comía observando de soslayo cada movimiento de su maestro. Incluso cuando leía o practicaba caligrafía, aguzaba el oído y levantaba la vista de cuando en cuando, por si algún crujido o alguna sombra delataban un nuevo asalto.

Una noche, mientras dormía profundamente, algo perturbó su descanso, como el revoloteo de una mariposa que venía a posarse en el filo entre el sueño y la vigilia. Rodó fuera de las mantas y se puso en pie. No sabía qué había sucedido, pero algo le había impulsado a moverse. Cuando cobró conciencia de que se hallaba despierto, observó a Kenzaburō de pie frente a él. El samurái sujetaba un cubo de agua que acababa de vaciar bruscamente sobre el lecho de Seizō, justo después de que este se deslizara fuera de su alcance.

El maestro sonreía complacido.

—Cambia las mantas, Seizō, y vuelve a dormir. Mañana comenzarás a entrenar con el *bokken*.

Capítulo 19

El riesgo de jugar con piedras

Ekei palpó los pechos desnudos de la joven con gesto serio y concentrado. Examinó detenidamente ambos senos y comprobó que no tenían el tamaño adecuado, además, los pezones estaban descarnados y agrietados, lo que le llevó a negar con la cabeza.

—¿Cuándo nació el niño?

—Hace tres días —respondió el marido de la muchacha, un joven funcionario al que Ekei apenas podía considerar un adulto. Aquel hombre, inexperto e inseguro, observaba con aire preocupado las evoluciones del médico sin atreverse a interrumpirlo.

Junto al padre primerizo se encontraba una mujer a punto de entrar en la ancianidad, toda una matriarca cuyos ojos fruncidos de arrugas hablaban de una larga experiencia y una mayor severidad. Debía ser la suegra de la pobre muchacha, según dedujo, aunque no hubo presentaciones formales a su llegada.

—Están secos —confirmó el maestro Inafune—. Apenas darán leche, así que deberán buscar una matrona que amamante al bebé. ¿Cómo lo han alimentado hasta ahora?

—Humedeciendo un paño en agua y jugo de limón —dijo la anciana con gesto torcido—, pero el niño no deja de llorar.

La suegra había hablado por primera vez en toda la consulta, y su lacónica explicación, junto con la descortés frialdad que le había brindado a Ekei en todo momento, dejaban claro que no le agradaba su presencia.

—No es suficiente, el niño necesita leche.

—Pero mi señora madre asegura que si el bebé toma otra leche que no sea la materna, enfermará —protestó el joven, al tiempo que miraba a la susodicha, que continuaba con la boca apretada en gesto desaprobatorio—. Si por lo menos lo amamantara alguien de la familia, pero mis hermanas dejaron de dar leche a sus hijos hace mucho tiempo.

—Eso son tonterías —negó categórico el médico, hastiado de invenciones y supercherías—. En el campo es habitual que una mujer amamante a los hijos de otra cuando la madre no puede darles el pecho. Y los niños crecen igualmente sanos y fuertes.

—¡Qué horror! —exclamó la suegra—. ¿Cómo puede comparar a los hijos de un campesino con mi propio nieto? Lo que esa chusma haga no vale para nosotros, son casi animales. —Dicho esto, la mujer dirigió su indignación hacia su nuera—: Deberías avergonzarte, una mujer tan joven que no es capaz de alimentar a su propio hijo. Debí oponerme a este matrimonio desde un buen principio.

La joven madre, una muchacha que apenas habría cumplido los dieciséis o diecisiete años, comenzó a sollozar presa del sentimiento de culpa.

—No hay por qué llorar —la tranquilizó el médico—. A muchas mujeres no les baja la leche después de dar a luz, sobre todo cuando son primerizas. Eso no significa que no puedan ser excelentes madres ni que sus hijos vayan a enfermar. Me encargaré personalmente de buscar una matrona de confianza. Tu hijo estará en buenas manos.

Y mientras se enjuagaba las manos antes de retirarse, Ekei dedicó una mirada severa a la suegra de la joven, hasta que esta apartó los ojos y comenzó a abanicarse con expresión airada. Para algunas familias, el que fuera él quien los visitara en lugar de la jefa médica era una afrenta a su categoría dentro de la intrincada jerarquía del castillo. Pero Ekei se sentía por encima de aquellas disputas cortesanas a las que muchos consagraban su vida; solo le preocupaba el que sus consultas sirvieran para mejorar la salud de sus pacientes, indistintamente de que mermaran la posición social de aquellos a los que visitaba.

—A lo largo de la tarde llegará una nodriza que alimentará al bebé, y una ayudante traerá un ungüento para aliviar la piel agrietada de la madre. Mientras tanto, bañe al niño en agua caliente con hojas de lirio, eso evitará que enferme.

El joven matrimonio se despidió con una profunda reverencia, pero la matriarca se limitó a verlo marchar mientras se abanicaba con ritmo furioso.

—Ese médico es un patán —dijo la anciana cuando Ekei hubo cerrado la puerta.

* * *

—Te has tomado tu tiempo —protestó Asaemon Hikura, que lo esperaba junto a la penúltima puerta del castillo. Se encontraba bajo los andamios de madera que recorrían el perímetro interior de la muralla defensiva, y un amplio sombrero de caña ocultaba sus ojos.

No había atardecido aún y los últimos visitantes atestaban los pórticos interiores en su lenta retirada. Asaemon, desde su posición en penumbras, podía observar el gentío sin apenas ser atisbado.

—Aún no he terminado, solo he venido a avisarte de que no podré acompañarte —dijo Ekei.

—¿Sabes? Si no fuera porque me traes de vuelta cuando ni siquiera me tengo en pie, haría tiempo que te habría dejado por otro compañero de borracheras. Ningún amor es tan fiel.

—No soy tu compañero de borracheras —respondió el médico—. El único que se emborracha eres tú, yo soy el que soporta tu mal carácter cuando estás ebrio y el que evita que los *bakutos** se cobren sus deudas con tus dedos.

El samurái sonrió y el gesto contrajo la fea cicatriz que le cruzaba el rostro.

—Entonces, el misterio es descubrir por qué, aun así, insistes en acompañarme.

—Esta noche no lo haré. No he terminado con mi última paciente, necesito encontrar una nodriza que pueda amamantar a su bebé.

—Una joven madre, ¿eh? —dijo Asaemon, y ensanchó su sonrisa con expresión malévola—. Apostaría a que te has inventado alguna excusa médica para verla desnuda. Incluso manosearla delante

---

* *Bakuto:* jugadores ambulantes que se ganaban la vida con los juegos de azar, a menudo estafando a campesinos, comerciantes y *ronin*. A mediados del periodo Edo se reunieron en organizaciones criminales, por lo que se los considera como los precursores de la mafia japonesa: la Yakuza.

de su maridito, que te habrá dejado hacer sin más. Podría apostar a ello y esta vez no perdería ningún dedo.

—No deja de sorprenderme lo reducida que es tu visión de la vida.

—La vida es muy simple, amigo mío, más de lo que la gente cree —respondió el samurái, encogiéndose de hombros—. Y no debo andar desencaminado cuando ni siquiera lo has negado.

—Procura encontrar el camino de regreso, los taberneros de Fukui no quebrarán porque una noche no agotes sus existencias de sake.

—¿Estás seguro de que quieres perderte la diversión? Conozco a algunas mujeres de pechos generosos que bien podrían amamantar a ese niño.

El maestro Inafune sacudió la cabeza al tiempo que levantaba la mano para despedirse. Mientras se alejaba, escuchó a Hikura reír con ganas a su espalda, y él mismo no pudo evitar una sonrisa ante la cínica actitud del extravagante samurái.

Cruzó los brazos en el interior del *haori* y se encaminó hacia el *hon maru* con las palabras de Asaemon rondándole la cabeza: «La vida es más simple de lo que la gente cree». Desde hacía tiempo había comenzado a apreciar cierta sabiduría desabrida en sus comentarios, y en más de una ocasión se había sorprendido meditando sobre alguna de aquellas secas verdades escupidas entre taza y taza de sake. «Asaemon el filósofo», pensó divertido Ekei, y volvió a sonreír.

—¡Maestro! ¡Maestro Inafune! —Una voz joven le sacó de sus cavilaciones.

Ume, la ayudante de O-Ine, lo llamaba a la carrera. Llegó hasta él y, como si de repente recordara las normas de cortesía, le saludó adecuadamente con una inclinación.

—Maestro, la señora quiere verle.

—¿Ha ocurrido algo?

La muchacha negó con la cabeza.

—No lo sé. La maestra Itoo le espera en la antesala de los aposentos de su señoría.

Ekei asintió y le dio las gracias a Ume, antes de encaminarse con pasos rápidos hacia la torre. Pero se detuvo al poco y se volvió hacia la joven.

—Ume, ¿conoces a la familia Ikegami?

La chica asintió.

—Escúchame bien, es importante: han tenido un bebé hace tres días, pero la madre apenas puede darle el pecho. Debes buscar una nodriza que lo pueda amamantar, no sé a quién se recurre en estas circunstancias. Llévala al hogar de los Ikegami y asegúrate de estar presente cuando alimente al niño, la primera lactancia es importante.

—Pero, no sé si…

—Ume, no te preocupes por lo que pueda decir tu ama —dijo el médico anticipándose a las preocupaciones de la joven—. Yo hablaré con ella.

—Sí, maestro.

—Ve, es importante. Por la noche te preguntaré cómo ha ido todo.

Ekei no se demoró más. Sintió como una eternidad el tiempo que tardó en cruzar los sucesivos tramos de la fortaleza y llegar a la torre del homenaje; una vez allí, los guardias le abrieron paso y se apresuró escaleras arriba. Funcionarios, militares y criadas le dirigían miradas de sobresalto a su paso, pues ya se sabe que ver correr a un médico nunca es un buen augurio.

Cuando llegó a la planta que comprendía los aposentos del daimio, pudo observar que el ambiente era distendido y cotidiano, nada que ver con la atmósfera reinante en su primera visita, así que recobró la compostura, se tomó un momento para alisarse la ropa y ceñirse el *kataginu*, y adaptó su paso al sereno discurrir de la vida en el castillo.

Una sirvienta de su señoría lo recibió con una respetuosa inclinación antes de conducirle con pasos cortos a través de varios pasillos y antecámaras, cada una custodiada por dos samuráis. Las galerías eran largas y sin recovecos, alumbradas con hileras de lámparas de pie que quemaban cera perfumada. A cada paso, la tarima de madera chirriaba con el peculiar trino del ruiseñor.

Mientras seguía a aquella mujer de aspecto menudo, Ekei conjeturaba por qué le habían convocado a los aposentos del daimio. En el recibidor que precedía a la sala de audiencias aguardaba O-Ine, arrodillada en un extremo de la habitación con su *yakuro* a un lado. La última puerta, flanqueada por dos samuráis de la guardia personal de su señoría, permanecía sellada formando con sus dos hojas una vista de la costa de Fukui, tal como debía verse desde la más alta terraza del castillo.

Ekei Inafune se arrodilló junto a la jefa médica, pero ni siquiera entonces O-Ine desvió la mirada para saludarle.

—Me ha mandado llamar —dijo Ekei, un saludo que era más bien un interrogante.

—Así es, su señoría desea que observemos su estado de salud. Se trata de un examen rutinario.

—Debo entender, entonces, que me permitirá participar en la consulta —señaló el maestro Inafune, confundido por el súbito cambio de opinión que se había dado en la rigurosa médica.

—Usted se limitará a acompañarme. Permanecerá en un segundo plano y observará sin decir nada. Está aquí porque mi padre considera apropiado el que usted asista a las consultas de su señoría.

Finalmente, la entrevista con Inushiro Itoo parecía haber dado sus frutos, se dijo Ekei, que se guardó muy bien de exteriorizar su satisfacción.

—Preferiría que me hubiese avisado con más antelación —se permitió apuntar—, así me habría preparado adecuadamente y habría traído mi *yakuro*.

—No lo necesita. Como le he dicho, se limitará a acompañarme. Si tiene algo que decir, me lo comentará en privado tras la consulta. —Y, mirándole por primera vez a los ojos, le advirtió—: Se abstendrá en todo momento de dirigirle la palabra a su señoría, solo podrá hablar si el señor Yamada le pregunta de forma directa.

—Por supuesto —asintió Ekei con absoluta gravedad.

La última puerta se abrió y la sirvienta que lo había conducido hasta allí les indicó que podían pasar. Ekei esperó a que la jefa médica se adelantara y la siguió con actitud humilde. Cuando entraron en la sala, la puerta se cerró tras ellos y quedaron a solas con el León de Fukui.

El daimio les aguardaba al otro lado de la estancia, sentado sobre una tarima de dos escalones que lo elevaba por encima de cualquier visitante. Observándolo, Ekei comprendió perfectamente el porqué de su sobrenombre: la melena blanca, la barba furiosa, sus espesas cejas de ceño desafiante. El peso de la edad ni siquiera había encorvado sus hombros, solo los profundos surcos bajo sus ojos, acaso uno por cada década de guerras y traiciones, delataban el cansancio de un hombre viejo.

Ante la presencia del señor del castillo, los dos médicos cayeron de rodillas y tocaron el suelo con la frente.

—*O-tono* —saludó la maestra Itoo—, hemos venido, tal como habéis solicitado.

—Dime, O-Ine, ¿cómo está tu padre?

En la voz del viejo se deslizó un matiz de afecto que no pasó desapercibido a Ekei.

—Esta mañana pude hablar con él. Os envía saludos.

—Ah, el viejo Itoo. Debo verle pronto, los ancianos no debemos permitir que nuestras ocupaciones nos impidan disfrutar de los amigos, no es sabio posponer las cosas cuando el tiempo te pisa los talones.

O-Ine sonrió con franqueza, y aquella calidez le resultó a Ekei aún más inaudita que la cordialidad mostrada por el feroz señor de la guerra. Era evidente que se profesaban un afecto mutuo.

—Estará encantado de acudir cuando lo deseéis.

Zanjadas las formalidades, Torakusu Yamada indicó a los médicos que se aproximaran y se desprendió de la parte superior del kimono.

O-Ine subió a la tarima, colocó su caja de medicinas en el suelo y comenzó su examen. Ekei, obediente, permaneció en su sitio observando las evaluaciones de la jefa médica. Pero sus ojos no buscaban trazas de enfermedad ni indicios de futuros problemas de salud en el cuerpo del daimio, que por lo demás parecía perfectamente sano, sino que estudiaba las maneras de aquel hombre, intentando vislumbrar un fugaz reflejo de su auténtica alma.

Solo al cabo de un buen rato reparó en un elemento curioso: a un lado de la tarima, apenas iluminado por los cirios que ardían en la sala, había un elaborado tablero de *go*, un juego de ingenio especialmente apreciado por algunos samuráis. Se decía que un buen jugador de *go* era también un buen estratega en el campo de batalla, pues, en ambos casos, la victoria descansaba sobre los mismos fundamentos: predecir los movimientos del adversario y engañarle sobre las intenciones de los propios.

Mientras O-Ine continuaba con su cuidadoso examen, Ekei quedó cautivado por la presencia de aquella mesa de juego tallada a partir de un solo bloque de madera. Estaba teñida de amarillo, según era costumbre, y el maestro carpintero había trabajado el pie hasta darle la forma del fruto *kuchinashi*[*]. Algo en los recovecos de su

---

[*] *Kuchinashi*, que literalmente significa «sin boca», es el nombre japonés de la gardenia. Las mesas de *go* usadas por las clases pudientes solían tener un fruto de gardenia tallado como advertencia de que los observadores no debían molestar a los jugadores con comentarios.

mente le decía que esa mesa podía ser la llave que le liberara de sus cadenas, lejos de la estricta supervisión de la jefa médica. ¿O sería una idea descabellada producto de su impaciencia?

Contempló abstraído las piedras de cantos redondeados que se distribuían sobre las intersecciones de las diecinueve líneas horizontales y las diecinueve verticales que recorrían el tablero. La batalla se decantaba claramente a favor de las blancas, aunque aún no estaba concluida.

«Vuestra salud es excelente, como de costumbre», escuchó decir a O-Ine, y se obligó a apartar la vista de la mesa de *go* y a centrarse en su papel. Torakusu Yamada se vestía asistido por la médica, y cuando el *kataginu* descansó de nuevo sobre sus hombros, la mujer bajó de la tarima y se arrodilló junto a Ekei, que había permanecido inmóvil durante toda la visita.

—Gracias por tus cuidados. Por favor, trasládale mis mejores deseos a tu padre.

—Así será —asintió la médica, y se volvió a inclinar hasta tocar el suelo.

A continuación, se incorporó y se dirigió hacia la salida. Ekei, sin embargo, permaneció de rodillas en su sitio. Cuando O-Ine se percató de que no la seguía, se detuvo en el umbral y miró hacia atrás un tanto sorprendida. Pero ya era demasiado tarde para detener el atrevimiento de maese Inafune:

—*O-tono*, si me lo permitís, querría saber si jugáis con las negras o las blancas.

El León de Fukui clavó la mirada en su segundo médico. Durante un largo instante en el que Ekei no consiguió escuchar el latido de su corazón, Torakusu Yamada sopesó cómo reaccionar ante aquella ruptura del protocolo. Luego, desvió la mirada hacia el tablero y guardó silencio.

—Siempre juego con las blancas —dijo finalmente.

Ekei asintió con gravedad.

—Sois un hábil jugador, mi señor. Haría falta ser un gran estratega para darle la vuelta a esa partida.

—La partida está ganada, las negras no tienen manera de evitar la derrota —aseveró el daimio con voz tajante.

—Por supuesto, *o-tono*. —Ekei se inclinó con sumisión y se incorporó para retirarse.

Mientras lo hacía, el daimio no apartó la mirada del tablero.

—Aguarda —ordenó Torakusu Yamada—. ¿Insinúas que serías capaz de ganar esa partida?

—Podría intentarlo…, si derrotar a un señor en su castillo no se castiga con la muerte —se permitió añadir con cierta ligereza.

Sabía que estaba arriesgando demasiado con ese comentario mordaz, pero la breve sonrisa que afloró a los labios de Torakusu Yamada le permitió respirar tranquilo.

—No sabía que los médicos estuvieran tan interesados en el antiguo juego del *go* —dijo Torakusu.

—Quizás el mío sea un caso peculiar, *o-tono*. Si alguna vez tenemos la oportunidad de jugar, con gusto os hablaré del gran maestro que me enseñó sus secretos.

El daimio volvió a sonreír, como si aquel inusual descaro le divirtiera por alguna razón concreta, y se limitó a despedirles con un gesto de la mano. Ekei respondió con una profunda reverencia y se encaminó hacia la salida, desde donde O-Ine lo apuñalaba con la mirada. Sabía que estaría furiosa, pero no se puede pretender cruzar el mar sin capear algún temporal.

Después de aquello, solo le restaba aprender los rudimentos del juego cuanto antes.

* * *

Aquella mañana Ekei Inafune despachó pronto sus obligaciones y bajó a la ciudad. Tenía la esperanza de que su velado desafío a Torakusu Yamada hubiera sembrado cierta curiosidad en el viejo señor de la guerra, quizás el deseo de aleccionar a un médico tan engreído como para considerarse maestro en un juego reservado para estrategas y hombres de honor. Si la semilla germinaba, bien al cabo de unos días o de unos meses, debía estar preparado para ofrecer un desafío a la altura de las expectativas que él mismo había generado.

Su intención era adquirir un tablero de *go* y una caja con piedras para poder practicar; si la suerte lo acompañaba, quizás podría encontrar incluso algún manual con jugadas claves. Sin embargo, la tarea resultó mucho más ardua de lo esperado: el *go* no era un juego habitual entre las clases populares, y Fukui no era una de las grandes capitales en cuyos comercios se podían encontrar objetos traídos desde cualquier rincón del país, de China o incluso de los bárbaros del sur. Todo lo que consiguió fue la promesa de algunos mercaderes de buscar un juego para él en las próximas expediciones procedentes de Osaka.

Cejó en su empeño y decidió aprovechar su salida matutina de otro modo: iría a ver a los enfermos del barrio de Natsume. Después de las visitas que había efectuado junto con O-Ine, sus servicios no habían vuelto a ser reclamados, por lo que ambos médicos dieron por sentado que los enfermos habían respondido al tratamiento y que los contagios no habían ido a más. Aun así, Ekei quería comprobar la evolución de los pacientes, quizás descubrir algo más sobre aquella extraña dolencia que solo había afectado a unos cuantos varones de mediana edad del barrio de mercaderes.

Llegó a la residencia de Ryoan Niida antes del mediodía. Llamó a la puerta y le abrió un criado que lo reconoció inmediatamente; le pidió que esperara en el jardín a su señora. Mientras aguardaba, Ekei se deleitó contemplando la casa de té erigida al final de la senda. La fuente para el aseo de los invitados a la ceremonia se hallaba colmada, y las gotas destiladas por la caña de bambú la hacían rebosar con un agradable tintineo. Cuando la señora de la casa salió a recibirle, a Ekei le sorprendió el alivio que parecía embargarla.

—Maestro Inafune, gracias por venir. ¿Quién le ha avisado?

—¿Avisarme? Nadie. He venido por casualidad.

—Entonces los dioses y los antepasados velan por mi marido. Por favor, sígame —le pidió con una reverencia y, sin más dilación, lo condujo al interior de la vivienda—. Ha vuelto a enfermar, se encuentra igual que antes.

—Una recaída —musitó el médico—. ¿Cuándo comenzó a empeorar de nuevo?

—Hará una semana —indicó la esposa, mientras se recogía los bajos del kimono para poder subir con pasos rápidos los escalones.

—¿Tan recientemente?

—Mejoró con el tratamiento que la dama Itoo le prescribió. A los pocos días se recuperó por completo y durante semanas ha estado bien, de buen carácter y comiendo sin remilgos. Pero la semana pasada volvió a enfermar, y esta vez ha empeorado más rápidamente que antes.

—Es extraño, las recaídas suelen ser antes de que un enfermo se recupere del todo. Pero enfermar dos veces de lo mismo en tan poco tiempo..., eso no es habitual.

La señora Niida guardó silencio al llegar junto a la puerta de la habitación en la que se encontraba su esposo. La abrió y le solicitó al médico que pasara. Ekei se encontró con un enfermo que ya no hacía esfuerzos por mantener una apariencia de normalidad: se hallaba tendido sobre el futón y sudaba fiebre de forma evidente. Su respiración era superficial y dificultosa. El maestro Inafune observó que vestía un kimono rojo, probablemente por consejo de algún bonzo, para alejar a la enfermedad y los malos espíritus.

Ryoan Niida lo miró con desgana a través de los ojos entornados. Levantó un dedo trémulo con el que señaló al recién llegado:

—Prometieron visitarme a los pocos días de recetarme su tratamiento; sin embargo, no volvieron.

—Nos dijeron que su mejoría era ostensible.

—Sí, resulta ostensible —señaló con ironía el mercader, y su amago de risa fue interrumpido por un acceso de tos.

—¿Qué ha dicho el médico que lo está tratando? —preguntó Ekei a la mujer, que permanecía arrodillada junto a la puerta.

—Le ha recetado tisanas depurativas y nos ha mandado quemar en la habitación hojas de pino e incienso curativo. Y rezar cada anochecer, durante la hora del jabalí, y otra vez al amanecer, durante la hora del dragón.

Ekei asintió con expresión grave. Aquellos consejos, en el supuesto de ser útiles, solo trataban los síntomas, pero no la verdadera causa de la enfermedad. Para atacar el origen del mal primero había que identificarlo, así que lo examinaría a su manera, sin la mirada suspicaz de O-Ine Itoo enjuiciando cada paso que daba.

Le indicó a la esposa de Niida que le ayudara a incorporarlo y a abrirle la parte superior del kimono. El médico aproximó la oreja al pecho de su paciente y le pidió que respirara profundamente.

—¿Para qué? —preguntó el enfermo, tan poco colaborativo como lo recordaba.

—Quiero escuchar cómo entra el aire. Según el sonido, puedo discernir si es un tipo de enfermedad u otra.

—Eso es absurdo.

Ekei suspiró contrariado e impaciente.

—Es similar a lo que hacen los jardineros con un árbol. Golpean el tronco y, atendiendo al sonido, saben si la madera está sana o enferma.

—Yo no soy ningún árbol, maestro Inafune. Soy víctima de un espíritu cruel que ha hecho presa en mí; ya lo hizo una vez, y como no consiguió arrastrarme al Meido*, ha vuelto a por mi alma.

—Puede ser, pero respirar profundamente no le hará ningún mal.

El enfermo masculló entre dientes y obedeció. Ekei aplicó la oreja y oyó el rumor de sus pulmones. A continuación, le pidió que se tendiera y dio golpes secos con sus dedos en distintas zonas del torso. Indicó a su paciente que abriera la boca y olió su aliento, y estiró uno de sus párpados inferiores para observarle los ojos, pues algunas sustancias dañinas coloraban el globo ocular.

Una vez concluido su examen, Ekei guardó silencio con expresión meditabunda. Su juicio volvía a ser el mismo, los síntomas indicaban algún tipo de intoxicación, quizás algún pescado en mal estado. Pero ¿por qué nadie más había enfermado entonces en la casa? Ya en su momento, Niida les había asegurado que compartía mesa y alimentos con su esposa. Por el mismo motivo debía descartarse una enfermedad contagiosa, pues nadie más en cada familia se había visto aquejado del mismo mal.

—¿Podrá curarle, maestro?

Ekei no se atrevió a asegurarlo.

—Abandone el tratamiento que le ha puesto su médico y repita el que le aconsejó la señora Itoo. Si fue eficaz entonces, debería serlo también ahora.

—Pero ¿qué es lo que le sucede?

—Aún no lo sé, pero si no descubrimos el origen de su mal, corre el riesgo de recaer una y otra vez.

—Hay que expulsar al espíritu —musitó el comerciante con los ojos cerrados, tendido de nuevo y envuelto entre mantas.

Ekei se puso en pie y salió de la estancia seguido de la mujer, que cerró la puerta tras ellos dejando a su marido a solas. El médico le informó de que, al día siguiente, volvería con su caja de medicinas y atendería personalmente a su esposo.

Tras despedirse de ella, se encaminó hacia las viviendas de los otros mercaderes que había visitado con O-Ine hacía ya cerca

---

* Meido: el tránsito al Más Allá descrito por algunas sectas budistas.

de dos meses. Casi todos presentaban síntomas similares a los de Ryoan Niida, y a través de ellos pudo saber que la extraña dolencia se había extendido a muchos otros.

Aquel día, Ekei Inafune no comió ni volvió al castillo hasta que los hubo visitado a todos, pero cada enfermo que examinaba, lejos de darle alguna respuesta, no hacía sino sumirlo más en la confusión.

Capítulo 20

Más allá de lo aparente

Seizō sujetaba la empuñadura del *bokken* con entrenada firmeza. La nieve crujía bajo su peso, bien asentado sobre las piernas separadas, y el kimono, zarandeado por el viento, revoloteaba alrededor de su cuerpo. Bajo la gruesa tela, una gota de sudor recorría nítidamente cada vertebra de su espina dorsal. Sus sentidos estaban abiertos, su conciencia expandida mientras escrutaba los ojos de Kenzaburō Arima. Esperaba algún indicio del inminente ataque: una imperceptible dilatación de las pupilas, o la respiración contenida antes de armar el brazo, quizás un músculo del cuello que, delator, se tensionara antes del ataque. Pero nada de aquello se producía en Kenzaburō, que permanecía cincelado en piedra. Insondable, imprevisible.

Si Seizō no se hubiera hallado en la misma situación cien veces antes, habría jurado que la mente de su maestro se había evadido por completo, que había volado a algún lugar lejano dejando su cuerpo atrás. Y quizás así fuera, pero sabía que en cuanto diera un paso la respuesta sería inmediata.

Con el transcurso del tiempo, el joven había ganado seguridad hasta convertirse en un guerrero notable con el *bokken*. Aunque su punto fuerte, con mucha diferencia, continuaba siendo la defensa. Por pura necesidad, había desarrollado una técnica con escasas fisuras, apoyada en una concentración férrea y una afilada intuición que le permitían anticipar los ataques y decidir si debía esquivarlos o armar un bloqueo.

Pero al principio no fue así: durante meses, Kenzaburō le sorprendía una y otra vez en los duelos, aplastándole sin piedad. Cada ataque atravesaba su guardia como un vendaval aparta la hojarasca, pese a lo cual, nunca cayó lesionado de gravedad. Aquello solo demostraba que su maestro sabía dónde golpear. El dolor, no obstante, se convirtió en un compañero inseparable para Seizō. Le arrancaba lágrimas durante las largas noches y le señalaba con cruel precisión, a través de las contusiones y hematomas, cada uno de los errores del día anterior.

Evitar ese dolor se convirtió en una poderosa motivación que aguzó sus instintos más allá de lo que creía posible. Poco a poco, aprendió a eludir el temible filo de madera de Kenzaburō, que se cernía sobre él alcanzándole incluso en sus pesadillas. También aprendió a que sus muñecas fluyeran cuando conducía la espada en el ataque y se transformaran en roca cuando bloqueaban. Aprendió a esquivar buscando la espalda del atacante, a anticipar las fintas y los engaños y a bloquear los golpes desviándolos siempre hacia fuera, pues el *bokken,* al contrario que la *katana,* carecía de guarda en la empuñadura, de modo que un impacto mal repelido acababa por deslizarse sobre la hoja hasta estrellarse contra los dedos del defensor en un estallido de dolor.

Todo eso y más aprendió Seizō con el transcurso de los meses, interiorizando cada una de las enseñanzas del samurái. Pero cuando el alumno comenzaba a contrarrestar la mayoría de los ataques del maestro, cuando por fin era capaz de desviar un golpe tras otro durante largo tiempo, Kenzaburō, simplemente, dejó de atacar. Cambió su actitud, y eso le bastó para desequilibrar por completo el estilo de lucha de su discípulo.

Hasta entonces, el viejo guerrero había sido un rival agresivo que le avasallaba con un constante martilleo, pero ahora se había tornado un oponente hierático e imperturbable. Se limitaba a aguardar sus tentativas para desviarlas con facilidad y contraatacar cuando su guardia estaba desarmada. Para su frustración, Seizō descubrió que cuando su adversario no llevaba la iniciativa, él resultaba ser un atacante lento y previsible. Todo había regresado al punto de partida, volvía a ser un espadachín advenedizo a merced de su experimentado oponente.

Pero el muchacho se conjuró para que esta vez no fuera así. Llevaban una eternidad el uno frente al otro, con sus guardias especulares recortadas contra el profundo gris de la tarde. La incipiente ventisca hacía girar los copos de nieve a su alrededor, y Seizō se dijo que esperaría cuanto fuera necesario para descargar el golpe que había preparado tanto tiempo. Necesitaba demostrarse que, al menos una vez, sería capaz de hendir la guardia de Kenzaburō.

De improviso, el maestro bajó la punta de su arma hasta señalar con ella el suelo. La ocasión apareció como un fugaz claro de sol entre las nubes, y Seizō gritó y cargó hacia adelante con la espada en alto. Con una guardia tan baja, era imposible que pudiera bloquear un mandoble que llegara desde arriba.

Pero no era esa la intención de Kenzaburō, que ni siquiera hizo el ademán de esquivar la acometida de su discípulo. Se limitó a levantar su *bokken* a media altura con un movimiento mesurado, casi lánguido, y el estómago de Seizō se estrelló contra la punta del arma, quedando irremisiblemente sin aliento. La espada enhiesta perdió toda la ferocidad y se le escapó de los dedos, cayendo a su espalda sobre la nieve. Lentamente, el muchacho se dobló e hincó la rodilla frente a su oponente, mientras la vista se fundía en un rojo palpitante.

—¿Tan viejo y lento me crees que te atreves a atacarme con una carga frontal?

—No, *sensei* —logró articular el dolorido Seizō, más herido, incluso, en su amor propio.

—El camino de la espada, al igual que el de la guerra, se fundamenta en engañar a tu oponente. —El viento arreciaba y arrastraba las palabras de Kenzaburō—. Nunca te arriesgues con un ataque frontal, a no ser que estés absolutamente convencido de tu superioridad sobre el adversario.

Seizō asintió desde el suelo, luchando por recuperar el resuello y mantener el conocimiento.

—Por tanto, Seizō, ¿cuándo debes lanzar un ataque abierto contra un enemigo?

—Nunca, maestro.

—¿Por qué?

—Porque nunca he de estar seguro de mi superioridad sobre un enemigo.

Kenzaburō sonrió ante la respuesta.

—Aún hay esperanza para ti, por lo menos eres más rápido de mente que de piernas. Pero las bestias también aprenden cuando las golpean con un palo, aguardo el día en que seas capaz de aprender antes de recibir el golpe.

El muchacho comenzó a incorporarse y recogió su *bokken* de la nieve, pero el samurái ya se retiraba en dirección a la casa.

—Ya está bien por hoy. Prepara la cena, Seizō. Mañana viajaremos temprano.

Aquella noticia, deslizada como si careciera de importancia, privó a Seizō de su aliento recién recuperado.

—¿Viajar? —exclamó, mientras corría para ponerse a la par de su maestro—. ¿Dónde hemos de ir, *sensei*?

Kenzaburō se ciñó el *haori* y deslizó la espada de madera bajo el *obi* de seda negra. Se tomó su tiempo antes de contestar.

—Iremos a un monasterio lejos de la montaña, al este de la cordillera.

—¿Por qué ir tan lejos para rezar? Podemos hacerlo en el templo que está al pie de la montaña, como hicimos al llegar.

—No vamos a rezar, Seizō. En el monasterio al que iremos no hay imágenes de Marishiten[*] —zanjó Kenzaburō con media sonrisa, haciendo gala de un extraño sentido del humor que el muchacho no supo interpretar.

* * *

El sol ya estaba alto cuando Kenzaburō y Seizō llegaron a las puertas del templo. El trayecto no les había tomado más de seis horas, pues habían descendido por una cara de la montaña mucho más accesible que la que tomaran la primera vez. Incluso podrían haber viajado a mejor ritmo, de no ser porque Kenzaburō insistió en llevar un equipaje excesivo, que bien podría haberles servido para un viaje de varios días. A pesar de la carga, Seizō disfrutó de cada paso del camino. El mundo era más abierto allí abajo y su vista podía volar sobre las arboledas que tapizaban la ladera oriental, hasta alcanzar las llanuras que precedían al mar. Y cuanto más descendían, más viva parecía la montaña, más intenso el olor de la savia y menos aletargado el paisaje. Hasta el cielo parecía distinto cuando se veía a través del tupido ramaje, y no desde el raso abierto del valle.

---

[*] Marishiten: divinidad femenina de origen hindú y adaptada por el budismo japonés, especialmente venerada por los samuráis.

El templo se había erigido al filo de un acantilado en el que venía a romper un bosque de cedros. Una larga escalera les dio la bienvenida y, al coronar la misma, los visitantes se hallaron frente a un enorme pórtico incrustado en una pared de piedra enmohecida. Junto a este, un gong de bronce bruñido colgaba suspendido en el tiempo.

Kenzaburō Arima se situó frente a las enormes puertas, dio dos palmadas, realizó una inclinación de saludo ante las hojas selladas, y dio una tercera palmada. Una vez hubo mostrado respeto a las viejas deidades que habitaban el lugar, se encaminó hacia el gong y tomó la pesada maza forrada en piel. Golpeó una sola vez el enorme disco, y la reverberación hizo caer lascas de hielo adheridas a la superficie metálica. La nieve se desprendió de una rama para caer al suelo con un sonido amortiguado, y un pájaro alzó el vuelo hasta perderse de vista. A continuación, el silencio.

Ambos miraron la puerta durante largo rato antes de que Seizō, impaciente, abriera la boca para dirigirse a su maestro, pero este le mandó callar antes de que pudiera articular sonido.

El silencio continuó decantándose gota a gota, hasta que finalmente los goznes crujieron y las enormes hojas batieron con un gutural bostezo. La escarcha acumulada en el quicio del pórtico saltó por los aires, delatando que aquellas puertas no se abrían desde hacía meses, si no más. Al otro lado, un bonzo ataviado con un grueso manto color blanco y ocre se afanaba en tirar de la pesada hoja. De edad indeterminada, les saludó con una muda inclinación de cabeza. Más silencio, pensó Seizō.

—Saludos —dijo el samurái con una profunda reverencia—, mi nombre es Sekisushai Utsumi, y este es mi aprendiz, Keijirō. Nos disculpamos por el atrevimiento de interrumpir vuestro retiro, pero hemos consagrado nuestras vidas al peregrinaje del guerrero y deseamos presentar nuestros respetos al sacerdote Ikkyu. Si fuera posible, también desearía poner a prueba las habilidades de mi discípulo.

El monje les dio la bienvenida y les hizo pasar. Una vez dentro, el bonzo empujó las dos hojas hasta que se cerraron con una pesada inercia. Seizō observó el interior de aquel monasterio, tan similar a tantos otros que había visto, con la salvedad de que el patio central, en lugar de estar cubierto de plantas, árboles y huertos, era una enorme explanada adoquinada.

El muchacho miró a su *sensei* a la espera de una explicación sobre qué hacían allí, pero esta no llegó. Se limitaron a seguir en silencio al bonzo, que les condujo a través del claustro que rodeaba el gran patio hasta un pequeño jardín interior. Allí les invitó a descalzarse, purificarse en una pequeña fuente y esperar en la galería de madera que rodeaba el jardín.

Sekisushai y Keijirō quedaron a solas. Viendo que su maestro no abría la boca, el muchacho se abstuvo también de hacerlo, y se entretuvo observando el ciruelo de ramas peladas que presidía el jardín. El lugar era sobrio y silencioso, como los monjes que parecían habitarlo, e infundía una paz de espíritu difícil de explicar. Aun así, Seizō sentía una inquietud en su estómago que le impedía respirar profundamente. Las palabras de Kenzaburō habían despertado su curiosidad, y la posterior falta de explicaciones no hacía sino alimentarla.

Aunque ya imaginaba para qué se encontraban allí, no tuvo tiempo de ir mucho más allá en sus conjeturas, pues otro monje hizo acto de presencia. Era un hombre de aspecto adusto, probablemente de una edad similar a la de Kenzaburō. Una cuerda trenzada teñida en negro tocaba su frente. Ambos se pusieron en pie y lo saludaron con humildad.

—El maestro Ikkyu no os recibirá —les informó con voz pausada—, pero podéis permanecer aquí hasta los ejercicios de la tarde. Entonces un acólito se enfrentará a tu aprendiz para ponerlo a prueba. Luego podréis marcharos.

—Gracias por vuestra consideración.

Kenzaburō realizó una profunda reverencia y, después de que la invitación se formalizara, el monje les entregó un libro que apenas era un puñado de hojas cosidas: el registro de visitantes. Ambos escribieron sus nombres, Sekisushai y Keijirō, y se lo devolvieron al bonzo, quien se despidió de ellos sin añadir nada más.

Cuando volvieron a quedarse a solas, arrodillados uno junto al otro bajo el techo de la galería, Kenzaburō se dirigió por fin a su alumno:

—Estamos en un templo de *yamabushis,* hombres santos de la montaña que buscan la iluminación a través de una vida de penalidades y del dominio de las artes marciales.

—No difiere mucho de lo que hacemos nosotros, entonces.

—No te confundas. Estos monjes han habitado estas montañas durante siglos, y durante toda su vida han entrenado con fanatismo para dominar las más variadas técnicas de lucha. Son rivales formidables, mucho más peligrosos que cualquier *ronin* que puedas encontrar recorriendo los caminos. —Kenzaburō lo miró de soslayo y, a modo de advertencia, agregó—: Son muchos los *shugyoshas* que llegan a estos monasterios a fin de probar su técnica, pero suelen ser despreciados e ignorados por los monjes, celosos de la paz que les procura su encierro. Hemos tenido suerte. Compórtate adecuadamente.

—Sí, *sensei*. Pero ¿por qué quieres que luche con ellos?

—Es necesario, nunca serás un guerrero si te enfrentas un día tras otro al mismo adversario.

Esperaron allí durante horas, sentados con las piernas cruzadas y los pies entumecidos por el frío. El transcurso del tiempo lo marcaba la pequeña fuente pendular en la que se habían purificado. Tenía un caño de bambú que se llenaba, gota a gota, del agua de nieve canalizada desde el tejado. Cuando el caño rebosaba, basculaba y desaguaba en un pilón de piedra para reiniciar su monótono ciclo.

Seizō no supo decir cuántas veces hubo girado la fuente cuando, por fin, un monje vino a buscarlos. No hicieron falta palabras: al verle, ambos se levantaron, se calzaron y recogieron sus abultados equipajes. Le siguieron hasta el gran patio central, donde tuvieron el raro privilegio de poder observar a todos los monjes del templo dispuestos para el entrenamiento. Había allí más de treinta hombres, ataviados con los mismos ropajes de colores ocres; calzaban botas de paja atadas a las piernas con cuerdas y se habían desprendido de todo abrigo que entorpeciera sus movimientos.

Los vieron entrenar durante largo tiempo, mientras ejecutaban largas series de movimientos conjuntos cerrados con un grito colectivo que se perdía en las montañas. Luego, divididos por edades y habilidad, combatieron entre sí hasta la extenuación. Cuando el sol comenzó a declinar, Seizō ya tenía claro que, tal como le había advertido Kenzaburō, eran adversarios temibles con un dominio extraordinario del palo largo, la lanza y la *naginata*.

Tras concluir sus ejercicios, los monjes se congregaron en el centro del patio y hablaron entre sí mientras lanzaban miradas de reojo a sus invitados. Los más jóvenes se atrevían incluso a reír entre dientes. El monje que antes les había atendido, y que había comandado el entrenamiento, se dirigió a Kenzaburō para indicarle que trajera a su discípulo.

Seizō, harto de esperar durante casi todo el día, se puso en pie como un resorte, pero su maestro le exigió moderación con la mirada. Abrió el hatillo que había mantenido junto a él y extrajo su *bokken* de entrenamiento. El familiar contacto con la empuñadura de madera, así como la posibilidad de conocer por fin cuál era su auténtica habilidad, despertaron en el muchacho una suerte de entusiasmo que, bien sabía, su maestro habría desaprobado. Solo el necio se muestra feliz ante la perspectiva de la batalla, le había dicho muchas veces.

Cerró los ojos para intentar alcanzar un estado de ánimo óptimo para el combate. Cuando los abrió, miró a Kenzaburō y preguntó:

—Maestro, ¿algún consejo antes de mi primer duelo?

—Está todo dicho.

Seizō sonrió, pues sabía que era cierto, y se encaminó hacia el centro del patio. Allí le aguardaba su adversario: un joven bonzo un par de años mayor que él, a punto de ser un hombre. El muchacho lo desafiaba con la mirada mientras apoyaba en el suelo su pesado *bo** de roble; su actitud era un reflejo de la hostilidad que Seizō percibía en el ambiente. Sin apartar los ojos de su adversario, se colocó frente a él y le saludó con una parca inclinación, pues desconocía cuál era el saludo acostumbrado entre los monjes guerreros. Por toda respuesta, el *yamabushi* hizo girar el bastón sobre su cabeza y alrededor de su cuerpo, hasta finalizar su despliegue con una extravagante guardia, sujetando el palo tras de sí mientras levantaba la palma de la mano al frente.

Las maniobras intimidatorias no inquietaban a Seizō; es más, había entrenado con *bo* durante largas horas y a su juicio aquella guardia era inapropiada. Pero lo desconocía todo sobre las técnicas de lucha que allí se practicaban, así que optó por lo más sensato: esperar y dejar que su adversario tomara la iniciativa. Adoptó una guardia media, sobria y sin aspavientos, consciente de que la longitud del arma de su rival era una seria desventaja mientras mantuvieran la distancia. Su única oportunidad pasaba por desarbolar la defensa de su adversario e invadir el espacio donde el extremo del bastón no pudiera alcanzarle. Entonces el duelo estaría decidido.

---

* *Bo:* palo largo sin punta utilizado como arma en determinadas artes marciales.

Su rival demostró conocer igualmente los principios del combate entre palo y espada, ya que, en cuanto Seizō dio un paso lateral, el extremo del bastón trazó un amplio círculo horizontal buscando su cabeza. El joven samurái se inclinó hacia atrás justo a tiempo, y la madera de roble batió el aire frente a su rostro. Antes de que pudiera preparar una respuesta, el monje avanzó trazando un segundo círculo con el palo, lo que le obligó a saltar hacia atrás y alejarse aún más, desactivando cualquier posible contraataque.

En ese momento entendió el verdadero desafío que le proponía Kenzaburō, pues en un espacio abierto y contra un rival tan hábil con el *bo*, llevaba todas las de perder. Pero conociendo a su maestro, también sabía que aquello era más una prueba de carácter que de técnica.

Sin darle tiempo a reaccionar, el monje corrió hacia él y le embistió con un golpe penetrante que no podía eludir alejándose, así que pivotó sobre un pie y dejó que la madera hendiera el aire frente a su pecho. A juzgar por la sonrisa que vislumbró en su rival, era justo lo que buscaba, ya que, sin retirar su arma, giró sobre sí mismo lanzando un violento golpe lateral contra Seizō. En esta ocasión no podía apartarse, el bastón le alcanzaría allá donde fuera, y tampoco podía bloquear con el *bokken* semejante ataque, pues lo más probable es que el impacto quebrara sus muñecas. Solo se le ocurrió dejarse caer de espaldas y, al hacerlo, el *bo* flameó sobre su rostro con un rugido atronador. Una vez en el suelo, rodó sobre sí mismo alejándose tan rápidamente como le fue posible, mientras los sucesivos golpes del bastón restallaban contra el suelo en un intento de abrirle la cabeza antes de que se levantara.

Logró apartarse lo suficiente como para ponerse en pie, recomponer su guardia y analizar la situación. Ese último ataque había estado muy cerca de partirlo en dos, y todos lo sabían. Los ojos estaban clavados en él: los *yamabushis* observaban complacidos el combate, satisfechos por aplastar la arrogancia de aquellos samuráis que osaban llamar a sus puertas para desafiarles. El rostro de Kenzaburō, sin embargo, no denotaba emoción alguna. Se limitaba a aguardar la reacción de su protegido.

Cuando volvió a centrarse en su adversario, supo que este comenzaba a dar el combate por ganado. Su orgullo le hizo torcer el gesto y apretar el *bokken*, afianzó las piernas y las pequeñas piedras sueltas crujieron bajos sus pies. Todos creían su derrota tan inexorable como el paso de las estaciones, todos menos él. Pero era consciente de que si continuaba a merced de los golpes circulares de su rival, tarde o temprano, alguno lo alcanzaría. Decidió optar por una táctica más agresiva, forzar a su oponente a abandonar aquellos temibles barridos que tan cómodos le resultaban y obligarle a descargar un golpe vertical. Quizás así, mientras volvía a levantar el pesado bastón, tuviera la oportunidad de asaltar su guardia.

Cuando su rival volvió a enarbolar el *bo,* preparando lo que parecía otro golpe circular dirigido a sus costillas, corrió hacia él en línea recta. Sorprendido por aquella reacción, el monje debió improvisar un ataque más directo, y descargó un mandoble descendente que cayó en línea recta sobre la cabeza de su oponente. Seizō se hizo brevemente a un lado, lo justo para que el palo pasara cerca de su brazo y se estrellara estrepitosamente contra el suelo.

La defensa de su rival había caído, la balanza se había decantado, y Seizō aprovechó su fuerte impulso para pisar el bastón, impidiendo así que el bonzo volviera a alzarlo, y saltar hacia delante para descargar una terrible patada contra el pecho de su adversario. Este cayó de espaldas, desarmado, y el hijo de Akiyama Ikeda cayó sobre él de rodillas, a tiempo de detener la hoja del *bokken* a un dedo de su enemigo abatido.

Se levantó despacio mientras el joven bonzo lo miraba confuso, sin saber muy bien cómo había sido derrotado. Cuando miró a su alrededor, comprobó que los rostros satisfechos habían demudado en expresiones airadas que exigían un desagravio.

—Ahora lucharé yo —exclamó furibundo otro monje, mucho mayor que su rival caído, mientras se encaminaba a un armero para empuñar una temible *naginata.*

—No —rugió Kenzaburō, y todos le miraron.

—No tengo miedo, *sensei* —respondió Seizō, con un temerario exceso de confianza alimentado por su primera victoria.

—No permitiré esto —volvió a exclamar el samurái, pero no se dirigía a él, sino al *yamabushi* de rostro adusto que les había recibido aquella mañana—. No pelearemos con acero. Hemos venido con respeto y nos hemos conducido de manera honorable, no habrá sangre.

El bonzo miró de hito en hito a Kenzaburō Arima, quizás sopesando si aquellos hombres debían vivir o morir. Finalmente, buscó a alguien entre las penumbras del claustro. Allí, un monje viejo y encorvado como un sauce, probablemente el sacerdote Ikkyu, hizo un ademán con la mano.

—Podéis marcharos —dijo el bonzo al que se dirigió Kenzaburō—. No regreséis.

El samurái recogió el morral e indicó a su discípulo que le siguiera. Este no se demoró ni un instante.

Cuando estuvieron fuera, caminando pendiente abajo por el bosque de cedros, Kenzaburō le reprendió severamente:

—Jamás vuelvas a cuestionarme, Seizō.

—Lo siento, maestro —musitó el muchacho, que comprendió que no debía esperar incentivo alguno por su victoria.

En su fuero interno, Kenzaburō se debatía entre la satisfacción que le producía la inesperada reacción de Seizō frente a un rival superior y el contratiempo que aquello supondría para su adiestramiento, pues creía firmemente que de una derrota se podía aprender más que de cien victorias. Ahora, sin embargo, temía que lo que debió ser un fracaso aleccionador se hubiera convertido en alimento para el orgullo de su alumno.

* * *

Llegaron bien entrada la noche al refugio de montaña, caminando bajo un cielo frío y sin estrellas, pero ni siquiera la extenuante marcha ni el valor mostrado por su discípulo aquel día ablandaron la disciplina de Kenzaburō, que le exigió cumplir con sus deberes antes de dormir.

Seizō recogió la ropa que había dejado tendida por la mañana y encendió un fuego para calentar el hogar. Sus músculos clamaban por un merecido descanso y su estómago rugía sin compasión, pero el muchacho acometió las tareas domésticas sin mucho pesar. Incluso le complacían en cierto modo, pues evocaban en él los momentos más agradables de su estancia con los Ichigoya, como cuando limpiaba el jardín junto a Joboji y Kasane.

Aquella noche Kenzaburō se encargó de preparar la cena: arroz con *umeboshi,* encurtidos, guiso de verduras y rábanos asados. Mientras tanto, Seizō se afanaba en planchar los *hakamas,* los holgados pantalones con los que los samuráis se cubrían las piernas y que, según había insistido su maestro, debía aprender a cuidar adecuadamente.

A tal fin, al encender el fuego había echado entre la leña algunos cantos del lecho del arroyo. Cuando las ascuas estuvieron al rojo vivo, tomó unas tenazas y retiró las piedras incandescentes para depositarlas en el interior de una plancha de hierro. La cerró y esperó a que el metal se calentara, entonces lo deslizó sobre las prendas que había extendido en el suelo de la casa sobre un paño limpio. Planchar un *hakama* requería de una pericia especial, pues se debían mantener los siete pliegues que lo recorrían y que representaban las siete virtudes a las que aspira un samurái. Cuando hubo concluido, dejó la plancha sobre una placa de metal para que se enfriara y dobló con sumo cuidado los pantalones, de modo que los siete pliegues no se deformaran ni se perdieran. Usó las cintas de cada *hakama* para atarlo y evitar que se arrugara, realizando el mismo nudo de cuatro lazos que se usaba para ceñirlo a la cintura. Los amontonó con sumo cuidado y, no sin cierta reverencia, los guardó en un pequeño armario bajo.

Por fin había concluido sus tareas de aquel día, y pudo observar a Kenzaburō mientras este removía el arroz al fuego y volteaba los rábanos. En ese momento, con la mente despejada y el espíritu en calma, Seizō comprendió que aquella cabaña sobre la colina, azotada por el viento, el frío y la lluvia, se había convertido en su verdadero hogar, y aquel hombre en su última familia. De algún modo, pese a las penalidades de su día a día, se sintió dichoso y agradecido de tener un camino que seguir, aunque supiera que, llegado el momento, esa misma senda le haría transitar por los paisajes oscuros del Meifumado*.

Pero no era en los demonios en quien pensaba Seizō aquella noche.

—*Sensei*, ¿cómo era mi madre?

Kenzaburō levantó la vista un instante, quizás sorprendido por la pregunta, y subió la cuerda de la que colgaba el cazo de arroz sobre el fuego.

—¿Por qué piensas ahora en tu madre?

—Pienso en ella cada día, maestro.

El guerrero asintió, y a sus ojos asomó la misma añoranza que delataba la pregunta de su discípulo. Pocos vínculos pueden unir más a dos personas que el recuerdo y el pesar por los mismos seres queridos, un sentimiento de pérdida silenciosamente compartido.

---

* Meifumado: para algunas ramas del budismo, el camino que lleva hasta el infierno y que solo transitan los demonios y los condenados.

—¿Qué recuerdas de ella, Seizō?

—No mucho. Cómo se reía, el olor de su pelo, que le gustaba cantar en las celebraciones…, pero apenas recuerdo su rostro.

Kenzaburō asintió y, como si necesitara tiempo para elegir las palabras, removió cuidadosamente el arroz antes de hablar.

—Tu madre era una mujer extraordinaria. Era sabia, alegre, compasiva… Hermosa como pocas. Cuando cantaba, el corazón de quienes la escuchábamos se iluminaba.

Seizō atendía abstraído, intentando apropiarse de aquellos recuerdos ajenos.

—Tu padre no pudo encontrar mejor compañera para compartir su vida. Cuando ella murió, nada volvió a ser igual. —Los ojos de Kenzaburō, perdidos en la memoria, se apagaron como rescoldos bajo la lluvia—. Desde entonces, Akiyama dejó de reír. Solo cuando jugabas contigo se podía atisbar la alegría en su corazón. En muchos aspectos, le recordabas tanto a tu madre.

El samurái calló, su expresión ensombrecida por la nostalgia.

—Lo siento, *sensei*. No era mi intención entristecerle.

Kenzaburō negó y buscó la mirada de su protegido.

—No tiene sentido revivir el pasado. Es nuestra obligación recordar y venerar a nuestros seres queridos: a tu madre, a tu padre y a tu hermano, a mi mujer y a mi hija…, todos nos acompañarán hasta el final de nuestros días. Pero si nos lamentamos eternamente por su pérdida, su recuerdo, en lugar de fortalecernos, nos hará débiles.

Seizō asintió ante aquellas palabras, aunque no supo si estaba de acuerdo con ellas. Su tristeza, al fin y al cabo, era el último vestigio que le quedaba de otro tiempo y otra vida, un sentimiento que le recordaba que una vez tuvo una familia por la que llorar.

* * *

El día amaneció con un cielo diáfano que limpiaba mente y alma. La jornada transcurrió tranquila, entregados a la dura rutina entre miradas ausentes y breves conversaciones sobrentendidas. Cuando cayó la tarde, Kenzaburō llamó a Seizō y le entregó un hatillo de tela encerada. El muchacho lo tomó con cierta extrañeza, deshizo los nudos y extrajo una espada enfundada en una vaina negra como el ónice. Era un arma sencilla, carente de gracia u ornamentos. Ni siquiera la guarda de bronce, que separaba la empuñadura de la hoja envainada, presentaba filigrana alguna. Pero era una auténtica *katana*, un arma que solo podían portar los samuráis.

Seizō levantó unos ojos confusos, buscando algún tipo de aclaración.

—Es una espada humilde —dijo su maestro—, la adquirí antes de ir a recogerte a Matsue. Quizás no sea muy ligera, y puede que su acero se quiebre si lo fatigas en exceso, pero será perfecta para ti. La limpiarás y la afilarás a diario, y entrenarás con ella hasta que te acostumbres a su peso y su equilibrio. Ya solo usarás el *bokken* en los combates de entrenamiento.

—Sí, *sensei*.

—Aprovecha las sombras para practicar.

Y sin extenderse en más explicaciones, Kenzaburō lo dejó en la cima de la colina, a solas con la puesta de sol.

El muchacho volvió a mirar el arma entre sus manos. Siempre había creído que el momento de empuñar su propia espada estaría envuelto de más ceremonia, de un cierto misticismo. Sin embargo, solo sentía una pesada responsabilidad que le atenazaba el estómago. Aquel acero se había afilado para matar, y eso hacía más tangible que nunca su futuro. Sujetó la funda con la mano izquierda y la empuñadura con la derecha, y tiró con suavidad. Un palmo de hoja quedó expuesto y la luz fluyó sobre las ondulaciones del filo.

Tragó saliva y se ajustó la vaina al costado izquierdo. Adoptó una posición adecuada para el *iaido*[*], el peso de su cuerpo reposando sobre el estómago. Con el puño giró la vaina contra su cadera, de modo que el filo quedara hacia arriba. Viviría su bautismo como samurái en solitario, con las montañas y el cielo como únicos testigos.

Desenfundó y adoptó una guardia media. El sable era mucho más ligero que su espada de entrenamiento. Cuando ensayó los primeros golpes y comprobó la facilidad con que la hoja hendía el aire, comprendió cuán tosco era el *bokken* de madera, un pobre remedo de aquella arma exquisita.

Se abstrajo en su ejercicio, deleitado por cómo el sable parecía hacerle mejor espadachín: sus fintas eran más rápidas; los cambios de guardia, más sencillos; sus ataques, más precisos y fluidos, fáciles

---

[*] *Iaido:* una de las artes de la esgrima japonesa, centrada en desarrollar técnicas de desenvainado de la *katana (iaijutsu)* que podían ser un ataque en sí mismas.

de controlar y encadenar. Era como si, de repente, todo cobrara sentido.

Sin embargo, algo rompió su estado de concentración y lo obligó a regresar al mundo: desde lo alto de la colina pudo observar a un hombre que había penetrado en el valle nevado y lo atravesaba con pasos trémulos, a punto de desmoronarse. La inquebrantable rutina de ese lugar había creado en Seizō la ensoñación de que se encontraban a orillas del tiempo y del mundo, como si nada pudiera alcanzarlos allí, por ello observó aquella intromisión como el que contempla una aparición fantasmal.

Enfundó la espada y ahuecó la mano para protegerse de los últimos rayos de sol. Se trataba de un anciano de piernas débiles, encorvado por el peso de la leña que cargaba a la espalda. Un leñador perdido, pensó Seizō, o quizás uno que conoce este valle y ha decidido buscar refugio al venírsele la noche encima. Comenzó a descender por la colina, al encuentro de aquel extraño, cuando vio que este caía de rodillas y se esforzaba por volver a levantarse.

—¡Anciano! —gritó Seizō—. Anciano, ¿se encuentra bien?

Pero el viejo no lo escuchó y retomó su penoso caminar hasta caer de nuevo, junto al arroyo. Pese a la gelidez del agua, comenzó a beber ávidamente.

Cuando Seizō llegó a él, el hombre había dejado ya la leña a un lado y hundía las manos una y otra vez en el frío riachuelo. Era muy mayor, de pelo blanco y facciones surcadas por profundas arrugas negras. Por la manera en que temblaba, debía estar a punto de perder el conocimiento de puro frío.

El muchacho se arrodilló y le puso una mano sobre la espalda.

—Buen hombre, ¿cómo ha llegado aquí? ¿Se ha perdido en la montaña?

El anciano levantó la cabeza y lo miró con ojos confusos, carentes de comprensión. Entonces, algo destelló en la penumbra del ocaso y Seizō se vio rodando por el suelo. Su cabeza golpeó contra la orilla mientras el viejo se colocaba a horcajadas encima de él e hincaba las rodillas sobre sus brazos, inmovilizándolo por completo. Empuñaba un cuchillo largo como una noche de invierno. Apoyó el frío acero contra su garganta y le habló con aliento cálido al oído:

—Estás muerto, Seizō Ikeda.

Capítulo 21

Miradas ausentes y estrellas que se apagan

Una vez tuve mujer e hijo —dijo Asaemon con amargura. Su mirada había caído al fondo de la taza de sake y allí la mantuvo toda la noche, como si en los posos del licor pudiera encontrar el reflejo de días pasados. Aunque bien sabía el samurái que el sake no arrojaba luz sobre los recovecos de la memoria, más bien proporcionaba un turbio y confuso olvido.

Esa noche su cinismo no había acudido a la cita y, en un principio, a Ekei le sorprendió que no insistiera en pasar la velada en algún antro portuario frecuentado por marineros ebrios y prostitutas sin recato. Por el contrario, había transigido en acudir a una taberna popular cercana a los barrios comerciales, muy frecuentada por gente del castillo. Tanta desgana había intrigado al médico, que por fin pudo averiguar la causa de su extraño humor: nostalgia.

—¿Qué fue de ellos? —preguntó Ekei con cuidado.

—El deber me obligó a abandonarlos, y el honor me impidió regresar.

Asaemon calló y, tras remover las gotas de sake que quedaban en la taza, apuró un trago. Se sirvió de nuevo.

—¿Sabes algo de ellos?

—Lo último que supe, hace años ya, es que mi mujer pidió anular el matrimonio y le fue concedido. Ahora yace con otro hombre al que mi hijo llama padre. Cuando debí partir apenas tenía dos años, hoy cumple diecisiete y ni siquiera conoce mi rostro.

Así que era el cumpleaños del chico lo que lo había sumido en la melancolía. Ekei se inclinó sobre la mesa y buscó la mirada de su compañero.

—En algunos sitios dicen que quien olvida el rostro de su padre, jamás conocerá el rostro de Buda.

Su interlocutor enarcó una ceja, dando a entender que aquellas palabras significaban poco para él.

—Quiere decir que ningún hombre es feliz si olvida a su padre o no llega a conocerle —aclaró Ekei—. Quizás, algún día, deberías encontrarte con tu hijo.

—No —rechazó Asaemon, haciendo un gesto elocuente con la mano—. Mi mujer y mi hijo son fantasmas del pasado, no voy a desenterrarlos.

La rotundidad de tales palabras delataba una decisión largamente meditada. El médico asintió, pues comprendía que su compañero jamás había verbalizado aquellos sentimientos, así que no necesitaba consejos, simplemente ser escuchado.

—¿Por qué tuviste que partir?

Asaemon levantó la vista y, tras un instante de silencio, torció el gesto en una expresión que afeó su cicatriz.

—Yo era un samurái al servicio de un viejo clan al oeste de Hondō. Mi familia había servido con devoción durante generaciones a aquella casa y yo, al igual que mi padre antes, era respetado no solo por mi habilidad con la espada, sino también por mi técnica como cazador. Durante años mi puesto estuvo en Izumo, atendiendo los intereses de mi señor en aquellas tierras. Allí formé mi familia y allí habría agotado mi vida, de no ser porque se me encomendó dar caza y matar a un hombre. De aquello dependía que el honor del clan no quedara en entredicho.

—¿Diste con él?

—Solo una vez, pero se me escapó entre los dedos como un puñado de sal. No sin antes darle algo más de personalidad a mi rostro. —Recorrió con el dedo la horrible cicatriz que le cruzaba la cara—. Juré que no regresaría si no era con la cabeza de aquel samurái colgando de una pica, pero nunca más volví a verle.

—¿Y quién era aquel hombre? —quiso saber Ekei, su tono repentinamente grave.

Asaemon sonrió por primera vez en toda la noche y dio un trago al sake humeante.

—Puede que algún día lo descubra. Aún le estoy buscando.

Ekei se reclinó hacia atrás y también esbozó una media sonrisa mientras llenaba su taza.

—¡Por los enemigos que huyen! —brindó el médico levantando el sake—. Los prefiero a los que vienen a mi encuentro.

—¡Por los enemigos que tienen nombre! —le imitó el guerrero—. Siempre los he preferido a los traidores que se escabullen entre sombras y mentiras.

* * *

Al día siguiente, Ekei decidió retomar su búsqueda de un juego de *go*, algo que se había convertido en una necesidad acuciante para él. Hasta la fecha, los comerciantes que prometieron encontrarle un tablero y un juego de piedras se encogían de hombros cuando pasaba a preguntarles, y aunque hubieran cumplido su palabra con diligencia, sabía que de poco le serviría si no encontraba también algún manual que versara sobre los secretos del juego.

Así que, pese a las dificultades, aquella tarde decidió bajar a la ciudad para probar suerte de nuevo. Mientras descendía por la arboleda y se cruzaba con los últimos visitantes del día, le llamó la atención un rosal silvestre al margen de la senda. Recordaba haber cogido escaramujo de aquel arbusto, pero en esta ocasión no era el fruto lo que le interesaba, sino la presencia de una rosa blanca prendida entre las demás.

Ekei la observó con detenimiento y, con cuidado de no pincharse, la extrajo del arbusto. Era evidente que la flor no pertenecía al rosal salvaje: se trataba de una rosa cultivada, probablemente cruzada con planta de té para obtener ese color blanco. De buen humor, agradeció el inesperado presente y se prendió la rosa a la pechera antes de retomar la marcha.

Cuando llegó a los barrios comerciales, le dio la bienvenida un alegre gentío que se había lanzado a la calle animado por el buen tiempo. Vagó de tienda en tienda con los resultados esperados: más negativas y miradas desconcertadas ante su petición, así que finalmente optó por regresar al castillo, pero no sin antes visitar el barrio de los herreros, donde pretendía encontrar platillos de medición y un mazo de metal para preparar tisanas.

Enfiló la calle donde se hallaban los talleres más antiguos de Fukui, que exponían frente a sus puertas las más conseguidas manufacturas de sus artesanos, en la mayoría de los casos herramientas de trabajo poco nobles, como azadones, cizallas y cazos de cocina. Otros locales exhibían utensilios cotidianos de modesto valor, como espejos de bronce, pipas o largos alfileres para el pelo; y los menos se atrevían a exponer armas trabajadas en sus propias forjas, aunque ninguna parecía especialmente destacable.

El sol alcanzaba su cénit y estaba a punto de concluir la hora del caballo, Ekei se dejaba llevar por el fluir de la muchedumbre cuando, al pasar junto a una de las armerías, una fugaz visión le obligó a desviar la mirada: allí, entre escudos caídos, cazos con puntas de flecha y cubos con cuchillos de mala forja, había un tablero de *go* apoyado sobre un taburete desnivelado.

Ekei se detuvo frente al comercio y lo examinó con ojo crítico. El expositor era un simple tenderete cubierto por un toldo que rodeaba la puerta del local; de uno de los postes colgaba una banderola en la que se leía: «Armero Ushi Ogawa». Sin duda, si no hubiera pasado toda la mañana buscando un tablero como aquel, jamás habría reparado en su presencia en un lugar tan insospechado. Las pocas mesas de *go* que el médico había podido contemplar durante sus viajes eran elaboradas obras de artesanía, quizás de apariencia sobria, pero siempre construidas en materiales nobles y refinados. Aquel, por el contrario, era una simple tabla de pino lijada y barnizada, grabada con diecinueve líneas paralelas cruzadas por otras tantas, que formaban las trescientas sesenta y una intersecciones sobre las que se podían colocar las piedras. El desgaste de la superficie hacía evidente que se había utilizado asiduamente durante años.

El médico se adentró en la penumbra de la tienda en busca de su propietario y, al traspasar el umbral, le saludó un olor a humedad tan viejo como la mala suerte. Sentada tras un mostrador bajo, e iluminándose con una tímida lámpara, una figura encorvada se afanaba en afilar con piedra el acero que sujetaba por la espiga desnuda.

—Buenas tardes —dijo Ekei, alzando la voz sobre el siseo de la piedra.

El armero detuvo la mano y levantó la vista. A la tenue luz de la llama, Ekei pudo ver un rostro tuerto y desfigurado a cuchillo. Aquel hombre ni siquiera se había puesto un parche para disimular su desagradable cuenca vacía.

—Buenas tardes, señor —respondió con voz ronca, quizás sorprendido de ver en su negocio a un cliente de aspecto tan noble. Dejó sobre un paño la hoja y la piedra—. ¿Necesita que le enseñe algún cuchillo? ¿Una espada, quizás?

—No será necesario; en realidad, me ha llamado la atención el tablero de *go* que tiene fuera, sobre un pequeño taburete. ¿Es suyo?

—Así es —dijo el herrero, limpiándose las manos en el delantal—. ¿Por qué lo pregunta? —Arqueaba la ceja cortada de su cuenca vacía, con una expresión a medio camino entre la desconfianza y el desconcierto.

—He buscado un juego como ese por toda la ciudad y es el primero que veo. Me preguntaba si estaría dispuesto a venderlo.

—No.

La respuesta cogió desprevenido al médico, por su rudeza y porque el tablero parecía de escaso valor.

—Estoy dispuesto a pagar un precio razonable.

—He dicho que no.

—¿Por cuánto estaría dispuesto a venderlo? —insistió Ekei, contrariado por la brusquedad de aquel hombre.

—Simplemente, no está en venta. No me desprendería de él ni por todo el oro de su bolsa. —El armero señaló con su dedo negruzco el bulto en la pechera del kimono de Ekei.

—¿Por qué?

El hombre frunció el ceño. Parecía meditar si aquella pregunta merecía una respuesta.

—Porque todos los que han jugado conmigo en torno a ese tablero están ya muertos.

—Comprendo —asintió Ekei, cruzándose de brazos—. ¿Soldado?

—*Ashigaru* del feudo de Fukui —dijo con cierto orgullo en la voz—. Una escaramuza contra las tropas de Mitsunari Ishida me retiró. —El armero señaló hacia abajo, y Ekei reparó por primera vez en que, además de los cortes en la cara, aquel hombre de aspecto soez tenía la pierna derecha cortada por debajo de la rodilla.

—Debe ser un hombre fuerte si sobrevivió a tales heridas.

—Otros mejores que yo no lo hicieron. Por eso no le venderé esa tabla de madera.

—Ya veo.

El médico sostuvo la desagradable mirada de su interlocutor durante un rato, pensando en cómo abordar la situación.

—Escúcheme, tengo algo que proponerle: ¿le apetece volver a jugar al *go*?

—Lo hago cada noche. Cuando cierro, me siento fuera y juego con mis viejos camaradas. Bajo las estrellas, como hacíamos entonces. —El rostro de Ekei debió delatar lo que pensaba, pues el viejo *ashigaru* se mostró ofendido—. Sé lo que está pensando, pero no estoy loco. Recuerdo bien cómo jugaban, sus trucos y estrategias, así que juego contra mí mismo y muevo las piedras como lo harían ellos.

—¿Juega solo cada noche?

El hombre asintió con un gruñido. Despreciaba con ferocidad cualquier opinión entrometida.

—Señor Ushi Ogawa, ¿estaría dispuesto a jugar conmigo como lo hacía antes, una noche tras otra? Puede que al principio se aburra, pero le aseguro que con el tiempo no necesitará rememorar viejas partidas.

El armero no respondió, se limitó a escrutarle a través de los párpados entrecerrados del ojo que conservaba. Ekei comprendió que su propuesta no había sido del agrado de su interlocutor, así que decidió aderezarla con algún aliciente:

—Le pagaré bien por cada partida.

—¿Me dará dinero por jugar conmigo al *go*?

—Cincuenta *mon* de cobre cada noche —corroboró el médico.

Los rasgos del armero dibujaron una sonrisa maliciosa que acabó estallando en una risa limpia.

—Hace un momento usted pensaba que el loco era yo.

—Quizás aún lo piense, pero no me importa mientras esté dispuesto a jugar conmigo. ¿Tenemos un trato? —preguntó Ekei, sonriendo a su vez.

—Mañana le estaré esperando cuando cierre. Al concluir la hora del gallo.

Ekei no confiaba en las cualidades de aquel hombre como instructor de *go*, y estaba por ver que no fuera como tantos otros viejos soldados que habían perdido la cabeza, pues la guerra lo había desfigurado como a pocos que hubiera visto vivos. Aun así, se despidió de él hasta el día siguiente.

* * *

El *karo* del clan Yamada, el señor Kigei Yamaguchi, llevaba rato aguardando en su despacho la llegada de la jefa médica. Su paciencia, cuando se trataba de mujeres, se consumía tan rápidamente como una mecha mal trenzada; al fin y al cabo, ¿dónde se había visto que un hombre de su posición debiera esperar a mujer alguna? Rumiaba aquellos pensamientos mientras hacía tabletear su abanico contra el muslo. Lo peor, se decía Yamaguchi, es que la causa de aquel comportamiento eran las constantes prerrogativas del daimio hacia la hija de Inushiro, que se sentía con potestad de hacer esperar o contradecir a cualquiera.

El anciano solo podía resignarse ante una situación provocada por su propio señor, y gustaba de pensar que aquello explicaba sobradamente por qué aquella mujer de aire insolente había caído en la desgracia de la soltería.

El tiempo continuaba agotándose, y con él la exigua paciencia de Yamaguchi, que, sintiéndose ya presa de la indignación, comenzó a abanicarse compulsivamente mientras clavaba la vista en la puerta de su despacho. Hasta que, finalmente, esta se abrió y la médica apareció en el umbral.

—Buenos días, señor Yamaguchi —saludó O-Ine con una inclinación—. Me disculpo por mi tardanza, un paciente requería con urgencia de mis atenciones.

—Ni siquiera me había percatado del retraso. Pase, quiero hablarle de un asunto que precisa discreción.

La mujer hizo una nueva reverencia, cerró la puerta y se arrodilló sobre el tatami.

—Es necesario que usted y el señor Inafune visiten a una dama —explicó Yamaguchi—. Hace unos meses llegó de Kioto y, en poco tiempo, se ha ganado gran prestigio entre los caballeros prominentes de la ciudad. Su señoría desea visitarla, pero ustedes deben observar antes que se encuentre… sana.

Finas líneas fruncieron la frente de O-Ine al escuchar el encargo. Siempre había considerado que tales debilidades eran impropias de un líder, pero no era quién para enjuiciar a su señor. Además, era bien sabido que los apetitos del León de Fukui no se habían aplacado con la edad.

—Como ordene, señor Yamaguchi —asintió la médica.

—Mi secretario le dará la dirección de la casa y le explicará los pormenores. Un oficial de la guardia personal de su señoría los acompañará.

—No será necesario —declinó O-Ine—; si debemos ser discretos, bastará con que el maestro Inafune y yo atendamos este asunto.

* * *

Ekei vestía un kimono para dormir y estaba a punto de terminar la cena cuando alguien llamó a sus habitaciones. Acudió a la puerta con cierta extrañeza, que se tornó en sorpresa cuando descubrió que era O-Ine Itoo quien lo reclamaba a esas horas.

—Cámbiese, debemos realizar una visita.

—¿Qué es tan urgente? ¿Ha ocurrido algo grave? —quiso saber el médico, mientras indicaba a la mujer que pasara.

—No exactamente. Póngase ropa discreta, oscura a ser posible. Se lo contaré por el camino.

El maestro Inafune se apresuró hacia el vestidor y eligió un kimono marrón sin ningún ornamento. Mientras se cambiaba, hacía un esfuerzo por imaginar a qué respondía aquella extraña situación, pero su imaginación no llegaba a tanto. Guardó rápidamente en su *yakuro* los medicamentos que consideró imprescindibles y se reunió con O-Ine, que lo esperaba en la entrada.

La médica se negó a darle más explicaciones hasta que abandonaran el castillo, y solo Ekei pareció preocupado por cómo se pudiera interpretar que ambos bajaran solos a la ciudad a horas intempestivas. Mientras cruzaban los sucesivos patios, el médico mantuvo la mirada clavada en el suelo, sin levantar el rostro, mientras que O-Ine avanzaba con la cabeza alta, el cabello cubierto por una fina capucha azul oscura.

Descendían ya por la colina cuando O-Ine volvió a dirigirle la palabra.

—Nos encaminamos a una casa a las afueras del barrio de Natsume, allí nos aguarda una dama a la que debemos visitar. Es preciso que le hagamos un examen médico.

—Supongo que se trata de alguien relevante.

—Una prostituta, en realidad —señaló la médica con desafectada frialdad.

—¿Debo entender que está insultando a esa mujer?

—Ni siquiera la conozco. Simplemente, le expongo los hechos. Se trata de una concubina de lujo llegada de Kioto, su señoría desea visitarla con cierta asiduidad, así que debemos asegurarnos de que se encuentra sana y no puede perjudicar la salud del señor.

—Ya veo. Por su tono diría que desaprueba estos hábitos.

—No soy nadie para juzgar lo que haga su señoría. Pero como médica, creo que es un riesgo innecesario para su salud.

—¿De qué sirve tener salud si no podemos disfrutarla? —señaló Ekei en tono jocoso, pero O-Ine lo miró y la sonrisa se le congeló en el rostro. Tragó saliva antes de añadir—: Seremos discretos y acabaremos con esto pronto.

La médica asintió y, como si las palabras de Ekei fueran un acicate, redobló el paso. Llegaron pronto a la ciudad y recorrieron los barrios lejos de las avenidas principales, la mujer tres pasos por detrás de su acompañante, para no llamar la atención, hasta llegar a la zona donde se concentraban algunas de las casas de té más prohibitivas de la ciudad. El médico reconoció las fincas de misteriosos jardines que ya viera meses atrás, durante su forzado encuentro con el consejero principal, pero era incapaz de orientarse por el intrincado laberinto de cuestas y callejas que componían el barrio del placer de Fukui. Entendió que las calles estaban así dispuestas, precisamente, para confundir al visitante y disuadirle de abandonar el lugar. No eran pocos los viajeros que se rezagaban durante días en aquellas casas, perdida la noción del tiempo ante la promesa de tantos placeres. O-Ine, sin embargo, parecía conocer bien la zona y serpenteaba entre las callejas con paso decidido, probablemente porque, para su disgusto, había realizado muchas visitas como la de esa noche.

Ekei, por su parte, se dejó guiar y disfrutó del entorno. Aquel barrio para hombres exquisitos carecía del ambiente grosero de otros lugares similares que había recorrido: allí todo era más sutil y, a un tiempo, más irresistible. Al trasluz de las terrazas se intuían sombras sugerentes, en los jardines se vislumbraban sombras de movimientos lánguidos, y el viento arrastraba fragancias embriagadoras, el lento punteo de un *shamisen* y risas tímidas. Nada era obvio, pero el conjunto resultaba sumamente evocador.

O-Ine, inmune a la atmósfera del lugar, hacía repiquetear sus *guetas* sobre el suelo empedrado. Rodeó una de las fincas y se detuvo junto a una puerta trasera. Miró atrás para asegurarse de que Ekei la seguía con su *yakuro* al hombro, e hizo sonar una delicada campanilla que colgaba junto a la puerta. El límpido tintineo reverberó en las paredes del callejón y alguien desatrancó la puerta desde el otro lado. La madera arañó el suelo hasta ceder, y en el umbral apareció un hombre de aspecto tosco que los interrogó con la mirada. Ekei observó que portaba dos espadas a la cintura.

—Somos los médicos de su señoría —informó O-Ine, poco impresionada—. Venimos a ver a la dama Sakura.

—Síganme —indicó el hombre con una reverencia.

Cruzaron el jardín trasero, iluminado por cuatro lámparas de piedra, y fueron conducidos hasta una casa de una sola habitación, ubicada en uno de los extremos de la finca. El guardaespaldas les pidió que aguardaran allí la llegada de Sakura y se retiró sin más ceremonia.

Antes de entrar, Ekei se detuvo frente a la pequeña edificación. Estaba construida en madera oscura y se había decorado con paneles *shoji* ricamente pintados y con flores atadas a los pilares. Desde fuera parecía un lugar acogedor, pero cierto instinto lo prevenía de entrar en una casa aislada, sin salida trasera y sin ventanas para atisbar el exterior. O-Ine, sin embargo, se había descalzado junto a los escalones y ya cruzaba el umbral, de modo que se vio obligado a seguirla. El interior estaba caldeado por el aliento de un brasero a punto de apagarse. La tarima de madera se hallaba cubierta por un mullido tatami y el olor del incienso perfumado con jazmín matizaba el aire.

Ekei depositó su *yakuro* en el suelo y se sentó junto a O-Ine, que permanecía con la vista perdida y una expresión un tanto triste. «Quizás esté pensando en su padre», se dijo el médico, que creyó mejor no interrumpirla con una conversación banal. Cerró los ojos e intentó evadirse en sus propios pensamientos; sin embargo, la soledad compartida con O-Ine lo turbaba. Se descubrió observando de soslayo la serena belleza de aquella mujer, melancólica y hermosa como el otoño. La mirada de O-Ine parecía distante, pero allí donde ella estuviera, él la siguió hasta quedar también irremisiblemente perdido.

Cuando ella despertó de su breve ensoñación, se encontró con los ojos de Ekei, que apartó el rostro inmediatamente. Ella también bajó la mirada, un tanto consternada, pero no dijo nada. Tras un breve silencio que amenazaba con hacerse irrespirable, Ekei se obligó a buscar algún tema de conversación.

—Hace unos días visité el barrio de Natsume —anunció el médico sin levantar los ojos—. Quise ver cómo habían evolucionado los enfermos.

—¿Y bien? —preguntó ella, con una timidez desconocida en su voz.

Ekei carraspeó antes de continuar.

—No son buenas noticias, la mayoría de los enfermos han recaído y presentan síntomas similares, incluso más acusados, y según he podido comprobar, otros hombres han padecido la dolencia por primera vez.

—¿Familiares o amigos? —quiso saber O-Ine.

—No. Hombres adultos siempre, casi todos comerciantes y mercaderes de posición acomodada, pero nunca miembros de una misma casa. Además, los casos ya no se limitan al barrio de Natsume: he podido contabilizar dieciséis casos en distintos barrios del norte de la ciudad.

—Dieciséis... —repitió la médica con cierta sorpresa—. Once más que la última vez, ¿por qué no me lo ha comentado antes?

—He recetado a los enfermos el mismo tratamiento que recomendó a Niida, y en todos los casos parece haber sido efectivo, de ahí que haya esperado hasta ahora para decírselo.

Ella asintió y cruzó las manos sobre el regazo.

—Lo lógico sería declarar una epidemia por un mal contagioso... —dijo O-Ine pensando en voz alta—. Pero el hecho de que nadie más haya caído enfermo en cada casa nos obliga a descartar esta posibilidad; además, los pacientes responden al tratamiento habitual en los casos de intoxicación.

—Pero ¿qué los ha enfermado? Volvemos al punto de partida. Los pacientes apenas tienen relación entre sí, y cualquier alimento en mal estado habría afectado a más personas en su entorno.

—Quizás nos estemos equivocando en nuestra premisa, quizás no se han intoxicado accidentalmente —señaló O-Ine.

—¿Envenenamiento?

—Eso lo explicaría. Un veneno bien elegido, sin trazas características, podría provocar estos síntomas.

—No tiene sentido —dijo Inafune tras meditarlo un instante—. Aunque no es descabellado pensar que estos hombres pudieran tener un rival dispuesto a llegar a tales extremos, estaríamos hablando de un envenenador sumamente torpe, pues en dos ocasiones ha logrado envenenarlos solo para hacerlos enfermar. Hasta ahora ninguno ha muerto.

—Lo que dice es cierto —admitió ella, visiblemente intrigada.

—Cuando quieres envenenar a alguien, procuras suministrar una única dosis mortal; y si fallas a la primera, te aseguras de no fallar una segunda vez.

—Además, alguien capaz de utilizar un veneno tan difícil de detectar sería un experto, difícilmente se equivocaría en la dosis que se debe administrar —ratificó O-Ine.

—Aun así, quizás deberíamos visitar a los enfermos e interrogarles por sus posibles rivales en los negocios —apuntó él—. Si una mayoría coincide en indicarnos a alguien en concreto, quizás podríamos estar ante nuestro envenenador incompetente.

O-Ine volvió a mirarle a los ojos, pero esta vez no había asomo de rubor en su mirada, sino un vivo interés por aquellos sucesos que desafiaban su habilidad médica y su inteligencia.

—Antes deberíamos informar al *bugyo* local de nuestras sospechas.

—Probablemente, pero no pondría muchas esperanzas en que tomaran nuestra advertencia en consideración. Este asunto es demasiado complejo y, si no existen indicios más evidentes, la autoridad difícilmente moverá un dedo. La paz del shogún se preocupa de salteadores de caminos y bandas de asesinos, no de hipotéticos envenenadores. Por ahora, esto no es más que un problema médico.

En ese momento la puerta de la casa se deslizó lentamente y ambos volvieron a ser conscientes de dónde se hallaban. Una mujer menuda, que llevaba sujeto contra el pecho un paño blanco doblado, les saludó con una profunda reverencia antes de hacerse a un lado para dar paso a una dama alta y esbelta, de pelo cuidadosamente recogido y sutilmente maquillada al estilo de las cortesanas de Kioto. Vestía un *furisode* blanco y celeste que presentaba un intrincado patrón de flores de cerezo pinceladas en rosa, con los puños del kimono bordados en hilo de plata.

La joven, de rasgos dulces y delicados, debía ser Sakura, y Ekei comprendió inmediatamente por qué en tan poco tiempo había adquirido tal fama entre los notables de la ciudad. Las maneras y la belleza de aquella mujer eran más dignas de la corte imperial que de una capital de provincias.

—Señores médicos, soy la dama Sakura —les saludó con una voz limpia como un arroyo de agua clara—, estoy a su disposición.

Para su desconcierto, Ekei reparó en que los ojos de almendra de la joven, subrayados por unas espesas pestañas, lo miraban fijamente al pronunciar su saludo.

—Por favor, tiéndase —le indicó O-Ine con voz metódica, evidentemente ajena a sus encantos.

La sirvienta cerró la puerta de la casa. Cuando estuvieron aislados del exterior, la dama Sakura deshizo el nudo de su *obi*, abrió su kimono de varias capas y dejó que se deslizara hasta el suelo. Quedó completamente desnuda ante ellos, sin cubrirse con las manos o bajar la mirada con pudor. Ekei, sin embargo, sí apartó la mirada. Aunque había visto el cuerpo de muchas pacientes, algo hacía que las circunstancias fueran distintas en aquella ocasión.

—No es necesario que se desvista —dijo la dama Itoo con voz severa.

—Creí que debían examinar mi cuerpo, asegurarse de que me encuentro sana para el señor Yamada.

—No pronuncie aquí ese nombre, sea más discreta —la reprendió O-Ine—. Por favor, tiéndase.

La acompañante extendió sobre el tatami la sábana blanca que portaba cuidadosamente doblada, y Sakura se echó sobre ella boca arriba, los brazos extendidos junto a los muslos. O-Ine se aproximó y se arrodilló junto a la joven para iniciar el reconocimiento, pero esta la miró a los ojos y rechazó a la médica.

—No. Quiero que sea él quien me examine —exigió ante el asombro de ambos médicos—. Estoy acostumbrada a que sean los hombres los que me miren. Además, ¿cómo puede una mujer saber lo que un hombre desea encontrar?

—Eso es absurdo, no está aquí para exigir nada —se opuso la médica, a punto de perder la serenidad.

—No soy una esclava, no pertenezco al dueño de esta casa ni al señor de Fukui.

O-Ine sostuvo la mirada de la cortesana, que sonreía con insolencia.

—Su señoría puede visitarme cuando quiera —prosiguió Sakura con su voz de seda—. Pero si desean examinarme, será él quien lo haga. No deseo que otra mujer me toque.

O-Ine suspiró, apelando a una paciencia que en esos momentos le costaba reunir, y buscó la mirada de Ekei. El médico asintió antes de aproximarse a la concubina, que, satisfecha, cerró los ojos e inclinó la cabeza a un lado en gesto de sumisión.

Maese Inafune se encontraba visiblemente aturdido: aquella mujer había conseguido alterarle de un modo extraño, quizás por su inusual belleza, quizás por su provocador descaro envuelto en suaves maneras. Además, el hecho de que debiera examinarla en presencia de O-Ine no hacía sino incrementar su desazón.

Al situarse junto al cuerpo desnudo de Sakura, comprobó que desprendía un suave olor a jazmín similar al del incienso que aromatizaba el ambiente, de modo que la presencia de aquella mujer parecía expandirse por toda la sala. Se detuvo un instante para contemplar su rostro; quizás no fuera tan joven como su voz hacía parecer, aunque el maquillaje dificultaba intuir la edad de una mujer de rasgos delicados. No quiso entretenerse más, por temor a dar la impresión de que era indiscreto, y comenzó a examinarla con manos no tan firmes como le habría gustado mostrar. Al pedirle que separara las piernas, ella lo hizo con un movimiento lento y calculadamente pudoroso.

Cuando hubo concluido, Ekei se volvió hacia O-Ine y se limitó a asentir, por temor a que su voz lo dejara en evidencia. Entonces, la médica se puso en pie y se echó sobre los hombros la capa con la que se resguardaba del frío.

—Eso es todo —dijo mientras se cubría el cabello con la capucha—. Por favor, que alguien nos muestre la salida.

Sakura se puso en pie y su sirvienta se apresuró a cubrirla con el lienzo blanco.

—¿Cuándo he de esperar la visita de su señoría?

—Lo desconozco, mi labor concluye aquí —respondió O-Ine con un tono pausado que apenas disimulaba sus ansias por abandonar el lugar—. Ahora, si me disculpa, debemos retirarnos. No es apropiado que una mujer respetable permanezca en esta casa más de lo imprescindible.

Sakura respondió con una sonrisa franca y se despidió de ambos con una profunda reverencia.

Una vez fuera, ambos médicos tardaron en volver a hablar. Parecían haber consensuado en silencio el tomar un camino de regreso más largo, probablemente para que la noche de primavera les despejara tras aquel extraño encuentro. Caminaron junto a la orilla de uno de los canales que cruzaban la ciudad, observando el ondulante reflejo de la luna sobre el agua, que les acompañaba al paso.

—¿Qué le ha parecido esa mujer? —dijo por fin O-Ine. Una pregunta que, por abierta, lo tomó desprevenido.

—Es una mujer extraña —acertó a decir—, aunque supongo que su estilo de vida le permite ciertas veleidades.

—¿Ha tratado antes a otras mujeres como ella?

—Si ha sido cortesana en Kioto, es posible que incluso haya estado en presencia de su majestad imperial. Ni siquiera los grandes señores suelen tener un trato habitual con este tipo de mujeres, cuanto menos un simple médico como yo.

—No me refiero a eso —le interrumpió ella—, quiero decir si ha visitado antes lugares similares.

—No es una pregunta propia de usted, maese Itoo.

Ella dibujó una sonrisa amplia que, de nuevo, le resultó inesperada.

—Maestro Inafune, no soy como esas mujeres del castillo de indignación fácil que, sin embargo, se pasan los días cuchicheando sobre los demás. Simplemente, me intriga la vida de alguien que ha recorrido el país durante años. Yo apenas he tenido oportunidad de abandonar los muros del castillo.

—He viajado y he tratado con todo tipo de personas, si es lo que desea saber, pues creo que conocer la naturaleza humana es fundamental para la medicina. Nunca deja de sorprenderme cuántas enfermedades se pueden curar solo conversando, escuchando a un paciente y aconsejándole adecuadamente. A menudo olvidamos que antes los médicos sanaban así, apoyándose en su sabiduría y el conocimiento del paciente. Eran más consejeros que expertos en drogas y tratamientos.

—Mi padre estaría satisfecho de escucharle decir eso —señaló O-Ine, que parecía gratamente sorprendida—. Siempre se ha quejado de los médicos que tratan a sus pacientes sin ni siquiera mirarles a los ojos. Quizás yo le tenía por uno de ese tipo.

—Provoco juicios precipitados en los demás —sonrió Ekei—, es un defecto que no consigo corregir.

O-Ine no pudo evitar sonreír también, y el buen humor de su interlocutor la alentó a continuar con su indiscreto interrogatorio.

—Dígame, ¿qué ha visto durante sus viajes? Debe haber conocido todo tipo de lugares. ¿Nunca ha lamentado tener que abandonar un sitio en el que se encontraba a gusto?

Ekei asintió y por fin comprendió que aquella mujer, pese a su afilado ingenio y su considerable intuición médica, pese a ser una maestra en herbología y tener un carácter firme y aparentemente inconmovible, también tenía anhelos y deseos que había debido enterrar, como cualquier otra persona que habitara este mundo; y entre ellos se encontraba, sin duda, el haber viajado y conocido otras tierras y otras gentes.

De buen grado habría conversado con O-Ine durante horas, los dos solos junto al canal, pero algo llamó su atención de forma poderosa, una sospecha que, al instante, se convirtió en una evidencia. Inevitablemente, la sonrisa se borró de su rostro y adoptó un gesto serio.

—¿Qué ocurre? —quiso saber O-Ine—. ¿He cometido alguna indiscreción?

—No deje de caminar —le indicó Ekei con voz grave.

—¿Qué quiere decir? Me está preocupando.

Sin atender a sus palabras, el médico estudió el entorno sin girar el cuello, moviendo solo los ojos: a su izquierda, las aguas negras, y más allá, la orilla lejana flanqueada por almendros; a su derecha, los muros blanqueados de las sucesivas fincas que se asomaban al canal, y tras estos, los tejados de pizarra gris de las casas ricas de Fukui.

—Alguien nos sigue —dijo con total certeza.

—¿Se ha vuelto loco? —preguntó la mujer, al tiempo que miraba por encima del hombro.

—Continúe mirando al frente y no eleve la voz.

—¿Cómo puede estar tan seguro?

—Las estrellas a nuestra derecha, sobre los tejados, parpadean.

—No entiendo, explíquese más claramente, por favor —rogó la mujer, por lo común tan serena.

—En una noche como esta, si sigues a alguien, lo haces situándolo entre tu posición y la luna, así evitas que tu silueta se recorte contra la luz. —Ladeó ligeramente la cabeza hacia la izquierda—. Ahí está la luna, quien nos sigue lo hace desde los tejados a nuestra derecha.

Aquella explicación inquietó aún más a O-Ine, y debió hacer un esfuerzo por no escrutar desesperadamente la oscuridad en busca de su supuesto perseguidor.

—Yo no veo nada extraño, las estrellas se comportan igual que cualquier otra noche.

—No lo hacen. Las estrellas sobre los tejados parpadean. Lo provoca aquel que nos sigue al pasar frente a ellas.

—¿Qué…, qué querrán de nosotros?

—Pronto lo sabremos. Si se trata de un asesino, nos atacará antes de que podamos llegar a zonas más concurridas. Si simplemente nos espía, se marchará ahora que sabe que lo hemos descubierto.

O-Ine contuvo el aliento ante aquellas palabras. Durante una eternidad, caminaron en silencio junto al canal, hasta que Ekei le indicó que se desviara por un callejón lateral.

Él se colocó un paso por detrás, de modo que pudiera observarla en todo momento, y ella cerró los ojos y trató de controlar su ansiedad. Caminaba a ciegas, apoyando los dedos en la pared encalada mientras arrastraba las *guetas* sobre el polvo de la calle. Creía flaquear a cada paso, pero siguió adelante, sin atreverse a abrir los ojos. Finalmente, el bullicio de las tabernas y las risas de las muchachas de compañía le indicaron que habían logrado cruzar al otro lado. Cuando volvió a mirar, comprobó que se encontraban en una de las avenidas próximas al puerto; buscó a Ekei a su espalda y pudo ver cómo este aún escrutaba la oscuridad que se agazapaba sobre los tejados.

—Volvamos al castillo —dijo el médico, y ella no pudo sino asentir, ansiosa por que aquella extraña noche tocara de una vez a su fin.

Capítulo 22

El reino de los gatos

La sangre palpitando en sus sienes; la boca, seca; el corazón, desbocado; los puños, crispados sobre la nieve; el cuchillo contra su garganta, ansioso por morder como un perro atado en corto. Jamás Seizō volvería a tener tanto miedo como en aquel momento y, pese a ello, no dejaba de asombrarse del sinsentido de la vida: todos sus sacrificios y penalidades lo conducían hasta aquel final baldío, hasta aquel instante que lo condenaba a la irrelevancia. Destino, orden, *karma* de pronto se revelaban como ilusiones. Aun así, buscó en su interior la serenidad para afrontar su muerte como lo hicieran su padre y su hermano.

—Apártate de él o te atravesaré el corazón —dijo una voz lejana, procedente del mundo de los vivos.

El viejo, que se cernía sobre su presa como un demonio de muerte, rio al escuchar las palabras y aflojó levemente el filo, de modo que Seizō pudo tragar saliva sin miedo a cortarse la garganta. Giró la cabeza siguiendo la mirada del sicario y descubrió a Kenzaburō de pie sobre la falda de la colina, el arco tenso en sus manos, la punta de acero olisqueando el corazón de su enemigo.

—Tu discípulo es lento y confiado, general Arima. —El viejo hablaba con media sonrisa en su rostro de arrugas negras.

—Aún es un cachorro —respondió entre dientes el samurái.

—Has hecho bien en hacerme venir, os queda mucho camino por recorrer.

—Tu camino, sin embargo, terminará junto a ese arroyo si no te apartas de él —le advirtió Kenzaburō, con unos ojos que dejaban claro que no amenazaba en vano.

El intruso volvió a reír mientras se ponía en pie cuan largo era; ya no se encorvaba ni se movía torpemente como un anciano. Ocultó el cuchillo en algún lugar entre sus ropajes y le ofreció a Seizō una mano para ayudarle.

—Ponte en pie, muchacho. Espero no haberte asustado más de lo necesario.

Seizō rechazó la ayuda y se apartó de él con una expresión cargada de resquemor. Desde el suelo, volvió a mirar a su maestro, que ya había bajado el arco y observaba la escena con rostro inexpresivo, sin dar a su alumno pistas sobre cómo actuar. Aquello parecía divertir al viejo, que se acuclilló frente a él y lo miró fijamente a los ojos.

—Nunca, nunca te fíes de las apariencias, Seizō.

Dicho esto, se volvió y se arrodilló junto al riachuelo, sumergió las manos en el agua y se enjuagó el cabello y la cara. Poco a poco, el color cano de su pelo se desvaneció, y Seizō pudo comprobar que no era más que polvo de cenizas, al igual que las profundas arrugas de su rostro, que se diluyeron como tinta aguada. En un instante, aquel hombre rejuveneció veinte años y el muchacho observó que su edad real era similar a la de Kenzaburō, si no algo más joven.

—Seizō, calienta sake —le ordenó su maestro—. Hemos de hablar.

El samurái les dio la espalda y comenzó a ascender la colina con pasos largos, seguido por su inapropiado visitante. El chico quedó solo junto a la orilla, sumido en un peculiar estado de ánimo que oscilaba entre el alivio y la irritación de haber sido burlado como un niño.

Al cabo de un rato, entró en la cabaña con una botella de sake y dos tazas que había recogido del almacén de suministros. Los dos hombres se calentaban junto al fuego que Kenzaburō avivaba, removiendo las ascuas con un atizador, y charlaban como viejos camaradas.

—Cuéntame lo que sucede en el mundo —dijo Kenzaburō en un momento dado—. ¿Qué señor está más cerca de imponer sus ambiciones?

Su huésped, sentado con las piernas cruzadas, lo miró con cierta curiosidad.

—Creí que la política te hastiaba, que eras un eremita que había dado la espalda a las trivialidades de los hombres.

—Aunque lo anhele, una persona no puede vivir completamente al margen del mundo. No, al menos, si pretende volver a él algún día, y llegará el momento en que Seizō tendrá que abandonar esta montaña.

—Ya veo —asintió el visitante, y se pasó la mano por el cabello, sucio y apelmazado, que le caía hasta los hombros.

A Seizō, el aspecto de aquel hombre le resultaba desagradable: su ropa raída, las manos cubiertas de barro seco, el rostro árido, endurecido por la intemperie. Sin embargo, más allá de la incomodidad que le provocaba su presencia, reparó en que no había en él nada característico que se pudiera recordar una vez lo perdías de vista. Incluso su edad era indeterminada, pues no era ni joven ni viejo. En verdad, el aspecto de aquel hombre resultaba vulgar y, a un tiempo, insondable. Tanto como los motivos de su presencia allí.

—¿Cuáles son tus últimas noticias? —quiso saber el viajero.

—Nos recluimos aquí a las pocas semanas de que Nobunaga Oda fuera asesinado en Kioto —rememoró Kenzaburō—. Con su muerte muchos auguraban un nuevo baño de sangre, pero desde entonces no he podido saber nada más. Vivimos al margen del mundo. Solo yo bajo a un poblado próximo a aprovisionarnos, y evito relacionarme en exceso con los aldeanos. Si comenzara a preguntar por guerras y política, sin duda llamaría la atención. Además, dudo que esa gente tenga preocupaciones que vayan más allá de reunir el diezmo o anticipar el clima del día siguiente.

—¿Sabes cuánto tiempo ha pasado desde entonces? —El samurái dudó ante la pregunta, pero no se atrevió a aventurar una respuesta—. Estamos en el Catorce de Tenshō* —le informó su invitado.

—Cuatro años —musitó Kenzaburō, consternado—. Hemos vivido cuatro inviernos en esta montaña… Aquí es todo tan confuso, el frío se retira para volver pronto. Estaba seguro de que habían transcurrido más de dos años, quizás tres…, pero ¿cuatro?

Seizō, que calentaba la jarra de sake sobre el brasero sin perder detalle de la conversación, se sobresaltó en silencio. Al igual que a su maestro, le costaba creer que llevaran allí cuatro años, pero si aquello era cierto, significaba que debía haber cumplido ya los diecisiete. Por

---

* Año Catorce de la era Tenshō: 1586

primera vez pudo sopesar de manera tangible cuál era el sacrificio que estaba haciendo.

—Con el paso de los meses y los años, llegué a creer que tu llamada nunca llegaría —continuó el visitante—, que quizás me habías liberado de mi compromiso. Te confieso que incluso tenía la esperanza de que la locura o la montaña hubieran dado contigo.

Kenzaburō levantó la cabeza y sonrió, algo extraño en él.

—Le di la carta a un peregrino que se encontraba de paso en el templo al pie de la montaña —dijo el samurái—, le indiqué que podía dejarla en cualquier monasterio de Iga.

—Así lo hizo, me llegó hace dos meses.

—¿Pueden prescindir de ti, entonces?

—No. Pero no me darás opción, ¿verdad?

—Así es. Tienes una deuda ineludible.

El viajero apoyó las manos sobre sus muslos y se inclinó hacia delante.

—¿Sabes qué sucedió después de la muerte de Oda? ¿Sabes cuál es el precio que me estás haciendo pagar? —Su anfitrión frunció el entrecejo y guardó silencio, a la espera de la respuesta—. Toyotomi acabó con el traidor y tomó el lugar de su señor. Y aunque no se ha atrevido a proclamarse shogún, porque el resto de los generales lo habrían impedido, dada su estirpe, ha conseguido que lo llamen Taiko y ha convencido a todos para que su puesto como regente pase a su hijo llegado el momento.

—Ya te he dicho que las intrigas políticas no me incumben.

—No lo entiendes. Toyotomi pretende ser shogún de facto, pretende que su poder sea sucesorio. ¿Comprendes la afrenta que eso supone para mi señor y sus aliados?

—Quizás ha llegado el momento de que los hombres de Iga reviséis vuestras lealtades. En el pasado no tuvisteis problemas en hacerlo.

El viajero, lejos de ofenderse, prorrumpió en una sonora carcajada.

—No sería inteligente por nuestra parte. Una nueva guerra se avecina, es cuestión de tiempo, y el señor Tokugawa es astuto y conspirador. ¿Qué mejor señor para los míos? Además, haríamos mal en abandonarlo ahora, pues en la corte de Toyotomi todas las cuotas de poder están comprometidas, no así con Tokugawa, que sabrá recompensar a sus leales. Si hay guerra y el poder se subvierte, los hombres de Iga tendremos un papel clave en el nuevo gobierno.

—Un papel en las sombras —masculló Kenzaburō en tono desaprobatorio.

—Ese siempre ha sido nuestro caso. La gloria y el honor son para los samuráis, nuestras aspiraciones son más terrenales.

—Prefiero no saber nada más de tus conspiraciones, no es eso lo que me interesa de ti —dijo Kenzaburō, intentando zanjar un tema que le desagradaba profundamente.

—¿Y tú, samurái? Mi jefe podría hablar por ti ante Ieyasu Tokugawa. El nombre de Arima aún es respetado de costa a costa y muchos daimios estarían encantados de contar con el poderoso general de los Ikeda entre sus fieles. ¿Por qué no rendir vasallaje a Tokugawa? ¿Acaso la razón de ser de un samurái no es tener un señor al que servir?

—Yo aún sirvo a mi señor —fue la respuesta de Kenzaburō, y el visitante comprendió que hasta ahí llegaba su propuesta.

El veterano guerrero se volvió hacia Seizō, que ya no sabía cómo disimular para parecer ocupado, y le hizo venir.

—Sírvenos y siéntate junto a nosotros, tenemos que hablar.

La invitación de su maestro lo tomó por sorpresa, pero se apresuró a servirles el sake y a sentarse junto a ellos, si bien no entendía qué pintaba él en aquella conversación. El visitante levantó el platillo de cerámica, sorbió el licor templado y dio las gracias con educación. Kenzaburō asintió y por fin se dirigió a Seizō:

—Este hombre es Fuyumaru, ha venido a cumplir con una palabra dada hace mucho tiempo, antes de que nacieras. Me debe algo, y hemos acordado que el valor de esa vieja deuda es el de tres años de su vida. Será, por tanto, lo que permanecerá con nosotros para enseñarte.

—¿Enseñarme? —preguntó Seizō, frunciendo la mirada.

—Durante las tardes y las noches, tu formación correrá a su cargo.

—¿Por qué necesito otro maestro? —protestó el muchacho, pues la idea de convivir y estudiar durante tres años con aquel intruso le disgustaba en grado sumo—. ¿No tengo suficiente con sus enseñanzas, *sensei*?

—No, Seizō. Fuyumaru te adiestrará en artes que yo ignoro.

—Pero soy un samurái, el camino de la espada es todo lo que necesito aprender.

Kenzaburō le miró a los ojos, no enojado por aquel nuevo gesto de rebeldía, sino con una mirada cargada de comprensión, incluso de compasión. Le puso la mano sobre la cabeza.

—Seizō, no pienso enviarte a una muerte segura. Para recorrer tu camino no te bastará con ser más hábil y astuto que tus enemigos, deberás recurrir a todo aquello que te pueda ayudar, y hay cosas en este mundo que yo no puedo enseñarte. No te preparo para el campo de batalla, te adiestro para otro tipo de guerra, una en la que no tendrás aliados y en la que no todos tus enemigos tendrán rostro. —Kenzaburō miró de soslayo a su invitado—. Es necesario que atiendas a todo lo que él pueda enseñarte, pero confío en tu sabiduría para discernir lo correcto de lo incorrecto. Recuerda cuál es el camino justo que debe seguir todo samurái.

Seizō observó con desdén a Fuyumaru, que bebía de su taza con los ojos cerrados, como si permaneciera ajeno a la conversación.

—Pero ¿qué puedo aprender de este hombre, *sensei*? —preguntó finalmente sin tapujos.

El viajero rio, divertido ante semejante descaro, y entre sorbo y sorbo respondió a su nuevo discípulo:

—Esa es una pregunta que deberías hacerte a ti mismo, muchacho. Yo solo puedo enseñarte, lo que aprendas dependerá completamente de ti.

* * *

El cielo amaneció limpio como un lienzo por pintar, el arroyo corría bajo una fina capa de hielo que el sol aún no había quebrado, y la escarcha crujió bajo las sandalias de Seizō cuando este salió a la terraza.

El nuevo inquilino, al que habían acomodado en la casa de abastos, se encontraba sentado en el escalón que daba acceso al *dojo*. Se abrigaba con una gruesa capa de mil remiendos y fumaba en una pipa larga. Desde allí saludó al muchacho con una inclinación de cabeza, y este se apresuró a volver el rostro, incómodo, pues quería limitar el contacto con aquel hombre a lo estrictamente imprescindible. Sin mediar palabra, Seizō comenzó su rutina habitual y subió corriendo al nacimiento del riachuelo con los dos pellejos vacíos.

La mañana fue dura, como lo era siempre; sin embargo, ese día era distinto a los demás, pues por primera vez en mucho tiempo se encontraba expectante. De vez en cuando levantaba la vista hacia el cielo, atento al paso de las horas, y había en sus ojos una creciente curiosidad. Después del almuerzo, enjuagó los utensilios en las gélidas aguas del arroyo y, por fin, se preparó para su primera lección bajo la tutela de Fuyumaru.

Su nuevo maestro lo aguardaba en el *dojo*. Al llegar, Seizō lo encontró con las piernas cruzadas y las manos reposando en la posición de la flor de loto. Una varilla de incienso ardía frente a él.

El joven aprendiz se acomodó en el tatami y esperó en silencio, sin interrumpir su meditación. Al cabo de un rato, Fuyumaru abrió los ojos y esbozó una amplia sonrisa.

—Sabrás disculparme si me muestro algo torpe, hace tiempo que no enseño nada a nadie —dijo a modo de saludo.

—¿Acaso antes has tenido aprendices a tu cargo? —preguntó Seizō, extrañado.

—Así es, durante un tiempo, de hecho, fui maestro antes que cualquier otra cosa.

—¿Y qué enseñabas?

—Dependía. No todo el mundo precisa de los mismos conocimientos.

—Por supuesto —asintió el alumno con gesto escéptico, ya que tales ambigüedades eran lo que esperaba de aquel hombre.

Fuyumaru se tomó un instante para decidir cómo encaminar la conversación, pues sabía bien que los primeros pasos de una relación eran importantes: una impresión temprana podía no ser definitiva, pero llevaba su tiempo cambiarla. Y su nuevo discípulo le pareció un muchacho poco dado a cambiar de opinión.

Antes de proseguir, observó a Seizō con detenimiento: era un joven delgado, de músculos bien desarrollados y reflejos afilados por el entrenamiento de Kenzaburō Arima; se movía con la contención de alguien que había llegado a ser consciente de cada uno de sus movimientos. Ciertamente, su cuerpo evidenciaba los resultados de un estilo de vida inclemente, pero no así su carácter, que pese a mostrarse hosco y desconfiado, Fuyumaru juzgó carente de malicia. Al fin y al cabo, aquel chico no tenía mundo, y su cabeza estaba imbuida de conceptos como justicia, honestidad y honor; hermosas aspiraciones que nada tenían que ver con la verdadera naturaleza de los hombres.

—Creo que hemos empezado con mal pie —dijo Fuyumaru—. No te dejes condicionar por nuestro primer encuentro, no te deseo ningún mal. El episodio de ayer tenía un doble objetivo: aprender algo de ti al tiempo que te enseñaba una valiosa lección.

Seizō no alteró el gesto ni dijo palabra alguna, se limitó a sostener la mirada de aquel que pretendía ser su maestro. Este asintió antes de volver a hablar.

—Entiendo tu desconfianza, pero nos guste o no, pasaremos mucho tiempo juntos. Te propongo algo, un ofrecimiento que jamás he realizado a otra persona y que no te volveré a hacer. Pregúntame lo que quieras, contestaré con sinceridad. Quizás así llegues a confiar en mí.

El muchacho aguzó la mirada con recelo, pero no pudo resistirse a tal oferta.

—Muy bien, ¿quién eres en realidad y por qué estás aquí?

—Estás desaprovechando una oportunidad única —le recriminó su nuevo tutor—, ya conoces las respuestas a esas preguntas. Soy Fuyumaru y estoy aquí porque tu maestro me ha hecho venir, no hay más de lo que ves.

—¿Fuyumaru, nada más? ¿Qué clase de nombre es ese?

—Es el nombre que elegí, no necesito otro. Fuyumaru, «El que camina contra el viento», me han llamado; también «Hermano de zorros» y «Ala de cuervo», y otros nombres menos poéticos. Pero créeme cuando te digo que, entre los que me conocen, mi nombre no conduce a equívocos.

—Por supuesto —respondió Seizō, descreído—. ¿Y a qué te dedicas?

—No me defino por una profesión o casta, muchacho. Soy muchas cosas, según las necesidades y lo que se precise de mí. Los próximos años, al parecer, seré tu maestro.

—Lo suponía, no piensas decirme nada. Tan solo divagar.

—¿Eso crees? La verdad es compleja, Seizō, quien te ofrezca respuestas sencillas a menudo te estará engañando.

—Ajá. Respóndeme a esto entonces, ¿de qué te conoce mi maestro?

—Nuestros caminos coincidieron por un momento, fuimos aliados ocasionales, pero actuó de manera desinteresada, fue mucho más allá de lo que exigía nuestra alianza, y contraje una deuda con él.

—¿Aliados? —repitió Seizō—. No me imagino de qué modo. Kenzaburō-*sensei* fue general en cien batallas, ¿cómo podría aliarse con un mendigo?

—La guerra, muchacho, también es compleja. Va más allá del campo de batalla y hay cosas que tu maestro no te contaría.

—Él nunca me ocultaría nada.

—¿Estás seguro? —dijo Fuyumaru con malicia—. Supongo que estarás versado en la *Estrategia Militar* de Sun Tzu.

—Sí. Raro es el día en que no debo recitar algún pasaje.

—¿Qué sabes, entonces, del decimotercer capítulo de dicho volumen?

—¿Decimotercero? Las enseñanzas del venerable general solo tienen doce títulos.

—Es habitual que los samuráis, en su hipocresía, omitan la última de estas enseñanzas. Pero los señores de la guerra no dudan en recurrir a lo que allí se explica cuando es necesario. —Por primera vez, parecía que Fuyumaru hablaba completamente en serio, no había doblez ni cinismo en su voz—. Si de verdad quieres saber quién soy, pregúntale a tu maestro por el capítulo olvidado de Sun Tzu. Mientras él no sea capaz de responderte, no te atrevas a cuestionar mi honestidad.

Pronunció estas últimas palabras con tal severidad que Seizō llegó a sentirse intimidado.

* * *

A pesar de la inquietud que aquella primera conversación con Fuyumaru había sembrado en Seizō, en los meses siguientes no se atrevió a mencionar a Kenzaburō sus dudas, ni a indagar sobre el misterioso decimotercer capítulo. Pero si realmente existía, se dijo que bien podía imaginar su contenido basándose en las extrañas enseñanzas de Fuyumaru.

Aquel hombre también era un tutor inflexible y eficaz, pero de una manera distinta a la de Kenzaburō Arima. Mientras que este apelaba al deber y al amor propio para obligarle a forzar sus límites, Fuyumaru jugaba con la curiosidad innata que supo ver en Seizō para despertar en él un anhelo real de aprendizaje.

No era extraño, por ejemplo, que mencionara un remedio capaz de sanar en una noche los músculos maltrechos por el intenso entrenamiento. Cuando Seizō preguntaba en qué consistía, no recibía una respuesta directa, sino una propuesta del tipo «memoriza el dibujo de esta planta y sal a la montaña a buscarla». Solo al volver con la hierba tras una larga búsqueda, la instrucción se completaba con una detallada explicación sobre cómo macerar con el extracto del tallo un ungüento para los músculos doloridos.

Por supuesto, aquella manera de alentar la curiosidad del muchacho no era más que una de las muchas utilidades que Fuyumaru daba a su talento para manipular a las personas, y Seizō así supo verlo, pues no solo aprendía de lo que le decían, sino también de lo que observaba.

Con el paso del tiempo, Fuyumaru adiestró a su alumno en conocimientos de lo más dispares y variados: le explicó cómo era la estructura de las diversas clases de edificaciones, desde castillos a templos o almacenes, y le mostró en qué puntos iniciar un fuego según se quisiera provocar un desalojo sin dañar el armazón o se buscara echar abajo la estructura. También le enseñó cómo preparar venenos y antídotos; cómo dormir siendo consciente de lo que sucede a tu alrededor; a intuir el peligro observando la naturaleza y el entorno; cómo tratar todo tipo de heridas; técnicas de lucha que Kenzaburō nunca había mencionado, desde quebrar articulaciones hasta la forma de golpear en las uniones de las armaduras para romper los huesos con las manos desnudas. Le enseñó a orientarse con la luna y las estrellas, y a calcular distancias apoyándose en estas. Le mostró cómo preparar una pasta sólida que, envuelta en hojas de malva, podía alimentar a un hombre durante días con pequeñas porciones.

Pero, sobre todo, lo introdujo en el arte de la ocultación: «De noche, Seizō, debemos ser invisibles —le explicaba—. Las sombras son nuestro refugio, la luna nuestra enemiga. De día, por el contrario, debemos ser uno más entre tantos para no levantar sospechas, confundir al que nos busca poniéndonos ante sus ojos. Esos son los principios básicos del subterfugio».

Todas aquellas artes conformaban lo que Fuyumaru llamaba el reino de los gatos, «donde habita el engaño, lo esquivo y la sombra». Seizō, fascinado, ansiaba saber cada vez más de aquel reino, y Fuyumaru le abría sus puertas de par en par, entusiasmado por la sagacidad de su alumno, que asimilaba sus enseñanzas con pasmosa facilidad.

Kenzaburō, por el contrario, observaba en grave silencio la evolución de su protegido, temeroso de que aquellas tinieblas terminaran por engullirlo y jamás se lo devolvieran.

Capítulo 23

Padres e hijos

El día era radiante y el paisaje invitaba al optimismo. Descendían de una larga travesía por las pedregosas cordilleras de la provincia de Kaga y, por fin, veían a sus pies el frondoso bosque que les daba la bienvenida a casa. Más allá de los cedros y los pinos, en la distancia, se oteaban las vastas llanuras de Echizen. Pese a la belleza del paraje, acentuada por el rumor de las cascadas que saltaban de roca en roca a sus espaldas, Yukie no disfrutaba del viaje. Junto a ella cabalgaba el hijo de su señoría, fiel a su costumbre de abandonar el palanquín y marchar al frente de la columna, junto al comandante que la conducía.

—¡Observa nuestras tierras, Yukie! —clamó Susumu Yamada—. ¡La orgullosa herencia de mis antepasados!

La mujer, sin embargo, escrutaba los acantilados que aún les rodeaban y el palpitar del bosque, abajo en la distancia. Una bandada de pájaros levantó el vuelo desde un grupo de encinas al noroeste de su posición; quizás nada importante, o quizás el agüero de que algo no iba bien. Llamó la atención de uno de los arqueros que cabalgaba más atrás y, con un gesto de la mano, le indicó que vigilara aquella zona. El samurái asintió sin necesidad de mediar palabra, pues era bien sabido que las unidades de la comandante Endo siempre estaban preparadas.

—Pronto llegaremos al bosque —indicó la samurái—. Quizás deberías volver al palanquín, aquí estás demasiado expuesto.

Yukie, cuatro años mayor que Susumu, siempre había tratado al último hijo vivo del daimio como a su hermano menor, ya que

407

prácticamente habían sido educados como tales. Si bien en presencia de otros se atenía a la pertinente ceremonia, en el trato cotidiano a ambos les habría resultado extravagante no conducirse con la familiaridad que se habían mostrado desde que tenían uso de razón.

Quizás fruto de aquella confianza, el joven señor desdeñó con ligereza la advertencia de la comandante de su guardia y se limitó a reclinarse sobre su montura y palmear el cuello del animal.

—He estado dos días encerrado en ese templo, negociando absurdos tratados comerciales con los mezquinos vasallos de los Maeda, ¿y ahora pretendes mantenerme enjaulado en ese palanquín? ¡Ojalá preparen una emboscada contra nosotros en ese bosque! —exclamó a voz en grito Susumu, para que todos lo escucharan—. Al menos así este viaje merecería la pena.

Yukie, en su paciencia infinita, logró evitar una mirada de resignación y mantuvo el gesto incólume, concentrada en todo lo que se movía a su alrededor. Durante años había aprendido a tratar con el temperamento de Susumu; aun así, debía recordarse muy a menudo que aquel joven de carácter impetuoso ya no era un niño al que se podía ignorar, sino el hombre que acaudillaba los ejércitos del clan Yamada.

—Cuando lleguemos a Fukui —dijo la comandante—, podrás dejarte matar por quien quieras. Pero mientras yo responda de tu seguridad ante tu padre, evitaremos los riesgos innecesarios.

La mujer llamó a uno de los exploradores de la columna, que espoleó su montura hasta ponerse al paso de ellos, y le dio indicaciones para que se adelantara e inspeccionara la vereda que atravesaba el bosque. Cuando el hombre hubo partido al galope, Susumu esbozó una sonrisa condescendiente.

—Las mujeres, al igual que los viejos, rehuís la confrontación a toda costa. Mi padre, por desgracia, adolece de la misma debilidad. Ha perdido el carácter que demostró antaño.

—Solo un necio confunde prudencia con debilidad.

—¿Prudencia? —rio, sarcástico, el joven señor—. ¿Sabes cómo habríamos solucionado en otra época estos acuerdos comerciales con la gente de Kanazawa? A fuego y espada. Toda la ruta de Hokurikudo* estaría ya bajo el dominio de los Yamada, pero la debilidad hace

---

* Hokurikudo: «El camino de las tierras del norte» era la ruta que recorría el norte de la principal isla del archipiélago japonés (Hondō, actualmente Honshu), uniendo las antiguas provincias de Wakasa, Echizen, Kaga, Noto, Etchu, Echigo y Sado.

mella en nuestro clan. Mientras mi padre ostente el poder, estaremos limitados.

La indignación hizo que Yukie crispara los puños en torno a las riendas y su caballo amagó un corcovo. Aunque en el seno del clan todos conocían la postura de Susumu, no por ello resultaba menos doloroso escuchársela decir con semejante saña y arrogancia.

—Puede que algunos no lo creáis, pero somos muchos los que damos gracias por que tu padre aún lidere nuestro clan. Él ha comprendido que el mundo ha cambiado, ahora hay un shogún que gobierna de norte a sur y de este a oeste; las guerras han terminado, los clanes que no sepan adaptarse acabarán desapareciendo.

—Hablas como el *karo* Yamaguchi —bufó con hartazgo el joven Yamada—, ¿de verdad tú también eres tan ingenua? ¿Crees que las guerras acabarán algún día?

—Solo si hay un señor tan fuerte como para someter al resto.

—La guerra nunca cesa, Yukie. Es inherente a los hombres mientras tengan fuerzas para acometerla, es el lenguaje que todos entienden y respetan. Sin embargo, la vejez de nuestro señor nubla su visión, le impide discernir lo mejor para nuestra casa. Sus manos tiemblan y ya no puede empuñar la espada, solo es cuestión de tiempo que nuestros enemigos también vean su debilidad. Fue un gran daimio, pero su tiempo ya pasó. —Y con los ojos muy abiertos, contemplando la grandeza de una época solo referida, alargó la mano y aferró a Yukie por el hombro—. Tú, sin embargo, harías bien en escuchar a tu padre. Él no ha olvidado la gloria de los días pasados.

—Esa misma gloria se llevó a tus dos hermanos mayores y al mío —musitó la mujer con voz áspera—, no hay nada que celebrar en aquellos días.

Susumu sonrió, temerario, poseído por su visión.

—Murieron como samuráis, empuñando sus espadas al servicio de su señor. ¿Acaso hay mejor manera de abandonar este mundo? Ojalá algún día cruce el río Sanzu* tras sus pasos.

Yukie sacudió la cabeza, consternada por tanta necedad.

—Espero no ir jamás a la guerra a tu lado. Cuando un general está ansioso de gloria, acaba conduciendo a sus hombres a una muerte sin sentido.

---

* Sanzu (Sanzu-no-kawa) es el río que se cruza para llegar al reino de los muertos, similar al mito griego de la laguna Estigia.

—¿Acaso desoyes las palabras de tu propio padre? —preguntó él con cinismo.

—Oigo las de mi señor, que es a quien debo lealtad por encima de todo y de todos. Harías bien en recordarlo.

Aquella advertencia hizo a Susumu prorrumpir en una carcajada hiriente y, aunque Yukie le profesaba un gran afecto, no pudo evitar la sensación de que no le gustaba el hombre en que se había convertido.

—Siempre fuiste demasiado prudente, Yukie —se burló de ella, para añadir en tono más serio—: Pero no temas cabalgar a mi lado; cuando llegue la guerra, permanecerás en el sitio que te corresponde.

Dicho esto, espoleó su montura y se lanzó en el fragor del galope hacia el cercano bosque de cedros.

* * *

Ekei había bajado hasta el bosque que rodeaba la fortaleza para recoger algunas hierbas de uso común. Se encontraban sin problemas entre los arbustos y disfrutaba recolectándolas por sí mismo, en lugar de acudir a alguna de las herboristerías del barrio comercial. De su hombro colgaba una bolsa de piel con numerosos compartimentos donde guardaba, cuidadosamente clasificadas, las hojas, raíces y frutos que había recogido en la última hora. Ahora, sin embargo, había hecho un alto en su labor y se inclinaba sobre el mismo rosal que llamara su atención semanas atrás: por segunda ocasión en menos de un mes, había encontrado enredada entre las pequeñas rosas silvestres una rosa blanca cultivada.

Con suma delicadeza, la desprendió del arbusto y la contempló curioso. La flor era, en sí misma, una coincidencia imposible, pero antes de que pudiera hacer conjeturas, el suelo comenzó a vibrar bajo sus pies. Por un momento pensó que se trataba de un incipiente temblor de tierra, pero pronto comprendió que el murmullo era una columna de caballería. Se secó el sudor de la frente y se volvió hacia el camino para observar cómo los primeros jinetes de una larga comitiva enfilaban la senda en dirección al castillo.

Uno de los samuráis se separó de la formación y detuvo su montura junto a él.

—Ekei Inafune —lo saludó con una sonrisa sincera.

—Yukie Endo —respondió él con igual afecto—. Por lo que veo, regresa de un viaje largo.

—Volvemos de Kanazawa. El señor Susumu Yamada ha sido enviado allí en delegación de su padre para cerrar acuerdos comerciales. —El médico asintió, con los ojos entornados a causa del sol apenas filtrado por los árboles—. ¿Y usted? ¿Qué está haciendo?

—Nada tan importante, simplemente recogía hierbas que pueden serme útiles. Algunos médicos lo consideran una tarea ingrata, pero yo creo que es bueno mancharse los dedos de tierra de vez en cuando. —Y bajando los ojos hacia la rosa que sujetaba en la palma abierta, añadió—: Aunque ahora mismo me encontraba intrigado por esta flor. La he encontrado en este rosal salvaje, pero es evidente que no puede haberse dado aquí.

—No —aseveró ella con naturalidad—, pertenece a la casa de las rosas.

—¿La casa de las rosas?

—Sí, es una vieja casucha perdida en algún lugar de la arboleda. Por lo que sé, era la residencia del jardinero del castillo cuando este bosque aún cumplía una función ornamental, en los tiempos del padre de nuestro señor. Ahora apenas es una choza abandonada, pero algunas de las flores que cultivaba aquel hombre continúan allí, aunque el lugar está casi devorado por la maleza. De pequeños solíamos visitarlo para jugar y escondernos, seguro que alguien irá todavía a recoger flores y se le debe haber caído alguna.

—Ajá —asintió Ekei—. Entonces el misterio está resuelto.

—En compensación, deberá prestarme un servicio.

—Por supuesto.

—Deberá atendernos como médico en nuestro próximo entrenamiento. Las contusiones no son infrecuentes a causa del entusiasmo de algunos de los *bushi,* y hace tiempo que se comprometió a hacerlo.

—Será un placer —sonrió Inafune—. Además, no puedo negar que tengo interés por verla combatir. No todos los días se puede ver a una mujer empuñando el *bokken* contra varios hombres.

—Bien, mañana podrá satisfacer su curiosidad. Antes del atardecer, en el *dojo* de la guardia.

El médico asintió y se despidió de Yukie, que regresó a la larga columna que constituía la guardia de Susumu Yamada. Entonces volvió a contemplar la rosa que sujetaba entre los dedos. Mientras la hacía girar por el tallo cortado, pensaba en que había más de una forma de encender una lámpara por la noche a modo de señal.

* * *

El lugar donde entrenaba la guardia personal del daimio y los oficiales de más alto rango no concordaba con el concepto que Ekei Inafune tenía de lo que debía ser un *dojo,* pues se trataba de un inmenso pabellón que se elevaba hasta perderse entre penumbras apuntaladas por largas vigas. Y si bien un pequeño ejército podría haberse congregado allí, apenas una veintena de samuráis se ejercitaban entre los cuatro tapices que exhibían el *mon* del sol dorado sobre el mar en calma. Lo vacuo de aquel espacio quedaba subrayado por el eco que producían los gritos de los guerreros y el restallar de las espadas de madera.

El médico se acomodó discretamente en una tarima instalada, probablemente, para los espectadores de los torneos que allí debían celebrarse en ocasiones especiales. Por toda compañía, su cajón de madera de cerezo, que había llenado con lienzos limpios y ungüento para contusiones, por si finalmente alguien reclamaba sus servicios.

Pero hasta el momento la velada había sido tranquila y el maestro Inafune se había limitado a disfrutar del espectáculo: los *bushis* se enfrentaban por turnos en combates con *bokken* que se decidían a favor del que lograra el primer golpe y, hasta ahora, todos habían mostrado contención en sus ataques. Su atención se repartía entre dos frentes: por un lado, los oficiales, y entre ellos, Yukie Endo, vestida con el kimono de entrenamiento que llevaban todos sus iguales, ensayando técnicas contra un poste de madera mientras esperaba su turno para batirse en combate. En el otro extremo de la amplia sala se enfrentaban los miembros de la guardia personal, entre los que se hallaba Asaemon Hikura. El samurái con el rostro marcado destacaba por su expresión ausente y su actitud descortés, pues no se sentaba en *seiza*[*] como el resto de los presentes, sino que tenía los brazos fuera de las mangas del *haori,* cruzados sobre el pecho, y el *bokken*

---

[*] *Seiza:* hace referencia al modo correcto de sentarse en la cultura japonesa, sobre todo en ocasiones formales. Consiste en sentarse de rodillas, los empeines contra el suelo y el peso del cuerpo descansando sobre los talones. La espalda debe estar recta y las palmas de las manos sobre los muslos o el regazo.

apoyado contra la pared. Ekei negó con la cabeza al verle, pero observó que nadie parecía ofendido. Quien más, quien menos, todos debían estar habituados a la extravagancia de aquel hombre.

Los combates se fueron sucediendo y Yukie debió enfrentarse a diversos oponentes, demostrando una y otra vez que podía llegar a ser una adversaria temible, pues supo imponerse en muchos de los duelos que disputó. Su técnica con el *bokken* era sumamente depurada, se movía con rapidez y suplía su inferioridad física con una ferocidad que llegaba a desconcertar a sus rivales. Intentaba llevar la iniciativa en cada combate y avasallar a su adversario con sucesivas fintas y golpes hasta hacer saltar por los aires la defensa del oponente. Muchos cayeron bajo su espada y, aunque los espadachines más versados supieron imponer su fuerza y velocidad, nadie habría podido discutir que Yukie era una guerrera digna de servir a su señor.

Entre los que hicieron caer a la hija del general Endo se encontraba el arrogante Tadakatsu Ozaki, el joven oficial que pretendía la mano de Yukie y que insistía en desairarla con su actitud indigna. Por dos veces se enfrentaron y por dos veces la mujer fue derrotada sin paliativos, como lo hicieron todos los que esa tarde se enfrentaron a Ozaki, que demostró una habilidad endiablada con el *bokken*. Algo que, sin duda, no contribuía a infundir humildad en aquel joven petulante, observó Ekei, que siempre había reaccionado de forma visceral ante la arrogancia.

Mientras los duelos entre los oficiales se sucedían de forma rápida y simultánea, con enfrentamientos breves pero intensos, los siete samuráis que conformaban la guardia personal de Torakusu Yamada medían su maestría de forma muy distinta. Consumados espadachines en sus respectivos estilos, los combates entre aquellos hombres eran rituales cuya cadencia cautivó a Ekei, pues había belleza en ellos, con ataques largamente sopesados que desencadenaban un fugaz resplandor de violencia, como el relámpago que ilumina un lago en calma antes de la tormenta. El médico sabía bien que el duelo no se decidía en el breve instante en que las armas se cruzaban, sino en el largo impás durante el cual los rivales se estudiaban el uno al otro, visualizando los posibles movimientos y sus consecuencias, hasta optar por un ataque y un momento concretos.

Tal era la gravedad y concentración de aquellos hombres, que parecía que esgrimieran acero y no filo de madera. Solo uno de ellos se abstenía de participar: Asaemon Hikura, que permanecía ajeno al entrenamiento, contemplando los duelos con rostro ausente sin que nadie le invitara a cruzar armas. Ekei observó desde la distancia a ese hombre al que comenzaba a considerar un amigo, y se preguntó qué le llevaba a seguir adelante con una forma de vida por la que sentía, aparentemente, tanto desdén.

Cuando los entrenamientos concluyeron y los participantes comenzaron a departir entre sí, con rostros exhaustos pero satisfechos, el médico recogió el *yakuro* y se dispuso a retirarse discretamente.

—Maese Inafune —lo llamó una voz que se elevó sobre las demás—, no sabía que le interesara el arte de la espada.

Ekei se giró para encontrarse, frente a frente, con Tadakatsu Ozaki. La sonrisa ladina del samurái desmentía la cordialidad de sus palabras. Entonces recordó el cruce de miradas que en su momento mantuvo con aquel joven, y comprendió que, para una mente tan simple, aquello podía entenderse como un agravio que debía ser reparado.

—No he venido por curiosidad, caballero Ozaki. La comandante Endo solicitó mi presencia por si alguien resultaba herido.

El samurái forzó aún más la sonrisa hasta convertirla en un rictus, y a Ekei le quedó claro que desvelar que estaba allí por petición de Yukie había sido, cuando menos, un tanto torpe.

—Como verá, su presencia era del todo innecesaria.

—Afortunadamente —asintió el médico—. Si me disculpa.

Ekei intentó dar por zanjada la conversación e hizo ademán de marcharse, pero Ozaki lo retuvo de nuevo.

—Me han dicho que sabe defenderse, maestro Inafune. Hay quien asegura haberle visto salir indemne de un altercado en un local poco recomendable. ¿Por qué no me muestra qué es lo que sabe hacer?

Para dejar claro que no se trataba de una petición, Tadakatsu Ozaki extrajo uno de los dos *bokken* que llevaba a la cintura y se lo lanzó al médico para que lo recogiera. Ekei Inafune no hizo ademán de moverse y la espada golpeó el suelo con estrépito. En ese punto, casi todos estaban ya pendientes de ellos.

—Le han informado mal —negó Ekei, al tiempo que se preguntaba cómo alguien pudo identificarlo en la taberna de mala muerte a la que lo arrastró Hikura, cuando ni siquiera vestía el blasón del clan—. Soy un médico, no un guerrero. No sé empuñar un arma.

—Por supuesto. Pero eso no significa que no sepa luchar. Ahora le atacaré y usted nos mostrará cómo es capaz de defenderse de un arma blanca con las manos desnudas.

Era evidente que el joven pretendía amedrentar al médico y, muy probablemente, aquello no habría ido a más si Ozaki hubiera obtenido su venganza en forma de súplica lastimera. Sin embargo, Inafune no parecía dispuesto a darle tal satisfacción. En su lugar, levantó la barbilla y miró al samurái con expresión impasible, incluso condescendiente, dejando claro a los presentes que aquel niño envanecido no le infundía el más mínimo respeto, y mucho menos temor. Aquello obligó a Tadakatsu Ozaki a llevar la situación más allá de lo que, quizás, tenía previsto en un principio.

Armó la guardia y separó las piernas en actitud de combate, y durante largo rato esperó que su adversario reaccionara, pero Inafune se limitaba a observarle con los brazos a un lado y la mirada tranquila, como si no se encontrara allí. Según se dilataba el momento y el silencio de los presentes, la serenidad del médico se iba traduciendo en una creciente ansiedad para el joven oficial, hasta que, sintiéndose en evidencia, gritó y descargó su ataque: la hoja de madera trazó un violento arco que cayó sobre el cuello de Ekei.

Algunos de los presentes apretaron la mandíbula, otros incluso entornaron los ojos, pero el médico se mantuvo impasible, la mirada afrontando la hoja que se aprestaba a romperle el cuello. Sin embargo, el terrible golpe no llegó a producirse, pues Ozaki detuvo el filo a un dedo de distancia. Con el rostro contraído y cubierto de sudor, como si fuera él el que acabara de ver a la muerte restallar ante sus ojos, el samurái retiró el *bokken* lentamente.

Durante un instante no supo qué hacer y permaneció con la espada a un lado, sus dientes tan apretados que Ekei habría jurado que podía escuchar cómo se quebraban uno a uno. Pero antes de que alguno de los dos pudiera hacer o decir algo más, un súbito murmullo recorrió a los espectadores, que comenzaron a apartarse para abrir paso al samurái de más alto rango allí presente: el general Yoritomo Endo, un hombre de tal estatura que difícilmente pasaría inadvertido entre una multitud. Tenía fama de persona afable y educada, poco dada a la afectación que mostraban sus pares; quizás porque, a lo largo de su vida, su imponente aspecto le había bastado para granjearse el respeto que otros buscaban mediante un carácter hosco.

Sin embargo, no era afabilidad lo que irradiaba el rostro de Endo en ese momento.

—¡Caballero Ozaki! —exclamó el general—. Está avergonzando el nombre de su familia.

El joven samurái se envaró al escuchar la voz tras de sí. Cuando se giró y contempló el severo rostro de su superior, el hombre que lo había rechazado como yerno, trató de disimular su frustración escondiendo la barbilla contra el pecho. Yoritomo lo mantuvo clavado al suelo con la mirada, pero el general sopesó que no era el mejor momento para aleccionar al joven militar; avergonzarlo delante de todos sería forzar aún más el impredecible carácter de aquel hombre.

—Retírese, hablaremos más tarde de lo que ha sucedido.

—Sí, señor —asintió Ozaki con una profunda reverencia, y giró en redondo para abandonar el lugar con pasos tan largos como su humillación.

Poco a poco, los que habían presenciado la escena comenzaron a retirarse entre murmullos. Muchos no sabían muy bien qué pensar o decir; otros, sin embargo, sonreían abiertamente, complacidos por la extraña derrota que había sufrido Tadakatsu Ozaki, al que no tenían en gran estima.

—Maestro Inafune, lamento lo aquí sucedido —dijo el general—. Si desea presentar una queja formal contra el joven Ozaki, le respaldaré en su declaración.

—Gracias por interceder, pero no deseo llevar esto más allá. Por lo que a mí respecta, no ha sido más que un terrible malentendido.

—Tal como me habían dicho, es usted un hombre prudente, señor Inafune. —Yoritomo dijo esto recuperando su habitual cordialidad, aunque Ekei creyó ver que, tras aquellos ojos sonrientes, se agazapaba una mente analítica—. Espero que no vuelvan a incomodarle.

—Gracias, general.

Los dos hombres se despidieron con una inclinación y Ekei quedó con expresión meditabunda. No se sentía satisfecho ni complacido, pues sabía que aquello, lejos de ser una victoria, no era sino una declaración de guerra. Lo más inteligente, dada su situación y los motivos que allí lo habían llevado, habría sido agachar la cabeza y disculparse humildemente para satisfacer el ego de Ozaki. Pero su orgullo le había vencido una vez más, hasta el punto de crearse enemigos allí donde solo se podía permitir aliados. Con el ánimo sombrío por el desagradable episodio, se agachó para recoger su *yakuro* y, al incorporarse de nuevo, observó que Asaemon Hikura se aproximaba hacia él.

—Vaya, vaya. Te has convertido en todo un maestro en buscar problemas —le espetó el samurái—. Veo que ya no me necesitas para nada.

—No me encuentro con ánimo para soportar tu sarcasmo, Hikura.

El guerrero se cruzó de brazos y asintió divertido, mientras el resto de los que se habían dado cita allí abandonaban el pabellón tras dar por concluido el entrenamiento.

—No diré que no me he divertido; jamás había visto semejante técnica: derrotar a un adversario permaneciendo inmóvil ante un mandoble de espada.

—¿Qué otra cosa podía hacer? ¿Enfrentarme a ese hombre tal como pretendía?

—Podrías haberte humillado ante él, eso es lo que realmente buscaba. Pero el maestro Inafune no es tan dócil y humilde como le gusta aparentar, ¿no es así? Quizás por eso empiezas a caerme bien. Incluso puede que esta noche sea yo el que invite a sake.

—No es la mejor noche —dijo Ekei, rechazando la oferta—. Pero eso no te exime de tu palabra, pagarás la próxima vez —sonrió al fin.

—Como quieras. Pero en lo sucesivo procura no acercarte a Tadakatsu Ozaki cuando estés solo. Apostaría a que no te profesa una gran simpatía. —Por un momento, el samurái había adoptado un tono serio—. Lo que has hecho ha sido una locura, ¿eres consciente?

—No lo ha sido. Sea cual sea la posición de su padre, también debe respetar unas normas y responder ante la ley. No puede atacar a un vasallo del clan sin que medie provocación.

—¿Crees a Ozaki tan sensato como para sopesar las consecuencias de sus actos?

—Aun así, sabía que no iba a completar su ataque, solo pretendía atemorizarme.

Asaemon bufó.

—¿Cómo puedes estar tan seguro?

—Su actitud me lo decía. Cuando un hombre pretende hacer verdadero daño, destila una agresividad casi palpable. Solo aquellos que tienen un gran autocontrol de sus pasiones son capaces de ocultarlo, y ese no es el caso del joven Ozaki.

El samurái negaba con la cabeza mientras escuchaba tales palabras.

—Creo que tienes demasiada confianza en tu clarividencia. Los hombres no son como un libro abierto que puedas leer a tu antojo.

—Algunos no, otros sí —aseveró Ekei—. Pero no está en mi ánimo discutir esta noche.

Hablaban mientras se dirigían hacia la puerta, pues unos sirvientes apagaban ya las lámparas y enjugaban el sudor del suelo con paños de lino.

Una vez fuera, la fresca noche de primavera los saludó con aliento frío. El médico se ciñó el *haori* y cargó el *yakuro* al hombro, dispuesto a despedirse de su compañero, que parecía impasible ante el gélido viento nocturno que llegaba desde el mar.

—A partir de ahora será mejor que no le quites ojo de encima a Ozaki. Procura mantener a tus enemigos bien a la vista, para golpear primero si es necesario —le recomendó Asaemon, estrellando su puño contra la mano abierta.

—No sabía que fueras seguidor de las enseñanzas de Sun Tzu —observó Ekei.

—¿De quién? —preguntó su amigo con genuina ignorancia, y el médico no pudo evitar una carcajada que provocó el desconcierto de su compañero.

Lejos de ofenderse, Asaemon terminó por reír también. Se despidió señalando con una mirada maliciosa hacia la espalda de su interlocutor. Sin entender muy bien el gesto, Ekei se giró para encontrarse frente a frente con Yukie, que se aproximaba vestida aún con el kimono de entrenamiento.

El médico le dio la bienvenida con una sonrisa que despejó muchas de las inquietudes de la mujer.

—Maestro Ekei, no quise interrumpirles. Solo esperaba poder disculparme ante usted. —La comandante Endo realizó una profunda inclinación que incomodó a Inafune.

—No hay razón para que se disculpe. No puede responder por la descortesía de otros.

—¿Descortesía? —repitió ella, con un asomo de furia en los ojos—. Eso ha ido mucho más allá de la descortesía. Créame si le digo que no quedará así.

—Por favor —la tranquilizó el médico—, me temo que, si actúa de algún modo, las cosas solo puedan ir a peor. Como le he dicho a su padre, será mejor dejarlo como está.

—Puede que mi padre le agradezca su discreción, pero no es correcto que la actitud de Ozaki quede sin sanción. Eso solo alentará su insolencia. No hay razón por la que deba tolerar semejante comportamiento.

—No he dicho que lo tolere, pero siempre he sido hombre de librar mis propias batallas. Si Tadakatsu Ozaki vuelve a molestarme, sabré llevar la situación.

Ella negó disgustada ante la obstinación del médico, pero no quiso insistir. Para cambiar de tema, señaló en la dirección por la que se había alejado Asaemon.

—No sabía que tuviera amistad con el caballero Hikura.

Ekei sonrió ante el formalismo.

—No sé si caballero es una definición que case con Asaemon Hikura —apuntó en tono distendido—, pero sí, nos conocemos bien.

—Ciertamente, es un hombre peculiar.

—A su manera, es una persona honesta, pero tiene una visión muy personal del mundo y una escala de valores un tanto particular. Aunque quizás esté hablando demasiado —reconoció el médico—, no lo conozco tan bien, al fin y al cabo. De hecho, me ha sorprendido encontrarle aquí, en una sesión de entrenamiento colectiva.

—Siempre viene, pero nadie ha cruzado armas con él —dijo la comandante—. Desde que entró al servicio de su señoría, solo se le ha visto empuñar el sable en dos ocasiones: en el torneo celebrado con motivo de la mayoría de edad del señor Susumu y en Sekigahara.

—¿Hikura luchó en Sekigahara? —preguntó Ekei, sorprendido.

Yukie asintió.

—Como miembro de la guardia personal de su señoría, Hikura debió acompañarle en cada una de las batallas que comandó personalmente. En un principio, Torakusu contaba las campañas por triunfos y se retiraba del campo de batalla sin necesidad de inmiscuirse en la contienda. Pero en Sekigahara todo fue distinto: nuestro señor, para demostrar su lealtad a los Tokugawa, quiso que el blasón de los Yamada ondeara a la vanguardia del Ejército del Este, donde el enfrentamiento era más cruento. El devenir de la batalla hizo que esta llegara hasta las posiciones donde se encontraba Torakusu, y entonces fue cuando se vio a Hikura luchar como un demonio. Según se dice, su ferocidad era tal que las tropas de Toyotomi se empujaban para apartarse de él. Algunos cuentan que más de cien hombres cayeron ensartados por su lanza o hendidos por su espada, pero ya sabe cómo son estas historias. Sea como sea, aquel día se ganó el respeto que le permite que sus extravagancias sean toleradas.

—Es una historia increíble —reconoció Ekei, a quien le resultaba extraño que Asaemon mostrara tal pasión a la hora de luchar por un señor al que, por aquel entonces, servía desde hacía bien poco. Quizás el corazón del samurái, más que devota lealtad, albergaba un demonio a duras penas aplacado que esperaba una ocasión para desatarse.

—Yo no lo vi, solo puedo repetir lo que me contaron. En aquellos años apenas era una muchacha; durante la guerra solo tuve oportunidad de asistir a una batalla en Mino y fue desde lo alto de una colina, junto a nuestro señor y sus generales, que comandaban desde allí las maniobras. El enemigo más cercano no estaba a menos de cinco *cho* de nosotros.

—Parece que aquello la desilusionó en su momento —observó Inafune, y ella esquivó su mirada.

—Quizás en un principio, pues los jóvenes tienden a idealizar el campo de batalla. Pero en Mino aprendí una valiosa lección sobre el alto coste de la guerra. Supongo que, precisamente, la que mi padre pretendía inculcarme.

En aquel punto Yukie debió interrumpirse, pues alguien cruzaba el gran patio en dirección a ellos: se cubría con una capa y sus *guetas* repicaban apremiantes sobre el empedrado. No tardaron en reconocer a O-Ine Itoo, una mujer poco dada a perder la compostura.

Al llegar hasta ellos, la jefa médica del clan se tomó un momento para saludar educadamente a la comandante Endo, cortesía que no tuvo hacia Ekei.

—Maese Inafune, ha elegido una mala noche para romper su rutina.

—¿Qué sucede? —preguntó Ekei, inquieto ante la premura con que se conducía O-Ine.

—Me temo que debe verlo usted mismo.

Intuyó de inmediato el motivo de aquella irrupción:

—El mal de los barrios mercantiles, ¿no es cierto?

—Ya no es solo de los barrios mercantiles —señaló la médica con voz grave—. Hoy hemos detectado el primer caso en el castillo. Recemos por que no sea el anuncio de una epidemia.

Capítulo 24

La más cruel de las lecciones

D ime, Seizō, si quisieras atrapar a ese gorrión, ¿cómo lo harías? —preguntó Fuyumaru con los ojos cerrados.

Seizō tardó un momento en encontrar al pajarillo posado en una rama.

—No podría, Fuyumaru-*sensei*. Echaría a volar antes de que llegara hasta él.

Ambos se hallaban en la cima de un promontorio que se elevaba sobre un bosque de abetos. A su alrededor, el viento erizaba la superficie de agujas verdes provocando una marejada que barría la arboleda de este a oeste. Las primeras estrellas perlaban el cielo de la tarde.

Ante la respuesta de su alumno, Fuyumaru hundió la mano en uno de los mil bolsillos de su capa y extrajo un puñado de grano. Esparció unos cuantos frente a él, que rodaron brevemente por la ladera desnuda, y dejó la mano extendida con algunas semillas sobre su palma abierta. El tiempo volvió a detenerse, y nada más cambió salvo el color del firmamento.

Seizō se removía y se encogía de frío, abrazándose las piernas para mantener el calor, pero sabía que su maestro quería que aguardara en silencio, así que se limitó a escuchar el ulular del viento. Cuando el sol estaba a punto de ocultarse, el gorrión descendió aleteando y comenzó a picotear los granos. Poco a poco, mientras comía, se acercaba más a ellos para alcanzar las últimas semillas. Y finalmente, cuando ya no quedaron más esparcidas por el suelo, no dudó en revolotear hasta posarse en la palma abierta de Fuyumaru para dar cuenta de los granos que allí quedaban.

El viajero, que continuaba con los ojos cerrados y la cabeza girada hacia el viento, sonrió mientras el pajarillo comía de su mano; cuando el último grano desapareció, el gorrión alzó de nuevo el vuelo al amparo de los árboles. Seizō no dijo nada, pues comprendía cuán necia había sido su respuesta.

—Y si te preguntara ahora cómo atrapar a un hombre del que no conoces ni su nombre ni su aspecto, ni de dónde viene ni hacia dónde va, ¿qué me responderías?

—Intentaría averiguar todo lo posible de ese hombre, aprendería de sus pasiones y motivaciones para saber cuál es su camino en la vida, y lo aguardaría en un recodo de esa senda.

—Así es, muchacho. Preparación y paciencia —indicó Fuyumaru—. Cuando conoces la verdadera naturaleza de un hombre, eres capaz de anticipar sus movimientos y, una vez lo has hecho, ya solo resta tener paciencia. Solo las bestias corren tras su presa.

El maestro abrió los ojos y escrutó el rostro de su discípulo.

—Eres inexperto, Seizō. Eso es lo que más me preocupa de ti, tu aislamiento ha hecho que no sepas cómo es el mundo más allá de estas montañas, cómo son las personas con las que deberás tratar durante el resto de tu vida. Un hombre nunca debe vivir aislado, sin contacto con otras personas, porque se deshumaniza y pierde la perspectiva de lo que importa y de lo que no.

—No si tienes disciplina y fuerza de espíritu —le contradijo el alumno con naturalidad, pues, al cabo de los años, Seizō había descubierto que Fuyumaru era un tutor abierto a la discusión, incluso la fomentaba, al contrario que Kenzaburō Arima, cuyas enseñanzas eran doctrina y tradición, inamovibles como las raíces de la montaña misma.

Y según lo pensaba, se percató de que aquella metáfora podía definir bien a sus maestros: el veterano samurái era la montaña, poderosa y de voluntad inquebrantable; mientras que Fuyumaru era el viento, fluido y versátil, de principios mutables y capaz de adaptarse a cualquier circunstancia hasta obtener lo que quería. Eran dos formas opuestas de comprender la vida y de conducirse en ella, y Seizō se preguntaba con cuál comulgaba más. Aunque en el fondo sabía que, hasta que no abandonara aquel nido de piedra y el mundo saliera a su encuentro, no sabría qué clase de hombre era.

—Muchacho, eres inteligente y capaz como pocos que haya conocido —confesó Fuyumaru—, pero temo que desperdicies tu vida. Mañana tu maestro te conducirá hasta un hombre y te pedirá que lo mates, alguien que nada te ha hecho. Será la primera muerte de un largo viaje al que, muy probablemente, no sobrevivas. Nadie debería desperdiciar su existencia de ese modo, Seizō. Deber, honor… son conceptos vacíos a los que algunos pretenden dotar de más valor que a la misma vida. Un hombre muerto con honor siempre valdrá menos que uno vivo. ¿O acaso durante estos años te ha consolado el sacrificio de tu padre y tu hermano? ¿No preferirías tenerlos contigo?

Seizō apretó la mandíbula ante aquellas palabras, pero Fuyumaru no cejó, dispuesto a llegar hasta el final.

—Debes saber algo que Kenzaburō Arima no te dirá. Te conduces a una senda sin final, tu maestro pretende inmolarte en nombre de una venganza que solo a él importa. Entre los míos la venganza solo tiene sentido para demostrar que no eres débil, para disuadir a tus enemigos, pero no tiene valor por sí misma.

—No me educaron así —respondió Seizō con menos firmeza de la que le habría gustado.

—Sé lo que te han inculcado, pero también sé que piensas por ti mismo y te he visto dudar. Respóndeme a esto: ¿crees que hay personas mejores que otras solo por su casta? ¿Crees justo que un hombre, sean cuales sean sus talentos, esté condenado por siempre a arar la tierra, mientras que otro, por más inepto que se muestre, deba ser retribuido con títulos y parabienes? Yo puedo ofrecerte otro mundo, Seizō, uno en el que el inepto es apartado sin titubeos y el capaz es instruido, como erudito o comandante. Todo lo que has aprendido, el honorable y estricto código de conducta de los samuráis, no es más que una vieja cadena forjada para mantenerlos atados como a perros y asegurar los privilegios de su amo. Servir hasta la muerte, aunque sea al peor de los tiranos.

—Un samurái puede elegir el señor al que servir —dijo Seizō—. Incluso tú y los tuyos servís a uno.

—No ciegamente. El daimio gobierna sus tierras, pero solo nos plegamos a su voluntad mientras también sepa satisfacer nuestros intereses. Si olvida esto, mis hermanos se apartarán de él como los pájaros abandonan los campos que ya no dan fruto. Somos libres.

El discurso de Fuyumaru era encendido y pasional, ya que buscaba desestabilizar las más firmes creencias del muchacho, aquellas sobre las que había cimentado su vida. Sabía bien que los principios inculcados desde la infancia, asimilados de forma irracional, eran una urdimbre fuerte solo en apariencia, y que podía desgarrarse como el papel si se aplicaba sobre él el punzante cuchillo de la duda.

—Solo te diré esto una vez: parte conmigo, Seizō. Marchemos mañana antes del amanecer y serás mi protegido.

A Seizō le habría gustado decir que siempre fue como Kenzaburō, que nunca dudó de su deber. Pero lo cierto es que en ese momento se vio alentado por la posibilidad de escapar de una vida que vislumbraba desoladora y cruel.

—Fuyumaru-*sensei*, respóndame: ¿no habrá muerte en el camino que me ofrece?

Los ojos del viajero se ensombrecieron durante un instante, pues sabía que aquello por lo que había luchado se le escapaba entre los dedos.

—No te engañaré: la habrá a cada paso, pero no serán muertes en vano.

—Aun así, maestro, he contraído una obligación por el mero hecho de nacer. Una obligación con mi linaje y, ahora, con la memoria de mi padre.

Fuyumaru sonrió, aunque en sus ojos se vislumbraba la decepción. Sus palabras fueron ominosas:

—Te auguro una vida triste, Seizō.

Dicho esto, se puso en pie y comenzó a descender el escarpado promontorio al amparo de la noche. Ningún gorrión había comido de su mano esta vez.

* * *

Seizō salió de la cabaña antes de que comenzara a clarear el cielo de levante; al hombro llevaba, como cada mañana, los dos pellejos vacíos que debía rellenar en el nacimiento del arroyo.

—Deja eso, Seizō —le ordenó Kenzaburō, que lo aguardaba sentado bajo el cobertizo—. Vístete adecuadamente y recoge tu *daisho*, bajaremos al poblado que hay más allá del templo.

La súbita ruptura de su rutina cogió de improviso al joven. Hasta la fecha, las contadas ocasiones en que habían viajado, el samurái se lo había hecho saber días antes. Entonces recordó la conversación con Fuyumaru y no pudo evitar un estremecimiento en el pecho.

—Sí, *sensei* —se limitó a responder pese a sus inquietudes.

Poco después, maestro y discípulo recorrían los caminos de montaña en silencio, solo les acompañaban los primeros ruidos de la mañana y el crujir de los guijarros que rodaban pendiente abajo a su paso. Según descendían, Seizō observó que Kenzaburō había escogido un camino distinto al que habían seguido en otras ocasiones. Intrigado, preguntó:

—¿Cuándo descubrió este camino, maestro? La vereda que seguíamos antes apenas era transitable, siempre al filo de cornisas. Esta, sin embargo, es bastante más sencilla de recorrer.

Kenzaburō lo observó por encima del hombro sin detenerse.

—El camino es el mismo, Seizō. Eres tú el que ha cambiado.

Seizō sabía que aquello no era cierto, no del todo, al menos, pero se abstuvo de insistir y se sumió en un silencio ausente.

Al cabo de unas horas, el descenso se hizo menos pronunciado y por fin llegaron al bosque de hayas al pie de la montaña. Entre los árboles, Seizō vislumbró la larga escalinata que se extraviaba entre ramas y penumbras, y aún pudo ver al pie de la misma, como siete años atrás, los dos *komainu* devolviéndose eternamente la mirada. Nada había cambiado en la montaña, nada excepto él, al parecer.

No hicieron alto en el templo, sino que continuaron a buen paso dejando atrás el bosque y adentrándose en la llanura. La callada actitud de su alumno, que había mantenido un rostro grave durante toda la jornada, terminó por llamar la atención de Kenzaburō.

—¿Qué ocurre, Seizō? Cuando hemos abandonado la montaña, siempre te has mostrado animado. Hoy, sin embargo, ni siquiera preguntas por qué bajamos.

—¿Por qué bajamos, Kenzaburō-*sensei*?

El viejo samurái creyó detectar cierto desencanto en la voz de su pupilo, pero se limitó a responder con normalidad.

—En el poblado hay un local que sirve de posada y tienda de suministros. Hace tiempo le pedí al dueño que me consiguiera una cosa, algo que solo se puede adquirir en Izumo. Después de tanto tiempo, espero que por fin haya llegado.

—¿Cree que existe ruta comercial posible entre Izumo y un recóndito poblado de la provincia de Hoki?

—Es apenas una aldea, cierto, probablemente no tenga ni nombre y, si lo tiene, nunca se lo he oído a nadie. Pero se encuentra cerca de un templo, y donde hay templos hay peregrinos. Es solo cuestión de tiempo que el dueño de la posta encuentre a alguien que vaya o venga de Izumo.

—¿Y qué es eso tan preciado que debe ser traído desde nuestra tierra?

Kenzaburō ignoró el matiz impertinente en la pregunta de Seizō.

—Lo sabrás llegado el momento.

Ante tan enigmática respuesta, el joven se limitó a bajar la vista y seguir adelante, pues sabía que no obtendría ni una palabra más. La desazón crecía en su pecho y no conseguía quitarse de la cabeza las lúgubres palabras que Fuyumaru pronunciara el día anterior bajo las estrellas.

Después del mediodía llegaron a la linde de la aldea, apenas un puñado de casas desvencijadas junto a un camino polvoriento. Al otro lado de la misma había unos cultivos arañados sobre tierra seca que exigían un alto tributo en sudor y sacrificio para dar frutos, de tal modo que la mayoría de los habitantes eran leñadores y tramperos que vivían de la montaña. Cuando Seizō y Kenzaburō se adentraron en las callejuelas, miradas curiosas les espiaron desde las penumbras de las casas. Aquellos con los que se cruzaban, hombres y mujeres vestidos con ropas de labriegos, caminaban encorvados bajo el peso de la leña. A veces, intrigados por la presencia de los forasteros, levantaban la cabeza para dedicarles una mirada, pero cuando comprobaban que vestían el *hakama* y que portaban la *daisho* a la cintura, volvían a clavar los ojos en el suelo. A Seizō aquello no le pasó desapercibido.

—¿Por qué parecen asustados, maestro?

—En las ciudades y los caminos principales la gente está habituada a la presencia de samuráis. Pero en las zonas rurales más apartadas, como esta, solo ven a un samurái cuando el señor exige más diezmo o cuando los *ronin,* como nosotros, vienen a robar y abusar de la población durante unos días antes de seguir su camino. Es normal que para esta gente la *katana* y la *wakizashi* sean símbolos de represión.

—En verdad es algo triste —dijo el muchacho, observando a aquellos que rehuían su mirada—. Lo que me cuenta, maestro, no tiene nada que ver con lo que me ha enseñado.

—Seizō, ni una espada ni un linaje hacen mejor a un hombre, es su honor y su actitud ante la vida y la muerte lo que marca la diferencia. Hay muchos que portan la *daisho* pero que son viles en espíritu y deshonran la ética del guerrero. No podemos permanecer impasibles ante ellos. Muchas veces te he dicho que seas justo, que jamás uses tu espada contra aquellos que son más débiles que tú, pero tampoco permitas que otros lo hagan; si no, solo serás cómplice de su mezquindad.

El joven asintió ante esas palabras, pues si bien Fuyumaru habría dicho que eran las enseñanzas de un iluso, Seizō sabía ver sinceridad en ellas, y pensaba que bien merecía la pena vivir y morir según esa doctrina. Sin embargo, no era de justicia y protección de los desfavorecidos de lo que más le había hablado Kenzaburō a lo largo de los años, sino de venganza.

Perdido en tales pensamientos, llegaron a la única casa de dos plantas que había en el poblado. Un cartel de madera claveteado junto a la puerta indicaba a los viajeros que allí podían comer, dormir y comprar provisiones. El samurái apartó la cortina pintada con los *kanjis* de «Comida» y «Bebida» y pasaron al interior.

La estancia en penumbras era similar a otras posadas que Seizō había visto antes, solo que más humilde y destartalada. Varios hombres, sentados en mesas largas, bebían sake y jugaban a un extraño juego con piezas de madera que no supo reconocer. Tan ensimismados se encontraban, que no repararon en ellos hasta que Kenzaburō llamó al posadero con su fuerte acento de Izumo, que sin duda debía chirriar a oídos de los habitantes de Hoki.

El dueño de la casa asomó la cabeza desde la cocina y, al reconocer al samurái, esbozó una servicial sonrisa de dientes torcidos que acompañó con el gesto compulsivo de limpiarse las manos en el delantal. Sin duda sabía por qué se encontraban allí, pues desapareció en la trastienda y volvió con un pesado fardo envuelto en papel. Kenzaburō lo recogió y dejó sobre el mostrador cuatro monedas de plata: dos para el artesano de Izumo, una para el intermediario que había llevado el paquete hasta allí y otra para el dueño de la posada. Seizō, que observaba en silencio la transacción, pensó que su maestro estaba pagando un precio demasiado elevado por su encargo, indistintamente de lo que envolviera aquel papel amarillento.

Cuando salieron al exterior, Seizō esperaba algún tipo de explicación; sin embargo, el samurái se mostró ajeno a su curiosidad y se limitó a enfilar la salida del pueblo en sentido opuesto a la montaña. Su discípulo no le siguió inmediatamente, sino que miró hacia atrás, perplejo por la dirección que había tomado Kenzaburō, y por un momento creyó que se había desorientado. Pero no era así: el monte Daisen se encontraba a sus espaldas y Kenzaburō se alejaba de él, recorriendo el camino con el paso largo que le caracterizaba. Después de un breve titubeo, el muchacho se apresuró tras su maestro hasta darle alcance y ponerse a su par.

—*Sensei* —le llamó sorprendido—, ¿a dónde vamos? Si nos alejamos más no llegaremos al refugio antes del anochecer.

—Eso no debe preocuparte, Seizō.

—¿Qué quiere decir?

—Todo a su momento —le reprendió Kenzaburō.

—Al menos, dígame hacia dónde nos dirigimos, pues este viaje se hace más extraño por momentos.

El guerrero, sin aflojar el paso, observó la desazón en su rostro y condescendió en responderle.

—No será un trayecto muy largo. Siete *ri* al norte hay un lago que los lugareños llaman Kuma, porque su forma es similar a la pisada de un oso. En uno de los malecones que se adentran en las aguas ha establecido su morada un samurái; lleva tantos años allí que se le ha llegado a identificar con el propio lugar, de tal modo que muchos también lo llaman Kuma. Es allí hacia donde nos dirigimos, quiero ver si ese hombre aún vive.

—¿Lo conoce de algo? —inquirió Seizō—. ¿Nos ha hecho algún mal?

—¿Por qué habría de hacernos algún mal? No creo que jamás haya sabido de nosotros.

—Entonces, ¿qué vamos a hacer allí?

—Como ya te he dicho, todo a su debido momento.

Entre el desconcierto y la inquietud, Seizō siguió a su maestro durante el resto del día. Cruzaron el páramo que precedía aquella cara del Daisen hasta adentrarse en un bosque de bambú lúgubre y silencioso. El sol ya se ponía y una tenue bruma se iba levantando desde los humedales. Poco a poco, el paisaje fue cobrando un cariz onírico, como el que Seizō imaginaba cuando su hermano le contaba crueles cuentos de muertos retornados y brujas que acechaban a guerreros solitarios. El viento comenzó a silbar entre las largas cañas, agitándolas y haciéndolas golpear entre sí, y las hojas que filtraban el crepúsculo comenzaron a murmurar al paso de los dos samuráis.

Seizō no habría podido decir cuánto tiempo caminaron por aquel bosque encantado, pero a cada paso que daban se encontraba más sugestionado, hasta el punto de que el crepitar de las hojas parecía susurrar su nombre y el restallar de las cañas se tornaba una risa seca que se burlaba de sus miedos. Intentó controlarse, sabía que semejante estado de ánimo era fruto del mal presentimiento que se apoderaba de él como un veneno lento.

Finalmente, remontaron una colina y dejaron atrás el bosque de bambú. La noche había caído del todo y verse bajo el cielo abierto serenó a Seizō. Desde aquella cima observaron el lago Kuma, cuyas aguas se mecían tranquilas reflejando una pálida sonrisa en cuarto creciente. Abajo, sobre uno de los tres espolones de tierra que se adentraban en el lago, un chamizo de pescadores palpitaba a la luz del fuego que ardía en su interior.

—Es allí —señaló Kenzaburō, sin que fueran necesarias más explicaciones.

Los dos samuráis comenzaron a descender hacia la orilla y la humedad que emanaba del lago pronto les impregnó la piel. Seizō se arrebujó en su *haori*, pues aunque el invierno tocaba a su fin, la noche era fría. Así, en un silencio casi solemne, caminaron junto a las aguas calmas y ascendieron por la escollera, hasta llegar a la planicie sobre la que se levantaba la destartalada cabaña. Las vistas desde la lengua de tierra eran hermosas, pensó Seizō, que podía comprender por qué alguien se retiraría a aquel lugar tranquilo y aislado. Y sin embargo, allí estaban ellos, dispuestos a quebrantar el sosiego de ese santuario con intenciones que solo Kenzaburō conocía.

Llegaron a la entrada de la choza, de cuyas paredes blanqueadas por el sol colgaban cestas, trampas y avíos de pesca, y Kenzaburō le indicó que se mantuviera a un lado. Entonces, golpeó tres veces el tablón mal encajado que hacía las veces de puerta, y dio un paso atrás para esperar.

La noche misma pareció contener la respiración a la espera de una respuesta. Seizō, apremiado por la angustia, habría irrumpido de buena gana o habría partido de allí sin mirar atrás, cualquier cosa antes que dilatar aquel instante. Kenzaburō, sin embargo, fiel a su proverbial paciencia, aguardó incólume hasta que alguien empujó la madera desde el otro lado. Los goznes chirriaron, herrumbrosos, y en el umbral se dibujó la silueta de un hombre corpulento y de expresión hosca; sus ojos, emboscados tras espesas cejas, buscaban en el rostro de los intrusos una explicación a aquella visita intempestiva. Seizō pudo observar que su mano izquierda reposaba sobre la empuñadura de una *katana,* sin duda ceñida al cinto en cuanto los golpes retumbaron en el interior de la cabaña.

—Saludos, samurái. Me llamo Kenzaburō Arima, antiguo general del desaparecido ejército de los Ikeda; este es Seizō Ikeda, mi discípulo y señor.

Kenzaburō calló, a la espera de que aquel hombre se presentara tal como exigía el protocolo, pero el guerrero ermitaño se limitó a observarlos de hito en hito, acaso por pura descortesía, o quizás porque no había tenido la necesidad de pronunciar una palabra en años. Sea como fuere, su silencio y su mirada torva obligaron a Kenzaburō a proseguir con una explicación.

—Me han dicho que se ha retirado aquí para vivir en paz, y que solo atiende a los que llegan para probar su habilidad con la espada. ¿Es cierto que continúa dispuesto a batirse en duelo?

—Solo si es a muerte —dijo el samurái con voz ronca.

Kenzaburō asintió.

—Tenga a bien atender mi petición: luche con mi discípulo de forma honorable. El cuerpo del derrotado será tratado con respeto.

El corazón de Seizō dio un vuelco ante aquellas palabras y, sintiéndose traicionado, sus ojos se clavaron en el rostro de su maestro, que llegaba a tan macabro acuerdo como si él no estuviese presente. Todos sus temores se convirtieron en terrible certidumbre y por fin comprendió que las palabras de Fuyumaru no eran una artimaña, sino la cruda y simple verdad. Intentó aplacar el miedo y la ira que le invadían por igual, ¿cómo era posible que su maestro concertara un duelo a muerte con la ligereza del que compraba un saco de arroz?

Sin embargo, el ermitaño, lejos de inquietarse ante la propuesta de Kenzaburō, miró a Seizō detenidamente y observó:

—Es poco más que un crío.

—Es un samurái.

—Eso dicen muchos —masculló aquel hombre—, pero el acero termina por llevarles la contraria.

—¿Aceptará nuestra petición? —reiteró Kenzaburō, tajante.

El hombre levantó la barbilla y los miró con desconfianza.

—¿Cómo sé que no me atacarás una vez haya matado a tu señor?

—Si él muere, mi fracaso en esta vida habrá sido completo —sentenció Kenzaburō Arima, con una voz que nadie pondría en duda—. Entonces solo le pido una cosa: cometeré *seppuku* aquí mismo, con mi espada, y deberá ser mi *kaishakunin**. Una vez todo haya terminado, podrá quedarse con mis espadas, es el precio que le pongo a su servicio.

Y para subrayar sus palabras, Kenzaburō tomó de su *obi* la *katana* y se la ofreció a aquel guerrero que más parecía un pescador que un samurái. Este alargó la mano y tomó el sable del general por la vaina; sin más ceremonia, empuñó el arma y desenfundó tres dedos de la hoja. Los ojos se le iluminaron, pero su rostro se mantuvo inexpresivo.

—Está bien —aceptó el samurái—. Si por azar tu aprendiz fuera más de lo que aparenta y acabara conmigo, solo te pido que quemes mi cuerpo y arrojes las cenizas al lago. Después podréis quedaros con todo lo que hay en mi casa.

Una vez concretados los términos del duelo, los dos guerreros se saludaron con una profunda reverencia y se dieron la espalda. Kenzaburō avanzó hacia Seizō y le pidió que le siguiera hasta un lugar apartado, al filo de la explanada; el muchacho sentía el pecho frío como el hielo, la boca seca como el esparto y los puños tan crispados que le temblaban. Cuando por fin se detuvieron y se miraron a los ojos, el maestro comprobó que el alma de su alumno se debatía en una tormenta de emociones, una de las cuales era, sin duda, la furia que debía sentir hacia él.

—Cálmate, Seizō. No olvides tu entrenamiento.

---

* *Kaishakunin:* era la persona que asistía a aquel que cometía el suicidio ritual del *seppuku*. Una vez el suicida se había abierto el vientre con un puñal o espada corta, el *kaishakunin* debía cercenarle la cabeza de un solo tajo para evitarle la agonía de una muerte lenta.

—¿Que me calme? Me traes hasta aquí para morir a manos de un loco eremita. ¿Es esta la manera que tienes de atender tu deuda con mi padre?

Aquellas palabras alcanzaron el corazón del samurái como un dardo, pero Kenzaburō supo mostrar la contención de la que su discípulo carecía.

—Es el miedo el que habla por tu boca, Seizō. Te he enseñado a ser mejor que eso.

—Todo lo que me has enseñado no valdrá de nada si muero aquí, en este combate sin sentido.

—Todo lo que has aprendido es inútil si no eres capaz de afrontar la muerte con la mente despejada y el alma en paz —respondió el samurái—. ¿No has comprendido aún que no te he entrenado para que seas un soldado? Eres más que eso, Seizō, eres lo que queda del ejército de los Ikeda y tu brazo debe ejecutar una larga venganza. Pero ¿cómo podré dejarte partir sin saber si eres capaz de afrontar tu propia muerte? Lucha, Seizō, y si no puedes recorrer tu camino, más vale que lo descubramos aquí y ahora, así los dos podremos poner fin a nuestras vidas esta misma noche.

Los ojos de Seizō ardieron, pero consiguió ver más allá de la tempestad de emociones y comprendió que todo aquello encerraba una terrible coherencia según la lógica de vida de su maestro.

—Al menos debería haberme advertido de a qué me enfrentaría hoy —le reprochó Seizō con su último aliento de rebeldía.

—¿Por qué habría de hacerlo? ¿Qué habría cambiado? Un samurái debe estar dispuesto a matar o morir en cualquier momento, en eso consiste estar en paz con uno mismo y con el mundo. ¿Crees que ese hombre, al despertar esta mañana, pensó que hoy podría ser su último día? Sin embargo, afronta la posibilidad de su propia muerte sin ira y sin miedo. Está escrito que él o nosotros moriremos hoy aquí, de nada sirve rebelarse contra ello.

El joven cerró los ojos e intentó concentrarse en un simple pensamiento: si su *karma* era vengar a toda su casa, no caería aquella noche.

—Seizō, medita y sosiega tu espíritu antes de que dé comienzo el duelo. Pero antes, toma esto.

Kenzaburō puso en el suelo, entre los dos, el paquete que había recogido esa misma mañana. Con el pequeño cuchillo oculto en la funda de su espada cortó la cuerda y desenvolvió una pesada capa de viaje.

—Este es mi presente. Una capa como la que usaban los exploradores del antiguo reino de Izumo. Algunos artesanos, unos pocos, aún recuerdan cómo hacerlas.

Seizō la tomó de manos de su maestro y la extendió sobre el suelo de piedra: era un manto grueso y pesado de color gris, y en su interior tenía cosido el blasón de los Ikeda.

—Los hombres que servían a los antiguos reyes de Izumo portaban un manto como este. Durante el invierno te protegerá del frío y de la lluvia, durante el verano te dará sombra cuando descanses, será un techo a la intemperie o una almohada cuando duermas en el llano. O será tu mortaja esta misma noche. Pronto lo sabremos.

—Gracias, *sensei*.

Los dos se saludaron y Kenzaburō se encaminó hacia el centro de la explanada.

Una vez a solas, Seizō se sentó con las piernas cruzadas, se cubrió con el manto bordado con el emblema de su casa e intentó viajar lejos de allí, a un lugar donde no existiera el temor ni la incertidumbre. Sin que él la guiara, su mente fue a posarse junto al cerezo que su madre entregara a Kenzaburō Arima antes de que él naciera, y se refugió bajo sus ramas, al amparo de las sensaciones, más que recuerdos, que aún lo acompañaban cada vez que la evocaba. Por fin, sintió que la muerte no podía ser un trance tan amargo si al otro lado lo esperaban ella, su padre y su hermano.

Abrió los ojos y vio que su adversario ya aguardaba, con la espada en la mano y la frente alta hacia el cielo estrellado. El viento que se había levantado erizaba la superficie del lago y agitaba la cinta que el guerrero se había anudado a la nuca.

Seizō se puso en pie y se desprendió del pesado manto y del *haori*. Tomó una larga cinta de seda que se pasó bajo los brazos y se anudó a la espalda, de modo que las mangas del kimono quedaran recogidas, y se encaminó al encuentro de su destino. Cuando estuvo frente a su rival, desenfundó la *katana* y el filo pareció ungido por la luz de luna. A solo unos pasos, sentado en el suelo con las piernas cruzadas, lo observaba Kenzaburō Arima. Sus espadas reposaban frente a él.

—Soy Mori Itsumi, hijo de Masamune Itsumi. En estas tierras también me conocen por el nombre de Kuma.

—Soy Seizō Ikeda, hijo de Akiyama Ikeda, señor de las tierras de Izumo.

Si verdaderamente era el hijo de un daimio o un desquiciado, poco parecía importar a aquel hombre. Mori dio por concluido todo protocolo y enarboló su sable mientras avanzaba hacia Seizō con una guardia media; el joven le esperó empuñando su *katana* con ambas manos, la punta orientada hacia el suelo. No había especulación en la manera de luchar del eremita: en cuanto ambos estuvieron al alcance del acero, Mori descargó un tajo circular que buscaba el brazo izquierdo de su rival. Seizō levantó el sable para bloquear el impacto, pero antes de que este se produjera, su adversario recogió el golpe y lanzó una estocada profunda buscando su abdomen. Sorprendido, debió rectificar la defensa sobre la marcha y, a duras penas, consiguió desviar la punta que quería enterrarse en su estómago.

Aunque salvó ese primer lance, trastabilló desequilibrado y a punto estuvo de caer de espaldas. Durante un fugaz instante pudo observar el rostro de Kenzaburō Arima: no había consuelo ni cuartel en aquellos ojos, ni Seizō los esperaba.

Cuando volvió a encarar a su adversario, ya había cobrado conciencia plena de que allí no restaban segundas oportunidades, pues de no haber desviado aquella finta sibilina, ahora yacería de rodillas con el vientre atravesado. Mori, por su parte, continuaba avanzando como un lobo hambriento; levantó de nuevo la espada sobre su cabeza y descargó su segundo golpe: un sesgo circular que se abalanzaba sobre el cuello de Seizō. Ante el riesgo de que no fuera más que otra finta, el joven guerrero decidió esquivar la acometida con un salto hacia atrás que lo puso lejos del ávido filo de su adversario. Este, sin embargo, en lugar de armar la guardia para prepararse de nuevo, aprovechó el impulso del mandoble que se había perdido en el vacío para girar sobre sí mismo y encadenar un segundo embate: un brutal golpe circular que Seizō no pudo esquivar y que debió bloquear con la espada, empujando con el peso de todo su cuerpo para no ser derribado. El impacto vibró en la noche como un trueno metálico, y las muñecas de Seizō temblaron y quedaron entumecidas.

Aquel hombre no le daría cuartel, continuaría encadenando un ataque tras otro sin dar jamás un paso atrás, pues solo veía en Seizō un espíritu débil que podía someter a su voluntad. Parecía exigirle que entregara su vida sin más oposición, y Seizō estaba a punto de capitular ante aquella demanda. Su mirada volvió a cruzarse en el vacío de la noche con la de su maestro, y vio que este le sabía derrotado, al igual que lo sabía su enemigo.

Ocurre, sin embargo, que a veces los perros famélicos y apaleados se tornan en lobos al verse acorralados. Y si bien el espíritu de aquel samurái parecía aplastar al de Seizō, en realidad no era más fuerte ni más rápido que él, ni más hábil con la espada. Todo se reducía a una superioridad anímica, a un duelo de voluntades, y la voluntad de un hombre es un fuego que puede arder de improviso con suma violencia si se encuentra el combustible adecuado. Así, el hijo de Akiyama Ikeda, al ver que los ojos de su maestro asumían la derrota, dejó de retroceder y apretó los dientes: si debía morir no sería rehuyendo a su enemigo, sino con la plena certidumbre de que no podría haber hecho nada más.

Su rival continuó con su inexorable avance y, cuando ambos estuvieron de nuevo al alcance del acero, Mori volvió a levantar su sable por encima de la cabeza. Por tercera vez la luna cabalgó sobre la espada de Itsumi, pero en esta ocasión Seizō no se preocupó de defenderse, sino que dio un paso al frente en busca de su enemigo. Ambos sabían que aquel lance sería el definitivo, ya que ninguno tendría tiempo de armar una defensa. Solo restaba lanzar la moneda al aire y observar el resultado cuando tocara el suelo.

Ejecutaron sus ataques con precisión: Mori Itsumi, ante la imposibilidad de preparar alguna de sus fintas, precipitó el golpe descendente que había apuntado para intentar hendir la cabeza de su rival; Seizō dibujó un arco circular de dentro hacia fuera buscando con la punta de su espada el estómago del eremita.

Cuando la moneda dejó de girar, las entrañas de Itsumi se desparramaron por el suelo con un sonido húmedo. El guerrero observó confuso sus vísceras deshechas; dejó caer la espada al suelo y se apresuró a sujetarse el tajo que lo había abierto de lado a lado. Pero comprendía que ya no había nada que hacer y, fallándole las fuerzas, cayó de rodillas y levantó hacia Seizō una mirada que se volvía vacua por momentos. Este, horrorizado, dio un paso atrás, incapaz de librarse de aquellos ojos que lo miraban ya desde el otro mundo. No fue aceptación lo que vio en ellos, sino el horror de aquel al que le llega la muerte de manera incomprensible. Cuando la vida parecía a punto de abandonarlo, el moribundo abrió la boca para decir algo, pero las palabras se atragantaron y Mori Itsumi se desplomó, cadáver ya, sobre sus propias entrañas.

La culpa y la náusea golpearon a Seizō en el estómago hasta hacerle hincar la rodilla. Transido por el dolor, enterró el rostro en las manos y luchó por contener las emociones que pugnaban por desbordarle. No había en él otro sentimiento salvo el horror de haberle arrebatado la vida a un hombre que nada le había hecho.

—No te atormentes, Seizō. Este hombre murió como quiso. —Kenzaburō se había puesto en pie y ahora apoyaba una mano en el hombro trémulo del joven—. En lugar de ello, alégrate de estar vivo, porque hoy has aprendido la última de tus lecciones.

Capítulo 25

Las piedras caen en el tablero

Cuando Ekei entró en los aposentos de Hambee Fujita, segundo escribano del consejo de su señoría, no fue el enfermo postrado el que llamó su atención, sino el médico que, arrodillado junto a su lecho, lo examinaba con detenimiento. Se trataba de Inushiro Itoo, y fue la primera vez que Ekei vio a un médico aún más enfermo que su paciente. Su aspecto había empeorado ostensiblemente desde la última vez: aparecía consumido, con el rostro marcado por el dolor y la delgada piel estirada sobre los huesos descarnados. Todo en él movía a la conmiseración; sin embargo, allí estaba, ejerciendo su oficio hasta el último aliento, lo que despertó en Ekei una admiración que raramente profesaba hacia alguien.

La escena, sin embargo, suscitaba otros sentimientos en O-Ine, que contemplaba a su padre con un nudo en la garganta, temerosa de que el esfuerzo lo superara en cualquier momento.

—Maese Inafune —saludó el anciano, con una voz animosa pero débil—, me alegro de que finalmente haya podido venir.

—No esperaba encontrarle aquí, maestro.

—No crea que me ha resultado sencillo —dijo Inushiro con media sonrisa—. Aunque más que las empinadas escaleras y los largos pasillos, el principal escollo ha sido la obstinación de mi hija. Aún no acepta que su padre se muere, y cree poder evitarlo manteniéndome encerrado en mis aposentos.

—Padre, no hable así —le reprochó O-Ine con suavidad.

Inushiro sonrió con ternura, sabía que escucharle decir aquello mortificaba a su hija.

—O-Ine, déjame ser útil mientras pueda —le rogó el anciano, y apoyó la palma de su mano sobre la frente del paciente, que dormía con el sueño liviano y agitado de los enfermos.

Ekei se aproximó al lecho de Hambee Fujita y se arrodilló junto a O-Ine.

—¿Cuáles son los síntomas de este hombre?

—Tiene fiebre —explicó Inushiro—, le cuesta respirar y el latido de su corazón es anormal, acelerado. También sufre náuseas que le impiden comer y, según su mujer, llevaba dos días sin dormir, pero le hemos conseguido bajar el calor corporal con paños fríos y ungüento de alcanforero; no hace mucho que ha conciliado el sueño. Mi hija dice que coincide con la extraña dolencia que identificasteis en los barrios de mercaderes, así que quise verlo por mí mismo.

—Los síntomas son similares —aclaró O-Ine—, pero en este hombre se han mostrado más virulentos. Los remedios que usamos con los anteriores afectados no están siendo tan eficaces.

—Ya veo. —Ekei se pellizcó la barbilla pensativo—. ¿Saben si el enfermo frecuentaba las casas de los comerciantes? ¿O le une algún tipo de parentesco?

—Nada —señaló O-Ine—. Ogura y Yoshi ya han interrogado a la familia del señor Fujita, pero no hay ningún vínculo con el círculo mercantil de Fukui. Se trata de un hombre de costumbres al que no se le conoce más vicio que beber en la ciudad con sus amigos un par de días por semana.

—Si la bebida fuera el problema —musitó Ekei sin apartar la vista del paciente—, conozco alguno que debería estar enterrado hace tiempo. Sin embargo, muestra una salud envidiable.

—Todo nos conduce a lo mismo: síntomas idénticos para pacientes que, aparentemente, no tienen nada en común —señaló la médica—. Por lo menos, hasta ahora los enfermos se circunscribían a los hombres adultos de las familias de comerciantes, pero con este nuevo caso, ya ni siquiera esa constante se mantiene.

—Por no mencionar las extrañas recaídas a las pocas semanas de sanar —apuntó el maestro Inafune, mientras sacudía la cabeza con frustración.

Ekei aproximó la oreja al pecho del paciente, con cuidado de no despertarlo. Escuchó sus latidos y, a continuación, puso el dorso de la mano bajo la nariz del durmiente, a fin de percibir la temperatura y el ritmo de su aliento. Finalmente se dio por vencido, pues sabía que ninguna prueba arrojaría más luz sobre tales circunstancias: el hombre presentaba los mismos síntomas y la enfermedad, aunque más reticente, respondía al tratamiento habitual.

Al observar su desconcierto, Inushiro decidió intervenir.

—Os ruego que escuchéis a este viejo. Nos encontramos ante un dilema médico que, tristemente, no es extraordinario. Son muchas las enfermedades y maldiciones que atormentan al hombre, y no todas están recogidas en los manuales o identificadas en la tradición médica. No es la primera vez que una población entera sufre ante la incapacidad de sus médicos de reconocer el mal que la aflige. Pero vosotros tenéis media batalla ganada, pues el tratamiento funciona con vuestros pacientes; ahora debéis ganar la otra media, debéis procurar que la enfermedad no se propague, pues el mejor médico no es el que sabe sanar a una persona, sino el que evita que enferme.

—Padre, parece una tarea imposible. Los síntomas no son extraños, más bien al contrario, pero ni el maestro Inafune ni yo hemos conocido antes dolencia alguna en la que se presenten juntos. He estudiado los libros que tenéis en vuestra biblioteca, nada en ellos permite identificar este mal.

—¡Olvídate de los libros! —exclamó Inushiro con un vigor impropio de una persona tan enferma—. Cuántas veces te he dicho que en ellos no se encuentran todas las respuestas. Tened esto presente: en la medicina, las casualidades no existen. Si todos estos hombres han enfermado del mismo mal y al mismo tiempo, es porque debe existir un motivo que se os escapa, y no lo encontraréis en textos escritos décadas atrás. Como médicos de esta comunidad, tenéis la responsabilidad de descubrir el origen antes de que vaya a más.

El anciano hablaba con entusiasmo; sin embargo, un acceso de dolor le hizo llevarse las manos al estómago. Su rostro se contrajo en un espasmo agónico y se encogió sobre sí mismo; a duras penas pudo contener una arcada llevándose a la boca un pañuelo de seda. O-Ine se aproximó alarmada, pero su padre la detuvo con un gesto de la mano, mientras que con la otra se apoyaba sobre el tatami intentando mantenerse de rodillas. Cuando la ráfaga de dolor pasó,

DAVID B. GIL

Ekei observó que el pañuelo de seda blanca era ahora un ovillo ensangrentado en el puño de Inushiro. Este se obligó a recobrar la compostura, a pesar de que su rostro delataba que el dolor no había remitido del todo, si es que alguna vez lo hacía.

—Preocupémonos de los vivos —dijo Inushiro con voz quebrada—. Debéis hacer lo que os digo, la única manera de derrotar
por completo a una enfermedad es identificar su causa verdadera.

—Así lo haremos, se lo prometo —dijo Ekei.

Más tranquilo al escuchar aquellas palabras, Inushiro asintió
repetidamente y comenzó a ponerse en pie con dificultad. Recibió
inmediatamente el apoyo de O-Ine, que se deslizó bajo el brazo de
su padre para servirle de báculo. Mientras abandonaba la sala, el anciano insistía pese a su debilidad:

—Los dos debéis encargaros de ello, lo que el uno no ve, puede verlo el otro. Vuestros conocimientos son muy distintos pero, a
un tiempo, se complementan.

Y mientras el viejo decía esto, O-Ine miró de reojo a Ekei con
rostro resignado, casi disculpándose por la obstinación de su padre.
Él esbozó una sonrisa que intentaba tranquilizarla, hasta que padre
e hija salieron de la sala. Al quedarse a solas con el dormido señor
Fujita, le asaltó la idea de que la insistencia del viejo Itoo quizás respondiera a intereses que iban más allá de los puramente médicos.

* * *

Ekei depositó una a una las diez monedas de cobre sobre la mesa, y con
el dedo índice sujetó la última de ellas contra la madera húmeda, dando
a entender al hombre que lo observaba que aún no podía retirarlas.

—Hoy me explicarás esa estrategia tuya de colocar las piedras
en forma de serpiente —indicó Ekei antes de liberar la última pieza
de cobre.

—Maese Inafune, me paga por enseñarle a jugar al *go*, no por
desvelarle mis secretos —sonrió con sus dientes torcidos el armero,
Ushi Ogawa.

—Te pagaré más.

El maestro de *go* rio con una carcajada desvergonzada.

—Solo los idiotas creen que por pagar más aprenderán antes,
supongo que por eso son idiotas.

441

—Eres un hombre encantador, Ogawa. No consigo explicarme cómo tu mujer pudo pedir la anulación del matrimonio —apuntó Ekei con socarronería, pero la invectiva pareció divertir aún más al aludido.

—Tome asiento, maese. Su sarcasmo tampoco le ayudará a derrotarme esta noche.

El médico alcanzó un taburete desnivelado y lo acercó a la mesa donde se entregaban al complejo arte del *go,* allí, en el peculiar jardín sembrado de chatarra y espadas torcidas del aún más peculiar maestro que había encontrado. Mientras Ekei se frotaba las manos intentando mitigar el frío nocturno, Ushi Ogawa depositó sobre la mesa dos cuencos: el suyo, con piedras negras; el de su oponente, con piedras blancas. Desde hacía meses, cada noche, salvo en raras ocasiones, el médico llegaba poco después del atardecer para continuar la partida que habían dejado pendiente. Ni una sola vez Ekei había conseguido derrotar al que era su maestro, pero cada noche el médico aprendía un poco más, tanto de lo que Ogawa le explicaba como de lo que se callaba, por lo que sus estrategias eran cada vez menos pueriles y directas, ganando en complejidad y sutileza.

Pero el veterano *ashigaru* era un jugador consumado, un estratega de mente despierta cuya refinada técnica contrastaba con su aspecto tosco. No así sus modales, pues no dudaba en reír estrepitosamente cuando el médico urdía estratagemas que creía hábiles, pero que a Ogawa le resultaban tan evidentes como las intenciones de un niño que contempla agazapado cómo amasan el *mochi* en Año Nuevo. Otros, quizás, se habrían sentido humillados por la actitud del armero, pero Ekei se limitaba a reír y reelaborar sus planes.

Esa noche el médico se encontraba especialmente optimista. Empezaban una partida nueva y el tablero limpio era un mundo de posibilidades en el que poner en juego las nuevas tácticas que había ideado.

—Hoy renuncio a mis puntos *komi*[*] —anunció Ekei, mientras jugueteaba entre sus dedos con una piedra blanca.

Ogawa asintió con fingida admiración.

—Veo que se encuentra confiado. Pero aguarde mejor al final de la partida, quizás esos puntos le vengan bien para que la diferencia no hiera su amor propio.

---

[*] *Komi:* en el *go,* las piezas negras abren la partida. Para compensar esta ventaja, al jugador que maneja las blancas se le otorgan una serie de puntos de cortesía (puntos *komi)* durante el recuento final.

Inafune rio, pues sabía que aquellas chanzas formaban también parte del juego, al menos así debía ser entre *ashigarus* y soldados rasos que jugaban al ocaso junto al campo de batalla. Llevado por el momento distendido y por la confianza que se había creado entre ambos, Ekei se atrevió a señalar la pierna cortada y burdamente reemplazada por una pata de madera.

—Eso debió doler, pocos sobreviven a una pierna amputada.

Ogawa torció la boca en un gesto que el médico ya identificaba como característico de aquel hombre, e hizo ver que le quitaba importancia a su desgracia; lo que en absoluto era cierto, pues Ekei aún no había conocido a un veterano que no presumiera de sus cicatrices de guerra. Y todos comenzaban su historia con aquel mismo aire de desdén.

—Un arcabucero de Ishida me destrozó la pierna de un disparo, me la partió en dos por debajo de la rodilla. Otros no tuvieron tanta suerte.

—¿Te atendieron pronto?

—No —dijo el hombre, mientras removía dos piedras negras dentro de su puño—. Iba a la vanguardia, al amanecer cargamos a pie contra la primera línea de arcabuces. Cuando la bala de hierro me alcanzó, me vi despedido hacia el fango y caí de bruces. Ya entonces solo tuve fuerzas para revolverme y mirar hacia el cielo. Sobre mí pasaron mis camaradas *ashigarus* y la carga de caballería, y después escuché durante horas los sonidos de la guerra. Los gritos de muerte, el tronar de los disparos, el crujido de las lanzas al quebrarse... —Se pasó la mano por la nuca—. No sé si alguna vez ha estado en un campo de batalla, pero si lo ha estado, sabe que lo peor es lo que viene después. El llanto de los supervivientes, la súplica de los moribundos y el hedor. A veces, creía reconocer la voz de un amigo entre los gemidos cercanos, pero ni siquiera tenía fuerzas para levantar la cabeza y buscarlos. Así permanecí todo el día, inmóvil mientras observaba aquel cielo frío y gris que nos meaba lluvia sin cesar. Fue un día muy largo.

—Lo normal habría sido morir desangrado.

—Pero no lo hice. La vida me ha masticado con ahínco en más de una ocasión, pero siempre termina por escupirme. Soy duro y nudoso, difícil de tragar —zanjó Ogawa con una estruendosa carcajada y, mientras reía, Ekei pensó en lo acertado de la metáfora, dado su aspecto.

—¿Cómo te cauterizaron el muñón? —quiso saber, llevado por el interés médico.

—Cuando caía el sol, comencé a llamar a gritos a quien pudiera escucharme. Afortunadamente, fueron los nuestros los que me encontraron. Yo ya me había hecho un torniquete con un trozo de greba, así que se limitaron a cortarme los jirones de carne y el hueso con una sierra y me quemaron la herida con una plancha de metal al rojo. ¿Sabe algo gracioso? Después de todo el día sin comer, ese olor incluso me abrió el apetito. —Ekei esbozó una expresión de desagrado y el *ashigaru* volvió a dar rienda suelta a su estrepitosa risa—. En cualquier caso, estoy vivo. Ya le dije que aquel día tuve suerte.

—Es una manera de verlo —apuntó el médico, que señaló el tablero invitando a Ogawa a abrir la partida. Este puso la primera piedra negra en una de las intersecciones centrales, mientras aún sonreía divertido por su propia historia.

Poco a poco, el tablero se fue tiñendo de blanco y negro, mientras las mareas de uno y otro color oscilaban ganando y perdiendo zonas de juego. Ekei se esforzaba por anticipar las intenciones de su adversario, y supo que en más de una ocasión logró truncar sus planes, pues Ushi Ogawa entrecerraba su único ojo cuando se veía obligado a reelaborar su estrategia. Derrotar a su alumno comenzaba a suponerle cierto reto, y aquello era gratificación suficiente para Ekei, al menos por el momento.

—En el *go*, como en la guerra, debes fiarte de tu instinto —enunció Ogawa en un momento dado—. Los generales que pretenden planificar las batallas desde un principio, que no quieren dejar nada a la improvisación, acaban derrotados por los imprevistos. Si uno no tiene la capacidad de adaptarse a los acontecimientos, termina cayendo tarde o temprano. Y lo que vale para la guerra, vale para la vida. Por eso, los sabios chinos consideran que este juego no solo encierra los secretos de la guerra, sino de la vida misma.

—¿Ahora te pones a filosofar sobre la vida y la guerra?

—Solo repito lo que me dijo un oficial con el que una vez jugué —señaló el armero—. Pero si lo piensa bien, tiene sentido. Así que, atendiendo a esta partida, yo podría haber sido un gran general, mientras que usted no habría pasado de ser un lancero incompetente.

Dicho esto, colocó una piedra negra que cegó una larga hilera blanca. Las piedras de Ekei fueron retiradas una a una del tablero, mientras el médico solo podía negar con la cabeza, disgustado, intentando averiguar cómo Ogawa había conseguido envolver su mayor grupo de piedras sin que él se diera cuenta hasta que estuvo en *atari**. Cuando levantó la vista, observó que su adversario sonreía dando la partida por ganada.

—Aún no hemos concluido —protestó Inafune.

—No sería elegante por su parte intentar levantar esta partida. No se ponga en evidencia y asuma su derrota. Esa es otra de las enseñanzas del *go*.

El maestro Inafune devolvió la mirada al tablero y debió reconocer que Ogawa tenía razón: seguir jugando solo serviría para dilatar lo inevitable.

—Está bien —asintió mientras se ponía en pie—. Mañana jugaremos de nuevo.

—Aquí estaré —respondió el que era su tutor, al parecer no solo en el juego del *go,* sino también en el de la vida.

Los dos hombres se dieron las buenas noches y Ekei enfiló la salida con expresión ausente. Incluso cuando hubo cerrado la puerta del jardín, cercado por unas tablas tan torcidas como los dientes de su propietario, su mente continuaba atrapada en el tablero, repasando sus movimientos en busca del error que había precipitado su derrota.

Vagó largo rato por calles que se despoblaban a medida que las estrellas prendían el cielo y, mientras contemplaba cómo la noche transfiguraba la piel de la ciudad, su mente trataba de aprehender algo que se movía justo en los límites de la conciencia. Ascendía por la arboleda del castillo cuando reparó en que lo dicho por el armero tenía cierta relación con las palabras de Inushiro Itoo: en medicina las coincidencias no existen, había dicho el viejo maestro, como tampoco en la vida, habría añadido Ekei Inafune; esa idea lo había inquietado incluso antes de que el anciano la verbalizara, pero fueron las palabras de Ogawa apelando al instinto las que actuaron como una chispa sobre la yesca seca. Porque si debía atender a su instinto, este no cesaba de gritarle que existía una relación entre los extraños acontecimientos de las últimas fechas.

---

* *Atari:* en el *go,* las piedras se colocan en las intersecciones de las cuadrículas que dividen el tablero. Cada piedra o grupo de piedras sobre la mesa tiene una serie de «libertades», formada por las intersecciones libres que las rodean. Cuando a una piedra o grupo solo le queda una libertad, se dice que se halla en «atari». Si dicha intersección es cegada por el rival, las piedras son capturadas.

La noche en que él y O-Ine fueron espiados de regreso al castillo, las rosas blancas que había encontrado a orillas de esa misma senda y la enfermedad de los mercaderes. Circunstancias inexplicables sin relación alguna, pero que coincidían en el mismo tiempo y el mismo lugar. El viejo Itoo le habría instado a buscar el hilo oculto que conectaba aquellos hechos y, después de su largo paseo nocturno, la mente de Ekei comenzó a intuir una posibilidad: quizás alguien más, aparte de él, estaba conspirando en la ciudad de Fukui.

Si aceptaba aquella premisa, las piedras comenzaban a caer en el tablero de manera ordenada: alguien se comunicaba en secreto con una persona del castillo a través de rosas blancas, el propio Ekei estaba siendo vigilado por dicho conspirador, lo que explicaría que les siguieran la noche que visitaron a la dama Sakura, y la enfermedad de Fukui no podría ser sino el más extraño caso de envenenamiento que jamás se hubiera documentado.

Capítulo 26

Como el viento que despide el invierno

Seizō despertó, pero no quiso abrir los ojos. Permaneció envuelto en las mantas mientras escuchaba, por última vez, el amanecer de la montaña que había sido su hogar durante años: el viento se deslizaba por la pendiente, susurrando entre las rocas y los árboles, y el halcón chillaba mientras volaba alto, atento a alguna presa temprana. Cuando abriera los ojos, comenzaría su despedida.

—No es discreto observar a alguien mientras duerme, Fuyumaru-*sensei*. —Las palabras de Seizō fueron más un saludo que un reproche.

—Si así lo hubiera querido, no te habrías percatado de mi presencia, jovenzuelo arrogante —respondió Fuyumaru, molesto por haber sido sorprendido.

El alumno abrió los ojos y vio sentado junto a su lecho, con las piernas cruzadas, al más extravagante de sus dos maestros. Fumaba su pipa de bronce con la parsimonia habitual, apoyándola en el hueco de la mano mientras sujetaba la cazoleta con los dedos índice y pulgar. Fuyumaru aspiró profundamente y dejó escapar el humo a través de una comisura de la boca.

—Kenzaburō te espera, pero antes de las despedidas quería hablar contigo a solas.

Seizō apartó las mantas y se incorporó. El cielo clareaba pero la cabaña continuaba prácticamente en penumbra. Las ascuas de la pipa eran un punto candente flotando en la oscuridad, y se avivaba y apagaba con la respiración de Fuyumaru.

—Creí que ya habíamos mantenido nuestra conversación en aquel promontorio bajo las estrellas.

—No seas insolente, Seizō. Te he enseñado con honestidad y tú has sabido aprovechar mis conocimientos. Me debes un respeto.

—Lo siento, maestro —se disculpó el joven.

—Hace dos días te vi partir con Kenzaburō, y ayer, para mi alivio, te vi regresar. No estaba seguro de que lo hicieras, quizás no he tenido en suficiente consideración tus habilidades.

—Cómo tenerlas, si jamás me había enfrentado a un enemigo que buscara mi muerte. Kenzaburō-*sensei* tampoco sabía si volveríamos del viaje, sus ojos me lo dijeron.

Fuyumaru asintió con expresión grave. El fuego de la pipa palpitaba, iluminándole el rostro.

—¿Qué sentiste al matar a ese hombre?

—Culpa. Aquel samurái no me había hecho nada y, sin embargo, murió por mi mano. Cuando me miró justo antes de morir…, en sus ojos solo había miedo y desconcierto, no podía creer que yo le hubiera matado. No es así como debe morir un samurái.

—Ya te dije que tu maestro te inculca un imposible, un ideal que dista mucho de lo que anida realmente en el corazón de los hombres.

Seizō bajó la mirada, no quería mantener de nuevo aquella discusión. Ya no tenía sentido.

—Por la noche, mientras quemábamos sus restos y el viento arrastraba las cenizas al lago, sentía alivio por haber sobrevivido, pero también lloraba por lo que había hecho. Ojalá hubiera podido devolverle la vida a aquel hombre, que su existencia hubiera proseguido con la misma paz que tenía antes de que nosotros llegáramos.

—Dime, Seizō, ¿cómo pretendes, entonces, acometer la venganza para la que has sido educado? Cada vez habrá más muertes sobre tu conciencia.

El joven levantó los ojos y su maestro comprobó que no había duda en ellos, sino terrible determinación.

—¿Cómo no hacerlo? Ya he comenzado a recorrer la senda, si no soy capaz de llegar al final, cada muerte que me cobre carecerá de sentido.

Fuyumaru volvió a asentir, no porque compartiera aquellas palabras, sino porque había comprendido que Seizō estaba ya más allá de su alcance. Kenzaburō le había enseñado bien, pero el muchacho había encontrado sus propias convicciones, y un hombre con una causa en la que creer es una fuerza tan inmutable como el curso de un río.

—Entonces sigue tu camino, Seizō. Y rezo porque nunca se cruce con el mío.

* * *

Al salir al exterior, Seizō tuvo que entornar los ojos, pues el sol se levantaba ya sobre las cumbres, radiante y poderoso. La nieve en el valle estaba derretida casi por completo y el arroyo ya no se helaba; el invierno tocaba a su fin y comenzaba la primavera, que le acompañaría durante los primeros pasos de su viaje. Cargaba un fardo al hombro, en el que había dispuesto aquello que Fuyumaru le había indicado como imprescindible para un viajero: «Ni demasiado para entorpecer tu marcha, ni tan poco que debas depender de otras personas».

Llevaba su *daisho* ceñida a la cintura y se envolvía en la capa de Izumo con el blasón de los Ikeda bordado en su interior. «Si caes —le dijo Kenzaburō el día anterior—, alguien verá el blasón de tu manto y comprenderá que eres un Ikeda. Entonces, tarde o temprano, la noticia llegará hasta mí, y sabré que ha llegado la hora de poner fin también a mi vida. Mientras esa noticia no llegue, te esperaré aquí, en mi última morada».

Seizō, de pie junto a la entrada del refugio, buscó a su maestro con la vista y lo encontró sentado junto al cerezo. Le aguardaba contemplando el sereno amanecer. Cuando se aproximó, el samurái lo saludó con una inclinación de cabeza y lo invitó a sentarse frente a él.

—Mi señor Ikeda, hoy ya no somos maestro y discípulo. Volvemos a ser, simplemente, vasallo y señor, como debió ser siempre.

—*Sensei,* por favor, tenga a bien tratarme como hasta ahora —le rogó Seizō con sinceridad—. Otra cosa no tendría sentido para mí, pues es la última persona que me queda en este mundo.

Kenzaburō no tuvo valor de oponerse a sus palabras, y debió apretar las mandíbulas para contener la mezcla de tristeza y orgullo que le embargaban en aquella despedida. Entonces, obviando sus emociones, dispuso frente a Seizō siete rollos de papel sellados.

—Estos documentos contienen lo que he podido averiguar durante los últimos años sobre cada uno de los responsables de la muerte de tu padre. Cada rollo corresponde a un asesino, todos empuñaron el cuchillo de la traición, y por ello, todos deben morir.

Seizō asintió con parquedad.

—Sin embargo, hay un último responsable que permanece en las sombras —le advirtió Kenzaburō—. Nada he podido averiguar sobre él, bien porque nadie conoce su existencia o por el miedo que le profesan. Por uno u otro motivo, ni siquiera puedo ofrecerte su nombre.

—¿Cómo sabe entonces de su existencia?

—He reflexionado mucho sobre nuestra desgracia y he concluido que los Sugawara no pudieron acabar con los Ikeda por sí solos, siempre han carecido de la ambición y los recursos. Alguien los orientó y los guio contra el corazón de nuestro clan; fueron la flecha, pero estoy convencido de que no el arquero. Sin embargo, pese a los muchos recursos que he movilizado, ha sido imposible arrojar luz sobre este misterio. Aun así, este último actor en las sombras merece la muerte igual que el resto, probablemente más que ningún otro.

—Comprendo —asintió el joven.

—No te envío solo como ejecutor de nuestra voluntad de venganza, Seizō. Te envío también como emisario de la verdad que debe desentrañarse. Debes entender la responsabilidad que descansa sobre tus hombros.

Seizō saludó a su maestro tocando con la frente el suelo y dijo:

—Barreré el país de oeste a este como el último viento del invierno, hasta acabar con todos los asesinos de mi padre. Esa es mi promesa.

Los ojos de Kenzaburō llamearon al oír aquel juramento de venganza.

—Aguardaré el día que regreses para decirme que has cumplido tu palabra. Pero antes de partir, debo darte algo más.

El samurái tomó la *daisho* que reposaba a su izquierda y se la ofreció a Seizō, que observó las dos espadas envainadas, titubeante. Reparó en que Kenzaburō había hecho grabar en las vainas, bajo la guarda de los sables, sendos cerezos en flor que parecían arraigar en la misma empuñadura. Finalmente se atrevió a tomarlas, pero el corazón se le encogió en el pecho al sentir en sus manos el peso de las espadas del general Arima. Comprendió que aquello no era correcto.

—*Sensei,* no puedo empuñar sus armas. Son las espadas del mayor guerrero que ha conocido el reino de Izumo.

Kenzaburō le instó a guardar silencio.

—Te equivocas, Seizō. Aunque así fuera, el guerrero del que hablas se perdió en la marea, desapareció caminando entre las olas. Estas no son más que las espadas de un *ronin,* y yo te las ofrezco como un padre ofrece su arma al hijo que parte a la batalla.

Ante las palabras de su maestro, Seizō solo pudo hacer una nueva reverencia y aceptar la ofrenda.

—Gracias, *sensei.* Intentaré ser digno.

Aquellas fueron las últimas palabras que se dijeron. Tras pronunciarlas, Seizō se ciñó a la cintura las espadas que hasta aquel día habían pertenecido a Kenzaburō Arima, cargó al hombro su fardo y enfiló, sin mirar atrás, el camino que se debe recorrer solo.

EL CAMINO QUE SE DEBE RECORRER SOLO

PARTE

3

Capítulo 27

Negar lo que somos

Los últimos funerales por la muerte de Inushiro Itoo, médico del clan Yamada durante más de cuarenta años, se celebraron una tardía mañana de primavera que regaló a la memoria del difunto una luz cálida, capaz de aliviar el corazón de los que le despedían. Ninguno de los asistentes a la ceremonia acudió por mera cortesía, sino que lo hicieron con la cabeza gacha y el corazón apesadumbrado, pues aquel hombre había cuidado de la salud de todos ellos durante décadas, acompañándoles en los momentos difíciles, como la enfermedad, y los más felices, como el nacimiento de un hijo.

Ekei Inafune, que había velado el cuerpo durante los tres días que la capilla ardiente estuvo instalada en el pabellón de honor, supo ver en el dolor de los presentes la expresión del amor que sentían por el anciano, y se reconfortó pensando que ese no era mal legado para un médico. O-Ine, sin embargo, resultaba más difícil de consolar. Solo él la había visto llorar cuando su padre abandonó este mundo para retornar al ciclo eterno de las cosas; fueron lágrimas de despedida, serenas y contenidas, aunque Ekei sabía que la hija se atormentaba con reproches que se negaba a compartir.

El cuerpo amortajado fue incinerado al cuarto día, y el cortejo fúnebre regresó a la capilla, vacía ya de la presencia del difunto, para una última despedida. Los monjes cantaron el Kannon-Kyō* mientras los asistentes al sepelio se aproximaban, uno a uno, al altar con

---

* Kannon-Kyō: rezo dedicado al *bodhisattva* (maestro budista) Kannon que, a su vez, forma parte del Sutra del Loto.

la tablilla funeraria de Inushiro. Según llegaban, se arrodillaban junto a la mesa dispuesta frente al mismo, prendían una varilla de incienso, juntaban las manos y se inclinaban en señal de reverencia.

La primera en hacerlo fue O-Ine, custodiada en todo momento por su alumna, Ume, y los dos ayudantes del servicio médico, Ogura y Yoshi. La mujer se adelantó, extrajo de su *mofuku** blanco una fina hoja de papel de arroz y, con sumo cuidado, la dejó sobre la mesa. Después encendió una varilla de incienso. En el papel, la hija había escrito el sencillo poema compuesto aquella noche a la memoria de su padre:

> *El aguacero*
> *aflora a mis ojos*
> *como tibias gotas de rocío*

Todos los que se aproximaron al altar pudieron leerlo, y regresaron a su sitio conmovidos por los sentimientos que O-Ine había decidido compartir con ellos a través de aquellas silenciosas palabras.

Torakusu Yamada, sin embargo, decidió expresar el dolor que sentía de una manera distinta, y guardó un obstinado mutismo durante los días que se prolongó el funeral. En su actitud se mezclaba la tristeza por la marcha de un viejo amigo y el temor que sienten los hombres al alcanzar el ocaso de la vida y contemplar cómo aquellos que lo han acompañado durante el trayecto se van quedando atrás. Tan profundo era su silencio, que no llegó a expresar palabras de pesar por su viejo médico ni de consuelo hacia su hija, y nadie se atrevió a molestarlo en su aislamiento, hasta el punto de que muchos creyeron que permanecería así durante los cuarenta y nueve días de luto.

Cuando el último de los presentes mostró sus respetos por la memoria de Inushiro y el sacerdote dio por concluidos los rezos, los asistentes fueron abandonando poco a poco la cámara ubicada en el anillo interior de la fortaleza. Así se disponía a hacerlo también Ekei Inafune, pues creía que había llegado el momento de dejar a O-Ine a solas con su dolor; sin embargo, antes de llegar a la puerta, Ume lo alcanzó para decirle que su maestra precisaba hablar con él.

El médico volvió la vista hacia la estancia que iba quedando vacía, y entre los últimos rezagados, que arrastraban pasos cortos y pa-

---

* *Mofuku:* kimono parco y sin adornos vestido por las mujeres en los funerales.

labras murmuradas en voz baja, divisó a O-Ine aún frente al altar de su padre, la mirada perdida en el vacío.

—O-Ine —la saludó al arrodillarse junto a ella—, ¿necesita algo de mí?

Transcurrieron unos instantes antes de que los ojos de la mujer enfocaran el mundo real y se volvieran hacia él. Cuando cobró consciencia de quién estaba junto a ella, realizó una profunda reverencia con las palmas de las manos en el suelo.

—Solo quería agradecerle lo que ha hecho por mi padre estos últimos días. Yo no podría haber mitigado su dolor como lo hizo usted.

—Me habría gustado poder ayudarlo de otra forma, pero mis conocimientos han sido insuficientes.

—Mi padre estaba más allá del auxilio de toda medicina —respondió ella—. Aun así, el sufrimiento que le ha ahorrado, el que haya podido dormir en sus últimos días, para mí no tiene precio. Nunca se lo podré agradecer lo suficiente.

—No debe darme las gracias. Más bien al contrario, yo soy el que está en deuda con maese Itoo por el trato que siempre me dispensó. Aunque lo conocí durante poco tiempo, le considero uno de los pocos maestros que he tenido en mi vida, y un discípulo se lo debe todo a su maestro.

La mujer inclinó de nuevo la cabeza en señal de agradecimiento, pero cuando volvió a levantarla, su mirada había retornado ya al pozo de melancolía en el que había caído hacía días.

—O-Ine —la llamó él en voz baja—, no puede torturarse de esta forma. No tiene la culpa de nada. Un día u otro, todos morimos.

Ella negó suavemente.

—Mi padre no abandonó este mundo en paz. Debió partir con la tristeza de saber que su legado médico se extinguirá conmigo, seré la última Itoo en servir a los Yamada.

—Si algo entristecería a su padre, sería el verla infeliz. Maese Itoo fue un hombre con una vida plena y, aun con la muerte aguardándole, jamás vi desasosiego en su alma. Yo diría que se sentía orgulloso de su hija; reconfórtese en eso, en lugar de castigarse por algo de lo que su padre jamás la culpó. Si quiere hacer honor a su memoria, intente ser feliz y dedique su vida a la medicina, como lo hizo él.

Tras esas palabras, encontró en los ojos de O-Ine una gratitud distinta a la anterior. Aunque a Ekei le habría gustado permanecer a su lado y distraerla de sus pesares, creyó más adecuado despedirse con una simple sonrisa.

Al abandonar la estancia, se cruzó con Ume, que los había observado desde la puerta del pabellón, abierta de par en par.

—Muchas gracias, maestro —musitó la muchacha, mientras hacía una reverencia al pasar el médico a su lado.

Ekei se detuvo un instante.

—No te separes de ella —le rogó—. La soledad es mala compañía en estos trances.

Ume asintió mientras miraba de reojo a su maestra. Se despidieron en silencio antes de que Ekei saliera al jardín que conectaba el pabellón con la torre del homenaje.

Le sorprendió el cielo resplandeciente que aún le aguardaba en el exterior. Las tardes se hacían más largas y caldeadas, y aquella luz contrastaba con la penumbra de la capilla. No dejaba de producirle cierta desazón el que un día tan triste pudiera ser, a su vez, radiante y hermoso.

Echó a andar por un camino flanqueado de almendros. Las flores exhibían sin recato sus renovados colores y las muchachas parecían aún más bonitas ante la inminencia del verano. O así lo veía Ekei, que no pudo evitar reparar en una hermosa joven de grandes ojos y rasgos delicados. Llevaba el pelo recogido sin adornos, se había maquillado con sobriedad y vestía un discreto kimono claro, por lo que, sin duda, era una de las asistentes al funeral. Debió observarla con más descaro del que pretendía, pues la mujer terminó por sonreír. Pero en lugar de retirar el rostro tímidamente, le sostuvo la mirada, y fue él el que debió girar la cara avergonzado.

—Maestro Ekei —lo llamó entonces la joven, sin reparos, lo que ruborizó aún más al médico. Este la miró intentando encontrar en aquella mujer un rostro conocido.

—Yukie —dijo por fin—. Lamento no haberla reconocido antes.

—Es comprensible. Mis atuendos suelen ser otros y es extraño verme maquillada. Esta mañana yo tampoco me reconocía frente al espejo.

Ekei sonrió ante aquellas palabras que daban cuartel a su torpe reacción, y consiguió reprimir cualquier comentario espontáneo sobre su aspecto, pues habría estado fuera de lugar.

—Imagino que también ha asistido al sepelio —apuntó el médico.

—Así es, mi padre y yo hemos venido en representación de nuestra familia. Ha sido una pérdida para todo el clan.

—Sí. Me ha conmovido la sincera tristeza que he visto en los rostros, pero ni siquiera eso es consuelo suficiente cuando uno pierde a su última familia —reflexionó en voz alta, pues la conversación con O-Ine aún le oprimía el pecho.

—La melancolía de la dama Itoo nos ha entristecido a todos —dijo Yukie—. Es una mujer muy fuerte, nunca la había visto así. Espero que usted pueda hacerse cargo del servicio médico hasta que ella se recupere.

—Haré cuanto esté en mis manos, pero no todo depende de mí, los ayudantes de la señora son muy competentes... Aun así, no me sorprendería que en pocos días estuviera atendiendo a los pacientes con normalidad.

—¿Cómo es eso posible? —preguntó la mujer—. Por más abnegada que sea una persona, merece guardar el luto por sus seres queridos.

—Para muchos, la ocupación cotidiana es la mejor medicina para aliviar el alma. No me extrañaría que ese fuera el caso de la dama Itoo. Después de todo, el espíritu no es como el cuerpo, no existen remedios universales cuando hablamos de sentimientos.

—A veces habla como los bonzos, maese Inafune —lo interrumpió la samurái—. No me extrañaría verle con la cabeza rasurada alguno de estos días.

Ekei rio ante aquella ocurrencia, y Yukie también sonrió, súbitamente divertida por la imagen que ella misma había evocado. Pero de inmediato los dos compusieron el gesto, incómodos por ese atisbo de alegría en un día como ese.

—Estoy lejos de ser un hombre santo, Yukie. Me gustaría decir que siempre he seguido el camino recto, pero negar lo que somos solo nos aleja del mismo —señaló, quizás con excesiva seriedad—. Como siempre, ha sido un placer hablar con usted, incluso en estas circunstancias.

Ella se despidió con igual cortesía y cada uno siguió su camino a la sombra de los almendros. Mientras se alejaban en direcciones opuestas, Yukie no pudo evitar el impulso de mirar por encima del hombro hacia el médico, preguntándose por el sentido de las palabras con que se había despedido. En algunas ocasiones, lo que el maestro

Ekei decía parecía encerrar más de un significado. Por algún motivo, cada vez disfrutaba más de los encuentros casuales con aquel hombre, tan distinto a todos los que había conocido.

Levantó los ojos hacia el cielo, en un intento de apartar al maestro Inafune de sus pensamientos, pero solo encontró el fulgor del atardecer entre las ramas. Deslumbrada, bajó la vista a la senda y apresuró la marcha. De repente, necesitaba llegar cuanto antes a su casa, pero acostumbrada al holgado *hakama* de samurái, el elegante *mofuku* le constreñía las piernas y le impedía caminar con naturalidad. Comprendió entonces con súbita claridad qué suponía ser mujer, y se sintió desfallecer ante el esfuerzo constante que era su vida. Hacía semanas, mientras cabalgaban de regreso desde Kanazawa, Susumu Yamada le señaló claramente el camino que, inexorablemente, debería recorrer: «No temas —dijo con su habitual cinismo el hijo del daimio—, cuando llegue la guerra, permanecerás en el sitio que te corresponde». Y todos sabían cuál era ese sitio. Aquella simple verdad era la que su padre no se había atrevido a imponerle, incapaz de resignarse a que, con la muerte de su único hijo varón, concluyera la tradición militar de la familia Endo. «¿Qué es un samurái sin hijos que hereden su espada? —le escuchó decir en una ocasión—. Solo una rama truncada que jamás dará brotes, y aunque aún parezca firme y poderosa, terminará por marchitarse y desprenderse del árbol».

Ese, sin duda, era el mayor temor de su padre: que la poderosa rama del clan Endo se separara del árbol de los Yamada como leña seca. Y aunque Yoritomo reconocía en su hija los valores de un auténtico samurái, aunque el propio daimio veía con buenos ojos la carrera militar de Yukie, ella sabía que cada expedición que comandaba fuera del feudo instalaba en el corazón de su padre el temor de perder a su última hija y, con ella, la posibilidad de prolongar el nombre de su casa.

El camino de Yukie estaba abocado a dar continuidad a la estirpe de los Endo, y la maternidad la relegaría a vivir entre cuatro paredes, hasta que olvidara el tacto de la empuñadura y la euforia del galope tendido. ¿Por qué insistir entonces? Quizás había llegado el momento de ser más sensata y decirle a su familia que hablara con un *nakudo**, o de indicarle a su padre en qué hombre estaba interesada.

---

* *Nakudo:* mediador encargado de negociar el matrimonio entre la familia de la novia y el novio.

Sin darse cuenta, se encontró frente a la puerta de su jardín. Aquellos pensamientos la habían acosado hasta la misma entrada de su hogar, pero tenía la intención de que no traspasaran el umbral, así que se tomó un instante para despejar su mente antes de entrar. Cruzó el empedrado del pequeño jardín, se descalzó en la tarima y subió a sus aposentos. Su único deseo era desprenderse de aquellas ropas de luto que tan pesadas le resultaban. Deslizó la puerta hasta cerrarla por completo y se arrodilló frente al tocador de su dormitorio, un regalo de su abuela que, sin duda, creyó que recibiría más uso.

Buscó en los cajones un lienzo de tela blanca y lo humedeció en agua limpia. Comenzó a retirarse el polvo de arroz y la pintura con los que tan cuidadosamente la habían maquillado aquella mañana; se sacó los largos alfileres que le recogían el cabello y dejó que este cayera suelto sobre su espalda; por último, se desató el *obi* y le dio vueltas alrededor de su cintura hasta que la infinita tela blanca se desprendió sobre su regazo. Así permaneció durante largo rato, observando su reflejo sobre el espejo de metal bruñido. Las lágrimas habían desdibujado el maquillaje de sus ojos, así que con otro pañuelo se limpió cuidadosamente los párpados y las mejillas. Cuando volvió a buscarse en el espejo, reparó en la *daisho* a su espalda, sobre el soporte de madera de cerezo. Era el tercer par de espadas que había en aquella casa, junto con las de su padre y las de su difunto hermano.

Se volvió y tomó la *katana* de su soporte, sujetándola por la vaina. Desenfundó la hoja hasta la mitad y buscó en el filo su propio reflejo. El acero le devolvió la mirada y, mientras aquellos ojos escrutaban su alma, Yukie supo que siempre los encontraría allí. Por más estaciones que barrieran el paisaje y por más años que ajaran su rostro, tarde o temprano, cuando empuñara de nuevo una espada, serían los ojos de una samurái los que la observarían desde la hoja templada.

* * *

Ekei Inafune abrió uno de los cajones de su *yakuro* y recontó los sobrecillos rellenos con hierbas picadas y minerales pulverizados. Sus dedos bailaron sobre los pliegos de papel hasta llegar al fondo. Cuando se convenció de que no faltaba ninguna de las sustancias básicas de su farmacia, empujó el estrecho cajón y levantó la tapa superior de la caja: pinzas, cuchillas, platillos de cerámica, balanzas y mezcladores. Gran parte de aquellos utensilios y drogas podían resultar fatales en manos malintencionadas, y ese fugaz pensamiento lo llevó a preguntarse qué habría sucedido si el señor Munisai Shimizu, en lugar de encomendarle la misión de convertirse en confidente del León de Fukui, le hubiera pedido que fuera el sicario que ejecutara al gran daimio. Entonces, quizás todo habría resultado mucho más sencillo, suspiró el médico.

Cargó la caja al hombro y se encaminó a la salida de sus aposentos, donde se reunió con el criado que había acudido a anunciarle que Torakusu Yamada requería su atención. Al verle aparecer, el joven le indicó que las medicinas no serían necesarias, pues su señoría solo deseaba departir con él. Intrigado, Ekei dejó el *yakuro* a un lado y siguió al sirviente por los largos pasillos de madera. No intentó averiguar el motivo de la visita, pues ya había aprendido que un señor podía requerir la presencia de sus vasallos por el más peregrino de los motivos, pero se trataba de la primera vez que el daimio llamaba a uno de sus médicos desde los funerales de Inushiro Itoo, y quizás lo lógico habría sido solicitar la presencia de la jefa del servicio.

En esto pensaba cuando se encontró, frente a frente, con Asaemon Hikura, que descendía por las escaleras que llevaban a los aposentos del señor feudal.

—Maese Ekei, qué sorpresa —lo saludó el samurái—. Últimamente vendes cara tu presencia.

—Sabes que he estado más ocupado de lo normal —se disculpó el médico con desgana.

—Por supuesto, me pregunto quién te ayudaría a conseguir todas esas ocupaciones.

—Ahora no es el momento, Asaemon. Su señoría me espera.

El guerrero enarcó una ceja.

—Sea cual sea el motivo, te aseguro que no es por razones de salud. Mi turno concluye ahora y he permanecido toda la noche guardando la puerta de una casa en el barrio del placer. El viejo ha pasado allí la velada con esa puta de Kioto.

—La dama Sakura —señaló el médico, recordando a la desconcertante joven.

—Llámala como quieras, todas tienen nombres de flor, y sean de Kioto o de un poblacho de Mino, al fin y al cabo hacen lo mismo: se abren de piernas para que se la metas.

—Todo un caballero —ironizó Ekei—. Si me permites.

—Por supuesto, pero recuerda que me debes unas cuantas rondas.

El médico se despidió con un gesto de la mano y continuó su camino intentando recuperar la solemnidad que requería una audiencia con el daimio. Cuando llegó a la puerta de los aposentos, los guardias le hicieron esperar. Una doncella entró para asegurarse de que el gran señor estaba disponible y, al cabo de un rato, reapareció para indicarle que podía pasar.

Al entrar, tardó un instante en percatarse de que Torakusu Yamada se hallaba al otro extremo de la sala, asomado a la amplia terraza que dominaba la bahía de Fukui. Esperaba con las manos cruzadas a la espalda y sus ojos parecían perderse más allá del horizonte, como si intentara traspasar el velo azul. Pese a su edad, era fácil distinguir en aquel hombre al guerrero que tiempo atrás se ganara fama de despiadado; pero Ekei también intuía una cualidad más sutil que lo emparentaba con Munisai Shimizu: su mirada incisiva, atenta a los detalles y a las personas. El que alguien como Torakusu, vencedor de cien batallas, aún escuchara a sus vasallos, demostraba que sentía curiosidad por el espíritu humano, que prefería persuadir con una mano tendida, aun pudiendo aplastar con un puño enguantado en hierro.

—Pase, maese Inafune. Deseaba hablar con usted —le invitó, sin siquiera volver la vista hacia él.

Aunque el daimio se encontraba de espaldas, Ekei se arrodilló e hizo una reverencia con los puños apoyados sobre el tatami. Cuando la doncella cerró la puerta y los dos hombres quedaron a solas, Torakusu por fin se giró hacia el recién llegado. Habló sin rodeos:

—Hace algún tiempo, en esta misma sala, dijo ser capaz de darle la vuelta a esa partida. —Señaló la mesa de *go* en la terraza—. Si no fuera porque sería una impertinencia por su parte, diría que aquel comentario fue un desafío velado.

—Lo siento si esa fue vuestra impresión, *o-tono* —se disculpó el médico—. Jamás me atrevería.

—En cualquier caso, consiguió despertar mi curiosidad. Sin embargo, hasta ahora resultaba imposible satisfacerla.

—No sé si os entiendo.

El daimio abandonó la terraza y avanzó hasta el filo de la tarima que presidía la estancia.

—Durante años jugué al *go* una vez por semana con Inushiro Itoo. Era un jugador paciente y tenaz, no exento de talento pese a no ser un estratega. Pero cuando enfermó, debimos interrumpir esta costumbre. Por respeto hacia él, hasta hoy he mantenido el tablero tal como quedó la última vez que jugamos, a la espera de que regresara a esta estancia y retomáramos lo que dejamos a medias. Sin embargo, la partida ya jamás concluirá. Creo que ha llegado el momento de comenzar un juego nuevo, y tengo la esperanza de que un médico sea tan hábil como el otro.

Las palabras de Torakusu demostraban respeto por un viejo amigo y aquello atenuó el sabor a victoria que Ekei paladeaba en ese momento. No obstante, se ciñó a su papel.

—*O-tono*, la muerte de maese Itoo ha sido una gran pérdida para todos, no puedo pretender ocupar su lugar.

—¿Acaso cree que soy un viejo que busca compañía? En su momento, le agradecí sus servicios permitiéndole servirme como médico, y no espero nada más de usted. —Torakusu acentuó el ceño—. Pero ahora quiero retomar un hábito que he disfrutado durante años, y sé de sobra que en este castillo no hay nadie capaz de plantearme un reto digno sobre el tablero. Jugaremos una partida y comprobaré si usted es tan bueno como cree. Si al final resulta ser como tantos otros, sus funciones se limitarán a las que han sido hasta ahora y jamás volveré a reclamarle para jugar conmigo. Simplemente, guardaré ese viejo tablero bajo llave y me olvidaré de él, como he hecho con tantas otras cosas a lo largo de mi vida.

—Intentaré ser un rival a vuestra altura.

—Entonces, tome asiento —dijo el daimio—. Tenemos tiempo para jugar hasta que caiga la tarde.

No sin cierto titubeo, Ekei ascendió a la tarima poniéndose a la misma altura que su señor. Este le ofrecía con la mano tendida uno de los dos cojines que había junto a la mesa. El médico salió a la terraza y se sentó en la protocolaria posición de *seiza*, mientras Torakusu se recogía los pliegues del *hakama* y se sentaba con las piernas cruzadas. Ambos comenzaron a retirar las piedras que ocupaban el tablero y a echarlas en sus respectivos cuencos, las blancas para Torakusu, las negras para Ekei.

Y así comenzaron su partida, inclinados sobre la mesa, entregados en silencio al juego mientras el profundo azul de la bahía les llenaba los ojos y les agitaba las ropas. Los movimientos se sucedieron y las piedras oscilaron sobre el tablero como arrastradas por las olas que rompían contra el acantilado, y poco a poco la diferencia entre ambos contendientes fue quedando patente. El médico se había convertido, bajo la instrucción del armero Ushi Ogawa, en un jugador escurridizo capaz de defender bien sus posiciones y de trazar estrategias difíciles de anticipar, por lo que durante largo rato logró plantar cara a su oponente. Pero Torakusu Yamada era un auténtico maestro: jugaba rápido y buscaba ganar posiciones en varias zonas del tablero al mismo tiempo, desorientando a Ekei con maniobras que siempre encerraban segundas y terceras intenciones.

No transcurrió mucho tiempo antes de que el maestro Inafune no pudiera hacer otra cosa más que defenderse. La partida estaba a punto de decantarse, y observando el rostro relajado del daimio, el médico supo que había estado lejos de plantearle el reto que esperaba, por lo que aquella sería su primera y última partida. Entre los dedos se le escapaba su oportunidad de entablar una relación que fuera más allá de lo formal con el gran señor de Fukui.

Tales pensamientos le atribulaban cuando alguien irrumpió con estrépito en la sala. Los dos jugadores se vieron obligados a levantar la vista y prestar atención a la figura que cruzaba los aposentos. Yoritomo Endo subió a la tarima e irrumpió en la terraza con poca o ninguna cortesía. De hecho, a punto estuvo de olvidar el pertinente saludo antes de dirigirse a su señor.

—*O-tono*, necesito hablar a solas con vos —dijo el samurái en un tono imperativo que, a juzgar por la expresión del daimio, no solo sonó insolente a oídos de Ekei. Desde luego, aquella actitud no casaba con el hombre tranquilo y afable que medió por él en el pabellón de entrenamiento.

—¿No cree que ya ha sido suficientemente descortés interrumpiendo nuestra partida como para, además, permitirse el lujo de echar a mi invitado? —siseó Torakusu.

El general, visiblemente consternado, se arrodilló y tocó el suelo con la frente, en un intento por recuperar la compostura que tan vergonzosamente había perdido. Cuando levantó la cabeza, sin embargo, la premura continuaba resultando evidente en su rostro.

—Mi señor, ha llegado un informe de nuestra guardia fronteriza. Han detenido a un explorador del clan Shimizu en las lindes de Daishojicho. Con total seguridad registraba la disposición de nuestros puestos de vigilancia en el sur. Se están preparando para la guerra, *o-tono*.

¿Sería cierto?, se preguntó Ekei, al que la noticia había tomado tan de improviso que sintió hueco su pecho. ¿Se habría plegado por fin Munisai Shimizu a las presiones de aliados como Tadashima, que abogaban por un ataque sorpresivo? Aquello supondría un cambio absoluto sobre su situación y el papel que debía desempeñar. Debía reunirse con el emisario de Shimizu cuanto antes.

Sin embargo, las palabras del general no parecieron agitar de igual modo al señor de Fukui.

—No saque conclusiones precipitadas, Yoritomo —le reprendió el daimio—, siempre ha sido un hombre prudente. Porque capturemos a un explorador de Shimizu en nuestras tierras no podemos inferir que se prepara un ataque. Debemos obrar con cuidado, estamos en un momento sumamente delicado para la nación.

—Por lo menos, déjeme concentrar nuestras tropas en la frontera. Así no correremos riesgos.

—¡No! —rugió el león—. Eso sería como una declaración de guerra. Shimizu y sus aliados tendrían motivos para pensar que preparamos una invasión. No cometeré semejante torpeza.

Mientras aquellos dos hombres discutían la estrategia conveniente, Ekei fijó la mirada en el tablero de *go*. Cualquiera habría creído que se trataba de su manera de mostrarse ausente, de abstraerse de una conversación que, evidentemente, no debía presenciar.

—Disculpe mi insistencia, *o-tono*, pero no podemos correr riesgos. ¿Por qué preocuparnos si eso desencadena un conflicto? Bien preparado, nuestro ejército barrería del campo de batalla a la alianza de todos los clanes del sur de Echizen y del este de Wakasa.

Los ojos de Torakusu Yamada se encendieron como ascuas avivadas por un viento súbito. La figura del general Endo pareció mermar bajo aquella mirada.

—No abuses de mi paciencia, samurái. Jamás vuelvas a contradecir a tu señor.

—Ruego disculpe mi insolencia, *o-tono*. Como siempre, mi espada y mi vida le pertenecen. —Yoritomo agachó la cabeza y no volvió a levantarla.

—Retírese, general.

Así lo hizo, caminando de espaldas sin alzar la vista del suelo. Cuando por fin hubo abandonado los aposentos, Torakusu dirigió su atención hacia el médico, que permanecía con la mirada perdida en el tablero. El daimio expulsó el aire con un lento suspiro y se puso en pie.

—No estoy de humor para seguir jugando. Usted también puede retirarse.

El maestro Inafune solo pudo asentir.

—Espero que podamos retomar nuestro juego pronto. Mientras observaba el tablero, creo haber descubierto cómo darle la vuelta a la partida.

El León de Fukui echó un último vistazo a la mesa de *go* y sacudió la cabeza. Si la partida no hubiera estado decantada de manera tan evidente, aquella aseveración podría haberse interpretado como una pésima broma. Nunca se le habría pasado por la cabeza cuán cierta resultaba ser.

* * *

La figura se movía con pasos silenciosos, su sombra agitada por las antorchas que, alternativamente, iluminaban el largo pasillo. Caminaba con la cabeza alta, de forma que nadie que acertara a verlo pudiera pensar que su presencia allí no resultaba adecuada; pero sus gestos precavidos delataban que prefería pasar desapercibido. Continuó avanzando por el intrincado enjambre de pasillos hasta alcanzar una puerta *shoji* pintada de rojo en su mitad inferior. Se detuvo junto a ella y contuvo la respiración, buscando con su oído algún sonido que, por imperceptible que fuera, indicara que podía haber alguien en el interior, aunque fuera durmiendo. Solo cuando estuvo plenamente convencido del silencio reinante, puso la mano sobre la puerta. Miró una última vez por encima del hombro y deslizó el panel con suavidad para volver a cerrarlo cuando estuvo al otro lado.

Hacía poco que había comenzado a atardecer, y los aposentos de Ekei Inafune aparecían sumidos en una oscuridad asaeteada por haces naranjas. El intruso aguardó a que sus ojos se habituaran a la penumbra y escrutó las sombras en busca de algo que aún desconocía. Cruzó el recibidor y llegó a la amplia estancia central: en el extremo opuesto, una pequeña terraza cegada por varillas de bambú; en una pared lateral, una puerta entreabierta a lo que debía ser el dormitorio; y frente a esta, otra sala auxiliar, probablemente una camarilla de estudio.

Recorrió las habitaciones con pasos lentos, el oído atento a cualquier sonido procedente de la entrada y los ojos muy abiertos, buscando algún indicio de que el maestro Inafune era algo más que lo que decía ser. Todo parecía sumamente pulcro y ordenado, los objetos guardados en cajones, armarios y baúles. El intruso buscó metódicamente en cada uno de ellos, pues ninguno estaba cerrado con llave, como si allí no hubiera nada que esconder. Pero sabía bien que un hombre tan astuto como aquel sería creativo a la hora de ocultar un secreto, no usaría algo tan burdo como un cerrojo. Así que pisó sobre cada plancha de tatami esperando escuchar un sonido hueco bajo alguna de ellas, también golpeó con los nudillos sobre los paneles de madera que revestían las paredes y deslizó los escasos muebles a un lado, con la esperanza de encontrar algo tras ellos, lo que fuera.

Nada.

Pero aquel hombre era escrupuloso en su proceder y se resistía a abandonar su empeño. Se adentró en el estudio y se entretuvo allí largo rato: extrajo uno a uno los libros de la estantería para buscar entre sus páginas, con cuidado de memorizar su posición para devolverlo a su lugar exacto en el estante. En vano. Por último reparó en la presencia del *yakuro,* aquella caja que Inafune siempre llevaba consigo. ¿Dónde si no guardaría un médico sus secretos?, se dijo. Convencido de aquello, se aproximó al pequeño cofre y observó que estaba cerrado con el cayado de bambú que se usaba para cargarlo al hombro, deslizado a través de dos argollas de hierro instaladas en la tapa superior. Un cierre rudimentario que solo tenía por objeto evitar que la caja se abriera accidentalmente mientras era transportada, así que tiró del bastón hasta que liberó las anillas.

Revolvió los instrumentos guardados en el interior con igual suerte, y rebuscó concienzudamente entre los pequeños compartimentos y en los cajones laterales, pero tampoco encontró allí ningún oscuro secreto.

Frustrado, chascó la lengua y cerró los ojos en un esfuerzo por concentrarse, intentando imaginar dónde podía encontrar una prueba delatora. Pero antes de que alguna idea acudiera a su mente, unos pasos hicieron crujir la madera. El sonido llegaba lejano, amortiguado tras los paneles y las puertas *shoji,* pero el intruso sabía que, quienquiera que fuese, estaba a punto de entrar en los aposentos. Cerró la caja y se apresuró a la terraza de la estancia principal. Se movía rápido aunque sus pasos apenas fueran un susurro en el silencio. Cuando la puerta se abrió de par en par, ya había alcanzado la terraza y, tras saltar por encima del murete, cayó sobre la amplia cornisa de pizarra. Las tejas gimieron bajo su peso, pero afortunadamente ninguna se desprendió, así que pegó su espalda contra la pared exterior de la torre y aguardó durante una eternidad, rezando a los dioses del cielo y del infierno por que nadie se asomara a alguna de las terrazas contiguas y lo descubriera agazapado.

Desde allí arriba podía contemplar los sucesivos anillos que constituían la fortaleza; la sombra del tiempo se deslizaba sobre ellos convirtiendo el castillo en un inmenso reloj de sol bajo la luz del atardecer. Mientras intentaba controlar la respiración, la brisa salada le enjugó la frente y el sol comenzó a ponerse al otro lado de la torre, de tal modo que un suave manto de oscuridad cayó sobre la cara este de la misma, donde se encontraba encaramado. Cuando por fin no fue más que una sombra entre sombras, Asaemon Hikura se puso de nuevo en movimiento y desapareció al amparo de la noche.

Capítulo 28

Bajo el mismo cielo

La tormenta sepultó el bosque bajo un manto de lluvia como Seizō jamás había visto antes. Era su tercer día de viaje, y hasta ahora los dioses le habían favorecido con un clima benigno que le sonreía desde el amanecer hasta la noche. Sin embargo, aquella jornada amenazó tormenta desde primera hora, y finalmente, cuando cayó la tarde, el véspero vino acompañado de un aguacero que estremeció incluso los árboles. El bosque entero repiqueteaba como la piel de un tambor y el samurái se vio obligado a buscar refugio bajo un pequeño templete levantado junto al camino. Allí compartió techo con un pequeño *jizō* de piedra cubierto con un pañuelo rojo.

Viajaba de regreso a Izumo, la vieja tierra de su familia, y aunque en condiciones normales podría haber cubierto dicho trayecto en pocos días, había decidido no tomar las rutas comerciales más cortas, sino dirigirse hacia la costa de Tottori. Quería contemplar el mar que su maestro tanto añoraba y que él en tan pocas ocasiones había visto. Desde allí, recorriendo el litoral, bordearía los lagos Nakaumi y Shinji hasta llegar al corazón de Izumo. Era un viaje innecesariamente largo, pero no tenía prisa alguna, pues sabía lo que debería hacer una vez llegara, y albergaba la esperanza de que la senda junto al mar limpiara su alma y su mente, ayudándole a prepararse para su deber.

Lo cierto es que, desde que puso el pie en el camino, Seizō había comenzado al mismo tiempo un viaje interior en el que trataba de encontrar la motivación necesaria para acometer su venganza.

Y mientras Susano-o continuaba bramando desde los cielos, el joven, sentado junto al silencioso *bodhisattva* de piedra, con la mirada perdida en los charcos que afloraban a lo largo de la senda, continuaba recorriendo ese otro camino que le resultaba mucho más arduo que el que debía llevarle desde el monte Daisen hasta Izumo. Hacía días que le atormentaba el momento en que debiera dar muerte por segunda vez en su vida. Había buscado dentro de sí el odio necesario para asesinar por venganza, pero no lo encontró, pues la muerte de su familia era un triste recuerdo que, lejos de suscitarle rabia, solo le inspiraba melancolía y un profundo sentimiento de desamparo.

Privado del odio, solo le quedaba aferrarse al sentido del deber que Kenzaburō le había inculcado. Pero ¿sería aquello suficiente? Sacudió la cabeza e intentó apartar de su mente una pregunta cuya respuesta no conocería hasta que llegara el momento. Pensar demasiado, atormentar el espíritu con cuestiones irresolubles, solo consigue hacer al hombre dubitativo y su voluntad quebradiza; mil veces se lo había advertido Kenzaburō y mil más se lo había recordado Seizō a sí mismo. Así que, dejando aquellas elucubraciones a un lado, se cubrió los hombros con su grueso manto de explorador, se ató el sombrero bajo la barbilla y reemprendió el camino bajo la tormenta, con la esperanza de que la lluvia arrastrara también sus pensamientos.

* * *

El temporal amainó durante la noche y el día amaneció de nuevo despejado. El sol de la mañana terminó por secar lo que el fuego de la hoguera no había logrado, y Seizō continuó caminando a buen ritmo durante el resto del día, deteniéndose solo para almorzar unos cuantos pasteles de arroz y ñames silvestres que hirvió en el bol de su alforja. Avanzaba siempre hacia el norte, en dirección a la costa a través de los sinuosos caminos que atravesaban la provincia de Hoki, y antes de que atardeciera pudo divisar el vasto azul que se extendía hasta el horizonte. Con el corazón animado por aquella visión, exigió un poco más a sus pies embarrados. La senda subía y bajaba a través de una extensa llanura, y cada vez que el viajero coronaba un repecho divisaba el mar más cerca e imponente, hasta que por fin saboreó la sal en la brisa y sus oídos se llenaron del rumor de las olas.

El sol declinaba cuando alcanzó el acantilado barrido por el viento y pudo contemplar, desde el filo mismo de la roca, la infinita inmensidad del mar. Llenó su pecho de aquel aire húmedo y descubrió con agrado que las vertiginosas corrientes que ascendían por la pared de piedra arrastraban el rocío de la rompiente. Disfrutó del viento que agitaba sus ropas y le humedecía el rostro, hasta que divisó una playa más adelante, siguiendo el perfil del acantilado hacia el oeste. Atraído por la perspectiva de caminar sobre arena blanca y reencontrarse con recuerdos de salitre y espuma, Seizō retomó la marcha con una ilusión que le había resultado ajena durante años.

Se descalzó al pisar la arena y caminó hacia la orilla. Antes de llegar al agua, dejó caer su bolsa y su capa, se desnudó y se adentró en el mar. El agua estaba fría, pues hacía pocas semanas que el invierno había quedado atrás, pero no más que los gélidos arroyos de montaña en los que se había bañado durante años. Perdió la noción del tiempo jugando entre las olas y nadando sobre ellas, hasta que finalmente reparó en que el sol comenzaba a desaparecer tras la líquida línea del horizonte. No sin pesar, decidió que había llegado el momento de aprovechar los últimos rayos de luz para secarse y buscar un refugio donde pasar la noche. Nadó hasta la orilla y se envolvió en su manto de viaje, sintiéndose limpio por primera vez en muchos días.

Mientras esperaba que la brisa le secara el pelo, se deleitó escuchando la pausada respiración del mar, que exhalaba olas que venían a morir junto a sus pies. Durante un instante imaginó olvidarlo todo y permanecer allí por el resto de sus días, pero la realidad pronto vino a sacarlo de su ensoñación: en la distancia, pero aún sobre la playa, titilaba una llama lejana, probablemente una hoguera de pescadores o viajeros que habían decidido pasar la noche junto al mar. Se dijo que la suerte continuaba sonriéndole aquel día, así que terminó de vestirse, se ciñó las espadas a la cintura, y comenzó a avanzar por la orilla en dirección a la misteriosa luz.

No había anochecido aún cuando alcanzó el modesto campamento: se trataba de una pequeña hoguera encendida sobre piedras y rodeada por esteras, pero no había nadie junto a ella. Imaginó que el que hubiera prendido el fuego no podía andar lejos si pretendía alimentarlo para mantenerlo vivo durante la noche, así que continuó caminando en dirección a una escollera natural que se adentraba sobre las olas. Por fin, en el extremo de la misma, pudo divisar dos figuras que se movían recortadas contra el ocaso.

Avanzó con cuidado, pues no estaba acostumbrado a caminar sobre rocas mohosas, y, según se aproximaba, pudo distinguir al contraluz que las dos siluetas pertenecían a un pescador, que con las piernas separadas lanzaba las redes al mar, y a un niño acuclillado que le observaba junto a un cesto. Durante largo rato admiró la habilidad del hombre con las redes, que hacía bailar entre la corriente con amplios movimientos de sus brazos, pero antes de aproximarse más, prefirió saludar por encima del ruido del mar. El pescador y el niño se giraron hacia él, suspicaces ante un *ronin* que llega a la caída del sol. Cuando estuvieron suficientemente cerca para hablar, el samurái saludó con un gesto amistoso.

—Soy un viajero de paso por la provincia de Hoki. Me preguntaba si podría pasar la noche junto a vuestra hoguera.

El pescador y el pequeño, que debía ser su hijo, se miraron durante un instante, pero el adulto se apresuró a asentir ante la petición. Al fin y al cabo, no podían desairar a un samurái, aunque se tratase de un *ronin*.

—Por supuesto, señor. No podemos negarnos.

—No pretendo aprovecharme de vosotros. Si me ofrecéis algo de vuestro pescado como cena, os pagaré; aunque os advierto que no es mucho lo que tengo.

—No será necesario —rehusó el pescador.

—Insisto en ello. De otro modo no aceptaría vuestra comida.

El hombre volvió a asentir, pero le advirtió que aún no había concluido su faena, por lo que le rogó paciencia. Cuando se volvió para lanzar de nuevo las redes, Seizō se aproximó al pequeño y le revolvió el pelo apelmazado por el salitre.

—Ya que compartiremos cena, debéis saber que mi nombre es Seizō.

—Yo soy Yasohachi, señor —se presentó el pescador con una inclinación, pero sin desatender sus aparejos—, y este es mi hijo Matahachi. Está aprendiendo a lanzar las redes.

—Veo que eres todo un experto. Pero tenía entendido que se faena temprano por la mañana para vender el pescado fresco; nunca había escuchado de nadie que pescara al atardecer.

—Por la mañana las familias de pescadores cercanas, que viven tras aquellas colinas, sacan sus barcas y sus redes. Ahora, sin embargo, podemos estar solos mi hijo y yo. Además, esta tarde el viento ha soplado hacia la costa, hay muchos peces cerca de la orilla.

—Pero ¿qué harás con lo que captures? Lo que metas en esa cesta no estará fresco mañana.

—Esa cesta es solo para nuestra cena —explicó Yasohachi—. Ahora verá.

Separando las piernas y asentando el peso sobre las caderas, tiró con todas sus fuerzas para sacar las redes del agua. Entre las mallas se agitaban decenas de haces de plata que reflejaban la luz del atardecer. El pescador abrió la boca de la red y el pequeño Matahachi se abalanzó a coger unos cuantos peces antes de que alguno pudiera escapar. Tomó una brazada, sin distinguir tipos o tamaños, y su padre cerró de nuevo la red anudándola con dos vueltas de soga.

Mientras el pequeño Matahachi corría hacia la cesta, un par de peces saltaron de sus brazos y, tras abofetearle la cara, cayeron al suelo. Con espasmódicos brincos saltaron sobre la húmeda roca y regresaron al mar. Pero el niño no se preocupó por ellos; se apresuró hasta el canasto, metió en él el resto de los peces y lo cerró rápidamente, antes de que alguno más pudiera liberarse. Seizō observó atento todo el proceso, pero lo que más le llamó la atención fue lo que hizo el veterano pescador: una vez hubo cerrado la malla, tomó de su cintura una larga barra de hierro y la clavó entre las rocas, anudó a ella la cuerda que cerraba la red y tiró esta al mar, de modo que se hundió entre las olas con los peces dentro, pero quedando anclada a la escollera.

—Mañana, cuando saque la red, los peces capturados estarán vivos y llegarán frescos al mercado de Sakaiminato.

—Veo que no solo eres un pescador hábil, también eres un hombre astuto —dijo Seizō—. Toma buena nota de lo que tu padre te enseñe, Matahachi, y te irá bien en esta vida.

El pescador sonrió ante el cumplido del joven samurái, mientras el niño asentía con gravedad. Seizō, pese a haber permanecido los últimos años recluido en una montaña con la única compañía de sus disparos maestros, conservaba la espontaneidad y naturalidad de trato que le eran innatas y que había aprendido a pulir como dependiente en el negocio de los Ichigoya. Por tanto, no tardó en ganarse la simpatía de padre e hijo, y departieron de forma animada durante las horas siguientes, siempre sobre cosas triviales como el tiempo, las mejores rutas para viajar o la vida de un pescador. Justo el tipo de conversación intrascendente que Seizō necesitaba.

Mientras charlaban, el viajero se encargó de mantener vivo el fuego sin quitar ojo al laborar de su anfitrión, que preparaba el pescado para la cena. La natural curiosidad de Seizō le empujaba a aprender cuanto fuera posible de cada situación, sobre todo cuando se refería a conocimientos prácticos como aquel, que le podrían resultar útiles en un futuro inmediato. Yasohachi tomó un afilado cuchillo que había dejado clavado en la arena, lo enjuagó en un cubo con agua y practicó dos precisas incisiones bajo la cabeza de cada pescado; esperó a que estos se desangraran a través del corte y, a continuación, los abrió en canal para limpiar las tripas. Los ensartó en espetones, los ató con unos pequeños cordeles y los puso al fuego sobre la hoguera que Seizō había avivado.

El olor del pescado asado no tardó en despertarles el apetito, y cuando por fin estuvo en su punto, cada uno devoró su ración de buena gana. Comieron y bebieron del sake malo que el pescador había llevado a la playa, pero que convenientemente calentado pasó sin demasiados problemas por la garganta. La charla fue amena y, pese a que Yasohachi, animado por el licor, pronto le contó los pormenores de su vida al joven desconocido, tuvo la prudencia de no cuestionarle sobre su pasado ni de dónde venía o hacia dónde iba.

Poco a poco la noche se fue haciendo más profunda sobre sus cabezas, pero las historias del pescador no tocaban a su fin. Relataba una anécdota sobre su mujer y su suegra, que su hijo acompañaba con asentimientos y risas, cuando súbitamente cesó en su cháchara al reparar en la mirada de Seizō: este permanecía atento a la oscuridad, y cuando Yasohachi se volvió para comprobar qué era lo que había visto el samurái, descubrió que alguien se dirigía hacia ellos avanzando entre las tinieblas que anegaban la playa, como el fantasma de un naufragio.

El pescador, supersticioso como todos los que se ganan la vida con las manos, se asustó y abrazó al pequeño Matahachi contra el pecho. Seizō le tocó el hombro para tranquilizarlo, al tiempo que se ponía en pie y avanzaba hasta el umbral del irregular círculo de luz que proyectaba la hoguera. Allí aguardó a que el fantasma llegara hasta ellos; cuando el resplandor alcanzó a aquel que se aproximaba sobre la arena, el joven comprobó que se trataba de un monje errante. Mantenía el rostro cubierto bajo el ala de su sombrero y se apoyaba en un cayado con anillos que tintineaban a cada paso. Antes de llegar hasta ellos, se descubrió la cabeza tonsurada y los saludó con una reverencia.

—Disculpad si os he sobresaltado, pero el fuego me ha tentado y no he podido evitar aproximarme.

—Siéntate junto a nosotros, bonzo —le invitó Seizō—. Aún queda sake y pescado fresco.

El peregrino les dio las gracias y se adentró en el círculo de luz para sentarse junto a la hoguera. El samurái observó que llevaba a la cintura una flauta *shakuhachi*, similar a la usada por los monjes mendicantes.

Así, como náufragos de un islote anclado en un mar de sombras, los compañeros de velada se sentaron en torno al fuego y retomaron la cena, pero el ambiente era menos cómodo con la llegada del bonzo. Quizás porque su presencia resultaba demasiado extraña, quizás porque el susto había apagado el animoso carácter de Yasohachi, lo cierto es que las risas terminaron y todos se dedicaron a comer en silencio con la mirada perdida. De tanto en tanto, Seizō observaba de soslayo al bonzo, que pese a intentar guardar las formas, daba cuenta con avidez de los dos pescados que le habían asado.

Fue el pequeño Matahachi quien tomó la palabra, al encontrar en el largo silencio de los adultos la oportunidad de deslizar la pregunta que le rondaba la cabeza.

—¿Has matado alguna vez a alguien con tus espadas? —preguntó, con la desnuda curiosidad que muestran los niños por los detalles macabros.

—¡Matahachi! —exclamó su padre con acento ebrio, al tiempo que le golpeaba en la nuca con la mano abierta.

El muchacho casi hundió la nariz en la arena del fuerte golpe, y se incorporó rascándose la cabeza con gesto confuso, como si no comprendiera qué había hecho para merecer semejante castigo.

—No pasa nada —los tranquilizó Seizō con gesto pacificador—. ¿Por qué quieres saberlo, Matahachi?

—Mi tío dice que hoy día los samuráis ya no son lo que eran. Que muchos nunca se han batido en duelo, y que otros incluso han debido vender las hojas de sus espadas y lo único que portan a la cintura son vainas vacías.

Dicho esto, el chico se encogió de hombros y cerró los ojos, por si sobrevenía un segundo coscorrón, pero Seizō frenó el posible castigo al esbozar una sonrisa.

—No sé si tu tío tiene razón, pero si es cierto, envidio a los samuráis de los que habla. Cualquier hombre que pase por esta vida sin tener que arrebatársela a otro es afortunado.

—Entonces, ¿tú sí has matado a alguien?

Seizō se tomó un instante antes de responder.

—A una persona —reconoció con voz sombría.

—¡Seguro que se lo merecía!

Intentó sonreír ante el entusiasmo del niño, pero el rictus se le congeló en el rostro y bajó la vista hasta sus manos manchadas de pescado. Cuando volvió a levantarla, comprobó que Matahachi aún esperaba una respuesta que espoleara su imaginación. No podía mentirle, así que optó por reconducir la conversación:

—He observado que te falta una *waraji*.

El niño se miró el pie descalzo y movió los dedos jugueteando con la arena, como si de repente recordara que le faltaba una sandalia.

—Sí, la perdí hace unos días. Ahora solo me queda esta.

—¿No hay nadie que te pueda hacer una nueva?

—Vivimos en una aldea de pescadores —dijo el padre, que ya se había tendido sobre una estera junto al fuego—. Sabemos hacer redes para pescar y horquillas para recoger algas. Para lo demás, dependemos de los vendedores ambulantes.

—Hace semanas que no pasa ninguno por la aldea —añadió el muchacho.

—Ya veo.

El chico, al ver que su padre se disponía a dormir, desenrolló una segunda estera y se acurrucó junto a él. Dio las buenas noches con los ojos cerrados y no tardó en caer en un profundo sueño, al igual que Yasohachi. Seizō los observó con media sonrisa, pues no hay nada como la conciencia tranquila de un niño para dormir a pierna suelta..., salvo una buena ración de sake, se dijo mientras el pescador emitía un sonoro ronquido.

Por fin, se dirigió al monje.

—¿Por qué no tocas algo con tu *shakuhachi*, bonzo? Hace años que no escucho el sonido de la música.

—¿No temes que pueda despertarlos?

—Estoy seguro de que alguien que tiene tanto tiempo para ensayar es capaz de interpretar una melodía suave, como el arrullo de un riachuelo.

Y, sin esperar respuesta, el samurái se inclinó sobre su bolsa y sacó un ovillo de caña de arroz.

—¿Qué harás tú mientras tanto? —quiso saber el monje.

—Trenzaré unas *warajis* para el niño antes de dormir, y en ellas dejaré unas monedas de cobre para pagar tu cena y la mía. Pienso partir antes de que se despierten.

El bonzo sonrió con gesto afable. Entonces, se humedeció los labios y arrancó los primero tonos a su flauta de cinco agujeros. Interpretó un *honkyoku** largo y de alma melancólica que reverberó en la noche fundiéndose con el rumor de las olas. Dejándose llevar por aquel sonido, Seizō comenzó a trenzar una sandalia para Matahachi, y pudo abstraerse de las miserias de aquel mundo, de lo que había vivido y lo que estaba por venir, centrándose solo en el aquí y ahora. Encontró una paz extraña, como la que Kenzaburō debía encontrar cuando meditaba durante horas junto al cerezo de su madre, pero no se percató de ello hasta que concluyó su labor. Cuando por fin hubo terminado, dejó la *waraji* sobre la arena, y tal como lo hacía, le embargó una sensación de tristeza, pues las tribulaciones de la vida mundana volvieron a llenar el vacío que había conseguido alcanzar.

Se percató entonces de que el bonzo también había concluido su *honkyoku*, y Seizō le dio las gracias por aquel regalo. El monje asintió y guardó la flauta. Cuando todo volvió a quedar en silencio, levantó la vista hacia las estrellas y dijo:

—Alguien tan joven no debería albergar tanta tristeza.

Seizō aguardó a que el peregrino añadiera algo más, pero no lo hizo.

—¿Por qué dices tal cosa?

—¿Es que acaso no es cierto?

—No sabes nada de mí —respondió el joven con fingida indiferencia.

—Solo sé lo que me dicen tus ojos; y dado que no pueden llorar por lo que has hecho, pues eres demasiado joven para cargar con grandes pecados, probablemente estén llorando por lo que has de hacer.

---

* *Honkyoku:* pieza musical interpretada por los monjes *fuke zen* como forma de meditación.

Seizō se agitó, incómodo ante aquella observación, pero no fue capaz de rebatirla.

—Eres un buen hombre, samurái, pero incluso las almas buenas pueden condenarse si ignoran la ley de Buda y yerran el camino.

—Mi camino está marcado, bonzo. No soy yo el que decide mis pasos.

El monje comprendió que, ciertamente, aquel joven guerrero había tomado una decisión terrible que estaba dispuesto a llevar hasta las últimas consecuencias. Aun así, no desistió en aconsejarle:

—Aún estás a tiempo de abandonar ese camino. Fue Confucio quien nos enseñó que la naturaleza humana es buena en esencia.

Seizō lo miró con ojos tristes antes de responder:

—También dijo que un hombre no puede vivir bajo el mismo cielo que el asesino de su padre, y no hay mayor verdad que esa.

Capítulo 29

Las espinas de la traición

A pesar de la respiración entrecortada, a pesar de que el *bokken* pesaba más a cada repetición, Yukie continuaba ejercitando, una y otra vez, la transición desde guardia media a bloqueo alto, tajo a las costillas del adversario y barrido a las piernas tras giro. Era una maniobra compleja, ideada para golpear en dos puntos consecutivos a un rival desarbolado tras errar un ataque a la cabeza. Todo dependía de dos momentos críticos: primero, lograr un bloqueo superior sólido que, con un restallido de aceros, repeliera el mandoble enemigo y abriera su guardia durante un instante; segundo, ejecutar un contraataque rápido pero preciso, enlazando con fluidez el golpe oblicuo a las costillas y el sesgo bajo la rodilla.

Entrenaba en el jardín de su casa, la vista fija en el grueso poste que llevaba toda la tarde tableteando con cada sucesión rápida de dos golpes. El ligero kimono de entrenamiento, empapado en sudor, comenzaba a asfixiarla pese a que el sol ya se ponía.

—Tu técnica es impecable, como siempre. Pero te falta agresividad, no estás centrada.

Yukie se sobresaltó, pues llevaba toda la tarde sola, y se volvió ligeramente para descubrir a su padre, que la observaba desde los escalones de la galería de madera.

—Simplemente estoy cansada —lo contradijo Yukie, mientras abandonaba la postura y se pasaba el dorso de la mano sobre la frente.

Se acercó al pozo y tiró de una soga hasta sacar un tubo de bambú lleno de agua fresca. Vació un buen trago sin apenas respirar.

—Nadie te conoce mejor que yo, hija. Tienes la mente en otra parte. —Yoritomo dudó un instante antes de añadir—: ¿Acaso estás pensando en ese hombre?

Ella dejó de beber y soslayó la mirada. De repente se sintió expuesta, traicionada por sus propios secretos. Fue una reacción espontánea que en la posterior soledad le daría que pensar. Mientras tanto, se secó la boca lentamente con la manga, intentando ganar tiempo ante aquel lance sorpresivo contra el que no había ensayado defensa.

—¿A qué hombre se refiere, padre? —aunque lo sabía perfectamente.

El general Endo miró al suelo y sacudió la cabeza. Se abstuvo de pronunciar nombre alguno para no avergonzar a su hija, pero cuando levantó la vista, en sus ojos se debatía la ternura con la severidad de la advertencia que debía hacer.

—Yukie, sabes que siempre he tenido en consideración tu opinión. Hasta ahora, muchos hombres dignos se han interesado por ti en vano, y no he puesto objeción alguna a tu decisión de declinar sus propuestas, pues nuestra familia no necesita reforzar su posición mediante lazos matrimoniales. Pero no puedo permitir que te relaciones con hombres que no son de casta samurái.

—Mis obligaciones me llevan a tratar con todos los hombres que sirven a su señoría, pero conozco bien mi responsabilidad. Jamás incurriré en deshonra alguna para nuestra casa.

Yoritomo relajó los hombros al escuchar aquello. Enfrentarse a una hija por la que sentía devoción siempre había sido un suplicio para él, sin embargo, no podía dar el asunto por zanjado. Se puso en pie y avanzó hasta Yukie.

—Ha llegado la hora de que encontremos un marido para ti. Ya no eres tan joven, incluso la más hermosa primavera debe dar paso al verano.

Las palabras se clavaron en el ánimo de Yukie como alfileres de hielo, y la sombra de lo inevitable oscureció sus ojos.

—Padre, ¿acaso ya se ha acordado con quién desposarme?

—Aún no, sabes que escucharemos tu opinión —la tranquilizó—. También esa es la voluntad de nuestro señor.

—Entonces solo pido una cosa, que el hombre que sea mi marido me permita conservar mis espadas, y si la guerra vuelve a nuestras tierras, me deje empuñarlas en el campo de batalla. No quiero dejar de servir a su señoría como samurái.

—Sabes que eso es imposible. Ningún hombre aceptará tales condiciones. Tu lugar está en el hogar, con tus futuros hijos. Mis futuros nietos.

—Las mujeres de la familia Endo siempre fueron guerreras, muchas de ellas cabalgaron hacia la batalla con sus maridos y murieron con lanzas en las manos. —La voz de Yukie temblaba al dar forma a pensamientos que había alimentado durante años—. ¡Desde pequeña he sido educada con esas historias! Soy hija de una larga tradición, ¿cómo me pedís ahora que lo olvide?

—No seas absurda, Yukie. Ni siquiera la abuela de mi abuela conoció aquellos tiempos.

—Sin embargo, tu voz se enorgullecía cada vez que me contabas esas historias, padre. Y yo hice mío ese orgullo.

—¡Basta! Seré yo quien diga cuál es tu obligación —exclamó el general—, y no habrá mayor orgullo para ti que prolongar nuestro linaje con tus hijos.

Yoritomo respiraba agitado, los ojos fugazmente coléricos, pero intentó suavizar sus palabras al tiempo que acariciaba la mejilla de su hija:

—Yukie, el deber de un samurái es servir a su señor y a su casa. No hay mejor servicio que puedas hacer que este.

—Jamás me opondría a ello, padre, pero ¿por qué he de renunciar a todo? —preguntó desalentada—. ¿Qué sentido ha tenido mi vida hasta ahora?

Y mientras decía esto, se apartaba de la caricia de su padre.

—¿Acaso si mi hermano estuviera vivo, si fueran sus hijos los que heredaran el apellido Endo, debería asumir yo este sacrificio? —La voz de Yukie era calma y fría—. Aceptaré cualquier decisión que se tome por mí, me casaré con el hombre que elija y me entregaré a él para tener hijos. Pero que nadie me pida que convierta mi vida pasada en un engaño, no seré una sombra de mí misma. Y si la guerra toca a nuestras puertas, que ningún hombre espere que permanezca entre sábanas calentándole el lecho.

Sus ojos no mostraron emoción alguna cuando los apartó y dio la espalda a su padre. Entonces, como una reafirmación de sus palabras, Yukie empuñó de nuevo el *bokken* y retomó el entrenamiento.

En esta ocasión, la intensidad de cada golpe hizo crujir la madera con violencia.

* * *

Durante seis noches consecutivas, en el consultorio de maese Inafune ardió la vela que servía de señal para concertar un encuentro con el emisario del clan Shimizu. Sin embargo, cada mañana acudía en vano a la cala. La persistente ausencia de alguien tan metódico no podía ser buena señal, por lo que Ekei comenzó a plantearse la posibilidad de que el explorador capturado en la frontera de Fukui y su confidente fueran la misma persona. Finalmente, desistió de contactar, ante el riesgo de que la luz en su consultorio y las reiteradas salidas antes del amanecer llamaran la atención de la guardia. A efectos prácticos, se encontraba aislado en territorio enemigo, sin posibilidad de conocer cualquier cambio de estrategia o de comunicar información relevante al clan Shimizu.

Pero según transcurrieron las jornadas, fue una inquietud distinta la que anidó en él: ¿qué sucedería si aquel hombre desvelaba a sus captores las razones de su presencia en territorio Yamada? De repente, cualquier mirada de soslayo, cualquier paso a sus espaldas, se convirtió en motivo de zozobra. Pese a ello, solo podía seguir adelante, debía continuar desempeñando con normalidad sus funciones habituales en el seno del castillo y atender aquellas otras de carácter más clandestino. Entre ellas, los encuentros con su singular maestro de *go,* con el que había decidido reunirse esa tarde tras posponer el encuentro durante varios días.

Cuando Ekei entró en la tienda, le asaltó un calor acre que le quemó la garganta; la forja debía estar encendida, y los martillazos procedentes del taller no hacían sino corroborarlo. Cruzó la armería en dirección a la trastienda, al apartar la cortina, se encontró con una atmósfera flamígera de luz palpitante. Ogawa sujetaba con las tenazas un trozo de hierro candente que golpeaba una y otra vez sobre el yunque. Las esquirlas de impureza saltaban con cada descarga del martillo, y la hoja iba moldeándose al rojo vivo.

Ekei lo saludó alzando la voz sobre los estallidos metálicos y el herrero frenó la mano para mirarle. Una sonrisa se dibujó en el rostro torcido de Ushi Ogawa, que dejó a un lado el martillo e introdujo la hoja incandescente en un cubo de agua. El siseo del vapor inundó la estancia.

—Maese Inafune —dijo el armero—. Es demasiado temprano, no son horas propias de usted.

—¿Ya has terminado con esa hoja? —preguntó el médico, señalando el acero que se enfriaba en el agua—. Creí que aún quedaban golpes por darle.

—¡Bah! Son cuchillos largos para cazadores. Para destripar un jabalí, da igual que la hoja sea más o menos recta. Lo importante es que esté bien afilada.

—Puede que a tus cazadores no les guste que sus cuchillos se quiebren al intentar abrir el vientre a la bestia.

El veterano *ashigaru* cruzó los brazos sobre el pecho sudoroso y frunció el ceño.

—¿Es que acaso también entiende de forja? Estoy convencido de que el *go* no es el único arte en el que resulta un ignorante.

—Por favor, nada más lejos de mi intención que poner en duda a un maestro —se disculpó Ekei con una sonrisa—. Hablando de lo cual, tengo algunas dudas respecto al juego.

—El taller está abierto, nuestras partidas son al atardecer.

—Te compensaré cualquier posible perjuicio económico.

—Por un *shu* de plata, cerraré la tienda ahora y dejaré que se enfríe la forja. Eso será suficiente para cubrir mis ganancias de hoy.

—Eso cubriría tus ganancias de una semana —protestó Ekei, pero terminó por echarse la mano a la bolsa del dinero.

Se sentaron en el jardín en torno a la mesa de *go* y Ekei tomó los dos cuencos con piedras. Comenzó a distribuirlas una a una sobre el tablero, tanto las negras como las blancas.

—¿Qué es esto? Creí que jugaríamos como siempre —dijo Ogawa mientras observaba con curiosidad la partida que iba dibujando el médico.

—Hoy no. Quiero estudiar un escenario concreto de juego.

—¿Estudiar? Es una manera de verlo —replicó el armero—. Otra es que a alguien le están infligiendo un severo correctivo y pretende hacer trampas.

—Te equivocas, es una partida a la que he podido asistir entre dos maestros.

—A juzgar por lo que veo aquí, el único maestro es el que lleva las blancas. El otro no es más que un torpe aprendiz que juega como un mono, tirando las piedras sobre el tablero para que caigan al azar.

No consiguió sentirse ofendido; más bien, le divertía la habilidad con la que Ogawa se burlaba de él haciéndole víctima de su propia mentira. Así que no pudo reprimir una sonrisa mientras pedía ayuda.

—Si fueras las negras, ¿qué harías para prolongar la partida?

—Debo reconocer que tiene una memoria extraordinaria —observó el herrero sin apartar la vista de la mesa—. Ha sido capaz de recrear una partida que debe llevar unas ochenta jugadas. Lo lógico habría sido que trajera la disposición del tablero anotada.

—No quise romper la concentración de los jugadores, así que memoricé la partida por bloques, dividiendo el tablero en cuatro partes. Pero eso no es lo importante.

—Diga, más bien, que habría resultado sospechoso interrumpir la partida para copiarla con papel y tinta. Su adversario podría haber sacado conclusiones acertadas sobre sus intenciones.

—Aún no te he pagado tu moneda de plata, Ogawa. No tientes a la suerte.

El armero rio ante la infundada amenaza.

—Creo que necesita mi ayuda más que yo ese dinero. De lo contrario, no seguiría aquí aguantando mis burlas.

—Está bien —reconoció Ekei con expresión de fastidio—. ¿Qué harías tú en mi situación?

—Bien, ahora que es sincero, le diré que debo felicitarle. Sobrevivir durante más de ochenta movimientos a semejante adversario es digno de elogio para un principiante como usted, pero dudo que pueda hacer mucho más.

—Sé que no puedo darle la vuelta a la partida, pero ¿habría alguna manera de dilatarla hasta más de cien jugadas?

Ushi Ogawa cruzó los brazos y frunció la frente. Su expresión de intensa concentración parecía no encajar en aquel rostro tuerto cruzado de cicatrices.

—Es un rival muy listo. Se toma el juego muy en serio. La estrategia que ha usado en esta partida es vieja, los chinos la llaman «Fingir desplazarse hacia el este para atacar por el oeste». ¿Ve? —Señaló el tablero con un dedo ennegrecido por el humo de la forja—.

Usted ha jugado a la defensiva desde el principio, así que él le ha obligado a concentrarse en esta parte del tablero, y luego lo ha asfixiado desde la posición opuesta. Cerró bien aquí y aquí, pero no prestó suficiente atención a su retaguardia. Ahora está arrinconado en una esquina, sin territorio para salir.

—¿Conoces las estrategias de los maestros chinos? —preguntó el médico, a medio camino entre la sorpresa y la incredulidad—. Creí que habías aprendido jugando con los *ashigaru*.

—Y así fue. A uno de mis compañeros, Genzaemon, le enseñó a jugar un monje de su pueblo que le instruyó sobre las tácticas que se usan en el continente. Allí llaman al juego *weiqi* y usan maniobras bastante ladinas. —Ogawa rio, satisfecho de aleccionar a un médico del clan—. Genzaemon me enseñó muchas de ellas, y alguien también se las ha enseñado al que juega contra usted.

—¿Qué puedo hacer ante un maestro así?

—Debe ser menos rígido, oscilar más en su forma de jugar. De lo contrario, su adversario no tendrá que preocuparse de adaptarse a su juego, le bastará con llevar a cabo con paciencia sus planes iniciales. Aunque usted no ha cometido errores y ha cerrado bien su defensa, poco a poco su oponente ha ido ganando terreno hasta dejarle arrinconado.

—No puedo dar aún la partida por perdida, debo aguantar más.

—Le ha encerrado en una esquina y ha protegido bien su territorio, no hay lugar para un *myoshu*[*] que pueda tomar desprevenido a su adversario.

—No me estás ayudando mucho —protestó Ekei sin levantar la mirada de la mesa de juego. Escrutaba intensamente las mareas blanca y negra que se mezclaban sobre el tablero, intentando hallar una respuesta bajo las piedras.

—A mi modo de ver, tiene dos opciones: entregar el grupo de piedras arrinconado e intentar crecer en otra parte del tablero, o encastillarse en esa posición y tratar de defenderla a toda costa.

—Esa esquina es mi mayor territorio. Si la entrego, la derrota será apabullante.

—Es lo que pensaría cualquier jugador, precisamente por eso puede ser su mejor oportunidad. —Los ojos de Ogawa brillaban an-

---

[*] *Myoshu*: en el *go*, una jugada brillante e inesperada que consigue darle la vuelta a una situación comprometida.

te el desafío—. A estas alturas del juego, su rival ya debe estar bastante confiado. Da la partida por ganada, por lo que no esperará semejante cambio de estrategia en un jugador que se ha mostrado tan rígido y obtuso.

—¿Vuelves a burlarte de mí?

El *ashigaru* rio de buena gana.

—Puede ser, pero tengo razón en lo que digo. Mire aquí. —Señaló un espacio del tablero donde se encontraban, solas e ignoradas, unas cuantas piedras negras—. Esta posición tiene buen *aji*. Puede comenzar a crecer desde aquí.

—Sería desperdiciar todo el trabajo que he hecho —protestó el médico, pero se inclinó sobre la mesa para sopesar la idea.

—Escúcheme bien, coloque entre estas una nueva piedra, lejos del foco de la batalla. Será su *yosu miru,* el movimiento de tanteo que le indicará si su adversario se preocupa de algo más que obtener su territorio principal. Si él ignora esta jugada y continúa concentrado en asfixiarle en esa esquina del tablero, entréguele la posición y crezca aquí. No servirá para darle la vuelta a la partida, pero podrá alargarla y claudicar con un territorio mayor que el que tiene ahora mismo. Los chinos llaman a esta técnica «Resucitar al muerto», consiste en aprovechar una posición ignorada durante la mayor parte de la contienda.

—Al parecer, debí buscarme un maestro chino desde un buen principio —rezongó el médico, la barbilla apoyada sobre los dedos entrelazados.

Cuando Ekei abandonó la armería de Ushi Ogawa, ya había comenzado a caer el sol. La tarde era agradable en las calles de Fukui, que aparecían llenas de un gentío bullicioso y despreocupado, y la proximidad del verano se dejaba sentir tanto en la brisa cálida como en las risas ufanas que llenaban el aire. El cielo, cubierto por un fino cedazo de nubes deshilachadas, se inflamaba con la luz cobriza del atardecer. El médico se dejó llevar e intentó olvidar por un instante las preocupaciones que le habían aguijoneado en los últimos días. Transitó por las calles más concurridas, se entretuvo en los puestos y tenderetes de baratijas, compró dulces y admiró la habilidad de los artistas y embaucadores callejeros.

Sabía que tenía cuestiones urgentes que solucionar, pero decidió posponerlas por una tarde y alargar todo lo posible el camino que le restaba hasta llegar al castillo. Con ese ánimo paseaba junto a uno de los canales que atravesaba la ciudad, cuando un palanquín cargado por cuatro hombres pasó a su lado y se detuvo poco más adelante. Ekei observó la cabina, más ornamentada que los habituales servicios que recorrían las calles, y a los hombres que la transportaban, vestidos con elegantes kimonos de buena tela, impropios de unos simples palanquineros de Fukui. Sin duda se trataba de un transporte privado, pero nada tenía que ver con él, así que prosiguió con su camino junto a la orilla empedrada.

Sin embargo, al pasar junto al palanquín, la cortina se abrió para permitirle vislumbrar el rostro de una mujer hermosa. Los ojos de la dama, realzados por el delicado maquillaje, le sonrieron con dulzura.

—Maese Inafune —lo llamó coquetamente—, me alegra que nos volvamos a encontrar.

La expresión del médico fue dubitativa, así que ella descorrió un poco más la cortina.

—Dama Sakura —respondió al fin Ekei—, qué sorpresa tan agradable.

—El placer es mutuo, maestro —sonrió la muchacha—. ¿Hacia dónde se dirige?

—Simplemente paseaba de camino al castillo, la tarde invita a tomarse la vida con calma.

—Permítame que le lleve, por favor.

—No quisiera molestarla —rehusó el médico—. Sin duda la ocupan asuntos importantes.

—Yo también he terminado por hoy, maestro Inafune, así que déjeme tener esta deferencia con usted. —Y para demostrar que no aceptaría una negativa, abrió la portezuela y le invitó a subir.

Ekei miró a ambos lados en busca de ojos indiscretos; finalmente, con tal de no incurrir en una descortesía, subió a la cabina. Se sentó frente a la mujer, que vestía un hermoso kimono azul y jade, bordado con un delicado patrón de hilo verde. El palanquín, aunque más amplio de lo normal, obligaba a los viajeros a una proximidad inapropiada entre un hombre y una mujer, llegando a rozarse con el balanceo de la marcha.

—Maese Inafune, no he vuelto a verle después de aquella primera visita —le reprochó ella cuando empezaron a moverse—. Creí que tendría la oportunidad de agradecerle sus atentos cuidados con una taza de té.

La ambigüedad de aquellas palabras incomodó aún más a Ekei, que reconocía su torpeza en el trato con cierto tipo de mujeres.

—Debe disculparme. Mis ocupaciones han ido en aumento en las últimas fechas. Además, ha sido una época triste en el castillo.

—Lo lamento mucho. Tengo entendido que la muerte del anterior médico ha afectado sobremanera al señor Yamada.

—No solo a su señoría, nos ha afectado a todos. Era el padre de la maestra O-Ine y un hombre muy querido en el seno del clan.

—La dama Itoo, una mujer severa. Transmítale mis condolencias.

—Así lo haré —mintió Ekei.

—Pese a todo, debo decir que me he sentido desilusionada ante su falta de atención —dijo con inocencia—. Creí que le había causado una correcta impresión en nuestro primer encuentro.

—Sin duda, mi señora. Pero permítame poner en duda lo oportuno de tal visita.

—¿Por qué no? ¿Acaso no disfruta usted de la ceremonia del té? Créame, soy una auténtica maestra.

La mujer recogió las piernas hacia un lado y el kimono se deslizó, liviano, hasta dejar ver el contorno de su pierna desnuda. Ella no pareció inquietarse, pues no hizo nada por cubrirse. Ekei, sin embargo, consiguió contener la mirada a duras penas. Intentó tragar saliva, solo para descubrir que esta se había tornado espesa como la melaza. Al cabo de un instante logró apuntar:

—Según he podido saber, hace unos días se reunió con su señoría. Creo que es motivo suficiente para que nuestros encuentros se limiten a felices casualidades como la de esta tarde.

—¡Oh! Pero el señor Yamada no puede reclamarme solo para él —protestó ella con encantadora vehemencia—. No soy una esclava, es mi privilegio tener encuentros casuales, como usted dice. Además, hay casualidades más felices que otras.

Sakura cambió suavemente de postura y, al hacerlo, rozó de manera fortuita la pierna del médico con el pie. Permaneció así largo rato, como si mantener aquel cálido contacto entre los dos careciera de importancia. «¿Cómo una mujer podía mostrarse tan inocente y ser tan artera a un tiempo?», se preguntó Ekei, que comprendía que aquel era un juego en el que nunca sería maestro.

Asfixiado por la intimidad de la cabina, descorrió la cortina para ver dónde se encontraban. El palanquín enfilaba ya la colina que ascendía hasta el castillo y el médico dio dos golpes para indicar que se detuvieran.

—¿Ya me deja, maese Inafune?

—Sí, prefiero andar este último tramo —se disculpó el médico con una leve reverencia.

—Como desee, pero no olvide mi invitación. Espero verle pronto y preparar el té para usted. Ha sido, con diferencia, el hombre más caballeroso que he encontrado en Fukui.

—Le agradezco sus palabras, dama Sakura. Intentaré que así sea —volvió a mentir, antes de descender de la cabina.

Permaneció al pie de la vereda, observando cómo los palanquineros daban la vuelta y desandaban el camino. Cuando por fin se encontró solo, prosiguió el ascenso hacia el castillo de piedras negras. Aún se hallaba aturdido por el extraño encuentro; el calor que se respiraba en el interior del palanquín parecía habérsele metido bajo la piel y ni siquiera se desvaneció en el largo trayecto que recorrió hasta sus aposentos.

Cuando cerró la puerta de sus habitaciones, se encaminó a la terraza con la esperanza de que la brisa marina le despejara la mente. Pero no fue el aire de la noche lo que alivió su anhelo, sino la sorpresa de lo inesperado, pues en la distancia, entre las casas que lindaban con la arboleda, pudo ver cómo una luz titilaba en el interior de su consulta en la ciudad. Era el mensaje acordado para ponerse en contacto con su confidente, el mismo que había desaparecido días atrás.

* * *

O-Ine había decidido dedicar aquella tarde a trabajar en la biblioteca personal de su padre, reunida con esmero libro a libro y año a año, e instalada en la casa que el maestro había mandado construir junto al jardín medicinal. Desde las ventanas de aquella residencia, al filo mismo del acantilado costero sobre el que se erigía la torre de los Yamada, el mar era una inmensidad de un azul sin paliativos; no se veía isla, arrecife o franja de costa que distrajeran la vista.

La mujer trabajaba sobre la misma mesa de roble que, durante toda su vida, había visto utilizar a su padre, hasta el punto de que el primer recuerdo que tenía de él era escribiendo en aquella misma estancia, tal como ella hacía ahora. Había abierto los pórticos de los inmensos ventanales, de manera que, cada vez que levantaba los ojos del papel, podía deleitarse con el lento atardecer sobre las aguas. Las primeras estrellas ya habían prendido en un cielo profundo que aparecía teñido de matices ocres. Por un fugaz instante, imaginó estar ante uno de los lienzos del maestro Eitoku Kanō, y levantó su pincel para acompañar la puesta de sol con un trazo de muñeca. Al momento, suspiró con desgana, se reprendió por jugar como una niña y se obligó a devolver la vista al trabajo, que aquella tarde le pesaba como un saco de piedras.

Estaba llevando el registro de enfermedades que había iniciado Inushiro y que ella había mantenido escrupulosamente pese a dudar de su utilidad. ¿De qué podía servir recoger detalladamente, anotando fechas, nombre, dolencia y tratamiento prescrito, cada una de las enfermedades que se producían en el clan? Sin embargo, su padre siempre se había mostrado convencido de la utilidad de aquel archivo: «Quizás no ahora, quizás no mañana, pero lo será para las futuras generaciones de médicos», aseguraba, pues creía que las enfermedades mantenían un patrón que no se podía distinguir a corto plazo, puede que ni siquiera durante la vida de un solo médico, pero que resultaría evidente en un registro histórico. Aquello permitiría saber, por ejemplo, si algunas ramas familiares eran más propensas a determinadas dolencias; y si el mismo mal se repetía en un bisnieto o tataranieto, quedaría reflejado en su correspondiente asiento en el archivo, de tal modo que el médico podría aplicar el mismo tratamiento que resultó eficaz décadas atrás. «Esto puede ayudar a los futuros médicos del clan a salvar vidas, O-Ine», le decía mientras realizaba anotaciones en el grueso volumen, y aunque para muchos maestros podía resultar ridícula la idea de que los mismos males se repitieran con asiduidad a lo largo de las generaciones, un vistazo al registro de Inushiro, que apenas recogía treinta años atrás, permitía intuir que la idea no era tan descabellada.

Así, O-Ine anotaba con aburrida cadencia las últimas enfermedades tratadas por su servicio médico, hasta que llegó a los tres casos detectados en el castillo del mal de los mercaderes. Aquella extraña dolencia continuaba siendo un misterio tanto para ella como para el maestro Inafune, y aunque sus esfuerzos habían sido ímprobos en el intento de localizar la fuente de la enfermedad, no habían conseguido erradicarla ni frenar su lenta propagación, tan solo tratar con relativo éxito a los afectados. Hasta la fecha, los casos en el castillo eran mínimos comparados con los veintitrés que habían descubierto en la ciudad, pero a O-Ine le preocupaban especialmente las recaídas y el hecho de que, en algunos pacientes, el mal se manifestara con más virulencia.

Dejó el pincel escurriendo sobre el cajetín de la tinta. Se encontraba cansada y no deseaba torturarse con dilemas cuya solución no hallaría aquella noche. En lugar de ello, se puso en pie y se aproximó a los ventanales: la noche era templada e invitaba a la evasión. Cerró los ojos y respiró hondo. El olor del salitre se mezcló con los familiares aromas de la estancia a su espalda. Todo el lugar le recordaba a su padre, lo echaba de menos y su ausencia la asustaba. Pero lo que más desazón provocaba en O-Ine era el hecho de que, con el paso de los días, la tristeza había dado paso a una angustia opresiva. Al morir el último gran maestro médico del clan, la pesada tradición de su familia había recaído sobre sus hombros. Ya nadie la aconsejaría ni guiaría sus pasos, ni nadie la relevaría de aquella responsabilidad jamás.

El honor de servir a los Yamada durante el resto de su vida, aquello para lo que había sido educada desde pequeña, se había convertido de repente en una certidumbre que la asfixiaba. Miró el lejano horizonte y deseó poder escapar hacia otras tierras, conocer otros lugares y otras gentes, como había hecho Ekei Inafune antes de recalar en aquella orilla. Era un sentimiento frívolo y egoísta, impropio de una mujer adulta, pero por más que huía de tales pensamientos, estos insistían en asaltarla en la soledad.

Cada mañana despertaba con la esperanza de que aquellas ideas la hubieran abandonado, que hubieran cedido ante el peso del deber y la responsabilidad; pero cada tarde se encontraba con Ekei Inafune y el corazón la apremiaba a rogarle que se la llevara lejos de allí, a aquellos caminos, a aquellos bosques y montañas donde una mujer podía ser quien quisiera, y no quien la tradición y la sangre dictaban.

* * *

Ekei se hallaba perdido en la vigilia, los ojos muy abiertos, escrutando la oscuridad de su alcoba mientras escuchaba los silencios del castillo. Insistía en repasar mentalmente los últimos acontecimientos, aunque sabía que era desaconsejable tomar decisiones en las horas de insomnio, pues la soledad de la noche siempre aplica un cristal de aumento sobre nuestras angustias y preocupaciones. Aun así, no podía abstraerse de la llama que ardía allá abajo, en su consultorio en la ciudad. Incluso desde el lecho, con las persianas de bambú cegando las ventanas, creía poder vislumbrar la palpitante luz que le convocaba a un encuentro furtivo en la playa, justo antes del amanecer.

¿Quién habría prendido aquella llama? ¿Era su confidente, que había regresado tras su inesperada ausencia? ¿O acaso alguien le había estado observando, escrutando cada uno de sus pasos, y ahora trataba de ponerse en contacto con él? ¿O quizás su enlace había sido preso y lo había delatado? Si así fuera, tendría lógica que los captores intentaran atrapar al segundo intruso convocándolo mediante aquella llamada a la que, supuestamente, respondería confiado. Esa sería, además, la única manera que tendrían de dar con el infiltrado, pues el emisario de Munisai Shimizu no conocía ni su nombre ni su aspecto.

No sabía a quién podía encontrarse si acudía a la playa al amanecer. Su instinto de supervivencia, aquel que había afinado durante años, le gritaba que recogiera sus cosas y se alejara de allí, que simplemente desapareciera y se olvidara de todo: del clan Yamada, del señor Shimizu, de los asuntos entre los grandes señores de la guerra… y de O-Ine, cuya presencia comenzaba a atormentarle tanto como su ausencia. Sin embargo, si pretendía seguir adelante con todo aquello, debía acudir a la cala, pues era la única manera de corroborar o descartar sus temores.

Decidido al fin, retiró la colcha y se incorporó en la oscuridad. Caminó hasta la terraza y buscó las primeras luces del alba sobre el cielo de levante. No tenía mucho tiempo, así que se vistió con ropas discretas y cruzó los pasillos solitarios bajo la atenta mirada de las lámparas de aceite. Evitó las rondas de la guardia y salió al exterior, donde la noche era más fría, lejos del lecho y de los braseros que aún calentaban la fortaleza. Atravesó los sucesivos patios fortificados y saludó con aire casual a aquellos vigías que no pudo eludir. «Las mejores medicinas se consiguen estando temprano en los puertos, antes de que los barcos comiencen a descargar la mercancía», dijo en una ocasión al ser interpelado por unos guardias. La explicación debió darse por buena, pues nunca más volvieron a preguntarle.

Cuando por fin pasó bajo el último pórtico de vigas rojas, se sintió libre de apresurar el paso. Descendió por la arboleda a grandes zancadas, apremiado por la luz que comenzaba a despuntar sobre el horizonte. Tan concentrado se encontraba, que a punto estuvo de no percatarse de un detalle pequeño pero significativo: alguien había vuelto a dejar una rosa blanca junto al camino. Se detuvo junto al rosal y observó la flor detenidamente. Se encontraba bien escondida entre sus hermanas silvestres, pero los voluptuosos pétalos blancos no pasaban desapercibidos. Decidió dejarla donde estaba, pero mientras apretaba el paso, se dijo que estaban sucediendo demasiadas cosas que era incapaz de ver.

El sol se levantaba ya sobre las olas cuando llegó al punto de encuentro: la sexta cala al este de Fukui. En esta ocasión, sin embargo, no descendió por la ladera rocosa que bajaba hasta la arena, sino que rodeó el acantilado y buscó un punto elevado entre las rocas desde el que vigilar la playa. Se tendió sobre la piedra, oculto tras unos arbustos secos como yesca, y se dispuso a esperar cuanto fuera necesario.

Se había asegurado de que no hubiera nadie emboscado en las inmediaciones, y ahora, agazapado sobre los acantilados y a la vista solo de las gaviotas, se preguntaba si estaba llevando sus precauciones demasiado lejos. Pero aún no se sabía de nadie que hubiera muerto de cautela, mientras que el exceso de confianza había llevado a muchos a la tumba. Así que continuó a la espera de quienquiera que lo hubiese convocado, y mientras lo hacía, le asaltó la idea de que esa persona podía encontrarse, al igual que él, apostada y vigilante en algún otro punto, lo que sin duda le daría un cariz bastante cómico a la situación. Pero dejó de sonreír en cuanto vio cómo una figura solitaria descendía entre las rocas. Cuando pisó la arena, caminó con pasos tranquilos hasta la orilla y se detuvo para contemplar los últimos instantes de la aurora.

Según pudo discernir, se trataba de un hombre de complexión normal, pelo gris sin el moño samurái y bigote igualmente cano, pero los rasgos de su rostro eran indistinguibles a esa distancia. Vestía un kimono holgado de colores oscuros, similar al que usaban aquellos comerciantes que cubrían a pie largas distancias.

El médico permaneció inmóvil, estudiando al recién llegado al tiempo que oteaba las rocas y las sombras que estas proyectaban, en busca de algún indicio de que no se hallaban solos. Pero el sol se elevaba y nada hacía sospechar que aquello fuera algún tipo de trampa, al menos no una al uso. Salió de su parapeto y comenzó a descender hacia la playa. Mientras bajaba, el extraño seguía contemplando el mar. Permanecía con los brazos cruzados bajo el *haori* y la mirada fija en el horizonte; Ekei supuso que aquella era la misma perspectiva que tenía de sus encuentros el emisario de Munisai: cruzando la playa en dirección a un desconocido que nunca miraba atrás. Solo que, en esta ocasión, sería él el que pronunciara el saludo:

—Solo el alma de Buda brilla con el esplendor del amanecer —dijo el médico.

El hombre se revolvió en su abrigo, quizás sobresaltado por el inesperado saludo, pero no volvió la cabeza. Tras un instante eterno en el que Ekei tuvo tiempo de mirar a su espalda y sobre los acantilados, su interlocutor respondió:

—Ilumina la senda para que no erremos nuestros pasos.

Ekei sintió una oleada de alivio al escuchar las palabras, no ya porque fuera la respuesta convenida, sino porque se trataba de la misma voz que le saludaba cada veintinueve días.

—Esta vez su tardanza ha estado totalmente fuera de lugar —le reprochó el médico.

—Lo siento. Vi las velas consumidas ayer mismo, cuando llegué desde Minami.

—Entonces se ha visto con el señor Shimizu.

—Así es. Normalmente uso cuervos para enviar mis cartas —apuntó el confidente—, pero las circunstancias requerían de mi presencia ante su señoría.

—¿Algo que deba saber?

—Nada que le incumba por el momento. Su cometido sigue siendo exactamente el mismo.

—¿No he de preocuparme, entonces, por el explorador que las tropas de Yamada han capturado al sur de Echizen?

El hombre de pelo gris calló y Ekei pudo intuir su desconcierto.

—¿A qué se refiere?

—Hace unos días, un informante del clan Shimizu fue capturado cruzando entre ambos feudos.

—No sé quién le habrá dicho tal cosa, pero estaba mintiendo.

—Creo que eso es bastante improbable —dijo el médico—. Lo que sí me parece más factible es que esté intentando ocultarme determinados hechos para que continúe poniendo mi vida en peligro. Es evidente que las circunstancias han cambiado, y se me debería haber dicho.

—Créame, hay muchas cuestiones que usted desconoce, pues no resultan pertinentes para el papel que desempeña, pero le aseguro que no tenemos exploradores cruzando de un feudo a otro. Usted y yo somos los únicos al servicio del clan a este lado del monte Hino.

Ekei se pellizcó la barbilla, desconfiado. ¿Le engañaba el emisario de los Shimizu? ¿Ambos bandos estaban siendo víctimas de un montaje? ¿O acaso quien mentía era el general Endo? Si fuera así, ¿qué podía llevar al samurái a engañar a su señor?

—¿Está seguro? —insistió el médico—. ¿No cabe la posibilidad de que tales hechos no se le hayan comunicado?

—Imposible.

—Entonces, no cabe duda de que hay un tercer actor en juego. Alguien que desea manipular las intenciones del clan Yamada para provocar la guerra.

—¿Cómo es eso posible? ¿Quién, aparte de los Yamada, podría beneficiarse de una guerra?

—Quizás deba hacer esa pregunta a Munisai Shimizu.

El emisario guardó silencio y levantó la vista al cielo. Parecía sopesar las distintas posibilidades.

—¿Quién llevó la noticia de la captura al castillo? —preguntó por fin.

—No creo que necesite saberlo. Al igual que usted, yo también me reservaré cierta información.

—¿Cómo se atreve? —rugió su interlocutor, para añadir entre dientes—: Yo soy la voz y los oídos del señor Shimizu en Fukui. Debo conocer todo lo que descubra, no puede ocultar secretos a nuestro señor.

—Usted es un mensajero y, como tal, transmitirá al señor Shimizu la información que yo considere pertinente. Ahora que sé que viaja de un feudo a otro, no correré el riesgo de que, al ser capturado, pueda desvelar información comprometida.

Los puños del emisario se crisparon. No parecía acostumbrado a que le hablaran así.

—Está jugando con fuego, haré saber a su señoría todo esto y me encargaré de que, cuando vuelva a Minami, se enfrente a la justicia del clan.

—La justicia de los Shimizu es la última de mis preocupaciones en estos momentos. Si alguna vez vuelvo a Minami, será porque he sobrevivido con éxito a este laberinto de mentiras y conspiraciones, y en ese caso el señor Shimizu me sentará a su mesa como su invitado de honor por haber evitado una matanza, mientras que usted esperará oculto en el jardín nuevos mensajes que transmitir.

Quizás estaba yendo más allá de lo necesario, pero nunca había tolerado bien las amenazas ni las exhibiciones de soberbia.

—Volveremos a vernos el primer día de la nueva luna —comenzó a despedirse—, a no ser que vuelva a requerir su presencia con anterioridad. En ese caso, espero que responda a mi llamada con más diligencia.

—No puede marcharse. Usted es una simple pieza de este juego, al igual que lo soy yo, y su función en el tablero es transmitirme todo lo que sepa. —Su confidente hablaba entre dientes, casi iracundo, pero Ekei le dio la espalda y comenzó a alejarse. En un último intento de retenerle, aquel hombre abandonó toda prudencia—: Puede que no conozca su nombre ni su rostro, pero sé cosas sobre usted. Sé que le debe algo al señor Shimizu, fue el único que le acogió cuando los caminos ya no le eran seguros, cuando ya no tenía a dónde huir.

—De nuevo se equivoca —le interrumpió el médico—. No le debo nada a Munisai Shimizu, y tampoco le debo más explicaciones.

Y tras decir esto, se alejó sobre la arena empapada de rocío.

Durante el camino de regreso fue creciendo en él una sensación de hartazgo, no solo hacia las intrigas de los poderosos, también hacia la arrogancia con que exigían que el resto se plegara a aquellos juegos. Y si bien su afinidad con el clan Shimizu era relativa, pues no tenía más compromiso con Munisai que la gratitud por haberlo acogido a su servicio, sí había antiguas alianzas que debían ser respetadas, incluso cuando han sido olvidadas por todos. Quizás fuera absurdo sentirse atado por un pacto entre hombres que ya habían muerto, pero Ekei pretendía darle cumplimiento a modo de redención personal, pues así, quería creer, podría restañar viejas heridas que aún no habían dejado de sangrar.

Mientras atravesaba la ciudad, plena ya de actividad, se obligó a reunir los pedazos de información que tenía para intentar sacar conclusiones que le condujeran a algo. Por ahora, lo único que parecía razonable era pensar que Yoritomo Endo, el reputado general que había acaudillado los ejércitos del clan Yamada en Sekigahara, había mentido a su señor para inducirle a actuar contra los clanes del sur de Echizen. A no ser que el general también estuviera siendo manipulado y el supuesto explorador fuera otra mentira, parte de un plan urdido por terceros para empujar a los Yamada a la guerra.

¿De dónde partía el ardid? ¿Un veterano samurái apegado a la vía marcial sería capaz de engañar a su señor? ¿Hasta qué punto los generales del clan, que alentaban al hijo de Torakusu en sus aspiraciones bélicas, estarían dispuestos a ir más allá? Los cronistas anunciaban la paz del shogún, ¿qué mejor despedida para los grandes generales de una época que agoniza que morir en el campo de batalla?

Lo cierto es que se sentía avanzar, ciego y a tientas, por un laberinto plagado de trampas. Acompañado de aquella sensación llegó a la arboleda que precedía al castillo, entonces recordó la rosa blanca que descubrió al amanecer. Continuaba en el mismo lugar, apenas escondida entre las espinas del arbusto, y al verla regresaron las palabras de Yukie sobre la casa de las rosas, aquella cabaña escondida entre los árboles donde solía jugar de pequeña.

Miró a su alrededor. Se hallaba solo. Por fin abandonó el camino y se adentró en la espesura, en la dirección que Yukie le había indicado. Vagó entre los árboles deslizando los dedos sobre la madera viva, áspera, mientras buscaba bajo la hojarasca el viejo paso hacia la casa abandonada. La colina sobre la que se elevaba el castillo era lo suficientemente grande para que un hombre se desorientara en la foresta, y Ekei pronto se percató de que no podría volver fácilmente al camino principal. No le importó, solo le preocupaba encontrar la cabaña. Supuso que esta se hallaría cerca de los muros exteriores de la fortaleza, así que ascendió pendiente arriba sorteando troncos quebrados y arbustos, hasta que dio con lo que parecía una antigua vereda desdibujada por las estaciones. No la recorrió, sino que avanzó paralelo a ella, pisando sobre las raíces de los árboles y las rocas, evitando aplastar las hojas caídas o quebrar alguna rama.

Cuando al fin encontró la casa, descubrió que era similar a los refugios de leñadores que se hallan en las montañas: apenas una estancia donde guardar herramientas y provisiones, aunque construida en piedra y con un tejado alto de madera. No era necesario aproximarse para apreciar los estragos del tiempo. La puerta de madera estaba desencajada de los goznes, la piedra desmoronada pero sin llegar a resquebrajar las paredes, y en la penumbra del interior se podía vislumbrar una viga caída. Ekei rodeó el lugar sin salir al claro, y al llegar a la parte posterior de la estructura observó, sorprendido, que los jardines permanecían en perfecto estado. Aquí y allá había altos rosales, lirios y crisantemos cultivados con sumo gusto. Alguien había dedicado tiempo y pasión a mantener vivo aquel jardín.

Aquello no hizo sino incrementar la cautela de Ekei, que permaneció entre los árboles, acechando la casa. Solo cuando el sol hubo cambiado de posición y se hizo evidente que la soledad pesaba sobre aquel lugar como un mal presagio, el médico se atrevió a abandonar su posición y cruzar el claro.

Caminó sobre la hierba del jardín y observó las flores, todas variedades populares, pero no por ello fáciles de cultivar con semejante esplendor. Aunque donde el cuidador había manifestado toda su maestría era en los rosales, mezclando el arbusto con planta de té hasta obtener unas rosas magníficas. Quienquiera que fuese el responsable, era un auténtico experto en jardinería y herboristería, pues no solo conocía el cuidado de las flores, sino que también dominaba la hibridación y el cruce de especies para sublimar su obra. Sin embargo, no estaba allí para admirar aquel jardín secreto, así que encaminó sus pasos al interior de la casa.

Se detuvo en el umbral hasta que sus ojos se adaptaron a la oscuridad, entonces pudo apreciar la estancia devastada por el tiempo y el abandono. Una luz deshilachada se filtraba a través de las grietas y permitía vislumbrar que la viga caída era una de las tres que sujetaban el techo. Las ventanas estaban cegadas por cerramientos de madera, y el gancho usado para colgar sobre el hogar los pucheros se había desmoronado bajo el peso de la podredumbre. Por último, Ekei reparó en que el suelo de tierra había sido barrido recientemente.

Extrajo unos cuantos pliegos del papel de arroz que siempre llevaba consigo, los echó al suelo y fue pisando sobre ellos, recogiéndolos a su paso. Así avanzó hasta el extremo de la viga caída. Apoyó una mano sobre ella para comprobar su estabilidad y se decidió a saltar sobre el madero. Aprovechó el impulso para ascender con pasos rápidos y, antes de llegar al final, se aupó hasta una de las vigas que aún cruzaban el techo. Se encaramó sobre la traviesa con destreza y se tendió cuan largo era sobre ella, de modo que desde abajo nadie pudiera descubrir su presencia a simple vista. Su intención era esperar, esperar cuanto fuera necesario, pues si aquella rosa era una llamada, estaba seguro de que el punto de encuentro sería ese.

La falta de sueño de la noche anterior no tardó en pasarle factura, pero sabía que durante una espera larga el sopor era un enemigo imbatible. Así que, en lugar de embarcarse en una batalla perdida, se entregó poco a poco a un sueño superficial que le permitiera mantenerse alerta.

Al parecer, permaneció así mucho tiempo, pues cuando el primer visitante llegó a la casa, la noche había caído ya sobre la arboleda de Fukui. Sin mover un solo músculo, sin alterar su respiración o su pulso, Ekei abrió los ojos para observar a la figura que cruzaba la estancia con pasos tan livianos que ni siquiera hacían crujir la tierra. Vestía ropas de un verde oscuro, capaz de mimetizarse con el bosque y con la noche, y las sombras lo acogían como a uno de los suyos, como solo abrazan a aquellos que han hecho de ellas su reino.

Pese a la imperceptible presencia de Ekei, el visitante nocturno se detuvo en medio de la casa, giró la cabeza y levantó la nariz. Husmeó el aire, pues sabía que algo había cambiado. Pero ni siquiera entonces el pulso de Ekei se alteró.

Finalmente, continuó avanzando hasta llegar al otro extremo de la cabaña. Extrajo algo del kimono y pareció colocárselo sobre el rostro. Cuando se giró para sentarse con las piernas cruzadas y la espalda contra la pared, Ekei pudo distinguir que se había cubierto con una máscara de demonio, como las usadas en el teatro *nō*. Los cuernos pintados en rojo y la truculenta sonrisa resultaban inquietantes en la soledad de aquella habitación en ruinas.

El médico aguardó, al igual que su diabólico acompañante, en completo silencio, hasta que el tercer actor de aquella pequeña obra entró en escena. Entonces, al identificar por fin al conspirador que acudía al encuentro clandestino, Ekei paladeó el agrio sabor de la decepción que siempre acompaña al descubrimiento de un traidor. Un sabor que perdura durante días, no importa cuántas veces escupas. ¿Cómo es posible —se preguntó— que tan negra simiente arraigue en los corazones de apariencia más noble? Y mientras tanto, el demonio saludó a su invitado:

—Me complace volver a verle, aunque me temo que el sentimiento no es mutuo.

Aquellas palabras, de textura distorsionada por la máscara, sobrecogieron a Ekei aún más que la presencia del traidor, pues la voz que las había pronunciado le resultaba, por algún motivo, terriblemente familiar.

Capítulo 30

Una vida sin remordimientos

K osei y su joven acompañante partieron del templo Gakuen-ji mucho antes del amanecer. Viajaban en una sencilla carreta tirada por un buey que cabeceaba con aire anodino mientras enfilaba el camino. El viejo abad, sentado en el pescante, afrontaba el viaje con escaso ánimo, pues cada vez le costaba más abandonar la confortable rutina de su templo. No quedaban tan lejos los días en que Kosei era un gran peregrino, un viajero incansable que, a la menor oportunidad, se cubría con la capa y el sombrero de paja y acudía a la llamada de aquellas sendas que le brindaban hermosos paisajes y atardeceres evocadores. Ni siquiera desdeñaba la posibilidad de dormir al raso alguna noche de primavera. «Buda también está en los caminos», solía decir a sus monjes. Pero la edad lo había convertido en un hombre cansado. Sus rasgos se habían afilado aún más, sus cejas se habían tornado dos finas líneas inexpresivas y los pómulos parecían cincelados en piedra mal tallada. Siempre había sido de constitución enjuta, pero aquellos que ahora se aproximaban para asistirle se sorprendían de que sus hábitos se encontraran más huecos que nunca, como si los sostuviera un espíritu incorpóreo. Sus ojos, en un tiempo hermosos en su sabiduría, habían trocado la afabilidad en impaciencia y la astucia en desconfianza.

Aquel viaje, no obstante, resultaba un compromiso ineludible: el hijo de un acaudalado mercader del norte de Izumo, uno de los principales benefactores del monasterio, se casaba al día siguiente y había reclamado la presencia del venerable abad para oficiar la ceremonia. Kosei, más habituado a celebrar funerales que casamientos, no pudo negarse, sin embargo, a esta petición. Así que, no sin fastidio, había preparado el viaje y había decidido que lo acompañara Honen, un joven bonzo bien dispuesto y mejor cocinero, cualidad que el abad valoraba en grado sumo, pues ya no toleraba igual la comida de las posadas de camino.

Mientras su maestro dormitaba con la espalda encorvada, Honen caminaba junto al buey conduciéndolo con una vara. Sus pasos largos y la expresión risueña de su rostro evidenciaban que disfrutaba de la oportunidad de alejarse por unos días de la monótona vida del monasterio.

—En verdad, es un día hermoso para viajar. Hemos tenido suerte, ¿no le parece, maestro Kosei?

Al oír su nombre, Kosei levantó la cabeza y entreabrió los ojos con desgana, solo para cruzarse de brazos y acomodar el cuerpo en otra posición.

—El día que es hermoso para viajar, también lo es para tomar el té en el jardín o descansar bajo un almendro —apuntó el abad con los ojos cerrados—. No hay días mejores para una cosa y peores para otras. Los días son como son.

El joven monje asintió con una sonrisa. Pero debió seguir elucubrando sobre aquellas palabras, porque al cabo de un rato añadió:

—Sin embargo, sería peor viajar con lluvia, maestro. Los caminos se embarrarían, nosotros nos mojaríamos y la carreta podría quedar atascada en un lodazal.

Kosei volvió a removerse bajo sus hábitos y sacudió la cabeza, exasperado. El agradable sopor que le provocaba el sol matinal comenzaba a disiparse ante la cháchara del joven.

—Dime, Honen —rezongó el sacerdote—, si lloviera a cántaros, deberíamos ir igualmente a la boda del señor Irobe. ¿No es cierto?

—Así es, *sensei*.

—¿Te lamentarías, entonces, de nuestra mala suerte por tener que viajar bajo el aguacero?

—No, maestro Kosei. Lamentarse del infortunio solo le hace a uno más infeliz. No tiene sentido quejarnos de aquello que no está en nuestra mano cambiar.

—Entonces, Honen, si no te habrías quejado del mal tiempo, ¿por qué despertarme para celebrar un día soleado?

El muchacho guardó silencio ante la pregunta, pero no tardó mucho en mostrar de nuevo aquella sonrisa franca que, con tanta facilidad, acudía a sus labios.

—Tiene razón, maestro. No sé si algún día llegaré a ser tan sabio como usted.

—Seguro que sí —dijo Kosei, que dio por zanjada la conversación mientras volvía a acurrucarse bajo su capa de viaje, dispuesto a retomar su siesta matinal.

La suave caricia del sol sobre el rostro y el traqueteo de la carreta surtieron pronto su efecto, y aunque la madera del pescante era incómoda y se le clavaba en la espalda, Kosei se fue entregando poco a poco a un sueño lánguido.

—Si la vida es sufrimiento, maestro —comenzó a decir Honen, citando la primera de las Cuatro Nobles Verdades—, ¿el placer y el deleite nos alejan de la vida terrenal y nos acercan a la iluminación?

El viejo sacerdote emitió un largo suspiro. Dudaba que Honen fuera tan buen cocinero como para soportar semejante suplicio y, en aquel momento, de buena gana habría cenado arroz duro si con ello pudiera dormitar tranquilo.

—¿Quién te ha dicho semejante cosa? —preguntó Kosei con voz cansada.

—El maestro Sora afirma que aquellos que sufren y padecen en la vida demuestran no haber encontrado el camino de la iluminación, pues el sufrimiento procede del anhelo de lo que no podemos lograr o cambiar. Por el contrario, el bienestar y el deleite nos elevan por encima de lo terrenal y nos acercan a Buda.

Aunque Kosei no tenía la menor intención de embarcarse en una conversación trascendental, aquellas palabras lo alarmaron hasta cierto punto. Turbado porque alguien en su templo pudiera haber desvirtuado tanto las enseñanzas, el viejo monje se obligó a despejarse y se incorporó para sacar a su discípulo del error.

—Escúchame bien, Honen. Aquel que desea ser virtuoso, debe apartar de sí los placeres de esta vida, pues solo nos desvían del camino recto. Para alcanzar la iluminación debemos aspirar a la ausencia de anhelos, no a satisfacer los mismos. El que busca la felicidad en distracciones y deleites mundanos, a la larga tan solo consigue sentirse más perdido e insatisfecho. Cuando nada ansíes, nada necesitarás, y no al revés.

—Perdón, maestro, debí interpretar mal las palabras de Sora-*sensei*.

Pero Kosei sabía que el muchacho no era culpable de su error. Muchos de los sacerdotes del Gakuen-ji se habían entregado con fervor a la prosperidad que el templo disfrutaba desde que él decidiera dar cobijo, una lejana noche de otoño, a una partida de samuráis del clan Sugawara. La providencia quiso que aquella incursión terminara derrocando a Akiyama Ikeda; y aunque Kosei no se enorgullecía de ello, su arriesgada maniobra había posicionado al Gakuen-ji como el principal templo de la provincia, asegurando el futuro de su comunidad bajo el auspicio de los nuevos señores de Izumo.

El resto de la jornada transcurrió con absoluta tranquilidad. Recorrieron las rutas comerciales que atravesaban extensos pinares y campos de *susukis** barridos por el viento. Al atardecer, cuando cruzaban una pequeña meseta desde la que se veía la costa escarpada, encontraron a orillas del camino un pequeño buda de piedra, y Honen pidió permiso para detener la carreta y orar durante la puesta de sol. Kosei no pudo desoír la petición del muchacho, aunque comenzaba a impacientarse, pues veía cómo anochecía y no parecía haber posadas ni albergues en las inmediaciones.

Efectivamente, en las horas siguientes no avistaron viajero o casa de posta alguna, y ya era noche cerrada cuando se internaron en un bosque de cañas de bambú. La humedad espesaba el aire y una neblina huidiza cubría la senda frente a ellos.

—Estoy agotado, Honen —anunció el viejo sacerdote—. Me temo que deberemos pasar la noche al raso.

—Aguante un poco, maestro. Más adelante la vereda se eleva y quizás desde el repecho podamos ver alguna cabaña de campesinos o leñadores. Si no es así, buscaremos un lugar donde parar.

Kosei refunfuñó ante la perspectiva de continuar sentado en aquella carreta quejumbrosa un solo instante más, pero el juicio del joven bonzo fue acertado, pues la providencia quiso que desde la elevación del camino, en un claro fácilmente accesible, se divisara una casucha aparentemente vacía, ya que no había luz en su interior ni humo que manara de su chimenea.

---

* *Susuki:* gramínea muy habitual en los campos japoneses, de color pajizo, tallo alargado y flor espigada.

—¿Ve, maestro? Si nos hubiéramos detenido antes habríamos dormido a la intemperie.

El anciano asintió en silencio, pero por algún motivo, era reacio a mostrarse tan aliviado como su acompañante.

Cuando llegaron al claro, pudieron comprobar que la cabaña se encontraba cerrada a cal y canto, si bien su aspecto no era el de un lugar abandonado, pues los tablones de madera estaban rectos y bien cuidados, la paja de la techumbre aparecía intacta y el suelo de la entrada se había barrido recientemente. Una ristra de pimientos se secaba en el pequeño cobertizo que precedía a la puerta.

Honen se aproximó a la casa y, al subir a la tarima, apartó un pequeño *ofuda** de papel que giraba agitado por la brisa nocturna. El monje golpeó tres veces la puerta con la mano abierta, pero nadie respondió. Al cabo de un instante, se volvió hacia su maestro y se encogió de hombros.

—Puede que los inquilinos estén de viaje —conjeturó Kosei—, o que pasen la noche de caza en la montaña.

—Permítame insistir una vez más —solicitó Honen, que volvió a llamar.

Tampoco obtuvo respuesta, pero en esta ocasión creyó percibir un lamento ahogado procedente del interior.

—¿Ha oído eso?

—No he escuchado nada, pero mis oídos ya no son los de un joven.

—Alguien se esconde dentro —murmuró el muchacho.

—Si eso es cierto, es evidente que no quiere recibirnos. No podemos forzar su hospitalidad.

—No es correcto negar alojamiento a un viajero cansado —protestó Honen con el ceño fruncido y, tras volverse de nuevo hacia la entrada, golpeó la madera con más fuerza y, a voz en grito, exclamó—: Somos monjes del Gakuen-ji. El abad Kosei viaja conmigo, os rogamos hospitalidad.

Los dos viajeros aguardaron con paciencia hasta que, con un leve crujido, la puerta se entreabrió. Asomó el rostro áspero de un campesino, pero al no haber lámparas en el interior, sus facciones apenas se intuían bajo la escasa luz que arrojaba el farolillo de la carreta.

---

* *Ofuda:* tablilla de madera o tira de papel en la que se inscribe el nombre de un dios o una pequeña oración para invocar protección y alejar a los malos espíritus.

—Buenas noches —saludó Honen con cordialidad—. Hemos viajado durante todo el día y agradeceríamos pasar la noche bajo techo.

El campesino miró brevemente al interior de su casa en lo que parecía ser una silenciosa consulta y, acto seguido, asintió con un suspiro.

—Pasen, perdonen que hayamos tardado tanto en abrir —se disculpó el hombre.

El bonzo agradeció la respuesta con una inclinación y se encaminó hacia la carreta. Ayudó al viejo sacerdote a descender y tomó la linterna para iluminarse.

—Gracias por acogernos —saludó Kosei—, a mi edad se hace difícil conciliar el sueño sin un techo sobre la cabeza.

Con varias inclinaciones de disculpa ante el venerable abad, el hombre abrió la puerta de par en par. Honen fue el primero en entrar con la lámpara en ristre y, cuando la luz del aceite iluminó el interior, pudo comprobar que en la oscuridad de la cabaña se refugiaban una niña de apenas ocho años, una mujer adulta, probablemente la esposa del anfitrión, y una vieja que se sentaba con expresión ausente en un rincón. La anciana, con los cabellos despeinados sobre el rostro, se balanceaba levemente hacia delante y hacia atrás, musitando una sorda retahíla de oraciones que nadie podía entender.

La estancia carecía de tatami y olía a cerrado; y el hogar, excavado en el suelo de tierra, se hallaba frío como si no se hubiera encendido en días. Honen, que en un principio creyó que aquellos campesinos ya descansaban cuando ellos habían irrumpido de noche, se percató de que en realidad no reposaban, se escondían.

El viejo Kosei entró tras él y tampoco tardó en percibir la anormalidad de la situación.

—¿Qué sucede aquí? —exigió saber el abad—. ¿Por qué mantenéis el fuego apagado en una noche fría? ¿Es que acaso no tienes piedad de tu hija y de tu madre?

—Lo siento, señor. Hace varias noches que no encendemos el hogar —se disculpó el campesino—. Tampoco salimos de casa una vez se pone el sol.

—¿Qué teméis? ¿Acaso hay bandas por los alrededores?

El hombre y su esposa se miraron de soslayo.

—Podemos encender el fuego para ustedes.

—Os lo agradeceríamos —asintió Kosei.

—Pero apenas tenemos comida. Solo podemos ofreceros gachas de arroz.

El viejo bonzo rehusó con un gesto de la mano.

—Con que nos ofrezcas el calor de tu hogar es suficiente, sabemos de las dificultades de estas fechas. ¿Dónde tenéis la leña?

—Detrás de la cabaña hay madera cortada —indicó el campesino.

—Honen, recoge leña y encárgate de preparar el fuego. Trae también arroz y rábanos encurtidos de nuestra carreta, boniatos para asar y zanahorias y cebollas para preparar un estofado.

—Sí, *sensei* —dijo el muchacho mientras se apresuraba hacia la puerta.

—Trae también unos cuantos pastelillos de harina de arroz para la pequeña y su abuela.

—Por supuesto, maestro Kosei.

Una vez el joven bonzo hubo partido, el abad procedió a presentarse.

—Como habéis podido escuchar, mi nombre es Kosei, y el joven con aspecto distraído es Honen. Locuaz, pero buen muchacho y mejor cocinero.

—Mi nombre es Ryuzo y mi esposa es Kinu. —La mujer saludó con una respetuosa reverencia—. Nuestra hija es Fumiye-chan y esa es la abuela Tae, pero no es necesario saludarla, hace tiempo que no habla con los vivos.

Kosei asintió ante cada una de las presentaciones, y antes de que pudiera indagar sobre lo que allí sucedía, Honen entró de nuevo en la cabaña con los brazos atiborrados de leña, calderos, aperos de cocina y provisiones. Al poco ya había tomado posesión del hogar: encendió el fuego, destapó la chimenea, colgó sobre las llamas un cazo que llenó de agua y comenzó a cortar verdura sobre una tabla.

Mientras su discípulo se afanaba, el abad se aproximó a una bolsa de trapo, tomó un pastelillo de harina y se lo ofreció a la pequeña Fumiye. La niña miró con ojos suplicantes a su padre y, ante el asentimiento de este, se apresuró a tomar el dulce que le ofrecía el anciano, como si temiera que el bonzo se pudiera arrepentir. Iba a darle el primer mordisco cuando se acordó de dar las gracias con una reverencia.

Kosei sonrió antes de volverse hacia Ryuzo.

—Ahora dime: ¿de qué os escondéis si no es de hombres peligrosos?

El campesino comenzó a frotarse las manos y rehuyó la mirada del bonzo.

—Deberíamos cenar con tranquilidad y conversar sobre cosas agradables. Hay asuntos que es mejor no mencionar una vez se pone el sol.

El hombre hablaba con el fuerte acento característico de las zonas más aisladas de Izumo, regiones ignorantes en su superstición.

—No debes temer nada mientras yo esté aquí —lo tranquilizó Kosei.

—Quizás el abad pueda ayudarnos —intervino la mujer—. No podremos estar así mucho tiempo más.

—No debemos molestar a los bonzos con nuestros problemas.

—Ryuzo —lo interrumpió el sacerdote—, comparte conmigo lo que os aflige. Quizás pueda agradecer vuestra hospitalidad con un buen consejo.

—No son consejos lo que necesitamos —musitó con vergüenza la mujer.

Su marido abrió la boca, pero la voz no acudió a él. Había comenzado a sudar ostensiblemente, pese a que la cabaña aún no se había caldeado.

—Habla sin tapujos —le ordenó Kosei, pero fue su esposa, Kinu, la que tomó la palabra.

—En la pasada luna, nuestra hija Kaede desapareció en el bosque. Fue a por agua una mañana y no volvió.

—Iba con Yasu —apuntó Fumiye-chan, con la boca llena de su tercer pastelillo.

—Kaede suele distraerse con facilidad —continuó la mujer ante el silencio obstinado de su marido, que había clavado los ojos en el suelo y apretaba los puños contra los muslos—. A menudo, perdía la noción del tiempo cazando ranas o recogiendo flores, así que hasta la tarde no nos preocupamos. Cuando cayó la noche, al ver que no regresaba, mi marido y yo salimos con lámparas a buscarla. Llegó el alba y no la encontramos, así que pedimos ayuda a las demás familias de la zona. —Las lágrimas afloraban a los ojos de la mujer y la voz había comenzado a quebrársele en su relato—. Fue un cortador de bambú quien la encontró al día siguiente, había caído por una quebrada y se había roto las piernas. Murió sola entre las rocas, aterida de frío y con las lágrimas convertidas en escarcha sobre las mejillas.

La mujer rompió en un sollozo lastimero que conmovió a ambos monjes.

—Pero ese no es motivo para recluirse del mundo —apuntó Kosei, e incorporó a la mujer tomándola suavemente por el brazo—. Perder a una hija es muy doloroso, sobre todo en tan terribles circunstancias. Debéis guardar luto, pero también debéis pensar en el bienestar de vuestra otra pequeña.

—La historia no acaba ahí —lo interrumpió Ryuzo, quien por fin había encontrado la voz—. La noche después del funeral, el espíritu de Kaede comenzó a manifestarse.

Honen levantó la cabeza del caldero y, con una mirada espantada, buscó los ojos de su maestro. Este negó suavemente con el ceño fruncido.

—¿Cómo es eso posible?

—Desde entonces, en las noches frías, el espíritu de Kaede se aproxima hasta la casa y araña la puerta para que la dejemos entrar. Nos atormenta por haberla abandonado en su momento de mayor necesidad.

Kosei se compadeció de aquella familia que imaginaba fantasmas para castigarse. No había allí más espíritu que exorcizar que el sentimiento de culpabilidad que cargaban en sus corazones.

—Decidme, ¿fuisteis alguna vez crueles o injustos con Kaede cuando vivía entre vosotros?

Ryuzo y Kinu negaron al unísono.

—¿La cargabais con excesivas tareas o abusabais de algún modo de la obediencia que una hija debe a sus padres?

—No. Siempre fue una niña alegre.

—Entonces, no hay motivos para que su espíritu retorne en penitencia —les tranquilizó el monje—. El dolor que soportáis ya es suficiente como para que ahondéis más en él con crueles ilusiones. Dejad que el tiempo calme vuestros corazones y recordadla con amor.

Los padres se abrazaron y comenzaron a llorar. La pequeña Fumiye, al verlos, se acercó y también los abrazó con las mejillas llenas de harina de arroz; y la abuela Tae continuó perdida en su silencioso mantra.

La cena fue callada, pero se respiraba cierta paz que no existía en la casa antes de la llegada de los monjes. Fumiye-chan fue la única que comió a su antojo, mientras que los adultos eran de apetito más comedido.

Cuando hubieron concluido la postrera taza de té, el matrimonio dio las buenas noches a sus invitados y se retiraron a un rincón de la cabaña a dormir, no sin antes arropar a la pequeña, que se frotaba la barriga, satisfecha. Kosei y Honen permanecieron sentados junto a los rescoldos, apurando una última taza.

—¿Creéis, maestro, que los muertos retornan de la tumba para torturar a los vivos? —preguntó el joven en un susurro, de modo que nadie más pudiera escucharle.

—Todo es posible en este mundo, y no son pocos los que hablan de semejantes cosas, pero he de decir que jamás he visto algo así con mis propios ojos. Y espero morir sin llegar a verlo, pues las cosas tienen un orden natural y nada que lo rompa puede ser benévolo.

Honen asintió pensativo, como hacía siempre, y finalmente vació el fondo de su taza sobre los rescoldos. La cabaña quedó a oscuras y los monjes se tendieron sobre sus esteras de viaje. No habían acabado de envolverse entre mantas, cuando algo rascó la puerta. Fue un arañazo largo, tan claro en el silencio de la cabaña como un trueno que quiebra la noche.

El joven bonzo levantó la cabeza y destapó la linterna. Kosei también se incorporó, más lentamente, los huesos cansados pero la mirada alerta.

La madera volvió a gruñir, áspera, como si alguien arrastrara alfileres sobre las vetas rugosas. Entonces se hizo evidente que los campesinos no se habían dormido, pues la mujer comenzó a agitarse bajo las mantas con un llanto desconsolado. Su marido se incorporó y la abrazó, el rostro demudado de terror. Estaban a punto de perder los nervios, desquiciados por aquel sonido.

«En las noches frías, el espíritu de Kaede se aproxima a la cabaña y araña la puerta para que la dejemos entrar», recordó Kosei, que, con rostro serio, apartó su manta y se puso en pie.

—¡Maestro! —lo llamó Honen con un ahogado susurro, pero Kosei le mandó callar con la mirada.

Se aproximó a la puerta y, despacio, posó la mano sobre la madera. Al otro lado, unas uñas comenzaron a rascar con violencia. Kosei apartó los dedos como si la superficie le quemara. Miró atrás, a aquellos que lo observaban en espantado silencio y, adoptando una expresión desafiante, agarró el tirador y abrió la puerta.

Al hacerlo, algo se precipitó al interior sin detenerse ante la presencia del monje y se abalanzó sobre la pequeña Fumiye.

—¡Yasu! —exclamó la niña, abrazándose con alegría al animal de pelaje desgreñado que le lamía la cara.

Tras el sobresalto inicial, el padre empuñó un rastrillo y se dispuso a expulsar a la bestia, pero Kosei lo retuvo con un gesto de la mano. El monje se aproximó a la niña, que, encantada, rascaba al animal detrás de las orejas.

—Así que este es Yasu. ¿Cómo es que tus padres nunca habían escuchado hablar de él?

—Creíamos que Yasu era un amigo inventado —se disculpó la madre, afligida—, un juego que se traían entre ellas.

—Yasu es nuestro perro —dijo Fumiye—, lo encontramos solo en el bosque cuando era un cachorro. Por las noches, Kaede le dejaba cerca de casa lo que no nos comíamos de la cena… Le gustan mucho las gachas de arroz.

Kosei alargó la mano lentamente, con cautela, hasta que comprobó que el animal se dejaba tocar. Maravillado, comenzó a acariciarle el áspero pelaje.

—¿Es que hacíamos algo malo? —preguntó la cría, inquieta por el silencio de sus mayores—. Yasu nos acompaña siempre que vamos al bosque, es nuestro amigo. Kaede decía que era el guardián del bosque y que por eso nos protege.

—Pequeña, no hacíais nada malo. Pero Yasu no es un perro, es un lobo salvaje.

—¡Él nunca nos haría daño! –Y abrazó la cabeza del animal contra su pecho.

—Puedo verlo —musitó el monje y, volviéndose hacia los padres, añadió—: Quizás tuvierais razón, después de todo; quizás el espíritu de vuestra hija os visita a través de este lobo. No para atormentaros, sino para proteger vuestra casa y vuestro bosque.

Honen, que contemplaba la escena en silencio, sabía que su maestro no había pronunciado aquellas palabras porque creyera en ellas, sino por compasión y consuelo.

Ese día aprendió que, cuando se es piadoso, en la mentira también se puede hallar el camino a la verdad.

* * *

El resto del viaje transcurrió de manera apacible. Con la mirada perdida, ambos monjes cruzaron valles y colinas bajo un cielo límpido que despejó toda incertidumbre de sus almas. Antes del atardecer llegaron a la pequeña localidad costera donde los aguardaban, y la boda se celebró al día siguiente en lo que fue una hermosa jornada de principios de primavera. Los novios bebieron tres veces de la misma taza de sake, y Kosei y Honen reemprendieron el viaje de retorno.

Al atravesar el bosque de bambú y ver en la distancia la cabaña de Kinu y Ryuzo, el joven monje comentó el dolor que debían sentir unos padres que pierden a su hija, y se preguntó si alguna vez alguien podría recuperarse de semejante tristeza. Sin levantar la vista del camino, el sacerdote Kosei le respondió:

—En una ocasión, cuando el príncipe Siddhârta ya era conocido por su sabiduría y bondad, pero aún no era llamado Buda, una madre acudió a él profundamente afligida. Le rogó, entre terribles llantos, que le devolviera la vida a su hijo pequeño, el cual había muerto a causa de unas fiebres terribles. Los discípulos de Siddhârta se apiadaron del inmenso dolor que presenciaban, y se sumaron a las súplicas para pedir a su maestro que hiciera el bien con aquella mujer. Entonces, rogando silencio a todos, se dirigió a la madre que gemía a sus pies y le dijo que buscara una flor blanca nacida en el jardín de una casa donde no hubiera muerto nunca nadie. Con dicha flor podría insuflar de nuevo vida a su hijo.

—¿Y lo hizo? —preguntó Honen, absorto por el relato.

—La mujer recorrió todas y cada una de las casas de la región en busca de la flor, pero fue en vano. Entonces, en su desesperación, buscó también en las regiones circundantes: atravesó bosques y montañas, preguntó en las moradas de campesinos, cazadores y leñadores, cruzó ríos y recorrió la costa hablando con pescadores, mercaderes y artesanos… Pero no encontró familia donde no hubiera fallecido alguno de sus miembros, por lo que no pudo llevar al príncipe la flor que le había pedido.

—¿Por qué cometería el Buda semejante crueldad?

—¿No lo ves, Honen? En cada casa se ha sufrido el dolor de haber perdido a un ser querido, sea hijo, padre o hermano. La muerte forma parte de la misma vida, por ello las personas debemos aprender a dejar partir a los que mueren, con serenidad y resignación, sin remordimientos ni reproches, pues la muerte era parte de su vida. Así lo entendió aquella madre que acudió a Buda.

* * *

Los monjes llegaron al Gakuen-ji al día siguiente. Kosei se encontraba agotado por el viaje, pero recuperó las fuerzas al coronar la angosta escalera y cruzar la arboleda que precedía al monasterio. Cuando por fin llegó a las puertas del que era su hogar, se sintió arrebatado por la emoción y el orgullo, y todo cansancio quedó atrás. El Gakuen-ji, otrora un monasterio pobre y decadente, había prosperado bajo la tutela de Kosei hasta convertirse en uno de los lugares santos más importantes del oeste de Hondō. Por primera vez en décadas, el número de monjes había crecido, y ahora unas sesenta almas habitaban aquellos muros, más que en toda su historia. Y pese a ello, no sufrían incomodidades ni estrecheces, pues Kosei había mandado construir una nueva ala para alojar a los monjes y al creciente número de peregrinos, además de restaurar el resto del monasterio. Se podía decir que el Gakuen-ji vivía su mejor época.

Cuando el abad cruzó las puertas y entró en el patio principal, los que allí se encontraban abandonaron sus quehaceres y acudieron a recibirle, mientras otros auxiliaban al pobre Honen, que habiendo devuelto ya la carreta alquilada a su propietario, se afanaba en subir desde el camino el abultado equipaje que habían llevado consigo.

Los saludos, anécdotas e informes sobre las novedades en el templo se prolongaron durante buena parte de la tarde, por lo que ya era noche cerrada cuando Kosei por fin tuvo un momento para sí. Antes de tomar el baño y cenar, se encaminó hacia la pequeña capilla donde le gustaba meditar, al amparo de la cascada que caía a espaldas del templo.

Cruzó la gruta ayudándose de una antorcha que alejaba la humedad de sus huesos. Según penetraba en las entrañas del valle, el rumor de la cascada se hacía más intenso, hasta que por fin llegó al mirador que se asomaba tras el flujo de agua. Aunque solo fueron unos días de ausencia, reencontrarse con aquel humilde santuario le produjo una gran tranquilidad, como si retornara al único lugar al que verdaderamente pertenecía.

El monje dejó la antorcha en un soporte anclado a la roca desnuda, tomó incienso y lo prendió aproximándolo a la llama. Cuando el olor comenzó a extenderse, colocó la varilla sobre el pequeño altar y se sentó con las piernas cruzadas sobre la esterilla dispuesta frente a la estatua de Buda. Cerró los ojos y se dejó llevar por el aroma de la resina y el murmullo del agua. Aquella capilla era su refugio, el lugar al que se retiraba a orar incluso cuando estaba lejos de allí, evocándolo en su mente hasta que todo lo demás desaparecía.

—Tras un largo viaje, el ser recibido con alegría por los nuestros reconforta más que cualquier fuego. ¿No es cierto, sacerdote Kosei?

Las palabras pronunciadas a su espalda sobresaltaron al monje, que abrió los ojos, alarmado. No se volvió de inmediato, sino que tragó saliva y murmuró una breve oración para alejar a los malos espíritus. Solo entonces se obligó a mirar atrás para descubrir el rostro de un desconocido oculto entre las penumbras de la capilla. Probablemente había estado allí desde el principio. Vestía gastadas ropas de viaje y tenía las facciones cubiertas por una barba de muchos días, mal recortada y desaseada, como el pelo desaliñado que se recogía en un moño sobre la cabeza.

—¿Quién…, quién eres? —murmuró el sacerdote.

—¿Acaso no eres capaz de ver a través de los años?

Kosei estudió los rasgos del intruso, pero se perdió en sus ojos, aquellos ojos profundos como la noche.

—Seizō Ikeda —dijo por fin el bonzo, y pronunció el nombre con la solemnidad de una sentencia de muerte.

—Al menos no has olvidado el nombre de mi casa.

—Sé a qué has venido.

—Como no podría ser de otro modo —repuso Seizō.

—No…, no me arrepiento de nada. Hice lo mejor para que mi templo prosperara.

—Sé que no hay arrepentimiento en ti, ni he venido a buscarlo. Has vivido una vida sin remordimientos. Pero no por ello has sido libre, ¿verdad?

Kosei asintió lentamente, apurando las palabras del samurái como gotas de veneno.

—Desde aquella noche no he vuelto a dormir tranquilo —reconoció.

—Y si no era la culpa lo que te atormentaba, ¿qué te robaba el sueño, venerable anciano?

El bonzo permaneció en silencio, sin articular palabra ni mudar la expresión.

—Yo te lo diré —prosiguió el joven samurái—. Era el miedo, el miedo a la espada de Kenzaburō Arima ha sido tu castigo todos estos años.

Aquellas palabras se vieron acompañadas del suave siseo del acero al despertar. La hoja brilló feroz bajo la luz de la antorcha.

—Esto no tiene por qué ser así —dijo Kosei.

—No sé de qué otra forma podría ser.

—Yo sé cosas, muchacho —anunció el monje, que hacía acopio de sus últimas fuerzas para rogar a aquel juez inclemente—. En este mismo lugar, con el agua de la cascada salpicándonos, tuve oportunidad de asistir al encuentro secreto que mantuvieron Mitsurugi Takeuchi, el general que comandó el asalto contra el castillo de tu padre, y un hombre cubierto con la máscara de un demonio. No pude ver su rostro, pero hablaba con acento de Iga. Él fue quien dictó cómo debían ser las cosas, quien indicó a los Sugawara cuándo podían atacar la fortaleza. Sin la intervención de este hombre, tus enemigos jamás habrían acabado con tu casa. Pero no se comportaba como un sirviente, sino que era él quien daba las órdenes.

Kosei guardó silencio, a la espera de que aquel secreto, bien guardado durante años y súbitamente revelado, conmoviera de algún modo al samurái. Pero Seizō no dijo nada.

—Si me matas, tendrás una venganza fútil y nunca descubrirás quiénes fueron los verdaderos artífices de la caída de tu familia. Si me dejas vivir, sin embargo, tendré la oportunidad de subsanar de algún modo el daño que te hice: descubriré quién era el hombre tras la máscara. Es una información que bien vale tu perdón.

—Nada vale tanto —dijo Seizō, y avanzó hacia Kosei con la espada orientada hacia el suelo.

El viejo bonzo se sintió repentinamente cansado y sus hombros cayeron derrotados, como si la vida hubiera comenzado ya a abandonarle, pero sostuvo la mirada de su verdugo mientras la muerte le daba alcance.

—Date la vuelta, Kosei, y arrodíllate frente a Buda. Te daré la oportunidad de buscar en sus ojos la clemencia que no encontrarás en los míos.

El venerable abad así lo hizo: con las lágrimas corriendo por su rostro, se sentó frente a Buda como si fuera a pronunciar una última oración y buscó compasión en los ojos del santo, pero este no le devolvió la mirada.

Capítulo 31

La debilidad de los poderosos

Ekei Inafune observó al amparo de las sombras cómo el general Yoritomo Endo penetraba en la cabaña semiderruida, y le pareció un hombre empequeñecido bajo el peso de la vergüenza. Saludó con un gruñido al hombre tras el rostro del diablo y permaneció de pie, con la mano sobre la empuñadura de su *katana*. Era una pose inconsciente, no una amenaza, pues Yoritomo había atado la empuñadura a la funda, imposibilitando así desenvainar su sable. Se trataba de un gesto para expresar buena fe, aunque muchos samuráis lo consideraban de sumisión.

—Siéntese, general Endo. Me incomoda hablar de pie —solicitó el diablo, y Ekei habría jurado que una sonrisa se escondía tras la máscara.

Por su actitud, resultaba evidente que Yoritomo deseaba salir de allí cuanto antes, limitar la conversación con el conspirador a lo imprescindible; sin embargo, su interlocutor actuaba con deliberada tranquilidad, como si disfrutara torturando a tan poderoso guerrero.

Ambos se sentaron, el samurái en posición de *seiza* y el diablo con las piernas cruzadas, y se miraron a los ojos durante un instante. El general, envarado y a la defensiva, no tenía intención de iniciar la conversación.

—Dígame cuáles han sido los avances de los últimos días, aunque mucho me temo que ya sé la respuesta —solicitó el enmascarado.

—Tal como arreglamos, comuniqué a nuestro señor la captura de un explorador del clan Shimizu en la frontera. Sin embargo, rechazó cualquier posible reacción, se niega a tomar medidas que puedan provocar un conflicto; ni siquiera movilizará las tropas.

El demonio emitió un largo siseo desaprobatorio.

—Debo reconocerle, general, que vimos en usted a un hombre capaz cuyos objetivos coincidían con los nuestros. Y así fue en un principio. Logró reunir a aquellos comandantes que, como usted, consideraban que el shogún había sido injusto en el reparto de tierras, que el clan merecía más, dada la lealtad demostrada y el sacrificio realizado. No solo consiguió organizar en el consejo a los que hablaban a favor de la guerra, sino que sumó a su causa al entusiasta hijo de su señoría.

Yoritomo Endo escuchaba las palabras con el ceño fruncido y los labios apretados.

—Bien es cierto que el joven señor nunca fue un pacifista —prosiguió el demonio—, pero fue astuto al apoyarse en él para legitimar sus demandas. Al reclamar una guerra contra los clanes del sur y del este no incurre en deslealtad hacia los Yamada, solo lo hace por la prosperidad del clan, como demuestra el respaldo del sucesor legítimo. Una maniobra digna de alguien que no solo es un gran estratega en el campo de batalla. Sin embargo, ahora que está todo dispuesto, se muestra incapaz de prender la mecha.

—No podemos obligar a nuestro señor. Hemos intentado convencerle por todos los medios, pero Torakusu es un hombre obstinado, poco dado a aceptar consejos o influencias. Lo sabría si lo conociera.

—Oh, no es necesario, su reputación le precede. Pero debe comprender que hemos invertido muchos esfuerzos y recursos en nuestra pequeña conspiración, y no lo hacemos porque sintamos una especial simpatía por su causa o por Susumu Yamada, nos mueven nuestros propios intereses.

—¿Qué intereses? ¿Qué saca de todo esto? Nunca me lo ha explicado —exigió saber Yoritomo, con el énfasis de quien está acostumbrado a mandar.

—Estimado general, ¿no creerá que somos amigos que comparten sus secretos? Somos aliados circunstanciales, como lo son todas las alianzas. Mis metas, al igual que las suyas, pasan por que el clan Yamada guerree contra sus vecinos. Más allá de eso, no necesitamos saber nada el uno del otro. ¿Acaso he incurrido yo en la descortesía de cuestionar sus aspiraciones personales?

—¿Aspiraciones? —masculló el samurái—. Hago esto por el bien del clan al que mi familia ha servido durante generaciones.

—Por supuesto que sí —concedió el enmascarado—. Pero quizás, solo quizás, también busca obtener el favor de Susumu Yamada, ser el general que conquiste las nuevas tierras del clan, satisfacer las ambiciones del belicoso vástago de modo que, cuando él ocupe el puesto de su padre, usted sea a quien deba dar las gracias. ¿Es descabellado pensar que Yoritomo Endo, último gran general de un linaje que languidece, padre de una única hija, pretenda perpetuar su estirpe uniéndola en matrimonio a los Yamada, la poderosa familia a la que siempre ha servido? ¿Acaso no se le ha pasado por la cabeza pedir al futuro daimio, llegado el momento, que despose a su hija?

El cinismo en la voz rota y teatral de aquel extraño resultaba intolerable, y sin embargo, el general no se levantó, sino que soportó sus invectivas con las manos crispadas sobre las rodillas. Mientras presenciaba la escena, Ekei se preguntaba qué clase de conspiración era aquella en la que uno se mostraba abiertamente mientras que el otro ocultaba el rostro y forzaba su forma de hablar para no ser reconocible. ¿Era una simple puesta en escena o respondía al hecho de que el diabólico conspirador era, en realidad, alguien conocido en el seno del castillo? Eso explicaría que su voz le resultara vagamente familiar.

—Estos encuentros me desagradan —anunció Yoritomo—, si no tenemos nada más que hablar, regresaré al castillo.

—Aguarde. —El enmascarado alzó la mano—. Dígame, ¿cómo se halla la salud del señor Yamada?

Desconcertado, el samurái se detuvo y miró fijamente a su interlocutor.

—Su salud es de hierro, como siempre. Muchos somos los que velamos por ella.

—Comprendo. Pronto nos volveremos a reunir, esperemos que, para entonces, Torakusu Yamada no siga obstaculizando nuestras mutuas aspiraciones.

* * *

En los días siguientes, Ekei reflexionó largamente sobre lo acontecido en la casa de las rosas, pero ni siquiera se planteó la posibilidad de desvelar aquella conversación clandestina al daimio. ¿Quién era él, al fin y al cabo, sino un recién llegado a Fukui que había tenido más fortuna de la habitual? Su palabra nada valía frente a la del honorable general Yoritomo Endo, campeón de numerosas batallas y conquistador de grandes victorias para mayor gloria de su señor. Respecto a la identidad del enmascarado, solo podía elaborar vanas hipótesis que desestimaba casi al tiempo que las formulaba. Más allá de una vaga sensación de familiaridad, solo conocía de aquel extraño sus intenciones y que parecía ser un hombre, aunque ni siquiera eso podía asegurar con certeza.

Pero por encima del resto de los detalles, le inquietaban las últimas palabras del conspirador. Aquella despedida bien podía entenderse como una amenaza contra la vida del daimio, aunque lo suficientemente velada como para no provocar la reacción de Yoritomo Endo. La verdadera cuestión era si aquel desconocido se valía de insinuaciones para presionar al general o si, verdaderamente, tenía la capacidad de atentar contra la vida de Torakusu Yamada. Tal cosa parecía más difícil de hacer que de decir, pero ¿acaso no había logrado él envenenar al León de Fukui? Desde luego, si el viejo daimio caía, los que abogaban por la guerra tendrían el camino despejado.

De este modo, su misión parecía adquirir un cariz inesperado, pues para evitar que el clan Yamada desencadenara el conflicto, quizás debiera convertirse en una especie de guardaespaldas en la sombra de Torakusu. Velar por él frente a lo impredecible, pues para protegerlo de las amenazas evidentes ya disponía de todo un ejército.

No fue hasta una semana después que por fin tuvo la oportunidad de volver a encontrarse con el daimio. Una sirvienta acudió a las dependencias del médico para anunciarle que su señoría deseaba verle. Sin dilación, Ekei se vistió con ropas adecuadas y se ciñó sobre el kimono un elegante *kataginu* que le cubría hasta las rodillas. En esta ocasión, dejó atrás sin titubear su caja de medicinas.

Al entrar en los aposentos del señor feudal, el maestro Inafune se arrodilló y apoyó los puños contra el suelo.

—*O-tono,* disculpad mi tardanza.

—Póngase en pie, sabe bien que el protocolo innecesario me exaspera —le ordenó Torakusu.

Ekei levantó la cabeza y la luz que penetraba por la terraza le hizo entornar los ojos. La agradable brisa de las primeras tardes de verano refrescaba la estancia.

—Me preguntaba por qué se me ha hecho venir, mi señor.

—Mi salud está perfectamente, si es a eso a lo que se refiere. No son sus cuidados médicos lo que demando, sino sus dudosas habilidades como jugador de *go*. —Mientras decía esto, Torakusu se encaminó hacia la mesa de juego instalada en la terraza e indicó a su médico que tomara asiento al otro lado.

—Espero estar a la altura —dijo Ekei con impostada humildad.

Torakusu amagó una sonrisa que acabó en gruñido mientras se sentaba con las piernas cruzadas. Cuando los dos estuvieron acomodados en torno al juego, hizo un amplio gesto con la mano abierta sobre el tablero, como si acariciara el vasto campo de batalla.

—No soy hombre al que le guste dejar las cosas sin terminar. Además, después de que nuestra partida se viera interrumpida, creí entenderle que sería capaz de darle la vuelta al desarrollo de la batalla. —El daimio se recogió las holgadas mangas del *haori*—. Tal cosa me parece imposible, pero hoy me apetece jugar y he decidido darle esa oportunidad.

—Se lo agradezco, *o-tono*. —El médico escrutaba la partida inconclusa—. Si no recuerdo mal, era su turno.

El tablero, intacto desde la última vez que jugaron, mostraba una partida claramente decantada a favor de las blancas. Cuando la contienda se reanudó, Torakusu Yamada comenzó a jugar con una actitud laxa, casi condescendiente, pero según se fueron sucediendo los turnos, comprendió que algo había cambiado en su rival: el médico resultaba ahora un adversario impredecible que no dudó en entregar su posición principal para centrar el foco de la partida en un punto del tablero ignorado hasta el momento. Aquel cambio de estrategia desequilibró el juego de Torakusu, que, simplemente, había desatendido sus defensas ante un rival que no consideraba digno. ¿Sería posible que Ekei Inafune hubiera simulado ser un jugador mediocre durante más de ochenta movimientos para adormecerle antes de lanzar su auténtico golpe? Si era así, se trataba de un oponente extraordinario.

Lo que el daimio no podía saber era que, en realidad, no jugaba contra su médico, sino contra un humilde armero de los barrios de Fukui. El inusual talento de Ushi Ogawa, veterano *ashigaru* de las tropas del propio Torakusu, estaba logrando que se tambalearan los cimientos de la estrategia elaborada por el gran señor feudal. Así, Torakusu comenzó a recelar de cada una de las piedras que Ekei ponía sobre el tablero, y meditaba profundamente, acariciándose la espesa barba, su próximo movimiento.

Las horas transcurrieron y el tablero comenzó a colmarse poco a poco, hasta que se hizo evidente que el recuento final de puntos no sería tan holgado como Torakusu había previsto. En un momento dado, el daimio levantó la cabeza y buscó los ojos de Ekei.

—He de felicitarle, ha hecho honor a su palabra. Ciertamente ha resultado ser un rival formidable.

—Las batallas no concluyen hasta que cae el sol, *o-tono* —se permitió aleccionar el médico, un exceso que le sorprendió incluso a él. Su señor, sin embargo, sonrió ante tal descaro.

—Dígame, maese Inafune, ¿no le pareció arriesgado usar una estrategia que consiste en engañar a su rival, hacerle creer que se enfrenta a un jugador débil para después golpear cuando se halla confiado? ¿Nunca ha temido que yo, un hombre acostumbrado a que todos se plieguen a mi voluntad, pudiera enfurecer al sentirme burlado por uno de mis vasallos?

—Si me permitís ser sincero, os diré que los hombres poderosos tienden a considerarse más inteligentes y astutos que los demás. Es así porque nadie a su alrededor osa dejarles en evidencia, y eso, a la larga, supone una debilidad que se puede explotar.

—Tiene usted una atípica manera de faltar el respeto, pero no debería tentar a la suerte —le advirtió Torakusu Yamada.

—Lo lamento, no estaba en mi ánimo ofenderos. Su señoría quería un rival a la altura y he intentado hacerlo lo mejor que sé. Pese a lo cual he sido derrotado.

—Es hábil con las palabras, señor Inafune. Habla con aparente cortesía, pero desliza en lo que dice aseveraciones que a otros les costarían la cabeza.

—Es cierto que adolezco de un exceso de honestidad que me hace incómodo a ojos de muchos. Intento compensarlo con mis escasos talentos.

—Ve en mí, entonces, a un señor debilitado por las adulaciones de aquellos que le rodean.

—No creo que seáis débil —señaló Ekei con sumo cuidado, pues sabía que la conversación se hallaba en un punto crítico—, simplemente, pocos se atreven a decir lo que verdaderamente piensan ante un señor de la guerra. Un gobernante sabio, no obstante, procura mantener junto a él a personas capaces de hablarle con honestidad. Creo que eso es lo que encontrabais en el maestro Inushiro Itoo.

—Todos mis comandantes me hablan con sinceridad —puntualizó Torakusu—; si no lo hicieran, pondrían en riesgo el futuro del clan.

—¿Puede estar seguro de que todos los que le rodean le son leales?

La pregunta era arriesgada, y la intensa mirada del samurái así lo dio a entender; sin embargo, Torakusu respondió:

—En mi juventud, cuando alguien osaba traicionarme, lo crucificaba a las puertas de mi castillo y le arrancaba los ojos para que caminara ciego por el Yomi. Después arrasaba su casa: mataba a su esposa y a sus hijos, y a sus padres si aún los tenía, y mandaba borrar el nombre de su clan de todos los archivos y quemaba sus estandartes. Acababa con todo rastro del traidor sobre la faz del mundo. Fui tan metódico y cruel, que me aseguré de que en todo el país se supiera cuáles eran las consecuencias de incurrir en una deslealtad hacia mí. Así conseguí que todos los que permanecían a mi lado fueran verdaderamente leales, por lo que puedo asegurar que ninguno de mis hombres osaría conjurar a mis espaldas.

—Por tanto, confía en ellos. Y solo aquellos en los que confiamos tienen la capacidad de traicionarnos —dijo Ekei Inafune, y sus palabras fueron como nubes de tormenta en una luminosa tarde de verano.

＊ ＊ ＊

—Antes de un duelo, conviene aliviar el vientre —comentó Asaemon Hikura, mientras observaba a los dos jóvenes espadachines a punto de batirse en un callejón de los muelles de Fukui.

Ekei y él habían acudido esa noche a beber a uno de los tugurios portuarios que tanto deleitaban al samurái, con aquel sake áspero y aquellas furcias que confundían elegancia con exceso de maquillaje. El médico, si bien recelaba de tales ambientes, disfrutaba de la descreída compañía de Hikura, la única persona con la que podía sentirse relajado en aquella ciudad.

Ambos se hallaban bebiendo y charlando sobre trivialidades, cuando asistieron a las bravuconadas cruzadas entre los dos samuráis, alentados por la parroquia y el alcohol. Cuando uno de ellos echó mano a la *katana*, ya era demasiado tarde para evitar la tragedia. Intentar detener a cualquiera habría sido calificarlo de cobarde, y los muchachos no tenían allí verdaderos amigos dispuestos a jugarse el cuello por evitar una desgracia. Así que, jaleados por los borrachos y las putas, salieron a la calle a defender su honor, seguidos de los vítores de la multitud.

—¿Qué quieres decir con aliviar el vientre? —preguntó Ekei, que permanecía entre el ruidoso gentío con los brazos cruzados y expresión de disgusto. Le asqueaba el ansia de sangre que se respiraba en el ambiente y le disgustaba el interés de su compañero por asistir a un espectáculo que, bien sabían los dos, sería una auténtica calamidad.

—Exactamente eso. Si te abren la barriga con la punta de la espada, no te gustará morir rodeado de tu propia mierda. Huele mal, es indigno y, además, una desconsideración hacia los que deben hacerse cargo de tu cadáver.

—No todo el mundo es tan pragmático y considerado como tú —dijo Ekei torciendo la boca—. Algunos solo piensan en la gloria cuando empuñan un sable.

—¡Oh, sí! También he conocido unos cuantos. En Sekigahara, afrontando a pie una carga de caballería, he tenido que oler cómo a algunos jóvenes señores se les escapaba la gloria piernas abajo. Créeme, es mejor vaciar el vientre antes de que lo haga el miedo o un mal tajo.

El médico meneó la cabeza y se centró en los duelistas. Habían desenvainado los sables y armado la guardia, pero ninguno se atrevía a dar el primer paso. Resultaba evidente que sus lenguas estaban más afiladas que su acero.

—Este combate no va a ser limpio —apuntó con voz queda Ekei, y el samurái asintió con gravedad, sin quitar ojo a lo que hacían los contendientes.

Tras un largo tanteo de intensas miradas y amagos que quedaron en eso, la chusma comenzó a impacientarse y a increpar a los muchachos. Las apuestas habían corrido de mano en mano sazonando el espectáculo, y los asistentes ardían en deseos por saber si aquella noche se echarían a dormir con unas cuantas monedas de más o de menos en sus bolsas. Tan tristes eran sus vidas.

Cuando el primero de los *bushi* se lanzó al ataque, el gentío apiñado en la calle y las ventanas profirió un grito de satisfacción animal. Fue una estocada torpe que no habría alcanzado a su oponente aunque este hubiera permanecido inmóvil. Ningún samurái es tan incapaz, se dijo el médico, muy probablemente era el primer combate a muerte para ambos y el miedo les atenazaba. Niños borrachos con espadas que no eran de juguete.

El torpe sablazo fue respondido con un mandoble apresurado que el primero consiguió desviar a duras penas. El tañer del acero hizo que los adversarios cobraran conciencia de que sus vidas estaban verdaderamente en juego, y ambos dieron un paso atrás para refugiarse de nuevo tras sus guardias envaradas. Solo habían cruzado un par de estocadas y ya respiraban agitadamente, con el rostro bañado en sudor. Sus ojos confesaban el miedo que sentían, habrían dado lo que fuera por salir de allí, pero solo uno podía hacerlo por su propio pie si querían mantener el honor intacto. Así que los dos enarbolaron sus sables y corrieron el uno hacia el otro, impulsados por la necesidad de ponerle fin a aquello cuanto antes.

Las espadas se cruzaron en alto y luego descendieron en un amplio arco para volver a encontrarse abajo. En ambos casos salieron repelidas con un restallido metálico. Con un gozo malsano la chusma celebró el lance, y los jóvenes guerreros, los músculos desentumecidos e imbuidos de violencia, no volvieron a titubear. Cruzaron un par de estocadas más, hasta que una se coló por la guardia abierta de uno de ellos y le abrió un profundo corte en el brazo.

Con un gemido, el herido hincó la rodilla en el suelo y se echó la mano al tajo. La sangre manó en abundancia y aquello alentó a su oponente, que cargó sobre él con un grito de rabia. El otro consiguió apartarse lo necesario para que el mandoble se fuera al vacío, y mientras su adversario trastabillaba, logró acertarle en un muslo.

La tierra embebida de sangre comenzaba a embarrarse. Ambos se pusieron en pie con dificultad, en sus ojos ahora se podía leer que estaban dispuestos a matarse. Las hojas volvieron a relampaguear y una de las *katanas,* la de aquel que tenía el brazo herido, cayó sobre la calle polvorienta. Sin dar tiempo al otro a aprovechar su ventaja, el recién desarmado se abalanzó y ambos contendientes rodaron por el suelo, en un ovillo de ropas y dentelladas de acero. El que conservaba la espada intentaba sin éxito acuchillar a su oponente, pero fue el otro el que logró golpearle bajo el mentón y desenvainar su *wakiza-shi*. Lanzó un tajo a la desesperada que desgarró el ojo del enemigo.

El alarido fue terrible, y en él había más rabia que dolor, la consternación de saberse mutilado de por vida. Cegado por la sangre que manaba de tan grotesca fuente, el samurái se puso en pie, tambaleante, y comenzó a lanzar cuchilladas al vacío intentando alcanzar a su adversario caído. Aquel duelo estaba resultando un auténtico despropósito, como no podía ser de otro modo.

—No sé por qué estamos viendo esto —dijo Ekei a su compañero, pero este no se encontraba ya a su lado.

El médico lo buscó entre el gentío, para encontrarlo abriéndose paso hasta llegar al círculo donde los dos samuráis se batían. Se aproximó al que lanzaba tajos al aire, ciego de dolor y de ira, y tras esquivar uno de los embates, detuvo su mano sujetándola por la muñeca. Usó la inercia del muchacho para desarmarlo y lanzarlo por tierra. A continuación, se acercó al que permanecía en el suelo bocarriba, empuñando su espada corta. El muchacho no consiguió articular palabra mientras Asaemon se inclinaba sobre él.

—Dame eso, no quiero otra cicatriz en la cara por culpa de un niño asustado. —Y le arrancó la *wakizashi* de la mano.

Cuando hubo desarmado a los dos insensatos, tiró sus espadas lejos sobre el fango y se volvió hacia el gentío.

—Os aconsejo que sigáis bebiendo. Aquí la diversión se ha terminado.

La chusma lo miró con ojos llenos de odio, pero cuando Asaemon sujetó la vaina de su sable con la mano izquierda y levantó con el pulgar la empuñadura, los borrachos comprendieron que aquel samurái nada tenía que ver con los otros dos.

Una vez a solas, en la calle solo se escuchaban los lastimeros sollozos del muchacho que había perdido el ojo.

—¿Qué puedes hacer por estos dos desgraciados? —le preguntó Asaemon a su amigo.

—Ayúdame a buscar unos palanquineros a los que no les importe manchar de sangre su cabina, los llevaremos a mi consulta de la ciudad.

La noche fue larga. Coser las heridas del brazo y del muslo no fue difícil: Ekei usó aguja e hilo de tripa, tal como había aprendido de los médicos portugueses en Funai, y aquella técnica consternó a Asaemon. Acostumbrado, como todos los guerreros, a que las heridas abiertas se trataran con licor de batata y se intentaran cerrar por compresión, la técnica del maestro Inafune le pareció sumamente inquietante.

—Me sorprende que te repugne más observar cómo se cose la carne que verla desgarrada por la espada.

—La carne abierta por el acero es algo natural; zurcir a las personas como si fueran un kimono viejo no lo es —respondió el samurái, reprimiendo un escalofrío.

—Si esta técnica se extendiera, habría muchas menos muertes por espada —dijo el médico, que trabajaba ajeno a la aprensión de su amigo—. Al coser la herida se evita la pérdida de sangre y se cicatriza antes. Es mucho mejor que esperar a que el tajo se cierre con un torniquete y comprimiendo con vendajes.

Pero lo peor fue tratar el ojo. Ekei debió vaciar del todo la cuenca con un cuchillo al rojo y, pese a que habían dejado al muchacho inconsciente a base de sake, cuando el médico le aplicó el acero incandescente, comenzó a gritar y a revolverse. Con la ayuda de Asaemon consiguió inmovilizarle la cabeza y trabajó con metódica paciencia sobre la herida, pues sabía que dejar dentro restos del ojo muerto podía provocar una infección. El otro joven lo observaba todo horrorizado, sin conseguir mantener el estómago en su sitio.

Cuando el maestro Inafune por fin tapó la herida con gasas de algodón, su paciente perdió de nuevo el conocimiento. Calentaron sake y arroz para el que se mantenía consciente y lo dejaron reposando sobre el tatami de la consulta, junto a su rival.

Por fin, Ekei y Asaemon salieron al exterior de la casa y se sentaron en un pequeño banco junto a la puerta. Necesitaban aire fresco y agradecieron que la noche arrastrara entre las calles un leve viento procedente del mar.

—Apuesto a que has tenido pocas noches como esta —rio Asaemon, su humor inalterable.

—Confieso que una velada contigo siempre tiene su interés.

El samurái asintió con los ojos cerrados, dejando que la brisa le acariciara el rostro cruzado de cicatrices.

—¿Sabes? No eres mal matasanos, después de todo. No me importaría tenerte cerca si alguna vez vuelvo a un campo de batalla.

Ekei lo miró de soslayo y sonrió.

—No cuentes conmigo para eso, el campo de batalla es para los pobres infelices que aún piensan que merece la pena morir por algo. Yo hace tiempo que dejé de creerlo.

Asaemon Hikura rio de buena gana.

—Eres un hombre cínico, Ekei Inafune. Puede que incluso más que yo, solo que a ti te gusta disimularlo con cortesía y buenas palabras. Quizás con eso engañes a las furcias del barrio del placer, pero no a mí.

Ekei también cerró los ojos y rehusó defenderse de tal enjuiciamiento. Que pensara lo que quisiera, se dijo, estaba demasiado cansado.

Comenzaba a dormitar cuando le llamó la atención el galope de un caballo que descendía por la senda del castillo. Los cascos resonaban poderosos en la noche, y quienquiera que fuese el jinete parecía dispuesto a desbocar a su montura. Se preguntó qué podía suceder a horas tan intempestivas, pero el cansancio pronto mitigó su curiosidad y comenzó a adormecerse acurrucado por la brisa.

Sin embargo, el galope no se perdió en la distancia, sino que comenzó a reverberar con más fuerza entre las intrincadas callejuelas, hasta que por fin jinete y animal aparecieron tras una esquina y se precipitaron calle arriba.

Alarmados, los dos hombres se pusieron en pie. El mensajero a duras penas consiguió detener su caballo frente a la puerta de la consulta.

—¡Maese Inafune! —exclamó el jinete—. La señora Itoo me envía a buscarle. Se trata de su señoría.

—¿Ha sucedido algo?

El mensajero miró a su alrededor para asegurarse de que nadie observaba tras las ventanas.

—«Si no mejora —dijo a media voz—, pronto necesitará las seis monedas para el barquero del río Sanzu». Esas fueron las palabras que maese Itoo me pidió que le trasladara.

—¡Imposible! Esta misma tarde estuve con su señoría y se encontraba perfectamente.

—Es obvio que ya no —musitó Asaemon Hikura.

Capítulo 32

Regreso al hogar

Seizō vagaba a la deriva en el mar tormentoso de su propia conciencia, incapaz de encontrarse a sí mismo entre las penumbras de aquel dormitorio. Había bebido sake por primera vez en su vida, y vencidas las náuseas de la primera botella, se había dejado arrastrar por un sopor malsano que duraba ya dos días. Varias veces el posadero había tocado a su puerta para ofrecerle comida, y él lo había echado sin siquiera abrir una rendija para asomarse; con fría educación en un principio, a gritos las últimas veces. Pronto lo tomarían por uno de esos *ronin* que se instalan en una taberna perdida, lejos de las ciudades, y exigen atenciones usando el miedo como única moneda de pago. No pasaría mucho tiempo antes de que alguien viniera a echarlo por la fuerza, pero era incapaz de hacer frente al mundo que había más allá de aquellas cuatro paredes. A lo que debía hacer en ese mundo.

Las lágrimas del sacerdote Kosei, sus últimas palabras, se habían grabado a fuego en su mente, y desde aquella noche trataba de explicarse cómo había podido ser tan frío, tan inmisericorde, pues su mano ni siquiera titubeó. Ahora, sin embargo, el remordimiento le devoraba las entrañas, y maldijo a Kenzaburō Arima por guiarle a través de una senda llena de espinos en la que se dejaba jirones de alma. Cobrarse la vida de Kosei le había hecho comprender el verdadero coste de la venganza, del que ya le advirtiera el bonzo errante de las playas de Hoki. Y por más que lo intentara, no hallaba honor alguno en ejecutar a un hombre indefenso. «Ellos asesinaron a tu padre como lo hacen los seres más abyectos: sin empuñar el cuchillo que da muerte. Tú, sin embargo, les concederás la clemencia de una muerte justa, a manos de aquel que tiene pleno derecho a reclamar sus vidas. Jamás te sientas culpable por ello». Pero las palabras de Kenzaburō le ofrecían escaso consuelo en aquella oscuridad enrarecida.

Seizō sabía que si matar al abad del Gakuen-ji, un hombre del que poco o nada sabía, le había atormentado hasta tal punto, cobrarse su próxima víctima le infligiría un tormento del que jamás podría recuperarse. Era la perspectiva de mirar cara a cara a aquel hombre lo que verdaderamente lo retenía en la posada. Pero nadie puede huir de su destino, así que al anochecer del tercer día, recuperado ya de la resaca, dejó treinta piezas de cobre sobre el mostrador y partió sin que nadie osara cruzar palabra con aquel *ronin* de gesto hosco y ojos vacíos.

* * *

Viajó hacia el sur bajo las estrellas, la mirada perdida en el profundo firmamento. Cruzó bosques y valles cubiertos de rocío, y cuando el horizonte comenzó a clarear por el este, miró a su alrededor y descubrió que por fin había llegado a casa. Se encontraba en las tierras de su padre, las mismas que había recorrido durante su infancia a lomos de un caballo, abrazado a la cintura de su hermano. No recordaba con precisión los caminos y los bosques que atravesaba, ni los recodos del río Ibi que, ocasionalmente, vislumbraba al coronar una ladera, pero todo despertaba en él una sensación de reencuentro.

Aún le quedaban por delante cuatro días de marcha antes de llegar a la que fuera la fortaleza del clan Ikeda. No tenía prisa por alcanzar su destino, así que intentó disfrutar del viaje: recorrió los caminos principales y saludó con cordialidad a aquellos con los que se cruzaba, paró en las casas de postas a refrescarse y se tomó su tiempo para rezar junto a los pequeños templetes de piedra a orilla de las veredas. Y a cada paso que daba, hacía un esfuerzo por recordar el rostro de Ittetsu Watanabe, el *karo* de su padre, con el que tanto tiempo había pasado al ser también su maestro e instructor durante la infancia. Probablemente, se decía, Watanabe y su padre habrían descansado y charlado en alguna de aquellas posadas en las que él se detenía ahora a tomar el té.

Ya entonces Watanabe era un hombre a punto de entrar en la ancianidad, y su padre había querido que fuera él, una persona de su máxima confianza, quien enseñara a sus hijos escritura y matemáticas; pero el *karo* fue más allá, y también les hizo memorizar poesía, practicar caligrafía y matemáticas chinas. Era un hombre sumamente ocupado, pues en él recaía gran parte de la administración cotidiana del clan, asuntos que no eran lo suficientemente importantes como para molestar al daimio, pero tampoco tan nimios como para dejarlos en manos de los funcionarios. Pese a ello, Seizō recordaba que siempre fue paciente y afectuoso con él, incluso cuando se cruzaba de brazos con gesto obstinado e insistía en que no era caligrafía lo que quería practicar, sino esgrima con su hermano mayor.

Según se adentraba en la provincia de Izumo, el paisaje se volvía más cotidiano y familiar, como si cada paso le acercara un poco más al centro mismo de su memoria. El acento de la gente, el color grisáceo de la tierra, la fragancia de los bosques de cedros, el olor a comida en las posadas… Recuerdos que fueron precipitando gota a gota en su pecho hasta hacerlo desbordar cuando, al atardecer del cuarto día, desde una colina pelada por el viento, vio en la distancia el que fuera hogar de su familia. Se quebró su compostura y con los ojos húmedos contempló durante una eternidad el último bastión de su antigua vida.

Pero el tiempo no se detiene para nadie, y cuando la noche comenzó a cerrarse sobre él, se enjugó las lágrimas y se puso de nuevo en marcha. Abandonó el camino principal y se encaminó campo a través hacia el gran bosque que se extendía junto a la muralla este de la fortaleza. Conocía el lugar palmo a palmo, pues cambian las personas, los gobernantes e incluso los países, pero los viejos bosques permanecen inmutables. Cada roca, cada tocón y cada árbol caído se encontraban justo donde los recordaba, de tal modo que cruzar la espesura fue como volver atrás en el tiempo. Cuando llegó a los lindes de la foresta, justo antes de salir al campo abierto entre el bosque y el anillo exterior del castillo, se encaramó a un frondoso enebro y se instaló en las ramas bajas. Desde allí podría escrutar la rutina de los guardias sobre la muralla exterior, que continuaba rodeada por un profundo foso de agua.

Seizō sabía que infiltrarse en un castillo no era como adentrarse en cualquier otro sitio, pues era un lugar ideado para ser inexpugnable, bien fuera para defenderse de mil hombres o de uno solo. Fuyumaru le enseñó que, incluso para los maestros que atraviesan constantemente el umbral entre el reino de los gatos y el de los hombres, semejante empresa requiere semanas de preparación: estudiar el recorrido de las rondas de vigilancia, buscar planos, informadores veraces que detallen todo lo que no se puede ver desde el exterior, sobornar a personas de dentro que ayuden al intruso una vez atraviese las defensas exteriores… En definitiva, un despliegue de recursos del que Seizō no disponía.

Pero sí tenía una ventaja táctica inestimable: conocía aquel castillo mejor que sus actuales inquilinos, y probablemente fuera la última persona viva en saber que, justo enfrente del lugar donde se había apostado, había una entrada oculta. De los muchos pasadizos secretos que recorrían la fortaleza, Seizō había escogido aquel por lo retorcido que había sido el arquitecto a la hora de ocultarlo en la estructura: aproximadamente a un *ken* y medio de profundidad bajo las aguas se encontraba una supuesta boca de desagüe enrejada que solo quedaba visible cuando el foso estaba vacío. Era un acceso angosto, pero alguien lo suficientemente ágil y delgado podía deslizarse entre las rejas y pasar de un lado a otro. Una vez en el interior de la tubería, se debía bucear hasta emerger en una cámara sumida en la más absoluta negrura. En el techo había una pequeña escotilla de madera que podía encontrarse a tientas si se sabía que estaba allí; esta era la entrada a un pasaje que recorría una sección de la muralla defensiva, entre el lienzo interior y exterior de ladrillos. Más adelante, el pasadizo conectaba bajo tierra con la torre del homenaje y recorría los entresuelos de las distintas plantas, pudiéndose llegar hasta los mismos aposentos del señor del castillo.

Por supuesto, no fue ideado como vía de escape, dado lo enrevesado y peligroso de la travesía, sino como un medio de intercambiar información con el exterior a través de mensajeros en caso de asedio. Seizō conocía bien aquel sinuoso secreto, pues en su niñez él y su hermano, linterna en ristre, se habían adentrado más de una vez en el pasadizo que recorría la muralla y habían llegado hasta la cámara de aire bajo el nivel del agua. Los hermanos dudaban incluso de que su padre conociera la existencia de tal entrada, y lo guardaron en secreto por miedo a que, al descubrirlo, mandara cegarlo y ellos perdieran uno de sus lugares favoritos para jugar a espías y asesinos.

Sacudió la cabeza al recordar aquel juego premonitorio y, sin quitar ojo a las patrullas de guardias, comenzó a masticar un trozo de pescado encurtido que llevaba en la bolsa. Estaba salado y correoso, pero saciaba el apetito sin necesidad de llenar el estómago. También comió una bola de arroz envuelta en hojas de bijao, y bebió un trago de té bien amargo para completar la cena. Después aguardó con paciencia el momento propicio, hasta que la luna quedó oculta por las nubes justo cuando la guardia patrullaba secciones alejadas de la muralla. Entonces Seizō se descolgó del árbol, corrió hasta la orilla del foso y se zambulló limpiamente en las aguas. De su presencia allí solo quedaron unas ondulaciones sobre la negra superficie.

* * *

El consejero dormía plácidamente en la estancia que una vez fuera el dormitorio de Akiyama Ikeda, legítimo señor del castillo. Ser el administrador de aquellas tierras era la prebenda obtenida por rendir la fortaleza a los Sugawara y mediar ante los funcionarios para que no se rebelaran contra sus nuevos amos, de modo que el viejo *karo* disfrutaba en el ocaso de su vida del trato y el respeto propios de un auténtico daimio.

Satisfecho de aquella gloria inmerecida, dormía un sueño profundo que indicaba que aún gozaba de buena salud pese a su edad, y que no tenía problemas de conciencia que le privaran del descanso. Un libro se había deslizado entre sus dedos hasta caerle sobre el regazo, y una vela recién consumida aún humeaba junto al lecho.

Seizō lo observó dormitar desde un rincón en penumbras y no tardó en comprender que algo iba mal. Lentamente empuñó la *wakizashi* con la derecha, la hoja paralela al antebrazo, y se aproximó dispuesto a interrumpir el último sueño de aquel hombre.

—¿Quién eres? —preguntó Seizō, inclinándose sobre su víctima.

El durmiente entreabrió unos ojos somnolientos que pronto se tornaron desorbitados al percatarse de la presencia del asesino. Intentó gritar, pero una mano de hierro le tapaba la boca.

Sin mediar palabra, el samurái le mostró el filo del sable corto para, acto seguido, apoyarlo contra el cuello de su presa. Luego levantó la mano muy despacio, pues el miedo resultaba mejor mordaza.

—¿Quién eres y dónde se encuentra Ittetsu Watanabe? —insistió.

El hombre, unos treinta años más joven que el viejo *karo,* se encontraba bañado por un sudor frío que le cubría el contorno de los labios.

—¿I... Ittetsu Wa... Watanabe?

—El antiguo *karo* de los Ikeda. Administrador del feudo para Gendo Sugawara.

—Ah..., sí, el viejo Watanabe —tartamudeó—. Dejó su puesto hace años. Se le permitió partir por sus servicios a nuestro señor.

—¿Dónde fue?

El hombre frunció el ceño, como si no comprendiera tal pregunta. ¿A quién le podía interesar el destino de aquel viejo loco? Al parecer a su interrogador, pues su acero le mordió más profundamente al no obtener una pronta respuesta.

—No..., no lo sé con certeza. Se dice que enloqueció y ahora vive como un ermitaño.

—¿Dónde? —insistió Seizō.

—Dicen..., dicen que ahora mendiga a orillas del lago Jinzai —balbució—. Pero quizás solo sean habladurías, a nadie le importa dónde esté de verdad ese viejo chocho.

La mirada del intruso se tornó de hielo al escuchar aquellas palabras, y el hombre cerró los ojos por temor a haber cometido un error fatal.

—¿Quién eres tú y por qué ocupas los aposentos del señor del castillo?

—Yo..., yo solo soy un vasallo. Administro el feudo por orden del señor Sugawara, pero nada tengo que ver si le ha pasado algo al viejo. Se lo juro.

Probablemente Kenzaburō tampoco supiera que el *karo* había abandonado su puesto, pero eso no cambiaba nada en absoluto. La traición se había consumado años atrás, y la sentencia también. Solo quedaba por ejecutar la pena.

Mientras se planteaba las consecuencias de aquel imprevisto, Seizō distrajo brevemente la vigilancia sobre su presa, y esta tuvo tiempo de sopesar que, muy probablemente, aquel asesino lo ejecutaría ahora que tenía la información que le interesaba, por lo que reunió el escaso valor que le restaba y comenzó a llamar histéricamente a los guardias.

Afortunadamente no había guardaespaldas en la cámara contigua, pero la guardia pronto llegaría por el pasillo. Se volvió hacia el administrador de los Sugawara y, levantándolo por el cuello del kimono, le golpeó la nariz para hacerlo callar. El dolor solo consiguió asustar aún más al funcionario, que redobló la energía de sus gritos. Un segundo y un tercer puñetazo quebraron con un sonido seco la nariz y dejaron inconsciente a aquel hombre.

Seizō lo dejó caer a un lado. Saltó sobre una mesa y se dio impulso hasta alcanzar las vigas. Desde allí, como un reptil, se deslizó al interior del entresuelo y cubrió el hueco en el techo devolviendo el panel de madera a su posición original. Mientras huía por los recovecos que recorrían la estructura entre planta y planta, se mortificaba por haber actuado como un advenedizo. Fuyumaru ya le advirtió sobre la necesidad de dejar a un lado toda duda cuando se adentraba en el reino de los gatos; de lo contrario, las consecuencias podían ser nefastas. Debería haber ejecutado a su presa en cuanto obtuvo de ella lo que necesitaba; eso habría resultado limpio y eficaz, le habría dado tiempo para salir de allí con calma y su presencia en el castillo habría sido como la de un fantasma. Ahora, sin embargo, dejaba atrás a un testigo que había visto su rostro, que organizaría una partida de búsqueda antes del amanecer y, sobre todo, que sabía a quién estaba buscando.

* * *

Reanimar al señor Tanizawa no fue tarea fácil. Los médicos trabajaron toda la noche, pues la nariz había quedado completamente destrozada y astillas de hueso se habían enterrado bajo el labio. Una vez lograron que Tanizawa recuperara la consciencia, procedieron a extraerle uno a uno los trozos del tabique nasal, y trabajaron durante varias horas en enderezarle lo que quedaba del mismo y sujetárselo con un molde de madera, que fijaron con largas vendas al rostro del paciente. Todo ello debieron realizarlo entre los constantes gritos de Tanizawa, fruto del dolor y de la furia indignada que le embargaba.

Había amanecido ya cuando el administrador por fin pudo congregar a sus comandantes en los aposentos. Todos se arrodillaron ante él e intercambiaron miradas furtivas al contemplar el estado en que había quedado aquel hombre, cuyo rostro aparecía vendado desde el labio superior hasta las cejas, con dos incisiones para los ojos que supuraban odio.

—Señor Tanizawa, no sabemos cómo ha podido suceder —comenzó a decir el comandante Toji, responsable de mantener la paz en el castillo y los caminos del feudo—. Asumo toda la responsabilidad y le prometo que antes de que caiga la tarde le traeré la cabeza del intruso.

—¡Silencio, inútiles! —exclamó el administrador, golpeando el tatami con el abanico cerrado—. No quiero saber nada de vosotros. Habéis demostrado ser unos ineptos. Quiero a alguien competente para capturar a ese hijo de puta.

Los oficiales volvieron a mirarse de reojo, alguno llegó a murmurar su descontento ante los excesos verbales de aquel hombre, pero Tanizawa los acalló con una orden:

—¡Haced venir al cazador, traedme a Asaemon Hikura!

Capítulo 33

Cortesía por un moribundo

Torakusu Yamada yacía inconsciente, arrebatado por el mal que le consumía. Su piel había adquirido un color cetrino y sus ojos se habían hundido en profundos pozos. El primer pensamiento de Ekei fue que el tiempo había decidido cobrarse en una sola noche la deuda de sus largos años de salud, y recordó a aquellos samuráis que rezaban por morir en el campo de batalla, no postrados en el lecho.

Junto a aquel hombre derrotado por la enfermedad se arrodillaban su esposa, Kosode, que le enjugaba el rostro una y otra vez con un paño, húmedo ya por el sudor febril. La mujer, que siempre había mostrado una fría distancia con todo lo que le rodeaba, parecía sumida en el desconsuelo. A su lado, O-Ine sujetaba la muñeca del enfermo. Como siempre, la jefa médica transmitía fría serenidad, pero la preocupación dibujaba una fina línea entre sus cejas.

—¿Cómo es su pulso? —preguntó Ekei por todo saludo.

—Acelerado —musitó la médica, al tiempo que negaba con la cabeza. Revivía demasiado pronto los últimos días de su padre.

El maestro Inafune también se arrodilló junto al enfermo y le tomó la otra muñeca. Después posó la mano sobre la frente de Torakusu, húmeda por el agua fría y el sudor.

—Son los mismos síntomas que hemos visto en la enfermedad del barrio mercantil —comentó O-Ine—: respiración superficial, palpitaciones, decoloración de la piel, fiebre alta… Los mismos, pero agravados.

—Hace unas horas estuve con él y no presentaba ninguno. Parecía tan enérgico como siempre.

Ella asintió en silencio, aunque Ekei sabía que se preguntaba cuáles eran aquellos asuntos que él y el daimio trataban en privado. Por supuesto, la médica no hizo la menor alusión, sino que se centró en cuestiones prácticas:

—¿Qué enfermedad puede ser tan rápida y fulminante?

—Ninguna —respondió Ekei.

Su mente voló al encuentro que presenciara en la casa de las rosas, y a la sutil amenaza formulada por el hombre con rostro de demonio. Una vez más, aquello no podía ser una casualidad: el enmascarado parecía haberse apresurado con sus planes, pero lo que le desconcertaba era el hecho de que los síntomas del presunto envenenamiento coincidieran punto por punto con la extraña enfermedad que habían descubierto meses atrás. Una enfermedad imposible, que se propagaba de manera ilógica y sin un foco aparente, casi como si alguien la hubiera inducido con leves dosis del mismo veneno que ahora corroía a Torakusu Yamada.

Pero ¿con qué motivo? ¿Acaso el envenenador pretendía hacerles creer que un inicio de epidemia atacaba la ciudad y, al amparo de esa mentira, asesinar al León de Fukui de modo que pareciera una enfermedad? Era un plan retorcido que flaqueaba en su mismo origen: ¿por qué seleccionar entonces de manera tan extraña a las víctimas? Si se quería simular un mal contagioso, por qué no envenenar por igual a hombres y mujeres, adultos y niños.

No tenía sentido. La clave estaba en encontrar la relación que Torakusu podía tener con el resto de los envenenados, todos adultos de una posición social acomodada. ¿Qué secreto podían compartir aquellos hombres con el mismísimo señor de la casa Yamada? ¿Qué interés común?

Y entonces, como una súbita ráfaga de luz que penetra hasta la más profunda sima, Ekei lo comprendió por fin. Existía un hilo invisible que conectaba todos los casos y del que los afectados no hablarían abiertamente.

El médico se puso en pie.

—He de irme —anunció con voz grave.

—¿Qué está diciendo? —le espetó O-Ine—. Su señoría nos necesita aquí.

—¡Por favor! —suplicó desesperada la dama Kosode, algo que había hecho muy pocas veces en su vida—. Sálvele la vida como ya hiciera una vez. No lo abandone.

—Volveré cuanto antes, pero ahora mismo estamos sumidos en la oscuridad. Necesitamos algo de luz, y eso es lo que pretendo conseguir.

—¿Qué piensa hacer? Dígame a dónde va —exigió O-Ine, poniéndose también en pie.

—Es demasiado complicado y no hay tiempo. Pero si tengo razón, aún tenemos una oportunidad.

Dicho esto, abandonó los aposentos a toda prisa, decidido a que no lo retuvieran ni un instante más. Una vez fuera, pasó junto a Asaemon sin detenerse y le pidió que lo acompañara.

—¿A dónde vamos? —quiso saber el samurái.

—Debemos visitar a Ryoan Niida, uno de los primeros comerciantes en sufrir la enfermedad que aflige a su señoría. Creo que no nos lo contó todo en su momento.

* * *

Ekei Inafune golpeó con insistencia el pórtico de entrada de la residencia de los Niida. A aquella hora, la luna confería a los muros blancos del barrio de Natsume un resplandor espectral.

—¡Ryoan Niida! —exclamó el médico, abandonando toda prudencia—. ¡Abra la puerta! ¡Ryoan Niida! ¡El señor Yamada reclama sus servicios!

—Estás despertando a todo el barrio —le recriminó Asaemon, que permanecía junto a él con los brazos cruzados y aire circunspecto.

—No sé cuáles son tus lealtades hacia tu señor, pero, por extraño que pueda parecer, siempre me ha desagradado profundamente que mis pacientes se mueran —respondió Ekei con ferocidad—. Deberías ayudarme a echar esta puerta abajo.

A lo largo de la calle se habían descorrido persianas y abierto puertas, y ojos curiosos acudían a espiar desde las sombras aquel espectáculo tan inapropiado. Pero aquello no amedrentó al médico, que volvió a golpear con energía la puerta.

—¡Ryoan Niida!

No necesitó gritar una vez más, pues el pórtico se abrió y un hombre de expresión pendenciera apareció al otro lado. Parecía un guerrero veterano, sin duda un guardaespaldas que se alojaba en la residencia familiar para este tipo de circunstancias, pero Ekei no le dio tiempo a reaccionar y aprovechó la hoja entreabierta para escabullirse en el interior. Cuando acertó a darse la vuelta para perseguirle, Asaemon lo zancadilleó por detrás antes de que pudiera dar dos pasos. El guardaespaldas intentó revolverse, pero el samurái le aplastó la cara contra el suelo.

—Somos enviados por orden de su señoría. —Puso frente a sus ojos el salvoconducto con el sello del clan Yamada que siempre llevaba con él—. Deberías quedarte donde estás.

A esas alturas, Ekei ya había entrado en la residencia y corría escaleras arriba hacia los aposentos del señor Niida. A su paso, sirvientas y criados iban asomándose a los pasillos con rostros somnolientos, pero el caos y el desconcierto jugaban a su favor, de modo que pudo llegar hasta el mismo dormitorio antes de que alguien tratara de retenerlo.

Ekei abrió la puerta corredera y apartó con estrépito un biombo de papel. La pareja ya se había incorporado al escuchar el escándalo, y la mujer se abrazó a su marido al ver cómo un desconocido irrumpía en plena noche en sus aposentos.

—¿Maestro Inafune? —dijo el comerciante con extrañeza, al reconocer al intruso—. ¿Cómo se atreve a perturbar de este modo mi casa?

—Créame si le digo que también me disgusta mi forma de proceder, pero es urgente que hable con usted a solas, resulta fundamental para los intereses del clan Yamada.

—No lo comprendo, ¿ahora pretende echar a mi esposa de nuestro propio dormitorio?

El médico clavó en él una mirada impaciente que dejaba bien claro que no pretendía enzarzarse en una discusión. Debía hacer lo que le pedía y debía hacerlo ya.

—Es mejor que estemos a solas usted y yo... y mi compañero —añadió al entrar Asaemon con la mano sobre la empuñadura de su espada.

Pareció que aquello fue suficiente para que Niida se hiciera cargo de la gravedad de la situación, y pidió a su mujer que lo dejara a solas con aquellos dos hombres.

—¿Estás seguro? —terció ella.

El comerciante asintió con aire grave. Aun así, su mujer parecía reacia a abandonarlo, por lo que Asaemon la acompañó con delicadeza hasta el pasillo y cerró tras ella.

—Seré claro —dijo Ekei—, y espero que usted también lo sea. ¿Suele frecuentar casas de placer?

—¿Qué clase de pregunta es esa?

—Una pregunta médica —intercedió Asaemon—. Usted simplemente conteste.

Tras un obstinado silencio, el hombre respondió.

—Suelo visitar la que regenta la señora Oko.

—¿De qué señoritas se suele acompañar?

—Solo de las mejores. Oko sabe tratar a sus clientes.

—¿Es un lugar frecuentado por mercaderes?

—Solo por los que pueden permitírselo. Todo aquel que se considere alguien en Fukui se deja ver por allí —comentó Ryoan, cada vez más suspicaz.

El médico se limitó a asentir.

—Gracias por responder con sinceridad —dijo por fin—. Disculpe esta irrupción. —Y se dirigieron hacia la salida.

Cuando abandonaron la residencia de los Niida, Asaemon confesó que no comprendía nada de lo que estaba sucediendo.

—Creo que su señoría ha sido envenenado. Y creo que la dama Sakura es la asesina enviada para hacerlo.

—¿Te refieres a la furcia de Kioto? —preguntó con sorpresa el samurái.

—Así es, pero aún no sé cómo ni con qué lo ha intoxicado, por eso debo hablar con ella cuanto antes. Iré a la casa de té de la tal Oko.

—Hoy no se encuentra allí —dijo Asaemon—. Las noches de luna llena invita a sus clientes más selectos a la barcaza que tiene en el canal, para beber mientras ven la luna reflejada en las aguas. A veces ha celebrado fiestas privadas allí para el viejo Yamada.

—Entonces iré al canal.

—¿Solo? Esa puta tiene gente que la cuida.

—Tú debes ir junto a O-Ine; alguien debe advertirla de que su señoría ha sido envenenado. Es necesario que lo trate con hierbas depuradoras de la sangre y el hígado; no lo curarán, pero puede que lo mantengan con vida hasta que sepamos cuál es el veneno que le corroe.

* * *

Ekei Inafune llegó a los lujosos embarcaderos construidos en el último tramo del canal. Allí se apiñaban las barcazas de recreo de los pudientes de Fukui: largas gabarras compuestas de una cabina que las recorría casi de proa a popa y de una espaciosa cubierta que servía a modo de terraza. Carecían de velamen, pues estaban ideadas para recorrer el canal o fondear junto a la playa, a fin de que sus ocupantes disfrutaran de la noche durante los tórridos veranos.

La carrera había sido larga, pero solo al detenerse sobre las tablas del varadero notó el martilleo entre las costillas. Se tomó un momento para recuperar el aliento y buscar con la vista la embarcación de casco rojo decorada con farolillos que le había descrito Asaemon. No tardó en distinguirla entre el resto de barcazas que se balanceaban al son de la marea. Se hallaba al final de uno de los amarres, pero parecía que estuviera vacía, pues sus puertas se encontraban cerradas y las lámparas que colgaban sobre el agua, apagadas.

Sin apartar los ojos de la embarcación, extrajo del interior de su kimono un sobre de papel. Dentro del mismo había hojas de distintos tipos de planta, las fue doblando cuidadosamente y se las metió en la boca, una a una, masticándolas varias veces antes de tragarlas.

Cuando por fin se sintió preparado, recorrió la dársena en dirección a la barcaza, y a cada paso la realidad parecía hacerse más espesa, más tangible: la madera, reseca por el sol, crujía estrepitosamente bajo su peso; el agua del canal chapoteaba contra los pilones del embarcadero como olas contra el rompiente; la luna brillaba intensa, su reflejo lacerante sobre el agua; y el salitre le empapaba la piel y salaba su garganta. Al llegar junto a la gabarra, pisó con sigilo la cubierta y subió a bordo. Recorrió la breve distancia hasta el portón más cercano y se asomó entre las tablas de madera. Pudo vislumbrar el reverbero de una luz que iluminaba el interior de la cabina. Tomó el asidero de metal y deslizó el portón a un lado.

—Bienvenido, maese Inafune. Me alegro de que por fin haya aceptado mi invitación —saludó la dama Sakura, sentada sobre un cojín frente a la lámpara—. Cierre la puerta, por favor, no queremos que nadie nos moleste.

Ekei bajó tres escalones y cerró. Ambos quedaron al amparo de la tímida lámpara de aceite, que apenas alcanzaba a iluminar los rincones del camarote. En la intimidad de aquella media luz, los encantos de Sakura se insinuaban misteriosos, casi oníricos. La mujer vestía un kimono azul decorado con un patrón de olas blancas y espuma de mar, que habían sido bordadas con hilo de plata en los puños y en el generoso escote. Su invitado se sentó frente a ella. Lo hizo despacio, con la cautela que muestran los gatos que se adentran fuera de su territorio. Sakura, sin embargo, lo observaba con una despreocupada sonrisa en la boca, como si todo aquello la divirtiera.

—Permítame que le ofrezca un poco de té —dijo la mujer, y se giró para alcanzar una tetera que reposaba sobre un brasero cerrado, lejos de la luz.

A continuación, depositó entre ambos una taza de porcelana y, recogiéndose la holgada manga del kimono, vertió el líquido humeante. Dejó la tetera a un lado y tomó la taza con ambas manos para ofrecérsela a su invitado. Este observó la bebida durante un instante demasiado largo como para resultar educado.

—¿No esperará que acepte té de una envenenadora? —dijo finalmente.

Sakura frunció el ceño, visiblemente ofendida, y sus ojos reflejaron un severo reproche.

—Eso no ha sido muy cortés por su parte, maese Inafune.

—¿Lo cree así? En mi caso, lo que tomo como una descortesía es que intenten matar a los pacientes a mi cargo.

La mujer bajó lentamente las manos y las apoyó sobre su regazo, con la taza humeante aún entre los dedos. Cuidaba bien de que sus maneras continuaran siendo suaves y contenidas, pero una cierta crispación se había apoderado de su rostro.

—Le dije que deseaba prepararle té algún día, y usted aceptó mi invitación. Sin embargo, esta noche viene aquí y me insulta con su desconfianza. —La mujer aguardó una respuesta que no obtuvo, así que optó por abandonar el victimismo—. No esperaba algo tan pueril de usted, maestro. ¿De verdad cree que si fuera una asesina le ofrecería abiertamente una copa de veneno?

—Ahora mismo no me parece algo descabellado —asintió Ekei.

Ella volvió a fruncir el ceño, la taza caliente le enrojecía las manos… Incluso enfadada era bonita, pensó el médico.

—Ha venido porque quiere algo de mí, y yo estoy dispuesta a dárselo —dijo ella—. Le contaré mi verdadera historia, una historia triste que pocos hombres han tenido el privilegio de escuchar. A cambio, solo le pido que sea un buen huésped y respete las normas de cortesía más elementales.

Al comprobar que sus palabras no hacían mella en aquel hombre, que le sostenía la mirada en silencio, Sakura estalló de indignación. Se acercó la taza a los labios y bebió hasta apurarla. Acto seguido, tomó la tetera, rellenó la taza y se la ofreció de nuevo a Ekei.

—No vuelva a ofender mi hospitalidad —dijo la mujer.

Sin apartar la vista de los ojos de su anfitriona, el médico tomó de sus manos la bebida humeante y dio un breve sorbo. Ella asintió complacida.

—Ahora comenzaré mi historia.

Interludio

Afilada flor de cerezo

Nadie debería olvidar a sus padres, es una de las cosas más tristes que te pueden suceder en esta vida. Todos deberíamos recordar la sonrisa de una madre o la mirada orgullosa de un padre hasta el fin de nuestros días, porque esa memoria es parte fundamental de nuestra dignidad. Cuando nos sentimos mezquinos, nos recuerda que un día fuimos inocentes; cuando solo queda el odio, nos dice que también hemos sido dignos de amor.

Yo, sin embargo, olvidé el rostro de mis padres cuando tenía doce años. Recuerdo perfectamente el momento: fue una noche lluviosa, estaba desnuda y enferma en una celda húmeda, sin nadie que me enjugara la fiebre o me acercara una taza caliente a los labios. Intenté recordar la expresión de mi madre, aunque fuera su olor o la forma de sus manos, pero nada acudió a mi memoria. Por fin había conseguido borrarla de mi mente, pero no sería hasta varios años después que también conseguiría hacerla desaparecer de este mundo.

Aunque me estoy anticipando. Lo primero que debes saber es que soy hija de una familia de campesinos de la provincia de Iga. No recuerdo el nombre que mis padres me dieron al nacer, ni tampoco me importa, forma parte de una vida que quedó muy atrás, sepultada por océanos de tiempo. Debía tener ocho o nueve años cuando me vendieron a los hombres de las montañas: jinetes altos y silenciosos que bajaban con la bruma hasta los poblados campesinos. Venían buscando a niñas que aún no hubieran sangrado por primera vez, así que nos hacían formar a la salida del poblado mientras pasaban entre nosotras sin bajar de los caballos, mirando a una y a otra, como quien compra ganado. Algunas familias intentaban ocultar a sus hijas, pero las consecuencias de ser descubiertos eran terribles, así que los campesinos solían ser dóciles cual ovejas ante el pastor. Además, la familia cuya niña era reclamada recibía una buena compensación, por lo que para muchos padres se convertía en una forma de pasar, por primera vez en sus vidas, un invierno desahogado.

Aquellos episodios solían darse un par de veces al año y se habían asumido como un mal inevitable, una suerte de imponderable, como el granizo que arrasa el arroz y obliga a replantar de nuevo los campos. Al fin y al cabo, no se llevaban a los varones. Eso sí habría sido una tragedia.

Todos sabían que los hombres de las montañas solo querían a aquellas muchachas que sobresalieran por su belleza y que no tuvieran marcas ni cicatrices; «florecillas entre el fango», las llamaban. Eran tan estrictos en sus criterios, que a menudo regresaban a las montañas sin haber elegido a ninguna. Y aunque nadie conocía con certeza cuál era el destino de aquellas niñas, todos lo imaginaban y se abstenían de comentarlo.

El año que me llevaron, yo ya tenía una idea bastante clara de qué sería de mí. Quizás aún no fuera mujer, pero sabía qué es lo que los hombres buscaban en las chicas bonitas. Varios niños de la aldea me habían enseñado el miembro y me habían pedido que se lo tocara; al principio me limitaba a escapar llorando, pero después empecé a golpearles en la entrepierna antes de correr.

Al separarme de mis padres lloré y pataleé, mordí y arañé, pero cuando en mi tormenta de desesperación pude ver la expresión inane de mi madre, que no sufría más que si hubiera perdido una sandalia, o la expresión codiciosa de mi padre, que contaba el dinero sin siquiera mirar hacia mí, dejé de luchar y me embargó una profunda decepción que aún hoy día me acompaña. Algo se tornó frío en mi pecho… para siempre.

En las horas siguientes decidí que si no era capaz de escapar, me quitaría la vida en cuanto me fuera posible. Sin embargo, y para mi desconcierto, aquellos hombres no querían que les diera placer. Durante los días que duró el viaje, en los que cruzamos bosques escarpados e hicimos noche en inhóspitos humedales, no me prestaron más atención que a un perro vagabundo. Por fin, al amanecer del tercer día, me abandonaron en una especie de monasterio de piedras frías y grises como la lluvia, levantado en la cima de una colina. Desde la distancia, aquel enclave expuesto a los vientos parecía completamente desolado, con las murallas semiderruidas y ninguna llama que iluminara sus grietas. Pero pronto aprendí que ese lugar no era un monasterio, ni estaba abandonado, y que si ningún fuego ardía entre sus piedras era porque así lo había ordenado la vieja Sato.

Allí pasé los peores años de mi vida; pese a ello, continúa siendo lo más parecido que tengo a un hogar, pues entre aquellos muros me educaron y me convirtieron en mujer, me pulieron y me dieron una razón para vivir, y también conocí la amistad y el compañerismo. Visto en perspectiva, me libraron de la miserable vida que me aguardaba en los campos de arroz.

Pero vuelvo a precipitarme. Yo no sabía nada de eso en mi primera noche bajo la tutela de la vieja Sato. Los hombres que me habían llevado hasta allí me arrojaron del caballo a las garras de aquella bruja venida del Yomi, que me clavó las uñas en el brazo y me arrastró al interior de su pequeño reino de oscuridad y terror. Me empujó a través de largos pasillos en los que mis sollozos reverberaban como un cruel remedo, hasta arrojarme en una gran cámara de piedra con una ventana cerca del techo como único punto de luz.

Antes de que abandonara la estancia le pregunté dónde me encontraba, pues la necesidad de saberlo era mayor que el miedo que me infundía. Al escuchar mis palabras, volvió sobre sus pasos para situarse de nuevo frente a mí. Con una sonrisa afectuosa me acarició la mejilla con el dorso de la mano y me pasó los dedos entre los cabellos apelmazados, desenredando con cuidado los nudos que se habían formado tras días sin peinarlos. Ante ese gesto cariñoso, me permití devolverle la sonrisa, pero las caricias se tornaron súbitamente en una garra crispada que me apresó por el pelo y tiró de mi cabeza con violencia, obligándome a postrarme de rodillas ante ella.

—Estás en un sitio, pequeña puta, en el que tú no eres la que hace las preguntas. Estás en un sitio en el que no debes esperar afecto ni compasión, tan solo castigo y sufrimiento, que cejarán cuando seas tan fuerte como para hacerte respetar. Si es que ese día llega.

Entonces, se sacudió con asco el puñado de pelos que me había arrancado de raíz y me cruzó la cara por dos veces; las mejillas me ardieron durante días. Con el tiempo aprendí a apreciar su maestría para causar un intenso dolor sin dejar marca alguna.

Poco después otras chicas fueron arrojadas a la cámara donde me encontraba. Algunas lloraban presas del pánico, otras estaban sumidas en un silencio ausente y miraban al vacío. Cuando fuimos dieciséis, la vieja Sato reapareció en la sala con otras cinco mujeres. Nos desnudaron usando cuchillas para cortar nuestra ropa, y usaron navajas para cortarnos el pelo tan a ras como les fue posible; si nos resistíamos, los tirones y trasquilones resultaban más dolorosos, pero el resultado era el mismo. Cuando hubieron concluido, nos lavaron con cubos de agua helada y nos dejaron allí toda la noche, gimiendo de frío y miedo.

De las dieciséis muchachas que conocí aquella noche, solo llegué a entablar verdadera amistad con una de ellas: su nombre era Ayame, y no fue porque tuviéramos más cosas en común, ni siquiera me caía especialmente bien. Simplemente, al cabo de dos años, ella y yo éramos las únicas que quedábamos con vida.

Los primeros meses en aquel bastión entre montañas fueron una larga y penosa lucha por la supervivencia; cada mañana que conseguíamos abrir los ojos era una pequeña victoria. Todas estábamos permanentemente enfermas: las náuseas no cesaban, sufríamos fiebres devastadoras, nos temblaban las manos hasta el punto de que éramos incapaces de sujetar un cuenco, la boca y la garganta estaban tan secas que incluso tragar saliva resultaba doloroso, y el pelo se nos caía antes de volver a crecer. Pese a ello, nos obligaban a cumplir con nuestras obligaciones: como no teníamos fuerza para acometer actividades físicas, trabajábamos mentalmente memorizando datos sin sentido, largas cadenas de números, o los nombres de los doscientos huesos del cuerpo. Información incoherente cuya utilidad éramos incapaces de ver.

Al cabo de una semana comenzaron a morir las primeras. La inmensa mayoría murió en el primer mes presa de la enfermedad: algunas de inanición, pues las náuseas les impedían retener nada de lo que comían, otras a causa de las fiebres, y otras, sencillamente, no despertaban por la mañana. Tan solo Ayame y yo alcanzamos el siguiente estadio de nuestra formación, aquel en el que se nos adoctrinó como asesinas.

Se nos enseñó a no tener remordimientos, a jugar con la lascivia de los hombres para someter su voluntad, a subsistir durante días privadas de alimento, agua o sueño. Y se nos instruyó en las formas de matar para las que éramos más aptas. Ayame, por ejemplo, siempre fue una excelente guerrera: dominaba sin problemas técnicas sumamente complejas, como el uso de agujas envenenadas. Las ocultaba bajo la lengua y, al soplar, era capaz de clavarlas en los ojos de un hombre. Siempre la envidié por eso. Ella, sin embargo, poseía una belleza más discreta que la mía, lo que me hacía más valiosa para intimar con hombres de gustos refinados.

Sé que la vieja Sato me prefería a mí. Quizás fuera porque me había educado para tareas más sofisticadas y se enorgullecía de mí como un herrero lo hace de su mejor espada; o puede que, simplemente, yo fuera más dócil, mientras que el carácter indómito de Ayame la empujaba a rebelarse constantemente contra la disciplina de nuestra maestra, incluso a intentar escapar. No porque tuviera algún sitio donde ir o alguien que la esperara, sino porque el fuego que ardía en su interior la empujaba a ser libre, aunque supusiera quedar desamparada en un mundo que no tenía nada que ofrecerle.

—Esta noche escaparé —me dijo en una ocasión mientras comíamos, con una despreocupación tal que dudé que hablara en serio. Pero al ver sus ojos no me cupo la menor duda.

—¿Estás loca? Si Sato te descubre, te matará.

—No me atraparán. Lo he planeado cuidadosamente, conozco cada rincón y a cada mujer de esta cámara de torturas. Sé con exactitud qué está haciendo cada una de ellas en cada momento del día. No me atraparán.

—Lo harán, Ayame —le dije con angustia, pues no quería perder a la única persona que no odiaba en este mundo—; te capturarán y Sato te matará por intentar abandonarla.

—No lo hará. ¿Sabes por qué? Porque está convencida de que nos tiene tan aterrorizadas que ni siquiera se nos pasaría por la cabeza la posibilidad de huir. Y en tu caso es cierto, por eso no te pido que me acompañes.

—No es miedo —le reproché—, es sentido común, niña estúpida.

—Como quieras. Pero verás como no dan conmigo. Y aunque lo hicieran, Sato nunca me mataría —dijo con una sonrisa temeraria, mientras se metía en la boca los últimos granos de arroz que quedaban en el cuenco.

Yo la miré estupefacta, convencida de que en algún momento Ayame había perdido la cordura y yo no me había percatado hasta aquel momento.

—¿Cómo puedes decir eso? Sabes que no tolera ni que la miremos a los ojos, imagínate su ira si intentamos escapar.

—Se enfurecerá, desde luego, pero no me matará porque no le pertenecemos. Han invertido mucho tiempo en nosotras. ¿No te das cuenta? Deben haber hecho esto con cientos de niñas, quizás miles, y muy pocas sobreviven. Cuando encuentran a alguna capaz de hacerlo, la entrenan y se convierte en alguien valioso para ellos. Por eso no permitirán que Sato me mate.

Ayame se equivocó en una cosa: sí la atraparon...; llegó lejos, pero no lo suficiente. Aunque tuvo razón en la otra: Sato no la mató. Aunque bien podría haberlo hecho, pues tras torturarla durante toda una noche, la obligó a tragar siete de sus agujas. Como he dicho, la vieja zorra sabía bien cómo hacer daño sin dejar marcas aparentes; y aunque Ayame estuvo a punto de morir, pues los alfileres le desgarraron la garganta y el estómago y la hicieron vomitar sangre durante días, finalmente sobrevivió y nuestra mentora consiguió lo que quería: doblegó la voluntad de su discípula sin necesidad de dejarla tullida o incapacitada para el trabajo que debía desempeñar.

Años después, el día que por fin abandonamos la tutela de Sato, Ayame y yo supimos la verdad sobre la persistente enfermedad que acabó con casi todas nosotras: envenenamiento. La vieja nos suministraba medidas dosis de veneno con el agua para mantenernos enfermas. Las primeras en morir eran las más débiles, y cuando el cuerpo de las que sobrevivíamos comenzaba a tolerar la sustancia, incrementaba la dosis para hacernos enfermar de nuevo. Así nos mantuvo durante meses, durante años, inmersas en una espiral que iba consumiendo a la mayoría hasta la muerte.

¿Sabe de dónde obtenía su veneno la vieja Sato, maestro Inafune? De la semilla del cerezo. Sabía destilarla hasta obtener su ponzoña. ¿No es una ironía que algo tan bello sea a su vez tan letal? Siempre me ha parecido una deliciosa contradicción que aquella bruja cultivaba como nadie. De cada cien niñas que dejaban a su cargo, apenas sobrevivían cuatro o cinco, pero las que lo hacían acababan por tolerar dosis de veneno que serían letales para cualquier hombre adulto. Con el tiempo, incluso terminamos por desarrollar una adicción, de modo que debo consumir esa sustancia a diario. Forma parte de mí, la exudo a través de la piel, de la saliva, entre mis piernas… Una noche conmigo podría hacerte enfermar de pasión, literalmente.

Quizás esto le ayude a entender algunas de las cosas que han sucedido en Fukui durante los últimos meses; pero no me lo tenga en cuenta, no tenía nada contra aquellos hombres, era algo inevitable para abrirme camino hasta su señor, para encontrar el momento adecuado. Cuando de verdad quiero acabar con alguno de mis amantes, simplemente comparto con él una taza de té.

Capítulo 34

Encrucijada de caminos

S hinobi», constató Asaemon Hikura entre dientes. Se había inclinado sobre el lecho revuelto para observar las manchas de sangre, que también salpicaban paredes y tatami. Levantó la cabeza y comenzó a recorrer con la vista cada rincón de la estancia. El administrador Tanizawa y sus comandantes lo contemplaban en expectante silencio, a la espera de que dijera algo más. El rastreador se limitó a ponerse en pie y aproximarse al escritorio donde Tanizawa preparaba los detallados informes que, puntualmente, enviaba a la corte de Gendo Sugawara. Pasó dos dedos sobre la superficie de madera y los frotó contra el pulgar. Una pizca de tierra seca se desprendió entre sus yemas.

—Alguien ha pisado sobre la mesa —anunció llanamente y, a continuación, él hizo lo mismo: se subió al escritorio, tomó su espada por la vaina y comenzó a golpear con la empuñadura en los paneles del techo, hasta que uno cedió y saltó a un lado—. Por ahí es por donde ha entrado —señaló mientras bajaba al tatami.

—¡Imposible! —protestó el general Toji—. Tenemos los planos de la fortaleza. Hemos cegado todos los pasadizos secretos y cámaras ocultas.

—Y, sin embargo, ese *shinobi* ha encontrado un paso —dijo Hikura mientras volvía a deslizar su sable bajo el *obi*—. Lo que no comprendo es por qué alguien tan experto ha dejado al señor Tanizawa con vida. Lo usual es que lo hubiera degollado sin contemplaciones.

Tanizawa se echó la mano al cuello y tragó saliva de forma ostensible. Al percatarse de su afectada reacción, carraspeó y se dirigió al joven cazador con una voz nasal, distorsionada por el aparatoso molde de madera que le habían preparado los médicos.

—Espero que comprenda la gravedad de lo que ha hecho ese malnacido. Atentar contra la vida del delegado del señor Sugawara en estas tierras es como hacerlo contra su mismísima señoría. Tráigame la cabeza de ese *shinobi* y su diligencia llegará a oídos del daimio. En caso contrario, no regrese. Abandone estas tierras en deshonor.

El joven cazador echó la rodilla al suelo y se inclinó ante su superior.

—Cumpliré con la labor que se me encomienda —proclamó con la suficiencia que solo curan los años.

Asaemon Hikura era un joven arrogante al que la vida había sonreído: tenía una hermosa mujer que ya le había dado su primer hijo, y los valiosos servicios de su padre le habían permitido heredar el puesto de maestro cazador, responsable de rastrear a aquellos traidores y criminales cuya captura el clan consideraba prioritaria. Acometía la tarea como un auténtico depredador: hasta la fecha nadie había logrado escapar de su espada, que comenzaba a ser tan temida como la de su predecesor en el puesto.

Por tanto, cuando Asaemon levantó la cabeza, Tanizawa observó en sus ojos una fiera determinación que le agradó profundamente.

—Lleve a cuantos hombres considere necesarios —le ofreció el administrador.

—Solo necesito a cinco, yo mismo los elegiré.

—¿Tan solo cinco?

—Necesito una partida de búsqueda, no un ejército. Guerreros que se muevan rápido campo a través y que obedezcan mis órdenes sin dudar; nuestra presa nos lleva bastante ventaja.

—Será como dice —asintió Tanizawa y, volviéndose hacia uno de sus oficiales, ordenó que se abrieran las perreras y se soltara a los perros de caza.

—Tampoco será necesario —indicó Hikura.

—Para tratarse de un hombre tan extraordinario como usted mismo asegura, parece que pretenda capturarlo como el que busca a una niña perdida en el bosque —protestó el general Toji con tono desabrido.

—Mi general, incluso el más feroz de los depredadores, cuando entra en el territorio de otro cazador, se convierte en presa —sonrió el joven maestro, sin ahorrar ni un ápice de teatralidad a su aseveración.

* * *

Hikura reunió en el último patio del castillo a los cinco samuráis que conformarían su partida de búsqueda. Como el propio Asaemon, y su padre antes que él, todos eran veteranos rastreadores que habían afilado sus instintos en la guerra, dando caza a los samuráis que, tras caer su ejército derrotado y huir en desbandada, se ocultaban durante semanas en la espesura, en las cavernosas montañas o entre campesinos atemorizados. El exterminio de estos forajidos de guerra era una labor necesaria y respetada, pues si se les permitía medrar en sus escondrijos, cabía la posibilidad de que se reagruparan en bandas o pequeños ejércitos y se convirtieran en un problema serio para el vencedor, que se vería sometido al desgaste prolongado que suponen los ataques rápidos e imprevistos de estos grupos. Pero también se trataba de una tarea peligrosa, pues no consistía en dar caza a liebres y venados, sino a samuráis armados y desesperados que se enfrentaban a sus perseguidores con la ferocidad del que no tiene nada que perder.

Sin embargo, en los últimos tiempos las batallas y escaramuzas se habían desplazado al este, y los grupos de rastreo como el de Hikura estaban consagrados a la captura de aquellos criminales comunes que, por uno u otro motivo, tenían la desgracia de llamar la atención de las altas instancias del clan.

Los cinco samuráis que rodeaban ahora a Asaemon, sujetando sus caballos por las bridas, le superaban largamente en edad, hasta el punto de que algunos habían sido compañeros de su padre. Pero ninguno de ellos habría osado discutir las órdenes del que ahora era maestro cazador del clan Sugawara.

—Hoy volveremos a cazar nuestra presa favorita —anunció elevando la voz para que le escucharan no solo sus hombres, sino todos aquellos que discurrían por el gran patio que constituía el último anillo del castillo—. Como sabéis, alguien ha entrado esta noche en los aposentos del administrador Tanizawa y ha huido antes de que la guardia pudiera dar con él. Es a ese hombre al que buscamos.

—Demasiado tiempo de ventaja para un *shinobi* —apuntó un hombre delgado y de manos de seda, que portaba un arco largo al hombro—, si no encontramos pronto su rastro podemos darlo por perdido.

—No necesitamos encontrar su rastro, Kojiro. Sé exactamente dónde encontrarlo.

—¿Cómo es eso posible? —preguntó otro.

—Porque según Tanizawa, el intruso le interrogó sobre el viejo Watanabe. Nos bastará con llegar hasta él y aguardar a nuestra presa.

—Si eso es así, ¿por qué han recurrido a nosotros? —preguntó Kojiro.

—Porque Tanizawa y sus generales no saben qué hay más allá de los caminos habituales, y para ellos Ittetsu Watanabe no es más que un fantasma del pasado. Pero es obvio que para aquel al que buscamos no lo es, y para mí tampoco. Hace más de diez años que el viejo abandonó el castillo, pero aún respira. Malvive en la choza junto a la balsadera del lago Jinzai.

—Un lugar idóneo para una emboscada —señaló un tercer samurái, acariciándose la perilla con aire meditabundo—. Pero aun así, no llegaremos antes que el *shinobi*.

—No tenemos que llegar antes —dijo Asaemon, tomando impulso para subir a su caballo—. La única manera de salir de allí es cruzando el lago a nado o regresar por la senda que desciende hasta el cruce de Shiraoka. Nos apostaremos allí y esperaremos a que nuestro hombre regrese de tratar sus asuntos con el viejo.

—¿Y si decide lanzarse al agua?

Asaemon se encogió de hombros, dando a entender que consideraba remota aquella posibilidad.

—Para eso tenemos a Kojiro, sus flechas son capaces de alcanzar a un pato en la orilla opuesta —exageró el samurái.

—Parece un plan sencillo.

—Sin duda lo es, como todos los buenos planes —apostilló el joven maestro.

* * *

La puerta de la cabaña crujió bajo el peso de tres golpes secos, pero pasó un buen rato antes de que la apremiante llamada fuera atendida. Fue un pobre viejo el que apareció al otro lado del umbral, acurrucado entre las penumbras de aquella vivienda miserable, la boca prácticamente desdentada y la mirada turbia tras unos iris lechosos. Ni siquiera frunció los párpados bajo la brillante luz de la tarde.

—¿Quién está ahí? —preguntó, los ojos escrutando el vacío.

El visitante no respondió inmediatamente.

—Soy un caminante de paso, viejo. Quería cruzar el lago, pero no hay balsas en el embarcadero.

—Los balseros descansan en la orilla opuesta, ya no regresarán hasta el amanecer. Si quieres llegar al otro lado, deberás esperar hasta mañana o rodear el Jinzai a pie, pero no te lo aconsejo; la orilla es escarpada y peligrosa, y no llegarías hasta bien entrada la noche.

—Esperaré aquí, entonces.

El anciano se hizo a un lado para que el viajero pudiera entrar en la choza.

—Abre las contraventanas si está demasiado oscuro para ti. A mí tanto me da.

Así lo hizo, y la luz serena de la tarde iluminó la estancia. Pese al decrépito estado de la estructura, el interior estaba limpio y relativamente ordenado. Parecía que su morador no se había entregado al simple devenir de los días, sino que mantenía una cierta disciplina cotidiana, como si su vida aún tuviera algún sentido.

El invitado cruzó la estancia y subió a la tarima de madera que cubría el fondo de la cabaña; el resto del suelo era de tierra y la techumbre de paja, con varios agujeros a través de los cuales se podía ver una mancha clara de cielo.

—Si enciendes un fuego, prepararé té —dijo el viejo—. No puedo ofrecerte otra cosa.

—Ya es suficiente con que me ofrezcas techo y té, qué menos que compartir mi cena contigo.

El anciano asintió antes de dirigirse a una estantería apoyada contra la pared, el único mueble, junto con una mesa baja, de aquella mísera vivienda. Por su parte, el viajero se entretuvo preparando el agujero del hogar con un par de troncos de leña y un puñado de carbón, y mientras se afanaba con el pedernal, no apartó la vista de su anfitrión, que ya limpiaba con un paño dos cuencos para beber. El anciano tomó de la estantería un recipiente de cerámica, lo destapó y, con una espátula de madera, vertió en cada taza un poco de té verde picado. Cuando llegó junto al hogar, el agua ya se calentaba en un cazo que colgaba sobre el fuego.

Su huésped se ofreció a verter el agua caliente en los cuencos, pero el viejo levantó una mano para negarse: «Aún soy capaz de preparar un té para mis invitados», dijo con amabilidad. Tomó un cazo de madera de mango largo, lo sumergió en el agua humeante y llenó los dos cuencos con sumo cuidado. Por fin tendió la tisana caliente al viajero y este, agradecido, la recogió de sus manos con una muda inclinación que no pudo ver pero intuyó. Bebió varias veces de la taza antes de depositarla frente a él.

—Delicioso —anunció, y el anciano correspondió al cumplido con una sonrisa franca.

—El secreto está en el recipiente de cerámica. Bien cerrado y a la sombra, es capaz de mantener el té fresco durante mucho tiempo.

—Dime, ¿cómo es que vives aquí solo?

—Ah, no es un mal sitio para vivir. Hay paz, y se conoce a gente curiosa. Los viajeros de paso como tú, que hacen noche aquí cuando desean cruzar el lago, siempre tienen algo que contar.

—Ya veo. Pero ¿cómo sales adelante en los inviernos fríos?

El viejo bebió de su taza y pareció reflexionar un instante antes de responder a la pregunta.

—Yo ofrezco techo a los viajeros y les cuento la única historia que conozco para amenizar la velada. A cambio, ellos me ayudan como pueden: algunos me dan comida, otros comparten su cena conmigo, o cortan leña y me la dejan en un rincón... Cualquier cosa menos dinero, no me serviría para nada aquí y solo atraería a gente sin escrúpulos que buscaría robar a un viejo ciego.

Mientras hablaban, el huésped abrió su alforja, extrajo dos bolas de arroz y le ofreció una al anciano, que la aceptó de buen grado. A continuación echó en el agua caliente, que ya hervía, extracto de sardinas, cebolla y un poco de miso para preparar una sopa para ambos.

Los dos hombres cenaron en silencio y, cuando hubieron concluido, el viajero se dirigió a su anfitrión:

—Cuéntame ahora esa historia que guardas para tus invitados.

El ermitaño asintió con aquella sonrisa que esbozaba ante cada petición.

—Debes saber que es una historia triste.

—Aun así.

El anciano volvió a asentir.

—Creo, por tu voz, que eres demasiado joven para saberlo, pero hace años, aunque no tantos como para que hayan muerto todos los que conocieron la verdad, sobre este feudo gobernaba una familia de largo honor y tradición. Eran los auténticos señores de estas tierras, pero la traición también llega a aquellos que no se la merecen, sobre todo a ellos, y muchos y poderosos conspiraron para arrebatarles lo que era legítimamente suyo. Has de saber que algunos les traicionaron antes de su caída, rindiendo sus oscuras ambiciones a promesas susurradas al oído, y otros lo hicieron cuando la tragedia ya se hubo consumado, demasiado cobardes para alzarse y morir con sus señores.

»Sucedió en una noche negra como pocas. Los fantasmas entraron en el castillo de los Ikeda. Desde dentro abrieron las puertas y arrasaron con odio y fuego sus vidas y las de aquellos que les fueron leales; todo un linaje consumido en una sola noche, devorado por la ambición y la envidia. Y como lobos hambrientos, se repartieron el botín bajo los ojos yermos del amo del castillo, crucificado junto a su hijo y sus generales, a la vista de todos los que le habían llamado señor, ninguno de los cuales osó levantar la mirada para rendir un último saludo a aquel bajo cuya protección habían prosperado.

»Pero algunos sabemos que en las guerras no solo luchan los señores cuyos estandartes ondean sobre el campo de batalla, sino que, a menudo, hay fuerzas invisibles a los ojos de los hombres; señores cuyo único blasón es el miedo que su nombre infunde entre los poderosos. Estos señores libran guerras de las que solo podemos vislumbrar destellos fugaces; pero aunque no podamos verlos, aunque no conozcamos sus nombres, no significa que su poder no sea real, pues sus dedos llegan hasta el corazón mismo de los clanes más viejos del país, y no pocos daimios descubren que algunos de los que les han servido durante generaciones obedecen en realidad a otros intereses, emisarios durmientes mientras sus auténticos amos no reclamen sus servicios. Por eso, yo proclamo a los que me quieran escuchar que los actuales dueños de esta tierra son meros siervos del auténtico responsable de la aniquilación de los Ikeda, un poder cobarde que actúa desde la sombra y por mediación de otros, de tal modo que los acontecimientos de aquella noche ignominiosa fueron un capítulo más de un libro que muy pocos pueden leer.

»Pero para mal de algunos, la historia no acaba aquí. Mientras los Sugawara se relamían por la victoria, sus auténticos señores buscaban entre los restos del castillo el cuerpo del hijo pequeño de Akiyama Ikeda. Lo buscaron entre los cascotes quemados y entre los cadáveres de las mujeres que se habían quitado la vida. Pero no lo hallaron, y aún hoy lo siguen buscando, pues no pocos temen que el último de los Ikeda vuelva de entre los muertos para cobrarse la justa venganza de la que, con tanto empeño, sus enemigos se hicieron merecedores. Es por eso que este relato está aún inconcluso.

Cuando el viejo calló, el silencio pesó sobre la estancia.

—¿Cuentas esta misma historia a todos los viajeros que pasan aquí la noche?

—Así es. Sé que algún día mi señor volverá a estas tierras y puede que, como a tantos otros, la providencia lo conduzca hasta mi puerta. Aguardo esperanzado ese día, pero temo no reconocerle, pues los dioses ya me han arrebatado la vista. Afortunadamente, aún conservo la voz y puedo contar esta historia con la esperanza de que él la escuche y decida bendecirme con la justicia de su espada, y así poder abandonar este mundo en paz. Pues desde hace tiempo sé que merezco morir por lo que hice, pero no oso quitarme la vida, ya que esta no me pertenece, así que solo espero que mi relato guíe su filo como un faro en la noche.

El largo siseo del acero resonó en la choza cuando el samurái desenvainó.

—Siempre has sido un buen maestro. Has cumplido el cometido que te encomendó mi padre hasta el final.

—Ojalá hubiera sido así —dijo el viejo de rodillas, inclinándose ante su señor—. Solo espero que comprendáis que no fue la ambición lo que me llevó a traicionar a nuestra casa. En un principio, medié para evitar una masacre entre los nuestros, solo quería que los supervivientes pudieran continuar haciendo lo que habían hecho durante toda su vida al servicio de un nuevo señor. Cuando me ofrecieron administrar el feudo, pensé con ninguna humildad que sería mejor para nuestra gente que yo me encargara de tales funciones, en lugar de un cruel administrador que los Sugawara enviaran desde el sur. Pero con el paso del tiempo comprendí que me había amparado en excusas para medrar tras la desgracia de mi señor. Me había beneficiado tanto o más que los traidores a los que despreciaba.

Con lágrimas en los ojos, Seizō levantó la *katana* por encima de su cabeza.

—Te perdono los pecados contra mi casa, Ittetsu Watanabe.

* * *

Cuando salió al exterior, los ojos le ardían a causa de las lágrimas que manaban calientes desde su pecho; ni el frío aire nocturno que erizaba las aguas del lago consiguió secárselas, y vino a caer de rodillas junto a la orilla, sin fuerzas para seguir caminando.

En un principio su intención había sido partir de allí cuanto antes, pues sabía bien que le pisaban los talones y que, tarde o temprano, darían con aquel lugar. Pero ya no le importaba. Se tendió de costado sobre la tierra de sus antepasados, envuelto en su gruesa capa de viaje y, con el pecho aún convulso, aguardó a que lo alcanzara el sueño después de dos días de vigilia. Pero antes de caer dormido, tuvo tiempo de contemplar, a través de las lágrimas, la luna sepultada bajo las aguas del lago Jinzai. El pálido reflejo de una belleza que no puede existir en el mundo de los hombres.

* * *

La luz del amanecer le sorprendió en la misma postura en la que se había quedado dormido. Tenía la cabeza embotada por la falta de sueño y los brazos le pesaban, así que recorrió el embarcadero que penetraba en el lago, se inclinó sobre el filo y se lavó la cara y el pelo con abundante agua. Cuando consiguió despejarse, se incorporó y escuchó el mundo a su alrededor. A la intemperie del lago, el viento le restalló en los oídos y le agitó el cabello sucio. Sabía que aquellos que habían venido a matarle ya debían estar allí, pero no sentía miedo. Tampoco la tristeza que le invadiera la noche anterior. En su lugar, una fría melancolía se había instalado en su pecho sin dejar cabida a ninguna otra emoción.

En ese estado de extraña indiferencia ante lo que tuviera que llegar, recogió sus cosas y enfiló la senda que bajaba desde la balsadera, una vereda estrecha y árida, arañada en el pedregoso paisaje que rodeaba el lago Jinzai, y que venía a desembocar en la confluencia de varias sendas rurales: el cruce de Shiraoka.

Vislumbraba ya la encrucijada de caminos cuando reparó en que, a un lado de la vereda, un hombre descansaba recostado contra un roble. Su caballo estaba atado al mismo árbol, y se cubría la cabeza con un amplio sombrero de paja que le caía sobre el pecho. Probablemente fuera el asesino y, si era inteligente, entre los árboles del margen opuesto se esconderían sus compañeros.

Decidió seguir adelante, como si aquel samurái no fuera más que uno de tantos budas de piedra que observan el transitar de los viajeros. Cuando llegó a su altura, sin embargo, el buda se dirigió a él.

—¿Has concluido tus asuntos con el viejo Watanabe? —preguntó, sin siquiera levantar la cabeza.

—Así es.

—Bien, no me habría gustado interrumpir un encuentro por el que te has tomado tantas molestias.

El hombre se puso en pie. Entre sus labios colgaba una espiga de *susuki* que rodaba de una comisura a otra, sobre una sonrisa distendida. Sus ojos permanecían ocultos bajo el ala del sombrero de viaje.

—No te pienso engañar. De un modo u otro, hoy morirás —le informó con franqueza el cazador, y mientras lo hacía, sus compañeros salieron de entre los árboles y comenzaron a rodear a Seizō—. Tu elección consiste en si morirás en el castillo de mi señor, tras ser juzgado y con cierto honor, o si lo harás en este cruce de caminos, con polvo en la boca y en los ojos, vomitando sangre como una bestia a la que acaban de dar caza. Es así de sencillo.

Los hombres que lo rodeaban tenían los sables desenfundados, las puntas de sus espadas a media altura. El único que no había desenvainado era aquel que le hablaba.

—Si te cuesta decidirte, te diré que nosotros preferiríamos llevarte con vida al castillo. A ninguno nos cae especialmente bien el administrador Tanizawa, así que no tenemos nada personal contra ti, y siempre es mejor que se haga justicia sin un derramamiento de sangre innecesario.

Por toda respuesta, Seizō desenfundó el sable largo, cuya hoja flameó bajo el sol de la mañana.

—Ya veo que no será así —apuntó su interlocutor con la sonrisa truncada.

—Si vienes a llevarte la vida de un hombre, ten la decencia de cobrártela por la espada. De lo contrario, podrían llamarte cobarde.

Asaemon sostuvo la mirada del hombre al que iban a matar y descubrió que, bajo la barba de vagabundo y su cabellera enredada y mugrienta, apenas era un muchacho. No dejaba de ser sorprendente, dada la facilidad con que había atravesado todas las defensas del castillo.

Una conclusión similar sacaba Seizō del samurái que le cortaba el paso: parecía ser el más joven de la partida y, sin embargo, era el líder de la misma, por lo que su destreza debía ser notable. Mientras pensaba en esto, se desanudó la capa y la dejó caer a un lado. Equilibró su espada y separó las piernas en posición de guardia. Estaba rodeado, en clara desventaja, y lo más probable es que muriera. El tipo de situación para la que Kenzaburō lo había adiestrado concienzudamente, convencido como estaba de que el mundo ya no era un lugar civilizado en el que se respetara la dignidad de un duelo a dos.

«Te atacarán varios a la vez, pero no todos. Y uno de los primeros será el que se encuentre a tu espalda, tenlo siempre presente. Cuando empiece el combate deberás moverte constantemente, defender y atacar al mismo tiempo, sin darles tiempo a pensar ni a organizar una estrategia. Esa es la única oportunidad que tendrás».

—¡Goro, Kojiro, Yoshio! —gritó Asaemon, y tres de los cinco samuráis que rodeaban a Seizō se lanzaron al ataque.

Apenas cuatro pasos los separaban de su objetivo y los recorrieron a la carga: dos con sus puntas buscando los costados de su oponente, para intentar clavarlas bajo las costillas, y el tercero avanzando a su espalda con la *katana* en alto, dispuesto a descargar un mandoble que rompiera la espina de Seizō y acabara con aquello rápidamente. Era evidente que no improvisaban.

Seizō rodó por el suelo contra las piernas del que se aproximaba por su flanco izquierdo, fuera Goro, Kojiro o Yoshio. De este modo se alejó del que llegaba por su espalda, al tiempo que obligaba a los otros dos a rectificar en su embestida, sorprendidos por aquel inesperado movimiento. El adversario contra el que se había lanzado apenas pudo hacerse a un lado para no tropezar con Seizō, y antes de que pudiera corregir su ataque, el *ronin* se levantó con un tajo horizontal que le abrió el vientre de lado a lado.

De inmediato, se lanzó a por su segunda víctima. Sorprendida, esta dio un paso atrás y levantó la guardia, pero para entonces apenas había dos palmos entre Seizō y él. El vagabundo había desenfundado la *wakizashi* y ahora empuñaba las dos espadas, así que su rival no sabía con cuál sobrevendría el ataque. La duda fue su perdición: Seizō le abrió la guardia con un potente golpe de su sable largo mientras que, con la hoja corta, le lanzaba una estocada al ojo. El samurái estaba muerto antes de que retirara el acero.

«Cuando luches contra varios enemigos usa golpes oblicuos y evita los huesos —recordó Seizō—, el filo debe deslizarse limpiamente sobre la carne. Si debes clavar la punta, nunca lo hagas en el torso, pues la hoja puede quedar atorada entre las vísceras o las costillas, y eso sería tu perdición. Busca siempre los ojos o la boca; eso provocará la muerte inmediata de tu enemigo y te permitirá sacar la hoja limpiamente».

Cuando su segundo enemigo hubo muerto, Seizō buscó sobre el hombro al tercer samurái que había abierto el ataque. Este se abalanzaba sobre su espalda con el sable en alto. Si detenía el mandoble quedaría en desventaja, así que optó por algo más arriesgado: giró sobre sí mismo y recibió a su adversario con una patada en el estómago que lo dejó sin aliento. El rastreador cayó de rodillas, y Seizō descargó un tajo que le destrozó el cuello y la clavícula izquierda.

En ese momento, la sorpresa y el dolor de ver morir a sus compañeros debían corroer ya las entrañas del resto de sus enemigos, lo que le daba una ventaja emocional que no podía desaprovechar. Se encaró con los otros dos samuráis que lo habían rodeado inicialmente, y estos, en lugar de atacarle al unísono, dieron un titubeante paso atrás. Sin detenerse, Seizō lanzó la *wakizashi* contra uno de ellos, que la desvió sin dificultad. Cuando la sangre comenzó a manar del pecho del cazador, este comprendió, tarde ya, que ese no era el verdadero ataque, sino una distracción tras la cual sobrevino la verdadera acometida que le abrió el torso.

Horrorizado ante la despiadada eficacia de aquel demonio, el último de los cinco samuráis que habían acompañado a Asaemon Hikura hasta la encrucijada comenzó a negar con la cabeza.

—Dijiste que sería un trabajo fácil. —Y sin mayores escrúpulos, se dio la vuelta y echó a correr.

Seizō dudó sobre la necesidad de matarlo, pero no volvería a cometer el error de dejar a un enemigo con vida. Tomó el arco que llevaba al hombro uno de sus rivales caídos, extrajo una flecha del carcaj de su víctima y, respirando hondo, la hizo volar contra la nuca del samurái. En aquel momento Seizō ya sabía que su último adversario en pie no lo atacaría por la espalda, pues aquel hombre ansiaba enfrentarse a él cara a cara, de manera que pudieran medir sus habilidades en igualdad. Ese había sido su deseo incluso antes de que comenzara la refriega.

Cuando su penúltimo enemigo se desplomó abatido por la flecha, se volvió hacia Asaemon, que le contemplaba sin ni siquiera desenvainar la espada. Una máscara de severa gravedad había caído sobre el rostro del cazador, que ahora tenía la certeza, como la había tenido Seizō desde un principio, de que en aquel cruce de caminos se enfrentaba a su muerte.

—Eres arrogante —dijo Seizō mientras dejaba caer el arco—. Si me hubieras atacado con el resto de tus hombres, probablemente ahora yo estaría muerto. Sin embargo, has querido medirte conmigo y esa será tu desgracia.

—No sucede todos los días que un hombre encuentra a aquel que ha nacido para matarlo —replicó Asaemon.

—Es algo que solo ocurre una vez en la vida.

—Cierto. Dejemos, por tanto, que los dioses decidan cuál de los dos ha hallado hoy a su verdugo.

El último de los Ikeda miró a su alrededor, a los cadáveres de sus enemigos, y pensó que matar no debería resultar algo tan sencillo. Pero aquello no le conmovió. Limpió la hoja de su *katana* con un pañuelo de seda y recogió la *wakizashi* del suelo; la sacudió con un golpe de muñeca antes de enfundarla. Entonces se encaró con Asaemon, que desenvainó por fin la espada y adoptó su peculiar guardia, una variante poco ortodoxa del estilo *kashima shintō ryû*[*].

---

[*] *Kashima shintō ryû* es uno de los estilos clásicos de la esgrima japonesa, fundado a principios del siglo XVI por Tsukahara Bokuden. Se caracterizó por estar orientado

Los dos hombres se lanzaron al ataque obviando todo preámbulo. Los aceros se encontraron en el vacío una y otra vez, entregados a una danza de ritmo y percusión constante. Asaemon era poderoso y directo; Seizō, rápido y esquivo. El maestro cazador creyó en varias ocasiones haber alcanzado a su oponente, pero su filo siempre llegaba tarde o era desviado por el fluido acero de su rival.

Pese a que llevaba la iniciativa del combate, lo más frustrante para Asaemon Hikura era la facilidad con que su contrincante parecía eludir todos los ataques. Se sentía como si intentara ensartar gotas de lluvia antes de que tocaran el suelo, así que optó por modificar su estrategia y ser más pasivo. Pero aquello tampoco consiguió desconcertar a un rival que, sin titubear, encadenó ataques que buscaban su cuello, sus rodillas y su vientre.

En un breve momento de tregua, Hikura descubrió que varias de sus estocadas habían desgarrado el kimono de su adversario, pero sin llegar a lamerle la piel con lengua afilada. Él, por el contrario, sí había conseguido detener todos los envites, aunque en varias ocasiones creyó ver de soslayo el ala negra de la muerte.

Asaemon estaba seguro de que jamás se había enfrentado a un espadachín tan diestro y rápido, sin puntos débiles aparentes, y comenzó a asumir que, muy probablemente, no sobreviviría a aquel duelo. Pero eso no tenía por qué significar que cayera derrotado por primera vez en su vida.

Musitó una breve plegaria para despedirse de su mujer y su hijo, y se lanzó contra su rival abatiendo sobre él una feroz tormenta de acero. Cada arremetida pretendía ser definitiva, pero para ello renunciaba a toda prudencia, así que cuando su filo cortó por fin la carne del *ronin* trazando sobre su pecho una línea de ardiente rojo, tuvo la esperanza de que la cuchillada fuera mortal. No lo fue. De algún modo, el tajo había sido más superficial de lo que esperaba y, a cambio, él había quedado expuesto ante su implacable adversario. Cuando este alzó la espada con las dos manos, comprendió que moriría sin remedio.

Seizō, inmisericorde, descargó un mandoble que partió en dos el sombrero de paja y el rostro de Asaemon. La punta de su *katana* no llegó a hendir el cráneo, pero le cruzó la cara desde la sien hasta

---

principalmente al combate en el campo de batalla, por lo que eran famosas sus técnicas para insertar la hoja a través de la armadura del adversario.

la mandíbula. El samurái cayó al suelo con las manos sobre la cara desfigurada, presa de un lacerante dolor que le hacía retorcerse y proferir espantosos alaridos frente a su enemigo. Pero Seizō, en lugar de rematarle y acabar con su deshonra, extrajo del *obi* una gruesa cuerda de seda y rodeó con ella las muñecas y la nuca de Asaemon, inmovilizándole las manos contra el rostro sangrante, de modo que no pudiera volver a empuñar la espada.

Mientras lo hacía, el *ronin* anunció:

—Ahora volverás humillado ante tu señor para ser mi emisario. Dile que soy un fantasma del pasado que ha escapado del infierno, y que Enma* solo me permitirá regresar cuando lleve su cabeza como ofrenda.

Dicho esto, tomó el caballo de Asaemon por las riendas y ató a la cincha la cuerda con la que lo había inmovilizado. Golpeó al animal en los cuartos traseros para encabritarlo e hizo que partiera al galope de regreso al hogar, arrastrando tras él a su maltrecho bulto.

Seizō observó a la bestia hasta que desapareció tras un recodo del camino, y solo entonces se permitió relajar los hombros. El veneno de la batalla aún corría por sus venas, así que para intentar serenarse respiró hondo y se entregó al metódico proceso de limpiar su acero antes de devolverlo a la funda. Cuando hubo concluido, levantó la cabeza y se dirigió a la última persona que había dejado viva en aquel cruce de caminos.

—Ya puedes salir —dijo el samurái, hablando aparentemente al vacío.

Algo se agitó entre los arbustos que había al otro lado de la senda, al tiempo que se escuchaba un gemido apenas contenido.

Seizō aguardó cuanto fue necesario, sin decir nada más, hasta que por fin asomó el inesperado testigo de la masacre: una muchacha algo más joven que él, ataviada con humildes ropas de viaje y con ojos húmedos de terror.

—Por favor, no me mate —rogó la muchacha, al tiempo que salía de su parapeto solo para postrarse de rodillas.

—No sé por qué debería hacerlo.

—Los ha matado a todos —consiguió articular la joven por toda explicación.

* Enma (o Yama) es el señor del inframundo en la mitología budista, que juzga el destino de los muertos.

—Has estado aquí desde el principio. ¿Crees que esa era mi intención? —Ella negó en silencio—. Entonces no tengas miedo; pese a lo que has visto, no soy un demonio.

—Acaba de gritar lo contrario. Le ha dicho a ese samurái que había retornado del infierno.

Seizō se sorprendió al escuchar esas palabras, pues no recordaba haberlas pronunciado, aunque ciertamente resonaban en su cabeza como un eco lejano. Fue en ese preciso instante cuando cobró conciencia de todo lo que había sucedido, y el corazón se le detuvo. La tensión del combate y la certidumbre de la muerte lo abandonaron por completo, y se sintió turbado por tanta crueldad.

Se echó la mano a la cabeza e intentó caminar para alejarse del lugar, de lo que había hecho, pero apenas lograba poner un pie delante del otro. Aun así siguió adelante, tambaleándose. Debía dejar atrás el hedor de la muerte.

—¿Qué le sucede? —preguntó la muchacha, poniéndose en pie para seguirle.

Se puso junto a él y lo sostuvo por el brazo, y Seizō comprendió que había estado a punto de desplomarse. Sentía náuseas, podría haber vomitado hasta el alma, si es que quedaba algo de ella.

—Déjame, tengo que alejarme de aquí.

—Apenas puede caminar —señaló ella con voz tímida—, y yo apenas puedo sostenerle.

—¿Qué más te da? ¿No tenías miedo de que te matara?

La muchacha asintió e, instintivamente, se separó un poco de él. Pero no dejó de sujetarle.

—Creo que no me matará si no le doy motivos para ello —respondió. Y como si sus propias palabras la hubieran tranquilizado, le ayudó a salir del camino y a sentarse a la sombra de un árbol, lejos ya del lugar de la refriega—. Volveré a por las cosas que ha dejado atrás.

Seizō observó cómo la joven regresaba sobre sus pasos y caminaba entre los cadáveres, apartando la vista asqueada cada vez que sus ojos se posaban sobre alguno de aquellos hombres terriblemente mutilados. Recogió la pesada bolsa del samurái y su capa de viaje, y volvió con pasos apresurados hasta él.

—Aquí están sus cosas. ¿Quiere un poco de té? —preguntó, ofreciéndole un tubo de bambú.

Él asintió y bebió de la infusión fría.

—Tiene mejor aspecto. Se había quedado lívido de repente, como si realmente fuera un fantasma.

—Ojalá lo fuera —respondió Seizō entre trago y trago.

—No diga eso. Nadie quiere morir en realidad.

La miró con curiosidad, sin saber si el comentario había sido fruto de la sabiduría o la ingenuidad.

—¿Qué hacías entre esos arbustos? —le preguntó al fin.

—Escuché a esos hombres aproximarse por el camino, venían en sentido contrario a mí, así que me oculté para que no me vieran. Pero para mi desgracia, decidieron acampar en la encrucijada, a poca distancia de donde yo me había escondido, así que no me atreví a moverme en toda la noche. Por suerte, no se percataron de mi presencia.

Seizō sonrió ante un comentario tan inocente: si él la había escuchado, sin duda aquellos samuráis también. Simplemente la ignoraron, como se ignora a los animales del bosque.

—¿Por qué te escondiste de ellos?

Ella lo miró sorprendida, sin duda ahora era él el que pecaba de ingenuo.

—¿No sabe qué hacen los hombres cuando se encuentran a una mujer sola en el camino?

—Eran samuráis. Se rigen por un código.

La joven resopló descreída, pero inmediatamente recordó que su interlocutor también era un *bushi*.

—Quiero decir que no todos son hombres de honor. Disculpe mis palabras.

—No, probablemente sea yo el que deba pedir perdón. Hablo como si hubiera vivido ajeno al mundo durante años.

Ella sonrió, desconcertada ante un samurái que era capaz de disculparse ante una simple muchacha.

—¿Cuál es tu nombre? —quiso saber Seizō.

—¡Oh! Perdón por mi torpeza. —Se puso en pie y se presentó con una reverencia—. Me llamo Aoi.

—Yo soy Seizō.

—Espero que la vida le sonría y no se vea obligado a usar su espada nunca más, Seizō-*sama*.

Era un bonito deseo, pero tan ajeno a la realidad. Aun así, asintió agradecido antes de ponerse en pie, echarse la capa sobre los hombros y recoger su bolsa de viaje.

—¿Hacia dónde se dirige? —se apresuró a preguntar ella.

—Voy hacia el oeste —respondió, pero de inmediato comprendió la intención de aquella muchacha, por lo que añadió—: Viajar conmigo es peligroso, como has podido comprobar.

—Yo también voy en esa dirección —dijo Aoi, aunque Seizō estaba seguro de que si hubiera dicho que su destino era el opuesto, ella habría respondido exactamente lo mismo—. Además, el camino siempre es peligroso para una mujer solitaria. ¿Sería inoportuno para usted que camináramos juntos hasta que nuestros caminos se separen?

Titubeó mientras buscaba una excusa, pues una compañera de viaje era lo último que necesitaba.

—Los guardaespaldas cobran por sus servicios —señaló en un intento de disuadirla, pero el cambio en la expresión de Aoi le hizo ver que su comentario podía malinterpretarse—. Quiero decir que siempre viajo solo, no me gusta tener compañía ni puedo cuidar de nadie.

—No tendrá que preocuparse por mí. No le molestaré en absoluto, ni le hablaré si así lo desea. Solo permítame seguirle unos pasos por detrás. Así, por una vez, podré viajar tranquila.

Seizō no fue capaz de negarse, pero al mismo tiempo que claudicaba ante las súplicas, supo que estaba cometiendo un error del que se arrepentiría más pronto que tarde.

Capítulo 35

Fuego y veneno

Cuando la dama Sakura concluyó su historia, una suave sonrisa se insinuó en sus labios. El maestro Inafune había mantenido la compostura durante la mayor parte del relato, pero ya apenas podía sostenerse sentado sobre las rodillas y terminó por clavar los puños en el suelo, tratando de no desplomarse.

La mujer se acercó a él y, con dedos dulces, le retiró el cabello de la frente empapada en sudor.

—Déjese llevar, maestro Inafune. La muerte puede ser liberadora si uno se entrega a su abrazo.

Ekei levantó la cabeza y buscó los ojos de su asesina. Tenía el rostro transido por el dolor, su corazón latía desbocado y apenas podía enfocar la vista, pero en sus ojos ardía una determinación que nada tenía que ver con la de alguien que se entrega a la muerte.

Apartó con la mano la caricia de aquella mujer, tan repugnante como su veneno, pero ella se limitó a ponerse en pie con una risa lánguida. Giró en torno al médico, como el zorro que se relame junto a su presa.

—¿Sabe? Desde un principio intuí que nos traería problemas, incluso desde antes de conocerle. Cuando supimos que un misterioso forastero había curado a Torakusu Yamada de un mal que ni sus propios médicos sabían diagnosticar, llamó nuestra atención. —Sakura hablaba con voz calma, como si su interlocutor no luchara por su vida—. Comenzamos a investigarle, pero su pasado resultó ser bastante insondable. Había ocultado muy bien su rastro, como solo un auténtico maestro podría hacerlo. Pero este hecho era una prueba en sí mismo de que usted no era quien decía ser; al fin y al cabo, ¿qué clase de médico es capaz de borrar de semejante forma las huellas de su pasado? Yo se lo diré: uno cuya auténtica labor no es sanar, sino mentir y engañar.

»Aún no sé cómo pudieron ser tan estúpidos. El misterioso salvador que llega a Fukui pocos días antes de que el gran señor caiga enfermo de un extraño mal que, precisamente, solo él puede tratar. Debo reconocer que no he logrado averiguar cómo lo hizo, pero usted y yo sabemos que tales casualidades no existen, ¿no es cierto? Precisamente por eso se encuentra aquí.

Sakura se arrodilló junto a él y le obligó a levantar la cabeza tirándole del cabello con crueldad.

—Maese Inafune, usted es como yo, un embaucador que se vale de mentiras y artificios para alcanzar sus fines. Es normal que llamara poderosamente nuestra atención: ¿qué hacía alguien así pisando nuestro terreno? ¿Quién le había enviado? El Tejedor removió cielo y tierra hasta que finalmente encontró un hilo del que tirar. ¡Oh, sí! Él sabe quién es en realidad Ekei Inafune —siseó en su oído—, y me ordenó que lo llevara ante él, que no lo matara, pues al parecer tiene viejos asuntos que tratar con usted. Pero son asuntos que quedarán sin resolver, porque ahora no es más que un cadáver a mis pies. La infusión que he preparado posee una concentración de veneno mucho mayor que la que ayer serví a su señor; él la bebió de mi boca y la lamió sobre mis pechos; usted, sin embargo, es tan estúpido que se ha prestado a beberla de un simple cuenco. No comprendo por qué el Tejedor tiene tanto interés en alguien tan iluso.

Dejó caer la cabeza de su víctima y se puso en pie. Ekei continuaba de rodillas, apoyado sobre las manos abiertas, luchando contra las oleadas de náuseas que le golpeaban una y otra vez el vientre. Pero en su estómago no había nada que vomitar, el breve sorbo de veneno que había tomado había entrado en su sangre hacía tiempo.

—¿Sabes por qué he desobedecido a mi maestro, por qué he decidido matarte? —preguntó la asesina, hablando desde las vísceras, olvidando su impostado lenguaje cortesano—. Porque me rechazaste, y nadie me ha rechazado jamás, ¡ningún hombre! —le increpó con una vanidad infantil.

—Puede que tus encantos medren, señal de que te estás haciendo vieja.

Sorprendida, Sakura fijó la vista en el hombre postrado ante ella.

—¿Aún tienes fuerzas para la insolencia?

—No solo para eso —musitó el médico.

Con dificultad, Ekei comenzó a levantarse, sobreponiéndose al dolor y las náuseas. Su rostro estaba cubierto por una pátina de sudor y su respiración era entrecortada, pero seguía vivo. Sakura comprendió que había divagado en exceso; no sabía cuánto tiempo había transcurrido en realidad, pues el camarote de su barcaza estaba completamente sellado y no se podía ver el firmamento, pero probablemente aquel hombre debería haber muerto hacía tiempo.

—¿Cómo es posible que continúes vivo? —preguntó casi contrariada.

—No esperarás… que me enfrente a una envenenadora sin tomar mis precauciones.

Mientras decía esto, el médico se alejaba lentamente hacía la puerta. Pretendía escapar, comprendió la asesina, que se abalanzó sobre él al instante. Ekei intentó apartarse, pero sus piernas continuaban muy débiles; ella lo golpeó en el estómago y le hizo hincar de nuevo las rodillas. Antes de que pudiera reaccionar, Sakura desprendió el hilo de plata que bordaba la manga de su kimono y lo pasó bajo la barbilla de Ekei con dos vueltas en torno al cuello. Se colocó a su espalda y tensó sin compasión.

De rodillas, el médico trató de agarrar los brazos de la estranguladora, pero Sakura basculó a un lado y a otro, eludiendo sus manos sin dificultad mientras tiraba aún con más fuerza. La vista comenzaba a oscurecérsele y las piernas parecían desvanecerse bajo su peso; la falta de aire le haría perder el conocimiento en breve, y entonces moriría sin remedio. Impotente, manoteó una última vez intentando zafarse del abrazo de la muerte, pero este era implacable.

Poco a poco, una balsámica resignación pareció apoderarse de su espíritu, y el mundo comenzó a sumirse en la última noche que debería conocer Ekei Inafune. La cálida oscuridad lo envolvía todo, ya solo brillaban ante él las brasas en las que su asesina había calentado el veneno que le había servido. La misma luz que guiaba a los muertos hacia el mundo de los vivos le acompañaría a él en el tránsito opuesto. «La luz», repitió débilmente, su mente a punto de extinguirse..., y se dejó caer hacia delante, las piernas incapaces ya de sostenerle. La dama Sakura acompañó su caída con suavidad, consolándole entre sus brazos, y mientras el suelo acudía a su encuentro, él alargó la mano hacia la luz hasta que las ascuas le quemaron los dedos y se estremeció de dolor. Súbitamente, como si la punzada le hubiera insuflado un último hálito, agarró el brasero, ignorando su ardiente contacto, y lo lanzó hacia atrás.

El fuego prendió rápidamente sobre el kimono de Sakura. Solo entonces la mujer se apartó de él, gritando desesperada mientras las llamas le lamían la piel como el más apasionado de sus amantes.

La posibilidad de salir de allí con vida restalló en la mente de Ekei, que, ansioso, deslizó los dedos bajo el hilo de plata y se lo arrancó del cuello. Se golpeó el pecho hasta que consiguió boquear, obligando al aire a bajar de nuevo por su garganta. Tardó un instante en recuperar el resuello; cuando por fin pudo incorporarse, las llamas habían prendido en la barcaza. Sin apenas tiempo, se precipitó hacia la salida y Sakura corrió tras él, arrancándose las ropas en un intento de deshacerse del hambriento abrazo de las llamas.

Ekei cayó sobre el embarcadero y rodó por el suelo de madera. Logró ponerse en pie y emprender una trastabillada huida. En las barcazas de alrededor comenzaron a asomarse hombres con rostros alarmados y espadas desenvainadas. Guardaespaldas, comprendió; solo esperaba que la confusión le diera cierta ventaja. No tardó en escuchar tras de sí los aullidos de Sakura; miró por encima del hombro y la vio danzar con el fuego, retorciéndose, aleteando como una gaviota zarandeada por la tormenta, hasta que alguien la arrojó al agua. Después el embarcadero vibró bajo los pasos que se lanzaban en su persecución.

Sabía que no podría escapar, se encontraba demasiado débil, cada bocanada de aire le quemaba la garganta; aun así huyó hacia las callejas que rodeaban el muelle, su único refugio posible. Quizás allí pudiera encontrar algún lugar oscuro donde ocultarse y descansar. Intentar sobrevivir al veneno. Ahora sabía demasiadas cosas para rendirse; la mujer le había desvelado como ciertas lo que hasta entonces no eran más que conjeturas.

Pero, de improviso, un golpe seco en el pecho lo detuvo. Se sintió suspendido en el aire, cayendo hacia un cielo sin estrellas. Ni siquiera notó el impacto contra el suelo. «Yo me encargo de él», escuchó decir a una voz, mientras se entregaba al enfermizo sopor del veneno.

* * *

A la vista de los acontecimientos, Susumu Yamada sería daimio muy pronto, quizás aquella misma noche, pero nadie se atrevía a dirigirle la palabra, intimidados por la máscara inexpresiva que cubría su rostro desde que le anunciaran la gravedad de su padre. Se encontraba asomado a una de las terrazas de sus aposentos, anclada a la imponente torre de piedras negras, con la mirada perdida en la gran ciudad de Fukui y las tierras que se extendían más allá.

—*O-tono*, debe reunir a sus generales —dijo una voz a su espalda.

Susumu no necesitó volver la vista para saber que quien le hablaba era Yoritomo Endo, el general de más alto rango de su padre.

—No me llames así. Mi padre aún no ha muerto.

Su interlocutor dio un paso al frente y se situó junto a él. A la luz de la luna, el joven caudillo pudo observar que el samurái vestía su armadura de guerra y portaba el casco bajo el brazo.

—Es cierto, mi señor. Aún no ha muerto, pero su llama se extingue poco a poco, y cuando el gran Torakusu Yamada muera, nuestro clan se encontrará en su momento de mayor debilidad. Debemos anticiparnos a nuestros enemigos; convoque a los generales y reúna al ejército. Su obligación es preservar lo que su padre tan duramente ha construido.

Un escalofrío recorrió los hombros atribulados de Susumu, y cuando por fin se dio la vuelta, Yoritomo observó que sus mejillas estaban húmedas por las lágrimas, aunque su semblante permanecía inexpresivo.

—Mi padre aún no ha muerto —repitió—, y tú me pides que, cuando libra su más difícil batalla, aproveche su ausencia para arrebatarle su ejército y acometer una guerra a la que se ha opuesto hasta el último aliento. ¿Acaso crees que soy un perro oportunista? ¿Tan indigno de mi nombre me consideras?

El samurái dio un paso atrás, fustigado por las palabras del joven.

—Mi señor…, hablo por lealtad hacia su casa, solo le pido que estemos preparados para lo que pueda acontecer.

—¡Silencio, general! Es evidente que tenemos un concepto bien distinto de lo que es la lealtad. Ahora retírate. No quiero volver a escuchar hablar de guerras mientras mi padre lucha por su vida.

—Como desee. Estaré a su disposición cuando reclame mi presencia —se despidió Yoritomo con forzada cortesía, la mandíbula tensa por el menosprecio al que había sido sometido por un hombre treinta años más joven que él.

Mientras cruzaba la estancia a oscuras, se tranquilizó diciéndose que había hecho cuanto estaba en su mano. Nada de lo que le ocurriera ya a la familia Yamada sería responsabilidad suya.

* * *

Ekei sintió unos dedos que recorrían su mejilla con suavidad, como una tímida caricia, antes de hacerle girar la cabeza con cuidado. Acto seguido, un paño humedecido en agua fresca besó sus labios, su frente y su cuello marcado por el hilo de plata. Entreabrió los ojos con dificultad, pero la luz le hacía daño, así que volvió a cerrarlos. Los dedos regresaron a él, le retiraron el cabello de la frente y le abrieron el cuello del kimono para poder refrescarle el pecho.

—Ahora comprendo por qué todos mis pacientes la prefieren a usted —susurró con los ojos cerrados.

Los dedos se retiraron súbitamente, y cuando Ekei volvió a mirar, vislumbró con más claridad la figura de O-Ine, la mano con la que hasta ahora lo enjugaba posada sobre la boca, sorprendida. Su expresión se debatía entre el enojo por el inapropiado comentario y el alivio que sentía al escucharlo hablar.

—¿Cuánto lleva despierto? —preguntó con incomodidad.

—Solo un instante —la tranquilizó Ekei—. No quise interrumpirla mientras atendía a su paciente.

—Mi paciente ya no precisa de mis cuidados —dijo O-Ine mientras se ponía en pie—, ya apenas tiene fiebre.

—Espere —le rogó él, con la voz aún ronca por el estrangulamiento—. Cuénteme qué ha sucedido, ¿cómo he llegado hasta aquí?

—¿No recuerda nada?

Ekei negó con la cabeza.

—Recuerdo correr junto al canal, huir del embarcadero en llamas. Nada más.

Ella lo contempló un instante con curiosidad, antes de volver a arrodillarse para exprimir el paño sobre el cuenco de agua.

—El caballero Hikura le sacó de allí. Tras venir a informarme de sus sospechas, se dirigió al río con otros hombres en su busca. Nunca debería haber ido solo.

—No había tiempo. Entonces… ¿su señoría aún vive?

O-Ine asintió. Aunque parecía exhausta, en sus ojos brillaba algo parecido a un sentimiento de triunfo.

—El señor Yamada se recupera en sus dependencias. —Y adoptando una expresión solemne, añadió—: Me veo obligada a darle las gracias y a disculparme por mi actitud.

Acompañó sus palabras con una reverencia, pero el gesto de maese Inafune hizo evidente que era necesaria una explicación.

—Quiero pensar que no he sido justa con usted durante todos estos meses.

—¿Por qué dice tal cosa?

—Desde un principio, desconfié de su presencia en el castillo a pesar de haber curado a su señoría. Bien es cierto que obtuvo un importante beneficio a cambio de sus servicios…, quizás desproporcionado, pero no puedo culparle de tal cosa. Después ayudó a mi padre en el amargo trance de una larga enfermedad. Lo hizo con veneración y respeto, como lo haría un hijo, sin esperar nada a cambio, y gracias a sus conocimientos mi padre sufrió mucho menos. Solo un necio lo negaría. Y ahora ha puesto su vida en riesgo para salvar la de su señoría. Sin la información que obtuvo, jamás podríamos haber combatido el veneno.

—¿Cómo es posible? Perdí el conocimiento sobre las tablas del embarcadero y hasta ahora no he recuperado la conciencia.

—Durante el duermevela no paraba de mascullar sobre el veneno en las semillas del cerezo. Lo repetía una y otra vez mientras le atendíamos. También murmuró otras cosas sin sentido, nombres que parecían atormentarle, nombres como Ikeda. ¿Le dice algo todo esto?

—Me suena a los desvaríos de un enfermo. —Ekei negó lentamente con la cabeza, como si hiciera un esfuerzo por escrutar las brumas de su memoria.

—Sin embargo, tenía razón en lo de las semillas de cerezo. Acudí a la biblioteca de mi padre. ¡Él y su bendita manía de registrarlo todo! En uno de sus tratados sobre drogas se mencionaba el veneno que se puede destilar de la semilla de cerezo y la manera de contrarrestarlo con diversos antídotos. Así salvamos la vida de su señoría. Y la suya.

—Entonces no fui yo quien le salvó, sino el maestro Itoo —dijo Ekei, que ya volvía a cerrar los ojos.

Mientras se iba adormeciendo, se reconfortó con el pensamiento de que, al menos, no todo había sido en vano. Esta vez su sueño fue profundo y reparador, acunado por el eco de los dedos de O-Ine sobre su piel.

* * *

Sakura hincó una rodilla en el suelo de piedra de la caverna. El aire allí dentro era opresivo, caldeado por el fuego de las antorchas ancladas en la roca viva y enrarecido por la humedad de la montaña. Bajo el kimono tenía el cuerpo cubierto de gasas, impregnadas de un ungüento que supuestamente debía aliviar el tremendo dolor que le provocaban las quemaduras. Se había tenido que cortar el pelo como un hombre, pues las llamas habían devorado su hermosa cabellera, pero al menos le habían respetado el rostro, que continuaba frío y suave como la porcelana.

Solo cuando su maestro le dirigió la palabra, osó levantar la cabeza.

—Me has decepcionado profundamente, Sakura. Te creía mejor. —El reproche por boca del demonio le dolió casi tanto como las quemaduras que laceraban su piel.

—Maestro, intenté seguir vuestras órdenes. Pero sabéis bien que es difícil dosificar algunos venenos para que no sean mortales. Usé menos cantidad de la habitual para intentar traéroslo con vida, pero su cuerpo toleró bien la sustancia y logró escapar.

El enmascarado guardó un largo silencio que restalló en los oídos de Sakura. Su mirada la hacía sentir pequeña y miserable.

—Tu fracaso ha sido absoluto. Inafune no solo ha escapado, sino que Torakusu Yamada continúa con vida. El daño que nos has ocasionado es difícil de concebir.

—¡Por favor! —rogó la mujer con voz lastimera—. Dejad que corrija mi error. Acabaré con el médico y con el daimio. Dadme una segunda oportunidad.

—¿Otra oportunidad? Torakusu ya es intocable. Ahora saben que alguien ha intentado asesinarle, no le dejarán ni a sol ni a sombra. Es imposible acabar con él. Y la vida del médico nunca fue nuestro objetivo. Lo quiero con vida.

—¿Con vida? —masculló la mujer y, abandonando toda prudencia, se puso en pie y se abrió el kimono dejando que se deslizara hasta el suelo. El contorno de su cuerpo quedó al desnudo, cubierto solo por los vendajes—. Observad lo que me ha hecho. Me ha marcado para siempre, me ha convertido en un monstruo.

—Al menos tu rostro sigue intacto —dijo él, como si la ira de la mujer careciera de importancia.

—El rostro —repitió ella—, ¿de qué me servirá cuando los hombres, al verme desnuda, aparten los ojos repugnados? Juro que mataré a Ekei Inafune.

—No, no lo harás. Volverás a Edo y allí esperarás órdenes. Y si me desobedeces, serás tú la que vuelva el rostro repugnada al ver tu propio reflejo, créeme. El fuego puede hacerle cosas mucho peores a la carne de una mujer.

Ella guardó silencio, los puños crispados.

—Por favor, permítame al menos continuar aquí. Conseguiré matar al viejo león.

—Es demasiado arriesgado —negó él lentamente—. No, cambiaremos nuestra forma de proceder. Yo mismo me haré cargo. Si no conseguimos que el belicoso hijo ocupe el lugar del padre, haremos que sea el propio Torakusu Yamada el que clame por ir a la guerra.

Capítulo 36

La sabiduría de Aoi

Durante la primera jornada, Seizō y Aoi viajaron juntos pero sin dirigirse la palabra. La muchacha le seguía a varios pasos de distancia, pisando donde él pisaba, descansando donde él descansaba, bebiendo agua de los mismos arroyos. En algunos momentos el guerrero dejaba de escucharla a su espalda, y por un instante creía que se había perdido en alguna bifurcación o que, simplemente, se había hartado de su antipático silencio. Pero cuando echaba la vista atrás, allí seguía: obstinada e incansable.

La situación resultaba sumamente incómoda para Seizō. No quería echarla de su lado, pues había sido él quien había aceptado compartir camino durante unos días, pero según avanzaba la jornada, se le hacía más y más difícil sostener ese silencio absurdo. Claro que tampoco habría sabido de qué hablar con aquella muchacha de cuerpo menudo y mirada clara. Además, estaba el hecho de que en más de una ocasión ella le había sorprendido mientras la contemplaba de soslayo, bien cuando descansaban a orillas de la senda, bien cuando se detenían junto a un riachuelo para rellenar las cantimploras. Aoi se había limitado a sonreír y apartar la vista, pero él se sentía profundamente turbado, sin saber muy bien por qué sus ojos acudían a ella cada vez que la joven parecía distraída.

Al caer la tarde, Seizō decidió acampar al refugio de una arboleda de almendros. Recogió ramas secas y alumbró un pequeño fuego con el que ambos podrían calentarse cuando la noche refrescara. Y así, en silencio, cenaron alrededor de la hoguera. No fue hasta que se dieron por satisfechos que ella decidió romper aquel silencio que había durado demasiado.

—¿Hacia dónde viaja, caballero Seizō?

—No me llames así. Debemos tener casi la misma edad.

—Pero usted es un samurái, aunque no tenga señor al que servir, y yo soy una simple muchacha que se gana la vida como puede.

—Todos en el camino nos ganamos la vida como podemos. Dejemos la ceremonia a un lado, no merezco más dignidad que tú o que cualquier otro con el que nos hayamos cruzado hoy.

Ella le miró durante un instante, sopesando si sus palabras eran sinceras.

—Es una idea extraña para alguien que porta la *daisho*.

La mirada de Seizō bajó hasta las espadas, que descansaban a su lado.

—Puede que sea cierto. Pero he tenido una vida extraña, quizás eso lo explique.

Aoi asintió con una sonrisa.

—Dime entonces, ¿hacia dónde vas?

Su respuesta no fue inmediata.

—Estoy realizando el peregrinaje del guerrero. Espero pulir mi técnica y mi espíritu a través de este viaje.

—Debe ser difícil vivir así —observó la muchacha—, despertar cada día sin saber si llegarás a ver anochecer. ¿Por qué lo haces?

—Mi padre era un samurái rural —improvisó Seizō—, sin apenas posesiones y con un estipendio que solo nos alcanzaba para malvivir. Pero si logro distinguirme en el arte de la espada, podré entrar al servicio de un gran señor, o que alguna escuela importante me acepte como discípulo. Entonces podré prestigiar el nombre de mi casa y ascender socialmente.

—¿Ves? Al fin y al cabo, tus ideas no son tan extrañas. Para los samuráis, todo gira en torno a la espada y la posición social.

—¿Y tú? —preguntó Seizō para cambiar de tema, pues no le agradaba mentir—. ¿Cómo te ganas la vida?

—Soy costurera —señaló ella con orgullo—. Mi abuela me enseñó el oficio y me dejó una caja de costura por toda herencia, así que ahora recorro los pueblos y aldeas que están en vísperas de celebraciones. Los días previos a los festivales la gente saca sus kimonos más alegres del arcón, y es entonces cuando descubren que necesitan arreglos y zurcidos. En ese momento entro yo en escena; por unas pocas monedas de cobre soy capaz de arreglar cualquier *yukata* para que las doncellas puedan presumir durante el *Obon** —aseguró con jovialidad.

Aquella noche Seizō se contagió de la sonrisa fácil de Aoi, de su carácter alegre y despreocupado, pese a las muchas dificultades que debía conllevar su estilo de vida. Sabía que no era correcto, pero le agradaba compartir la jornada con alguien que recorría un camino tan distinto al suyo en la vida.

* * *

Dos jornadas después, ambos llegaron a la villa de Funo, al norte de la provincia de Bingo. Seizō se sentó a la sombra de uno de los puentes que zurcían aquel pequeño pueblo atravesado por un afluente del río Enokawa. Desde allí observó cómo Aoi recorría las casas levantadas a ambos márgenes del canal, entregando en cada puerta una hojilla donde figuraba su nombre y los servicios de costura que prestaba. Cada noche rellenaba aquellos pedazos de papel con un fino pincel y tinta aguada. «Cuantos más entregue al llegar a Funo, más posibilidades de que reclamen mis servicios», le dijo mientras se esforzaba en repetir una y otra vez los mismos trazos a la luz de la hoguera. Según le explicó, ella ni siquiera sabía leer, se limitaba a repetir los *kanjis* que, en una ocasión, un bonzo tuvo la amabilidad de transcribirle. «Ya me los sé de memoria, pero es lo único que sé escribir».

La muchacha le explicó que permanecería allí durante tres días antes de proseguir viaje hacia Takahashi; Seizō, por su parte, se dirigía aún más al este, hacia la provincia de Harima. Acordaron separarse en Takahashi; hasta entonces, Seizō accedió a esperar a que Aoi concluyera sus negocios en la villa de Funo. Quizás estuviera siendo demasiado amable, pero nada le apremiaba y lo cierto es que, durante las jornadas que había permanecido junto a la costurera, su carga había resultado mucho más llevadera.

---

* *Obon:* festividad tradicional budista celebrada el decimoquinto día del séptimo mes del calendario lunar, durante la cual se recuerda a los difuntos. Tiene un carácter alegre y melancólico a un tiempo, pues es una fiesta de reencuentro en la que los espíritus de los seres queridos fallecidos regresan durante unos días con sus familias.

Cuando Aoi concluyó el reparto de sus octavillas, los dos jóvenes se distrajeron paseando por la villa mientras contemplaban los preparativos del *Obon:* algunos vendedores ambulantes habían llegado antes que ellos a Funo y ya ofrecían sus dulces y encurtidos a los paseantes; se levantaban postes pintados de los que pendían largas banderolas para decorar las calles, y las ancianas colgaban junto a las puertas los farolillos que deberían guiar a los difuntos de regreso al hogar familiar. Una serena alegría flotaba aquella noche sobre la villa y, tras cenar junto al canal, Seizō invitó a su acompañante a unos dulces de harina de arroz que compró en un puesto itinerante.

—Quiero que me duren toda la noche —comentó Aoi, que saboreaba a pequeños mordiscos los dulces ensartados en un palillo—. Hacía tanto que no probaba el *dango* que ya ni recordaba su sabor.

Seizō la observó divertido, y terminó por invitarla a otra ración mientras comentaba que nunca había conocido a nadie a quien se pudiera hacer tan feliz con tan solo tres monedas de cobre.

Aquella noche durmieron a la intemperie, junto a las pilastras del puente, y al día siguiente Aoi recorrió las casas donde había dejado su hojilla y recogió las prendas que le iban entregando para arreglar. Antes del mediodía ya había acumulado una considerable pila de ropa sobre una esterilla extendida junto a Seizō; mientras, él se distraía con el trasiego de visitantes que llegaban a la villa con motivo del *Obon*.

Tras almorzar, la muchacha sacó de su alforja una larga funda de cuero y desató el nudo que la mantenía enrollada. A medida que la iba desplegando, Seizō pudo observar las herramientas de trabajo de Aoi, distribuidas en pequeños bolsillos: una amplia colección de agujas y alfileres, algunos tan largos como puñales; afiladas cuchillas para cortar tela; hilos de distinto grosor y resistencia; retazos y ovillos de tela... Todo aquello cabía en la funda, que parecía no tener fin. Durante el resto de la tarde la joven se dedicó a zurcir rotos, reforzar costuras, disimular remiendos y bordar mangas. Fue una jornada agotadora que no concluyó hasta bien entrada la noche, pues debía tenerlo todo listo para el día siguiente.

Cuando Aoi por fin dio por concluida su labor, Seizō le sorprendió regalándole unas *warajis*. Ella observó las sandalias sin comprender muy bien el motivo.

—Siempre viene bien tener un par de repuesto —dijo el samurái por toda explicación.

—¿Cuándo las has comprado? Has estado todo el rato aquí, sentado a orillas del río.

—No eres la única que se da maña con las manos. Las he hecho mientras trabajabas. —Era evidente que ella no terminaba de creérselo, así que añadió—: Hace tiempo que aprendí a trenzarlas, por eso llevo siempre un ovillo de caña en la bolsa, nunca se sabe cuándo puedes perder una. Además, mientras las hago consigo no pensar en nada más.

Ella aceptó el presente no sin cierta sorpresa. Nunca creyó que pudiera conocer a un samurái, *ronin* o no, que supiera trenzar *warajis*, y mucho menos que se tomara la molestia de hacer unas para ella. Las guardó en su alforja dándole las gracias.

—Me has permitido viajar a tu amparo, retrasas tu marcha para acompañarme hasta Takahashi, me invitas a *dango* y me regalas unas *warajis*. Eres demasiado cortés conmigo, permíteme hacer algo por ti, lo que sea.

—No hago esto porque espere algo a cambio —dijo Seizō—. Simplemente, intento equilibrar en cierto modo mis actos. Quiero pensar que si soy capaz de ayudar a las personas que se lo merecen, quizás conserve algo de humanidad.

Aoi recordó a los cinco hombres que había matado algunos días antes, la facilidad con que él había cercenado sus vidas, y volvió a estremecerse como aquella mañana.

—Pero tú no eres malvado. Tus actos te atormentan, no te resultan indiferentes, y eso demuestra que no eres un hombre cruel.

—Tarde o temprano dejarán de afectarme.

—Pero aún no eres ese hombre —dijo ella tomándole de la mano.

Seizō la miró con los mismos ojos con que la observaba furtivamente durante el camino, pero esta vez no apartó la mirada, sino que se perdió en su contemplación. Se sentía atraído por su discreta belleza, que exigía contemplarla por segunda vez para reparar en lo verdaderamente bonita que era, por su alegría frente a la adversidad, por ser sabia pese a su inocencia…, y aun así, retiró la mano y se dio la vuelta.

—Será mejor que vayamos a dormir —dijo finalmente—, mañana será un día largo.

* * *

Aoi pasó la mañana entregando todos los encargos que le habían realizado, y regresó al puente con una bolsa llena de monedas de cobre. Sin más faena pendiente, se dedicaron a pasear por la orilla del canal entre muchachas que vestían hermosos kimonos de colores desinhibidos, a observar a los artistas ambulantes y a disfrutar de las danzas en honor de los muertos. Al caer la noche, se dirigieron en procesión al río con el resto del pueblo y observaron en respetuoso silencio cómo la gente de Funo encendía las lámparas de papel que iban depositando sobre las tranquilas aguas, una por cada difunto cuyo espíritu retornaría aquella noche al mundo de los muertos.

De regreso a la villa, Aoi sugirió dormir bajo techo.

—La posada a la entrada de la villa parece un buen local —dijo la muchacha—, y tengo el dinero que he ganado cosiendo. Pagaré la estancia y la cena, así compensaré parte de lo que has hecho por mí.

—No puedo aceptarlo.

Pero ella insistió y se mantuvo firme.

En la posada el ambiente aún era jovial y festivo entre los parroquianos que no habían acudido a la despedida de los difuntos. Esa debía ser una de las noches del año en que el negocio se encontraba más concurrido, por lo que había allí no menos de sesenta personas que, en mayor o menor medida, parecían felices y borrachas.

Seizō se abrió paso entre campesinos, samuráis de paso, mercaderes, artistas ambulantes, vivanderas y algún que otro bonzo. Seguido de cerca por Aoi, logró llegar hasta el posadero y llamar su atención.

—Supongo que desea una habitación para usted y su esposa.

—No. Quiero dos habitaciones contiguas pero separadas. Y que nos sirva la cena.

El hombre enarcó una ceja, como si no comprendiera muy bien por qué alguien no querría dormir con aquella bonita muchacha; por supuesto, se abstuvo de hacer comentario alguno.

—Serán diez *shu* por todo, pero deberán esperar un buen rato por la cena. Fíjese cómo está la posada.

—Me parece bien —dijo Seizō, y pagó por adelantado las diez monedas de plata.

Al volverse, se encontró de frente con Aoi, que parecía hasta cierto punto desilusionada.

—¿Por qué no me has permitido arreglar las cosas con el posadero?

—No iba a permitir que pagaras la cuenta. He visto cuánto te cuesta ganar las pocas monedas que tienes, y yo aún guardo la mayoría del dinero con que emprendí mi viaje.

Ella se dio la vuelta malhumorada, pero Seizō tuvo la impresión de que no era el hecho de que él pagara la cuenta lo que más la había molestado. Encogiéndose de hombros, la siguió hasta una de las pocas mesas que quedaban libres en la planta baja, próxima a la puerta. Se sentaron y aguardaron a que les trajeran la cena, y mientras tanto, se distrajeron observando lo que sucedía a su alrededor: unos campesinos entonaban canciones obscenas al calor del sake, algunos samuráis jugaban a los dados, una mujer bailaba sobre las mesas acompañada por palmadas ebrias, mientras otros parroquianos perseguían a las muchachas que se escabullían entre risas de las manos que intentaban deslizarles bajo el kimono.

A ambos les llamó especialmente la atención un apretado grupo de personas que rodeaba un cajón en el que un muchacho de no más de diez años hacía girar tres trompos. Seizō no comprendía lo que allí sucedía, así que se puso de pie, intrigado, y se aproximó unos pasos.

El chico hacía bailar las peonzas sobre tres platos para que no rodaran fuera: uno rojo, otro azul y otro amarillo; y mientras daban vueltas en su vertiginosa danza, la concurrencia apostaba cuál de los tres trompos se detendría antes. «¡Azul, amarillo, azul, rojo!», se escuchaba gritar, mientras iban dando sus monedas al chico que, a cambio, les entregaba a los apostantes una pieza de madera pintada del color correspondiente. Las peonzas giraban y giraban alimentando con su inercia la ansiedad de los jugadores, y cuando ya parecía que jamás se detendrían, comenzaban a perder velocidad hasta que, finalmente, una se tambaleaba y rodaba sobre el plato de barro. Entonces algunos aullaban de placer, otros se echaban las manos a la cabeza, y los arruinados gemían desconsolados como niños.

Seizō pronto perdió interés en el juego y se dedicó a estudiar a los jugadores. Los había de toda clase y condición: algunos jugaban por diversión, otros porque necesitaban el dinero y cometían el error de fiar su desesperación al azar, y otros, simplemente, eran curiosos que no pensaban arriesgar ni una sola moneda. Aunque quien más atrapó su atención fue un hombre grueso y casi calvo, de nariz aplastada y mirada atenta, que apoyaba el hombro contra uno de los pilares de madera de la posada. Observaba la escena desde un rincón, cruzado de brazos y asintiendo esporádicamente con deleite. Nadie reparaba en él, pues se encontraba detrás del todo, apartado del nutrido grupo de jugadores que solo tenía ojos para la danza de las tres peonzas.

Alguien dijo al oído de Seizō:

—No te juegues tu dinero, es un engaño.

Frunció el ceño y miró por encima del hombro a Aoi, que se había acercado hasta allí solo para susurrarle aquel consejo.

—No pensaba hacerlo. Solo un necio lo haría: hay el doble de oportunidades de perder que de ganar. Pero ¿por qué dices que es un engaño?

—El niño cuenta el dinero que ha recaudado, y entonces hace que caiga en primer lugar la peonza por la que menos dinero se ha apostado. Así gana siempre.

—¿Cómo es eso posible? —preguntó Seizō descreído, y volvió a mirar los trompos de madera, que giraban tan rápido que parecían flotar sobre los platos—. No los toca en ningún momento, solo cuando los lanza.

Aoi sonrió ante su credulidad.

—Hay tantas cosas que no sabes —murmuró.

—Ahórrame tu condescendencia y, si eres tan lista, explícame cómo lo hace —dijo Seizō, malhumorado.

—¿Por qué crees que los platos están colocados sobre un cajón y no sobre una simple mesa? Bajo el cajón hay tres pedales, cada uno levanta un pequeño resorte de madera colocado bajo los platos. Solo un poco, es algo imperceptible, pero el plato se levanta brevemente, lo justo para desestabilizar la peonza que gira encima.

Seizō se concentró en los platos, los miró atentamente, pero ni aun así consiguió detectar el supuesto artificio.

—¿Cómo sabes de estas cosas? Creí que eras una costurera.

—Cuando llevas años viviendo en los caminos, ganándote la vida con esto y con lo otro, aprendes ciertas cosas aunque no quieras. Es una cuestión de supervivencia. Solo los pobres campesinos que nunca han abandonado sus aldeas, o los samuráis, tan engreídos que creen que nadie osaría engañarlos, son presa fácil de estos juegos.

A Seizō no le gustó el comentario.

—Hablas como si la culpa fuera de aquellos que son engañados y no del timador.

—Bueno, quizás no todos los samuráis merezcan que les vacíen las bolsas, pero sí una gran mayoría.

—Esto no está bien —musitó Seizō, pero no pudo decir nada más, ya que en ese momento se produjo un tumulto en torno a la mesa.

Los jugadores se apartaron al ser empujados por un *ronin* que vestía ropas de un negro desvaído por el sol.

—¡Pequeña comadreja! —rugió el espadachín a voz en grito, y el silencio se hizo en la posada—. He perdido cinco veces seguidas. ¿De qué manera me estás engañando?

El muchacho había tenido la mala suerte de que el samurái se hubiera jugado siempre sus piezas de cobre a las peonzas que más apuestas reunían.

El *ronin* tumbó de una patada la caja para detener aquel juego que tan caro le estaba costando. Los platos y las peonzas rodaron por el suelo y quedó al descubierto el mecanismo que Aoi había descrito. Algunos no comprendieron lo que aquello significaba, pero otros jugadores señalaron la caja tumbada y murmuraron con el ceño fruncido. Entre los que se percataron del truco se encontraba el malhumorado *ronin* que, al comprobar que su desconfianza estaba legitimada, agarró al muchacho por la muñeca hasta levantarlo en peso. El pequeño estafador tenía el semblante desencajado por el terror, pero aun así no emitió sonido alguno. Fue entonces cuando Seizō comprendió que era mudo, probablemente porque sus amos así lo habían querido.

—Te cortaré esta mano de ladrón que tienes, así aprenderás a no jugármela —dijo al oído del niño, pero todo el mundo pudo escucharlo en el silencio de la sala.

El *ronin* desenfundó la *wakizashi*, cuyo filo reverberó a la luz de las lámparas de aceite. Casi al unísono, unos dedos se clavaron en el brazo de Seizō.

—Si de verdad quieres equilibrar tu *karma* por lo que hiciste el otro día, sálvale la vida a ese niño —le rogó Aoi con voz acuciante, sus ojos implorándole piedad por otro.

Seizō no dijo nada, se limitó a retirarle suavemente la mano del brazo y comenzó a avanzar entre el gentío. Siempre se preguntaría si aquella noche habría intervenido de no ser por la súplica de Aoi. Ella le había arrebatado la oportunidad de saberlo.

Cuando los últimos curiosos se apartaron para dejarle paso, el *ronin* desvió su colérica mirada hacia él.

—¿Qué quieres? ¿A ti también te debe algo esta comadreja?

—Suéltalo —se limitó a decir Seizō.

—¿Cómo has dicho? Creo haber escuchado que me dabas una orden.

—He dicho que lo sueltes.

—Nos ha estado robando a todos.

—Es cierto, pero no por ello es necesario quitarle la vida.

—¿Que no es necesario? —rio divertido el samurái—. Es una simple rata de campo que ha estado metiendo la mano en los bolsillos de esta buena gente. Deberías agradecerme que lo mate. ¿O es que vas a medias con él?

Algunos de los parroquianos asintieron en tono amenazador, pero Seizō los ignoró.

—Es un timador. Ahora lo sabemos y no podrá engañar a nadie más. Lo justo es que todos recuperen su dinero y que lo echen del pueblo. Pero no tiene por qué morir. Es un simple niño, aún tiene tiempo de enmendarse.

—¿Qué mierda me importa a mí su enmienda? Hasta que no le corte el brazo y vea cómo se desangra no me iré a dormir tranquilo.

Sin mediar más palabras, Seizō empuñó su *katana* y desenvainó hasta mostrar dos dedos de acero. Un murmullo contenido recorrió la concurrencia y todos dieron un paso atrás, alejándose de los dos samuráis.

—Suéltale, o el sueño no será lo único que pierdas esta noche.

El *ronin* atisbó los ojos de Seizō, duros como el pedernal pese a su juventud, y a continuación, el acero blanco de su espada. Decidió que no merecía la pena morir por unas cuantas monedas, así que, como el perro que abre sus fauces a desgana, soltó a su presa para que cayera con estrépito al suelo. La mirada del muchacho estaba ahogada en puro pánico, y aún tardó un rato en comprender que se le había perdonado la vida y que debía correr hacia la puerta. Nadie osó detenerle, pues Seizō no había apartado la mano de la empuñadura, los dos dedos de filo aún al descubierto, suficientes para cortar el aliento de todos los allí reunidos. Cuando envainó por completo, los parroquianos esperaron hasta que el otro *ronin* recuperara su dinero, y entonces se abalanzaron sobre las monedas que habían quedado esparcidas por el suelo.

Seizō pasó entre los que corrían en dirección opuesta, ávidos por conseguir alguna moneda ajena. Se dirigió hacia el hombre junto a la columna de madera, que se había mantenido en todo momento tranquilo y en silencio, como si nada de lo que allí sucedía tuviera algo que ver con él.

—Sé que eres el patrón de ese muchacho —dijo Seizō entre dientes—. Eres tú el que se enriquece a su costa.

—¿Y qué si lo sabes? —le espetó el hombre—. ¿Piensas amenazarme a mí también con tu espada?

—No has hecho nada por él, estabas dispuesto a dejar que lo mataran mientras tú observabas desde las sombras.

—Por supuesto que lo habría dejado morir. Hay cientos como él por esta región. Le hice un favor sacándolo de la calle y dándole un oficio, cualquier huérfano querría estar en su lugar. Si no fuera por mí, malviviría, pasaría hambre y robaría. Y tarde o temprano algún *ronin* como tu amigo le sorprendería con la mano en su bolsa, y le cortaría el brazo o la cabeza. Conmigo tiene más oportunidades de llegar vivo al final del día. —El hombre rio con descaro—. Y como él, muchos más en otros tantos pueblos. Soy un hombre de negocios, ¿piensas matarme por ello?

Le habría gustado hacerlo, pero era consciente de hasta dónde podía llegar. Sin energías para discutir contra la cruel lógica de aquel hombre, se limitó a gruñir y a apartarse de él. Cuando regresó a su mesa, Aoi lo esperaba con expresión de alivio.

—Gracias —le dijo cuando tomó asiento.

—Hice lo que debía.

—Aun así, nadie más estaba dispuesto a hacerlo.

—No creo que haya servido de nada. Mañana volverá con su patrón y empezará de nuevo en algún otro pueblo.

—Los *bakuto* son gente peligrosa. Mejor que tu camino no se cruce con ellos —le advirtió la mujer.

—¿De qué sirve, entonces, lo que he hecho?

—Esta noche le has salvado la vida a ese crío, deberías estar satisfecho —le reprochó Aoi—. Pero una cosa es salvar vidas y otra cambiarlas. No pienses que los verdaderos problemas de este mundo se pueden resolver con una espada.

Capítulo 37

Firme como una brizna de hierba

F irme como una brizna de hierba», con ese contrasentido definió en una ocasión el shogún Tokugawa a su vasallo Torakusu Yamada: «Puede ser aplastado por diez mil pies, azotado durante días por el *haru ichiban** o, incluso, ser arrancado de la tierra y lanzado al aire, que volverá a arraigar y alzarse orgulloso hacia el cielo». Aquellas palabras, muy populares en Fukui, acudieron a la mente de Ekei cuando, días después de recuperarse de su encuentro con la dama Sakura, fue llamado a la presencia de su señor.

El daimio le esperaba en sus aposentos, elevado sobre la tarima empleada en las recepciones. A su espalda, abierta de par en par, la terraza asomada a la costa donde habían compartido horas de *go*. En su rostro apenas se averiguaban trazas del veneno que había estado a punto de devorarle una semana antes. Con un gesto de la mano, Torakusu indicó a su médico que podía alzar la cabeza y aproximarse.

—Vuestra mejoría es evidente, *o-tono*.

El viejo respondió con un gruñido quedo, hastiado de que todos elogiaran su aspecto saludable.

—Dígame, maese Inafune, ¿por qué puso su vida en riesgo para salvar la mía?

Lo directo de la pregunta tomó desprevenido a Ekei, que esperaba una conversación más protocolaria, quizás algún agradeci-

---

* *Haru ichiban:* el primer viento de la primavera en Japón, caracterizado por ser violento y huracanado.

miento formal. Pero Torakusu no tenía paciencia para andarse con rodeos, ni la necesidad de hacerlo.

—Eso es lo que se espera de un buen vasallo, *o-tono*.

—Eso es lo que se espera de un samurái, no de un médico. Y aun así, no estoy seguro de que todos y cada uno de mis leales generales estuvieran dispuestos a dar la vida por su señor, como usted mismo osó advertirme.

—Simplemente, hice lo que creí que era mi deber —dijo el médico, casi en tono de disculpa.

—Su deber era permanecer en el castillo a mi lado, intentando curarme en vano hasta que hubiera muerto. Es lo que habría hecho cualquier persona sensata, nadie le habría reprochado nada y su conciencia habría quedado tranquila. Sin embargo, decidió acudir solo a un encuentro que le podría haber costado la vida para descubrir con qué me habían envenenado. ¿Qué clase de médico es usted?

—Uno que hace todo lo posible por salvar la vida de sus pacientes —señaló Ekei con franqueza, sosteniendo la mirada del daimio.

Torakusu volvió a asentir con un gruñido, desplegó su abanico y agitó el aire con violencia. No tenía calor, pero aquel gesto le ayudaba a pensar. Se tomó un instante para meditar su próxima pregunta.

—Dígame, entonces, ¿cómo supo que la ramera de Kioto me había envenenado?

—Fue… una intuición. Desde hacía meses, muchos hombres en Fukui habían enfermado en circunstancias peculiares. Era un mal extraño que solo afectaba a varones de clase social prominente. Entonces supe que vos mismo habíais visto a la dama Sakura la misma noche que caísteis enfermo. No era una certeza, pero creí que ella podía tener algo que ver. Una vez allí, me lo confirmó a su peculiar manera.

—Ya veo —suspiró Torakusu—. La verdad, cuando los bonzos me advertían de que un hombre virtuoso debía huir de los placeres de la carne, siempre pensé que los riesgos a los que se referían eran más… intangibles.

—A veces los bonzos también dan buenos consejos —sonrió el maestro Inafune.

El anciano también esbozó un amago de sonrisa, pero su gesto recuperó pronto la expresión grave. Cerró su abanico y se reclinó hacia delante, inquisitivo:

—Explíqueme algo, ¿qué le llevó a pensar que alguien querría envenenarme? ¿Por qué no estimó, simplemente, que había enfermado como sus otros pacientes?

Ekei no podía contestar abiertamente a semejante pregunta. No podía revelar al señor de Fukui el encuentro entre su primer general, Yoritomo Endo, y el enmascarado con rostro de diablo. Aquello habría desencadenado una tormenta en el seno del clan, o habría logrado que lo crucificaran por difamador y mentiroso, cuando no por espía. Así que debía dar a Torakusu Yamada una explicación satisfactoria, y debía hacerlo rápido y de forma convincente, pues aquel hombre era célebre por su natural desconfianza.

—Siempre sospeché de la enfermedad que afligía a los comerciantes de Fukui —comenzó Ekei con una verdad—. Era difícil de diagnosticar y su propagación resultaba de lo más extraña, tanto como para parecer un caso de envenenamiento. Pero ¿qué sentido tenía envenenar a unos cuantos mercaderes y dejarlos vivos? Sin embargo, cuando usted cayó presa del mismo mal y con tal virulencia… Las casualidades no existen cuando hablamos de un gran señor. La única explicación razonable era el envenenamiento.

—Pero ¿por qué envenenar a esos mercaderes?

—Esa mujer consume veneno a diario, *o-tono*. Según ella misma me explicó, su cuerpo se ha habituado a la sustancia de tal manera que precisa tomarla frecuentemente, así que el veneno corre por su sangre, impregna su saliva, su sudor… Todo su cuerpo destila veneno. Simplemente, no puede evitar enfermar a sus amantes. Y debía tener muchos y de renombre para así ganar la relevancia que llamara la atención del señor de la ciudad.

Torakusu volvió a desplegar su abanico, el ceño fruncido ante un razonamiento sin aparentes fisuras.

—Supongo que hasta que no atrapemos a esa mujer no podremos confirmar sus conjeturas.

—Me temo que ya estará lejos de Fukui.

—Sí, yo también lo creo. Pero alguien pagará por esto, tarde o temprano —juró el viejo Yamada—. Ahora, respóndame: ¿quién cree que puede desear mi muerte?

El maestro Inafune vaciló ante la pregunta.

—Lo desconozco, mi señor. Soy un simple médico.

—Por supuesto —rio, cínico, Torakusu—. Yo tampoco sé quién puede haber enviado a una asesina contra mí. Son muchos a los que he perjudicado a lo largo de mi vida, en ocasiones por pura despreocupación; otras veces, de forma cruel e intencionada. Así que mis enemigos son legión, la mayoría viven en castillos lejanos, pero otros habitan entre estos mismos muros y desconozco sus rostros. Cualquiera de ellos puede haber conspirado para matarme, y probablemente con buenos motivos, he de añadir; por tanto, debo sospechar de todos los que me rodean. Solo puedo saber con certeza que la única persona que no ha intentado envenenarme es aquella que ha hecho todo lo posible por salvar mi vida. ¿Comprende lo que eso significa?

—Creo que no —titubeó Ekei.

—Desde hoy pasará a formar parte de mi consejo personal. Espero que sepa mostrarse digno de tal confianza.

* * *

—Solo el alma de Buda brilla con el esplendor del amanecer —dijo una voz a su espalda.

—Algunos lo pondrían en duda, a la vista de sus retorcidos caminos.

El emisario del clan Shimizu se envaró ante aquella blasfemia, y no porque se tuviera por un hombre especialmente piadoso. Ekei Inafune pudo escuchar cómo su confidente apartaba la capa para aferrar el puño de la espada.

—No dramatice —le tranquilizó el médico—. ¿Quién si no iba a aguardarle en esta cala a una hora tan ridículamente temprana?

—Esto no es ningún juego —respondió el enviado con su consabida impaciencia—. Muchas cosas dependen de las noticias que lleve al señor Shimizu.

—Lo sé mejor que nadie —respondió Inafune, molesto ante la obtusa actitud de su interlocutor. Tantas veces le había esperado junto a aquella orilla, la vista perdida en el horizonte que clareaba, que por puro entretenimiento se había hecho una maliciosa composición mental de su aspecto: lo imaginaba de ojos pequeños y nerviosos, como los de un ratón, mirando siempre a uno y otro lado, sospechando de todo a su alrededor. A la sombra de su nariz, sin duda aplastada y de aspecto porcino, crecería un bigotillo con el que intentaría dotar, con escaso éxito, de un matiz respetable a su rostro.

Pero entonces su confidente volvió a hablar, y su voz profunda desmintió el ridículo retrato que Ekei se había esforzado en componer:

—Si tan consciente es de todo lo que hay en juego, espero que no me haya hecho venir para nada. Estos encuentros ponen en riesgo la vida de los dos.

—Créame si le digo que intento citarme con usted solo cuando es estrictamente necesario. —La mordacidad del comentario pasó inadvertida a su interlocutor, pero Ekei no insistió en buscarle las cosquillas. Esa mañana no estaba de humor para socavar la paciencia de su confidente, así que optó por concluir cuanto antes el encuentro—: Hace unos días intentaron acabar con la vida de Torakusu Yamada, pero pude intervenir para evitarlo.

—¿A qué se refiere?

—Envenenamiento. Es más habitual de lo que parece —dijo Ekei con sarcasmo.

—Me refería a por qué habría hecho usted tal cosa. Está en el castillo como mero observador, nadie le dijo que actuara en un sentido o en otro.

—Estoy convencido de haber obrado correctamente. De no haber intervenido, probablemente hoy estaríamos hablando de noticias aciagas, pues como ya le dije en su momento, Torakusu Yamada es quien mantiene atados a los perros de la guerra que tanto temen los daimios de Echizen y Wakasa. Si el viejo león cae, el conflicto será inevitable, y aquellos que han intentado asesinarle lo saben perfectamente.

—Si nuestro destino es ir a la guerra, es mejor afrontarlo abiertamente.

Ekei Inafune sonrió al escuchar tales palabras.

—Si esa fuera la forma de pensar de su señoría, ninguno de los dos estaríamos aquí —sentenció el médico—. Diga esto a Munisai Shimizu: hay sombras en Fukui que conspiran para que el clan Yamada vaya a la guerra contra los feudos vecinos; pretenden convertir a los Yamada en una herramienta para sus intenciones, aunque desconozco cuáles son. El señor Shimizu debe estar alerta, al igual que han intentado acabar con Torakusu, pueden actuar contra cualquiera de los clanes a los que pretenden implicar en el conflicto.

—Así se lo transmitiré.

—Dígale algo más —añadió Ekei tras meditarlo un instante—: en los próximos días entraré a formar parte del consejo personal de Torakusu Yamada.

—¿Cómo es eso posible? —preguntó el emisario con sincera sorpresa.

—Parece que el daimio está agradecido por mis servicios. A su modo me ha dado a entender que no le contrarió del todo que le salvara la vida.

—He de reconocer que esto supone un avance considerable.

—Quizás. Aun así, sea prudente al transmitir la noticia. Mi situación en Fukui continúa siendo precaria.

—Pero entrará a formar parte del círculo interno del daimio. Podrá conocer de primera mano las decisiones más relevantes que se tomen en el seno del clan, e incluso podrá influir en sus políticas.

—No soy tan optimista. Muchos, por no decir todos, desconfiarán de mi presencia en la sala del consejo. Los asuntos comprometidos se tratarán en los pasillos y los aposentos privados de su señoría, lejos de mis oídos y mi opinión. Creo que, con esto, Torakusu Yamada solo ha conseguido convertir su consejo en una farsa, si no lo es ya.

—Aun así, podrá reunirse a solas con el León de Fukui. Al ser su consejero, no solo su médico, atenderá a lo que le diga.

—¡Oh! Puede que me escuche si está de buen humor. ¿Atenderme? Creo que Torakusu Yamada solo confía en su criterio. Es un viejo obstinado que no se deja manipular, y esa es la razón de que hayan intentado ponerle fin a su vida.

* * *

Las jornadas siguientes transcurrieron con inusitada tranquilidad. El consejo no fue reunido, ya que el daimio aún continuaba convaleciente, aunque no eran pocos los que sospechaban que Torakusu Yamada había encontrado una buena excusa para alejarse durante algún tiempo de la gestión del feudo, harto como se encontraba de las presiones y requerimientos de sus vasallos y generales. Así que, durante días, el *karo* del clan se hizo cargo del normal funcionamiento de la administración, y cualquier decisión relevante quedó aparcada hasta que su señoría decidiera reincorporarse a su actividad cotidiana.

Mientras tanto, Ekei se dedicó a sus responsabilidades como médico de cámara, disfrutando de la nueva consideración que le había valido su forma de proceder en los hechos acontecidos semanas antes. Solo aquellos que lo apreciaban sinceramente le censuraron su temeridad. Fue el caso de Yukie, que aún le recriminaba el que no hubiera solicitado su ayuda; o de O-Ine, que incluso antes de encontrarse recuperado le mortificó recordándole que muchos médicos terminan por creerse inmunes a los males con los que tratan, «pero no son más que personas tan susceptibles de morir como cualquiera de sus pacientes».

Sin embargo, el maestro Inafune echó en falta unos reproches en concreto: los de Asaemon Hikura, a quien no había vuelto a ver desde que acudiera en su ayuda la confusa noche del embarcadero.

Y no volvió a saber de él hasta que, de madrugada, llamaron con impaciencia a sus aposentos. Ekei despertó sobresaltado, solo alguien con malas noticias acude a la puerta de un médico en plena noche. Apartó las colchas, se ajustó el *nemaki*[*] y cruzó el salón con pasos largos. Al deslizar a un lado la puerta, se encontró cara a cara con Asaemon Hikura. No estaba ebrio ni olía a licor, y su rostro reflejaba una gravedad desconocida en aquel hombre.

—Vístete —le ordenó su amigo—. Debes acompañarme.

—¿Qué ocurre? Esto no es normal ni siquiera para ti.

—Esta noche han matado a dos samuráis de la guardia personal de su señoría mientras follaban en un burdel, cerca de los arrabales del puerto. Nos lo han comunicado en cuanto se ha sabido quiénes eran.

—¿Envenenados? —se apresuró a preguntar Ekei.

El samurái negó con la cabeza, su fea cicatriz se torció al esbozar una mueca siniestra.

—Les han abierto el cuello de oreja a oreja, como se degüella a una ternera.

—Sin duda son noticias graves, pero si tus amigos ya han muerto, no entiendo cuál es mi papel en todo esto.

—Quiero que veas los cadáveres antes que nadie. Las putas que estaban con ellos juran por su vida que los mató un *yokai* de boca

---

[*] *Nemaki:* kimono ligero y muy informal usado solo dentro del hogar o para dormir.

cruel que apareció de la nada y que volvió a desvanecerse dejando los cadáveres tras de sí. Las dos dicen lo mismo.

—Nunca he escuchado hablar de espectros que usen cuchillos para degollar a los vivos —dijo el médico, intrigado por el relato de Asaemon—, pero sí de personas ofuscadas por el sake y el terror que ven lo que el miedo les dicta.

Pero los ojos encendidos de Asaemon evidenciaban que aquellas consideraciones no le preocupaban.

—Fantasma o no, seré yo el primero que dé con ese hijo de puta. Y tú me ayudarás.

Capítulo 38

Un largo abrazo de despedida

Aoi abrió los ojos somnolientos y lo primero que vio fue la silueta de Seizō, ya en pie. De espaldas a ella, el samurái apoyaba su hombro contra la corteza de un roble, contemplando el amanecer sobre las colinas desnudas. Por alguna razón, la muchacha supo que aquel instante quedaría prendido en su memoria: jamás olvidaría a aquel joven de espíritu generoso y atormentado, y quiso pensar que en otra vida las cosas podrían haber sido bien distintas. En el silencio de ese extraño mundo que existe solo durante un suspiro, justo en el umbral de la noche que se torna en día, Aoi contempló el alma de Seizō Ikeda retratada contra la luz de la mañana.

—Buenos días —la saludó el guerrero sin volver el rostro, y ella se sobresaltó, pues creía que aquel momento le pertenecía.

—Lo siento —se disculpó Aoi mientras se incorporaba—, no quería retrasarte. Recogeré enseguida y nos pondremos en marcha.

—No te preocupes, la ciudad de Takahashi no se moverá de donde está y mis asuntos no exigen mayor urgencia. He preferido dejarte descansar.

La muchacha se puso en pie y se estiró con las manos las arrugas de su ropa de viaje.

—Prepararé el desayuno y estaremos en camino poco después del amanecer —dijo mientras plegaba la esterilla de caña de arroz sobre la que había dormido—. Debemos aprovechar para viajar ahora que aún no hace mucho calor.

Tras desayunar, abandonaron el bosque en el que habían pernoctado. Había sido la primera noche desde que partieran de Funo, y aún les quedaría pasar una más a la intemperie antes de llegar a Takahashi. Anduvieron durante horas sin descanso, comentando las trivialidades del camino y riendo con algunas de las muchas anécdotas que conocía Aoi, escuchadas a mujeres en baños públicos o a hombres en posadas. Como la mayoría de las historias que corren entre el populacho, casi todas encerraban alguna picardía u obscenidad, más evidente o sutil según la preferencia del narrador, pero Aoi sabía contarlas sin que resultaran groseras en boca de una señorita. A Seizō le habría gustado aportar alguna anécdota apropiada, pero sus historias no eran divertidas, así que prefirió guardar silencio y escuchar los relatos de su compañera de viaje, que se desveló como una hábil narradora.

Mientras cruzaban una llanura bajo el sol del mediodía, rodeados de espigas de *susuki* barridas por el viento estival, Aoi le preguntó:

—¿Conoces la historia de Shizuka Gozen?

—No —mintió él, pues deseaba escucharla de su boca.

—Shizuka era una *shirabyōshi** como no hubo otra antes, y como no habría ninguna tras su muerte. Era hermosa y gentil, grácil y elegante, y se dice que cuando bailaba era capaz de rendir a sus pies a los más fieros señores de la guerra. Pero su corazón pertenecía a un solo hombre: su amante, el gran samurái Minamoto no Yoshitsune. La vida podría haber sido generosa con ellos, pero ¿cuándo lo es? Así que la desgracia vino a visitarles cuando Yoshitsune se enemistó con su hermano, el poderoso shogún Minamoto no Yoritomo.

»Tan feroz fue la disputa entre ambos que Yoshitsune debió abandonar Kioto perseguido por el ejército de su hermano. Shizuka intentó acompañarle en su exilio, pero Yoshitsune se opuso, sabedor de las grandes penurias que debería sufrir y de lo infeliz que sería su amante lejos de la capital imperial. Así que la dejó atrás, sin sospechar que su hermano, en su ira, sería capaz de usar a la inocente Shizuka contra él. De este modo, los hombres del shogún la prendieron y la llevaron hasta Kamakura, y allí intentaron obligarla a desvelar el pa-

* *Shirabyōshi:* las *shirabyōshi* eran bailarinas de la corte imperial de Kioto, célebres por su dominio de las danzas tradicionales y por ir ataviadas con ropas masculinas durante sus interpretaciones. Su arte estaba reservado para las más altas clases sociales, y gozaban de una elevada consideración.

radero de Yoshitsune. Sin embargo, pese a la crueldad con que se emplearon, ni una palabra escapó de los labios de Shizuka para mayor frustración de Yoritomo, así que la arrojaron a una oscura y húmeda celda con la intención de olvidarla hasta su muerte.

»Pero sucedió que un día, mientras atendía a importantes visitas, estas rogaron al shogún que les permitiera ver bailar a la célebre Shizuka Gozen, de quien se decía que era capaz de hacer salir el sol cuando danzaba de noche. Yoritomo se mostró reticente, pero tenía fama de buen anfitrión y no quería enemistarse con unos huéspedes tan señalados, así que hizo llamar a Shizuka para que bailara. Cuando estuvo en presencia del shogún y de sus invitados, la mujer se disculpó por su aspecto antes de comenzar su interpretación. Y allí, ante todos, bailó y cantó su amor inmortal por Yoshitsune. Con lágrimas en los ojos se entregó a su arte, bailó con tal pasión y belleza que aquellos que tuvieron el privilegio de contemplarla sintieron sus corazones latir al ritmo que marcaban los pies desnudos de Shizuka, el espíritu conmovido por la profundidad de sus sentimientos y la tristeza de la historia que cantaba.

»Cuando Shizuka concluyó, todos guardaron silencio excepto Yoritomo, que se puso en pie y abandonó la sala sin poder disimular su ira. No fueron pocos los que creyeron que la vida de la bella Shizuka había tocado a su fin, pues había osado desafiar la autoridad del shogún en público, nada menos que cantando sus sentimientos hacia el hermano traidor de este. Pero el amor de la *shirabyōshi* no solo había conmovido a los invitados, sino que también emocionó a Masako, esposa del shogún. Esta sabía bien que su marido no toleraría la insolencia de la bailarina, así que aquella misma noche acudió a su celda y la ayudó a escapar de Kamakura.

»Al encontrarse por fin libre, Shizuka partió al encuentro de su amado, pero no lo encontró allí donde él le había prometido que estaría. Quizás, por circunstancias desconocidas, Yoshitsune había debido abandonar aquel lugar, o quizás el samurái había temido desde un principio que capturaran a la mujer y desvelara su paradero, por lo que prefirió no decirle la verdad. Sea como fuere, Shizuka y Yoshitsune nunca pudieron reencontrarse y ella murió sola en los caminos, vagando de un pueblo a otro en busca de su amante desaparecido. Se dice que se despidió de este mundo cerca de una aldea de la provincia de Shinano: desfallecida, clavó en tierra la rama de cerezo que usaba como bastón y cayó de rodillas, dejándose morir allí mismo, abrazada a su cayado como si este fuera su amante. Aún mucho después de su muerte, la rama permaneció en aquel mismo lugar durante años, y con el paso de las estaciones arraigó hasta convertirse en el más espléndido árbol de sakura de todo el país.

»¿No te parece una historia hermosa y, a la vez, terriblemente triste?

—Lo es —asintió Seizō, que había escuchado las desventuras de Shizuka y Yoshitsune en varias ocasiones cuando era un niño, pero nunca narradas con tan contenida emoción.

—Las mujeres somos capaces de hacer por amor cosas que los hombres ni siquiera imaginarían. Incluso morir. —La muchacha reflexionaba en voz alta—. Pero no estamos a merced de nuestras emociones como muchos piensan, también sabemos anteponer el deber a nuestros sentimientos. ¿Tú qué crees? —preguntó por fin, dirigiéndose a Seizō con mirada inquisitiva—. ¿Yoshitsune mintió a su amada para estar a salvo, o debió abandonar el lugar que le había confiado a Shizuka Gozen, hostigado por sus enemigos?

El joven se tomó un momento antes de responder.

—No sabría qué decir. La historia es ambigua, probablemente porque aquel que la contó por primera vez quería que así fuera.

—Sin embargo, la valentía y el amor de Shizuka están fuera de toda duda. ¿Puede una mujer ser más valiente que un hombre?

—No veo por qué no —dijo Seizō—. La valentía y el honor no son patrimonio de nadie. Ni de hombres ni de castas.

Era ya mediodía cuando el camino que avanzaba hacia el este se sumergió en un espeso bosque de abetos, tan húmedo que los helechos se extendían hasta donde alcanzaba la vista y los troncos aparecían cubiertos de una suave textura verdosa. Decidieron hacer alto para almorzar arroz y algo de pescado seco antes de volver a la senda.

El sol aún quemaba cuando la vereda desembocó en el cauce seco de un río. En la orilla opuesta no se reanudaba el camino, lo que les indicó que su marcha debía proseguir río abajo. Caminaron sobre los cantos rodados que alfombraban el lecho, pues la orilla era angosta y estaba cubierta de las retorcidas raíces que, sedientas, se acercaban a beber del exiguo cauce.

Habrían cubierto un par de *ri* cuando la masa de abetos a su alrededor se abrió abruptamente a un campo inundado por cultivos de arroz. Abandonaron el lecho que habían usado como vereda y escalaron hasta la orilla, pues más adelante el río volvía a correr con agua procedente de arroyos y canales que venían a desembocar en su curso natural. Al verlo, comprendieron que no era el rigor del verano lo que había desecado el cauce, sino la mano del hombre, que había apresado el agua y la había desviado para alimentar las plantaciones de arroz.

Al volver a la senda de tierra que ahora serpenteaba entre campos de cultivo, Seizō se percató de que Aoi avanzaba con dificultad. Sus *warajis* estaban destrozadas y sus pies manchaban la tierra de sangre.

—¿Por qué no me has dicho que te habías hecho daño?

—No quería retrasarte. Estoy acostumbrada a caminar, no es la primera vez que las piedras me hacen sangrar.

Él torció el gesto con expresión desaprobatoria.

—Tus sandalias estaban mal trenzadas, se han deshecho como si fueran de papel. Deberías haberte calzado las que te hice.

—Les tengo demasiado aprecio como para estropearlas, y mis pies se curarán en un par de días.

—No si seguimos caminando. Bajemos a la orilla, hay que atender esas heridas.

Aoi aceptó con fastidio la ayuda de su compañero de viaje. Pasó el brazo sobre los hombros de Seizō e intentó cojear pendiente abajo, pero él la alzó del suelo y la llevó hasta la orilla en brazos. La sujetaba como si no pesara más que un hatillo de ramas y su piel olía a sudor fresco, a tierra húmeda y a aguja de pino.

La depositó en una roca lamida por el riachuelo y se arrodilló junto a ella. Ajeno a la incomodidad que Aoi trataba de disimular, Seizō comenzó a desatarle las cintas que le sujetaban las ropas al tobillo. Subió la pernera hasta la rodilla y, con sumo cuidado, deshizo los nudos de la *waraji* y apartó la sandalia. La suela estaba tan deshecha que la muchacha pisaba casi descalza. Observó con rostro circunspecto el pie, que presentaba arañazos y cortes no muy profundos pero sangrantes; lo suficiente como para que caminar resultara sumamente incómodo.

Le tomó el pie entre las manos y se lo sumergió en el agua fresca que corría rio abajo. Ella intentó retirarlo.

—Por favor, no es necesario que me cures. No debes hacer esto.

—Si no te limpio los cortes y te vendo los pies, no tardaremos un día en llegar a Takahashi, sino dos o tres. Ahora, estate quieta.

Ella asintió y se dejó hacer mientras Seizō le enjuagaba la tierra del camino y retiraba las pequeñas piedras incrustadas en las laceraciones. Al hacerlo, reparó en que los pies de la muchacha eran pequeños pero fuertes, con la piel encallecida por las largas caminatas y las uñas quebradas por los golpes; y aun así, hermosos pese a todo. Cuando hubo concluido, extrajo un cuenco de su bolsa de viaje y lo hundió en el cieno acumulado en el fondo del arroyo. Después espolvoreó sobre el fango el contenido de dos sobres de papel.

—¿Qué haces? —le preguntó ella con curiosidad.

—Preparo un ungüento con barro, raíz de artemisa y cicuta picada. Te aliviará las heridas y ayudará a que cierren antes.

—No dejas de sorprenderme a cada momento. Debes ser uno de los más extraños *ronin* que recorren el país.

Seizō sonrió ante el comentario.

—Como tú misma dijiste, al vivir en el camino se aprenden cosas útiles casi sin pretenderlo.

Mientras hablaban, le cubrió los cortes con el pastoso ungüento y se los vendó con firmeza usando retazos de algodón limpio. Por último, le ciñó las *warajis* que había trenzado para ella en Funo.

Aoi le agradeció los cuidados con una de aquellas sonrisas que iluminaban su rostro.

—Los cortes me pican —anunció al ponerse en pie—, pero ya no me duelen. Podré caminar hasta que caiga la noche.

—Será mejor que no. Prefiero que reposes hasta que la masilla se fije bien a las heridas.

—Pero no podemos perder toda una tarde de viaje —protestó la muchacha—. Además, no pretenderás que hagamos noche entre arrozales.

—Siéntate y descansa. Ya se me ocurrirá algo.

Aoi lo miró con desconfianza; aun así, obedeció y se limitó a observarle mientras trepaba hasta el camino que recorría los campos de cultivo.

Seizō vagó entre las tierras inundadas en las que cientos de hombres y mujeres se afanaban con el agua por las rodillas. Al verlo pasar, algunos le saludaban inclinando el ala de su sombrero antes de volver a hundir las manos en el agua turbia. Las muchachas, por su parte, aprovechaban para ponerse en pie, secarse el sudor de la frente y cuchichear con escaso disimulo mientras pasaba frente a ellas. Seizō devolvía los saludos con educación sin dejar de atisbar a su alrededor, hasta que finalmente dio con lo que buscaba: un caballo de carga que mordisqueaba ocioso los hierbajos junto a una parcela de tierra seca.

Se aproximó al animal y le palmeó el lomo. Su presumible dueño, a poca distancia, se esforzaba con una azada abriendo un canal por el que correría el agua.

—Buenas tardes, campesino —saludó Seizō—. ¿A qué distancia se encuentra la próxima casa de postas rumbo al este?

El hombre se incorporó con el rostro fatigado y entornó los ojos, molesto por el sol de la tarde. Al vislumbrar al joven samurái, dejó a un lado los aperos y se aproximó hasta el camino.

—Buenas tardes, señor. Si va a pie, no llegará hasta bien entrada la noche. La más próxima es la posada de Gozaemon, camino de Takahashi.

—¿Y si fuera a caballo?

El campesino, que inmediatamente comprendió a dónde iba a parar aquella conversación, miró de reojo a la bestia que pacía plácidamente.

—Tardaría prácticamente lo mismo. Es una yegua vieja y cansada, no aguantaría ni el más ligero trote durante mucho rato.

—No importa, no necesito forzarla. Solo la montará una persona e irá al paso. Pienso pagarte bien por su alquiler y la dejaré en la posada, allí podrás recogerla.

El labriego miró a su espalda y se encogió de hombros. Al fin y al cabo, los *ronin* eran gente peligrosa a la que no convenía contrariar.

—Solo me sirve para cargar los aperos de labranza y bien puedo dejarlos aquí hasta mañana. Cuando llegue a la posada entréguesela a Gozaemon y dígale que Kinsaku irá a recogerla. Él sabrá qué hacer.

Seizō le dio las gracias y le pagó veinte monedas de cobre, a la vista de las cuales desapareció toda suspicacia del rostro del campesino. Los dos hombres se despidieron y Seizō tomó al animal por las riendas, tirando de él hasta que le obligó a apartarse renuente del pasto.

Cuando recogió a Aoi, esta no se sintió entusiasmada por la idea. Resultaba evidente que no estaba acostumbrada a tales atenciones y, mientras viajaba sentada a lomos de la yegua, no paraba de repetir que podía caminar perfectamente. Pero Seizō se mostró inflexible: «La artemisa y la cicuta son difíciles de conseguir, así que no permitiré que eches a perder la cura. Deberías mostrarte agradecida y hacerme caso aunque solo sea por una tarde». La supuesta severidad de Seizō, lejos de amedrentar a la joven, más bien le divertía. Pero Aoi optó por seguirle el juego y dejarse llevar por aquella montura renqueante.

De cualquier modo, las exigencias de Seizō se mostraron sensatas cuando llegaron a la posada poco antes de que cayera la noche: Aoi se encontraba mucho más descansada y los pies ya no le palpitaban inflamados por los cortes.

La atmósfera nocturna era tibia y agradable, la luna brillaba alta y el olor de un guiso perfumado manaba de la chimenea de la casa de Gozaemon. Un gran bullicio rodeaba el local, excesivo para una pequeña posada de camino, y entre los árboles resonaba el sonido de flautas, palmas, campanillas y cantos. Parecía que allí se estuviera celebrando un pequeño festival de verano.

—Fíjate allí —le indicó Aoi, señalando hacia un claro próximo a la posada en el que se apiñaban carretas y tiendas de lona—. Una compañía de teatro ambulante, por eso hay tanta gente.

Entre los árboles Seizō pudo vislumbrar pequeñas fogatas, en torno a las cuales hombres y mujeres danzaban desinhibidamente al son de pequeños tambores. Había escuchado hablar de aquellas compañías ambulantes que mezclaban el *kagura,* pinceladas del teatro *nō* y las chanzas cómicas del *kyōgen* con danzas y canciones provocativas, dando lugar a un espectáculo de variedades muy del gusto del populacho.

Cuando llegaron a las puertas de la posada, pudieron observar cómo las camareras y el dueño del local llevaban bandejas con comida y sake desde el interior hacia el claro donde los artistas habían improvisado su campamento para pasar la noche.

—Será mejor que no esperemos un gran servicio —dijo Seizō mientras Aoi descendía de su montura.

—Entrega el caballo y durmamos al raso, no necesitamos gastar el dinero en una posada atestada.

Seizō valoraba seriamente la posibilidad, a la vista de que el personal del local se encontraba a todas luces desbordado, cuando alguien gritó tras ellos:

—¡Aoi!

Ambos se dieron la vuelta.

—¡La hermosa Aoi! ¡Te encuentro en los lugares más insospechados!

—¡Kazuhashi! —exclamó la muchacha, gratamente sorprendida.

El que así les había abordado era un joven de aspecto extravagante, vestido con un kimono de llamativo color rojo, los ojos pintados de negro y una melena que le llegaba hasta la cintura. Aquel hombre, Kazuhashi al parecer, completaba su estrafalaria puesta en escena cubriéndose con una sombrilla de paseo, sin importarle que fuera noche cerrada. A Seizō le resultó el vivo retrato de los diletantes y sinvergüenzas que tan bien sabían moverse entre las aguas del mundo flotante*, aquel contra el que Kenzaburō tantas veces le había advertido. Haciendo gala de ese descaro, el recién llegado avanzaba hacia Aoi con los brazos abiertos.

—¡Oh, niña mía! —La abrazó y la levantó del suelo, con escaso recato a juicio de Seizō—. Prométeme que esta noche bailarás para mí, como ya hicieras una vez en Himeji.

—Lo haré, pero solo si nos das comida y techo —dijo vivaz la joven, sin dejar pasar la oportunidad.

—¿Comida? La que necesites. ¿Techo? Por los dioses que sí, tantas veces como quieras —rio Kazuhashi con malicia.

—Pero antes debo presentarte a mi acompañante —lo interrumpió Aoi—. Se trata del caballero Seizō, viaja conmigo hasta Takahashi.

—¿Humm? Un *ronin*. Gente hosca cuando está sobria y violenta cuando se emborracha. En cualquier caso, unos perfectos aguafiestas.

Seizō no inmutó el rostro ante semejante descortesía.

—¡Estoy bromeando! —exclamó por fin Kazuhashi—. Por favor, Aoi, dile a tu amigo que se relaje. Ambos beberéis de nuestro sake y compartiréis nuestra cena esta noche.

Y así fue. Fueron acomodados junto a una de las hogueras que ardía en el centro de aquella maraña de tiendas y carretas, y pronto

---

* «El mundo flotante» o *ukiyo* es un concepto complejo que hace referencia a la constante búsqueda del placer y la belleza, fenómenos transitorios como el fluir de un río. Popularmente, se utilizaba para definir un estilo de vida hedonista vinculado a la bohemia, la prostitución y la noche.

les sirvieron arroz con *umeboshi,* pescado de río y faisán asado. También pastelillos de harina y licor barato sin mesura. Era evidente que aquella gente vivía como quería y no reparaba en el mañana, entregados a la abundancia cuando podían permitírselo y, probablemente, pasando grandes carestías en los malos tiempos. Pero esa noche los días aciagos parecían muy lejanos, y comían y bebían, cantaban y bailaban, como si divertirse fuera imperativo divino.

En todo momento estuvo sentado junto a ellos su anfitrión, Kazuhashi, que fue presentándoles a todos los que por allí pasaban por casualidad, entregados a sus juegos, bailes y perversas persecuciones. Algunos reconocieron a Aoi y la saludaron con sincero afecto y algún comentario veladamente obsceno, pero la muchacha siempre reía y les respondía con naturalidad. Era evidente que se encontraba cómoda en aquel ambiente. No así Seizō, que comió poco y bebió menos, incapaz de relajarse entre aquellos extraños.

En un momento dado, Aoi se inclinó hacia él:

—He coincidido con ellos varias veces, de ahí que conozca a tantos.

—Qué casualidad. El país es grande y tengo entendido que estas compañías viajan de uno a otro extremo. —A Seizō le sorprendió el recelo que tildaba su propia voz.

—No tanto. Siempre viajan de festival en festival, igual que yo, de ahí que solamos encontrarnos un par de veces al año. Además, aprovecho para prestarles mis servicios como costurera.

—Ya veo.

Pero si Seizō quiso añadir algo más, debió callárselo, porque Kazuhashi levantó a Aoi y la llevó hasta el centro del círculo de luz delimitado por las hogueras.

—¡Baila, Aoi, baila como la última vez!

Muchos secundaron su petición con palmas y algarabía. La muchacha no tenía la menor intención de hacerse de rogar, así que se descalzó y se retiró los alfileres que le recogían el pelo, de modo que las llamas también bailaran sobre su cabello. Por último, recogió dos brazaletes con campanillas y, tras deslizárselos en las muñecas, empezó su danza. Lentamente, con movimientos lánguidos como los de un gato que se despereza, sus manos trenzaron un embrujo en el aire inflamado por las hogueras. Nadie apartaba los ojos de ella: bailaba con pasos cada vez más rápidos y livianos, sus dedos revoloteando contra la luz del fuego. De su cabello negro nacía la noche que les envolvía, y los retazos de piel blanca que se vislumbraban entre las capas de su ropa permitían intuir sus muslos y sus pequeños pechos, cortando el hálito de aquellos que la observaban.

Aoi parecía haber olvidado las heridas de sus pies, cuyas vendas se veían manchadas por el verde de la hierba y por pinceladas de sangre, y los hacía girar y saltar en su danza, cada vez más febril y sensual. De entre todos los que la observaban, Seizō era el más conmovido, pues en sus ojos no solo ardía el deseo, sino también una extraña emoción que le henchía el pecho y le impedía apartar la vista, al tiempo que deseaba escapar de allí, pues se sentía torpe ante unos sentimientos que bien sabía que no se podía permitir.

Pero antes de que Aoi pudiera concluir, Kazuhashi se encargó de romper su hipnótico sortilegio. Saltó al círculo de fuego y bailó alrededor de la muchacha durante unos instantes antes de levantarla en volandas y echársela al hombro. Todos los asistentes jalearon y aplaudieron la ocurrencia, todos salvo Seizō, cuyo rostro se transfiguró mientras veía cómo aquel patán se llevaba a Aoi a su tienda entre las risas y desganadas protestas de esta, que se había abrazado a su cuello.

En ese momento sintió por primera vez el cruel aguijonazo de los celos, un sentimiento que desconocía por completo y sobre el que nadie le había advertido. Todo lo demás, de repente, careció de importancia. Si hubiera claudicado a sus instintos, si hubiera dado rienda suelta a sus emociones, habría entrado en aquella tienda y habría clavado la punta de su espada en el corazón de ese gusano para que conociera el dolor que se siente cuando te abren el pecho. Después, él, y no otro, habría desnudado a Aoi al amparo de la noche.

Sin embargo, se limitó a apretar los dientes y a hundir la mirada en el fuego de las hogueras, hasta que el calor le quemó los ojos y le hizo llorar.

—Pobre muchacho —dijo una voz—. Probar el amor y el desamor en una misma noche… Pero yo puedo consolarte.

Seizō miró a la mujer que se había sentado junto a él y había puesto la mano sobre su muslo. Su mirada ebria y lasciva, así como los generosos pechos que asomaban por su kimono entreabierto, prometían que podía cumplir lo que ofrecía. Pero el joven se limitó a ponerse en pie y salir de aquel claro que ardía como una barcaza fúnebre, arrastrándole a aguas desconocidas, profundas y turbulentas.

* * *

Recostado entre las raíces de un alcanforero, Seizō observaba a la diáfana luz de la mañana las escenas que la noche anterior apenas se intuían entre las sombras: aquí y allá se veía a hombres y mujeres que habían perdido el conocimiento a causa del alcohol, algunos dormitando junto a las ascuas, mientras otros yacían entre los arbustos y matorrales, abrazados medio desnudos a su pareja de la noche anterior. Le habría gustado salir de allí cuanto antes, pero algo lo mantenía clavado al suelo, la mirada fija en la lona roja que cubría la entrada a la tienda de Kazuhashi.

El campamento aún dormía la resaca cuando la cortina se hizo a un lado y Aoi salió al exterior. Estaba sola y, tras unos instantes de titubeo, cruzó el claro con pasos sigilosos hasta donde habían estado sentados la noche anterior. Recogió sus sandalias y volvió a mirar a su alrededor, buscando a su compañero de viaje. Este la observó en todo momento sin decir nada, hasta que sus miradas por fin se cruzaron. Aoi avanzó hacia él, con las *warajis* en la mano. Llevaba los pies desnudos, sin el vendaje que Seizō le había hecho el día anterior.

—¿Ya has terminado? —preguntó el muchacho con voz ronca.

—Sí —murmuró ella, sorprendida por su brusquedad.

—Bien, recoge tus cosas y vámonos. Llevaba tiempo esperando.

Ella le hizo caso y reunió sus bártulos. Abandonaron el campamento poco después, sin que mediara palabra entre los dos.

Las primeras horas del día transcurrieron en completo silencio. Caminaban por llanuras cubiertas de anodinos cultivos que se extendían hasta donde alcanzaba la vista; solo una cordillera en la distancia rasgaba el cielo y, aunque aún parecía lejana, se hacía más tangible a cada paso que daban.

Aoi debía tener hambre, pues no habían desayunado, pero no se atrevía a dirigirle la palabra a aquel hombre que se mostraba visiblemente ofendido. Solo cuando Seizō se detuvo junto a un riachuelo para rellenar las cantimploras, ella intentó entablar conversación.

—¿Por qué me castigas con este silencio?

—Porque me has engañado —respondió él entre dientes.

—¿Cómo? ¿De qué modo?

—Me dijiste que eras una costurera, cuando es evidente que no eres más que una *yotaka*[*].

—No tienes derecho a hablarme así. Es cierto que fui yo la que te rogó poder acompañarte, pero no estableciste condiciones de ningún tipo. Solo somos compañeros de viaje.

—¿Condiciones? El decoro se da por sentado entre personas honorables.

—Si tanto te ha molestado, ¿por qué no quisiste compartir el dormitorio en Funo? Te apresuraste a pedirle dos habitaciones al posadero.

—Entonces no lo niegas —la acusó él—, pretendías meterte en mi lecho mientras dormía, como una vulgar ramera.

—¿Qué esperas de mí, Seizō? No puedo comprender tu reacción; simplemente quería compensarte de algún modo, pagar tu protección de la única manera que puedo.

—Si hubiera sabido que te dedicas a la prostitución, nunca te habría dejado acompañarme.

—¡No soy una puta! —explotó ella—. No vendo mi cuerpo para ganar dinero; pero a veces es la única manera que tengo de pagar lo que necesito. Creí que lo entendías, hacemos lo necesario para sobrevivir en el camino; tú te ves obligado a matar, yo a acostarme con algunos hombres. ¡No estoy segura de qué es peor!

Seizō guardó silencio y apartó la mirada. Era evidente que las palabras de Aoi habían desarmado su ímpetu acusatorio.

—Nunca te pedí que te acostaras conmigo a cambio de protección.

—Ahora lo sé, pero para mí la vida no es tan sencilla, Seizō. Mi mundo nada tiene que ver con el honor y otras verdades absolutas. Hay una infinidad de matices entre el día y la noche.

—Tienes razón, no tengo derecho a juzgarte en modo alguno. Solo somos compañeros de viaje hasta Takahashi por puro azar, y no soy nadie para entrometerme en tu vida. Acepta mis disculpas.

Ella buscó sus ojos.

---

[*] *Yotaka:* literalmente «halcón nocturno», hace referencia a la forma más baja de prostitución en el Japón feudal, practicada por aquellas mujeres que recorrían los caminos con una esterilla de caña sobre la que ofrecían sus servicios en cualquier lugar apartado.

—No te disculpes, por favor. Quizás debería haber permanecido contigo toda la noche, no dejarte solo entre extraños.

—Eso ya da igual —dijo Seizō, cerrando las cantimploras de bambú y guardándolas en su bolsa—. Comamos algo antes de continuar, desde aquí puedo escuchar cómo tu barriga se queja de hambre.

Ella volvió a sonreír ante el comentario.

—No es apropiado decirle eso a una señorita. Ni siquiera a mí.

Desayunaron y prosiguieron la marcha de mejor humor, pero para ambos resultaba evidente que el compañerismo que había surgido entre ellos durante las últimas jornadas se había roto. Aun así, intentaron disfrutar del camino y charlar sobre trivialidades.

Entrada ya la tarde, alcanzaron el bosque previo a las montañas que llevaban viendo frente a sí toda la jornada. Era una arboleda espesa, con cedros y robles tan viejos que bien podrían haber conocido los días en que Izanagi hollaba el mundo de los hombres. La atmósfera bajo el ramaje parecía caldeada a fuego lento, y caminar entre los árboles pendiente arriba pronto se volvió una tarea incómoda.

—Esta humedad no es normal —dijo Aoi, y se retiró el sudor de la cara con un pañuelo.

—Es cierto, el aire se respira pesado y la tierra se palpa caliente bajo los pies.

—Por aquí cerca debe haber unas aguas termales. Si estuviéramos en invierno, probablemente veríamos monos de montaña por los alrededores. ¿Por qué no buscamos el manantial?

—No es agua caliente lo que me apetece ahora mismo —rezongó Seizō.

—Es mejor que nada. Además, dicen que el viajero que desprecia un baño en un lago de agua caliente cuando los dioses ponen uno en su camino está pecando. Tomemos un baño, aunque solo sea para no ofender a los dioses.

Con tan virtuoso propósito, abandonaron la senda y se adentraron en la espesura, siguiendo el murmullo del agua. Caminaban despacio sobre la alfombra de helechos, como si no quisieran molestar el ritmo de aquel viejo bosque, hasta que, finalmente, encontraron el tesoro que allí se escondía: un caño de agua caliente manaba de la roca de la montaña y remansaba en un lago de matices esmeraldas.

—Ahí está —señaló Aoi, el rostro iluminado como el de una niña—. ¡Tenía tantas ganas de bañarme!

Ambos descendieron hasta la orilla pedregosa de la laguna. La roca se palpaba caliente bajo sus pies, incluso a través de la suela de las sandalias, y todo estaba impregnado por el denso vapor. Aoi se arrodilló junto al agua y deslizó los dedos sobre la superficie.

—La temperatura es perfecta —anunció con satisfacción—. ¿A qué estamos esperando?

Se aproximó a un viejo tronco caído y dejó sobre él sus bolsas de viaje. Abrió una de ellas y buscó en su interior hasta que encontró el paño blanco que utilizaba como toalla. Acto seguido, se descalzó, se soltó el pelo, como ya hiciera antes de bailar, y terminó de desvestirse doblando cuidadosamente sus ropas. Completamente desnuda, para mayor consternación de Seizō, se encaminó hacia el agua caliente con solo su pequeña toalla para cubrirse el pubis.

El muchacho la observó ensimismado mientras se adentraba en el agua hasta medio muslo. Llegada a aquel punto, dejó la toalla sobre una roca que asomaba sobre la superficie y se sumergió hasta el pecho, sentándose de rodillas.

—¿A qué estás esperando? —preguntó ella con despreocupación al ver que Seizō permanecía inmóvil. Ni siquiera había soltado sus bártulos, que continuaba cargando al hombro.

—S... sí —logró articular, pero continuó sin moverse.

—¿Te incomoda bañarte conmigo?

—No es eso —se defendió él, intentando reaccionar con naturalidad, aunque su incomodidad era palpable.

—¿Es posible que nunca hayas visto a una mujer desnuda, Seizō?

Él se giró sin contestar. En silencio, dejó sus cosas junto a las de Aoi y comenzó a desvestirse.

—No te preocupes, es algo completamente natural. Como verás, así no podemos escondernos nada el uno al otro.

Cuando Seizō se dio la vuelta, Aoi le aguardaba de pie en la pequeña laguna. El agua corría sobre sus pechos, pequeños y redondos, y bajaba por su vientre hasta el vello que crecía entre sus piernas. El muchacho hizo el terrible esfuerzo de apartar la vista y buscar la roca sobre la que debía apoyar el pie.

Poco a poco, comenzó a entrar en el agua, hasta que sintió una ligera punzada en el pecho. Se palpó con los dedos la piel húmeda, buscando el motivo de aquel suave aguijonazo: había un alfiler de costura clavado bajo su clavícula izquierda. Lo arrancó y lo miró con curiosidad. Una pequeña gota de sangre cayó desde la punta y se diluyó en el agua tibia a sus pies. A continuación, extrañado, miró a Aoi, que lo observaba con ojos tristes.

Quiso preguntarle algo, pero los labios de ella musitaron un silencioso susurro y de nuevo su aguijón le mordió, esta vez en el cuello. Confundido, intentó llevarse la mano hacia esta nueva punzada, pero los labios de Aoi volvieron a moverse y dos agujas más afloraron en su pecho.

Antes de comprender lo que sucedía, se le nubló la vista y le fallaron las piernas, hasta que cayó de espaldas sobre la roca desnuda. Entonces, Aoi salió del agua y pasó junto a él sin que pudiera seguirla con la mirada. Cuando volvió, llevaba en la mano una de las afiladas cuchillas con las que la había visto cortar tela.

Se arrodilló sobre él. Podía notar la calidez del sexo de Aoi contra su vientre.

—Sé que esto es cruel. Nunca antes habías estado con una mujer, y la primera vez será para morir.

Seizō le sostenía la mirada. Los ojos de ella parecían sumidos en una suerte de culpabilidad; los de él hablaban de sorpresa y decepción.

—No me mires así. No había otra manera. En cuanto te vi luchar en la encrucijada de Shiraoka, supe que no podría matarte por sorpresa. Posees un instinto natural para la violencia, ni siquiera dormido habría podido sorprenderte. Por eso necesitaba ganarme tu confianza, ofuscar tus emociones. Créeme cuando te digo que no he disfrutado haciéndote esto.

—¿Por qué te disculpas ante un hombre muerto? —preguntó él con la voz espesa por el veneno. Se encontraba tan débil que apenas podía mantenerse consciente.

Ella le acarició la frente, apartándole el cabello empapado.

—De cuantos hombres he matado, sin duda eres el que menos lo merece.

—¿Por qué lo haces, entonces?

—Por deber. Sé que puedes entenderlo. El Tejedor pensó que podías ser más valioso vivo: el último descendiente de los Ikeda, una amenaza latente para los Sugawara, útil para recordarles que sus derechos sobre el feudo de Izumo son precarios, que no deben morder la mano que los alimenta. Pero ahora has matado al abad, y de repente hay voces que dicen que el brazo de los Ikeda aún es largo. Muchos tienen miedo de despertar con tu acero bajo la barbilla.

Él no dijo nada, pues sabía que hablar era inútil. Aoi era una asesina, y había demostrado ser realmente buena en su oficio.

—Haz lo que debas —dijo por fin Seizō, y volvió a un lado el rostro para ofrecerle el cuello.

Ella empuñó la hoja con las dos manos y la levantó sobre su cabeza, preparando un golpe piadoso que acabara con su víctima rápidamente. Pero el samurái aprovechó ese preciso instante para contraer el brazo derecho. La empuñadura de su *wakizashi* voló directamente hasta su mano, y cuando Aoi comprendió lo que había sucedido, era demasiado tarde para ella. La hoja corta de Seizō le abrió la yugular con ferocidad, y la sangre manó en abundancia.

Un truco tan viejo como el más viejo de los asesinos, comprendió Aoi: el hilo de pescador que une la empuñadura con la muñeca, de modo que arma y guerrero nunca estén separados. Ni siquiera cuando se duerme, se come o se hace el amor.

Mientras se desangraba, la muchacha se echó entre sus brazos. Una suerte de liberación embargó su alma antes de despedirse de este mundo, y así, abrazados como dos amantes en la intimidad del bosque, se dejó morir con serenidad. Seizō sujetaba la cabeza de Aoi contra su pecho y le acariciaba el cabello manchado de sangre. Cuando ella por fin lo dejó solo, se abandonó al llanto. Un llanto que lo dejó vacío de lágrimas y remordimientos.

* * *

En los cinco años siguientes, Seizō Ikeda mató a treinta y dos personas en su viaje hacia el infierno. Ningún vasallo o aliado del clan Sugawara estaba a salvo, pues no se limitó a los siete nombres que Kenzaburō Arima había señalado como responsables directos de la muerte de su señor, sino que segó cualquier vida que considerara remotamente culpable de la desgracia de su casa. Fue tan cruel e implacable que pronto el terror se instaló entre los Sugawara, y no pocos juraron haber visto al mismísimo Akiyama Ikeda retornado de la tumba para llevarse consigo la vida de sus enemigos. El daimio Gendo Sugawara intentó en vano acallar estos rumores; algo difícil, cuando él mismo insistía en dormir cada noche rodeado por sus doce mejores samuráis.

Capítulo 39

La gentileza del asesino

El maestro Inafune se arrodilló junto al cadáver y puso la mano bajo la axila. El cuerpo aún conservaba algo de calor, debía haber muerto hacia la medianoche. Levantó la cabeza y miró a su alrededor: la estancia era austera, con dos lámparas que ardían tras biombos de motivos florales, creando aquella atmósfera difusa que se consideraba adecuada para el arte del placer. El tatami, perfumado con jazmín, aparecía mancillado por la sangre. Esta había adquirido un matiz rosáceo a la luz del alba, que comenzaba a filtrarse entre las persianas de bambú.

—¿Y la mujer que estaba con él?

—En la cocina —musitó Asaemon, que observaba cruzado de brazos las evoluciones del médico—. Se ha reunido allí a todas las personas de la casa para que nadie pueda tocar nada o intentar desaparecer aprovechando la confusión.

—¿Qué es lo que vio?

—Según dice, Masaoka se la estaba follando contra la pared cuando, de repente, dejó de embestirla para llevarse la mano a la espalda. Después solo vio sangre por doquier mientras un demonio, de pie frente a la ventana, lo observaba todo en silencio. Ahí fue cuando se tapó los ojos y se arrodilló contra una esquina, sollozando. Solo levantó la cabeza cuando sus compañeras vinieron a buscarla. La historia de la otra chica es muy parecida.

—¿Habéis estudiado a fondo los cadáveres?

—Todavía no. Por ahora solo los has visto tú y cuatro miembros de la guardia personal, entre los que me encuentro. El oficial de justicia debe estar al llegar.

Ekei volvió a mirar al difunto Masaoka, con el que apenas había cruzado un par de saludos en vida. Aun así le entristecía su muerte, siempre le había parecido una persona jovial y educada, alejada de la afectada indiferencia que gusta exhibir a los samuráis de alto rango. Le habían degollado, al igual que a su compañero de la habitación contigua, y la sangre le había empapado el pecho y las piernas mientras se desplomaba. Después el asesino se había limitado a observar cómo se desangraba tumbado boca arriba, con la sangre borboteando de su cuello abierto. No era una buena manera de morir.

—Ayúdame a darle la vuelta —solicitó el médico.

—¿Para qué?

—Si la mujer que estaba con él no miente...

—Demasiado asustada para mentir —apostilló Asaemon.

—... si no miente o el miedo no le ha nublado el juicio, debe tener otra herida en la espalda.

Entre los dos volvieron el cadáver y pudieron ver la herida que, efectivamente, le había perforado la espalda, justo entre los dos omóplatos.

—Es una herida de hoja —observó el samurái—, por su tamaño parece de espada, no de puñal.

—Lo lógico, entonces, es que el sable le hubiera atravesado y la hoja hubiera salido por el pecho, ¿no crees?

—Quizás. Eso lo habría matado definitivamente y no habría sido necesario degollarlo.

—Pero entonces el asesino corría el riesgo de alcanzar también a la mujer. Así que lo que hizo fue lo siguiente: lanzó una punzada rápida contra la espalda de Masaoka para que, sorprendido, se apartara de ella y así poder degollarlo limpiamente, sin riesgo de lastimar a la prostituta.

—¿Por qué tantas molestias por una puta?

—Porque allí donde tú solo ves una puta, él ve a su mensajera del miedo. La mujer que apenas lo ha vislumbrado entre sombras y sangre y que difundirá una versión estremecedora que hará presa de nuestras mentes, nos atemorizará y nos obligará a perseguir espectros.

—Me preocupas cuando te pones tan dramático. ¿Cuánto hace que no te llevo a beber?

—Dame tu *wakizashi* —le exigió Ekei por toda respuesta.

—No es necesario tomárselo tan a pecho.

—Veo que conservas tu sentido del humor incluso en las situaciones más escabrosas.

—No te confundas. Estos hombres quizás no eran mis amigos, pero eran mis compañeros. No merecían morir como animales.

—Entonces dame tu *wakizashi*.

El samurái farfulló unas palabras ininteligibles mientras tomaba de su *obi* la espada corta envainada y se la entregaba al médico, con más curiosidad que reticencia.

—Trátala con respeto.

Ekei extrajo el sable y aproximó la punta del mismo a la cuchillada en la espalda de la víctima. De improviso, enterró el acero en la carne abierta y lo movió con cuidado en el interior de la herida.

—¿Qué demonios estás haciendo? —exclamó Asaemon, aferrándole la muñeca para obligarle a detenerse.

—¿Acaso no lo ves?

—¿Qué debería ver?

—La herida. La espada solo penetra con facilidad si inclino la empuñadura hacia arriba, eso significa que la punta entró muy inclinada y hacia abajo, como si la cuchillada se hubiera lanzado desde arriba.

—Entiendo. Eso tendría lógica si Masaoka hubiera estado de rodillas —observó Asaemon—, pero no si se encontraba de pie, como afirma la mujer.

—Y por la manera en que cayó, ciertamente parecía estar en pie. De lo contrario tendría las piernas flexionadas bajo las caderas, no totalmente estiradas —apuntó Ekei, su voz animada por el desafío que aquello suponía—. Y, ahora, mira esto —dijo mientras volvía a mover el cadáver para dejarlo de nuevo boca arriba—, el tajo que lo degolló debería recorrer la parte frontal del tronco del cuello, por encima o por debajo de la nuez, tal como sucede cuando alguien es degollado desde atrás. Sin embargo, el corte va de oreja a oreja pasando justo tras la mandíbula. —El médico ilustró su explicación recorriendo el corte, largo y limpio, con la punta del dedo.

—¿A dónde quieres ir a parar?

—Coincide con lo que nos dice la herida de la espalda: también se hizo desde arriba. Es decir, el asesino es una persona notablemente más alta que Masaoka, tanto que debe superar de largo el *ken* de altura.

—Una persona así no pasaría desapercibida en Fukui.

—Una persona así no pasaría desapercibida en todo el país —le corrigió Ekei.

—Por tanto, es cierto lo que dicen esas mujeres, en verdad nos enfrentamos a un espectro del Yomi.

—Tomaría en consideración otras posibilidades antes de culpar a los *yōkai*. Incluso que el asesino usara zancos —aseguró el médico torciendo el gesto—. Quizás deberíais comenzar por interrogar a la gente que frecuenta el barrio del placer y sus alrededores. Aunque no seré yo el que le diga a la guardia de su señoría cómo debe solventar sus asuntos.

—Ya has hecho suficiente —le agradeció Asaemon—, márchate antes de que aparezca el oficial de justicia. Así nos ahorraremos unas cuantas explicaciones.

Antes de encaminarse hacia la salida, Ekei se detuvo junto a su amigo.

—Asaemon, es evidente que desean acabar con Torakusu Yamada y alguien considera que, para ello, debe despejar antes el camino eliminando a su guardia personal. No actúes solo, hace tiempo que dejaste de ser un *ronin*.

—No soy ningún idiota. No tengo la menor intención de enfrentarme solo a semejante monstruo. Aunque cabe la posibilidad de que él me encuentre a mí antes que yo a él.

Y por algún motivo, esta idea le hizo sonreír.

* * *

Aquella tarde Ekei acudió a la consulta de O-Ine Itoo, pues sabía bien que, como cada jornada, se encontraría allí planificando las visitas y tareas del día siguiente. Ninguna cuestión médica motivaba aquel encuentro, solo su deseo de sincerarse con O-Ine y comentarle la indeclinable propuesta que el daimio le había hecho el día antes.

La encontró trabajando tal como la había imaginado: de rodillas frente a la mesa lacada en rojo que presidía la sala, inclinada sobre un pliego de papel a la luz de una pequeña lámpara de aceite, el cabello sobre el rostro mientras, con el pincel, daba forma a largas columnas de trazo fluido. Ekei conocía bien aquellas hojillas: a un lado se anotaban los nombres de los pacientes, siempre ordenados por gravedad y prioridad de visita, y al otro, las dolencias comunicadas.

—Señora Itoo —dijo él para llamar su atención.

La mujer levantó la cabeza al escuchar su nombre y, al comprobar que se trataba del segundo médico de cámara, dejó el pincel húmedo sobre el cajetín de madera.

—Tengo una duda, maestro Inafune —intervino ella antes de que Ekei pudiera continuar—, ¿cuánto tiempo hace que nos conocemos?

—Pronto hará dos años.

—¿No cree que ha llegado la hora de que entre nosotros no existan tales formalismos?

—Siempre pensé que prefería guardar las formas.

—¿Por ser una mujer? —preguntó O-Ine con una sonrisa que evidenció su cansancio—. Hace tiempo que dejó de importarme lo que la gente piense o diga de mí. Trabajamos juntos casi a diario, creo que es de esperar cierta confianza entre nosotros.

Él asintió.

—Me parece oportuno, pues vengo a tratar un tema que nada tiene que ver con el servicio médico a su señoría.

—Adelante. Estaba aguardando una buena excusa para dejarlo por hoy.

Ekei abrió la boca, pero en ese momento se dio cuenta de que no sabía muy bien cómo expresar lo que quería decir. El padre de O-Ine había sido miembro del consejo de Torakusu Yamada antes de morir y, en cierto modo, él venía a ocupar su lugar. No resultaba descabellado pensar que tal noticia no fuera del agrado de la hija de Inushiro. Optó por decir la verdad sin rodeos.

—Su señoría me comunicó en el día de ayer su intención de que me incorpore a su consejo personal.

Si Ekei esperaba algún tipo de reacción, contenida o exagerada, no la obtuvo. Ella se limitó a inclinar la cabeza a un lado, como si aguardara a que le dijera lo verdaderamente importante.

—¿Por qué me dice esto? —preguntó por fin la médica.

—Me parecía lo correcto. Quería que lo supiera antes que nadie y consultar su opinión.

—¿Qué más da mi opinión? Torakusu Yamada no propone, dispone. No puede rehusar su invitación para unirse al consejo.

—Aun así, me quedaría más tranquilo si comprendiera que no he buscado esto en modo alguno.

—Cuando su señoría le habló del tema, ¿mencionó la necesidad de que abandonara sus actuales responsabilidades?

—En ningún momento.

—Entonces, mi opinión no podría ser más favorable, maestro Ekei.

—No obstante, el anterior jefe médico del clan era miembro del consejo. Sería lógico pensar que tal honor recayera en la que ahora es la primera médica de cámara.

—Torakusu Yamada ya desafía en exceso las costumbres manteniéndome al frente de este servicio. Es impensable que una mujer forme parte de su consejo.

Él sabía que aquello era completamente cierto. Ningún samurái vería con buenos ojos semejante ocurrencia.

—No tengo aspiraciones políticas de ningún tipo —dijo Ekei—, y estoy convencido de que mi papel en el consejo será meramente ornamental.

Ella no pudo evitar una sonrisa.

—Su papel será el que su señoría decida. Hable cuando le pida opinión, y cuando lo haga, procure no soliviantar a los vasallos de alto rango. En este tiempo ha demostrado una sorprendente facilidad para prender fuegos solo con palabras.

—Veo que se ha dado cuenta —dijo él, sonriendo a su vez.

Ella se inclinó hacia delante y puso su mano en el brazo de Ekei para que la mirara a los ojos.

—Si el señor daimio le ha elegido, es porque ha visto una persona en la que puede confiar. Creo que no se equivoca.

Esas palabras lo conmovieron de una manera extraña. O-Ine Itoo era, sin ningún género de dudas, una de las personas más inteligentes e intuitivas que había conocido, y el hecho de que durante meses hubiera sido reacia a su presencia allí, lejos de causarle antipatía, no había hecho sino incrementar el respeto que sentía por aquella mujer consagrada a la medicina. La natural desconfianza de O-Ine le demostraba que no había sido capaz de engañar a todos y, de algún modo, aquello le brindaba una suerte de consuelo. Ahora, sin embargo, saber que ella le consideraba digno de confianza dejaba en él un poso de inquietud, pues cuando todas sus mentiras quedaran expuestas, ella se sentiría tan traicionada como el resto.

—Yo también quería confiarle algo —anunció la mujer—: en las próximas semanas Ogura partirá para comenzar sus estudios en la academia médica de Osaka. Lo decidí la pasada semana y se lo he comunicado esta misma mañana.

—Me parece una decisión acertada, es un gran ayudante y será un gran médico. Pero ¿por qué ahora?

—Los últimos acontecimientos me han hecho reflexionar —suspiró O-Ine—. No siempre seré la jefa médica del clan, dudo que el próximo daimio consienta mantener en este puesto a una mujer. Por tanto, mi obligación es anticiparme a dicha circunstancia y asegurarme de que alguien de confianza asuma el puesto, en lugar de un médico extraño recomendado desde Edo. Pues sé bien que usted no aceptaría asumir ese papel, ¿me equivoco?

—No, no se equivoca. No está en mi ánimo permanecer aquí durante muchos años.

Ella asintió lentamente, como si, en realidad, hubiera albergado algún atisbo de esperanza.

—Por tanto, he hecho lo necesario por el bien del clan. Mi último servicio será hacerme a un lado, de modo que pueda garantizar que un buen médico ocupe mi plaza.

—¿Hacerse a un lado? —repitió el maestro Inafune. Las palabras sonaban a rendición, algo que no casaba con el espíritu de aquella mujer—. Aún le quedan años al servicio de su señoría, y está por ver que el nuevo daimio decidiera relevarla.

—Como le he dicho, últimamente me he tomado tiempo para reflexionar. Sé que uno de los mayores deseos de mi padre era que los Itoo conserváramos nuestra posición en el seno del clan, pero no puedo seguir engañándome; aunque el próximo Yamada decidiera mantenerme al frente de mis actuales responsabilidades, es seguro que sería la última de mi familia en ocupar el puesto de jefe médico. Tengo treinta y cuatro años y hace mucho que dejaron de llegar ofertas de matrimonio. El linaje médico de los Yamada terminará conmigo, ¿qué sentido tiene apurar mis días aferrada a un cargo que en realidad pertenecía a mi padre? Es mejor que mi sustituto asuma su nuevo papel en cuanto esté preparado.

—Nadie sabe lo que el futuro le depara —dijo Ekei—. A menudo creemos que vemos claro el curso de nuestros días, pero el cambio de estación puede transformar por completo un paisaje.

Los ojos cansados de O-Ine le sonrieron.

—No tiene por qué ser cortés conmigo. No es tristeza lo que siento ante esta decisión. Si he de ser sincera, desde que le comuniqué a su señoría mis planes me siento liberada. Por fin tendré la oportunidad de viajar, conocer los paisajes del *Hyakunin Isshu**, quizás acabar mis días como *miko* en Ise u otro santuario. Puede incluso que visite Funai y Kioto, así podré ver con mis propios ojos los hospitales extranjeros que usted mismo conoció.

—Probablemente ya ni siquiera estén allí.

—Entonces, al menos, realizaré un largo viaje.

✳ ✳ ✳

Yukie Endo cabalgaba despacio entre la espesura, palmeando el cuello de su montura para que el animal mantuviera la calma. A su espalda, los cuatro samuráis que formaban su partida de búsqueda, hombres con los que se había adentrado docenas de veces en aquellos bosques para entrenar el rastreo y la caza; frente a ella, los cinco perros que los guiaban, avanzando entre los árboles sin despegar el hocico del suelo. Como los días anteriores, habían partido al amanecer y llevaban varias horas recorriendo veredas y buscando en cavernas, lagunas y refugios. Avanzaban en silencio, con el resuello de sus monturas y el jadeo de los perros resonándoles en los oídos. Las bestias estaban evidentemente fatigadas y pronto deberían volver a Fukui.

Aquellas salidas habían sido idea de Yukie. Tras varios días de buscar al demonio calle a calle y casa a casa, desde los barrios más céntricos hasta los arrabales, la samurái había sugerido extender la búsqueda más allá de los muros de Fukui, a sus bosques y playas. Su propuesta fue acogida de buen grado por su señoría, dado los pobres resultados obtenidos con los interrogatorios e investigaciones oficiales, así que la mujer reunió a su grupo de rastreadores y se consagró en cuerpo y alma a tal empresa.

El asesinato de un miembro de la guardia personal del daimio era una atrocidad intolerable, y en su afán por castigar al culpable,

---

* *Hyakunin Isshu* se podría traducir como «cien poesías de cien poetas» y es una antología de poemas tradicionales que describe paisajes y lugares representativos de Japón. Existen múltiples recopilaciones poéticas realizadas bajo este epígrafe, pero a la que O-Ine hace referencia es a la *Ogura Hyakunin Isshu*, la más popular de todas ellas, escrita en el siglo XII y versionada infinidad de veces a lo largo de los siglos.

las autoridades del clan estaban castigando a cada habitante de la capital. Cientos de samuráis peinaban cada día la urbe mirando con suspicacia a cualquiera que se cruzara con ellos, prestos a desenvainar los sables. Todo ello estaba suscitando entre la población una inquietud que amenazaba con tornarse insoportable según se prolongaba el estado de excepción al que estaban sometidos. Las casas, burdeles y locales comerciales eran registrados al azar de sol a sol, e incluso de noche se obligaba a familias enteras a abandonar sus hogares y responder a severos interrogatorios mientras sus casas eran puestas patas arribas. Un ominoso silencio había caído sobre Fukui, doblegada por un solo hombre.

Solo un fantasma podría desaparecer de este modo, clamaban muchas voces, un hombre normal no puede esconderse de toda una ciudad. Aquello, pensó Yukie, era cierto, por lo que el asesino debía ocultarse más allá de los muros de la urbe. Pero rastrear los alrededores de Fukui con tan solo cuatro hombres y cinco perros, sea cual fuera su adiestramiento, era una misión inabarcable. Para facilitar la tarea, Yukie había ordenado que no se permitiera a la población salir a los bosques y los montes so pena de prisión. Así que leñadores, recolectores y cazadores debieron cesar su actividad, de manera que los perros pudieran buscar con mayor facilidad cualquier rastro de olor humano entre la espesura.

Aun así, la samurái sabía que solo tendrían éxito si los dioses estaban de su parte, pues la unidad que comandaba tenía experiencia en rastrear soldados a la fuga tras una batalla, presas derrotadas física y anímicamente, adiestradas para la lucha y no para el subterfugio. El demonio al que buscaban, por el contrario, no estaba en una posición de desventaja. No se encontraba desesperado, sino que tenía total dominio de la situación. No pretendía huir, sino que les acechaba. Era un adversario completamente diferente y desconocido, lo que provocaba en ellos una inquietud mal disimulada que se transmitía a las bestias que los acompañaban.

Súbitamente, como en respuesta a sus pensamientos, los perros se lanzaron al unísono a una furiosa carrera, ladrando entre la espesura a una presa invisible. Yukie espoleó a la montura y salió en su persecución.

Los animales corrían entre troncos y saltaban sobre ramas caídas, atravesaban claros y pasaban bajo arbustos, rodeaban rocas y vadeaban arroyos, siempre en línea recta, sin desviar su curso, como una flecha lanzada por un poderoso arco. El rastro debía ser muy nítido para que los perros se lanzaran con semejante decisión, y Yukie debió hacer uso de sus mejores cualidades como jinete para no romper la pata de su montura o caer derribada por una rama baja. A duras penas pudo mantener el ritmo de la jauría que, de improviso, cambio su dirección al unísono, con la misma rapidez que el viento rola de norte a oeste.

Casi cayó descabalgada al obligar a su caballo a girar tan bruscamente, pero logró mantenerse sobre la silla, espoleó de nuevo al animal y se lanzó al galope unos pasos por detrás de los canes. Estos, al llegar a la orilla de un río, volvieron a modificar su curso sin titubear y se precipitaron nuevamente hacia la espesura entre ladridos y aullidos.

Estaba desconcertada por aquel comportamiento sin sentido, como si toda la manada hubiera enloquecido a un tiempo, pero no podía hacer otra cosa más que perseguirlos en su caótica carrera. Hasta que vinieron a desembocar en un claro rodeado por altos alcanforeros. La jinete irrumpió tras ellos, y debió tirar bruscamente del bocado para no arrollar a los perros, que se habían detenido a los pies de uno de aquellos viejos árboles. Daban vueltas y olisqueaban alrededor de algo que yacía en el suelo, pero que ella no lograba distinguir.

Con el ceño fruncido, hizo avanzar al caballo hasta que la jauría se apartó y pudo ver lo que la había atraído: un trozo de carne roja envuelta en piel podrida y en hoja de palma, atravesada por agujas de madera y manchada de lo que parecía ser una especie de moho. Aquello no tenía ningún sentido.

Miró a su alrededor y se percató de que se encontraba sola, apartada de su grupo que, sin duda, se había perdido en el bosque. Entonces el caballo corcoveó y relinchó, y un estallido de sangre caliente salpicó las manos y el rostro de Yukie. Bajó los ojos a tiempo de ver el profundo y largo corte en el poderoso cuello del animal, que se derrumbó al instante, arrastrándola en la caída. Quedó sin aliento al golpear contra el suelo, con una pierna atrapada bajo el cadáver de su montura.

Durante un instante el pánico se apoderó de ella, no comprendía lo que había sucedido, solo sabía que no podía moverse, y cuando tiró de su pierna para intentar liberarse, el dolor la disuadió del esfuerzo. Puede que no la tuviera rota, pero lo estaría si seguía moviéndose. Se obligó a respirar hondo, a enfocar la vista y a mirar a su alrededor. Solo entonces reparó en que alguien se alzaba junto a ella, y lo primero que vio de su atacante fue la hoja negra, empapada en sangre caliente, con la que había degollado al caballo.

Rápidamente, Yukie echó mano a la *katana,* pero en cuanto la hubo desenvainado, el pie de su asaltante le aplastó la mano contra el suelo obligándola a abrir los dedos y dejar caer el arma. El hombre se inclinó junto a ella, tomó la espada y la lanzó lejos, sobre la cabeza de sus perros, que rodeaban a ambos entre gruñidos y gemidos lastimeros, intimidados por aquella presencia que parecía manejarlos a su antojo.

—Solo un idiota persigue a las bestias. Son estúpidas y fáciles de engañar.

—¿Quién eres? —le espetó Yukie—. ¿Eres el asesino al que buscamos?

—Eres un muchacho malcriado. ¿No te han dicho que antes de exigir el nombre a un desconocido debes presentarte? —El extraño le sujetó con una mano enguantada la barbilla y lo obligó a girar la cabeza—. Vaya, vaya, qué tenemos aquí. Una mujer. Así que tú eres la hija del general Endo. La perra que el viejo Yamada gusta de tener entre sus soldados. Dime, samurái, ¿solo sirves a tu señor en el campo de batalla, o también lo haces en el lecho? —Yukie intentó apartar el rostro, pero su atacante le sujetó la mandíbula aún con más fuerza. Una máscara de demonio ocultaba sus facciones—. ¿Sabes que tu señor y su ejército son objeto de burlas por contar con una mujer entre sus filas? De este a oeste, en cada feudo del país, eres el hazmerreír. Para ellos no eres un guerrero, mujer, sino un chiste, una rareza.

—¿Tú también deseas reírte? Deja que me ponga en pie. Veremos entonces si lo encuentras divertido.

—¿Por qué debería luchar contra un enemigo derrotado? —dijo el enmascarado, al tiempo que se erguía—. El viejo león no es ningún estúpido; si te cuenta entre sus samuráis, tendrá buenos motivos.

Yukie volvió a tirar de su pierna con obstinación, pero un dolor sordo contrajo su rostro y le hizo cejar en el empeño. El extraño rio tras aquella diabólica mueca.

—Escúchame bien. No vas a morir hoy, si eres lista ya debes haberlo supuesto. Te he traído hasta aquí para darte un mensaje; un mensaje para tu señor.

—No soy tu emisaria. No diré nada a nadie.

—Por supuesto que lo harás —aseveró la voz tras la máscara—. Dentro de tres noches asaltaré el castillo de piedras negras y me llevaré la vida de Torakusu Yamada. No es una amenaza, es una verdad tan inexorable como la voluntad divina. Dile a tu señor que tengo la gentileza de comunicárselo para que pueda organizar sus funerales y despedirse adecuadamente de este mundo.

La voz no dijo nada más. Yukie forzó el cuello para mirar a su alrededor, pero estaba sola en el claro. Los perros se le acercaron para lamerle las manos. En la distancia, entre la espesura, sus hombres la llamaban a gritos.

Capítulo 40

La compañía del monte Hyōno

La lluvia barría las laderas de la montaña mientras la tormenta golpeaba la cima con violencia. El otoño tocaba a su fin en la provincia de Wakasa y las primeras nieves habían cuajado en el paisaje; pero esta no era noche de livianos copos, sino de afiladas gotas de lluvia que cortaban la piel y de un viento que atronaba en los oídos.

Un hombre se debatía en las entrañas de la tormenta, apenas un punto negro en la ladera blanca, batallando por cada paso que daba. Se dirigía hacia la luz que vislumbraba en la distancia, en el corazón de un bosquecillo aferrado a la pared montañosa, con la esperanza de encontrar calor y refugio. Ocasionalmente perdía de vista su faro tras las cortinas de agua helada, pero tarde o temprano terminaba por reaparecer para indicarle el rumbo.

Poco a poco, con la determinación de las carpas que nadan contra la corriente, el viajero penó ladera arriba hasta alcanzar los lindes de la arboleda. Ciertamente, en la espesura parecía latir la luz de un pequeño fuego o de una lámpara, así que se adentró entre los árboles, y al hacerlo, comprobó que quien allí se hubiera refugiado conocía bien la montaña, pues en aquel rincón el viento y la lluvia parecían amainar. Fue apartando ramas peladas a su paso, siempre en dirección a la luz, hasta que encontró una oquedad bajo una cornisa rocosa. En su interior palpitaba la promesa del fuego.

Con el corazón reconfortado, el viajero pudo escuchar, según se aproximaba, las voces de varios hombres y alguna ocasional carcajada. Se detuvo en la boca de la cueva, al alcance de la luz vertida por las lámparas de cera.

—¿Sois la compañía del monte Hyōno? —gritó desde el umbral, para que aquellos hombres pudieran escucharle por encima del sonido de la tormenta y de sus propias voces.

Los ocupantes del refugio fueron guardando silencio a medida que reparaban en la presencia del forastero, cubierto con un sombrero y una capa de caña empapados por la lluvia.

—¿Por qué lo preguntas? —respondió uno de ellos poniéndose en pie. Era un hombre robusto, sus facciones ocultas tras una barba desaliñada que le confería un aspecto feroz. Su mirada era la de alguien que había dejado atrás las huecas necesidades de la vida civilizada.

—Mi nombre es Senjyu Sekiyama —dijo el viajero mientras se desprendía del sombrero y la capa, dejando a la vista la *daisho* que portaba a la cintura—. He venido a unirme a la compañía.

—Tal cosa es imposible —negó el hombre de la barba que, ahora resultaba evidente, era el líder—. Eres un *ronin*. Ningún samurái puede formar parte de la compañía.

—¿Quién dice tal cosa?

—Lo digo yo, Kumagoro, jefe de la compañía del monte Hyōno, y con eso es suficiente. Mi palabra es ley en esta montaña.

Entonces el samurái se puso de rodillas ante aquel hombre, algo nunca visto por ninguno de los dieciocho presentes, e inclinó la cabeza:

—Jefe Kumagoro, permítame unirme a su compañía. Se lo pido con toda la humildad de la que soy capaz.

—Creo que no comprendes bien cuál es nuestra labor aquí. Unirse a nosotros no es una decisión que se tome a la ligera.

—Se equivoca. Sé perfectamente a lo que os dedicáis: sois porteadores, ayudáis a cruzar a los viajeros que quieren atravesar la montaña en lugar de rodear la cordillera.

—Lo que hacemos no es un paseo para ver el paisaje, *ronin*. Cargamos a los viajeros y su equipaje en andas y atravesamos el paso de montaña llueva, nieve o el sol raje las piedras. Es una travesía peligrosa que requiere conocer cada roca, cada cornisa y cada ladera perfectamente. Es por ello que el señor de Wakasa nos la ha confiado a nosotros. Ningún viajero ocasional lograría cruzar estas montañas por sí solo. Incluso aquellos que la conocemos perfectamente sabemos que, tarde o temprano, nos despeñaremos y nunca más se volverá a saber de nosotros. La montaña será nuestra tumba, todos los que estamos aquí lo hemos aceptado.

—Sé todo eso.

—¿Y aun así vienes aquí, en plena tormenta, para suplicar unirte a nosotros? —preguntó incrédulo Kumagoro—. Eres un demente.

—A menudo la desesperación se confunde con locura, no lo niego.

—¿Y por qué está tan desesperado alguien como tú? Eres un samurái que bien podría ganarse la vida con la espada. Nosotros, por el contrario, somos miserables, criminales y exiliados. Hemos llegado aquí sin remedio, huyendo de nuestros pecados o de deudas que ya solo se pueden saldar con la vida. Nadie viene aquí voluntariamente, y menos un samurái.

—Yo ya no soy un samurái —dijo Senjyu Sekiyama poniéndose en pie—. He matado a tantas personas que mi espada está saciada de sangre, su filo romo de cortar carne y quebrar huesos, y he renunciado a volver a afilarla, pues me veo incapaz de arrebatar una sola vida más. Así que, como puedes ver, yo también he llegado aquí huyendo, pero no de deudas o de la justicia, sino de una vida pasada que solo me procura tormento y desdicha.

Kumagoro se cruzó de brazos y escrutó el rostro de aquel hombre en un intento de discernir si sus palabras eran sinceras. Por último, se encogió de hombros.

—Está bien. Cada uno es dueño de sus decisiones y los demás no somos nadie para juzgarlas. Si quieres unirte a nosotros, allá tú. Brazos nunca sobran. Pero serás uno más entre nosotros, no un samurái —le advirtió el líder de la compañía—. Tus espadas no te harán falta en la montaña, así que las colgarás al fondo de este refugio, a la vista de todos. Solo así nos fiaremos de ti.

—Me parece razonable —aceptó Sekiyama.

—Bien. Toma un cuenco y siéntate junto al fuego. Mañana Danzō comenzará a enseñarte las rutas que usamos en invierno.

El samurái se adentró en la cueva y los hombres se apartaron en silencio para que pudiera pasar. Caminó sobre los tatamis secos que cubrían el suelo de piedra, y pudo observar que aquellos hombres no vivían como bestias, sino que el refugio era cálido, limpio y estaba organizado de una manera racional. Sin duda, Kumagoro sabía imponer una disciplina cotidiana, algo necesario si, como le había dicho, allí convivían parias y criminales.

Tras dejar sus espadas al fondo de la cueva, colgadas de un altar en el que se mezclaban figurillas de varios *kamis* y una descascarillada talla de Buda, Sekiyama regresó a la hoguera sin saber muy bien cómo comportarse, hasta que un hombre sentado junto al fuego levantó la mano para llamarle.

—Siéntate aquí. Toma. —Le tendió un cuenco con estofado—. Yo soy Danzō; al parecer me encargaré de tu instrucción a partir de mañana.

—Gracias —respondió Senjyu.

Su anfitrión lo apartó un poco del resto, para hablar con intimidad.

—Aunque el jefe no lo reconocerá, tu llegada es providencial. En otoño hemos perdido a dos hermanos.

—Ya veo —respondió el *ronin* con cierto envaramiento.

—Toma, bebe sake —le ofreció Danzō—. Así te soltarás. Además, si te ven beber les costará menos confiar en ti. Pero nunca te emborraches, excepto en ocasiones especiales; de lo contrario el jefe te obligará a pasar la noche fuera del refugio. Créeme, no es agradable.

—Veo que no os falta de nada —observó Senjyu—. ¿Cómo podéis permitíroslo?

—El *bugyo* establece una tarifa a cada viajero que quiere cruzar la montaña. La mitad es para nosotros, el resto para los recaudadores del feudo. No es una fortuna pero, como ves, nuestra forma de vida es más bien austera.

—Comprendo.

—Has tenido suerte, Senjyu. Muchos pueden pensar lo contrario, pero has llegado en la mejor época. Si conoces las reglas, en el invierno la montaña puede ser menos peligrosa; es cierto que las heladas dificultan el trabajo, pero pronto la nieve cuajará y, gracias a ella, muchas de las caídas no serán mortales.

—Te aseguro que no tardaré mucho en aprender. Quiero ser útil cuanto antes.

—¡Oh! Pero no se trata solo de aprender. Se trata de que nos conozcamos unos a otros. Cuando sales ahí fuera, nadie quiere a su lado a alguien en quien no confía. Y eso te llevará más tiempo. Pero no tengas prisa, mañana subiremos a la montaña y empezarás a comprenderlo. Iremos conociéndonos y, cuando confiemos el uno en el otro, quizás me cuentes por qué has venido en realidad a este maldito lugar.

Tras decir aquello, Danzō sonrió, alzó la taza de sake y dio un largo trago.

* * *

Durante la noche, Senjyu meditó sobre la facilidad con que había sido aceptado por aquel grupo de hombres, prueba de lo penosa que debía resultar aquella forma de vida. Al día siguiente, hizo su primera incursión. Caminó entre desfiladeros, junto a acantilados, recorrió cornisas y subió laderas, atento siempre a los pasos de Danzō, que le daba indicaciones precisas de dónde poner los pies, dónde agarrarse o la mejor forma de sortear los obstáculos naturales. A menudo, el montañero evitaba una senda que a cualquier viajero le parecería la ruta más evidente, y optaba por otra aparentemente más complicada de seguir. «Sencillo no significa seguro —le advirtió Danzō—, a veces es preferible optar por un camino más largo y escarpado pero menos traicionero».

Durante esa primera jornada Senjyu observó atentamente a su guía: un hombre que no debía haber cumplido los treinta años, de mirada franca cuando te hablaba y melancólica cuando la vista se le perdía en el horizonte. Le habría gustado conocer su historia, pero sabía que era demasiado pronto para eso. Aun así, decidió que aquel hombre le caía bien.

Pasaron varias horas más entre las escarpadas laderas, recorriendo las rutas que utilizarían durante los próximos meses para hacer cruzar a los viajeros la montaña. Los movimientos de Danzō eran precisos y coordinados, nunca titubeaba, sabía exactamente dónde apoyarse, dónde saltar, cuánto impulso tomar. Al hombro llevaba una larga cuerda trenzada y, colgado de la cintura, un pequeño bastón con un pico en su extremo que utilizaba para afianzarse a la roca cuando era necesario. Por su forma de desenvolverse, era evidente que estaba en completa armonía con el entorno.

—Lamento que tengas que dedicar tu tiempo a instruirme. Intentaré aprender lo fundamental cuanto antes —le dijo Senjyu durante un alto para beber agua.

Ambos estaban sentados junto a una quebrada desde la que se veía el vasto paisaje, la espalda apoyada contra la pared de la montaña. En la distancia, los pinos y los abetos parecían flotar sobre un mar de piedra.

—No tengas prisa por aprender. Si cometes un error y pierdes la vida, entonces sí me habrás hecho perder el tiempo.

Senjyu sonrió ante tanto pragmatismo.

—Entonces intentaré no despeñarme. Por respeto a tus enseñanzas.

Danzō también sonrió y le pasó el tubo de bambú.

—Quizás te haga sentir mejor el saber que no solo te estoy enseñando. Estas excursiones también forman parte de mi trabajo. Desde hace meses soy el explorador de la compañía, debo recorrer las rutas cada semana, comprobar que siguen siendo transitables y, si ya no lo son, buscar una alternativa. Por eso Kumagoro me ha confiado tu adiestramiento, sabe que, a día de hoy, soy el que mejor conoce la montaña.

—Parece una tarea peligrosa. Si te sucediera algo, estarías solo.

—Aburrida, más que peligrosa —dijo Danzō torciendo el gesto—. De hecho, agradezco tu compañía. Cuando pasas mucho tiempo aquí arriba, tienes demasiado tiempo para pensar. Y eso no siempre es bueno.

Senjyu siguió la mirada del montañero, de nuevo perdida en lontananza.

—Yo, sin embargo, agradezco esta calma. Para mí las montañas son un santuario que se eleva por encima de la miseria de los hombres. Por eso he elegido este sitio como retiro, me recuerda un tiempo en el que todo era más sencillo.

—Los buenos recuerdos son engañosos —dijo Danzō con voz ausente—, son como las piedras sumergidas en el lecho de un río: la corriente va puliendo sus filos hasta que solo queda la forma suave de aquello que queremos recordar. Pero nada fue tan hermoso como lo atesoramos en nuestra memoria.

A Senjyu le parecieron palabras más propias de un poeta que de un hombre que se ganaba la vida en la montaña.

—Es un pensamiento amargo —dijo por fin el samurái.

Danzō cerró la cantimplora y se puso en pie.

—Volvamos. Comienza a atardecer.

* * *

Pasaron las semanas y Senjyu demostró ser un miembro capaz de la compañía, abrazando su nueva vida con dedicación. El trabajo era duro y peligroso: divididos en parejas, cargaban andas de madera en las que portaban la carga y el equipaje de aquellos viajeros que querían cruzar la montaña. A menudo también debían transportar a algunos clientes, como mujeres, ancianos u hombres de escasa entereza que no se atrevían a recorrer las angostas cornisas por sí solos. Los llevaban también sobre andas o los cargaban directamente sobre sus espaldas. Una labor humillante para alguien que había portado la *daisho,* pero que Senjyu acometió sin reparo, demostrando a sus compañeros que había abandonado por completo su privilegiada condición de samurái.

Bien es cierto que Senjyu trabajaba en silencio y no solía participar de las bromas y juegos que compartían los miembros de la compañía; aun así, se hizo respetar por su abnegación y porque, cuando hubo que arrimar el hombro en alguna circunstancia complicada, fue de los primeros en dar un paso al frente.

Había transcurrido un mes y medio desde su llegada cuando Kumagoro los reunió a todos antes de la cena. Se encontraban a las puertas del refugio, bajo un cielo limpio en el que las estrellas brillaban fulgurantes, casi al alcance de la mano. Cuando los diecinueve estuvieron congregados, su jefe alzó la voz para hacerse oír:

—¡Escuchadme todos! Esta mañana ha venido un correo de la autoridad local para avisarnos de que, dentro de tres días, llegará a la montaña el gran señor Gendo Sugawara, vasallo directo del mismísimo *kanpaku**, Hideyoshi Toyotomi. Viaja hacia Kioto desde la provincia de Izumo, y nuestra misión será guiarle a él y a su escolta de cincuenta samuráis a través de la montaña. Nunca hemos afrontado una expedición semejante, así que debéis estar preparados para cualquier cosa.

Tras aquellas palabras, la compañía comenzó a comentar entre murmullos la noticia. Todos excepto dos hombres: Senjyu, que guardaba silencio como siempre, y Danzō, que le observaba de soslayo, pues la vida le había enseñado que no debía creer en las coincidencias.

---

* *Kanpaku:* título honorífico que significaba «regente imperial». Fue otorgado por el emperador de Japón al daimio Hideyoshi Toyotomi ante la imposibilidad de que este fuera proclamado shogún, dada su baja extracción social.

Capítulo 41

La voz quebrada de Tsuya

Asaemon Hikura recorría con paso ebrio las solitarias calles del barrio del placer de Fukui. La noche había caído sobre la ciudad como una maldición, y la populosa capital aparecía ahora como un páramo inhóspito. Desde que el demonio comunicara sus intenciones a Yukie Endo, los Yamada habían redoblado la búsqueda del enmascarado en un intento de cazarlo antes de llegar a la fecha por él mismo señalada. Cuando anochecía, sin embargo, la ciudad se sumía en una calma insana, sus calles desiertas y los burdeles cerrados, temerosos todos de un hombre que nadie había visto pero cuya sombra parecía deslizarse bajo cada puerta.

Las sandalias de Asaemon pisaron primero el suelo empedrado de las calles más privilegiadas y luego la tierra húmeda de las zonas menos distinguidas del barrio. Miradas furtivas se filtraban a través de las persianas de bambú, curiosas ante la presencia de aquel insensato que desafiaba el toque de queda.

El samurái había golpeado ya la puerta de varias tabernas y burdeles, obligando a sus propietarios a atenderle y servirle sake. Solo y en silencio había bebido en los salones vacíos, bajo la incómoda mirada de camareras ansiosas por que aquel hombre terminara su licor y se marchara. Había dejado para el final de la noche la casa de té de la dama Haruka, el burdel donde habían aparecido muertos sus dos compañeros.

Al llegar a la entrada del local, Asaemon golpeó la puerta sin contemplaciones hasta que un fornido guardia acudió a la llamada.

—Apártate —ordenó el samurái con la lengua trabada por el alcohol—, ¿dónde está la señora Haruka?

—No atiende a nadie esta noche.

—A mí me atenderá. Dile que venga, y que despierte a sus rameras.

El guardia echó un último vistazo al blasón de los Yamada bordado en el *haori* del samurái y le permitió el paso. Cuando Asaemon cruzó el jardín e irrumpió en el salón de la casa, la venerable dama Haruka, sin duda despertada por los golpes, bajaba las escaleras atándose apresuradamente el kimono.

—Señor Hikura, por favor. No es necesario armar tal revuelo. Siéntese, yo mismo le serviré.

La mujer chasqueó los dedos y una de las dos muchachas que bajaban tras ella, con el pelo descompuesto y el rostro adormilado, hizo una reverencia y desapareció tras una puerta lateral.

Asaemon se descalzó y se sentó con las piernas cruzadas, mientras la otra joven se situaba tras él y comenzaba a masajearle los hombros.

—No esperábamos visitas esta noche —prosiguió la dama Haruka—, por eso manteníamos el local cerrado. Pero nuestras puertas siempre están abiertas para usted.

—Claro —dijo Asaemon, mientras tomaba el platillo de sake caliente que le ofrecía la muchacha que volvía de la cocina.

—¿A qué se debe este honor? ¿Quiere saber algo más de los tristes acontecimientos del otro día?

—No, quiero desahogarme con una de tus rameras —respondió el samurái con absoluta vulgaridad, la mirada perdida en el sake.

Haruka, acostumbrada a los hombres más ruines, no torció el gesto ante un comentario tan insensible.

—No será ningún problema. Nos ocuparemos de sus necesidades. ¿Tiene alguna preferencia? Tenemos nuevas muchachas a las que no conoce.

—¿Cuál es la que más grita? —preguntó Asaemon.

—¿La que más grita? —repitió confusa la dama Haruka.

—Sí, la que más gime cuando se la meten.

—¡Oh! —exclamó la dueña del burdel—. Esa, sin duda, es Tsuya.

—Bien. ¿A qué esperas? Tráemela. —El samurái acompañó su exigencia de un último trago a la taza de sake.

Haruka dio dos palmadas y una de sus muchachas se retiró en busca de Tsuya. No transcurrió mucho tiempo hasta que la joven prostituta hiciera acto de presencia; era una muchacha de piel fina y rostro ovalado; sus grandes ojos miraban al suelo en un gesto de entrenada timidez, y había tenido tiempo de maquillarse levemente y recogerse el pelo con alfileres dorados.

Al verla, Asaemon hizo a un lado la botella de sake y se puso en pie.

—Tsuya, acompaña al caballero a tus aposentos —indicó Haruka.

La muchacha hizo una breve reverencia, pero la impaciencia del samurái le impedía contemplar más protocolos: tomó a Tsuya por la muñeca y tiró de ella hacia el corredor donde se distribuían los dormitorios. A su espalda, las muchachas que le habían servido el sake comenzaron a recoger la mesa, mientras Haruka observaba, con expresión de desagrado, cómo el samurái desaparecía en las penumbras de su local.

Asaemon entró en los aposentos de la prostituta y se aseguró de que la puerta quedaba bien cerrada.

—Apaga las lámparas y sube la persiana —ordenó el samurái.

—Como guste. Dicen que a la luz de la luna los placeres son más intensos. ¿Desea que me desnude del todo?

—No es necesario. Siéntate ahí, tras el biombo. —Señaló la pared opuesta a la ventana.

—¿El caballero no desea verme? ¿Prefiere jugar con el resto de los sentidos?

—Exacto, solo quiero escucharte.

La muchacha se desató el *obi*, anudado bajo el pecho, y dejó que el kimono cayera al suelo. Así, cubierta solo por el *nemaki*, apagó las velas y se sentó tras el biombo de papel. La estancia se sumió en una oscuridad perlada de luna.

—¿Y ahora? —preguntó la muchacha, divertida por aquel juego.

—Ahora comienza a gritar de placer.

—¿De placer? Ni siquiera nos estamos viendo. ¿Desea que me toque?

—Tócate, si así te resulta más sencillo. Solo quiero que grites como no lo has hecho nunca.

Al cabo de un instante, la muchacha comenzó a gemir. Con timidez en un principio, más desinhibida después, hasta que Asaemon estuvo seguro de que nadie en la casa podría ignorar sus gritos entrecortados.

—Así —la animó el hombre—, no pares hasta que yo te lo diga.

—Sí —suspiró la muchacha, la voz quebrada por el placer.

Con una sonrisa perversa, Asaemon se sentó frente al biombo, la espalda apoyada contra el rincón más oscuro, y se dispuso a esperar cuanto fuera necesario.

Debió ser paciente, pues el tiempo se filtraba espeso en aquella estancia congelada por la luz de la luna; y mientras Tsuya, obediente, continuaba proclamando su deleite a los cuatro vientos, Asaemon parecía contemplarlo todo desde fuera, ajeno a una escena que ahora descubría hasta cierto punto cómica.

O así se lo pareció hasta que la persiana de bambú osciló y algo cambió en el interior del dormitorio. Despacio, muy despacio, Asaemon tomó la vaina de su *katana* y llevó la mano a la empuñadura. La luz pálida que se dibujaba sobre el tatami había temblado al paso de una sombra, pero aun así no había podido ver al intruso, cuya presencia apenas intuía. Nada hacía pensar, no obstante, que el asesino hubiera reparado en él, por lo que Asaemon contuvo la respiración y aguardó su momento. De repente, el biombo voló por los aires y se estrelló contra la pared opuesta, y los gemidos de Tsuya cesaron abruptamente. El samurái se tomó un instante para observar a su adversario: no era más que una sombra entre sombras, su rostro demoníaco flotando en un mar de tinieblas.

Entonces se puso en pie y se lanzó hacia la espalda del asesino. Antes de que este comprendiera lo que estaba sucediendo, el filo de Asaemon hendió la noche y dibujó un sesgo limpio bajo su cabeza. El tiempo se detuvo mientras el samurái aguardaba a que la cabeza rodara cercenada de los hombros. En su lugar, el espectro giró lentamente hasta que ambos quedaron frente a frente.

«*Yōkai*», masculló Asaemon, antes de que una hoja negra se hundiera en su vientre.

Bajó la mirada hacia la herida, a tiempo de observar cómo el demonio retiraba el acero para que la sangre comenzara a rezumar. El frío penetró en su cuerpo a través de la cuchillada y Asaemon se derrumbó sobre sus piernas, no sin antes lanzar una última dentellada con el filo de su *katana* que, de nuevo, solo encontró el vacío.

En la habitación quedaron él y Tsuya, cuyos gritos eran ahora de sincero terror. Asaemon se miró la mano empapada en su propia sangre, cerró los ojos e intentó ignorar el dolor. Sin duda, se dijo, se trataba de una noche extraña como pocas.

Capítulo 42

Al final del camino

Se avecina una guerra —musitó Kumagoro con gravedad, el rostro sombrío sobre las ascuas del hogar.

—¿Por qué dice eso, jefe? —inquirió uno de sus hombres.

El líder de la compañía, que creía haber rumiado aquella certidumbre para sus adentros, levantó la vista y buscó por el refugio al que le había preguntado:

—La mayoría de vosotros no estabais aquí la última vez que un daimio reclamó nuestros servicios, pero también fue en vísperas de una guerra.

—¿Por qué, Kumagoro? —preguntó otro—. ¿Qué tiene que ver la guerra con todo esto?

—Tenéis la cabeza hueca. ¿A ninguno os resulta extraño que un gran señor como Gendo Sugawara se arriesgue por una ruta tan adversa? ¿Qué necesidad tendría de ello?

Hubo murmullos afirmativos, como si Kumagoro hubiera verbalizado un pensamiento que había pasado por la mente de todos.

—¿Huye de alguien?

—¿Huir? No. Corre hacia la guerra.

—Pero es imposible que un ejército cruce la montaña.

—No necesita un ejército. —El jefe de los montañeros escupió al fuego—. Todavía no, al menos. Os diré lo que está pasando. Al igual que hace años, Toyotomi ha convocado a los grandes señores en Kioto. Allí preparará la guerra contra los Tokugawa, y cualquier retraso por parte de sus vasallos pondría en duda la lealtad del rezagado. Es más, algunas malas lenguas podrían llegar a insinuar que la demora responde a dudas de última hora, al deseo de dicho daimio de no dejar a las claras tan pronto cuáles son sus lealtades. Es por ello que esos diablos se dan patadas en el culo por llegar los primeros ante la presencia de su señor. Ninguno quiere señalarse. Sus ejércitos bien pueden llegar más tarde. Pero todos deben estar ante el *kanpaku* cuando este levante la cabeza.

—¿Cómo puedes saber tú todo esto?

Kumagoro sonrió ante aquel comentario descreído.

—Las guerras tienen un hedor que flota en el aire, hijo; incluso antes de que se derrame la primera gota de sangre. Los comerciantes hablan de ello y cambian sus rutas, los monjes se encierran en sus monasterios y los señores de la guerra hacen cosas extrañas, como acudir a nosotros para que les ayudemos a cruzar estas montañas. Este paso es la forma más rápida de llegar desde la costa septentrional hasta la ruta San'yōdō*, es por eso que Sugawara ha elegido este camino. No me cabe duda. Díselo tú, Danzō.

—Es cierto lo que dice —corroboró el explorador, que se distraía limpiando una rama de abeto en un rincón de la cueva—. Si Gendo Sugawara no quiere ser el último en acudir a la llamada de su señor, deberá cruzar por el paso de Hyōno. Así que procurad no hacer ninguna estupidez, podéis estar seguros de que los samuráis que le escoltan serán unos auténticos hijos de puta que nos tratarán como a perros.

—Si no quieren verse perdidos en medio de la montaña, más les vale echar algún hueso a este perro —dijo uno de los compañeros, y todos, incluso Senjyu Sekiyama, que había atendido a la conversación en su habitual silencio, prorrumpieron en una risa escandalosa.

* * *

Aún no había amanecido cuando Danzō despertó a Senjyu. El explorador ya se había calzado las botas de caña trenzada y se había envuelto en su gruesa capa.

—Despierta, necesito que me acompañes. Quiero asegurarme de que no ha habido desprendimientos esta noche, puede que necesite tu ayuda si hay que despejar algún paso cegado por la nieve.

---

* San'yōdō: es el nombre que recibía en la Antigüedad la principal ruta comercial que conectaba el oeste de Japón con la capital imperial, Kioto.

Senjyu asintió y comenzó a vestirse, con cuidado de no despertar a los demás, que aún dormitaban en el refugio. La llegada del séquito de Gendo Sugawara estaba prevista para el mediodía y la expedición partiría a primera hora de la tarde. Si todo iba bien, harían noche a medio camino, junto a la pared de un desfiladero que les protegería contra el viento, y habrían cruzado al sur de la montaña antes de la tarde del día siguiente.

Senjyu se reunió en el exterior con el que había sido su adiestrador. Se detuvo un instante para ceñirse la capa de paja y mirar al cielo.

—No tiene buena pinta. Puede que hoy haya ventisca.

—De cualquier modo partiremos esta tarde. Ya oíste anoche a Kumagoro, esos samuráis no querrán esperar a que el tiempo acompañe.

Su interlocutor asintió sin dejar translucir preocupación alguna.

—¿Qué llevas ahí? —preguntó Senjyu, señalando una larga bolsa de tela que Danzō llevaba anudada a la espalda.

—Desayunaremos en la montaña. Toma —le lanzó una pala de madera—, puede que nos haga falta para apartar la nieve.

Y, sin perder más tiempo, los dos hombres se pusieron en marcha.

Unas horas más tarde ya habían cubierto buena parte de la primera mitad de la ruta, pues dos hombres solos avanzan por la montaña mucho más rápido que una larga caravana. Cuando rayaba el alba, Danzō y Senjyu se sentaron en el mismo lugar donde mantuvieron su primera conversación, junto a un impresionante acantilado que se asomaba sobre el páramo nevado. Allí desayunaron mientras contemplaban el amanecer.

—¿Sabes? —dijo Danzō, rompiendo el pesado silencio—. De vez en cuando, en la vida uno tiene la oportunidad de contemplar cosas extrañas.

—¿A qué cosas te refieres? —preguntó Senjyu, que por el tono de voz de su interlocutor ya imaginaba que aquel comentario no era casual.

—Cosas singulares, fuera de lo cotidiano, como que un samurái insista en unirse a una compañía de míseros montañeros. O que todo un señor de la guerra necesite de nuestros humildes servicios para acudir a tiempo a la llamada del mismísimo Hideyoshi Toyotomi. Son situaciones excepcionales, de las que solo vives una o dos veces en la vida.

—Tú lo has dicho. Son cosas que se ven un par de veces antes de morir —admitió Senjyu con media sonrisa.

—Pero ¿sabes qué resulta aún más extraño? Que dos hechos tan singulares se produzcan al mismo tiempo. Entonces, si uno no es estúpido, debe pensar que quizás no sea casual.

—¿A dónde quieres ir a parar? —La voz de Senjyu se había tornado seca como la yesca.

—Se me ocurre que el samurái que aparece un mes antes de la llegada de un gran señor puede ser un sicario enviado por un daimio rival, y que su verdadera intención sea ganarse nuestra confianza para así poder llegar fácilmente a su víctima. O quizás seas un emisario del propio Gendo Sugawara, enviado como avanzadilla para vigilarnos, para asegurarse de que somos de fiar. ¿Quién eres tú, Senjyu? ¿El asesino o el espía?

—Ni uno ni otro —dijo Sekiyama con calma—. Por algún motivo desconfiaste de mí desde un principio, lo sé bien, pero no había engaño en mis palabras; he dejado atrás mis días como guerrero.

—Si es así, demuéstralo. Deshazte de esto.

Y Danzō tiró a sus pies la alforja de tela que llevaba a la espalda. El nudo estaba deshecho y sobre la nieve rodaron los dos sables de Senjyu. El samurái no miró las espadas a sus pies, sino que sostuvo la mirada del montañero.

—Si realmente has dejado atrás tu vida anterior, si ya no eres un samurái, ¿por qué conservar tus espadas?

Lentamente, sin mediar palabra, Senjyu recogió las armas del suelo. Las dos *sayas* estaban atadas con una banda de seda, de manera que no pudieran separarse, y las empuñaduras gemelas descansaban una junto a la otra.

El samurái empuñó la *katana* y tiró de ella brevemente. El acero se asomó a la luz de la mañana y Danzō tragó saliva, temeroso de lo que pudiera venir a continuación; pero Senjyu volvió a empujar la empuñadura y la hoja desapareció en el interior de la vaina. Con las dos espadas enfundadas, el samurái se puso en pie y se aproximó al filo del abismo, extendió el brazo y las dejó caer. La *daisho*, zarandeada por el viento, se perdió entre las nubes que flotaban más abajo.

—¿Me crees ahora?

Danzō asintió en silencio, pues sabía que no se podía pedir mayor prueba de sinceridad a alguien que alguna vez se hubiera llamado samurái.

* * *

La expedición de Gendo Sugawara partió poco después del mediodía. Cincuenta y cuatro samuráis a pie conformaban su escolta, rodeando un palanquín cerrado de madera tallada en cuyos laterales se había pintado, en negro sobre laca roja, el *kamon* del clan Sugawara: la ola encrespada sobre un círculo lleno. La marcha la abrían tres exploradores de la compañía de Hyōno, entre los que se encontraba Danzō, y la cerraban los porteadores que cargaban en andas el bagaje de la escolta. Otros dos hombres de la compañía, sus cargadores más robustos y seguros, transportaban el palanquín de su señoría.

Desde atrás, como uno de los porteadores más rezagados, Senjyu tenía una vista privilegiada de la larga columna, que serpenteaba sobre los repechos, entre las quebradas y por las angostas cornisas, con las coloridas armaduras de los guerreros brillando sobre el blanco yermo de la montaña.

A su paso, la nieve quedaba aplastada y manchada de un gris sucio, y las voces de los samuráis reverberaban entre las macizas paredes de roca. Los hombres de Hyōno, por el contrario, marchaban en silencio. «Alguien debería decirles que respetaran la quietud de la montaña —pensó Senjyu—, pueden ofender a los dioses que aquí habitan y provocar un alud».

Pero los dioses se mostraron piadosos aquella tarde, y su enojo no fue más allá de una suave nevada y un viento que arremolinaba los copos antes de llegar al suelo. Todo transcurría como era debido, sin que la temida ventisca hiciera acto de presencia. Solo pararon una vez para descansar, junto a un amplio mirador desde el que se veía la vasta ladera nevada y los bosques de pinos que se extendían hasta el anochecer. Los hombres bebieron agua y comieron arroz frío para reemprender pronto el camino, pues no era aconsejable detenerse largo tiempo sin el calor de las hogueras. El comandante de la expedición, un samurái de unos cincuenta años, de mirada despierta y maneras tranquilas, se aproximó al palanquín para hablar con su señor, que nunca asomó su cabeza más allá de la cortinilla que preservaba la intimidad de la cabina.

Cuando por fin reanudaron la marcha, la tarde había comenzado a caer y el viento arreciaba. El cansancio era evidente entre la escolta de Sugawara, pues los guerreros no estaban habituados a transitar por las pendientes nevadas. Los hombres de Hyōno, sin embargo, pese a cargar las pesadas andas, mostraban mayor disposición a seguir adelante. Kumagoro advirtió al comandante que no podían parar todavía: «La noche no puede sorprendernos en la pared de la montaña, debemos alcanzar el amparo de los desfiladeros». El samurái asintió y alentó a sus hombres para que demostraran su valía.

Casi había anochecido por completo cuando el agotamiento era ya palpable en toda la columna. Solo los exploradores mantenían vivaz el paso, libres de la carga de los porteadores y acostumbrados como estaban a la montaña. El resto avanzaba ya sin fuerzas siquiera para levantar la vista del suelo. Solo por casualidad, cuando atravesaban una cornisa de no más de dos *ken* de ancho, Senjyu alzó la cabeza y pudo ver cómo Danzō se apartaba de la caravana para arrodillarse junto a la pared de la montaña. No lo consideró nada especialmente extraño, hasta que vio a su compañero usar la pala para apartar la nieve y desenterrar un bulto envuelto en trapos. Lo hizo con la naturalidad del que recoge una moneda del suelo, de modo que nadie reparara en él, pero cuando el montañero apartó los paños empapados, todo cobró sentido súbitamente: la desconfianza de Danzō, la manera en que le había engañado para deshacerse de sus armas, absolutamente todo.

Senjyu dejó caer las varas que cargaba al hombro y el porteador que sujetaba el otro extremo de la tabla tuvo que ver, impotente, cómo los bultos se esparcían sobre la nieve. Ignorando las imprecaciones a su espalda, avanzó con determinación hacia Danzō al tiempo que empuñaba el largo cuchillo oculto bajo su kimono. Los demás se apartaban a su paso entre murmullos de desconcierto.

Cuando los samuráis que seguían al palanquín se percataron de la presencia de Senjyu, este ya había llegado a espaldas de su presa, la punta de su daga asomando bajo la pesada capa de invierno. De repente, el acero restalló contra el viento y la mano armada de Senjyu cayó sobre la nieve. Danzō estaba ahora frente él, sus ojos fríos como nunca antes. Blandía la espada que le había mutilado sin piedad, y el samurái comprendió que jamás tuvo oportunidad de sorprender a aquel hombre.

Durante el instante eterno en que sus miradas se encontraron, Senjyu aguardó el golpe de gracia, pero el montañero se limitó a darle la espalda mientras él caía de rodillas sobre la nieve manchada de su propia sangre.

—¡Gendo Sugawara! —exclamó Danzō y, ahora sí, todos se detuvieron y volvieron el rostro hacia él—. Mi nombre es Seizō Ikeda. He venido a reclamar lo que me pertenece.

Aquellas palabras alumbraron un auténtico infierno en el corazón del inhóspito invierno, y las espadas sisearon al salir al unísono de sus vainas. Los samuráis que había entre él y el palanquín del daimio comenzaron a moverse y, más allá de aquella súbita muralla de acero erizado, Seizō pudo ver cómo Sugawara descendía hasta la nieve, curioso ante el desafío de aquel único hombre.

No más de treinta pasos lo separaban del asesino de su padre, treinta pasos para concluir un camino que había tardado dieciocho años en recorrer, desde que una noche de primavera debiera huir de su hogar en llamas. Treinta pasos flanqueados por afilado acero y samuráis dispuestos a dar la vida por su señor. No sería él el que les negara tal honor.

Seizō Ikeda se lanzó hacia delante, empuñando sus dos espadas como una vez viera hacer a un *ronin* a orillas del Nakaumi, y bajo su terrible hoja perecieron uno tras otro todos aquellos que osaron desafiarle. Desviaba con una mano y apuñalaba con la otra, su filo insaciable, devastador como el postrero viento invernal. Sus enemigos, agotados por la larga travesía, los pies hundidos en la nieve, con espacio solo para hacerle frente de dos en dos en aquella angosta cornisa, iban cayendo bajo su furioso avance, y él los apartaba a un lado como las hojas que caen de un árbol muerto, obligándolos a despeñarse por el acantilado o a morir acuchillados entre su espada y la pared de la montaña.

El viento azotaba la cornisa; la nieve, que antes les lamía el rostro, ahora les mordía con afilados dientes de hielo. Los samuráis que encabezaban la escolta intentaban retroceder para interponerse entre su señor y el asesino, pero solo conseguían empujarse unos a otros y algunos incluso cayeron al vacío. Cuando se hizo evidente que la marea humana podía arrastrar también al palanquín, el comandante les ordenó detenerse. A continuación, alzando la voz sobre el viento, rogó a su señor que regresara a la cabina.

Pero Gendo Sugawara estaba cautivado por aquel momento de poética venganza, y no podía hacer más que observar la ira desatada de aquel hombre, que parecía rivalizar incluso con la tempestad reinante. Era, sin duda, una fuerza inexorable al encuentro de su destino. ¿De qué serviría huir de ella?

Cuando Seizō llegó hasta Sugawara, dejando tras de sí carne, huesos y nieve ensangrentada, pudo ver por fin el rostro de aquel que había exterminado a toda su casa. No era como lo había imaginado: habría esperado a un gran señor de la guerra de aspecto temible y mirada desafiante hasta el final, orgulloso y pleno de poder. Sin embargo, así desnudo, despojado de su armadura y de su ejército, solo quedaba un hombre de ojos huidizos enterrados en una cara redonda. Desde luego, no era mejor que cualquier otro.

Quizás fue la repugnada decepción que Gendo Sugawara encontró en los ojos de Seizō lo que le hizo despertar de su ensoñación: no presenciaba una de las gestas del *Cantar de Heike,* sino una simple y cruel matanza.

—¡Rápido, apartadlo de mí! ¡Acabad con él! —pudo exclamar, antes de que su cabeza rodara por el suelo.

Y todos enmudecieron mientras el cuerpo del daimio se tambaleaba como un árbol sin raíces. Contemplaron ese instante con mirada incrédula, como si un río fluyera hacia la montaña o la primavera diera paso a un crudo invierno. Un sinsentido que truncó sus voces. Pero cuando el cadáver se desplomó sobre la nieve, la ira llenó aquel vacío y los acontecimientos se precipitaron.

Fue entonces cuando Seizō, rodeado por no menos de cuarenta enemigos, afrontó la certeza de su muerte, y lo hizo con la extraña sensación de que su paso por este mundo había hecho desgraciadas a muchas personas y felices a muy pocas. Encaró con entereza la lluvia de espadas que se cernió sobre él, y solo hincó la rodilla cuando una cuchillada le atravesó el muslo. Incluso así, desde el suelo, las espadas de Kenzaburō Arima continuaban devorando el alma de sus enemigos. Pero su camino concluía allí, al filo de un abismo, tal como siempre había sospechado. ¿Qué sentido tenía llevarse más vidas consigo?

El abrazo del vacío se abría a su espalda, reconfortante, lejos del ruido de aquel mundo violento. Entonces cayó el último de los Ikeda. Se hundió en la tormenta con una sonrisa en la boca, aliviado de que su largo viaje tocara a su fin, agradecido de que las entrañas del monte Hyōno fueran su tumba.

Capítulo 43

La noche más larga

Ekei retiró el bol de bronce que pendía sobre el fuego; en su interior burbujeaba un ungüento que había calentado casi hasta hacerlo hervir. Con cuidado, empapó en el preparado un paño limpio y lo aplicó sobre la herida que había cosido pocas horas antes. Al instante, el paciente se retorció de dolor, víctima de un escozor insoportable.

—¿Te duele? —preguntó el médico con voz átona.

—¡Sí, maldito matasanos! —exclamó Asaemon.

—Me alegro, quizás así muestres más sensatez la próxima vez. Además, es bueno que te duela.

—¿Bueno para quién? —El samurái apretaba los dientes y cerraba los ojos, luchando contra el impulso de apartar el apósito—. ¡Maldita sea! —Golpeó el suelo con el puño cerrado.

—Bueno para la herida. Significa que la está cauterizando. ¿O preferirías que te aplicara un hierro al rojo, como a las bestias?

—Preferiría que me dejaras en paz. ¿No tuviste suficiente con remendarme esta mañana como a un espantapájaros?

Ekei sonrió mientras envolvía el abdomen del samurái con vendajes de lino.

—Si no te hubiera cosido, las tripas se te habrían derramado por ese tajo.

—Y una mierda. He salido de otras peores. Me ensartó el costado como un lomo de buey, justo sobre la cadera. Ahí no hay nada importante.

—Créeme, todo ahí dentro es importante —le contradijo el médico—. Todo menos lo que tienes dentro de la cabeza. Eso no te sirve para nada.

Asaemon quiso reír, pero un aguijonazo de dolor le desfiguró el rostro cuando el hilo con el que Ekei le había cosido se tensó sobre la herida.

—Esto es una maldita tortura —protestó el samurái, echando la cabeza hacia atrás—. Prepárame otra de esas tisanas para calmar el dolor, es la única de tus medicinas que parece funcionar.

—No —dijo tajante maese Inafune—. Solo una vez al día. Te la prepararé esta noche para que duermas de seguido.

—Esta noche no voy a dormir. Ni yo ni nadie en todo el castillo.

—Le diré a la guardia que no te permita salir del pabellón médico. Apenas puedes tenerte en pie, solo serías una preocupación para tus compañeros.

El maltrecho guerrero se recostó sobre la mullida estera y miró al techo. Se sentía agotado, la mano apenas firme, pero sobre todo se sentía derrotado. Había tenido tiempo de revivir mentalmente, una y otra vez, su enfrentamiento con aquel demonio de pesadilla y no se quitaba de la cabeza la sensación de su espada al hendir el vacío. Recordaba perfectamente el destello de su propia hoja a la luz de la luna, el sesgo limpio y preciso hacia el cuello de su rival; pero cuando aguardaba la descarga sobre la muñeca, el impacto del acero al abrirse paso cercenando músculo y hueso, todo lo que había sentido era la vacuidad de un tajo al aire.

Ekei ordenaba ya su *yakuro*, dispuesto a cerrarlo y continuar con su ronda, cuando Asaemon le agarró la mano.

—Escúchame bien, si esta noche ves a ese engendro con rostro de demonio, corre. Hazme caso cuando te digo que no es de este mundo.

El médico lo miró con expresión descreída, pero se abstuvo de comentar lo que realmente pensaba.

—Tendré cuidado, pero no tengo la menor intención de cruzarme en su camino.

—¡No, escúchame! No me mires como a una de esas ratas supersticiosas. Te digo que lo maté. Le corté el cuello limpiamente bajo la cabeza, pero mi espada pasó a través de él, como si intentara partir en dos una columna de vapor.

—Estabas borracho, como tantas otras noches —dijo por fin Ekei, dando rienda suelta a sus reproches—. No le habrías acertado ni a una sandía sobre una mesa. Todavía no me explico cómo pudiste salir de allí con vida. Nunca te tuve por un idiota.

—No negaré que había bebido, pero estaba completamente lúcido... Sé cuándo estoy demasiado borracho para usar la espada.

—Fui yo el que te atendió en aquel prostíbulo. Hedías a alcohol y, cuando llegué, habías perdido tanta sangre que ya no te mantenías consciente.

Lo cierto es que Asaemon no recordaba nada de lo sucedido tras su encuentro con el demonio: ni quién acudió en su ayuda, ni cómo llegó hasta el castillo. Negó con la cabeza, demasiado aturdido como para discutir.

—Piensa lo que quieras, pero harías bien en decírselo a los demás. Ese asesino no es como tú o como yo. Quizás no sea un demonio, pero domina artes que no son de este mundo. —Cerró los ojos para descansar, pero se permitió una última mueca desafiante que contrajo la cicatriz de su rostro—. Ojalá tenga la oportunidad de encontrármelo de nuevo, una última vez.

—Cuidado con lo que anhelas —le advirtió Ekei mientras se ponía en pie—. Dicen que los dioses castigan a los hombres concediéndoles sus deseos.

* * *

Aquella noche se cumplía el siniestro plazo otorgado por el asesino a Torakusu Yamada. Letal y preciso, lo único que sabían de aquel hombre es lo que él les había permitido ver: su rostro enmascarado como un diablo de teatro, ubicuo, capaz de aparecer y desaparecer a su antojo, aparentemente intocable, y tan seguro de su poder que se permitía dictar sentencia sobre el mismísimo León de Fukui.

La situación hacía que los samuráis del clan Yamada se movieran entre la vergüenza de haber fallado a su señor, la ira que les producía tener que vivir bajo la amenaza de un sicario, y el temor de que aquel hombre o diablo fuera, en efecto, tan infalible como les había hecho ver. Pero según pasaban las horas, esa amalgama de emociones se había concretado en una sola: la firme determinación de convertir el castillo de piedras negras en una trampa mortal para todo el que pretendiera penetrar en él.

Asomado a una de las cuatro terrazas de sus aposentos, apoyado sobre el pasamanos de madera, Torakusu observaba con disgusto la desmesurada actividad en los sucesivos patios de su fortaleza: más allá de la arboleda se había establecido un anillo formado por decenas de samuráis con *naginata,* de tal modo que el castillo era ahora una auténtica isla, con el mar a su espalda y separado de la ciudad a sus pies, como si el señor del castillo hubiera decidido cortar amarras y alejarse de Fukui. Intramuros, la vida cotidiana había sido arrastrada por una urgencia febril: se había duplicado la frecuencia de los turnos de guardia, triplicado el número de vigías sobre los muros, se habían instalado nuevas lámparas para iluminar mejor los anillos interiores y se habían erigido improvisadas torres de vigilancia, en el afán de los generales por que no hubiera ni un solo punto ciego. Jaurías de perros encadenados recorrían el castillo y se había ordenado el toque de queda para todos los funcionarios y vasallos, de modo que nadie pudiera confundir ni distraer a los guardias. Al mismo tiempo, un grupo de maestros constructores recorría las distintas murallas buscando posibles grietas por las que un hombre pudiera deslizarse al amparo de la noche.

—Todo esto es ridículo —zanjó el viejo daimio, a la vista de semejante despliegue—. Si esto se supiera, seríamos el hazmerreír de nuestros enemigos.

—*O-tono,* todos los grandes señores dedican esfuerzos ingentes a protegerse de los asesinos —apuntó a su espalda el *karo,* Kigei Yamaguchi—. El propio Ieyasu Tokugawa ha plagado de trampas y cámaras secretas su palacio de Edo.

—No me importa. Esto solo demuestra debilidad. —Torakusu se giró y observó a los otros dos hombres que se encontraban en la terraza: su primer general, Yoritomo Endo, y su hijo, Susumu—. Yoritomo, vuelve a explicarme por qué un solo hombre ha conseguido ponernos de rodillas. Cómo una sola persona puede sumir en el terror a toda una ciudad.

—Es un maestro en el arte del subterfugio y la manipulación —contestó el general agachando la cabeza a modo de disculpa—. No sabemos a quién nos enfrentamos, pero ha conseguido que, a ojos del pueblo, sus crímenes aparezcan como actos sobrenaturales. Muchos dicen que el barrio del placer está maldito, mientras que otros aseguran que hay más de un demonio. Sabéis bien que el populacho es ignorante y fácil de atemorizar.

—¿Solo el pueblo es fácil de atemorizar? —preguntó el daimio, mirando sobre su hombro la incesante actividad que hervía a los pies de la torre del homenaje—. A juzgar por lo que veo, mis generales sienten el mismo miedo ante un solo hombre que ante todo un ejército.

—Padre, todo esto es para protegerte. Esta noche, tus generales y yo mismo permaneceremos en todo momento junto a ti, rodeados por tu guardia personal. Nos aseguraremos de que nada pueda ocurrirte.

—No —dijo el viejo daimio—. Tú permanecerás en tus aposentos.

—¡Padre! Yo soy el primero que he de velar por tu vida. No cometeré semejante cobardía.

—No me contradigas, Susumu. Permanecerás en tus aposentos y atenderás a tu madre en lo que ella necesite. Eres mi único heredero, sería estúpido que el asesino pudiera dar con nosotros dos en un mismo lugar. No podemos arriesgarnos a que, en una noche fatídica, el clan Yamada quede descabezado por completo.

—Señor Susumu, su padre tiene razón —intervino el general Endo. Vestía su armadura de guerra, como si se encontrara en vísperas de una batalla—. Debe permanecer en un sitio seguro, con su propia guardia.

—Continúas tratándome como a un niño, padre. —Susumu torció el gesto.

—¿Como a un niño? —exclamó Torakusu—. Te he puesto al frente de mis ejércitos, tienes poder para arrasar a todo el que se te oponga. Por una vez, sé sensato y demuéstrame que no me he equivocado.

El hijo apartó el rostro ante tales palabras, acaso para evitar una mirada desafiante. Cuando volvió a levantarlo, su expresión era hosca.

—Tienes razón. Soy un estúpido por estar dispuesto a dar mi vida por mi padre y señor. —En sus ojos brillaba una rabia mal disimulada—. Si me perdonáis, se me ha ordenado que me retire a mis aposentos.

Poco después, el general también se despidió para dirigir los últimos preparativos y dejó a su señor a solas con el primer consejero.

—Creo que sois demasiado duro con vuestro hijo —señaló Yamaguchi—. Es el amor que siente por vos lo que le hace parecer insensato.

—Sé que mi hijo me quiere, Kigei, pero no es su amor lo que lo hace estúpido. Solo espero que el tiempo le dé una perspectiva más sabia de la vida.

—Estoy seguro de que así será.

El viejo daimio suspiró y se asomó de nuevo a la ladera sobre la que se extendía su castillo.

—Todos están preocupados por un solo hombre; obcecados, no ven más allá de la amenaza inminente. Pero no es el sicario quien a mí me preocupa, sino quienquiera que lo haya enviado.

* * *

La noche cayó sobre el castillo de los Yamada como un mal presagio, fría y desesperanzadora. Todo estaba ya dispuesto: las lámparas brillaban con aceite nuevo, cada hoja de acero había sido afilada; cada flecha, comprobada; cada muro, vivienda o almacén, examinado, y cada hombre ocupaba su puesto. La vigilia se presentaba larga y en la fortaleza reinaba una calma malsana, enfermiza, que incluso permitía escuchar las olas rompiendo contra el acantilado.

Hostigado por aquel ominoso silencio, Ekei Inafune recorría los pasillos de las plantas superiores de la torre del homenaje. Bajo sus pies, el suelo de ruiseñor gemía subrayando cada uno de sus pasos. Caminaba con determinación y sin mirar a los lados, inclinando la cabeza a modo de saludo cada vez que se cruzaba con un samurái, más numerosos según se aproximaba a los aposentos del señor del castillo, donde había sido convocado junto a O-Ine Itoo.

Pasarían la noche en una pequeña cámara anexa a dichos aposentos, preparados por si sus servicios eran reclamados para atender a alguno de los hombres que protegían al daimio. Aunque ambos sabían que el auténtico motivo de su presencia allí, la razón que nadie osaba reconocer, era el temor a que todas las precauciones fallaran y Torakusu Yamada fuera herido o envenenado de algún modo. En tal caso, sus médicos serían su última oportunidad de escapar, una vez más, de las garras de la muerte.

—No es el mejor momento para vagar por los pasillos —lo amonestó una voz que se interpuso en su camino, sacándolo de su ensimismamiento.

—Yukie —saludó el médico—. He querido volver a mi estudio y añadir algunas cosas a mi *yakuro*. —Ekei levantó la caja que llevaba en la mano derecha—. Nunca se sabe qué puede ser necesario en una noche tan larga.

La samurái asintió con una sonrisa que delató su falsa severidad, aunque fue una sonrisa apagada, casi triste. Vestía un *kataginu* azul oscuro y *hakama*. Las empuñaduras de sus dos espadas sobresalían, bien a la vista, bajo la chaqueta abierta.

—Esta noche todo preparativo parece escaso —reconoció la samurái.

—El castillo está en pie de guerra, como si se encontrara bajo asedio.

—Asediados por un solo hombre —dijo Yukie—. Quizás todo esto se esté llevando más allá de lo razonable. No puedo evitar sentirme en cierto modo culpable.

—¿Culpable?

—Me dejé sorprender como una chiquilla, me utilizó para provocar precisamente esto.

—Hiciste lo único sensato. Advertiste del peligro a tu señor y a sus generales. La manera en que se ha decidido afrontar este peligro…, eso ya no depende de ti.

Ella asintió de mala gana, como si se resistiera a claudicar ante las excusas. Decidió cambiar de tema:

—¿Cómo se encuentra el caballero Hikura?

—Está vivo, que es más de lo que se podría esperar dada su imprudencia.

—Quizás su proceder no fue sensato, pero sus motivos eran loables.

—Los motivos loables han llevado a más de un hombre a la tumba —dijo Ekei con severidad—. El valor de una persona no se mide por sus buenas intenciones, sino por su capacidad de llevarlas a cabo.

—Es natural que seamos duros con aquellos a los que apreciamos —señaló Yukie—, yo misma lo fui con un amigo enfermo. Había sido envenenado al intentar salvar a su señor.

El médico tuvo que sonreír.

—Ten cuidado esta noche —le rogó ella con sincera preocupación—. Aquellos que intentaron matar a nuestro señor nos amenazan en nuestra propia casa, y es posible que no se hayan olvidado del hombre que ya truncó sus planes en una ocasión.

—Si hubieran querido matarme, lo habrían intentado mucho antes. No, esta noche los únicos que están en peligro son Torakusu Yamada y los que se interponen entre él y sus asesinos. —Guardó un breve silencio antes de añadir—: Asaemon me dijo algo…

Volvió a titubear, sopesando el hecho de darle crédito al relato de su amigo.

—¿Qué te dijo? —le incitó Yukie—, ¿algo útil para identificar al asesino?

—No. Su descripción coincidía con la que tú diste, parece que de él solo se recuerda la máscara que le cubre el rostro. Pero hay algo extraño. Asaemon asegura que lo alcanzó con su espada, sin embargo, no sintió nada al atravesarle, ni había sangre en el filo…, como si fuera intangible.

—Lo tuve sobre mí y puedo asegurarte que no es más que un hombre. Astuto como para engañarnos a todos, pero un hombre al fin y al cabo.

—Por supuesto. Solo quería que lo supieras. Hay personas en este mundo que emplean artes extrañas, desconcertantes. No dejes que te engañen.

—Lo tendré en cuenta —dijo ella antes de despedirse—. Debo irme, me esperan en los aposentos del señor Susumu.

Se despidieron y prosiguieron su camino, uno hacia los aposentos del padre y la otra hacia los del hijo. Había sido una conversación extraña, imbuida por el temor inconfesable de que fuera la última que mantenían.

* * *

Ekei se detuvo junto a la puerta *shoji* que daba paso a la cámara. Era idéntica al resto de paneles de papel que cubrían las paredes del pasillo, y habría pasado inadvertida para cualquiera que no conociera su existencia. Antes de entrar, contempló las pesadas hojas de madera lacada en negro que sellaban el otro extremo del pasillo. Ante la calma reinante, se tenía la tentación de pensar que todo era una ensoñación, que se trataba tan solo de una noche más; sin embargo, Ekei sabía que al otro lado de aquellas puertas se pertrechaba una guardia de no menos de veinte samuráis, cuatro de los cuales formaban la mermada guardia de élite del clan Yamada. Y tras esa antesala había una última cámara de piedra, sin paredes ni ventanas, a la que solo se podía acceder a través de una única puerta. En el centro de la misma, Torakusu Yamada aguardaría a su asesino, sentado con sus espadas a un lado. Y a su alrededor, sus siete generales, todos los cuales habían jurado dar su vida por él.

Pero él sabía que al menos uno de ellos era un traidor. ¿Sería Yoritomo Endo el asesino en última instancia? ¿O lo serían todos sus generales? ¿Serían capaces, en su ansia de conducir al más poderoso clan del norte a una última guerra, de convertir aquella cámara de piedra en una trampa mortal para su señor, en el escenario de la más abyecta traición?

Aquello tendría lógica, pensó Ekei. Habían conseguido aislar a Torakusu del resto del castillo, encerrado en una sala de la que nada podía entrar ni salir, ni siquiera la voz de los que la ocupaban. Solo restaba que uno de sus generales, el intachable Yoritomo Endo quizás, degollara a su señor con la espada. Luego podrían decir que aquel diablo se había aparecido entre ellos y había asesinado al viejo daimio sin que lograran detenerlo con sus espadas, que no encontraron más que sombras al intentar atravesarlo. ¿Quién osaría contradecir a siete generales? ¿Quién dudaría de la palabra de siete samuráis descendientes de una larga tradición familiar al servicio del clan? Entonces el destino del clan Yamada quedaría sellado, y con él, el de las provincias circundantes, que volverían a verse arrasadas por las aguas de la guerra.

La idea le estremeció, pero, al mismo tiempo, se dijo que poner de acuerdo para cometer magnicidio a aquellos hombres no podía ser sencillo. Uno, aunque solo fuera uno de ellos, quiso pensar, habría advertido a su señor. Aunque si se equivocaba, nada podía hacerse ya por Torakusu Yamada.

Desazonado por tan lóbregos pensamientos, Ekei apartó la mirada del portón y entró en la estancia preparada para los médicos del clan. En su interior ya lo aguardaba O-Ine.

—Comenzaba a preocuparme —saludó la mujer.

—Lo siento, me he retrasado. —Ekei deslizó la puerta y la cámara volvió a quedar aislada. Era un espacio pequeño, casi asfixiante, iluminado por dos lámparas que derramaban una luz aceitosa sobre el tatami.

—Llevo los dos últimos días repitiéndome que todas estas precauciones rayan en lo obsesivo —dijo la médica mientras Ekei se acomodaba frente a ella—, pero debo reconocer que esta noche me siento inquieta.

—Todos estamos nerviosos.

—Sí. Aunque parezca imposible que un solo hombre pueda alcanzar a su señoría en el corazón de su propio castillo, rodeado por todo su ejército.

—No sabemos si realmente se trata de un solo hombre —dijo Ekei, mientras reparaba en el brasero y la tetera de hierro que había en una de las esquinas de la estancia.

—Aunque comandara un ejército, esta fortaleza ha rechazado a enemigos terribles. Mi padre me contó que, durante las guerras Onin, el castillo de los Yamada soportó un sitio de más de cuatro meses. Los invasores tuvieron que desistir al comprender que el castillo jamás sería entregado.

Ekei puso a calentar agua sobre el brasero y extrajo de su *yakuro* un pequeño sobre con té verde picado.

—Los castillos son como los diques —dijo mientras medía las cantidades—: sirven para contener el mar, pero unas pocas gotas pueden deslizarse entre las grietas.

—No es un pensamiento tranquilizador —respondió ella.

—Discúlpeme. Yo también estoy intranquilo y hablo sin cuidado.

—Creo que es la primera vez que le veo inquieto. Desde que nos conocimos, su seguridad en todo lo que hacía me ha parecido exasperante.

Él sonrió ante aquel ataque de sinceridad.

—Es solo que hay algunas cosas que no encajan esta noche.

—¿A qué se refiere?

El agua comenzaba a humear. Tomó el recipiente y llenó dos pequeñas tazas que solía usar para preparar tisanas curativas; en ellas había espolvoreado previamente el té picado. Comenzó a remover la mezcla con una brocha de bambú y, mientras lo hacía, intentó explicarse:

—Son detalles sin sentido, como el hecho de que el asesino haya anunciado con antelación cuándo pretendía llegar hasta su víctima. ¿Por qué enfrentarse a un enemigo en guardia cuando es más fácil sorprender a uno que duerme desprevenido?

—Puede que se sienta tan seguro de sí mismo que quiera desafiarnos. O puede que no aparezca y tan solo pretenda asustarnos. —Pero incluso a ella, dicha posibilidad le sonó más bien como un anhelo.

—No. Pretende confundirnos.

—¿Confundirnos de qué modo?

—El engaño es un arte que busca desorientar al enemigo. Hacerle ver fantasmas, que esté atento a una ilusión cuando el verdadero peligro acecha a la espalda. Creo que nos enfrentamos a un auténtico maestro, un estratega capaz de ocultar sus verdaderas intenciones tras capas y capas de falsas apariencias.

—Habla casi como si conociera a ese hombre.

—Sí —musitó Ekei—, yo también tengo esa impresión.

Su mirada pareció perdida por un instante, pero no tardó en volver a este mundo, de regreso a los ojos de O-Ine.

—Me temo que no estoy siendo buena compañía. —Le tendió una de las tazas y ella la recogió con ambas manos—. Esto nos vendrá bien a los dos.

Bebieron el té en silencio, con expresión ausente. Después, O-Ine abrió una bolsa de seda que había llevado consigo y sacó uno de los libros de su padre. No tenía tapas cosidas, así que Ekei no pudo averiguar sobre qué materia versaba, pero O-Ine lo leía con atención y, de tanto en tanto, realizaba anotaciones en un pequeño pliego de papel que había extendido a un lado. Cuando el pincel se secaba, volvía a humedecerlo en el cajetín con tinta diluida.

Así pasaron las horas. O-Ine, inmersa en su trabajo; Ekei, sentado contra la pared, tratando sin éxito de conciliar el sueño. Cuando se aburría de batallar contra el insomnio, espiaba a su compañera de vigilia, que parecía haber encontrado la forma de mantener a raya el desasosiego. Ella leía y escribía, y él la miraba como hacía tiempo que no había mirado a nadie. En algún momento de la madrugada, O-Ine decidió dejar a un lado su lectura, pero solo para extraer un segundo libro de la bolsa: un pequeño volumen de caracteres impresos. *«Hyakunin Isshu»*, rezaba el título estampado en rojo al margen de la primera hoja, «cien poesías de cien poetas».

—Leer sobre lugares lejanos es una buena manera de viajar cuando estás atrapado. —O-Ine rompió su largo silencio como si supiera que, durante todo ese tiempo, su interlocutor había permanecido despierto.

Ekei no se molestó en fingirse somnoliento:

—Ni dedicando toda una vida a viajar —respondió— se podrían visitar todos los lugares hermosos de este mundo.

—Sin embargo, ni el mejor de los poetas puede describir lo que se siente al ver el monte Fuji por primera vez entre las brumas de una mañana de primavera —dijo O-Ine, que pasaba las páginas del libro, abundante en bellas ilustraciones.

—Las palabras son palabras y nunca podrán reemplazar a lo que expresan. Solo si has vivido por ti mismo aquello que describen, puedes comprenderlas en toda su profundidad.

—Hoy parece dispuesto a remover cada una de mis frustraciones.

—Lo siento, O-Ine. No quería decir que no pueda entender lo expresado por esos poetas, solo quería animarla a conocer tales lugares por sí misma. Creo que su decisión de partir es valiente. No está abandonando a nadie, no debe castigarse por ello.

—Yo… —comenzó a decir ella con voz nerviosa—. Quizás no desee hacer ese viaje sola…

En ese momento escucharon pasos apresurados. Alguien se aproximaba corriendo por el pasillo. Apenas tuvieron tiempo de intercambiar una mirada de preocupación antes de que la puerta se abriera y un samurái irrumpiera en la cámara:

—¡Rápido, deben venir conmigo!

—¿Qué ha ocurrido? —preguntó O-Ine—. ¿Cómo se encuentra su señoría?

—No es su señoría, sino su hijo.

—Susumu Yamada —dijo Ekei, y su voz estaba impregnada de una súbita comprensión—, ¿qué ha ocurrido?

—Alguien ha entrado en sus aposentos. No sé nada más. Debemos apresurarnos.

Los dos médicos siguieron al samurái a través de pasillos vacíos y galerías abiertas al exterior. Las dependencias de Susumu se encontraban una planta más abajo y en el ala opuesta de la torre. Cuando llegaron a ellas, descubrieron que no eran los primeros: en los aposentos se congregaba casi toda la guardia de aquel nivel, y los médicos debieron abrirse paso entre una docena de samuráis. Algunos apartaban la vista y hundían los hombros, otros crispaban los dedos sobre las empuñaduras de sus espadas; todos callaban, torturados por el llanto desesperado que llegaba desde el dormitorio.

Al entrar en la habitación, Ekei y O-Ine encontraron a Kosode Yamada tendida en el suelo, llorando sin consuelo posible. Yukie rodeaba a la esposa del daimio con los brazos. Sobre el tatami se hallaba la espada larga de la comandante, su filo manchado de sangre; y sobre el lecho, el hijo, el cuello abierto de un tajo largo y limpio. El cuchillo con que lo habían degollado estaba firmemente clavado en su pecho, como un árbol de raíces profundas.

O-Ine se apoyó contra la puerta, conmocionada por la escena, y Ekei se aproximó con pasos lentos, casi solemnes, al cuerpo de Susumu. Era evidente que su presencia allí era testimonial, pues nada podían hacer por el joven señor, pero fue al inclinarse sobre el cadáver cuando comprendió la verdadera dimensión de lo que había sucedido: el asesino había retorcido los acontecimientos, les había hecho mirar al rincón donde cae la piedra mientras se deslizaba a sus espaldas, y había rubricado su engaño con una última mentira inapelable. Entonces supo que el hombre tras la máscara era, efectivamente, un demonio de su pasado, y había dejado para él un mensaje nítido en el que le decía que su juego había terminado, que no podría seguir ocultándose.

Con aquella derrota sobre los hombros, Ekei Inafune se hizo a un lado. Todos le creyeron sobrecogido por la muerte del único heredero de Torakusu Yamada. Hasta ahora nadie más había visto que, sobre el pomo del cuchillo, se había grabado el blasón del clan Shimizu, y que la guerra era ya una certeza inevitable.

Capítulo 44

Un hombre con dos almas

Cuando Torakusu Yamada entró en la habitación donde se encontraba su hijo, los presentes enmudecieron como si una mano fría les hubiera robado la voz del pecho. Incluso Kosode, a la que nadie había podido consolar desde que hallara el cuerpo, contuvo el llanto y se arrastró por el suelo hasta topar contra una de las paredes, alejándose tanto como le fue posible de la vista de su marido. Pues todos allí, hasta el más antiguo de sus camaradas, temían la ira ciega del León de Fukui.

El viejo entró en la estancia con pasos trémulos, la barbilla alta y los ojos muy abiertos. Su rostro era una máscara bajo la que bullían emociones devastadoras. Sus hombros estaban hundidos y su espalda encorvada, como si hubiera quedado olvidado ya su porte de orgulloso guerrero. Por fin aparentaba la edad que tenía, dirían mucho después.

Sin ojos para nadie más, cruzó la distancia que le separaba del último lecho de su hijo y se detuvo junto al cadáver. Las lágrimas impregnaron su larga barba, que hasta entonces solo había conocido la sal del mar. Con templanza, extendió la mano y aferró el cuchillo hundido en el pecho de Susumu, desenterró la hoja y se volvió hacia aquellos que le observaban sobrecogidos:

—La sangre de mi último hijo mancha mis manos —dijo con voz ronca, y dejó que la hoja ensangrentada cayera al suelo con estrépito.

Sin decir nada más, se envolvió en su *haori* y abandonó la estancia seguido de varios de sus hombres. Solo entonces Kosode volvió a dar rienda suelta a su llanto.

La confusión que sobrevino fue aprovechada por Ekei para abandonar la escena. Debía encontrarse lejos de allí cuando repararan en su ausencia, pues el tiempo jugaba en su contra y sus prioridades habían cambiado de forma abrupta.

Se deslizó hasta el pasillo y se encaminó hacia la pequeña cámara que había ocupado con O-Ine durante toda la noche, debía recuperar cosas de su *yakuro* que le harían falta. Muchos otros avanzaban por los corredores en dirección opuesta, empujándole a un lado en su afán por alcanzar los aposentos del difunto Susumu. La noticia comenzaba a extenderse por el castillo, y antes de que concluyera el nuevo día, habría prendido en todo el feudo. Pronto, puede que incluso antes de los funerales, Torakusu declararía la guerra al clan Shimizu y a todos sus aliados. Sería así aunque el viejo daimio llegara a sospechar que se estaba intentando incriminar al señor de Minami, ya que si no movilizaba a su ejército, sería tachado de débil, y muchos de sus vasallos se rebelarían y amenazarían con marchar por su cuenta sobre el feudo de los traidores.

El que el asesino hubiera usado el *mon* de los Shimizu solo significaba que sabía quién era Ekei Inafune y al servicio de quién se encontraba. Así que el médico apretó el paso, caminando tan rápido como le era posible sin llegar a correr, pues mientras el castillo se sumía en la ira y la confusión, mientras el clan se aprestaba a un funeral que no sería sino el preludio de una guerra, él parecía ser el único que comprendía que el sicario seguía allí, en el corazón mismo de la fortaleza. Pero ¿dónde?, se preguntó. Aquel demonio debía conocer bien la ciudadela, quizás llevara allí oculto varios días, a la espera de la noche anunciada. Ahora debía agazaparse en algún rincón desde el que aguardaba a que amainara la tormenta; mientras se mantuviera el cerco alrededor de la arboleda, nadie podría salir de allí.

Entonces lo vio claro: dónde podía esconderse sino en la vieja casa de las rosas, el mismo sitio donde convocaba al general Endo. El asesino aún debía considerarla un refugio seguro, pues no sabía que Ekei había espiado uno de sus encuentros, y aun en el caso de que una partida de búsqueda diera con aquel lugar olvidado por todos, le bastaría con escabullirse entre los árboles.

Con un destino claro en mente, Ekei entró en la habitación y abrió su caja de medicinas. Tomó dos pequeños cuchillos bien afilados que usaba para picar raíces y una lámpara de papel. Plegó la pantalla y encendió la mecha. Recogió la capa que había dejado en la cámara y, tras echársela sobre los hombros, se dirigió a las escaleras centrales de la torre.

Bajó entre una marea de guardias y criados que, incrédulos, iban conociendo la noticia. Una vez fuera, en el primero de los patios, pasó junto a un grupo de samuráis que hablaban entre ellos presa del desconcierto. Muchos creían que Torakusu Yamada había sido asesinado y, ansiosos, buscaban a sus comandantes para saber qué debían hacer. ¿Tenían que perseguir al asesino o guardar la fortaleza? ¿Partirían aquella misma mañana para asegurar las fronteras? ¿Qué estaba ocurriendo dentro de la torre del homenaje?

Ekei siguió adelante, sin titubear para que nadie reparara en él, y descubrió que los sucesivos pórticos se hallaban desatendidos. La guardia, si bien no se atrevía a abandonar sus puestos, estaba desorientada y quería saber qué sucedía. Algunos le miraban al aproximarse, pero en cuanto le reconocían, pasaban a ignorarle, ocupados de problemas más acuciantes. Aquel caos no haría sino ponerle las cosas más sencillas al asesino en su retirada, pero también le facilitaba a él poder cruzar la fortaleza con relativa discreción.

Poco después se encontraba en el camino que descendía hacia la ciudad. Recorrió la vereda al amparo de la noche, con la lámpara colgada de la cintura y oculta bajo la capa, pues no quería que, desde los muros, los vigías vieran un punto de luz serpenteando ladera abajo. Cuando llegó a la altura del rosal, abandonó la senda y se adentró en la espesura. La luz de luna apenas se filtraba entre el ramaje, así que desató la linterna y la levantó con la mano izquierda, en la derecha empuñaba una de las dos cuchillas que llevaba como únicas armas.

Avanzó entre los árboles con paso lento, atento a las sombras y a los murmullos del bosque. Buscaba algún sonido discordante, un movimiento delator en el umbral de su visión, pero llegó al pequeño claro sin indicios de que hubiera alguien más con él. Se apostó junto a un tocón y contempló la desvencijada casa del jardinero: la techumbre derruida y cubierta con paja, la grava del sendero dispersa por la lluvia. Estaba allí, le esperaba. Tragó saliva, ocultó la cuchilla entre los dedos y salió a campo abierto.

Caminó hasta la entrada. La hoja de madera seguía desencajada de sus goznes. Reprimió el impulso de huir y se obligó a entrar.

La noche anegaba aquel lugar y la lámpara apenas conseguía conjurar las sombras, pero le sirvió para reparar en un detalle esclarecedor: había gotas de sangre fresca en el suelo. Entonces recordó la *katana* de Yukie sobre el tatami. La joven samurái había logrado lo que Asaemon no pudo, hacer sangrar al fantasma.

—¡Muéstrate! —exigió el médico—. Sé que estás aquí.

A escasos pasos frente a él, el rostro del demonio giró y quedaron frente a frente. Había estado todo el tiempo allí, al fondo de la estancia, dándole la espalda. Ahora podía ver claramente la máscara, reverberando a la luz que sostenía en alto.

—Maese Inafune, al fin me ha encontrado. O quizás he sido yo el que le ha encontrado a usted.

Si esperaba alguna respuesta, sin duda no fue aquella: Ekei sujetó entre dos dedos la cuchilla envenenada y la lanzó contra el pecho del asesino. El puñal desapareció, engullido por la oscuridad bajo la máscara, y se estrelló contra la pared al otro extremo de la estancia. El repiqueteo metálico de la cuchilla sonó estruendoso en la quietud de la noche.

«¿Cómo es posible?», murmuró el médico. El demonio reía, como debía haberse reído de tantos a lo largo de su vida. Se encontraba jugando a un juego del que solo él conocía las reglas, sobre un tablero cuidadosamente desplegado a su antojo. Efectismo, engaño, desviar la atención hacia lo evidente. Una hoja siseó en la oscuridad al salir de la vaina y Ekei buscó el destello del acero a la luz de la llama; no tardó en recordar que Yukie le describió el arma del asesino como una hoja completamente ennegrecida.

—Al venir tras de mí, has venido al encuentro de tu propio destino —dijo el demonio.

Pero Ekei hizo caso omiso de sus ominosas palabras, pues por fin había intuido los cables que hacían bailar a la marioneta. Quizás hubo un gesto de horror tras la máscara cuando el médico balanceó la linterna y la lanzó sobre la cabeza de su enemigo. Esta, en lugar de estrellarse contra el techo, golpeó contra un cuerpo envuelto en ropas negras que prendieron al instante.

Un fulgor anaranjado iluminó la cabaña y la ilusión quedó al descubierto: el espectro colgaba del techo como un murciélago, la máscara puesta del revés sobre su rostro, de tal modo que, entre sombras, parecía erguirse de pie frente a sus víctimas.

Antes de que las llamas lo consumieran, su enemigo se descolgó de la viga e intentó deslizarse por una grieta que había ocultado tras cañas de arroz, pero Ekei se lanzó tras él para retenerle. Creyó clavarle su segundo cuchillo y logró arrancarle la máscara antes de que se escabullera entre los cascotes derruidos. El asesino dejó tras de sí, enganchado en la hendidura del muro, su manto envuelto en llamas que pronto prendieron la paja seca.

Ekei corrió hacia la salida y, tras rodear la casa, logró ver una sombra internándose en la espesura. Sin pensar en lo que hacía, se lanzó a perseguirla entre los árboles, pero no tardó en perderla de vista. Aun así, continuó corriendo a ciegas, intentando escuchar algo sobre sus propias pisadas. Cruzó todo el bosque ladera arriba hasta que tuvo que detenerse en seco, pues la arboleda concluía abruptamente sobre el acantilado costero.

Se asomó al filo de la pared rocosa, que caía a pique sobre el mar. No había rastro del asesino. A su izquierda se alzaban los muros negros de la fortaleza, por encima incluso de los altos cedros, y a lo lejos, sobre el horizonte, comenzaba a despuntar el sol. Era el amanecer de un nuevo día que, sin embargo, traía ecos de una vida que creía haber dejado atrás. Bajó la vista hasta la máscara que sujetaba en su mano derecha y esta le devolvió una sonrisa burlona.

* * *

La aurora había traído un triste sosiego al castillo de los Yamada. Ekei no había alcanzado aún el *hon maru* cuando las campanas de los tres templos de Fukui comenzaron a tañer anunciando la muerte del heredero. Llegó a sus aposentos rehuyendo las miradas, con las palabras del asesino percutiendo en su cabeza. En efecto, tras huir durante toda una vida, parecía que su destino por fin le daba alcance.

Entró en el pequeño estudio donde solía leer y preparar sus medicinas, y recogió el palo de bambú que usaba para transportar el *yakuro*. Con un cuchillo hizo dos incisiones en uno de los extremos, introdujo los dedos y separó con fuerza las manos hasta que la caña de bambú se resquebrajó a lo largo. En su interior había un hatillo envuelto en telas y papel encerado. Con calma y manos firmes, deshizo los nudos y liberó las dos espadas que siempre había llevado ocultas en el interior del cayado. Las mismas espadas que, tanto tiempo atrás, Kenzaburō Arima le entregara para ejecutar su venganza contra los traidores al clan Ikeda.

Capítulo 45

Acero y veneno

Ekei contempló la *katana*, cautivado por las resonancias de ese instante. El peso del acero, el tacto de la empuñadura, el contorno curvo de la hoja…, todo ello despertaba en él un torrente de recuerdos terribles, recuerdos de una vida que ya no creía suya. Durante más de diez años no había empuñado aquella espada, oculta y olvidada, casi repudiada. «El guerrero que no cuida su acero no puede esperar que, llegado el momento, este cuide de él», decía Kenzaburō. Pero a pesar de su ingratitud, ahora que debía volver a ella, descubría que acogía su mano sin desdén: el cordaje de la empuñadura seguía firmemente sujeto; el filo continuaba nítido y letal, inalterado por el paso del tiempo; y su acero blanco aún llameaba como el alba en invierno.

Es un arma extraordinaria, pensó, mientras sus ojos buscaban la rúbrica del maestro que la había forjado: un delicado cerezo cincelado sobre la espiga de la hoja. Una vez el acero se montaba en la empuñadura, el árbol arraigaba en la misma guarda del sable para mantener firme la mano que lo blandía. La vida de un guerrero es efímera, parecía haber querido expresar el herrero, y solo es hermosa durante el éxtasis de la batalla.

—Hacía mucho tiempo que no veía esa espada —dijo una voz a su espalda. Sobresaltado, Ekei se giró con la *katana* en la mano—. Y en aquella ocasión, tuve la oportunidad de ver su filo muy de cerca. —El samurái recorrió con el dedo la larga cicatriz que cruzaba su cara, la misma que le había grabado para siempre la hoja que Ekei empuñaba.

—Asaemon, ¿qué haces aquí? Ni siquiera te he escuchado llegar.

El interpelado, que permanecía al amparo de las sombras, dio un paso al frente. Se sujetaba sobre un bastón de madera, la herida bajo el vientre aún le impedía erguirse.

—Llevo aquí horas, esperándote desde que asesinaron al hijo del viejo. Cuando has llegado, parecía que no te encontraras en este mundo.

—¿Y por qué habrías de esperarme en la penumbra?

—Ni siquiera ahora te das cuenta, ¿verdad? —Una sonrisa decepcionada acompañaba las palabras de Asaemon—. Pero ¿por qué habrías de hacerlo?, solo fui uno más en un largo camino. —El samurái avanzó otro paso, renqueante—. Te sorprenderá aún más saber que no es la primera vez que entro en tu cámara; hace semanas estuve aquí, buscando esas mismas espadas. Sabía que debías esconderlas en algún sitio, y veo que no me equivocaba.

—¿Cuándo nos conocimos? —preguntó Ekei con voz áspera.

—¿Recuerdas cuando nos encontramos en la posada de Sabae, cuando te quité de encima a aquellos matones? Ya entonces sabía que nos habíamos visto antes, pero me hicieron falta muchas botellas de sake antes de comprender quién eras. Apenas te parecías al *ronin* que conocí en el cruce de Shiraoka. No tenías barba, llevabas el cabello limpio y recortado, no vestías andrajos ni ceñías la *daisho*… —Negó con la cabeza—. Pero el verdadero motivo por el que no te reconocí fue que ya no te buscaba.

—Ya no soy aquel hombre, Asaemon. Seizō Ikeda murió hace años.

—Y, sin embargo, aún conservas sus espadas. —Señaló con la punta del bastón al arma en la mano de Ekei, como si aquello delatara su mentira.

Con gesto grave, el médico se inclinó para recoger la funda y envainó la espada.

—Siempre temí volver a necesitarlas. Pero mi intención no es otra que la de atrapar al asesino de Susumu Yamada.

—Quizás sea cierto, pero lo haces por tus propios motivos. Algo ha traído de vuelta al guerrero al que me enfrenté en Izumo. Tus ojos muestran la misma frialdad que te permitió matar sin clemencia a cinco samuráis que eran como hermanos para mí.

Ekei tardó en responder. Ciertamente, su mirada había cambiado.

—Ahora que lo sabes, ¿qué harás?

—Cuando escuché que Seizō Ikeda había muerto en el monte Hyōno, mi vida dejó de tener sentido. Había perdido a mi familia, mi honor… y, por último, mi venganza. Desde entonces me dediqué a vagar por el país arriesgando la vida a cada paso, cualquier motivo era bueno para echar mano a la espada, cualquier taberna o vereda parecía un buen lugar para encontrar la muerte.

—No tienes nada que reprocharme —dijo Ekei—. Hice lo que debía, igual que hacías tú.

—¡Te equivocas! Tu deber era matarme. Acabar conmigo al igual que con el resto. Pero en lugar de ello, te llevaste todo lo que me era preciado.

Ekei tragó saliva. Era turbador reencontrarse con el dolor que había dejado tras de sí.

—No puedo devolverte nada de lo que te arrebaté.

Asaemon se dejó caer sobre el bastón. Parecía que los recuerdos lo aplastaran.

—No quiero nada de ti. Después de tantos años, comprendo que todo ha sido en balde. Mi mujer tiene otro marido; mi hijo, otro padre; mi señor está muerto y ahora sirvo a una casa que no es la mía. Tu muerte no cambiará nada de eso, ni siquiera serviría para saciar el odio que durante años he sentido en mis entrañas, porque se secó hace tiempo.

Ekei contuvo un suspiro de alivio.

—Pero dime una cosa —exigió el guerrero—, ¿cómo saliste con vida de Hyōno? Quise cerciorarme de tu muerte, me dijeron que caíste al vacío, herido y zarandeado por la tormenta; que fue imposible reconocer tu cuerpo entre los cadáveres despedazados por la ladera.

—Supongo que no era mi *karma* morir allí.

—Un hombre como tú no lo fía todo al buen *karma*.

El médico sostuvo largo rato la mirada de su amigo antes de decidir que, al menos él, merecía una explicación:

—Afronté aquel día con serenidad de espíritu, seguro de mi propia muerte, pero eso no significa que no albergara esperanzas de un nuevo amanecer en el que por fin fuera libre de mi *giri**. Así que

---

* *Giri:* es un concepto intrínseco a los valores tradicionales japoneses que se puede traducir como «deber» u «obligación», pero un deber que compromete al individuo por encima de cualquier otra cosa, incluso de su propia vida.

elegí cuidadosamente el lugar donde atacar. Opté por un paso angosto donde la ventaja numérica de mi enemigo no sería definitiva; pero aquel punto, además, era el único que me ofrecía una oportunidad de sobrevivir, pues a los pies del acantilado había una pequeña arboleda donde la nieve cuajaba a refugio del viento.

—Desde un principio supiste que la única manera de salir de allí sería entregándote al vacío —comprendió el guerrero—. Y lo conseguiste.

—Para mi sorpresa, he de decir. Pocos conocían mejor que yo aquella montaña, Asaemon, había recorrido ese sendero decenas de veces. Sin embargo, en el fragor de la batalla no puedes medir tus pasos; para serte sincero, creí que caía hacia la muerte. Sentí que me precipitaba hacia la paz que tanto había anhelado. Pero me equivoqué. Quizás fue mi instinto el que me guio hasta el único punto donde podía despeñarme; o, como te he dicho, quizás fuera mi *karma,* pues ahora sé que el círculo no se cerró con la muerte de Sugawara. En cualquier caso, las ramas y la nieve amortiguaron mi caída. El frío me despertó antes del anochecer; aterido, apenas pude alcanzar las provisiones que había escondido entre las raíces y vendarme las heridas. Después me abrigué con pieles y me enterré bajo la nieve antes de volver a perder el conocimiento. Al amanecer vacié el sake que me quedaba, devoré las provisiones y descendí por la ladera, caminando entre los cadáveres de mis enemigos reventados contra las rocas.

Cuando Ekei concluyó su relato, Asaemon no inmutó el gesto, saboreando en silencio el engaño.

—¿Qué harás, entonces? —preguntó Ekei al fin—. ¿Me dejarás seguir mi camino?

—¿Dejarte marchar? —dijo el samurái, como si su interlocutor no hubiera comprendido nada—. No, iré contigo. Te dije que atraparía a ese malnacido.

El médico sacudió la cabeza, desconcertado por la decisión de aquel hombre al que no sabía si aún podía considerar un amigo.

—No estás en condiciones de luchar.

—Es cierto. Es muy probable que, si debemos cruzar espadas, debas arreglártelas tú solo. Pero eso no significa que no me necesites: no conoces estas tierras, apenas has salido de la ciudad, y yo soy el mejor rastreador que encontrarás al norte de Hondō.

Ekei le sostuvo la mirada, buscaba en sus ojos lo que verdaderamente alimentaba el alma de aquel hombre.

—¿Por qué, Asaemon? ¿Por qué quieres acompañarme realmente?

—No puedes negármelo —dijo el samurái, categórico—. Nuestros destinos están ligados desde el momento en que tu venganza no solo consumió tu vida, sino también la mía. Y por todos los demonios que esta vez sí regresaré con la cabeza de mi enemigo.

Ekei no pudo sino asentir en silencio.

—De acuerdo, entonces. El asesino no puede haber huido muy lejos. Los caminos están cerrados.

—Se puede viajar por las montañas y campo a través —dijo Asaemon—. Puede que tenga aliados en estas tierras dispuestos a guiarle lejos de las rutas habituales.

—No podría afrontar semejante viaje, está herido.

—¿Cómo puedes saberlo?

—Anoche di con él. Le corté la cara con una hoja envenenada al arrancarle la máscara.

El médico extrajo del interior del kimono la máscara de *nō*. Asaemon la tomó y la examinó con un cuidado casi supersticioso. Su superficie parecía de cerámica, pero era más ligera y resistente; probablemente estaba tallada en madera y endurecida con algún barniz que le proporcionaba aquel aspecto. Era hermosa y grotesca a un tiempo, capaz de infundir un temor atávico. Hikura le dio la vuelta y observó su interior pintado de negro; alguien había estampado sobre la laca un sello rojo, como el usado por las sociedades secretas de asesinos.

—Muchos podrían pensar que tú eres el demonio, maese Inafune. Esta máscara te incriminaría sin defensa posible.

—Probablemente, si no fuera porque me encontraba con la jefa médica cuando Susumu Yamada fue degollado.

El samurái asintió, como si hubiera necesitado aquella aclaración, y le devolvió la máscara antes de añadir:

—Como consejero del clan, vendrán a buscarte pronto. El consejo debe reunirse para declarar el estado de guerra. Si debemos partir, hagámoslo ya, antes de que alguien repare en nuestra ausencia.

Ekei reflexionó un instante, sopesando las distintas posibilidades.

—No. Acudiré al consejo.

—El tiempo juega en nuestra contra. Ese hombre puede desvanecerse como un jirón de niebla.

—No lo hará. Su plan era ocultarse a la sombra de su propio enemigo y aguardar el mejor momento para huir, quizás durante los funerales. Pero ha perdido su refugio, ahora debe curar sus heridas e improvisar. Pasará tiempo antes de que pueda emprender un viaje largo.

Asaemon frunció el ceño ante aquel exceso de confianza. ¿O no era tal?

—Esta tarde, cuando anochezca, nos encontraremos en mi consulta fuera del castillo. Debo arreglar algunas cosas antes de salir en busca de ese hombre.

—De acuerdo —dijo Asaemon, y se encaminó hacia la puerta sin más objeciones.

—Un momento —le detuvo el médico—. ¿No te preocupa que no acuda a la cita, que me marche sin ti?

—No te atreverás a engañarme. No otra vez —aseveró el guerrero, y salió de la estancia.

Al fin solo, Ekei envolvió sus espadas y cubrió la máscara con un paño. Las ocultó bajo un hueco en el tatami. Esa tarde volvería a por ellas, pero antes tenía cosas que arreglar y un último servicio que prestar al señor Munisai Shimizu.

* * *

La sala del consejo era, sin duda alguna, la más suntuosa de cuantas había en el castillo. Lejos de la comedida sobriedad que Torakusu exhibía en sus aposentos, aquella vieja estancia estaba profusamente decorada a fin de ensalzar el poder y la riqueza de uno de los más antiguos clanes del país, pues en ella no solo se congregaba el consejo, sino que también se recibía a otros daimios, a los mensajeros imperiales y, desde fechas recientes, a los emisarios del shogún Tokugawa.

El gran vano central de la cámara estaba dividido en dos niveles por la tarima sobre la que se sentaba el daimio, su cabeza siempre por encima de la de sus consejeros e invitados. Los paneles que conformaban las paredes estaban decorados con herrajes de bronce y pan de oro, y sobre estos se habían montado tablas pintadas en las que se recreaban las grandes hazañas acometidas por el clan a lo largo de su historia, de tal modo que el visitante que allí entraba, de rodillas y con la cabeza gacha, pudiera contemplar al levantar la vista la muy larga y temida tradición bélica de los Yamada. El techo, alto como el de un templo, estaba también forrado de madera lacada en oro y decorado con delicadas pinturas que recreaban distintos paisajes de la región, desde los bosques hasta sus ríos y montañas.

Y al fondo de la sala, como si de él manara tanto poder y esplendor, se sentaba el León de Fukui: su larga cabellera blanca peinada sobre los hombros, la indómita barba hasta el pecho, los ojos, afilados e inescrutables bajo las cejas espesas. Junto a él, apoyada en un soporte vertical, reposaba su *daisho: katana* y *wakizashi*.

Si la sala buscaba intimidar a los que por primera vez la visitaban, Ekei Inafune tenía la determinación de no doblegarse. Dejó de observar el entorno, pues así no hacía sino evidenciar que no pertenecía a aquel lugar, y observó los rostros de los ocho consejeros que, al igual que él, aguardaban de rodillas a lo largo de los flancos de la estancia. Como miembro más reciente debía sentarse junto a la puerta, lo más alejado posible de su señoría. El resto del consejo lo conformaban tres vasallos de cargos administrativos, el *karo* del clan, Kigei Yamaguchi, y cinco generales, entre ellos el insospechado traidor Yoritomo Endo, el samurái de más alto rango al servicio de los Yamada.

El rostro de los presentes mostraba una mezcla de consternación y determinación, como correspondía a quienes estaban a punto de decidir el inicio de una guerra en la que morirían miles de hombres. Pero Ekei reparó especialmente en el general Endo: se encontraba en el extremo opuesto de la sala, en el lugar más próximo al daimio, y su expresión era la de alguien quebrado por las circunstancias.

Hasta ese momento Ekei no había podido saber cuán profunda era la traición de Yoritomo Endo, cuál había sido su papel en los funestos acontecimientos de los días anteriores. Pero ahora que veía su rostro, comprendía que la muerte de Susumu iba mucho más allá de lo que aquel hombre había previsto. En su afán de librar una última guerra para mayor gloria de los Yamada, había tomado parte en un juego cuyos riesgos no había comprendido hasta aquella misma noche.

—Debéis saber que he decidido adoptar a mi sobrino Kuranaga —dijo de repente Torakusu, sin dar la bienvenida a sus consejeros—. Esta era mi primera obligación, asegurar que el clan tuviera un heredero.

Un coro de voces confusas se alzó en la sala, pero el *karo* golpeó el suelo con el abanico y pronto se hizo el silencio.

—*O-tono* —tomó la palabra Yamaguchi—, su sobrino es un joven prometedor, pero sirve como monje en el templo Zōjōji por petición expresa del shogún. Será difícil que abandone tales obligaciones.

—Ya he enviado correos al shogún y al abad del nuevo templo. Kuranaga será liberado de sus responsabilidades en Edo y llegará aquí la próxima semana. No aceptaré negativas de ningún tipo. La obligación de un hombre es para con su casa, antes que para con el shogún o el mismísimo Buda.

La voz de Torakusu no dejaba entrever ni dolor ni ira; por el contrario, parecía que cada una de sus palabras estaba alimentada por la más inapelable racionalidad.

—Entonces, su señoría ya ha zanjado el primer problema —dijo el general Eijima—. Hablemos del curso de acción que debemos seguir a partir de ahora.

—Ya han comenzado a formarse las levas —anunció otro de los militares—. Se está llamando a los samuráis por campos y aldeas, conminándolos a que se armen y se presenten en el castillo cuanto antes, y los primeros batallones del ejército permanente han partido esta misma mañana a reforzar las fronteras. No nos adentraremos en territorio Shimizu hasta que deis la orden.

Torakusu asintió, pero no dijo nada.

—¿Se sabe algo de nuestros enemigos? ¿Han comenzado ya a maniobrar? —preguntó Ishikawa, administrador del tesoro.

—Nuestros exploradores no han alertado aún de los primeros movimientos —respondió el general Eijima—, pero lo lógico sería que los Shimizu y sus aliados hubieran comenzado ya a congregar sus ejércitos. Su estrategia es extraña, pero nunca se sabe qué esperar de un hombre como Munisai Shimizu.

—Quizás no exista tal estrategia —se atrevió a decir el maestro Inafune y, por la expresión de todos los presentes, comprendió que nadie esperaba que tomara la palabra.

—Quienquiera que sea —dijo el general Eijima con condescendencia, como el que aparta a un niño que interrumpe a los mayores—, no creo que desee tomar la palabra cuando se discuten asuntos de tal gravedad.

—Maese Inafune es mi médico de cámara y nuevo miembro de este consejo —dijo Torakusu con voz grave—. Deberías saber que si está aquí, es porque yo le he hecho venir.

—Lo siento, o-tono —se disculpó Eijima, pero al tiempo que se inclinaba ante la reprimenda de su señor, dedicaba una mirada encendida al entrometido.

Ekei apartó la vista del general y retomó la palabra. Si Torakusu se había molestado en que le dejaran hablar, era porque quería escuchar alguna voz que no diera por sentada la necesidad de acudir a la guerra:

—Simplemente quería decir que cabe la posibilidad de que los clanes del sur de Echizen y Wakasa no hayan desplazado sus ejércitos porque, simplemente, no saben que se prepara una guerra.

—¿Insinúa que los Shimizu han actuado por su cuenta y riesgo, sin compartir sus planes con sus aliados? Eso sería una locura —bufó Eijima—, por sí solos apenas aguantarían un par de días contra nuestro ejército.

—Y con sus aliados, solo durante una semana. Que hayan provocado esta guerra es una locura de cualquier modo —apuntó el general Nanahara.

—A eso es a lo que me refiero, quizás no deberíamos dar por supuesta la culpabilidad de los Shimizu —aclaró el médico con serenidad—. ¿Qué sentido tiene provocar una guerra que no se puede ganar? ¿No cabe la posibilidad de que estemos siendo manipulados, que alguien intente abocarnos a un enfrentamiento que supondría la ruina de todos los clanes de Echizen y Wakasa, incluido los Yamada?

—Nuestro ejército no tiene rival al norte de Hondō —dijo otro de los generales—, la guerra solo supondrá la ruina para ellos. Aplastaremos a los Shimizu, a los Tezuka, a los Harada y a todos los que se les unan. Los barreremos de la faz de la tierra.

—¿También a los Tokugawa? —intercedió el administrador Ishikawa—. El shogún ha proclamado la paz en el país, nos arriesgamos a desatar su ira si iniciamos una guerra por nuestra cuenta.

De repente, Ekei parecía tener brazos dispuestos a remar en su misma dirección. Había conseguido que la grieta que dividía el consejo, aparentemente sellada por el consenso unánime que exigía la muerte de Susumu, volviera a abrirse.

—El shōgun no actuará contra nosotros. Nadie puede negar nuestro derecho a vengar el asesinato del hijo de nuestro señor.

—Aun así, no estamos seguros de que los Shimizu sean los auténticos responsables —intercedió Ekei—. Cualquiera podría haber dejado un cuchillo con su blasón grabado para incriminarlos.

—Eso no son más que conjeturas —rugió Eijima—. No es un secreto que nuestros vecinos temían la llegada del señor Susumu al poder. Eran los principales interesados en su muerte, no creo que haya nada que discutir.

—Señor Eijima —dijo Ekei con paciencia—, ¿acaso no ve que nada encaja? Nadie deja una prueba incriminatoria tan flagrante. Cuando uno provoca una guerra, es el primero en prepararse para ella, no deja que la batalla le sorprenda con sus fuerzas dispersas.

—Eijima tiene razón —le contradijo el general Nanahara—. Esos argumentos carecen de fundamento y fácilmente sirven para defender lo contrario. ¿Por qué no pensar que los Shimizu buscan argumentar así su inocencia, hacer ver que son víctimas de una conspiración para librarse de su justo castigo?

—Eso es un sinsentido —protestó el maestro Inafune.

Eijima golpeó el tatami con el puño.

—¡Lo que es un sinsentido es su actitud! Nuestro señor ha sido asesinado bajo nuestro propio techo, y usted pretende que discutamos sobre una conspiración imaginaria mientras nuestros enemigos se ríen de nosotros. —El general se volvió hacia el daimio—. Lo siento, *o-tono*, no estoy dispuesto a escuchar más voces insensatas.

—¡Silencio! —retumbó la voz de Torakusu, su mano alzada para hacer callar a sus consejeros—. El *mon* de los Shimizu estaba grabado en el arma que mató a mi hijo. Culpables o no, deberán ser castigados con la guerra y el exterminio, o seremos considerados débiles por nuestros enemigos y nos atacarán como cuervos que acuden a la carroña.

Aquellas palabras sellaron el fracaso de Ekei Inafune, todos sus esfuerzos cercenados por un cuchillo astutamente impregnado con el veneno de viejos odios y anhelos. Mientras el consejo se levantaba, aún tuvo tiempo de atisbar una última vez el rostro ausente de Yoritomo Endo, así como la silenciosa marcha del viejo daimio, con el peso de una nueva guerra lastrando sus pasos. Ekei sacudió la cabeza y apretó los puños. Sin embargo, ya no podía hacer nada más por los Yamada o los Shimizu, otras cuestiones lo reclamaban. Como bien había dicho Torakusu, el primer deber de un hombre es con su propia casa, y él lo había olvidado durante demasiado tiempo.

* * *

Sabía que debía abandonar cuanto antes el castillo de piedras negras, y sabía que debía hacerlo de la manera más discreta posible. Aun así, quería visitar por última vez a O-Ine Itoo. La encontró en los jardines que rodeaban la biblioteca de su padre, en la pequeña residencia erigida en el anillo más interno de la fortaleza, como una muestra más de la generosidad del daimio con el que fuera su médico e íntimo amigo.

O-Ine, ayudada por la joven Ume, cuidaba de las plantas medicinales atesoradas por aquel jardín. Cuando reparó en la presencia de Ekei, que bajaba por el sendero desde la torre del homenaje, se puso en pie y se secó el sudor de la frente. Vestía sobre el kimono un delantal manchado de tierra y se cubría el cabello con un pañuelo blanco.

—Maese Ekei, creo que es la primera vez que nos encontramos en este lugar —observó la mujer a modo de saludo.

—No es casualidad, siempre he dado por sentado que viene aquí cuando no quiere que la molesten —respondió él—. Hola, Ume; cada día te encuentro más hermosa.

La joven lo saludó con una sonrisa y una reverencia, pero no se molestó en sonrojarse.

—Sigue tú, Ume, compartiré una taza de té con maese Inafune. —O-Ine se limpió las manos en el mandil—. Y quizás pueda contarme qué ha decidido el consejo.

Ambos se encaminaron hacia la pequeña residencia, bajo el cálido sol de la tarde.

—No hay nada bueno que contar —se lamentó Ekei mientras caminaba junto a ella—. Habrá guerra contra los Shimizu y todo aquel que los apoye. Nos esperan tiempos aciagos.

—Es una noticia muy triste, pero sabíamos que era algo inevitable.

—Estoy convencido de que Munisai Shimizu no ordenó la muerte del señor Susumu. Alguien quiere la caída de su casa y, para lograrlo, está usando a los Yamada.

—¿Lo ha expresado en el consejo?

—En vano. Los generales claman venganza, incluso con más vehemencia que su señoría.

—Los samuráis viven para la guerra —afirmó O-Ine—. En tiempos de paz no son más que políticos y administradores, se convierten en vulgares funcionarios.

Se descalzaron y subieron a la tarima que rodeaba la vivienda. O-Ine le indicó que esperara en un banco bajo el voladizo que daba a la costa, antes de perderse en el interior de la casa para reaparecer, poco después, con una bandeja en la que traía dos tazas y una jarra con té fresco. La colocó en el banco, entre ellos, y sirvió la bebida con cuidado. Después, ambos permanecieron con la mirada perdida en el horizonte mientras sujetaban la infusión entre las manos. Nubes deshilachadas se deslizaban lentamente sobre un cielo que parecía amparar al mundo con su calma. Jamás una guerra tuvo un preludio más hermoso, pensó Ekei sentado junto a O-Ine.

—Lo siento —se disculpó ella—. No era mi intención preocuparle con mis preguntas, de repente le encuentro melancólico.

—No es culpa suya, creo que todos nos encontramos consternados tras la pasada noche.

Ella asintió en silencio antes de acercarse la taza a los labios.

—¿Continúa decidida a marcharse lejos? —preguntó él de repente.

—Lo haré. Pero llegado el momento, cuando dejemos atrás estos tiempos de zozobra.

—Puede que algún día nos encontremos en el camino. Visitando algún templo, o en una posada junto a la playa. Entonces recordaremos con agrado este momento.

O-Ine sonrió ante aquellas palabras, aunque no comprendía muy bien por qué había tanta nostalgia en su voz.

—Hoy se encuentra muy extraño.

—No se preocupe, pronto se me pasará. —Ekei se puso en pie—. He de irme, me esperan.

—Gracias por venir a visitarme —dijo ella con sinceridad, al tiempo que también se levantaba para despedirse—, mañana retomaremos nuestro trabajo. A pesar de la tristeza que pueda embargarnos, no debemos desatender a nuestros pacientes.

Ekei asintió con una sonrisa amable y, sin que ella lo supiera, se despidieron para siempre.

* * *

La noche era triste en Fukui. Nadie caminaba por las calles, los locales frecuentados por borrachos y trasnochados parecían honorables casas de té donde nadie alzaba la voz, y las prostitutas negaban sus servicios en señal de duelo. Ni siquiera los perros aullaban a la luna reflejada en el canal, acobardados por aquel raro silencio. Solo un hombre atravesaba las calles desiertas. Se apoyaba en un cayado para caminar, ceñía la *daisho* a la cintura y cargaba al hombro un hatillo. Asaemon Hikura escuchaba sus propios pasos sobre el empedrado y se decía que la noche se parecía demasiado a aquella otra en la que la vida casi se le escapa por un tajo abierto en el vientre. Un tajo obsequio del mismo hombre al que pretendían dar caza.

Se detuvo frente a la puerta de roble de una discreta casa adosada. Colgada de la pared, una tablilla anunciaba: «Maestro Inafune, médico». Golpeó tres veces la madera con el extremo del cayado, hasta que el hombre cuyo nombre figuraba en el cartel acudió a abrirle.

—Finalmente, no te has atrevido a dejarme atrás —saludó el samurái.

—Pasa. —Ekei se hizo a un lado y cerró la puerta tras el recién llegado.

Solo una pequeña vela ardía en el interior de la consulta.

—Nos espera una noche larga —señaló Asaemon, mientras apoyaba el bastón en la pared y lo usaba como percha para colgar el hatillo—. ¿Has pensado en cómo encontrar a nuestro amigo?

—Será difícil. Es un maestro del subterfugio, tan buen depredador como mala presa. Pero a nuestro favor juega el hecho de que se encuentra malherido, por lo que no puede cubrir largas distancias.

—¿Crees que puede permanecer en el bosque que rodea el castillo?

—No. Sin duda esa era su primera opción, pero solo resultaba sensata cuando nadie sabía que se encontraba allí. Permanecer ahora en aquel lugar sería arrinconarse voluntariamente.

—¿Viste cómo huyó?

—Corrió ladera arriba, lo perdí entre los árboles.

—¿Crees que se dirigía hacia el acantilado?

—Es posible —meditó Ekei—. Pero me asomé al filo, no se encontraba agazapado en la pared de rocas.

—Entonces, creo saber dónde puede ocultarse tu fantasma.

Ekei levantó una ceja, expectante.

—Anoche la marea estaba alta —dijo Asaemon sencillamente, como si aquello lo explicara todo—. Lo sé bien porque en los últimos días, desde la ventana de la enfermería en la que me recluiste, solo he podido ver las gaviotas y cómo el mar subía y bajaba.

—No entiendo a dónde quieres ir a parar.

Asaemon había deslizado los brazos fuera de las mangas del *haori* y los tenía cruzados sobre el pecho. Lo miraba con una media sonrisa.

—¿Acaso no lo ves? Piensa un poco.

—¿Intentas colmar mi paciencia? Te advierto que conozco bien este juego.

Asaemon se sentó en el tatami, le costó acomodarse por el dolor de la herida, pero finalmente encontró la postura. Luego tendió una mano frente a él indicando a su compañero que hiciera lo mismo. Con gesto de fastidio, Ekei colocó la lámpara entre los dos y se sentó.

—Te diré exactamente lo que sucedió —comenzó Asaemon—. Ese amigo tuyo es ciertamente astuto, no anunció al azar el momento en que ejecutaría su amenaza, sino que optó por la noche del mes en la que la marea se encuentra más alta. Y lo hizo con la intención de asegurarse una huida directa si las cosas no le salían bien. Piénsalo un momento: el castillo estaba rodeado, un anillo de samuráis se aseguraba de que nadie entrara ni saliera de la arboleda. Solo pudo huir por el acantilado. Creo que la estrategia te resultará familiar.

—¿Insinúas que saltó? Es imposible, la caída le habría matado. Los picos de roca que sobresalen del mar despedazarían a cualquiera.

—No si la marea está muy llena y has estudiado previamente desde qué punto saltar. Debe haber alguna zona con pocas rocas y más profundidad. —De hecho, se dijo Asaemon, la manera de actuar de aquel hombre, la forma en la que había previsto una última alternativa desesperada, se asemejaba sospechosamente a la de su compañero, como si ambos compartieran el mismo instinto de supervivencia. Pero se abstuvo de verbalizar aquel último pensamiento.

—Aun así, se encontraba herido —insistió Ekei—, y el veneno que había en mi cuchillo le debió entumecer pronto los músculos. No podría nadar.

—Entonces existen dos posibilidades —zanjó el samurái—: que su cadáver se encuentre a la deriva, picoteado por los peces y las gaviotas, en cuyo caso no tendremos nada que hacer. O que este maestro de sicarios hubiera ocultado algún tipo de barcaza junto a las rocas, quizás un simple tronco varado con un remo atado, nada que llamara la atención. Así podría haber alcanzado cualquiera de las grutas que agujerean los acantilados de Fukui para ocultarse allí hasta recuperar las fuerzas. Desde luego, es lo que yo habría hecho.

—Si, como dices, tenía prevista esta posibilidad y ahora se encuentra en alguna de las cuevas que dan a la costa, podemos darlo igualmente por perdido. Hay cientos de grutas a lo largo del litoral de Echizen, aunque nos ciñéramos solo a las que están a pocos *ri* de distancia, tardaríamos semanas en registrarlas todas.

—Es cierto, pero todo plan tiene un punto débil —apuntó Asaemon con una sonrisa taimada— y, cuando huyes, debes rezar por que el cazador no lo encuentre.

—Por tu voz satisfecha sospecho que crees haber descubierto ese fallo.

—La noche del mes en que se produce la pleamar, la inmensa mayoría de las cuevas se encuentran inundadas, por tanto, solo se puede acceder a aquellas grutas que se encuentran por encima del nivel del mar, que son pocas en una noche así. Y todas ellas conocidas por los pescadores de la zona.

Ekei asintió. Sin lugar a dudas, Asaemon era temible en su viejo oficio.

—Parece molestarte que nada de esto se te haya ocurrido a ti —indicó el samurái con sorna.

—Reconozco que tus ideas parecen nuestro mejor punto de partida.

—Te dije que era el mejor rastreador del país.

—Creí que eras el mejor rastreador al norte de Hondō. Veo que en una sola noche has decidido ascenderte de rango.

—Protesta cuanto quieras, pero sabes que tengo razón. Recoge tus cosas, debemos ir al puerto y encontrar una barca.

Por primera vez en años, Ekei se deslizó a la cintura su *daisho*, se anudó alrededor del pecho un hatillo con unas pocas pertenencias y tomó su *yakuro*. Por último, se tomó un instante antes de apagar la llama de la lámpara con los dedos.

Los dos hombres salieron al exterior y atrancaron la puerta. Asaemon se alejaba ya calle abajo cuando Ekei le rogó que esperara un momento. Se volvió hacia la tablilla que anunciaba su nombre y oficio y la descolgó para guardarla.

—¿Para qué la quieres? —preguntó Asaemon.

—Puede que en un futuro vuelva a necesitarla —respondió sencillamente Ekei.

Pero ahora era el momento de enfrentarse con su pasado, de reencontrarse con su antiguo maestro: Fuyumaru, El que camina contra el viento, Hermano de zorros, Ala de cuervo y otros nombres menos poéticos.

Capítulo 46

La voz en el jardín

Munisai Shimizu rompió el lacre negro que sellaba el rollo de papel y leyó con atención su escueto contenido. Estaba solo, sentado sobre cojines en la casa de té de su jardín particular. La noche era agradable, cálida, y desde la terraza abierta de par en par podía ver las luciérnagas danzando sobre el lago artificial. Cuando hubo leído tres veces el contenido de la misiva, volvió a enrollar el pliego, levantó la pantalla de la lámpara y dejó que la pequeña llama devorara el papel.

—¿Has conseguido hablar con el médico? —preguntó Shimizu a la soledad de la noche.

—No —respondió una voz sin dueño aparente—. Acudí a su consulta hace tres días, pero estaba atrancada y habían retirado la tablilla con su nombre.

—Me cuesta creer que nos haya traicionado, debe haber alguna explicación —dijo el daimio con voz meditabunda.

—Si me permite, *o-tono,* quisiera decir que, en los muchos encuentros que he mantenido con ese hombre, me pareció una persona testaruda y poco dada a la obediencia, pero no un traidor.

«¿Quién clavó, entonces, un cuchillo con nuestro emblema en el pecho de Susumu Yamada?», reflexionó Munisai Shimizu. Sabía bien que algunos de sus aliados se mostraban proclives a un conflicto abierto, en especial el clan Tadashima, que desde un principio había visto el ascenso de Susumu no ya como un peligro, sino como una declaración de guerra en sí mismo. Alguien podría haber considerado que el asesinato era una buena forma de eliminar la amenaza, o de provocar la guerra y acabar con aquella insoportable espera. Pero ¿por qué la cobardía de inculpar al clan Shimizu? No encontraba una explicación satisfactoria.

El daimio tomó su pincel y lo humedeció en tinta negra. Comenzó a escribir sobre un pliego de papel de arroz.

—Kanbee, haz llegar esta carta a los *karos* de las cinco casas. Solo ellos la podrán leer y deberán devolvértela. Si alguien pretende retenerla, debes lograr destruirla aunque en ello empeñes tu vida.

—Sí, *o-tono* —dijo la voz sin titubear.

—Lamentablemente, esperar más no tiene sentido. La guerra es inevitable.

Munisai Shimizu marcó el escrito con su sello antes de plegarlo.

* * *

La noche no era oscura sobre la bahía de Fukui. El firmamento se mostraba preñado de luz, asaeteado por miles de puntos brillantes que parecían atravesar las costuras de una mortaja. En aquel mar de luces la noche no era sino un lienzo negro que realzaba su esplendor, y ellos lo atravesaban en silencio a bordo de una barcaza llena de redes y aparejos que aún olían a la pesca de la mañana anterior. En la proa una lámpara iluminaba el agua que iban navegando, a popa arrastraban un bote vacío que les seguía con obediencia entre las suaves olas.

—¿Cuánto nos queda? —preguntó Asaemon al pescador que guiaba la barcaza.

—Pronto llegaremos, señor. Debemos ir con cuidado, navegar de noche tan cerca de los acantilados es peligroso. Podemos encallar e irnos a pique.

Ekei guardaba silencio, sentado en el centro de la embarcación. Se había envuelto con la pesada capa de viaje que años atrás le entregara Kenzaburō Arima, pues la noche siempre era desabrida en mar abierto. Durante la mayor parte de la travesía había permanecido así sentado, con los ojos cerrados mientras escuchaba el ocasional restallido del agua contra las cuadernas. Incluso cuando habían fondeado bajo alguna de las cuevas indicadas por su guía, no había sentido la menor inquietud antes de inspeccionarlas, pues algo le decía que su viejo maestro no se encontraba en ellas.

Ahora, sin embargo, Ekei sabía que se aproximaban a Fuyu-maru. De algún modo, desde que el pescador les dijera que era mejor dejar para el final la gruta a la que ahora se dirigían, la más alejada del castillo y de más peligroso acceso, Ekei supo que sería en ella donde encontrarían lo que buscaban.

El hombre que les guiaba hedía a mar y alcohol, algo que no debía sorprenderle, pues Asaemon lo había sacado de una taberna portuaria en plena noche; pero conocía a la perfección aquellas aguas y sabía manejar su embarcación. La deslizaba sin dificultad entre arrecifes y ensenadas, valiéndose de una pértiga para alejarla de los dedos de roca que emergían ansiosos por desgarrar su vientre de madera. Cuando por fin se detuvieron junto al acantilado, el pesca-dor señaló una lúgubre boca abierta en la pared rocosa. Ciertamente, estaba más alta que las cuevas anteriores y en un recodo de la línea de costa mal iluminado por la luna.

—Subiré a ver —se ofreció Asaemon—, estoy harto de verte escalar paredes desde este cascarón.

—No, iré yo solo. Algo me dice que se esconde aquí y tú ni siquiera estás en condiciones de trepar, mucho menos de enfrentarte a una trampa. Tendrás que esperar a que suba la marea.

—Debía estar dormido cuando te proclamaron señor de Fukui, porque no recuerdo el momento en que me dijeron que debía obe-decer tus órdenes. —El samurái comenzó a ponerse en pie. A duras penas logró disimular una mueca de dolor, pero evitó el impulso de echarse la mano a la herida.

—Haz lo que quieras —le espetó Ekei—, pero yo iré primero. No quiero que me arrastres en la caída cuando te sueltes de la pared.

Se ataron al cuerpo aquello que consideraron imprescindi-ble, como sus espadas y unas linternas que se colgaron de la cin-tura, y pasaron el resto de sus pertenencias, incluido el *yakuro*, al bote que habían remolcado hasta allí. El pescador fondeó la pe-queña embarcación para que no la arrastrara la corriente y, de un salto, volvió a su barcaza, donde Ekei y Asaemon ya se hallaban preparados.

—Escúchame bien —le dijo el samurái a su guía, mientras le aferraba el cuello por detrás para que no pudiera apartar la cara—: aguarda aquí hasta el amanecer. Si no hemos regresado, márchate y déjanos la barca. Si sabes cerrar la boca, cuando volvamos a Fukui te daré otra moneda de plata; pero si dices algo, lo que sea, te pagaré con acero. ¿Me comprendes?

El hombre asintió mientras tragaba saliva, evidentemente atemorizado.

Cuando Asaemon volvió a la proa de la barcaza, antes de comenzar a trepar por la pared, Ekei le preguntó:

—¿Crees que podemos fiarnos de él? Huele incluso más a alcohol que a pescado.

—Justo por eso es de fiar —replicó Asaemon con voz despreocupada—. Con lo que le hemos dado podrá beber sin parar durante tres o cuatro días y, cuando despierte de la borrachera, ni siquiera recordará de dónde sacó el dinero para pagarse tanto sake.

Tras decir aquello, el samurái se apoyó en el borde de la barcaza y saltó sobre una roca próxima a la pared del acantilado. Una vez se hubo afianzado, le hizo un gesto a su compañero para que tomara la iniciativa. Ekei saltó a la misma roca y, desde allí, palpó la pared negra en busca de un primer asidero para apoyar el pie. Cuando lo encontró, comenzó a ascender despacio y con cuidado, más lentamente de lo necesario, pues quería que Asaemon pudiera seguir sus pasos de cerca, usando los mismos apoyos que él iba encontrando.

Los dos llevaban cuchillos en la boca con los que hurgar en la piedra si no encontraban un punto de agarre con los dedos. En más de una ocasión debieron usar la hoja para tantear la pared hasta hallar una hendidura por la que deslizarla. Cuando el cuchillo estaba firme, se aferraban a la empuñadura para seguir subiendo.

Con la marea alta, llegar hasta la boca de aquella gruta probablemente habría sido una ligera escalada, quizás un simple salto desde la cubierta. Ahora, sin embargo, era un ascenso peligroso y agotador que parecía no tocar a su fin. Cuando se encontraba a medio camino, Ekei miró hacia abajo y vio la barcaza que, desoyendo las instrucciones de Asaemon, ya se alejaba hacia la ciudad; apenas era un punto de luz oscilando sobre la marea, y se preguntó si aquel al que buscaban lo estaría viendo también. Pero se dijo que no, de lo contrario un par de flechas certeras ya habrían acudido a darles la bienvenida.

Continuaron escalando en silencio, acompañados por los graznidos de las gaviotas y el rumor que batía la pared a sus pies. Una vez en la entrada de la cueva, Ekei se aferró al filo y no asomó la cabeza. Miró hacia abajo y observó cómo Asaemon apenas se había rezagado, dando muestras de una considerable resistencia al dolor. Por fin el samurái llegó a su altura, con el rostro contraído y cubierto de un sudor frío.

Mediante señas le indicó que no se asomara aún. Tomó el cuchillo por la hoja y, con cuidado, lo deslizó sobre el suelo de roca que se abría sobre sus cabezas. Varios erizos de castaña se precipitaron al mar.

—Ahora ya sabemos que está aquí —susurró Ekei—. Ten cuidado, debe haber esparcido espinas por toda la entrada.

Se izaron sobre el umbral y atisbaron el interior: la luz de la luna arrancaba reflejos a la roca húmeda, permitiendo vislumbrar el suelo erizado de la gruta. «Una trampa rudimentaria pero eficaz», pensó Ekei. Más adentro, la garganta de piedra parecía anegada de una oscuridad ignota.

Se tomaron un instante para recuperar el resuello y, tras intercambiar una mirada, comenzaron a avanzar arrastrando los pies. Llegados al punto donde la luz del exterior no les acompañaba, se vieron obligados a encender las lámparas. Sabían que aquello era como anunciar su llegada con estruendo de tambores, pero resultaba aún más estúpido precipitarse a ciegas en el escondite de un asesino.

Desenvainaron lentamente sus espadas y siguieron adelante, cada uno apretándose contra un flanco de la caverna. El interior parecía deshabitado hasta donde alcanzaba el resplandor de las linternas, pero ambos sabían que había alguien más con ellos. El fragor de las olas se fue haciendo cada vez más lejano y difuso, pronto solo escucharon su propia respiración y un persistente goteo sobre la roca. Ekei aguzaba todos sus sentidos, trataba de percibir lo que había más allá, por encima de sus cabezas y a sus espaldas, pues el peligro no vendría desde donde alcanzaban a ver, sino de la oscuridad que parecía aplastar el tímido círculo de luz en el que se refugiaban.

Cuál fue su sorpresa cuando, al llegar al fondo de aquel pasaje horadado por el tiempo, no encontraron al terrible Fuyumaru, maestro de asesinos, sino a un viejo cansado y desvalido que tiritaba de frío. Apoyaba la espalda encorvada contra la fría piedra y se cubría, lívido y sin fuerzas, con una gruesa capa de paja. A su alrededor las paredes rezumaban agua de mar y el olor a salitre era intenso, casi insoportable.

—Sabía que me encontrarías, Seizō. Siempre lo supe.

El interpelado avanzó hasta que la lámpara iluminó mejor al viejo. Tenía un largo corte a un lado del cuello, donde le había alcanzado la cuchilla de Ekei, y la herida se había hinchado y oscurecido, tumefacta por el veneno.

—Fuyumaru —musitó con desencanto, como si no consiguiera reconocer a su antiguo maestro en aquel hombre decrépito.

—Ah, pareces decepcionado. ¿Acaso esperabas un último enfrentamiento entre maestro y discípulo? No, Seizō, ya no soy rival para ti. Dependo demasiado de mis fieles aliados, sin el miedo y el artificio solo soy lo que ves aquí, un viejo derrotado. —Tosió de forma abrupta y esputó sangre. Era evidente que el día que había pasado en la oscura humedad del acantilado había afectado a sus pulmones.

Ekei se aproximó aún más y el viejo buscó compasión en sus ojos, pero en lugar de inclinarse para atender al desvalido, clavó la punta de su espada entre el hombro y la clavícula de su viejo maestro. Este gritó y se retorció de dolor. Ekei, lejos de compadecerse, se limitó a apartar con la punta del sable la capa de paja que cubría al viejo. De su mano derecha, sin fuerzas por el pinchazo, había caído un largo puñal de hoja negra.

De repente, una risa amarga borboteó en la garganta de Fuyumaru.

—Veo que te enseñé bien.

—Demasiado bien —ratificó Ekei con voz sombría—. La primera vez que me apiadé de un viejo desvalido, me encontré con un cuchillo en el cuello. Ahora, sin embargo, eres tú el que está a mi merced. Hablaremos en mis términos.

—¿Hablar de qué? Una vez te ofrecí preguntarme lo que quisieras y te aseguré que contestaría con sinceridad. Esa oferta ya expiró, de mí solo obtendrás mentiras y confusión. Sería mejor para ti matarme ahora.

—No lo haré. Hay maneras de hacer que la verdad aflore.

—Pierdes el tiempo si pretendes torturarme —aseguró Fuyumaru desafiante—. Puedes arrancarme los ojos y hacérmelos tragar, clavarme espinas hasta que desaparezcan bajo las uñas, abrirme el vientre e interrogarme mientras las gaviotas picotean mis entrañas... Mi espíritu estará muy lejos de mi cuerpo y el dolor no será más que un ruido sordo en el fondo de mi conciencia.

—Te sorprenderá descubrir cuánto he aprendido lejos de ti —dijo Ekei—. Pero lo primero es curarte las heridas, no quiero que mueras desangrado.

Se volvió hacia Asaemon, que había descubierto en un rincón los bultos apilados de Fuyumaru, sin duda trasladados allí una vez el asesino decidió que esa cueva sería su refugio si las cosas salían mal.

—Hay arroz, pellejos con agua dulce, mantas, instrumentos de cocina, sake para matar el frío y antorchas —anunció el samurái mientras revolvía entre las pertenencias del viejo—. También están aquí su espada, una caña para pescar… —calló un instante mientras seguía rebuscando—, una pipa para fumar tabaco y recipientes con hierbas y ungüentos. Este cabrón pensaba pasar aquí una larga temporada.

—Y la pasará. Estaremos aquí semanas, hasta que me diga todo lo que quiero saber. —Sus palabras no sonaron como una amenaza, sino como una certeza—. Enciende las antorchas, necesito ver bien.

Asaemon se valió de la lumbre de su lámpara para prender las tres antorchas que había encontrado. Sujetó una en la mano y calzó las otras dos en sendas grietas de la pared. A la luz del fuego descubrieron que la cueva era profunda, pero no tan angosta como habían creído en un principio.

Ekei se inclinó sobre el viejo y le abrió el kimono para examinarlo bajo la tea que sostenía Asaemon. No le costó descubrir la herida que le había infligido Yukie: una larga cuchillada en el exterior del muslo, no tan profunda como para desgarrar el músculo pero lo suficiente como para, una vez fría, resultar dolorosa y entorpecer cualquier movimiento. Fuyumaru se había limpiado la herida y la había cubierto con gasas empapadas en licor, pero el corte había vuelto a supurar y corría el riesgo de infectarse. Con tanta humedad la herida tardaría en cicatrizar, así que lo más seguro era coserla.

—Ayúdame a moverlo —le pidió a su amigo—, esta zona de la cueva es demasiado húmeda, debemos llevarlo más cerca de la entrada.

Así lo hicieron, y Ekei comenzó a atender a su antiguo maestro mientras Asaemon trataba de acondicionar el lugar para hacerlo habitable.

—Veo que has sabido aprovechar lo que te enseñé sobre hierbas y medicinas —dijo Fuyumaru apretando los dientes, mientras Ekei volvía a limpiarle las heridas con sake.

—Hay cosas en esta vida que tienen la capacidad de ser tan beneficiosas como dañinas, depende del ánimo con que se utilicen. Tú solo me enseñaste a arrebatar vidas de forma silenciosa, pero los dos sabemos que, a menudo, la única diferencia entre una medicina y un veneno es la dosis que se emplee.

Fuyumaru lo observó trabajar en silencio, tratando de averiguar cuánto resentimiento le guardaba aquel hombre, cuánto sabía en realidad.

—Aunque no me creas, siempre he intentado protegerte, Seizō. De Kenzaburō primero, pues pretendía convertirte en un mero ejecutor de su venganza, y más tarde, de mi propia gente. Siempre intenté evitar que te mataran.

—La venganza de Kenzaburō era también la mía; de hecho, era mi obligación y mi privilegio por encima del de cualquier otra persona. Y nunca has tratado de protegerme, solo buscabas utilizarme para tus propios intereses —apostilló Ekei, dispuesto a desmontar cada uno de sus torcidos argumentos.

—Creí que con el tiempo me entenderías —se lamentó el viejo—. Sin duda, eres el mejor alumno que jamás tuve: tu astucia, tu facilidad para aprender, tus aptitudes físicas… Jamás conocí a nadie con mayor potencial, pero Kenzaburō solo quería convertirte en un soldado, cuando podrías haber sido más valioso que todo un ejército, podrías haber sido un auténtico líder. Me habría encargado de que mi clan te aceptara y, con el tiempo, habrías sido una voz poderosa entre los míos. Habrías tenido un papel decisivo en la nueva era que comienza. Sin embargo, mírate, eres un juguete roto, un simple médico al servicio de un señor menor.

—Soy lo que he elegido, no lo que otros han querido hacer de mí —dijo Ekei mientras ajustaba la venda alrededor del muslo—. Y durante años, de los tuyos solo he conocido dolor y mentiras. Intentaron matarme en Izumo y cerca de Takahashi, más tarde quisieron hacerlo en Fukui y, esta noche, tú mismo has tratado de apuñalarme. ¿Por qué no acabasteis conmigo desde un buen principio? ¿Por qué no lo hiciste en el monte Daisen, cuando aún era un muchacho que no había salido al mundo?

Fuyumaru le sujetó el antebrazo y le obligó a mirarle a los ojos.

—Te equivocas, Seizō. Al igual que un samurái, uso mis armas para cumplir con mi deber y, aunque no todas están hechas de acero y puedan parecerte de naturaleza indigna, no carezco de honor o conciencia. Fui al Daisen a saldar una deuda y lo hice a costa de los intereses de mi propia gente. Mientras fuiste mi alumno estabas bajo mi protección, me vinculaba el deber sagrado que un maestro tiene con aquel al que enseña. Pero una vez abandonaste la montaña, estabas a tu suerte.

Ekei le retiró el brazo y se puso en pie.

—Ahora debes dormir —dijo con voz impasible—. Cuando despiertes habré subido el resto de mis cosas y podré tratarte adecuadamente las heridas. Mientras tanto, te aconsejo que descanses, aún nos aguardan días muy largos.

* * *

Aquella tarde, al subir la marea, pudieron recuperar los bultos que habían dejado en la barca fondeada junto a la entrada de la cueva, entre ellos la caja de medicinas. Con todas sus herramientas a mano, Ekei pudo coser por fin las dos heridas de espada que laceraban a Fuyumaru, la de la pierna y la que él mismo le había causado bajo el hombro, y cubrió con un ungüento la cuchillada envenenada. También le hizo beber una tisana depurativa que le ayudaría a recuperar la movilidad en sus extremidades entumecidas.

Dejó al viejo descansando y se aproximó a Asaemon, que hervía arroz sobre un improvisado hogar. El samurái le miró de reojo, y su expresión denotaba que no entendía lo que allí sucedía.

—¿Qué es lo que pretendes? ¿Hemos buscado a este hombre solo para que puedas curarle? Creo recordar que no era así como tratabas a aquellos que se cruzaban en tu camino.

El interpelado hizo una larga pausa, como si no hubiera escuchado una sola palabra, pero finalmente contestó:

—No puedo dejarle morir. Hay cosas que necesito saber.

—¡Al infierno con lo que necesitas saber! Jamás te dirá nada. Tienes lo que habías buscado todos estos años, la última piedra de un largo camino. ¿A qué esperas para cortarle la cabeza y acabar de una vez con todo?

—No lo entiendes. —Ekei sacudió la cabeza, agotado—. Él no es la última piedra, es solo un ejecutor, un soldado de una guerra que ni siquiera acertamos a ver. Hay alguien por encima de él, alguien que mueve a las piezas como Fuyumaru sobre el tablero. Es esa persona la que decidió la caída de mi casa y, ahora, le ha enviado aquí para provocar otra guerra.

«La guerra que yo intentaba evitar», añadió para sí.

Asaemon le miró atónito, como si no pudiera dar crédito a lo que escuchaba.

—¿De verdad piensas llevar esto más lejos? —preguntó finalmente el samurái—. ¿No te darás aún por satisfecho? ¿A cuántos más debes matar?

—¡A cuantos sea necesario! —exclamó Ekei—. No dejaré con vida a ninguno de ellos, solo cuando ruede la cabeza del último culpable podré regresar ante mi maestro y decirle que nuestra venganza ha llegado hasta la más lejana orilla. Solo entonces podré dar por concluido este viaje interminable.

Asaemon no se atrevió a decir nada más. Comprendía que la determinación de su amigo estaba más allá de todo raciocinio, así que se limitó a servirse en silencio un cuenco de arroz y, mientras tomaba sus palillos, dijo:

—Muchos años después, por fin vuelvo a tener ante mí al auténtico Seizō Ikeda. —Y la cicatriz de su cara se contrajo con una sonrisa salvaje.

* * *

Esa noche, después de que los tres hombres cenaran en silencio, Ekei se aproximó a su cautivo, que permanecía envuelto en mantas y paja. El médico llevaba en la mano la vieja pipa de bronce de Fuyumaru, larga y sencilla, con la pequeña cazoleta tallada como media cáscara de nuez.

—Esta pipa me trae muchos recuerdos —dijo Ekei, sentándose frente al que fuera su maestro—. Te vi fumarla con deleite durante tres años, al amanecer y al anochecer. Cuando no fumabas, siempre la llevabas colgada del cinto.

—Es de las pocas cosas buenas que los bárbaros del sur han traído a esta tierra.

Ekei sonrió mientras usaba sus palillos para extraer una ascua candente de la hoguera; la arrimó a la cazoleta hasta que el tabaco prendió y le ofreció la pipa a Fuyumaru.

Este la recogió y le agradeció el gesto.

—Ha llegado la hora de que hablemos —anunció Ekei.

—¿Por eso me das mi vieja pipa? ¿Quieres que piense que esto será una conversación distendida entre amigos? —preguntó Fuyumaru mientras inspiraba lentamente el humo.

—No seas tan suspicaz. Solo quiero hablar. Te haré preguntas y me contestarás lo que desees. Entonces yo decidiré qué debo creer y qué no.

—Muy bien. Comienza.

—¿Cuántos años tienes?

El viejo alzó las cejas ante semejante pregunta, dando a entender que ni él mismo sabía la respuesta.

—No lo sé. Tampoco recuerdo qué día nací. Siempre he pensado que no tiene sentido contar el tiempo que pasamos en este mundo. Al final, vivamos lo que vivamos, la deuda siempre es la misma y a todos nos llega el día de saldarla.

—Yo sí intento saber cuánto he vivido. No estoy seguro, pero sé que tengo más de treinta y cinco años, quizás treinta y siete o treinta y ocho. No sé cuántos años permanecí en el monte Daisen y eso hace que sea más difícil establecer una edad. ¿Por qué necesito saberlo? —preguntó Ekei retóricamente—. Porque quiero saber exactamente cuántos años de mi vida he perdido vagando por este camino de desesperación y venganza, cuánto tiempo me habéis robado.

—Decidiste someterte al código samurái, abrazar la venganza como un deber por encima de tu misma vida. Yo te ofrecí una alternativa y tú la repudiaste.

—Me ofreciste traicionar todo en lo que creían mi padre y mi maestro. Me ofreciste escapar y dejar de ser quien era.

—Y eso era lo que deseabas, muchacho, podía verlo en tus ojos. —Fuyumaru le apuntó con la boquilla de la pipa—. Con el tiempo, tú mismo has renunciado a tu nombre y tu legado.

—Es cierto, me engañé a mí mismo, quise creer que había cumplido con mi deber y que por fin era libre, pero tú has llegado para mostrarme mi error.

—Persigues la obsesión de otro, Seizō. ¿Acaso no ves que estás perdido en un laberinto de enemigos imaginarios? Kenzaburō Arima envenenó tu mente, te culpabilizó de la muerte de tu familia, quizás no con palabras explícitas, pero sí con viejas normas y tradiciones. Mataste a Gendo Sugawara, castigaste a su clan durante años sembrando la zozobra en sus salones y les hiciste aparecer como débiles ante toda la nación. Nadie puede exigirte nada más. Libérate por fin del sentimiento de culpa que Kenzaburō te inculcó para manipularte.

—Respóndeme a una cosa —dijo Ekei con voz impasible—: ¿estuviste en Izumo antes de la caída de mi clan?

Fuyumaru levantó la barbilla y afiló la mirada.

—He estado en muchos sitios muchas veces, en cada región, en cada pueblo y casi en cada aldea. No puedo recordar cuándo pisé cada uno de ellos.

—Mientes —dijo sencillamente Ekei—. Cuando visité al abad del Gakuen-ji, antes de cortarle la cabeza, intentó pagar por su vida. Me dijo que un hombre con rostro de diablo acompañaba al ejército Sugawara, que ese hombre susurraba al oído del mismísimo general Takeuchi cuáles debían ser sus pasos. Un hombre con un rostro como este.

Le mostró la máscara de *nō* que le había arrebatado en la vieja casa de las rosas dos noches antes, aunque ahora parecía que había transcurrido una eternidad desde aquel encuentro.

—Hay otros hombres que se cubren el rostro con la máscara del demonio —dijo Fuyumaru por toda respuesta.

—Pero pocos cuya presencia augure la caída de clanes. Allí por donde pasas mueren padres e hijos, se derrumban casas y aflora la guerra y la muerte.

—Me supones más poder del que tengo, Seizō. Nada tuve que ver con la caída de los Ikeda.

—Puede que nada decidieras, pero eso no te exime de culpa. Dime, viejo maestro, ¿quién es el Tejedor?

Fuyumaru rio divertido ante la pregunta. Aspiró hondo de su pipa antes de responder.

—¡Ah! El tejedor de sombras, el urdidor de engaños… Has escuchado un nombre y has supuesto demasiadas cosas. Pero no sabes nada, muchacho.

—Ya no soy un muchacho.

—Entonces, ¿por qué formulas preguntas que solo un muchacho haría? —Y volvió a reír. Fue una risa larga y cadenciosa, de total despreocupación.

—Estás cansado —dijo Ekei.

—Sí, estoy cansado —respondió Fuyumaru con desgana—. Tengo sueño. Déjame dormir.

Y se recostó de lado, lentamente, antes de cerrar los ojos con una sonrisa en los labios.

Capítulo 47

Una amante cruel

La llanura de Toju, en la frontera de las provincias de Echizen y Wakasa, amaneció en silencio aquella mañana de otoño. Al oeste se levantaban lejanas las montañas y, más allá, la capital imperial, atemporal en su magnificencia, ajena a las disputas mantenidas durante siglos por los señores de la guerra; al nordeste, el inmenso mar, tan quieto como si estuviera pintado sobre madera; y al sur, bruñido por el sol de la mañana, la enorme masa blanca del lago Biwa, testigo de mil batallas que habían teñido de rojo sus orillas. Y sobre la llanura cuarteada por el sol, con sus banderas agitadas por la brisa que llegaba desde el océano, más de veinte mil samuráis se habían concitado para rendir tributo a los dioses de la guerra y ofrecerles su vida en sacrificio. Casi quince mil de un lado, sus largas filas erizadas con el *mon* de los Yamada, apenas ocho mil del otro, guerreros de los cinco clanes menores que habían respondido a la llamada de Munisai Shimizu.

El ejército acaudillado por Torakusu Yamada era superior en número y equipamiento, con más de mil arcabuceros, el doble de arqueros, una caballería de cuatro mil lanceros y una ingente infantería formada por más de cinco mil samuráis de bajo rango y un sinfín de *ashigarus* a pie que nadie se había molestado en contar. Era una fuerza eficaz y bien entrenada que ya había probado su valía en Sekigahara, con una moral inquebrantable, dirigidos por un líder al que seguirían más allá de la muerte y confiados en una victoria aplastante. El ejército que les hacía frente, por el contrario, era heterogéneo y mermado por las dudas; sus filas aparecían ahora juntas y bien ordenadas, sus armaduras lustrosas y sus blasones alzados orgullosos, pero nunca habían luchado juntos y Torakusu sabía que, cuando su brazo golpeara, las filas del enemigo se desmoronarían, se dividirían y cada hombre buscaría a sus auténticos compañeros, a los que únicamente confiaría su vida en un momento de desesperación como aquel. Sería un verdadero caos.

—Hasta un ciego podría ver que es una batalla decantada, lo único que debe preocuparnos es que sea una victoria rápida, con el menor número de bajas posible —dijo el general Eijima, inclinándose hacia su señor—. Bien podríais volver a Fukui, *o-tono*. En dos días os llevaremos la noticia de vuestra victoria.

Torakusu, a lomos de un poderoso caballo blanco, dedicó una severa mirada a su general, cuya sonrisa quedó congelada en un rictus incómodo.

El viejo daimio vestía una armadura de placas negras con perfiles dorados, los intersticios del cuello y las articulaciones protegidos por una cota de anillas plateada, y el *mon* de los Yamada, el sol dorado del amanecer sobre un mar calmo, ocupaba el centro de la placa pectoral. Así armado y rodeado por sus generales y su guardia personal, contemplaba desde un promontorio la disposición de sus tropas sobre el páramo. A su espalda, en la cima de la colina, se había levantado el campamento de mando, el lugar desde donde observaría el transcurso de la batalla y tomaría las decisiones que debían conducir a su ejército a la victoria.

Torakusu levantó la mirada y observó a las aves carroñeras que volaban en círculos sobre el campo de batalla, aún virgen.

—Eso es todo lo que somos, alimento para los buitres —murmuró antes de hacer girar a su montura para subir al campamento.

Pero antes de que pudiera alejarse, escuchó un rumor procedente de los hombres que le acompañaban y miró hacia atrás, a tiempo de ver al joven mensajero que corría colina arriba enarbolando una carta doblada.

—Un emisario ha cruzado la llanura y ha traído este correo —anunció el muchacho casi sin resuello—, dice que ha sido escrito por Munisai Shimizu de su mismo puño.

Un miembro de la guardia personal lo recogió y se lo entregó al daimio, quien lo abrió y lo leyó con el ceño fruncido.

—Quiere parlamentar —dijo Torakusu mientras leía el contenido de la misiva—. Muy bien, seamos generosos con nuestro enemigo.

—Puede ser una trampa —le advirtió uno de sus generales—. Son hombres desesperados que saben que van a morir, podrían incurrir en la peor deshonra. ¡Os ruego que no vayáis!

—Traedme mi casco —dijo Torakusu por toda respuesta—. Hablaré con Munisai Shimizu.

—¡Entonces iremos con vos!

—Solo me acompañará mi guardia y el general Endo. Vosotros preparaos, quizás la batalla se precipite.

Yoritomo Endo, quien se había refugiado en un silencio hosco durante las últimas semanas, acató la orden de su señor golpeándose el pecho con el puño e inclinando la cabeza. Se ajustó el casco sobre los hombros y se retiró para preparar la delegación que debería acompañar al daimio.

Sobrevino una calma tensa en la que ambos ejércitos, separados por un yermo de tres *cho*, se contemplaban en silencio a la espera de que sus generales dictaminaran que había llegado la hora de morir. El sol brillaba alto cuando las compactas filas se abrieron al paso de un abanderado que portaba el estandarte del clan Yamada. Tras él cabalgaba Torakusu, rodeado por cinco hombres de su guardia de élite y acompañado por el general Endo.

Avanzaban despacio, conteniendo a sus monturas, mientras escrutaban las filas enemigas a la espera de que la otra delegación les saliera al paso. Según se acortaba la distancia y Munisai Shimizu no hacía acto de presencia, la guardia comenzó a ponerse nerviosa ante el temor de una celada. Pero Torakusu mantuvo la calma y el gesto adusto, convencido de que su enemigo no recurriría a tales tretas.

Cuando hubieron cubierto la mitad de la distancia que separaba a ambos ejércitos, el general Endo levantó la mano y mandó detener la delegación.

—Esperaremos aquí —anunció—. Si nos acercamos más nos pondremos al alcance de sus arqueros.

Torakusu se removió sobre la silla. Se encontraba cansado para la guerra, hastiado, pues era viejo y había visto ya demasiada muerte. Aun así, investido con su armadura y respaldado por su ejército, su aspecto era tan temible como treinta años atrás.

Por fin, al otro lado del llano, el ejército enemigo abrió paso a su delegación. No portaban estandartes y la conformaban solo seis hombres, los señores de cada una de las casas que le plantaban cara. Acudían al encuentro sin más protección que la de sus armaduras y, cuando se aproximaron, Torakusu reparó en que el guardamano de sus sables estaba atado con cuerda, de modo que no podían desenvainar.

—Tú y tus aliados confiáis demasiado en mi caballerosidad —dijo Torakusu cuando se reunieron en el centro de la llanura.

—Siempre fuiste un hombre de honor —respondió Munisai, ataviado también con su armadura de guerra, menos ornamental y elaborada que la de su enemigo—. Además, ¿qué necesidad tendrías de deshonrarte, traicionándonos a la vista de todos, cuando tu ejército puede ganar por ti esta batalla?

—Nadie me reprocharía el impulso de matar con mis propias manos al asesino de mi hijo.

—Dime, Torakusu: si me crees capaz de enviar a un asesino para matar a tu heredero en tu propia casa, ¿por qué ahora te pones tan dócilmente al alcance de mi espada?

El viejo afiló la mirada bajo sus espesas cejas canas, pues aquellas palabras no carecían de sentido: si creía a Shimizu un traidor, por qué le dispensaba el trato que se da a un enemigo digno. En realidad, siempre había considerado a Munisai Shimizu un hombre honorable, un gran líder que no había sido bendecido con un ejército a su altura, de lo contrario, bien podría haber rivalizado con él por la supremacía en la región. Desde luego, los acontecimientos no encajaban con la trayectoria de un hombre así, pero no se permitiría albergar tales dudas.

—Enviasteis a un sicario para acabar con mi hijo porque temíais afrontarlo en el campo de batalla, esa es toda la verdad —les acusó Torakusu con dureza.

El viejo Kunisada Tezuka, al que apodaban el Bonzo por su cabeza completamente calva, hizo avanzar a su montura. Era mayor incluso que el patriarca del clan Yamada.

—Torakusu, nos conocemos desde hace años, probablemente desde antes de que todos los que se reúnen hoy en esta llanura hubieran nacido, y nuestras familias fueron aliadas en el pasado. Por el valor que le des a una vieja amistad, escúchame bien: te aseguro que ninguno de nosotros ha conspirado contra ti, no somos estúpidos. No hemos tenido nada que ver en la muerte de tu hijo.

—No puedes hablar por todos los que te acompañan, Tezuka. Solo son tus aliados por necesidad, no viejos camaradas por los que puedas poner la mano en el fuego. No estás en disposición de asegurarme nada.

—Sé valiente, Torakusu —le desafío Munisai Shimizu con gesto serio—, di la verdad, estás usando la muerte de tu hijo como excusa para hacer lo que siempre quisiste: quedarte para ti nuestras tierras. Ese siempre fue tu deseo, pero las viejas alianzas de tu familia te impidieron hacerlo antes. Ahora, por fin, has encontrado el motivo que te ampara para usar la espada contra nosotros.

En otros tiempos aquellas palabras habrían sido una provocación intolerable, insinuar que usaba la muerte de su hijo para sus ambiciones políticas era una ofensa que habría bastado para desatar la cólera del León de Fukui. Pero aquellos tiempos habían quedado atrás, el león estaba ahora domesticado por el peso de la edad, y Torakusu solo pudo pensar qué clase de hombre había sido si Shimizu, un daimio menor pero cuyo sabio consejo fue valorado por el mismísimo Hideyoshi Toyotomi, era capaz de concebir algo así de él.

—Respóndeme a una cosa, Shimizu: si tú no enviaste a un asesino contra mi hijo, ¿quién lo hizo?

—No estoy aquí para responderte esa pregunta. Desconozco quiénes son tus enemigos.

—Entonces moriréis, y vuestras cabezas observarán desde una pica cómo festejo la victoria.

* * *

La rutina se había hecho insoportable para Asaemon Hikura. Llevaba más de tres semanas aislado en aquella garganta de piedra, respirando el mismo aire y comiendo la misma comida que aquellos dos hombres extraños. Era un náufrago voluntario en un lugar cada vez más irreal, en aquella soledad compartida. Pronto una luna nueva brillaría sobre el cielo y cada día era un remedo del anterior: Ekei Inafune hablaba cada mañana y cada noche con su cautivo, lo escuchaba con calma, sorbiendo té caliente mientras su antiguo maestro divagaba entre calada y calada a su pipa. Las conversaciones no abordaban siempre temas trascendentes, más bien al contrario, la mayor parte del tiempo versaban sobre trivialidades: Fuyumaru le describía cómo era la tierra de Iga, la historia de sus clanes, o enumeraba las plantas que conocía y le explicaba sus usos, incluso le cantaba canciones de su infancia. Era evidente que buscaba desesperar a su interrogador, se burlaba de él intentando colmar su paciencia, pero este se limitaba a escucharle en silencio, interesado, siempre con una taza de té entre las manos.

Asaemon, sin embargo, no gozaba de la disciplinada paciencia de su amigo, y cada día crecía en su interior una asfixiante desazón, una desesperación alimentada por cada una de las absurdas palabras de aquel viejo que, con el tiempo, llevaba más y más lejos el sinsentido de su monólogo. Estaba harto de aquellas paredes de piedra, de lavarse con agua de mar, del crepitar de las llamas, del constante punto de luz que dibujaba la entrada de la cueva, presente en su mente incluso cuando cerraba los ojos para dormir. Estaba repugnado de comer pescado y beber agua, pues el sake, único bálsamo que haría soportable semejante situación, se había desvanecido hacía días. Pero, sobre todo, estaba harto de la absurda cháchara del viejo, de su risa cuando le hacían preguntas pertinentes, de cómo divagaba entre sinsentidos que, sin embargo, parecían de sumo interés a oídos de Ekei.

Sabía que enloquecería si continuaba allí mucho más, y sin embargo, persistió. No abandonó pese a que nada le retenía. Aunque eso no le impedía quejarse y rogarle a su amigo que pusiera fin a todo aquello.

—Hazlo callar de una vez —le dijo una noche poco antes de que se cumpliera un mes—, o te juro que cogeré mi espada y me abriré la barriga. O mejor, se la abriré a él.

—Sé que es duro, pero no tienes por qué permanecer aquí.

—Te dije que me quedaría hasta el final.

—No desapareceré —le aseguró Ekei—. Cuando todo esto acabe, si sobrevivo, partiré hacia el monte Daisen. Podrás encontrarme allí, si es que deseas arreglar viejos asuntos ahora que te encuentras recuperado de tus heridas.

—Si hay alguien más allá de este viejo, no darás con él. Jamás te dirá nada, ¿es que aún no te has convencido? Él es el último alto en el camino. Termina con esto de una vez.

—No —dijo Ekei con obstinación—. Está a punto de quebrarse.

Asaemon negó en silencio, resignado.

Dos días después, tras desatar las muñecas de Fuyumaru para que pudiera almorzar, este arrojó el cuenco de arroz contra la pared.

—El arroz está negro, ¡lo habéis envenenado! —exclamó con ira acusatoria.

—El viejo está perdiendo definitivamente la cabeza —señaló el samurái con indiferencia.

—Está bien —dijo Ekei, y recogió el cuenco para llenarlo nuevamente de arroz—. ¿Ves? Te sirvo del mismo arroz que nosotros estamos comiendo.

Fuyumaru tomó el cuenco y volvió a lanzarlo al aire. Los granos apelmazados llovieron sobre la cabeza de Asaemon.

—¡No! —gritó con gesto desencajado—. Es en el cuenco donde has puesto el veneno, y en la punta de mis palillos. ¡Te he visto hacerlo!

Sin perder la calma, con una paciencia exasperante a ojos de Asaemon, Ekei le ofreció su propio cuenco y sus palillos a Fuyumaru. Este se los arrebató con mirada suspicaz antes de empezar a comer con fruición.

Esa noche, como cada noche, Ekei volvió a sentarse sobre la esterilla de caña trenzada para conversar con el maestro de asesinos. Llevaba entre las manos su taza de té, cuyo calor resultaba reconfortante ahora que el frío del otoño empapaba las rocas.

—¿Y mi pipa? —preguntó Fuyumaru—. Tú has traído tu taza de té.

—El tabaco se ha acabado, ya te lo he dicho. Por eso esta mañana tampoco pude traerte.

—Entonces no hablaré contigo.

—Muy bien, te dije que no te obligaría a nada. —Se incorporó para retirarse.

—¡No, aguarda! Necesito mi pipa para hablar.

—Puesto que no vamos a conversar, no la necesitas.

—Pero me encuentro mal —gimoteó el viejo con voz lastimera—. La humedad de estas piedras ha calado dentro de mí y me está matando, tiemblo de frío incluso bajo las mantas y mis huesos parecen a punto de quebrarse. Y la oscuridad me habla, Seizō, me habla por las noches. Su abrazo siempre me resultó acogedor, pero ahora me repudia, sé que quiere hacerme daño. Por favor, ayúdame.

El viejo sudaba y la mano que le tendía pidiéndole compasión era trémula y débil. Se encontraba muy enfermo.

—No puedo hacer nada por ti. Es tu propia conciencia la que te enferma desde dentro. Por fin has cometido más pecados de los que el alma de un solo hombre puede acarrear, y eso te está matando sin remedio.

Ekei se puso en pie para apartarse de él, y Fuyumaru dejó caer la mano con el rostro arrasado por lágrimas de desesperanza. Pasó la noche llorando y gimiendo, presa de sus propios miedos y pesadillas.

Cuando despertaron al día siguiente, el viejo había dejado de llorar y se dedicaba a seguir sus movimientos con mirada torva, como un lobo enjaulado. Asaemon se encargó de llevarle el desayuno, más arroz con un filete de pescado mal hervido, pero su prisionero se limitó a tomar los palillos y morderlos hasta que la madera se astilló y se le quebró un diente. Comenzó a sangrar abundantemente por la boca.

—Al final esto es lo único que has conseguido —dijo el samurái buscando a Ekei por encima del hombro—, ha enloquecido por completo.

El médico no dijo nada, simplemente llenó una taza de agua para que el viejo se enjuagara la sangre que le manaba de la boca. Como en ocasiones anteriores, Fuyumaru la arrojó contra la pared y la cerámica estalló en mil trozos de negro e índigo.

—¡Tráeme mi pipa! —exigió colérico el que fuera su maestro.

—Te permitiré fumar, pero solo cuando me digas quién es el Tejedor y cómo puedo encontrarlo.

Fuyumaru clavó su mirada en él y, en un fugaz momento de lucidez, preguntó:

—¿Qué me has hecho?

—Te he envenenado, pero no es un veneno que tú conozcas. Es lento y placentero, anula el dolor y te acuna en el sueño, pero también debilita el espíritu y lo quiebra cuando el cuerpo se ve privado de él. He envenenado tu mente y tu voluntad.

Fuyumaru se cubrió el rostro, sus ojos debatiéndose entre el llanto y la ira.

—¿Cómo puedes ser tan cruel? —acertó a decir con voz ahogada.

—¿Tú me hablas de crueldad? ¿Tú, que juegas con la vida de los hombres, que alimentas sus temores y ambiciones como el que

arroja comida a los peces? No, jamás superaré a mi maestro en crueldad, pero te dije que había aprendido lejos de ti.

—¡Te contaré lo que quieras! —exclamó, y tomándolo por el
brazo, añadió—: Pero antes déjame fumar, de lo contrario me arro-
jaré contra las rocas mientras dormís.

Ekei sacó la pipa del interior de su kimono y la mirada de Fuyumaru ardió de ansiedad. La encendió con calma pero, en lugar de
entregársela, se limitó a sujetarla entre las manos.

—Háblame sobre el Tejedor —dijo Ekei Inafune—. Pero hazlo
rápido, pues la *mapula* es una dama caprichosa que no espera por sus
amantes, y castiga con suma crueldad la infidelidad.

Frente a los ojos de Fuyumaru, el veneno se consumía lentamente en un punto incandescente que llenaba todo su mundo.

Capítulo 48

Ojos que miran las estrellas de otoño

Torakusu Yamada caminaba en círculos en el interior de su campamento de mando, sus manos cruzadas a la espalda y el rostro sombrío, evidentemente preocupado por los últimos contratiempos. Frente a él, sobre las alfombras que se habían tendido en la cima de la colina, se alineaban sus comandantes, y flanqueándole, sentados en bancos de madera, se encontraban sus generales. Todos los presentes mostraban una expresión incómoda, sin atreverse a levantar los ojos por miedo a afrontar la ira o la decepción de su señor.

Sobre sus cabezas el cielo atardecía con los colores del otoño y, a su alrededor, los cuatro enormes lienzos que conformaban el perímetro parecían palpitar con la vida que les insuflaba el viento. Aquellos muros tejidos en lino blanco ocultaban el campo de batalla que se extendía a sus pies; de no ser así, la vergüenza de sus generales habría sido aún mayor ante la evidencia, pues entre los cadáveres amontonados en la llanura de Toju había muchos más hombres de su ejército de los que nadie habría osado imaginar antes de la contienda.

No existía manera humana o divina de que los Yamada perdieran aquella batalla, pero el éxito de Torakusu no se mediría en términos de victoria o derrota, sino según el número de vidas que empleara para aplastar definitivamente a sus enemigos. Y hasta ahora había sacrificado muchas más de las que estaba dispuesto a tolerar, pues más de setecientos hombres habían caído luchando por él aquel día, buenos samuráis que habían seguido ciegamente a su señor en una causa de la que ni siquiera él estaba completamente convencido.

Sus generales habían sido negligentes en la planificación de la batalla, en su arrogancia habían concebido una estrategia de punta de flecha directa y previsible, con el afán de partir en dos el ejército de los aliados y, con sus fuerzas divididas y en desbandada, aplastarlos contra las colinas que circundaban el gran páramo. Pronto se hizo evidente que eso era justo lo que esperaban sus enemigos, que se refugiaron en una maniobra tan antigua como eficaz: les rodearon con las alas de grulla y flotaron alrededor del macizo de sus fuerzas, de tal modo que su columna no pudo avanzar en bloque contra un ejército apiñado, sino que debió afrontar a un enemigo disperso que les aguijoneaba desde distintos frentes, como un enjambre de avispas.

Pero lo que realmente había mermado sus fuerzas con una eficacia escalofriante habían sido los arcabuceros del ejército enemigo, escasos en número pero utilizados de forma astuta. En lugar de disponerlos en el campo de batalla según las formaciones acostumbradas, habían compartido montura con varios batallones de caballería. Cuando comenzó la contienda, la caballería subió directamente por las laderas que flanqueaban al ejército del clan Yamada, aparentemente olvidadas por sus generales, y dejaron allí a los arcabuceros antes de regresar al combate.

Desde aquella posición elevada, las armas de fuego hicieron estragos en sus flancos. Los tiradores se refugiaron entre los árboles que cubrían el talud, al amparo de las flechas, y cuando sus hombres intentaban ascender pendiente arriba para acabar con ellos a espada, eran detenidos por una lluvia de plomo que les despedazaba el pecho, las piernas y la cara. Había sido una visión horrible. Aquella estratagema llevaba la firma inconfundible de Munisai Shimizu, que había sabido aprovechar el indolente estudio del campo de batalla que había realizado el ejército enemigo.

Pero su cólera habría sido injusta si no reconociera que el fracaso de sus generales era el suyo propio.

—Mañana cabalgaré hacia la batalla —dijo por fin el viejo daimio—. No puedo enviar a más hombres a morir si no estoy dispuesto a sufrir las mismas consecuencias por mis errores.

—Por favor, *o-tono*, no es necesario —rogó el general Eijima con expresión nerviosa—. Mañana aplastaremos a los seis clanes y daremos por concluida esta batalla. No debéis poner vuestra vida en riesgo innecesariamente.

—¡Silencio! —bramó Torakusu—. Cabalgaré junto a mis samuráis, y por los dioses del cielo que plantaremos batalla como estrategas y no como un rebaño de estúpidas vacas, de lo contrario todos pereceremos bajo la astucia de Munisai Shimizu.

El rostro de Torakusu estaba contraído por la rabia y sus generales volvieron a clavar la vista en la hierba que pisaban.

—Mi señor —dijo una voz desde la última fila de oficiales que se arrodillaban frente a él—, yo cabalgaré junto a vos, y si caéis, me llevaré lejos vuestra cabeza para que vuestros enemigos no puedan exhibirla. La esconderé y luego me quitaré la vida. Os lo juro.

Quien así había hablado era Yukie Endo, la única que mantenía los ojos levantados de entre todos los presentes. Pero antes de que Torakusu pudiera responder al ofrecimiento de la única mujer en el campo de batalla, un sirviente descorrió uno de los lienzos para anunciar una visita.

—¿Quién se atreve a interrumpirme? —quiso saber el daimio.

—Llega de lejos y dice que debéis recibirlo cuanto antes, *o-tono*. Trae..., será mejor que lo veáis por vos mismo.

El sirviente se hizo a un lado y Asaemon Hikura entró en la sala descubierta. Vestía el kimono con los tres blasones del clan Yamada bordados, pero se encontraba desgarrado y andrajoso; su cabello, una mata sucia de pelo, apenas podía anudar el moño samurái. Solo las vainas de su *daisho* presentaban un aspecto rutilante.

—¡Hikura, cobarde! —rugió Manjiro Ozaki, líder de la guardia personal de su señoría—. Desapareciste cuando se reunía el ejército, te escabulliste de tu deber para con tu señor.

—No me escabullí de nada —dijo Asaemon con cansado desprecio—. El médico y yo salimos a la caza del asesino de Susumu Yamada.

Torakusu levantó la barbilla, intrigado.

—¡Qué estás diciendo! —clamó el general Eijima—. ¿Te presentas aquí como un pordiosero e irrumpes en una reunión de suma importancia solo con excusas?

—Dejadle hablar —lo interrumpió Torakusu, harto de la fácil indignación de sus generales—. ¿Fuisteis a buscar a aquel hombre y qué más?

—Y lo encontramos.

Asaemon tiró a sus pies el hatillo que llevaba al hombro y la cabeza de Fuyumaru rodó sobre la hierba seca. Sus ojos vacuos miraban al cielo de la tarde, y el fulgor de las antorchas daba un color cetrino a la piel tensa sobre los huesos.

—Esa podría ser la cabeza de cualquiera —escupió Eijima.

—Es la cabeza del *shinobi* —dijo Asaemon con calma, como si dudar de su palabra fuera una estupidez que no merecía su enfado—. Era el mismo hombre que casi me mata en el burdel de Fukui. Nos dijo cosas que solo él podía saber.

—¿Cosas como qué? —quiso saber Torakusu, que le estudiaba con ojos suspicaces.

—Si buscáis a los responsables del asesinato de vuestro hijo, no los encontraréis en esta llanura, sino en la provincia de Iga. Son los sirvientes en la sombra del shogún los que decidieron la muerte del señor Susumu. También nos dijo que esta guerra es una farsa concebida lejos de aquí para satisfacer intereses que ni siquiera él conocía, y que contó con el apoyo del general Endo para arrastraros a ella.

Aquellas palabras hicieron que la colina estallara en llamas como si una lluvia de fuego hubiera caído sobre ella. Muchos hombres se pusieron en pie, y los generales, indignados, echaron mano a la empuñadura de sus espadas para pedirle a su señor que les permitiera descabezar a semejante mentiroso. Todos clamaron coléricos, todos menos tres hombres: Asaemon, que se mantuvo impasible; Yoritomo Endo, con la mirada perdida en los ojos inertes de Fuyumaru, que contemplaban las estrellas ajenos a las disputas de los vivos; y Torakusu Yamada, que levantó la mano para imponer silencio.

—Por favor, *o-tono* —rogó Eijima—, no podemos tolerar que la sucia lengua de este miserable envenene el aire. Dejadme silenciar de una vez semejante cobardía.

—Asaemon Hikura no es ningún cobarde —dijo Torakusu Yamada—, luchó a mi lado en Sekigahara y le vi matar a no menos de quince hombres cuando nos vimos inmersos en la contienda. Lo que no sé es si estamos ante un loco o un embustero. ¿Qué tienes que decir ante estas acusaciones, Yoritomo?

El general Endo, único entre sus iguales que había permanecido sentado, se puso en pie y caminó hacia su señor. Cuando se encontraron frente a frente, cayó de rodillas y tocó el suelo con la cabeza.

—Perdonadme, mi señor. Os juro que todo lo que hice fue para mayor honor y gloria del clan Yamada, pero he fallado y he avergonzado a mi propia casa. Solo puedo rogar que, con este último gesto, perdonéis mi traición.

Ante la mirada atónita de sus compañeros de armas, Yoritomo se desanudó el kimono y se desvistió el torso, colocó las mangas bajo las rodillas y desenfundó la *wakizashi*. Un murmullo corrió entre los presentes, que jamás habrían imaginado que aquella tarde tendrían que presenciar el *seppuku*.

Torakusu, lejos de detenerle, guardó silencio mientras su general envolvía la afilada hoja con papel y la sujetaba con la mano izquierda sobre su cadera. Con la derecha, apoyada sobre la empuñadura, empujó hasta que el acero se hundió en la carne. La sangre comenzó a manar en abundancia sobre sus muslos, pero Yoritomo no se detuvo, sino que arrastró la hoja bajo su vientre completando el tajo horizontal. A continuación, antes de que la pérdida de sangre le dejara sin fuerzas, giró la empuñadura y completó un segundo corte oblicuo hasta el esternón. Las vísceras se desentrañaron con un sonido húmedo.

La agonía del general era silenciosa y los estertores de muerte le convulsionaban el pecho. Pese a ello, la enmudecida concurrencia no acertaba a actuar. Conmocionados por tan horrible espectáculo, algunos solo pudieron apartar el rostro, sobrecogidos por el olor a muerte y la visión de aquel hombre que tanto tardaba en morir.

Debió ser la propia Yukie la que se pusiera en pie y cruzara el claro para colocarse a espaldas de su padre. Entonces, con lágrimas ardiendo sobre sus mejillas, desenvainó la *katana* para ejercer de *kaishakunin*. El general, al sentir la presencia de su hija, alzó la mano ensangrentada buscando su perdón, y ella, con ternura, le acarició la punta de los dedos para despedirse de él. Luego, sin esperar el permiso de su señor, levantó la espada por encima de su cabeza, respiró hondo y descargó el golpe de gracia sobre la nuca. La cabeza de Yoritomo Endo rodó sobre la hierba y, cuando se detuvo, su mirada también quedó perdida en las tempranas estrellas de aquella tarde de otoño.

Capítulo 49

El delicado oficio del Tejedor

Seizō tardó dieciocho días en llegar a Edo, la capital en el este, la ciudad llamada a iluminar una nueva era para toda la nación. Viajaba a pie, como correspondía a un *ronin* que solo poseía sus dos espadas, un hatillo con escasas pertenencias y una capa con la que protegerse de las primeras lluvias, y cuyo envés estaba bordado con el *mon* de un clan hacía tiempo olvidado. El viaje fue solitario pese a lo concurrido del camino, pues ni siquiera entablaba conversación en las posadas que, cada siete *ri*, el viajero se encontraba en la ruta Tokaido*.

A menudo debía hacerse a un lado para ceder el paso a los samuráis que transitaban el camino en un sentido u otro, diligentes en la encomienda de atender los intereses de sus señores en la capital de los Tokugawa; también debía apartarse ante los orgullosos monjes que acudían a Edo para seguir sus votos en alguno de los nuevos templos; o ante las caravanas de esposas e hijas de daimios menores, ansiosas por visitar la hermosa colina de Shinagawa, cuya belleza parecía súbitamente descubierta por la nobleza de todo el país, pese a que los poetas llevaban más de un siglo cantando a la visión de sus cerezos en primavera.

Vislumbró por primera vez Edo en una mañana de otoño iluminada por un cielo claro. En las últimas jornadas había seguido el curso del Sumidagawa, caminando por una senda rodeada de cedros y cubierta por una fina capa de niebla, pero aquel día había amanecido

---

* Tokaido: una de las vías oficiales que conectaba Kioto con Edo.

límpido, así que decidió escalar un repecho cercano a la orilla con la esperanza de atisbar, aunque fuera en lontananza, una primera visión de la ciudad del shogún. Desde su improvisada atalaya pudo ver, en la orilla opuesta, el *torii** que marcaba la entrada al santuario Suijin, levantado en honor a la divinidad del río, así como el monte Tsukuban en la distancia, sus contornos difusos por la fría luz del alba. Pero fue siguiendo con la vista el curso del río, cubierto por gabarras y pequeños barcos de vela, cuando descubrió Edo: no era tan extensa como la capital imperial o las grandes ciudades del centro del país, pero aun desde lejos se percibía que era una urbe emergente que eclosionaba como una cría de águila, ávida de vida. Pudo distinguir las pagodas de los templos, su madera roja reflejando los primeros rayos de sol; los canales que desmembraban los barrios de la ciudad, y la pequeña isla de Tsukudajima, abrazada por la bahía de Edo y cubierta siempre por una nube de gaviotas, habitada solo por pescadores traídos desde Tsukudamura para proveer de pescado a la corte del shogún.

Alentado por la proximidad de su destino, descendió el repecho y retomó la senda. Pronto aparecieron las primeras casas de té y sus largas terrazas asomadas al río, con sus cerezos y almendros proyectando exiguas sombras sobre el agua. A pesar de que el otoño restaba esplendor al paisaje, podía imaginar cuán magnífico espectáculo debían brindar aquellos jardines durante la primavera: su fragancia dulce, su música atemperada por tímidas risas, un rocío de pinceladas rosas flotando en la brisa hasta derramarse sobre la corriente… Le costaba apartar la vista de aquellas terrazas, de las dulces muchachas que contemplaban con inocencia a los paseantes, a la espera de que alguno decidiera pasar a tomar un té y descubrir sus secretos. Pero Seizō sabía que las delicias de aquel mundo le eran tan ajenas como la paz o el consuelo.

Siguió caminando y descubrió que Edo comenzaba mucho antes de atravesar sus puertas, pues a las casas de té siguieron los talleres de los tintoreros, que humedecían sus telas en el río, y los hornos de leña empleados por los alfareros y los herreros. Todos ellos daban vida y color a la orilla del Sumidagawa hasta alcanzar la puer-

---

* *Torii:* portal de madera compuesto por dos columnas y dos travesaños superiores, generalmente pintado de rojo o negro, que da acceso a un santuario sintoísta. Marcaba el umbral de acceso al mundo sagrado.

ta de Ryōgokubashi, donde un gran gentío conformado por peregrinos, viajeros de paso y ciudadanos se apiñaba en las primeras calles de la ciudad. Los comerciantes exponían en las puertas de sus locales todo tipo de productos, desde telas de algodón hasta instrumentos de escritura, calderos o cometas, una oferta variada y carente de cualquier tipo de orden o concierto. Y para sazonar aún más el caos, se encontraban los puestos ambulantes, que proliferaban a los lados de las caminos de tierra como los hongos después de la lluvia, anunciando a voz en grito las ofertas de sake barato o fideos de alforfón.

Seizō dejó atrás aquella vorágine y penetró aún más en la ciudad, hasta el puente Nihonbashi, construido un par de años antes pero famoso ya en todo el país por ser el punto desde donde comenzaban a medirse todas las distancias. La estructura era tan imponente como había escuchado, con sus pilares coronados por campanas de metal negro y sus largas vigas, tres a cada lado, flanqueando el paso de los caminantes. Se encontraba tan concurrido que, incluso con sus veinticuatro pilares hundiéndose en las profundidades del canal, Seizō temió por la estabilidad de la estructura.

Terminó por sonreír ante un miedo tan provinciano y se adentró en el puente, con la mano sobre las empuñaduras de su *daisho* e intentando no ser zarandeado por la muchedumbre. Cuando se encontró en la cúspide del arco, se detuvo para contemplar la poderosa visión del monte Fuji en la distancia, su cima cubierta por nieves eternas. Era tal su majestuosidad que el espléndido palacio de los Tokugawa, visible también desde ese punto, palidecía sin remedio. La escena no hacía sino subrayar la locura de los hombres ante su pretensión de crear belleza, y Seizō recordó las enseñanzas del maestro Eitoku Kanō, quien aseguraba que todo lo bello procedía de la naturaleza.

Se vio obligado a seguir adelante empujado por la marea humana y, cuando llegó al otro lado del puente, se cruzó con una hermosa joven que caminaba en sentido contrario. Abrazaba un *shamisen* de tres cuerdas y le dedicó una luminosa y furtiva sonrisa antes de desaparecer entre el gentío. Seizō miró al cielo y suspiró preguntándose por qué sus preocupaciones no podían ser las de cualquier otro hombre.

Vagó por la ciudad, tratando de identificar los lugares que Fuyumaru le había indicado, antes de dirigirse al templo Kinryûzan en Asakusa. «Cruzarás la Puerta del Trueno antes de la hora del caballo

—le dijo su antiguo maestro—, avanzarás por el sendero sin levantar la vista del suelo, como un peregrino más, y te dirigirás a la Puerta de los Dos Reyes Vigilantes. Allí entregarás un rollo en blanco lacrado con este sello, después te retirarás en silencio».

Tras seguir tales instrucciones, Seizō se encontró de regreso a la ciudad, la gran pagoda del Kinryûzan a su espalda. El silencio que pesaba sobre el santuario se le antojó un ominoso presagio de lo que estaba por llegar, pero aquello no le inquietó. Sobre su ánimo había descendido ya la calma lúcida del viajero que afronta el final de un largo camino.

* * *

La noche se deslizó sobre las calles de Edo como un oscuro licor que embriagara a sus habitantes, y mientras algunos se consagraban al recogimiento de sus hogares, para otros su hogar estaba fuera, en los barrios concurridos por almas poco virtuosas. Seizō caminaba entre ellas, por calles estrechas que le resultaban extrañas, alejándose de la alegre música de las casas de té y del insano ambiente de los locales de apuestas, cuyas luces palpitaban sobre la bahía.

Se dirigía hacia un lugar más solitario y silencioso: «Cuando oscurezca deberás esperar a orillas del canal que desemboca en la costa de Shibaura. Allí hay poca gente de noche. Cúbrete el rostro y aguarda con paciencia: tarde o temprano, él acudirá a tu encuentro». Al llegar a la desembocadura del canal, se preguntó si no estaría siguiendo los pasos dictados por alguien enloquecido por el veneno. Pero ya era tarde para plantearse tales dudas, así que se cubrió con la máscara del diablo, se refugió en su gruesa capa y esperó.

La luna se reflejaba sobre el mar con blanca parsimonia, las gabarras flotaban al dictado de la marea y las gaviotas reposaban alineadas sobre los tejados y las cubiertas de las embarcaciones. Desde allí, las luces y sonidos de los barrios de placer parecían una ensoñación distante, solo perturbada por el chapoteo del agua contra la pared del canal.

Esperó con la vista perdida en el firmamento y los sentidos puestos en la oscuridad a su espalda y, mientras aguardaba, tuvo tiempo de ver sus días en perspectiva, cada decisión y cada recodo del camino que le habían conducido hasta aquel preciso instante, a un encuentro del que, muy probablemente, no saldría con vida. Pero tales pensamientos no llegaron a arraigar en su ánimo, pues al poco descubrió que una barcaza cubierta con un tejado de paja flotaba en su dirección.

Surcaba lentamente las aguas del canal guiada por un hombre con una pértiga, y en su proa colgaba un farolillo rojo que apenas llegaba a iluminar la cubierta de la embarcación. El hombre la detuvo a su altura y, tras escrutar su rostro demoníaco, le invitó a subir a bordo.

De un modo u otro, allí concluía su viaje. Saltó a la cubierta y siguió la silenciosa indicación del barquero, que con una mano le hizo saber que alguien le esperaba dentro. Seizō levantó la cortina blanca y se inclinó para pasar al pequeño camarote. En el interior, un hombre viejo le aguardaba sentado con las piernas cruzadas. Vestía ropas sencillas de color marrón oscuro y su aspecto era liviano, incluso frágil. Pero un vistazo a su rostro tallado en madera, a las profundas vetas que marcaban la edad alrededor de sus ojos, desmentía que aquel anciano, nudoso como un roble invernal, fuera de espíritu débil. Más bien al contrario, poseía la mirada de alguien acostumbrado a conseguir lo que quería, mediante la persuasión o por la fuerza.

Su anfitrión le hizo una señal para que se sentara frente a él, y Seizō así lo hizo. Entre los dos ardía una pequeña lámpara de aceite.

—¿Sabes quién soy? —preguntó Seizō.

—Creo que pronto lo descubriré —respondió el viejo—. Por ahora solo sé que me hallo ante un hombre fuera de lo común.

—¿Por qué dices tal cosa?

—La máscara que llevas, solo hay siete como esa en todo el país, y quien se cubre el rostro con una de ellas está investido de mi autoridad. A todos los efectos, soy yo el que habla a través de esa máscara, es por ello que solo la poseen mis hermanos de sombra. Es mi forma de estar un día en Edo y al día siguiente en Kioto, o de aparecer en Saikaidō e Iga al mismo tiempo. Muchos creen que puedo viajar a lomos del viento o multiplicar mi presencia pero, como ves, la explicación es mucho más mundana. —El viejo hablaba con serenidad, como quien tiene todo el tiempo del mundo—. El que te presentes aquí con una de esas máscaras no solo significa que has sido capaz de matar a uno de mis hermanos, sino que antes le has obligado a desvelar la manera de dar conmigo. Algo que, hasta ahora, creía imposible. Es por ello que debo considerarte un hombre extraordinario.

Seizō se descubrió el rostro y depósito la máscara de *nō* junto a la lámpara. Las facciones diabólicas se retorcieron, distorsionadas por la luz de la llama.

—Esta máscara pertenecía a Fuyumaru, quien fuera mi maestro hace años y al que he quitado la vida por sus actos contra el clan Ikeda.

El viejo negó con expresión apesadumbrada.

—Es una noticia muy triste. Iga ha dado muy pocos hombres como él, pero fue débil al final de sus días. He de suponer, por tanto, que eres el último de los Ikeda y que has venido a cobrarte tu deuda.

—Así es.

—Entonces tendrás preguntas que hacerme y, al responderlas, puede que te haga cambiar de opinión.

—Nada de lo que digas me hará cambiar de opinión.

El anciano asintió en silencio, sin ánimo de confrontar la resolución de aquel hombre.

—Debo ser yo el que pregunte ahora si sabes con quién hablas.

—Ahora lo sé —respondió Seizō con tono inexpresivo—. Eres Hanzo el Demonio, primero de Iga, mano derecha en la sombra del nuevo shogún, Ieyasu Tokugawa.

—¿Y sabías que el hombre al que has matado veló por tu vida durante años?

—Él mismo me lo dijo.

—Mi intención era acabar contigo en cuanto pusieras un pie fuera del monte Daisen —confesó aquel hombre sin tapujos—, pero él intercedió por ti ante el consejo de hermanos, dijo que tu destino estaba marcado por la grandeza, que podías ser un arma inestimable en el futuro, no solo para la guerra, sino también para la política, pues el último de los Ikeda era el legítimo heredero de Izumo y aquello podía mantener a raya las aspiraciones de los Sugawara. Fue así como les convenció, y ni siquiera yo pude oponerme a sus razonamientos. Incluso después de que tu larga y sanguinaria venganza demostrara que eras incontrolable, Fuyumaru intentó protegerte. De algún modo lo cautivaste en los años que fue tu maestro, ofuscaste su juicio y ahora lo ha pagado caro.

—No puedo perdonar a aquellos que dictaron sentencia contra mi casa —dijo Seizō con voz triste—. Nadie, excepto los dioses, puede borrar el legado de todo un clan y no pagar por ello.

El Tejedor lo observó largamente, como si quisiera escrutar lo más profundo de su alma.

—Es cierto lo que decía Fuyumaru: no es el odio lo que te alimenta, tampoco es el ciego sentido del deber que maldice a tu casta, al menos no solo eso. Es, sobre todo, tu convicción de que el camino que has recorrido expiará tus culpas. Deber y redención, dos fuegos terribles capaces de consumir el alma de un hombre. Me pregunto cuántas atrocidades se han cometido por tan reducida visión del mundo.

—¿Qué mayor atrocidad que vuestras conspiraciones?

El viejo sonrió, como si hablara con un niño que, en vano, intentara comprender las motivaciones y sentimientos de los adultos.

—Este país es como el guerrero que, al llegar la primavera, se sienta a descansar bajo los cerezos en flor. Por un momento, arrobado por la belleza, cree hallarse hastiado de luchar, saciada su hambre de guerra, pero pronto descubrirá que no sabe hacer otra cosa más que batallar. No es un poeta que pueda recrearse con la hermosa visión de las flores del *sakura* o con el dulce canto de los pájaros, sino un samurái al que solo seducen los tambores de guerra que ya restallan en sus oídos. Pronto recogerá sus espadas y se aprestará a dirigirse de nuevo hacia la batalla, y a mí se me ha encomendado evitarlo a toda costa.

—¿Qué tiene que ver todo esto con el exterminio de mi casa, o con que tú y los tuyos hayáis abocado a los clanes del norte a la guerra?

—¿Cómo crees que se pacifica un país roto en cientos de feudos, cada uno de ellos gobernado por un señor samurái acostumbrado a hablar y ser escuchado, a imponer su voluntad mediante su propio ejército? Nadie lo ha logrado antes, la única manera de conseguirlo es garantizarnos la lealtad inquebrantable de la mayoría de los clanes.

—Así que intentáis controlar de forma encubierta todos los feudos del país. Colocar en cada provincia hombres de paja, como los Sugawara, y gobernar a través de ellos.

—Eso es ridículo —repuso el viejo con paciencia—. Muchos de los grandes daimios ya apoyan a nuestro señor, el futuro de sus casas está vinculado a la prosperidad de los Tokugawa, pero otros se muestran reacios a abrazar el cambio. Cuando un daimio se opone abiertamente al nuevo gobierno, el shogún puede aplastarlo bajo el puño de hierro de sus ejércitos; pero cuando un clan poderoso acepta la paz a regañadientes, cuando se dice leal pero conspira en las sombras, sabemos que es el germen de una enfermedad que puede desestabilizar lo que hemos conseguido, es entonces cuando debemos actuar con discreción para arrancar ese mal de raíz y colocar en su lugar una pieza más fácil de controlar. Solo así se puede garantizar una paz duradera como la que nunca antes ha conocido la nación.

—Mejor di que solo así se puede garantizar que los Tokugawa se perpetúen en el poder —le contradijo Seizō—, un reinado sustentado por maniobras en las sombras.

—No eres capaz de ver más allá —se lamentó el anciano—. ¿Qué más dan los Tokugawa o cualquier otro? ¿Crees que eso le importa al pueblo? La gente solo quiere paz, ellos sí están verdaderamente hastiados de la guerra, pues son los que más sufren sus consecuencias, e Ieyasu Tokugawa es el único que está en posición de imponerse sobre los demás, de establecer un orden duradero. Con el tiempo, cuando una mayoría de clanes se muestren firmes en su apoyo a la paz del shogún, nada de esto será necesario, los antaño indómitos señores de la guerra se habituarán al nuevo orden y aprenderán a medrar en su seno.

—Toda tu vida has habitado en un mundo de engaños, viejo, y pretendes arrastrar al país a esas sombras.

—Esas sombras son el amanecer de una nueva era donde no habrá guerras ni hambrunas, una época de paz y prosperidad. Si debe ser apuntalada sobre las ruinas de los viejos clanes samuráis, bienvenido sea. Nuestro señor es el arquitecto de una gran visión, Seizō Ikeda, pero hasta el más hermoso de los palacios hunde sus pilares en el lodo. Alguien debe encargarse de que las bases sean firmes, mancharse las manos con el trabajo que nadie quiere ver, demasiado sucio y hediondo para los perfumados pasillos de la corte.

—¿Así justificáis en Edo vuestras conspiraciones?

—No necesito justificarme ante ti. —El fuego despertó en los ojos del viejo—. Dime cuál es la alternativa a mis horribles actos. ¿Permitir que vuestras viejas tradiciones continúen ahogando este país en sangre y cenizas? El nuevo orden es inevitable, el que me mates no supondrá ninguna diferencia, nadie puede detener el cambio que ya ha comenzado.

Seizō tomó la funda de su *katana* con la mano izquierda.

—Yo no deseo evitar el cambio del que me hablas —dijo el samurái—, ni está en mi ánimo dilucidar quién debe gobernar el país ni por cuánto tiempo. Simplemente he venido a cerrar un círculo que comenzó a trazarse hace treinta años, cuando alguien decidió que el clan Ikeda podía ser arrancado como la mala hierba. Tarde o temprano, todos terminamos por enfrentarnos a las consecuencias de nuestros actos; si pese a todo crees que los tuyos merecieron la pena, espero que encuentres consuelo en ese pensamiento al despedirte de este mundo.

—Que así sea, Seizō Ikeda. Y que cien demonios te arrastren al infierno que llevas tantos años persiguiendo.

El acero de Kenzaburō Arima encontró el cuello de aquel hombre y le abrió un corte limpio y profundo por el que la vida se escapó a borbotones. El cuerpo se desplomó liviano y sin hacer ruido, como una hoja otoñal que se desprende de la rama, incapaz de aferrarse ya a este mundo.

La barcaza se detuvo junto al puente Bikunihashi, en el corazón de la ciudad. Seizō descendió en silencio, se ajustó la capa en torno al cuerpo y bajó el ala de su sombrero. La noche era fría en Edo e invitaba a buscar refugio, pero a él le apetecía caminar entre las oscuras callejas. Por primera vez en su vida sentía que era verdaderamente libre de decidir sus pasos.

Epílogo

Enmendar nuestros errores

Kenzaburō meditaba en el *dojo* con los ojos cerrados. El suelo de madera estaba duro y frío, y ni siquiera el brasero que ardía en un rincón era capaz de calentar el gélido ambiente de aquella sala vacía. Hacía tiempo que el samurái no tenía sus espadas y, aunque las hubiera conservado, dudaba que le restaran fuerzas para empuñarlas, así que se había afeitado la cabeza y se había consagrado a una vida ascética. Permanecía la mayor parte del tiempo en aquel lugar, sumido en recuerdos tan lejanos que se confundían con lo que no fue pero debería haber sido. A su alrededor la estancia aún reverberaba con sonidos de otra vida: los *bokken* permanecían anclados a la pared, pero él los escuchaba restallar con rítmica cadencia; olía el sudor impregnado en la madera, pese a que hacía años que allí nadie entrenaba; creía percibir el crujido de los tablones bajo los pasos rápidos, aunque en el *dojo* ya solo había frío y silenciosa meditación. De algún modo, el tiempo había olvidado aquel lugar dejándolo solo con sus fantasmas del pasado.

—Maestro —dijo la voz de uno de esos fantasmas, y Kenzaburō abrió los ojos. Aún había fuego en ellos, pese a los años que habían ajado su rostro y sus manos.

Contra la blanca luz de la montaña se recortaba la figura de un extraño: vestía *hakama* y ceñía la *daisho*, aunque su cabello no estaba anudado con el moño samurái. Una tibia tristeza afloró a los ojos de Kenzaburō.

—¿Ha llegado ya el momento en que mi cabeza comienza a traicionarme? —preguntó el anciano con voz ronca—. ¿O verdaderamente eres tú?

—Soy yo, maestro. He vuelto al único hogar que he conocido en todos estos años.

Kenzaburō respiró profunda, pausadamente, y exhaló con larga melancolía.

—Te he llorado tanto, Seizō —confesó al fin—. Tuve noticias de que habías caído en el monte Hyōno, y desde entonces he llorado en silencio, de orgullo por las mañanas y de tristeza por las noches.

Seizō se arrodilló frente a él y se inclinó hasta tocar el suelo. Intentó hablar, pero tenía la voz rota por la emoción del reencuentro y por la tristeza que le producía contemplar cómo su maestro había envejecido en soledad.

—Lo siento, Kenzaburō-*sensei*. Os he abandonado. Cuando caí en Hyōno, con la sangre de los Sugawara aún caliente en mis manos, quise dar mi obligación por satisfecha y desaparecer de este mundo. Abandoné el camino que debía recorrer pese a que me advirtió de ello. Permití que los auténticos asesinos de mi padre continuaran bajo este cielo.

Kenzaburō le puso una mano en el hombro, no fuerte como la que él recordaba, pero aún firme. Le obligó a incorporarse.

—Eso ya da igual, hiciste mucho más de lo que cualquier otro habría hecho, y ahora estás aquí. Vuelves a mí antes de que la muerte me alcance.

—Le he encontrado, maestro, y he acabado con él. Hasta el último responsable de la desaparición de mi casa ha pagado por ello.

Seizō depositó las dos espadas sobre el suelo de madera, frente a su auténtico dueño, y este las contempló en silencio. Por fin, muchos años después de que se separara de ellas, Kenzaburō tomó la sencilla vaina sin lacar y tiró de la empuñadura hasta que tres dedos de acero blanco llamearon ante sus ojos. El cerezo en flor que había hecho grabar en la hoja continuaba intacto, su belleza efímera congelada en el metal, sus raíces aún profundas. Unió los puños y el filo volvió a quedar oculto.

—Ha llegado el momento de que estas espadas también descansen —dijo Kenzaburō, poniéndose en pie con esfuerzo—. Vamos, hay cosas de las que debemos hablar.

* * *

Los días que vinieron fueron para Seizō como un reencuentro con su juventud: volvió a subir al manantial para recoger agua con los pellejos, y buscó leña seca por los mismos bosques y las mismas laderas que había recorrido cientos de veces bajo la severa mirada de su maestro. En ocasiones tenía la impresión de que Kenzaburō aún lo acechaba tras algún árbol para golpearle con su bastón.

Pero aquellos años habían quedado atrás, él ya no era un joven samurái que intentaba ganarse su *daisho,* y su maestro era un anciano que a duras penas había sobrevivido solo en la montaña. Ahora comprendía que su auténtica obligación siempre había sido volver, aunque no fuera con la cabeza de todos sus enemigos; debería haber vuelto y haber acompañado a su maestro, el único vínculo que le quedaba con una vida que había tratado de olvidar a toda costa.

«Un hombre comete errores, Seizō —le dijo en una ocasión Kenzaburō—, es estúpido caminar por este mundo con miedo a equivocarse o lamentándonos de los fallos cometidos, pues ni siquiera Buda era infalible. El único error imperdonable es no intentar enmendar lo que se ha hecho mal». Escuchó aquellas palabras cuando aún era demasiado joven para comprender su significado. Simplemente, los grandes errores de su vida aún estaban por llegar. Pero ahora las comprendía perfectamente y entendía también que eran una letanía para el propio Kenzaburō, una lección aprendida a través de los años. Un hombre debe ser capaz de perdonar los errores ajenos, pero también debe aprender a perdonarse a sí mismo y a redimirse con sus actos futuros. Se consoló pensando que tenía toda una vida para compensar sus muchos pecados, y comenzó por cuidar de su maestro.

Kenzaburō había impuesto a su vida cotidiana una estricta disciplina que le había permitido mantener su refugio y sobrevivir durante años en aquel inhóspito lugar. Pero era un anciano cansado. Apenas tenía fuerzas para reunir leña durante el día y el fuego se consumía pronto por las noches, por lo que se había acostumbrado a que el frío le despertara de madrugada y a aguardar bajo las pieles hasta el amanecer. Del mismo modo, no tenía madera suficiente para alimentar la caldera del baño, así que se lavaba cada día en las gélidas aguas remansadas del arroyo. Seizō se preguntó cómo se las había arreglado para beber y lavarse durante el invierno, cuando el agua corría bajo una espesa capa de hielo de cinco dedos. También le entristeció comprobar que su maestro se alimentaba a duras penas de un huerto que él mismo cultivaba y de aquello que podía cambiar con los leñadores y cazadores que merodeaban por la montaña, pues hacía tiempo que no se veía capaz de pescar o cazar en los bosques.

Pese a todas las dificultades, había mantenido su casa limpia, vestía ropas decentes aunque remendadas y, sobre todo, conservaba su dignidad intacta y la frente alta. Continuaba siendo un hombre orgulloso que no debía nada a nadie y que afrontaba la hora de su muerte con la certeza de que nada le quedaba por hacer en este mundo.

«No deseo vivir otro invierno más, Seizō —le dijo una noche mientras cenaban junto al hogar—. Este tiempo contigo ha sido una última bendición, un regalo que la vida me ha concedido por no abandonarme a la muerte, pero no deseo padecer otro crudo invierno. No hay motivo para ello». Esa misma noche, mientras trataba de quedarse dormido, Seizō lloró en silencio al amparo de la oscuridad.

Semanas después cayeron las primeras nieves sobre el valle y Kenzaburō enfermó de frío. Seizō trató por todos los medios de derrotar a la enfermedad, usó tisanas e infusiones, preparó ungüentos con hierbas de la montaña que aplicaba a su maestro en la nuca y sobre el pecho, pero Kenzaburō se reía de sus esfuerzos. «No tiene sentido preocuparse por un viejo que ya lo ha hecho todo en la vida, Seizō. Tráeme mis espadas, quiero morir con ellas en la mano».

Aquella noche Seizō no durmió, sino que veló el sueño de su maestro por miedo a que abandonara este mundo en soledad.

Cuando llegó la mañana, Kenzaburō buscó su mano y le miró a los ojos. La piel le ardía de fiebre.

—¿Sabes que a veces, incluso desde aquí, veo el mar? Algunas noches el viento arrastra el olor del salitre y puedo escuchar cómo las olas rompen en las escolleras… Incluso desde aquí.

—Descanse, maestro.

—Sí, debemos descansar. Mañana saldremos de caza, Akiyama, y te demostraré de nuevo que no eres rival para mi arco. —Kenzaburō rio sin fuerzas—. ¿Vendrá Kie?

—Ella nos esperará —dijo Seizō—, y cantará para nosotros mientras preparamos la caza para el almuerzo.

El viejo samurái volvió a sonreír, pero luego su rostro se ensombreció, súbitamente triste.

—Perdóname, Akiyama. Fui indigno de ti, traicioné tu confianza.

—Fuiste el más leal de los generales, el mejor de los amigos y, cuando no estuve, un padre para mi hijo. Ahora descansa, mañana iremos de caza. Jamás un samurái prestó mejor servicio a su señor.

Kenzaburō asintió, y cerró los ojos para no volver a abrirlos.

El último de los Ikeda enterró a su maestro en la cima de la colina, no muy lejos del cerezo que el propio Kenzaburō había plantado como testimonio de un sentimiento que le estaba vetado. Sobre la tumba, Seizō cruzó las dos espadas del general y clavó una tablilla funeraria en la que rezaba: «Bajo este cerezo descansa Kenzaburō Arima, protector del clan Ikeda».

* * *

El invierno llegó pronto a la montaña, y cada día debía retirar con una pala la nieve que se depositaba sobre la tumba de su maestro. Fue un invierno largo y crudo, como hacía mucho tiempo que no se vivía en la región, pero Ekei lo sobrellevó con abnegación. No tardó en decidir que se asentaría en aquel lugar y abriría allí una consulta médica. Se rio de su propia ocurrencia: una consulta perdida en la escarpada montaña, pero comenzó a visitar las aldeas y los pueblos de los alrededores, incluso cuando la nieve era tan espesa y los caminos tan peligrosos que solo un padre desesperado por un hijo enfermo acudía hasta allí para buscarle. Y nunca negó sus servicios. Atendió a todos con diligencia, a los que podían pagarle y a los que solo estaban en disposición de compartir con él su arroz y su casa hasta que amainara la tormenta.

Fue en esos días cuando supo que la guerra entre los clanes del norte no se había consumado. Según se decía, Torakusu Yamada había alzado su mano y su voz ante la protesta de los generales y había retirado a sus ejércitos cuando la victoria podría haber sido suya sin esfuerzo. Al escucharlo, Seizō sonrió y musitó un silencioso agradecimiento a Asaemon, al cínico e incorregible samurái. Lo echaba de menos, los extrañaba a todos. En especial a ella.

El invierno pasó, como siempre pasa, y llegó la primavera, como siempre llega, con sus días más largos, sus tardes cálidas y el alegre murmullo de los arroyos que volvían a saltar montaña abajo. El cerezo de Kenzaburō floreció más tardío que en otros lugares, pues allí el frío del invierno se demoraba en demasía, pero a cambio, mientras que en las ciudades costeras los árboles ya habían desnudado sus ramas, aquel rivalizaba en belleza con el de Shizuka Gozen.

Un hermoso regalo para una sola persona, se dijo, mientras se sentaba junto al cerezo para contemplar, como hacía cada jornada, el atardecer en la montaña. Se sirvió una taza de té fresco y, al probarlo, frunció los labios y cerró los ojos. Depositó la taza sobre la hierba y se dispuso a dejarse llevar por la puesta de sol.

Sin embargo, pronto comprendió que ese día no sería como cualquier otro, pues una figura enfundada en una capa y cubierta con un sombrero de paja cruzaba el valle en dirección a su refugio. El extraño viajero avanzaba con tranquilidad, sin la urgencia que impulsa a aquellos que vienen buscando a un médico, y ascendió por la ladera con pasos cansados, valiéndose de un cayado.

Cuando llegó hasta él, se detuvo junto al árbol y se descubrió la cabeza. Jamás había visto un rostro más hermoso.

—Vengo de un largo viaje y me preguntaba si podría compartir conmigo una taza de té —preguntó la mujer con educación.

Ekei asintió y le ofreció su propia taza. Ella la tomó de sus manos y bebió con deleite; dos, tres veces antes de devolvérsela.

—Gracias, pero lo encuentro dulce.

—Lo sé, pero de tanto en tanto me gusta prepararlo así. Me trae viejos recuerdos.

Ella sonrió y señaló el suelo junto a él.

—¿Podría sentarme a contemplar la puesta de sol?

—Por supuesto. El atardecer sobre el monte Daisen es el más hermoso que existe, y hace tiempo que no lo comparto con nadie.

La viajera se sentó, apoyó contra el árbol el sombrero y el cayado, y se recogió los tobillos a un lado.

—¿Qué lugares has visitado? —preguntó por fin Ekei.

—Algunos…, no tantos como planeé en un principio, pues pronto comprendí que este era al que más me apetecía venir.

—¿Adónde irás ahora?

—A ningún sitio. Creo que aquí concluye mi viaje.

AGRADECIMIENTOS

El guerrero a la sombra del cerezo ha sido el proyecto al que más tiempo y energía he dedicado en mi vida. Durante muchos años solo fue una historia que me rondaba la mente, una fantasía a la que acudir durante los ratos muertos y en esos minutos que transcurren desde que apagas la luz hasta que te vence el sueño. Mientras la retuve en la cabeza, fue una idea cómoda y manejable, pero cuando quise concretarla en una novela, se desveló como una empresa demasiado ambiciosa e incontrolable. A un larguísimo periodo de documentación —que ha continuado hasta la revisión última de esta edición impresa—, siguió un arduo proceso de escritura y reescrituras que se prolongó durante al menos seis años. No creo que vuelva a tener una relación tan prolongada e intensa con otra historia, y eso se debe a la propia naturaleza de la novela, pero también al largo camino que ha debido recorrer hasta su publicación.

Dejo testimonio de esto no para ganarme la simpatía del lector, sino para hacer constar que esta ha sido una aventura con muchos compañeros de viaje, y que todos ellos, en un momento u otro, han puesto de su parte para ayudarme a seguir adelante.

Comienzo, así, agradeciendo a mis betalectores: a Vania Segura, feroz defensora del idioma, ¡cuántos gerundios has fulminado con tus superpoderes de filóloga! A Antonio Montilla, por sorprenderse primero y entusiasmarse después con esta historia, y por ayudarme a poner en pie la página web. A Héctor Martínez, devorador de libros, que me dio su opinión sincera y fundada en el momento preciso. Y a Antonio Torrubia, el *oni* oculto en las profundidades de Gigamesh, que se encargó de revisar la última versión del manuscrito enviado a mis editores.

Gracias a Noriko por su paciencia y disposición, por las traducciones, por buscar desde Japón lo que yo no conseguía encontrar desde aquí, por prestarme esa enseñanza grabada en la piedra de un viejo monasterio y, en definitiva, por tender un puente entre su cultura y la mía, que en cierto modo es lo mismo que, modestamente, he intentando con este libro.

Debo agradecer a Carolina Bensler esa primera portada que acompañó a la novela cuando decidí autopublicarla, y que fue el rostro de la obra para miles de lectores. Y a Laura Valiente la traducción del título a *kanjis,* de modo que cupiera en la nueva cubierta diseñada por Suma.

Gracias, por supuesto, a mi superagente, Txell Torrent, por creer y querer, por no desfallecer con ninguno de sus autores, porque su teléfono nunca está ocupado y porque, cada vez que hablo con ella, regreso al teclado con más ganas de escribir. Así que amor de autor para ella y para todo el equipazo de MB Agencia Literaria.

Gracias a mis editores: a Pablo Álvarez y Gonzalo Albert, que apostaron por una novela que a tantos parecía gustar pero por la que nadie se arriesgaba. A David Trías por mantener la apuesta. Y gracias a Iñaki Nieva por el cariño y el respeto con el que trata mis textos, por su fe en mis historias y por ser una voz tranquila y siempre accesible en este loco mundo editorial.

Y por último, gracias a mi mujer y a mis padres, por sus opiniones honestas y por insuflar aliento a mis velas hasta que fui capaz de tocar tierra.

GLOSARIO

Amaterasu: diosa del Sol en la religión sintoísta.

Ashigaru: milicianos que constituían la soldadesca rasa en los ejércitos feudales (habitualmente, levas de campesinos obligados a ir a la guerra). Carecían de la organización, entrenamiento y valor estratégico de los samuráis, aunque algunos eran profesionales de la guerra.

Bakuto: jugadores ambulantes que se ganaban la vida estafando a campesinos, comerciantes y *ronin*. A mediados de la era Edo se reunieron en organizaciones criminales, por lo que se los considera como los precursores de la mafia japonesa: la Yakuza.

Bugyo: la autoridad local que representaba el poder del shogún en las ciudades.

Bushi: guerrero de cualquier condición, no necesariamente un samurái.

Cho: 109 metros aproximadamente.

Dojo: literalmente significa «el lugar del camino». Era un espacio dedicado a la meditación y al perfeccionamiento físico, por ejemplo, a través de las artes marciales. Todo *dojo* está regido por un *sensei* (maestro).

Gueta: sandalias alzadas sobre dos cuñas de madera.

Hon maru: una traducción aproximada es «ciudadela interior», y hace referencia al núcleo de un castillo japonés, su zona más protegida, donde residía el daimio (señor feudal) con su familia.

Kaishakunin: persona que asistía en el ritual de *seppuku*. Su papel era acortar la agonía del suicida decapitándolo, una vez este hubiera completado el corte sobre el vientre.

Kanpaku: título honorífico que significaba «regente imperial». Fue otorgado por el emperador de Japón al daimio Hideyoshi Toyotomi ante la imposibilidad de que este fuera proclamado shogún, dada su baja extracción social.

Karma: en el budismo y el hinduismo, una suerte de energía trascendental que los seres vivos acumulan a lo largo de su vida y que determina tanto su posterior reencarnación como los acontecimientos que les sucederán en esa vida ulterior. A diferencia del destino, el *karma* no responde a fuerzas incontrolables por los seres humanos, sino que el buen o mal *karma* es la retribución natural que obtienen por sus actos pasados o en encarnaciones anteriores.

Kataginu: chaqueta sin manga y con hombreras que se vestía sobre el kimono, especialmente en los ambientes cortesanos.

Ken: medida de longitud equivalente a 1,8 metros, aproximadamente.

Komainu: pareja de perros o leones, esculpidos generalmente en piedra, que se ubica a la entrada de los santuarios sintoístas, uno frente al otro. Una de las criaturas, *A*, toma el aire con la boca abierta, mientras que la otra, *Un*, exhala con la boca cerrada. Representan el equilibrio de la existencia.

Mon: moneda de cobre.

Naginata: lanza de hoja larga y curva.

Nemaki: kimono ligero y muy informal usado solo dentro del hogar o para dormir.

Obi: faja de tela, normalmente de algodón o seda, que se ataba sobre el kimono alrededor de la cintura.

Onin (guerras de): fue un gran conflicto armado que tuvo lugar entre 1467 y 1477, como consecuencia de las disputas sucesorias tras la muerte de uno de los shogún Ashikaga. Desencadenó una guerra civil que implicó a los grandes clanes del centro de Japón.

O-tono: (también *tono*): fórmula de cortesía que se puede traducir como «gran señor».

Ri: medida de longitud, equivale a 3,9 kilómetros, aproximadamente.

Sanzu (Sanzu-no-kawa): el río que se cruza para llegar al reino de los muertos; similar al mito griego de la laguna Estigia.

Seiza: hace referencia al modo correcto de sentarse en la cultura japonesa, sobre todo en ocasiones formales. Consiste en sentarse de rodillas, los empeines contra el suelo y el peso del cuerpo descansando sobre los talones. La espalda debe estar recta y las palmas de las manos sobre los muslos o el regazo.

Sekigahara (batalla de): contienda que tuvo lugar en la llanura del mismo nombre, donde se libró el enfrentamiento final entre los clanes leales a Hideyori Toyotomi, hijo de Hideyoshi que aspiraba a heredar el trono de su padre, y los seguidores de Ieyasu Tokugawa. La batalla tuvo lugar en octubre de 1600 y en ella el ejército de Tokugawa se hizo con la victoria definitiva, siendo proclamado shogún tres años después.

Shaku: medida de longitud equivalente a 30 cm.

Shamisen: instrumento de cuerda de sonido similar a la cítara.

Shinobi: simplificación de *shinobi-no-mono*, literalmente «hombre del sigilo», aunque se puede traducir como «hombre de incógnito». Era como se denominaba a los agentes especializados en la infiltración y el espionaje.

Susuki: gramínea muy habitual en los campos japoneses, de color pajizo, tallo alargado y flor espigada.

Tatami: el tatami era una alfombrilla de caña de arroz trenzada con la que se solía cubrir el suelo de algunas estancias. Normalmente tenía unas dimensiones fijas de unos 90x180 cms, de ahí que también se utilizara popularmente como medida de superficie.

Torii: portal de madera compuesto por dos columnas y dos travesaños superiores, generalmente pintados de rojo o negro, que da acceso a un santuario sintoísta. Marcaban el umbral de acceso al mundo sagrado.

Waraji: sandalia hecha de caña trenzada muy utilizada por las clases populares.

Yokai: término que en la mitología japonesa engloba a los distintos tipos de monstruos, fantasmas y demás criaturas sobrenaturales.

Yotaka: literalmente, «halcón nocturno». Hace referencia a la forma más baja de prostitución en el Japón feudal, practicada por aquellas mujeres que recorrían los caminos con una esterilla de caña sobre la que ofrecían sus servicios en cualquier lugar apartado.

Yukata: un kimono ligero tejido en algodón, usado habitualmente durante el verano. Existe una versión más formal, usada en festivales o para pasear, y otra llamada *nemaki*, empleada para dormir.